文/白/对/照

太平廣記

七

〔北宋〕李昉 等 编纂
谦德书院 译

團结出版社

图书在版编目（CIP）数据

文白对照太平广记 / (北宋) 李昉等编纂；谦德书院译. -- 北京：团结出版社, 2022.10

ISBN 978-7-5126-9290-9

Ⅰ. ①文… Ⅱ. ①李… ②谦… Ⅲ. ①笔记小说－小说集－中国－北宋②《太平广记》－译文 Ⅳ. ①I242.1

中国版本图书馆CIP数据核字(2022)第001044号

出版：团结出版社

（北京市东城区东皇城根南街84号 邮编：100006）

电话：（010）65228880　　65244790（传真）

网址：www.tjpress.com

Email：65244790@163.com

经销：全国新华书店

印刷：北京天宇万达印刷有限公司

开本：145×210　1/32

印张：286.75

字数：8200千字

版次：2022年10月　第1版

印次：2022年10月　第1次印刷

书号：978-7-5126-9290-9

定价：880.00元（全十四册）

目 录

卷第二百三十三

酒酒量、嗜酒附

卷第二百三十四

食能食、菲食附

卷第二百三十五 交友

卷第二百三十六 奢侈一

卷第二百三十七　奢侈二

卷第二百三十八　诡诈

卷第二百三十九　谄佞一

卷第二百四十　谄佞二

卷第二百四十一　谄佞三

卷第二百四十二

谬误遗忘附

卷第二百四十三

治生贪附

卷第二百四十四　褊急

卷第二百四十五　诙谐一

卷第二百四十六　诙谐二

卷第二百四十七　诙谐三

卷第二百四十八　诙谐四

卷第二百四十九　诙谐五

卷第二百五十 诙谐六

卷第二百五十一 诙谐七

卷第二百五十二　诙谐八

卷第二百五十三　嘲诮一

卷第二百五十四　嘲诮二

卷第二百五十五　嘲诮三

卷第二百五十六　嘲诮四

卷第二百五十七　嘲诮五

卷第二百五十八　嗤鄙一

卷第二百五十九　嗤鄙二

卷第二百六十　嗤鄙三

卷第二百六十一　嗤鄙四

卷第二百六十二　嗤鄙五

卷第二百六十三　无赖一

卷第二百三十一——卷第二百六十二

卷第二百三十一　器玩三

张　华

晋张华，生性聪慧。好观奇异图纬之学，捃拾天下遗逸。自书契之始，考验神怪，及世间里闾所说，撰《博物志》四百卷，奏武帝。帝曰："卿才十倍万代，博识无伦。记事采言，多所浮妄。宜删翦无据，以见成交。昔仲尼删诗书，不及鬼神幽昧之事，不言怪力乱神。今见卿此志，惊所未闻，异所未见，将繁于耳目也。可更芟截浮疑，分为十卷。"即于御前赐青铁砚。此铁是于阗国所献，铸为砚。又赐麟角管，此辽西国所献也。侧理纸万番，南越所献也。汉言"陟厘"，"陟厘"与侧理相乱。南人以海苔为纸，其理纵横斜侧，因为名焉。(出《王子年拾遗记》)

晋惠帝

晋惠帝元康三年，武库火。烧汉高祖斩白蛇剑、孔子履。咸见此剑穿屋飞去，莫知所向。(出《异苑》)

张 华

晋朝人张华，生性聪明慧敏，喜爱读图谶纬书等奇异的书籍，广泛收集天下的遗闻逸事。从古代文字、书简起，考证神怪以及世间街头巷闾的传说，终于撰写成了四百卷的《博物志》奏献给晋武帝。晋武帝说："你的才干超过当代的人十倍，你的知识的广博没有人能和你相比。但是你所记载的事情、采集的传说，多数都根据不足，或者原本就是属于虚妄之谈。因此，应该将那些没有根据的记载删去，才能成为一本书。当年，孔子删定《诗》《书》，在其中不记载神鬼阴司的事情，也不谈特异的妖力和各种仙神方士。现在我看到你的这部书，记载的都是让人惊异从未听说过的和从未见到过的事情，这些记载会杂乱人的耳目的。因此，你可以进一步删去虚浮和那些尚未有定论的那些记载，经整理可分为十卷，就可以了。"晋武帝说完，当即赐给张华青铁砚一方，铁砚是用于阗国进献的铁铸的；一支麟角笔，这支笔是辽西国进献的；一万张侧理纸，此纸是南越国进献的，我们称它为"陟厘"。"陟厘"与"侧理"音相谐。南越人用海中苔类植物造的纸，它的纹理纵横斜侧，因此名叫"侧理"。（出《王子年拾遗记》）

晋惠帝

晋惠帝元康三年的时候，京都武器库房着火了，烧掉了汉高祖刘邦斩白蛇的那柄宝剑和一双孔子穿过的鞋子。在现场围观的人，都看到了汉高祖的那柄斩白蛇剑穿透库房的屋顶飞了出去。但都不知道它飞向哪里去了。（出《异苑》）

许 逊

西晋末，有旌阳县令许逊者，得道于豫章西山。江中有蛟蜃为患，旌阳没水，拔剑斩之，后不知所在。顷鱼人网得一石，甚鸣，击之，声闻数十里。唐朝赵王为洪州刺史，破之，得剑一双。视其铭，一有“许旌阳”字，一有“万仞”字。一有“万仞师”出焉。（出《朝野佥载》）

陶贞白

梁陶贞白所著《太清经》，一名《剑经》。凡学道术者，皆须有好剑镜随身。又说。干将、莫耶剑，皆以铜铸，非铁也。（出《尚书故实》）

又贞白隐居贝都山中，尝畜二刀，一名善胜，一名宝胜。往往飞去，人望之，如二条青蛇。本传具载。（出《芝田录》）

张祖宅

唐乾封年中，有人于镇州东野外，见二白兔。捕之，忽却入地，绝迹不见。乃于入处掘之，才三尺许，获铜剑一双，古制殊妙。于时长史张祖宅以闻。（出《朝野佥载》）

许　逊

西晋末年的时候，在旌阳有一位县令叫许逊，许逊在豫章西山得道。江中有蛟蜃兴妖作怪为害百姓，旌阳被大水淹没，许逊潜入水中，挥剑斩杀了这只蛟蜃，后来就不知道许逊到哪里去了。不久渔人捕捞到一块石头，石头之中有响动，渔人敲打石头，石头发出的声音能传出去几十里地。在唐朝的时候，唐朝赵王出任洪州刺史的时候，令人破开了这块石头，在石头里面得到一双宝剑。赵王查看宝剑上的铭文，发现一只宝剑上刻着“许旌阳”三个字，另一只宝剑刻着“万仞”两个字。也有说另一只上面刻着的是“万仞师”的说法。（出《朝野佥载》）

陶贞白

梁朝的陶贞白著有《太清经》一书，还有一本书叫《剑经》。上面记载说：“凡是学道术的人，都必须有宝剑、宝镜随身带着。”又记载说：“干将、莫耶两柄名剑，都是用青铜铸造的，不是用铁铸造的。”（出《尚书故实》）

又：陶贞白隐居在贝都山中，陶贞白曾经铸造了两把刀，一把刀叫“善胜”，另一把刀叫“宝胜”。这两把刀常常能自行飞去，人们看见那两把刀飞走的样子，像是两条青蛇一样。在陶贞白的传记上有这件事情的记载。（出《芝田录》）

张祖宅

唐高宗的乾封年间，有一个人在镇州东郊的野外，看见了两只白兔，那个人想捉到它们。忽然看见这两只白兔钻入地里就不见了。那个人在白兔钻入地里的地方挖掘查找，挖进去三尺多深的时候，得到了一双铜剑，这双古剑，做工异常特殊精妙。这件事情，当时是在长史张祖的家里听说的。（出《朝野佥载》）

唐仪

唐上元年中，令九品以上，佩刀砺等袋。彩帨为鱼形。结帛作之。取鱼之象，强之兆也。至天后朝乃绝。景云之后，又复前饰。（出《朝野佥载》）

唐中宗

唐中宗令扬州造方丈镜。铸铜为桂树，金花银叶。帝每常骑马自照，人马并在镜中。（出《朝野佥载》）

宋青春

唐开元中，河西骑将宋青春骁果暴戾，为众所推。西戎尝岁犯边境，青春每临阵，必独运剑大呼，执馘而旋，未尝中锋镝。西戎惮之，一军咸赖焉。后吐蕃大北，获生口数千。军帅令译问衣大虫皮者，尔何不能害之。答曰："但见青龙突阵而来，兵仞所及，若叩铜铁，以为神助将军也。"青春乃知剑之灵。青春死后，剑为瓜州刺史季广琛所得。或风雨后，迸光出室，环烛方丈。哥舒翰镇西凉，知之。求易以他宝，广琛不与。因赠之诗曰："刻舟寻已化，弹铗未酬恩。"（出《酉阳杂俎》）

唐仪

唐高宗上元年间的时候，朝廷命令九品以上的官员，必须佩带装有刀和砺石等做成的饰袋。饰袋的制作方法是：先在彩帕上绘出鱼形，再用丝线绣出真色的图案，缝制成袋，做成鱼的样子，以表示强盛。到武则天临朝执政的时候，才杜绝佩带这种鱼袋的习惯。到唐睿宗景云年间的时候，又恢复了这种佩饰的习俗。（出《朝野佥载》）

唐中宗

唐中宗命令扬州的地方官吏给他制作一面一丈见方的镜子。并且在铜镜上铸出桂树，再在树的上面镶嵌上金花银叶。唐中宗常常骑马时照这面大镜子，人和马都可以照进镜子里面。（出《朝野佥载》）

宋青春

唐玄宗开元年间的时候，河西有一位骑将叫宋青春，宋青春的性格骁悍暴戾，宋青春手下的将士非常推崇。西戎常年侵犯边镜，宋青春每次与入侵的胡人作战，必定是一个人手挥宝剑大声吼叫着冲入敌军，割下被杀死的敌军将士的左耳胜利归来，宋青春从未中过敌军的刀箭。西戎的军队都很惧怕宋青春。唐朝的军队也都仰仗着宋青春击退入侵的敌军。后来，前来进犯的吐蕃军被打得大败，唐军俘虏了几千人。唐军统帅让翻译问一个穿虎皮衣服的敌军俘虏说：“你们为什么伤害不到我方的宋将军呢？”那个俘虏回答说：“每次宋将军上阵的时候，都会见出现一条青龙向阵中突来。宋将军手中的那把利剑所到之处可以削铜断铁，我们手中的兵器纷纷被它砍断。我们都认为他是有神力相助的将军啊！”到这时，宋青春才知道他用的是把通灵宝剑。宋青春去世后，这把宝剑落入瓜州刺史季广琛手中。有时下雨之后，这把宝剑会自行迸发出光芒，会照耀周围一丈远的地方。哥舒翰镇守西凉的时候，得知这把宝剑的灵性，曾经用

武胜之

唐开元末，太原武胜之为宣州司士，知静江事。忽于滩中见雷公践微云逐小黄蛇，盘绕滩上。静江夫戏投以石，中蛇，铿然作金声。雷公乃飞去，使人往视，得一铜剑。上有篆“许旌阳斩蛟第三剑”云。（出《广异记》）

李守泰

唐天宝三载五月十五日，扬州进水心镜一面。纵横九寸，青莹耀日。背有盘龙长三尺四寸五分，势如生动。玄宗览而异之。进镜官扬州参军李守泰曰：“铸镜时，有一老人，自称姓龙名护。须发皓白，眉如丝，垂下至肩，衣白衫。有小童相随，年十岁，衣黑衣。龙护呼为玄冥。以五月朔忽来，神采有异，人莫之识。为镜匠吕晖曰，老人家住近，闻少年铸镜，暂来寓目。老人解造真龙，欲为少年制之，颇将惬于帝意。遂令玄冥入炉所，扃闭户牖，不令人到。经三日三夜，门左洞开。吕晖等二十人于院内搜觅，失龙护及玄冥所在。镜炉前获素书一纸，文字小隶云：‘镜龙长三尺四寸五分，法三才。象四气，禀五行也。纵横九寸，类九州分野。镜鼻如明月珠焉。开元皇帝圣通伸灵，吾遂降祉。斯镜可以辟邪，鉴万物。秦始皇之镜，无以加焉。’歌曰：‘盘龙盘龙，隐于镜中。分野有象，变化无穷。兴云吐雾，行雨生风。上清仙子，来献圣聪。’吕晖等遂移镜炉置船中，以五月五日午时，乃于扬子江铸之。未铸前，天地清谧。兴造之际，左右江水忽高三十余尺，如雪山浮江，又闻龙吟，如笙簧之声，达于数十里。稽诸古老，自铸镜以来，未有如斯

别的珍宝向季广琛换取这把宝剑。季广琛没有答应，只是回赠了一首诗道："刻舟寻已化，弹铗未酧恩。"（出《酉阳杂俎》）

武胜之

唐朝开元末年的时候，太原人武胜之出任宣州司士，主持静江的政务。一次，武胜之忽然发现在江边的沙滩上，雷公踏着薄云在追逐着一条小黄蛇，在沙滩上绕来绕去。武胜之随意投去一块石头，击中了蛇，接着发出了一声"铿"的声响，像击中金属发出的声音，雷公随之也飞走了。武胜之派人前去察看，正好捡到一把铜剑。剑上刻有篆文"许旌阳斩蛟第三剑"。（出《广异记》）

李守泰

唐玄宗天宝三年五月十五日的时候，扬州进献了一面长宽各九寸的水心镜。镜面青莹净亮，十分耀眼。镜的背面盘着长三尺四寸五分一条龙，龙的形态生动，就像真龙一样。唐玄宗观赏后，觉得这面镜子不同一般。进献这面镜子的官员是扬州的参军叫李守泰，李守泰启奏唐玄宗说："我们铸造这面镜子的时候，来了一位老人，老人说自己姓龙叫龙护。那位老人须发花白，眉毛如丝，下垂到肩上，老人身上穿着白衫。有一个小童跟随着老人左右，年纪大概十岁的样子，那位小童身穿黑衣，老人称那位小童叫'玄冥'。他们是在五月初一这天，突然来到铸镜的现场。他们的神态跟一般人不一样，所有在场的人都不认识他们。那位老人对镜匠吕晖说他家就住在附近，听说你要铸镜，所以特来观看。又说他知道在镜上铸造真龙的方法，愿意为吕晖制作一条，这条龙将特别取得皇上的欢心。之后，就让随老人来的那个叫玄冥的小童，进到安放镜炉的院子里，并让人从外面将门窗关闭好，不让任何人进入院子里面。过了三天三夜后，左门洞开。吕晖等二十个人在院子里面搜查寻找，找不到那位老人和小童的踪影了，只是在镜炉前边找到了一纸素书，是用小篆写的，信里面的内容如下：'镜龙长三尺四寸五分，法三才。象四气，禀五行也。

之异也。”帝诏有司，别掌此镜。

至天宝七载，秦中大旱。自三月不雨至六月。帝亲幸龙堂祈之，不应。问昊天观道士叶法善曰：“朕敬事神灵，以安百姓。今亢阳如此，朕甚忧之。亲临祈祷，不雨何也？卿见真龙否乎？”对曰：“臣亦曾见真龙，臣闻画龙四肢骨节，一处得以似真龙，即便有感应。用以祈祷，则雨立降。所以未灵验者，或不类真龙耳。”帝即诏中使孙知古，引法善于内库遍视之。忽见此镜，遂还奏曰：“此镜龙真龙也。”帝幸凝阴殿，并召法善祈镜龙。顷刻间，见殿栋有白气两道，下近镜龙。龙鼻亦有白气，上近梁栋。须臾充满殿庭，遍散城内。甘雨大澍，凡七日而止。秦中大熟。帝诏集贤待诏吴道子，图写镜龙，以赐法善。（出《异闻录》）

陈仲躬

唐天宝中，有陈仲躬家居金陵，多金帛。仲躬好学，修词未纵横九寸，类九州分野。镜鼻如明月珠焉。开元皇帝圣通伸灵，吾遂降祉。斯镜可以辟邪，鉴万物。秦始皇之镜，无以加焉。’歌曰：‘盘龙盘龙，隐于镜中。分野有象，变化无穷。兴云吐雾，行雨生风。上清仙子，来献圣聪。’吕晖等人看罢后，就将镜炉移到了船上，五月五日午时的时候，在扬子江上铸镜。还没有铸镜的时候，当时的气氛还很平静。铸镜的时候，左右的江水忽然涨高了三十多尺，像一座雪山浮在江面上。当时人们又听到了龙吟，龙吟像是笙簧吹鸣的声音，龙吟的声音一直传到几十里地以外。我们走访了当地所有的老年人，都说打铸镜以来，从未见过这样怪异的事情啊！”唐玄宗诏令有关官员，将这面水心镜单独放置在一个地方。

到了天宝七年的时候，秦中大旱。从三月起没有降雨，大旱一直持续到了六月。唐玄宗亲自到龙堂祭祀祈雨，但是老天一点反应也没有。唐玄宗问昊天观的道士叶法善说：“我尊敬地来侍奉神灵，以求安抚百姓。现在大旱这个样子，我十分忧虑，所以亲自到龙堂祈雨，老天为什么还不降雨呢！道长你见过真龙吗？”叶法善说：“贫道我曾见过真龙。贫道听说画龙的四肢骨节，有一个地方得似真龙，就会立即有感应。如果用这种方法来祈祷，就会立刻降起来雨的。之所以皇帝您亲自祈雨但是未获灵验，大概是龙堂上画的龙不类似真龙吧。”唐玄宗听了叶法善这番话后，立即诏令中使孙知古，带领叶法善道长去皇宫内库各处查看。叶法善道长忽然看见这面水心镜，立即返回奏唐玄宗说：“宫内水心镜背面是真龙啊！”唐玄宗亲临凝阴殿，同时召见叶法善道长祈祀镜子上面的龙。顷刻之间，只见房梁间有两道白气降下来，接近镜子上的龙。镜子上的龙的鼻上也升出白气向上接近房梁。刹那间，云气充满殿庭，遍布京城。大雨倾盆而降，下了七天才停止。这年秋天的时候，秦中大丰收。唐玄宗特意在集贤殿诏见吴道子，临摹镜子上的龙的图像，用来赏赐叶法善道长。（出《异闻录》）

陈仲躬

唐代天宝年间的时候，有一位叫陈仲躬的书生，陈仲躬的家住成，携数千金，于洛阳清化里，假居一宅。其井甚大，常溺人，仲躬亦知之。以靡有家室，无所惧。仲躬常习学不出。月余日，有邻家取水女可十数岁，怪每日来于井上，则逾时不去，忽坠井而死。井水深，经宿，方索得尸。仲躬异之。闲日，窥于井上，忽见水中一女子。其形状少丽，依时样妆饰。以目仲躬，凝睇之际，以红袂半掩其面微笑，妖冶之姿，出于世表。仲躬神魂恍惚，若不支持。乃叹曰："斯为溺人之由也。"遂不顾而退。

后数月炎旱，此井水不减。忽一日水竭。清旦，有人叩门云："敬元颖请谒。"仲躬命入，乃井中所见者。衣绯绿之衣，其装饰铅粉，悉时制耳。仲躬与坐，讯曰："卿何以杀人？"元颖曰："妾非杀人者，此井有毒龙。自汉朝绛侯居于兹，遂穿此井。洛城内有五毒龙，斯其一也。缘与太一左右侍龙相得，每为蒙蔽。天命追征，多托故不赴集。好食人血，自汉以来，杀三千七百人矣，而水不耗涸。某乃国初方坠于井，遂为龙所驱使。为妖惑以诱人，用供龙所食。甚于辛苦，情所非愿。昨为太一使者交替，天下龙神尽须集驾。昨夜子时，已朝太一矣。兼为河南旱，勘责三数日方回。今井内已无水，君子诚能命匠淘之，则获脱斯难矣。若然，愿终君子一生奉养。世间之事无不致。"言讫，便失所在。仲躬当时即命匠，命一亲信，与匠同入井。嘱曰："但见异物即收。"至底无别在金陵，家里十分富有。陈仲躬非常好学，但是在赋诗、写文章这一方面一时没有成就，便带着几千金，来到东都洛阳的清化里，租了一所房屋居住了下来。陈仲躬居住的那所房屋庭院中有一口很大的井，那口井经常淹死人。陈仲躬知道这件事情，自恃没有家室住在这里，所以无所惧怕。陈仲躬住进这座院子里之后，总是自己在屋中学习，足不出户。邻居家有一位女孩，那位女孩大概有十几岁，每天都来到院子中的井边来提水。这一天，那位女孩又来提水，站在井边过了很长时间也没有离开，忽然就坠入井中淹死了。井水很深，隔了一宿，才将尸体打捞了上来。陈仲躬对女孩落井中淹死的这件事觉得有一些可疑。一天后，陈仲躬来到井边，探头向井下窥望，忽然看见水中出现了一位女子，那位女子容貌端丽可爱，与当时人的服饰一样，而且用眼睛看着陈仲躬，在凝视的时候，用红袖半掩脸面地向陈仲躬脉脉含情地微笑。妖媚妖冶，容貌出众。陈仲躬看得心动神迷，魂移魄惑，似乎都按捺不住自己的内心了。陈仲躬不由得叹息地说："难道这就是女孩落入井中淹死的缘由吗！"就再也不看井中的妖媚女子，转身回到屋里。

过了几个月，当时天气炎热大旱，但是院中这口井里的水一点也不见减少。忽然有一天井水突然干涸。早晨的时候，有人敲门说："敬元颖请求拜见相公。"陈仲躬让那个人进屋，发现正是那天在井中见到的那个妖丽的女子。那位女子身穿红色的衣服身披绿色的衣裳，脸上涂着脂粉丹红，跟洛阳城中的女人一样。陈仲躬让这位女子坐下，询问道："你为什么要诱杀人呢？"敬元颖回答说："我不是杀人的那种人。这口井中住有一条毒龙。自汉朝绛侯就住在这里，才挖成了这口井，这条毒龙就住在井中。洛阳城中有五条毒龙，这条龙是其中的一条。因为它同太一神左右的侍龙相处得很好，因此太一神每每被它所蒙蔽。上天征召它，大多数的时候找个理由不去赴会。这条毒龙喜爱喝人血。自汉朝以来，它已经吸食了三千七百多人的血啊！而且井里的水从来没有干涸的时候。我是国朝初年的时候坠入井中的，我被这条毒龙所驱使。为它引诱人坠入井中，供它吸食。很是辛苦，而且也不是我情愿这样干的。昨天，是太一神使者交物，唯获古铜镜一枚，阔七寸七分。仲躬令洗净，贮匣内。焚香以奉之，斯所谓敬元颖也。一更后，元颖忽自门而入，直造烛前设拜。谓仲躬曰："谢生成之恩，照浊泥之下。某昔本师旷所铸十二镜之第七者也。其铸时，皆以日月为大小之差。元颖则七月七日午时铸者也。贞观中，为许敬宗婢兰苕所堕。以此井水深，兼毒龙气所苦，人入者闷绝，故不可取，遂为毒龙所役。幸遇君子正直者，乃获重见人间耳，然明晨内，望君子移出此宅。"仲躬曰："某已用钱僦居，今移出，何以取措足之所？"元颖曰："但请君子饰装，一无忧也。"将辞去，仲躬复留之。问曰："汝安得有红绿脂粉状乎？"对曰："某变化无常，非可具述。"言讫，即无所见。明旦，忽有牙人叩户，兼领宅主来谒仲躬，便请移居，并夫役并足。未到斋时，前至立德坊一宅中。其大小价数，一如清化者。其牙人云："价值契本，一无遗缺。"并交割讫。后三日，其清化宅井，无故自崩。兼延及堂隅东厢，一时陷地。

接班的日子，天下龙神都得集驾到太一神那里。昨天夜里子时，各位龙神已经朝拜太一了。但是，河南大旱，太一神让群龙考察三五天才放它们回来。现在井里面已经没有水了。如果你能诚心让工匠下去淘井，就可以让我摆脱这条毒龙给我的苦难啊！如果您这么做，我愿终生侍奉公子。世间上的事情没有办不到的啊！”说罢，那位女子便不见了。陈仲躬当时就让一位工匠下井去挖掘，并派一名亲信仆人一起下到井底，陈中躬嘱咐仆人说：“到井底后，见到特殊的物件就将它取上来。”这位仆人随工匠下到井底后，没有见到其他东西，只拣得一面古铜镜，这个铜镜宽七寸七分。陈仲躬让仆人将古铜镜用水洗净，放在匣子里，焚香敬奉它。这面古铜镜就是敬元颖啊！当天晚上一更天后，敬元颖果然从门外走进屋来。一直走到香烛前下拜，对陈仲躬说：“感谢您搭救我的恩德，使我脱离了在井下照着污泥的苦差事。我原本是昔年师旷所铸的十二面铜镜中的第七面。师旷铸造我们时，都以日月为大小之差。元颖是七月七日午时铸造的，因此宽为七寸七分。贞观年间，是许敬宗的婢女兰苕将我坠入井中。因为这井的水特别深，又有毒龙吐出的毒气，下到井底的人都被闷死，因此没人将我捞取上来，就为毒龙所使役。幸亏遇到你这样正直的人，才得以重见人间啊！然而，明天早晨之前，希望您能搬出这所房子。”陈仲躬说：“我已用钱将这所宅院租赁下来了。现在马上要搬出去住，我一时能上哪里筹措到足够的租金呢？”敬元颖说：“现在就请你整装，不要有什么忧虑。”说着那位女子就要告辞。陈仲躬又将敬元颖留住，问道：“你怎么能打扮成现在这种样子的呀？”敬元颖说：“我变化无常，不是一一可以讲述出来的啊！”说完，立刻不见了。第二天早晨，忽然有一个买卖的中间人来叫门，领来一位房主来拜见陈仲躬，并请他立即搬家。外面车马夫役都准备好了，装上一应家具用品后，未到正午就来到立德坊的一所宅院中。这所宅院，大小和租金跟清化里那所宅院一样。领陈仲躬来的中间人说：“租金、房契都不缺少，并已交割完毕。”过了三天，陈仲躬原来住的清化里那所宅院的水井，无缘无故地自行崩塌了，一只延续到东侧的厢房，一时间地都陷下去了。

仲躬后文战累胜，为大官。有所要事，未尝不如移宅之效也。其镜背有二十八字，皆科斗书。以今文推而写之曰："维晋新公二年七月七日午时，于首阳山前白龙潭铸成此镜。千年在世。"于背上环书，一字管天文列宿。依方列之，则左有日而右有月。龟龙虎雀，并如其位。于鼻四旁题云："夷则之镜。"（出《博异志》）

曹王皋

唐嗣曹王皋有巧思，精于器用。为荆州节度使，有羁旅士人怀二羯鼓棬，欲求通谒。先启于宾府，宾府观者咸讶议曰："岂足尚耶？"对曰："但启之，尚书当解矣。"及见，皋捧而叹曰："不意今日获逢至宝。"指其钢匀之状，宾佐唯唯，或腹非之。皋曰："诸公心未信乎？"命取食柈，自选其极平正者。令置棬于柈心，以油注棬中，棬满而油无涓滴渗漏。皋曰："此必开元天宝中供御棬，不然无以至此。"问其所自，士人曰："某先人在黔中，得于高力士之家。"众方深伏。宾府又潜问士人："宜偿几何？"士人曰："不过三万。"及遗金帛器皿，其直果称是焉。（出《羯鼓录》）

这以后，陈仲躬赋诗、写文章，屡屡扬名，并且做了高官。不论有什么重要的事情，都像当年搬家的时候一样有人出来帮助。陈仲躬从井中得到的这面古铜镜，它的背面有二十八个字，都是蝌蚪文。用现代文翻译过来，大意是："维晋新公二年七月七日午时，于首阳山的白龙潭铸成此镜。这面古铜镜已经在人世间有一千年啦。"它背上的环书文字，一个字分管一个天文列宿，按照方位排列：左有日右有月，其中龟、龙、虎、雀，并列其位。在镜鼻的四周题有四字："夷则之镜。"（出《博异志》）

曹王皋

唐代的曹王李皋有巧思，精通各种器具古玩。李皋出任荆州节度使的时候，有位暂居在这里的读书人，带着两副制造羯鼓用的棬，请求通报求见李皋。这位读书人将两副棬先打开给李皋的幕僚们看。这些人看了后故作惊讶地说："这种平常的棬，还用献给曹王看吗？"读书人说："请您去通报一下，节度使看了它们一定会识别出来的。"待到通报后，曹王李皋见到了这两副棬，用手捧着赞叹地说："没想到今天还能遇到这么珍贵的宝物啊！"指着两副棬说："你们看看，这钢性，这均匀的质地。这是用钢铁精制而成的啊！"在座的众幕僚表面上唯口称是，心中都不以为然。李皋看出幕僚心中所想，说："你们心中不一定相信这是难得的宝物吧，请取来一用食柈。"食柈取来后，李皋亲自挑选出特别平整的食柈，将两副鼓棬打开重叠置放在食柈上面，让人将食油顷入棬中，直到注满为止。油一点也没渗漏出来。李皋说："这两副棬一定是开元、天宝年间向朝廷进贡的御棬。不然，没有制作这么精细的棬啊。"问献棬的读书人："你这两副棬是从哪儿得到的。"读书人回答道："我的先人在黔中的时候，是从当年玄宗皇帝的宫内总管高力士家中得到它们的。"位幕僚们才深深拜服。事后，幕僚们又暗中问这位读书人："估计曹王应偿给你多少钱？"读书人说："就三万吧。"到曹王李皋赠送给这位读书人金帛器皿等物后，这些幕僚计算了一下，这些东西的价值果然就在三万左右。（出《羯鼓录》）

渔 人

苏州太湖入松江口。唐贞元中，有渔人载小网。数船共十余人，下网取鱼，一无所获。网中得物，乃是镜而不甚大。渔者忿其无鱼，弃镜于水。移船下网，又得此镜。渔人异之，遂取其镜视之，才七八寸。照形悉见其筋骨脏腑，溃然可恶，其人闷绝而倒，众人大惊。其取镜鉴形者，即时皆倒，呕吐狼藉。其余一人，不敢取照，即以镜投之水中。良久，扶持倒吐者既醒，遂相与归家，以为妖怪。明日方理网罟，则所得鱼多于常时数倍。其人先有疾者，自此皆愈。询于故老，此镜在江湖，每数百年一出。人亦常见，但不知何精灵之所恃也。（出《原化记》）

渔人

唐德宗贞元年间的时候，在苏州太湖的松江口，有一位渔人载着小网捕鱼，湖上好几条船十多个人，打了大半天，没有打捞到一条鱼，却网到一面镜子，不大。那位渔人恼火没有打上来鱼，就将镜子丢入水中。渔人移船再撒网，又将这面镜子打上来了。渔人感到非常奇怪，其中有一位同行的渔人就将这面镜子拿在手中仔细观看。镜子大小约七八寸，但是照在人身上后，人的筋骨五脏六腑都能看到。这个渔人用它照视自己的肚腹，发现里面溃烂得让人恶心，那位渔人一下昏倒在地。其他的渔人都大吃一惊，纷纷拿起镜子照自己，渔人们都昏倒在地，呕吐不止。还剩下一位渔人没敢照镜子，慌忙将镜子又抛入水中。过了许久，那位渔人看到其他昏倒在地的渔人们都苏醒过来了。那位渔人将那些同行的渔人一一扶起来，相互搀扶着回到家里。大家都认为是遇上妖怪了。第二天那些渔人整理好网具又驾船出去打鱼，打到的鱼是平常的好几倍。而且，这些渔人之中，从前身上患有疾病的人，都痊愈了。那些渔人询问打鱼的老人们，有的老人说这面镜子在长江太湖之间，几百年才出现一次，有人曾经见到过。但是，却不知道是什么精灵的宝物。（出《原化记》）

卷第二百三十二　器玩四

符 载

唐符载文学武艺双绝，常畜一剑，神光照夜为昼。客游至淮浙，遇巨商舟舰，遭蛟作梗，不克前进。掷剑一挥，血洒如雨，舟舸安流而逝。后遇寒食，于人家裹柜粽，粗如桶，食刀不可用，以此剑断之讫。其剑无光，若顽铁，无所用矣。古人云："千钧之弩，不为鼷鼠发机。"其此剑之谓乎。（出《芝田录》）

破山剑

近世有士人耕地得剑，磨洗诣市。有胡人求买，初还一千，累上至百贯，士人不可。胡随至其家，爱玩不舍，遂至百万。已克明日持直取剑。会夜佳月，士人与其妻持剑共视。笑云："此亦何堪，至是贵价。"庭中有捣帛石，以剑指之，石即中断。及明，胡载钱至。取剑视之，叹曰："剑光已尽，何得如此？"不复买。士人诘之，胡曰："此是破山剑，唯可一用。吾欲持之以破宝山，今光芒顿尽，疑有所触。"士人夫妻悔恨，向胡说其事，胡以十千买之而去。（出《广异记》）

符载

唐朝人符载文武双全，曾经佩戴过一把会发光的宝剑，那把宝剑可以将夜间照成白昼。一次，符载到淮浙一带交游，遇到一位大商人驾驶的货船在水中遭到巨蛟的拦阻，不能继续航行了。符载拔出这把宝剑向巨蛟刺去，血水像下雨一样从巨蛟身上喷洒出来。于是，这只商船便安然无恙地驾驶离开了。后来，有一年寒食节，符载暂时借宿的家中用秬黍包裹粽子，有桶那么粗，用菜刀切割不了这种粽子。符载用他随身带着的这把宝剑去切。切完后，宝剑再也不发光了，变成了一块顽铁，这把宝剑就没什么大用了。古人说：“千钧之力的箭弩，不能用它去射鼷这样的小鼠。”这句话在这把宝剑身上得以验证了。（出《芝田录》）

破山剑

最近有一个人在耕地时拣到一把剑，磨洗之后，拿到集市上去卖。有一位北方的外族人要买这把剑。最初出一千文钱，后来价钱涨到一百贯，这个人还是不卖。买家跟随卖剑的这个人到家中，最后出了一百万贯买这把剑。双方约定好，明天这位外族人拿钱来取剑。这天晚上的时候，月色很好。这个人跟他的妻子在院中月光下，一块儿观看这把剑，笑着说：“这把剑有什么出奇的地方，值得那个胡人出那么高的价钱？”这个人的家中的院子里有一块捣衣石，说话间，这个男人随意用剑向这块捣衣石一指，捣衣石立时断为了两截。夫妻两个人也没有在意。第二天，那位买剑的胡人带着钱来到男人家，拿起宝剑一看，惊讶地说：“剑光已经没有了，你们是怎么弄

扬州贡

扬州旧贡江心镜，五月五日，扬子江所铸也。或言无百炼者，六七十炼则止。易破难成，往往有鸣者。（出《国史补》）

郑云逵

唐郑云逵少时得一剑，鳞铗星铓，有时而吼。常庄居，横膝玩之。忽有一人从庭树窣然而下，紫衣朱帻，被发露剑而立。黑气周身，状如重雾。郑素有胆气，佯若不见。其人因言："我上界人，知公有异剑，愿借一观。"郑谓曰："此凡铁耳。君居上界，岂藉此乎？"其人求之不已。郑伺更良久，疾斫之，不中。剸坠黑气著地，数日方散。（出《酉阳杂俎》）

张 存

唐段成式，其友人温介云："大历中，高邮百姓张存以踏藕为业。尝于陂中见旱藕稍大如臂，遂尽力掘之，深二丈，大至合的？”于是那位胡人就不买这把剑了。捡到剑的那位男人责问胡人为什么不买了？这位胡人说：“这是把破山剑，只可用一次，我想用这把剑刺破宝山。现在剑的光芒已经消失了。我怀疑你们用它触碰什么东西了。”夫妻俩听了之后异常悔恨，将昨天晚上用剑指断捣衣石的事情告诉了这位胡人。胡人最后用十千钱买走了这把剑。（出《广异记》）

扬州贡

扬州曾经向朝廷进贡过一个江心镜，那个江心镜是在五月五日这天，在扬子江上铸造的。有人说铸造镜子的时候没有一百次，也有六七十次。这面镜子有破损，极难铸成。铸成后，那个镜子常常自己发生鸣声。（出《国史补》）

郑云逵

唐朝人郑云逵小的时候曾经得到一柄剑，那柄剑鞘上布有鳞片，那柄剑很薄，像星星一样泛着亮光，而且那柄剑时常自己发出鸣叫声。有一次，郑云逵在家盘腿坐着把玩这把剑的时候。忽然，从院里的树上跳下一位身穿紫色衣服，戴朱红色的头巾的人，那人的头发披散着，手中持剑站在那里。那个人周身围有一团像浓雾的黑气。郑云逵向来颇有胆气，假装没看见，继续把玩弄怀中的宝剑。那位紫衣人说：“我是上界人，我得知你有一柄奇异的宝剑，希望你能借我看看。”郑云逵说：“这是一块凡铁啊。你既然住在天上，难道还顾念这么一块凡铁吗？”紫衣人一再请求郑云逵借他看看。郑云逵盯着那位紫衣人好长时间，突然挥剑砍过去，没有砍中。只削下来一团黑气落在地上，那团黑气好几天后才散去。（出《酉阳杂俎》）

张　存

唐朝人段成式，段成式有一位朋友叫温介，温介曾经讲过这样一件事：“大历年间的时候，高邮有一位叫张存的平民，张存以采藕

抱。以不可穷，乃断之。中得一剑长二尺，色青无刃，存不之宝。邑人有知者，以十束薪获焉。其藕无丝。”（出《酉阳杂俎》）

百合花

唐元和末，海陵夏侯一庭前生百合花，大如常数倍，异之。因发其下，得臂匣十三重，各匣一镜。至第七者，光不触，照日光环一丈。其余规铜而已。（出《酉阳杂俎》）

浙右渔人

唐李德裕，长庆中，廉问浙右。会有渔人于秦淮垂机网下深处，忽觉力重，异于常时。及敛就水次，卒不获一鳞，但得古铜镜可尺余，光浮于波际。渔人取视之，历历尽见五脏六腑，血萦脉动，竦骇气魄。因腕战而坠。渔人偶话于旁舍，遂闻之于德裕。尽周岁，万计穷索水底，终不复得。（出《松窗录》）

为业。一次，张存在池塘中发现一只旱藕，那只藕像胳臂那么粗。张存用尽全力去挖掘，挖掘到两丈深的时候，这只旱藕已经有双手合抱那么粗了，可是还没有挖到根部。张存没有办法，只好用刀将旱藕砍断，在藕中得到一柄剑，那柄剑长二尺，剑身呈青色，只是这柄剑没有开刃。张存不想留着这把剑，城里有一个人得知这事后，用十捆柴薪将这柄剑买了下来。砍断的那只旱藕的里面没有藕丝。”（出《酉阳杂俎》）

百合花

唐代元和末年的时候，海陵有一位夏侯的一间院子的里房前生出一株百合花，这株百合比一般的百合花大好几倍，夏侯觉得奇怪。因此夏侯挖掘这株花，夏侯得到了十三个劈匣，每个匣子里面放有一面镜子。第七只个匣子里面放的镜子，光面没有被腐蚀，对着太阳照映出的光环有一丈。剩下的十二面镜子，都只是铜镜而已。（出《酉阳杂俎》）

浙右渔人

唐朝长庆年间，宰相李德裕查访浙右的时候。当时有一位渔人在秦淮下机网到深水处捕鱼，那位渔人起网的时候觉得网特别沉，跟往常的重量太不一样。等到渔人将网捞起到临近水面时，发现渔网里面没有网到一条鱼，里面只有一面古铜镜，这面铜镜有一尺多那么大，镜面泛动的光影照耀在水波之间。打鱼人将镜子拿在手中照看，发现自己的五脏六腑清清楚楚地映现在镜子里面。血在血管里流动的情形，都能看到，让人感到有一种摄人神魄的恐惧。那位渔人手腕一抖，镜子又坠入水中。一次，那位渔人偶然在别的地方谈到这件事，让李德裕听到了。李德裕让人在镜子落水的地方打捞。用了一年的工夫，想尽各种办法，也没有打捞着这面古镜。（出《松窗录》）

元 祯

唐丞相元祯之镇江夏也，常秋夕登黄鹤楼。遥望其江之湄，有光若残星焉，遂令亲信一人往视之。其人棹小舟，直诣光所，乃钓船中也。询彼渔者，云："适获一鲤，光则无之。"其人乃携鲤而来。既登楼，公命庖人剖之。腹中得镜二，如钱大，而面相合。背则隐起双龙，虽小而鳞鬣爪角悉具。精巧且泽，常有光耀。公宝之，置卧内巾箱之中。及相国薨，镜亦亡去。（出《三水小牍》）

李德裕

唐太尉卫公李德裕，尝有老叟诣门。引五六辈舁巨桑木请谒焉，阍者不能拒之。德裕异而出见，叟曰："此木某家宝之三世矣。某今年耄，感公之仁德，且好奇异，是以献耳。木中有奇宝，若能者断之，必有所得。洛邑有匠，计其年齿已老，或身已殁。子孙亦当得其旨。设非洛匠，无能有断之者。"公如其言，访于洛下，匠已殂矣。子随使而至。玩视良久曰："可徐而断之。"因解为二琵琶槽，自然有白鸽，羽翼嘴足，巨细毕备。匠料之微失，原薄不中，一鸽少其翼。公以形全者进之，自留其一。今犹在民间。水部员外卢延让，见太尉之孙，道其事。（出《录异记》）

元 禎

唐朝宰相元禎镇守江夏的时候，曾经在一个秋天的晚上登临黄鹤楼。元禎远远地看见长江的岸边，有东西像有星光一样闪烁，于是派一位亲信去查看情况。那位亲信划着小舟到亮光的地方，发现是一艘渔船的附近。那位亲信询问渔人那个光是怎么回事，渔人回答说："我刚才捕捞到一条鲤鱼，这条鲤鱼冒出的光世所罕见。"那位亲信带着那条鲤鱼回到黄鹤楼上，元禎命人剖开鱼肚子查看。发现那条鲤鱼的肚子里面有两面像铜钱大小的镜子，镜面相互吻合。镜子的背面隐约地刻着两条龙，刻在镜子上的龙虽然小，但是龙身上的鳞和毛一应俱全。镜子刻画得十分精巧，而且经常能反射出光芒。元禎十分喜欢这两面镜子，因此就把这两面镜子放在衣柜里面等到元禎去世后，这两面镜子也就消失了。（出《三水小牍》）

李德裕

唐朝的李德裕担任太尉的时候，曾经有一位老翁来到府门前，请求拜见李德裕。这位老翁让人抬着一棵在他家生长了五六代的巨大桑木，守门人没法阻拦就进去通禀。李德裕觉得不寻常，于是就出来接见了这位老翁。这位老翁说："这棵桑木在我家已经珍藏三代了。我现在已经到了耄耋之年，我很是敬佩您的仁德，也听说太尉您非常喜好稀奇古怪的东西，因此将这棵桑木奉送给您。这棵桑木之中有奇宝，如果让一个技术非常高的匠人调理这棵桑木，就能得到这奇宝。据说洛阳城里有一名匠人能调理它，但是他的年岁已经非常年迈了，可能已经去世后了。可是那位工匠大概还有子孙，也一定能承继下那位匠人的技艺。如果不是洛阳这家工匠调理这棵桑木，估计就没有人能调理好这棵桑木了。"李德裕按照老翁的话，派人到洛阳去寻扎那位老匠人，发现那位老匠人果然已经去世了。因此李德裕将老匠人的儿子召到了府上。这位老匠人的儿子，将桑木反复地把玩、察看了许久，老匠人的儿子说："这棵桑木可以慢慢地调理。"之后老匠人的儿子从桑木中剔解出二枚琵琶槽，每枚槽的上面

甘露僧

唐润州甘露寺僧某者道行孤高，名重江左。李卫公德裕廉问日，常与之游。及罢任，以方竹杖一枝留赠焉。方竹出大宛国，坚实而正方，节眼须牙，四面对出，实卫公之所宝也。及再镇浙右，其僧尚在。公问曰："前所奉竹杖无恙否？"僧对曰："已规圆而漆之矣。"公嗟惋弥日。（出《桂苑丛谈》）

令狐绹

唐丞相令狐绹因话奇异之物，自出铁筒，径不及寸，长四寸，内取小卷书于日中视之，乃九经并足。其纸即蜡浦团，其文匀小。首尾相似，其精妙难以言述。又倾其中，复展看轻绢一匹。度之四丈无少，秤之才及半两，视之似非人世所。按"所"字下脱佚甚多，"返报"二字以下似系《虔州刺使》条下之下半，中脱《裴岳》等四条。返报，太守惧。追叟欲加刑，叟曰："乞使君不草草，某知书，褚辈只须此笔。乞先见相公书迹，然后创制。"太守示之，叟笑曰："若如此，不消使君破三十钱者，且更寄五十管。如不称，甘鼎镬之罪。"仍乞械击，俟使回期。太守怒稍解，且述叟事。云："睹相公神翰，都有一只由木头纹理自然生成的白鸽，鸽子身上的羽、翼、足、嘴，一应俱全。由于老工匠的儿子的技艺不到家，在剔解桑木的时候小有差误，做出来的琵琶槽薄厚有些不均匀，其中的一只鸽身上少了翅膀。李德裕将其中有全形鸽身的琵琶槽进献给了皇上，少了鸽子翅膀的那枚琵琶槽就自己留了下来。这枚琵琶槽现在还流传在民间。水部员外卢延让见过李德裕的孙子，李德裕的孙子曾经说起过这件事。（出《录异记》）

甘露僧

唐朝润州有一座甘露寺，寺里面有一位得道高僧，这位高僧在江左很出名。李德裕在查访的时候经常与这位高僧交游。等到李德裕任满的时候，把一条方竹杖赠给了那位高僧。方竹本出自大宛国，这种竹子呈方形而且十分坚硬，竹节的须、牙在四周成对出现，李德裕非常喜欢这条竹杖。等到李德裕再次镇守浙右的时候，那位高僧还在这里。于是李德裕问那位高僧说："我之前赠给您的那条竹杖怎么样了？"那位高僧回答说："已经被我规成圆形并且涂上漆了。"李德裕为那条竹杖感叹了好几天。（出《桂苑丛谈》）

令狐绹

唐朝有一位丞相叫令狐绹，有一次说到世间奇异的东西的时候，令狐绹拿出一只直径不到一寸，长四寸的铁管，从中取出一卷小书，对着太阳光观看，发现是一部完整的《九经》。这部书所用的纸是蜡蒲团纸，上面的经文均面小，头尾相似，这本书的精致奥妙是难以形容的。令狐绹将小铁筒倒着动了几下，又倒出一件东西，展开一看是一匹轻绢。令狐绹量了一下，这匹轻绢正好四丈；令狐绹又称了一下，这匹轻绢只有半两重。这匹绢布的精巧，不像是人世间的东西。按："所"字以下有很多脱佚，"返报"二字以下疑似是《虔州刺使》条的下半部分，中间缺《裴岳》等四条。某人返回来报告，太守十分害怕，下令追查老翁，并想给老翁加罪。老翁说："希望大人不要随随

宜此等笔。”相府得之，试染翰甚佳。复书云：“笔大可意，宜优赐匠人也。”太守喜，以束帛赠叟而遣之。（出《芝田录》）

周邯

唐周邯自蜀沿流，尝市得一奴，名曰水精，善于探水，乃昆仑白水之属也。邯疑瞿塘之深，命水精探之。移时方出，云：“其下有关，不可越渡，但得金珠而已。”每遇深水潭洞，皆命奴探之，多得宝物。闻汴州八角井多有龙神，时有异手出于井面。欲使水精探之，而犹豫未果。其友邵泽有利剑，常自神之。解剑授奴，遣之入井。邯与泽于外以俟之，悄然经久，忽见水精高跃出井，未及投岸，有大金手拿之复入，剑与奴自此并失。邯悲其水精，泽恨其宝剑，终莫穷其事。他日，有人谓邯曰：“此井乃龙神所处，水府灵司。岂得辄犯，可祭而谢之。”邯乃祭谢而去。（出《原化记》）。

便便地给我加罪。我也懂得书法，褚遂良只要这样的笔。恳求您先让我看看褚相公的书法真迹，这样我才能制作笔。”太守取出褚遂良的书法真迹给老翁看。老翁看完后笑着说：“就像这样，不需要太守你破费三十钱，我还可以给你五十管笔。如果不称褚遂良的意，我甘愿下油锅。”说完，老翁仍旧恳求戴上刑枷，让太守等待回信再作决定。太守的怒气消了些，写封书信给褚遂良，并且向褚遂良讲述了老翁的事情，信上说：“看了您的墨宝，我认为这样的笔适合您。”褚遂良得到笔后，试着书写一下，觉得非常好，写一封回信说：“我非常满意这笔，应该赏赐这制笔的匠人。”太守见到回信后非常高兴，赠送老翁五匹束帛就让老翁回去了。（出《芝田录》）

周邯

唐朝人周邯从蜀乘船顺长江而下，在途中买到一个奴仆，名叫水精，擅长潜水，水精自称是昆仑白水地方的人。周邯怀疑瞿塘峡有多深，就命令水精潜水探测，过了一个时辰水精才浮出水面，水精说：“瞿塘峡底下有一座关，不能够渡过去，只得到一些金珠而已。”从此，周邯每次遇到深水潭洞都让水精潜下去探察，周邯因此得到无数的珍宝。后来，周邯听说汴州八角井中多数里面都有神龙，经常有一只怪异的大手伸出井面来，周邯便想让水精潜入井底探察一下。正在犹豫的时候，周邯的友人邵泽将自己非常喜爱的一柄宝剑借给水精。于是，周邯就让水精潜下井底，周邯与邵泽在井边等候。等了很长时间，井底下一点动静也没有。二人正在疑惑间，突然水精从井中高高地跃出井外，还没来得及跳到地上，从井内伸出一只金黄色的大手，一把将水精拽入井中。水精与友人的宝剑，再也没有从井中出来。周邯为失去水精而悲伤，邵泽也因为失去宝剑而非常惋惜。然而，二人始终不知道这是怎么一回事。后来，有人对周邯说：“这口井是原来神龙居住的地方，水府里的神署，人类怎么能够触犯呢？你赶快祭祀谢罪吧。”于是，周邯向这口井祭祀，向水府表示谢罪后，就离开了汴州。（出《原化记》）

真阳观

新浙县有真阳观者，即许真君弟子曾真人得道之所。其常住有庄田，颇为邑民侵据。唐僖宗朝，南平王锺传据江西八州之地。时观内因修元斋，忽有一香炉自天而下。其炉高三尺，下有一盘。盘内出莲花一枝，花有十二叶。叶间隐出一物，即十二属也。炉顶上有一仙人，戴远游之冠，着云霞之衣，相仪端妙。左手搘颐，右手垂膝，坐一小盘石。石上有花竹流水松桧之状，雕刊奇怪，非人工所及也。其初降时，凡有邑民侵据本观庄田，即蜚于田所，放大光明。邑民惊惧，即以其田还观，莫敢逗留。南平王闻其灵异，遣使取炉，至江西供养。忽一日失炉，寻之却至旧观。道俗目之为瑞炉。故丞相乐安公孙偓南迁，路经此观。留题。末句云："好是步虚明月夜，瑞炉蜚下醮坛前。"其瑞炉比如金色，轻重不定。寻常举之，只可及六七斤。曾有一盗者窃之，虽数人亦不能举。至今犹在本观，而不能复蜚矣。（出《玉堂闲话》）

陴湖渔者

徐宿之界有陴湖，周数百里。两州之莞蒲萑苇，迨芰荷之类，赖以资之。唐天佑中，有渔者于网中获铁镜，亦不甚涩，光犹可鉴面，阔六五寸，携以归家。忽有一僧及门，谓渔者曰："君有异物，可相示乎？"答曰："无之。"僧曰："闻君获铁镜，即其物也。"遂出之。僧曰："君但却将往所得之处照之，看有何睹。"如

真阳观

新泽县境内有一座真阳观。这座真阳观，是晋朝仙人许逊真君的弟子曾真人得道成仙的地方。道观的庄田，受到附近住户的严重侵占。唐僖宗在位期间，南平王钟传镇守江西八州的时候。当时，观里正在修缮房屋，忽从天上降落下来一只香炉。这个香炉高三尺，下面有一只托盘，盘里长着一枝莲花，上面长着十二片莲叶，每片莲叶上隐约浮现一种动物，仔细观察后发现是十二生肖。炉顶上有一位仙人，头戴远游的帽子，身穿云霞一样的衣裳。这位仙人相貌端庄神妙，左手撑着脸颊，右手垂扶在膝盖上，下面坐着一只小盘石。石上刻画有花竹、滚水、松、桧等图形，但是雕刻的非常奇怪，不像是人工能刻出来的。这位仙人一降落到地上，凡是被附近住户侵占的庄田，这位仙人就在那里出现，大放光明。住户们惊恐害怕，当即将侵占的庄田都退还给道观，一刻也不敢延误。南平王钟传听说这件事后，派人来到真阳观，将这只仙炉取回江西供养。忽然有一天晚上，仙炉不胫而走。南平王派人寻找，结果这只仙炉又从江西又回到真阳观内。观里的道士和附近的乡民，都将它看成能给人带来祥瑞的仙炉。丞相公孙偓全家南迁的时候，途中经过真阳观，为这只仙炉题留一首诗。这首诗的结尾两句是："好是步虚明月夜，瑞炉蜚下醮坛前。"这只香炉呈金黄色，时轻时重。平常里人们用手举这座香炉，也就六七斤重。一次窃贼来偷这座香炉，即使来了好几个人也搬不动它。这座香炉至今还在真阳观里，但是再没飞走过。（出《玉堂闲话》）

陴湖渔者

在徐、宿两州临界的地方有一处湖泊叫陴湖，湖占地几百里。两州临湖而居的乡民们，都靠着湖里生长的莞、蒲萑、苇、茭、荷等物生活。唐朝天佑年间的时候，有一位渔人打捞到一枚五六寸大的铁镜，镜面不是那么光滑，但是镜子光亮的程度还可以照人。这位渔人将铁镜带回家中，这时候忽然来了一位僧人，那位僧人在门口跟这位其言而往照，见湖中无数甲兵。渔者大骇，复沉于水。僧亦失之。耆老相传，湖本陴州沦陷所致，图籍亦无载焉。（原缺出处，明抄本作（出《玉堂闲话》）

文谷

伪蜀词人文谷，好古之士也。尝诣中书舍人刘光祚，喜曰："今日方与二客为约，看予桃核杯。"文方欲问其由，客至。乃青城山道士刘云，次乃升宫客沈默也。刘谓之曰："文员外亦奇士。"因令取桃核杯出视之。杯阔尺余，纹彩灿然，真蟠桃之实也。刘云："予少年时，常游华岳。逢一道士，以此核取瀑泉盥洗，予睹之惊骇。道士笑曰：'尔意欲之耶。'即以半片见授。予宝之有年矣。"道士刘云出一白石，圆如鸡子。其上有文彩，隐出如画，乃是二童子，持节引仙人，眉目毛发，冠履衣帔，纤悉皆具。云："于麻姑洞石穴中得之。"沈默亦出一石，阔一寸余，长二寸五分。上隐出盘龙，鳞角爪鬣，无不周备。云："于巫峡山中得之。"文谷一日尽睹此奇物，幸矣。（出《野人闲话》）

渔人说："你有一件特殊的东西，可以拿出来让贫僧看看吗？"这位渔人回答说："我家中没有什么特殊的东西啊！"那位僧人说："听说你打鱼时得到一面铁镜。就是这面镜子，贫僧想看看。"渔人取出铁镜给那位僧人看。僧人看完对渔人说："你拿着这面铁镜再到你网到它的地方去照一照，看看都看到了什么？"渔人按这位僧人告诉的方法去湖上一照，立即看见湖中有无数甲兵。渔人大惊失色，又将这面铁镜扔入湖水中。那位僧人从此也不知去向。老人们相传说：这个湖是陴州塌陷后形成的。但是地图、典籍上，都没有这方面的记载。（原缺出处，明抄本作出《玉堂闲话》）

文谷

五代时，后蜀王建王朝有位词人叫文谷，文谷是一位古玩收藏观赏家。一次，文谷到中书舍人刘光禄家作客，刘光禄欣喜地告诉文谷说："今天刚刚跟两位客人约好了，来看我的桃核杯。"文谷正想问刘光禄其中缘由，正好二位客人来了。其中一位是城山道士刘云，另一位是升宫客沈默。刘光禄对两位客人介绍说："这位文员外也是一位奇士。"说着，让家人取出核桃杯给他们观赏。这只桃核杯有一尺多宽，桃核杯上面的纹彩灿烂光亮，是真蟠桃的果实。刘光禄说："我年少的时候，一次游华山，遇到一位道士，用这枚蟠桃核汲取山泉水洗脸，我看到后非常诧异。那位道士笑着说：'你想要这个蟠桃核吗？'之后，那位道士将半片蟠桃核送给了我。我珍藏它有很多年了！"看过蟠桃核杯后，道士刘云从杯中拿出一颗圆如鸡蛋的白石。石上有纹彩，隐约如画。仔细看，是二位童子手持符节为一位仙人引路。他们的眉眼毛发、帽子、鞋、衣裳、斗披都刻画得清清楚楚。刘云道士说："这颗白石是在麻姑洞石穴中得到的。"另一位客人沈默也取出一颗石头，这颗石头宽一寸多，长约二寸五分。石上隐约可见一条盘龙，鳞、角、爪、鬣一应俱全。沈默说："这颗石头是在巫峡山中得到的。"文谷一天之内能够观赏这么多的稀奇珍物，感到非常荣幸。（出《野人闲话》）

卷第二百三十三　酒酒量、嗜酒附

千日酒

昔有人名玄石，从中山酒家沽酒。酒家与千日酒，忘语其节。至家醉卧，不醒数日。家人不知，以为死也，具棺殓葬之。酒家至千日，乃忆玄石前来沽酒，醉当醒矣。遂往索玄石家而问之，云："石亡已三年，今服阕矣。"于是与家人至玄石墓，掘冢开视，玄始醒，起于棺中。（出《博物志》）

擒奸酒

河东人刘白堕者善于酿酒。六月中时暑赫，刘以罂贮酒，曝于日中。经一旬，酒味不动，饮之香美，醉而不易醒。京师朝贵出郡者，远相饷馈，逾于千里。以其可至远，号曰"鹤觞"，亦名"骑驴酒"。永熙中，青州刺史毛鸿宾带酒之任。路中夜逢劫盗，盗饮之皆醉，遂备擒获。因此复名"擒奸酒"。游侠语曰："不畏张弓拔刀，唯畏白堕春醪。"（出《伽蓝记》）

千日酒

从前有一位叫玄石的人，一天，玄石到中山酒店买酒。店家将“千日醉”卖给了他，忘了告诉他这是什么酒了。结果，玄石回到家里喝了千日醉之后，就醉倒在床上，一连好多天也没有醒过来。家里人不知道，以为玄石死了，就将玄石装入棺椁中埋葬了。到了一千天，卖酒的店家才想起一千天前来买酒的玄石，计算日子到今天应该醒酒了，因此店家到玄石家里询问情况。玄石的家里人说：“玄石已经死了三年啦，现在正好守丧期满。”于是这位店家跟玄石家里人一块儿来到玄石墓前，挖开坟墓，打开棺椁一看，玄石正好醒酒，自己从棺椁中走了出来。（出《博物志》）

擒奸酒

河东有一位叫刘白堕的人，刘白堕擅长酿酒。每到六月中旬的盛夏时节，刘白堕就将酒贮藏在罂瓮里，放在太阳底下曝晒。晒过十天后，酒的味道也不会变。这种酒的味道特别甘甜芳香，而且喝醉后不容易醒酒。京城里的显贵每次出京，都会不远千里带回刘白堕酿造的酒送人。所以刘白堕的酒能扬名千里之外，这种酒的名字叫“鹤觞”，又叫“骑驴酒”。晋惠帝永熙年间的时候，青州刺史毛鸿宾带着刘白堕酿造的“鹤觞”酒到任上。途中遇到劫道的贼寇，那些贼寇喝了鹤觞酒后都醉得不省人事。于是，这些盗贼都被捉拿了。从这以

若下酒

《舆地志》：村人取若下水以酿酒，醇美。俗称“若下酒”。张协士所云：“荆州乌程，豫北竹叶。”即此是也。（出《十道记》）

昆仑觞

魏贾擀家累千金，博学善著作。有苍头善别水，常令乘小舟于黄河中。以瓠匏接河源水，一日不过七八升。经宿，器中色如绛。以酿酒，名“昆仑觞”，酒之芳味，世间所绝。曾以三十斛上魏庄帝。（出《酉阳杂俎》）

碧筒酒

历城北有使君林。魏正始中，郑公悫三伏之际，每率宾僚避暑于此。取大莲叶置砚格上。盛酒三升。以簪刺叶，令与柄通。屈茎上，轮菌如象鼻。传吸之，名为“碧筒”。历下效之，言酒味杂莲气，香冷胜于冰。（出《酉阳杂俎》）

九酝酒

张华既贵，有少时知识来候之。华与共饮九酝酒，为酣畅，其夜醉眠。华常饮此酒，醉眠后，辄敕左右，转侧至觉。是夕，忘敕之。左右依常时为张公转侧，其友人无人为之。至明，友人犹后，刘白堕酿造的这种酒又被称作“擒奸酒”。当时在江湖上行走的侠士们说：“不惧怕箭射刀砍，只畏惧刘白堕酿的春酒啊！”（出《伽蓝记》）

若下酒

《舆地志》上记载：村里的乡民取来若下水酿酒，用若下水酿造出来的酒味道醇美，当地人称这种酒为“若下酒”。张协士说：“荆州的乌程酒，豫北的竹叶酒。”说的就是这种酒。（出《十道记》）

昆仑觞

魏人贾擳家财万贯，十分富有，而且贾擳见多识广，还能著书写文章。贾擳家里有一位仆人水性很好，贾擳经常让这位仆人乘坐小船驶到黄河中流，用葫芦接黄河源的水，一天才能接到七八升水。将取来的水放一宿，等到葫芦里的水变成绛色。再用取来的水酿酒，酿成的这种酒的名字叫“昆仑觞”。这种酒的甘美芳香，世上罕见。贾擳曾经进献给魏庄帝三十斛“昆仑觞”。（出《酉阳杂俎》）

碧筒酒

历城城北有一片使君林。魏齐王正始年间的时候，郑悫每到三伏天便率领宾朋属僚们到这里来避暑。郑悫让家人拿来硕大的莲叶放在砚格上面，再盛酒三升。之后，郑悫再用簪子刺莲叶，让它与莲叶的柄相通，再将叶柄弯曲成象鼻那样，宾朋相传饮吸，郑悫将这种喝法起名叫“碧筒”。后来人们争相效仿，说这样喝酒味中掺进去莲花的清香，酒中香冷胜于冰镇。（出《酉阳杂俎》）

九酝酒

张华发迹后，张华小时候的朋友来看望张华，张华就用九酝酒来招待这位小时候的老朋友，二人喝得非常畅快。这天晚上，二人都喝得大醉，躺下就睡着了。张华经常喝九酝酒。每次喝酒后睡觉的

不起。华咄云："此必死矣。"使视之，酒果穿肠流，床下滂沱。（出《世说》）

消肠酒

张华为醇酒，煮三薇以渍曲蘖。蘖出西羌，曲出北胡。胡中有指星麦，四月火星出，获麦而食之。蘖用水渍，三夕而麦生萌芽。以平旦时鸡初鸣而用之，俗人呼为"鸡鸣麦"。以酿酒，清美鬯。久含令人齿动，若大醉不摇荡，使人肝肠烂，当时谓之"消肠酒"。或云，醇酒可为长宵之乐。二说声同而事异焉。（出《王子年拾遗记》）

青田酒

乌孙国有青田核，莫知其树与实。而核大如五六升瓠，空之盛水，俄而成酒。刘章曾得二枚，集宾设之，可供二十人。一核方尽，一核所盛，复中饮矣。唯不可久置，久则味苦难饮。因名其核曰"青田壶"，酒曰"青田酒"。（出《古今注》）

时候，都令家里人来将自己翻转来，调过去，一直到张华醒酒才停下来。这天晚上，张华忘了告诉家人。仆人像往常一样翻转张华。张华的那位朋友却没有人去照看。等到天亮的时候，张华的朋友还没有醒过来。张华惋惜地说："我这位朋友一定是去世了。"张华派人过去查看，发现酒穿过张华的这位朋友的胃里流了出来，床下流淌着一地的酒水。（出《世说》）

消肠酒

张华酿造的醇酒，需要煮三次薇草再浸泡曲麦蘖。蘖产在西羌，曲出产在北胡。胡地产一种指星麦。据说这种麦子是在农历四月火星出来的时候再收割吃。蘖用水浸泡，经过三个晚上后，麦子泡出蘖芽。在天刚亮鸡第一次次打鸣时候，用蘖芽来酿酒。民间称蘖芽为"鸡鸣麦"。用这种鸡鸣麦酿的酒，清美甘醇，芳香持久。如果喝到嘴里含着不咽，时间长了，能将牙齿泡松动。如果喝醉了不翻转摇动身体，能将人的肝肠浸烂。当时人称这种酒为"消肠酒"，还有人说："这种醇酒可以让你长宵欢乐。"两种说法，异曲同工，但是包含的内容却不一样啊。（出《王子年拾遗记》）

青田酒

乌孙国出产一种青田核，但是不知道青田核是什么树结的，也不知道青田核的果实是什么样子的。这种青田核能盛五六升东西的葫芦那么大。用这种空核盛水，不一会儿，水就会变成酒。有一位叫刘章的人，曾得到过两枚青田核，将朋友邀来设酒宴。这两枚青田核酿出来的酒，可以供得上二十个人来喝。一核的酒才饮完，另一核中的水就又变成了酒，可以继续饮酒。但是，不能将青田核里面的水放得时间长了。时间长了，青田核里面的酒就会变得味道苦涩难以饮下。因此，又管青田核称作"青田壶"，用青田核酿造出来的酒叫"青田酒"。（出《古今注》）

黏雨酒

石虎于大武殿前起楼，高四十丈。结珠为帘，垂五色玉珮。上有铜龙，腹空，盛数百斛酒。使胡人于楼上噀酒，风至，望之如云雾。名曰“粘雨台”，使以洒尘。（出《拾遗录》）

酒 名

酒名：郢之富水，乌程之若下，荥阳之土窟春，富平之石冻春，剑南之烧春，河东之干和蒲桃，岭南之灵溪博罗，宜成之九酝，浔阳之湓水，京城之西市腔，虾蟆陵之郎官清。河汉之三勒浆，其法出波斯。三勒者，谓庵摩勒、毗黎勒、诃黎勒。（出《国史补》）

南方酒

新州多美酒。南方酒不用曲蘖，杵米为粉，以众草叶胡蔓草汁溲，南人呼“野葛”为“胡蔓草”。大如卵，置蓬蒿中阴蔽，经月而成。用此合糯为酒。故剧饮之后，既醒，犹头热涔涔，有毒草故也。南方饮既烧。即实酒满瓮，泥其上，以火烧方熟。不然，不中饮。既烧即揭瓶趋虚，泥固犹存。沽者无能知美恶，就泥上钻小穴可容箸，以细筒插穴中，沽者就吮筒上，以尝酒味，俗谓之“滴淋”。无赖小民空手入市，遍就酒家滴淋，皆言不中，取醉而返。南人有女数岁，即大酿酒。既漉，候冬陂池水竭时，置酒罂，密固其上，瘗于陂中。至春涨水满，不复发矣。候女将嫁，因决陂水，取供贺客。南人谓之“女酒”。味绝美，居常不可致也。（出《投荒杂录》）

粘雨酒

石虎在大武殿前建造了一座高四十丈的楼。将珠编结成门帘挂在上面，帘下饰有五色的玉珮，帘上安装了一条铜龙，铜龙的龙腹是空的，里面可以盛几百斛酒。让胡人在楼上喝酒，有风刮来，远远望去整座楼像是在云雾之中。因此，这座楼名叫“粘雨台”，用它来洒扫尘土。（出《拾遗录》）

酒 名

酒名有：郢城产的富水酒、乌程产的若下酒、荥阳产的土窟春酒、富平产的石冻春酒、剑南产的烧春酒、河东产的干和葡萄酒、岭南产的灵溪博罗酒、宜城产的九酝酒、浔阳产的湓酒、京城产的西市腔酒、虾蟆陵产的郎官清酒、河汉产的三勒浆酒。三勒浆酒的酿造方法出处波斯国。所谓“三勒”，就是“庵摩勒、毗黎勒、诃黎勒”的简称。（《国史补》“河汉之”作“阿婆清又有”）（出《国史补》）

南方酒

新州盛产美酒。南方酿酒不用曲蘖酿造，而是将米杵成粉，用胡蔓草汁和粉，南方人把野葛称为“胡蔓草”。外面包裹上各种草叶，做成卵形，放在蓬蒿中荫蔽一个月，让它发酵变馊。然后再掺对上糯米，酿造成酒。快速喝这种酒，不会醉，只是头上往外冒热汗，这是因为有毒草的缘故。南方人饮这种酒需要烧它，就是将酒在瓮中装满，上面涂泥，再用火烧才算熟了。不然，不能饮用。烧完后，立即将瓮上的盖揭去，中间出现空隙，上面的泥还在。买酒的人不知道酒的好坏，就在泥上钻个小洞像筷子那么粗，将细管插入洞中。买酒的人吮吸细管的一端，来品尝酒的味道，民间管这种做法叫“滴淋”。有的无赖小民空手来到集市上，遍尝酒家的滴淋。每尝一家，都说不好喝，最后也能尝得大醉回去。南方人生下女孩后，长到几岁时，就为她酿造很多的酒。酒过滤好了后，等到冬天池塘里的水枯竭的时候，将这滤好的酒盛在酒罂中，将上面的罂盖密封加固好，再把酒罂

李景让

大中年，丞郎宴席，蒋伸在座。忽斟一杯言曰："席上有孝于家，忠于国，及名重于时者，饮此爵。"众皆肃然，无敢举者。独李公景让起引此爵，蒋曰："此宜其然。"（出《卢氏杂说》）

夏侯孜

崔郢为京尹日，三司使在永达亭子宴丞郎。崔乘酒突饮，众人皆延之。时谯公夏侯孜为户部使，问曰："尹曾任给舍否？"崔曰："无。"谯公曰："若不曾历给舍，京光尹不合冲丞郎宴。命酒纠来，命下筹，且吃罚爵。"取三大器物。引满饮之。良久方起。（出《卢氏杂说》）

孙会宗

唐孙会宗仆射，即渥相大王父也。宅中集内外亲表开宴。有一甥侄为朝官，后至。及中门，见绯衣官人，衣襟前皆是酒涴，咄咄而出。不相识。顷即席，说于主人。讶无此官。沉思之，乃是行酒时，阶上酹酒，草草倾泼也。自此每酹酒，止则身恭跪，一酹而埋在池塘岸边。到春天池塘里涨满了水，也不再挖出来。待到这个女孩长大成人出嫁时，才在堤岸挖个缺口，将水放开，然后挖出埋在岸边泥土下面的酒罂，用里面埋藏多年的美酒招待贺喜的宾客。南方人称这种酒叫“女儿酒”。这种陈年佳酿，味道绝对甘美。平时是喝不到的。（出《投荒杂录》）

李景让

大中年间的时候，一次，在尚书省的左右丞及云部侍郎的宴席上，蒋伸忽然斟了一杯酒，说：“在今天的宴席上，有在家孝敬父母，在朝为国尽忠，而且名重时下的人，请饮这一杯。”蒋伸说完后，在座的人都神色严肃，你看看我，我看看你，谁也没敢举起这杯酒。独有李景让站起身，端起这杯酒一饮而尽。蒋伸说：“李景让最适宜喝这杯酒了。”（出《卢氏杂说》）

夏侯孜

崔郢担任京兆尹的时候，一次，御史、中书、门下三司使臣，在永达亭宴请丞相，崔郢乘着酒劲忽然不礼貌地飞速饮酒。众人都停止喝酒看着崔郢。当时担任户部使的夏侯孜问崔郢说：“崔京尹你曾经任过给事中与中书舍人吗？”崔郢回答说：“没有担任过。”夏侯孜说：“如果不曾任过给事中与中书舍人，你就不应该冲撞这次丞郎的宴席。我叫监酒人过来，让崔京尹吃罚酒。”于是，监酒人拿来三只大杯，都满满地斟上酒，罚崔郢喝下这三大杯酒。崔郢喝了这三杯酒后，过了好久才站起来。（出《卢氏杂说》）

孙会宗

唐代有一位仆射叫孙会宗，孙会宗就是渥相大王的父亲。一次，孙会宗在家中摆酒席宴请内外亲表。有一位甥侄辈的亲戚在朝廷里任职，来晚了，走到中门的时候，看见一位身着红色官服的官人，衣襟上全是酒渍，气冲冲地从庭院里走了出来，那位晚辈不认识

已，自孙氏始，今人三酹非也。（出《北梦琐言》）

陆扆

陆相扆出典夷陵时，有士子修谒。相国与之从容，因命酒酌劝。此子辞曰：“天性不饮酒。”相曰：“诚如所言，已校五分矣。盖平生悔吝有十分，不为酒困，自然减半也。”（出《北梦琐言》）

酒量

山涛

山涛字巨源，饮酒量至八斗。武帝欲试之，使人私默以记之，至量而醉。（出《晋书》）

周颉

周颉字伯仁，饮酒至量一石。及过江，虽日醉，每恨无对。偶有旧对北来，颉遇之，为忻然。乃置酒二石共饮，各大醉。及醒，颉使人视，客已腐肋而死矣。（出《晋书》）

这位官人是谁。这位亲属来到酒席前，把刚才见到的事情告诉了孙会宗。孙会宗听了后特别惊讶，说："没有这样一位官人来赴宴啊！"孙会宗沉思好久，才恍然大悟说："一定是我们刚才行酒时，向阶前地上洒酒祭祀，大家都随便乱洒而洒到哪位家神的衣服上了。"从此，人们每次洒酒祭祀的时候，都侧身恭敬地跪在地上，洒一下而已。这种洒酒祭祀的仪式始自孙会宗，现在的人洒三次酒是不对的。（出《北梦琐言》）

陆扆

丞相陆扆在夷陵任职的时候，有一位叫修的读书人要拜见陆扆。陆扆接待了这位读书人，并让人设酒宴招待他。席间，陆扆劝这位读书人喝酒。但是这位读书人坚持不喝，说："我天性不能饮酒。"陆扆说："真的像你说的那样，我这次考核你已经得了五分啦。人一生中让你悔恨的事情有十分，不饮酒便减去了五分啊！"（出《北梦琐言》）

酒量

山涛

山涛，字巨源。山涛的酒量能喝八斗。晋武帝想试探一下，一次饮酒，让人暗中为山涛记数，果然喝到八斗才醉。（出《晋书》）

周颉

周颉，字伯仁，每次最多能饮一石酒。过江以后，虽然周颉每天都喝得酩酊大醉，还是每每为没人跟自己对饮而感到遗憾。偶然有一次，从江北来了一位过去在一起饮酒的朋友，周颉遇到后非常高兴，准备了两石酒两人共饮，二人都喝得酩酊大醉。待到醒酒后，周颉让人看看客人怎么样了，才发现那位从江北来的酒友已经因为肋侧腐烂而死。（出《晋书》）

裴弘泰

唐裴均之镇襄州，裴弘泰为郑滑馆驿巡官，充聘于汉南。遇大宴，为宾司所漏。及设会，均令走屈郑滑裴巡官。弘泰奔至，均不悦。责曰："君何来之后，大涉不敬。酌后至酒，已投纠筹。"弘泰谢曰："都不见客司报宴，非敢慢也。叔父舍罪，请在座银器，尽斟酒满之。器随饮以赐弘泰，可乎？"合座壮之，均亦许焉。弘泰次第揭座上小爵，以至觥船。凡饮皆竭，随饮讫。即置于怀，须臾盈满。筵中有银海，受一斗以上，其内酒亦满。弘泰以手捧而饮，饮讫。目吏人，将海覆地，以足踏之，卷抱而出，即索马归驿。均以弘泰纳饮器稍多，色不怿。午后宴散，均又思弘泰之饮，必为酒过度所伤，忧之。迨暮，令人视饮后所为。使者见弘泰戴纱帽，于汉阴驿厅，箕踞而坐。召匠秤得器物，计二百余两。均不觉大笑。明日再饮，回车日，赠遗甚厚。（出《乾䉾子》）

王源中

王源中，文宗时为翰林承旨。暇日，与诸昆季蹴踘于太平里第。毬子击起，误中源中之额，薄有所损。俄有急召，比至，上讶

裴弘泰

唐代，裴均之镇守襄州的时候，裴均之的侄子裴弘泰任郑滑馆驿巡官，被汉南聘请去，有一次特大的宴会上，裴弘泰却因为负责接待的人忘了通知他而没有参加。待到举行社火集会时，裴均之让人去找裴弘泰。裴弘泰得到通知后立即赶来。裴均之很不高兴，责备裴弘泰说："你怎么来晚了？这是很不尊敬人的。我们都喝半天了，监酒员已经开始投筹码罚酒了。"裴弘泰连忙赔罪说："没有见到有人来通知我参加宴会啊，不是我敢怠慢您老人家。叔叔真要处罚我，请将宴席上的所有银器都斟上酒。我喝了多少，就请将我喝干的银器赏给我，怎么样？"整个宴席上的人，都为裴弘泰助威，裴均之就答应了他。裴弘泰按次序喝干席上的小银杯。接着，觥、船等大银器里的酒裴弘泰也都喝光了。凡是裴弘泰喝到的银杯，里面的酒全部干了。而且喝干之后，就将这只银杯揣在怀里，不一会儿就揣满了，怀中都鼓胀了起来。筵席上有只银海杯，能盛一斗以上的酒。此刻盛得满满的，放在那里。裴弘泰双手捧起银海杯来喝。喝干之后，裴弘泰眼睛看着这些官员们，将银海杯扔在地上，用脚将它踩扁后，伸手拾起将银海杯卷了起来，抱在怀中走出去，到外面要一匹马骑着回驿馆。裴均之认为裴弘泰将银杯拿走的太多了，有些不高兴。但是，到午后筵席散了后，裴均之又怕裴弘泰酒喝多了伤了身子。到了傍晚，裴均之让人去看看裴弘泰在干什么？派去的使者看见裴弘泰头戴纱帽，两腿伸开，坐在汉阴驿馆大厅中，正在让匠人称他抱回去的那些银酒器呢，裴弘泰拿回去的银器具一共有二百多两。使者回来将看到的情形如实告诉了裴均之。裴均之不禁大笑，感到很有意思。第二天再饮酒的时候，宴席结束后派车将裴弘泰送回驿馆，并赠送裴弘泰很丰厚的礼品。（出《乾𦠆子》）

王源中

唐朝人王源中，在文宗在位的时候担任过翰林承旨。一天休息的时候，王源中跟他的几个兄弟在太平里的自家庭院中踢球玩。踢球之。源中具以上闻，上曰："卿大雍睦。"命赐酒二盘，每盘贮十金碗，每碗各容一升许，宣令并碗赐之。源中饮之无余，略无醉容。（出《摭言》）

嗜酒

徐邈

魏徐邈字景山，为尚书郎。时禁酒，邈私饮沉醉。从事赵达问曹事，邈曰："中圣人。"达白太祖，太祖甚怒。鲜于辅曰："醉人谓清酒为圣人，浊酒为贤人。邈性修慎，偶醉言耳。"乃得免罪。（出《异苑》）

刘伶

刘伶常乘鹿车，携一壶酒，使人荷锸随之。曰："死便埋我。"其遗形如此。渴甚，求酒于妻。妻藏酒弃器，谏曰："非养生之道，宜断之。"伶曰："善。当祝鬼神自誓，便可具酒肉。"妻从之。伶跪祝曰："天生刘伶，以酒为名。一饮一石，五斗解酲。妇人之言，必不可听。"于是酌酒御肉，块然复醉。（出《晋书》）

的时候，球不小心打在了王源中的额头上，王源中因此受了点轻伤。不一会儿，皇帝紧急召令让王源中进朝见驾。等到王源中拜见文宗皇帝的时候，皇帝看见王源中额上的伤很是惊讶。王源中就将在家里玩球误伤的事情如实禀报了皇帝。皇帝听说后说："爱卿，你这是最大的和睦啊！"然后赏赐给王源中御酒两盘，每盘放置了十只金碗，每个碗里面各盛了一升酒。皇帝令连同盛酒的金碗，一并赏赐给王源中。王源中听到皇帝的诏令后，当场将共计二斗的两盘酒全部喝光了，但是他一点醉意也没有。（出《摭言》）

嗜酒

徐邈

魏国人徐邈，字景山，官任尚书郎。魏国当时禁止饮酒。徐邈私自饮酒喝得酩酊大醉。属下赵达问徐邈有关曹务的事情。徐邈回答说："这酒是圣人。"赵达将这句话禀报了太祖。太祖大怒，鲜于辅说："喝醉了酒的人，称清酒为'圣人'，称'浊酒'为贤人。徐邈性情一向谨慎，这次是偶尔说的醉话啊。"于是，徐邈才得以免去罪过。（出《异苑》）

刘伶

晋朝人刘伶经常乘坐鹿车，期间总是带着一壶酒，出外郊游。同时让一个仆人带着一把锹同车而行，说："我若是醉死了，你就地将我埋了。"刘伶给我们留下的形象就是这样。一次，刘伶口渴得厉害，请求妻子给他点酒喝。刘伶的妻子将酒藏了起来，将盛酒的器具扔掉，苦苦地劝刘伶说："喝酒对身体一点益处也没有，这不是养生的好办法，你还是戒酒别喝了。"刘伶说："好！我不喝了。但是，我要向神明发誓不再喝酒了，请你为我准备好酒菜。"妻子答应了刘伶。刘伶的妻子将酒菜端上来后，刘伶跪在地上向神明祈祝说："上天将我刘伶降生在人世间，就是让我以能饮而闻名。我每次饮酒必

酒臭

义宁初，一县丞衣缨之胄。年少时，甚有丰采。涉猎书史，兼有文性。其后沉湎于酒，老而弥笃。日饮数升，略无醒时。得病将终，酒臭闻于数里，远近惊愕，不知所由。如此一旬，此人遂卒。故释典戒酒，令人昏痴。今临亡酒臭，彰其人恶道而。（出《五行记》）

饮一石，饮到五斗时才刚刚解了我的酒瘾啊！妇人的话，一定不要听啊！”说完，刘伶就斟酒吃肉，大吃大喝，安然地醉了。（出《晋书》）

酒臭

义宁初年的时候，有一位县丞原本是官宦人家的后代，小时候长得很英俊，读过许多书，很有素养。但是，长大成人后，这位县丞整日沉湎在酒中。而且越老喝得越厉害，每天都要喝好几升酒，几乎没有清醒的时候。待到县丞患病将要离开人世的时候，散发出来的酒臭的味道在几里地以外就能闻到，远近的人都感到特别惊异，不知道这是什么原因。这样持续了十天左右，这位县丞终于去世了。因为这位县丞的缘故，后来有人专门撰写了一篇劝人戒酒的文章。文章中说：“喝酒过量，能使人混沌呆痴。”这位县丞临死前发出的酒臭，就是向人们昭示喝酒可以将人喝病、喝死的道理啊！（出《五行记》）

卷第二百三十四　食能食、菲食附

吴 馔

吴郡献海鮸干鲙四瓶，瓶容一斗。浸一斗，可得径尺数盘。并状奏作干鲙法。帝示群臣云："昔术人介象于殿庭钓得海鱼，此幻化耳。亦何足为异？今日之鲙，乃是真海鱼所作，来自数千里，亦是一时奇味。"虞世基对曰："术人之鱼既幻，其鲙固亦不真。"出数盘以赐达官。作干鲙之法：当五六月盛热之日，于海取得鮸鱼。大者长四五尺，鳞细而紫色，无细骨不腥者。捕得之，即于海船之上作鲙。去其皮骨，取其精肉缕切。随成随晒，三四日，须极干，以新白瓷瓶，未经水者盛之。密封泥，勿令风入，经五六十日，不异新者。取啖之时，并出干鲙，以布裹，大瓮盛水渍之，三刻久出，带布沥却水，则皦然。散置盘上，如新鲙无别。细切香柔叶铺上，箸拨令调匀进之。海鱼体性不腥，然鲻鮸鱼肉软而白色，经干又和以青叶，皙然极可啖。又献海虾子三十梃。梃长一尺，阔一寸，厚一寸许，甚精美。作之法：取海白虾有子者，每三五斗置密竹篮中，于大盆内以水淋洗。虾子在虾腹下，赤如覆盆子，则随水从篮目中下。通计虾一石，可得子五升，从盆内漉出。缝布作小袋子，如径寸半竹大，长二尺。以虾子满之，急击头，随袋多少，以末盐封之，周厚数寸。经一日夜出晒，夜则平板压之，明日又出晒。夜以前压十日干，则拆破袋，出虾子梃。色如赤琉璃，光彻而肥

吴馔

隋炀帝大业年间的时候，吴郡向朝廷进献四瓶海鮸鱼干鲙，每个瓶的容量为一斗。浸泡一斗鮸鱼干鲙，可以得到几盘一尺长的鮸鱼丝。同时，吴郡的使臣还带来了烹饪这种鮸鱼鲙的方法。隋炀帝告诉群臣说："从前仙人介象在宫殿庭院内的池水中钓上来海鱼，那是幻化出来的，没有什么奇异的。现在，吴郡进献的鮸鱼鲙，才是真海鱼制作的。它来自几千里以外的吴郡，才是一时稀有的珍奇美味呀。"虞世基跟皇帝说："从前术士钓上来的海鱼既然是虚幻的，那么，用他钓上来的海鱼做成的鲙也不是真的。请皇上将吴郡进献的鮸鱼干鲙拿出几盘来赏赐给我们尝尝可以吗？"制作干鲙的方法是在五六月盛暑的时候，从海中捕获的鮸鱼中，挑选个头长大的鮸鱼，每条约四五斤重，这种鮸鱼细鳞而紫色，没有细骨而且不腥，渔人当即在海船上，将它们制作成鲙。制作的时候，先去掉鮸鱼的皮骨，割取它身上的精肉切成条状。随切随晒，晒三四天，晒到特别干的程度，将它盛入没盛过水的新白瓷瓶中，用泥密封好，不能透风。这样制作的鮸鱼干鲙，放个五六十天，吃的时候跟新鲜的鮸鱼一点也不差。吃的时候，将干鲙取出来，用布裹上，放在盛水的大瓮里浸泡，大约三刻工夫，带着布沥去水，打开一看，鮸鱼精白光亮。把鮸鱼散放在盘子上面，像新捕捞出来的海鮸一样。再将切细的香柔叶放在上面，用筷子将它们调拌均匀，就可以进食了。海鱼不腥，特别是鳝鮸鱼，鳝鮸鱼的肉细软而色白，将鳝鮸鱼弄干后再配上青菜叶，这么处理非常美，盐于鲻鱼数倍。

又献鮸鱼含肚千头，极精好。作之法：当六月七月盛热之时，取鮸鱼长二尺许，去鳞净洗。停二日，待鱼腹胀起，方从口抽出肠，去腮留目。满腹纳盐竟，即以末盐封周遍，厚数寸。经宿，乃以水净洗。日则曝，夜则收还。安平板上，又以板置石压之。明日又晒，夜还压。如此五六日干，即纳干瓷瓮，封口。经二十日出之，其皮色光彻，有如黄油，肉干则如糗。又如沙棋之苏者，微咸而有味，味美于石首含肚。然石首含肚亦年常入献，而肉强不及。此法出自随口味使大都督杜济，济会稽人，能别味，善于盐梅。亦古之符郎，今之谢讽也。（出《大业拾遗记》）

又吴郡献松江鲈鱼干鲙六瓶，瓶容一斗。作鲙法，一同鮸鱼。然作鲈鱼鲙，须八九月霜下之时。收鲈鱼三尺以下者作干鲙，浸渍讫，布裹沥水令尽，散置盘内。取香柔花叶，相间细切，和鲙拨好吃。吴郡还进献了三十枚虾籽gh。每个虾籽gh长一尺，宽、厚各约一寸，非常精美。制作虾籽gh的方法是：挑取有籽的海白虾，选出三五斗就将它们盛入一只密封的竹篮中，再将竹篮放在一只大盆内用水淋洗，虾籽长在虾腹下面，是红色的，像覆盆子一样。随着淋下的水，从竹篮的缝隙中流入大盆之中。一石白虾，大约可以得五升虾籽。之后，再从大盆中将虾籽捞出来。用布缝成袋，像直径一寸半的竹子那样宽大，有二尺长。将捞出来的虾籽盛入布袋，盛满为止，之后迅速用绳扎住袋口。不管一次有多少袋，都会用盐末封上，周围封的盐末大约几寸厚。封上一昼夜后，将布袋取出来放在外面晒。晚上则取下来放在木板下面压，第二天再晒。这样晒压十天，看布袋完全干透后，再拆开布袋，就可以得到虾籽gh了。虾籽gh的颜色像红琉璃，色泽光艳而质地肥美，但是比鲻鱼咸好几倍。

吴郡又进献鮸鱼含肚一千条，极其精美。制作鮸鱼含肚的方法是：在六七月盛暑的时候，挑选二尺长左右的鮸鱼，刮去鱼鳞，用水洗净，放在一边放二天，待鱼腹胀起的时候，再从鱼嘴抽出肠子，去掉鱼鳃，留着鱼眼睛，将鱼腹内塞满盐，再用盐末将它的周身全封上，封鱼的盐末能有几寸厚，过了一宿，再用水洗净，放在太阳底下曝晒。到晚上取下来，放在两板之间，上面压上石头，第二天再曝晒。这样晒压五六天，直到鮸鱼真的干透了，就将它们盛入干瓷瓮中，封上口，过了二十天再取出来。这样做的鮸鱼皮色光亮透明，像黄油一样，鱼肉则像干粮一样，就像沙棋酥似得。这么做出来的鮸鱼微咸而有味，比石首含肚还好吃。石首含肚也是每年经常进献来。但是，它的肉发僵，不及鮸鱼含肚好吃。这种制作鮸鱼含肚的方法，出自于隋朝的口味使大都督杜济。杜济是会稽人，善于辨别各种味道，还擅长制作盐梅。杜济就是古时候的符郎，当今的谢讽啊！（出《大业拾遗记》）

又：吴郡进献了六瓶松花鲈鱼干鲙，瓶的容积为一斗。将鲈鱼制作成干鲙的方法，跟鲙鱼一样。然而，将鲈鱼制作成干鲙的时候，需要等到八九月下霜之后。挑选三尺以下的鲈鱼做成干鲙，浸泡之后，用布裹好沥净水分，散放在盘中，再将切细的香柔花叶放上，和鲙令调匀。霜后鲈鱼，肉白如雪，不腥。所谓“金齑玉鲙”，东南之佳味也。紫花碧叶，间以素鲙，亦鲜洁可观。吴郡又献蜜蟹三千头，作如糖蟹法。蜜拥剑四瓮。拥剑似蟹而小，二螯偏大。《吴郡赋》所谓“乌贼拥剑”是也。（出《大业拾遗记》）

御厨

御厨进馔，凡器用有少府监进者。用九钉食，以牙盘九枚，装食味于其间。置上前，亦谓之看食。见京都人说，两军每行从进食，及其宴设，多食鸡鹅之类。就中爱食子鹅，鹅每只价值二三千。每有设，据人数取鹅。焊去毛，及去五脏，酿以肉及糯米饭，五味调和。先取羊一口，亦焊剥，去肠胃。置鹅于羊中，缝合炙之。羊肉若熟，便堪去却羊。取鹅浑食之，谓之“浑羊殁忽”。翰林学士每遇赐食，有物若毕罗，形粗大，滋味香美，呼为“诸王修事”。（出《卢氏杂说》）

五侯鲭

娄护字君卿，历游五侯之门。每旦，五侯家各遗饷之。君卿口厌滋味，乃试合五侯所饷之鲭而食，甚美。世所谓“五侯鲭”，君卿所致。（出《语林》）

或云，护兼善五侯，不偏食。故合而为之鲭也。（出《世说》）

一起拌匀，就可以食用了。下霜后的鲈鱼，肉白如雪，一点也不腥。就是人们常说的“金齑玉鲙”，是东南沿海一带极美的佳肴啊！紫花碧叶，还有白莹如雪的鲈鲙丝，也是鲜丽皎洁得让人喜欢。吴郡又进献了三千只蜜蟹，像糖蟹那样的做法。蜜渍了四瓮拥剑。拥剑像蟹但是比蟹小，二个钳子偏大。这就是《吴郡赋》中所说的“乌贼拥剑”啊！（出《大业拾遗记》）

御 厨

宫廷里的厨房，向皇帝奉上食物菜肴的时候，一切器皿用器具都由少府监供给。先上九样陈设的食品，用九只象牙盘，将要上的食物菜肴放在上面，送到皇帝面前，也叫作“看食”。听京城里面的人说，两军的侍从每次进食或者设筵席的时候，多数都会吃鸡鹅一类的菜肴。其中最爱吃的是童子鹅。童子鹅每只价值二三千钱。每次设宴，都会按人数去拿鹅，燎去毛，取出五脏，往里面填上肉和糯米饭，再用各种佐料调好后。再弄来一头羊，也将它剥皮去毛，取出脏腑，将上面做好的童子鹅放入羊腹中，缝合好后在地上用火烤。等到羊肉烤熟的时候，便将外面的羊肉剥去不要，取出羊腹中的童子鹅，就捧在手中吃。这种吃法被称作“浑羊殁忽”。翰林院的学士们，每逢皇上赏赐给他们菜肴饭食的时候，其中都有一种像“毕罗”一样的食品，毕罗形状粗大，滋味香美，群臣都管这道菜叫“诸王修事”。（出《卢氏杂说》）

五侯鲭

娄护，字君卿，娄护曾经遍访过五位侯爷的家。每天，五位侯爷都各自派人送来饭食菜肴给娄护吃。娄护吃得有些腻烦了，就试着将五位侯爷家送来的鲭鱼折放在一起再烩了吃，味道特别好。从此就多了一种佳肴，就是世人所说的“五侯鲭”。这道菜是娄护创制出来的。（出《语林》）

又有记载说：“娄护跟五位侯爷的关系都很好，不偏爱某一又五侯不相能，宾客不得往来。娄护丰辞，传会五侯间。各得其心，竞致奇膳。护乃合以为鲭，世称“五侯鲭”，以为奇味焉。（出《西京杂记》）

刘孝仪

梁刘孝仪食鲭鲊曰：“五侯九伯，令尽征之。”魏使崔劼、李骞在坐。劼曰：“中丞之任，未应已得分陕。”骞曰：“若然，中丞四履，当至穆陆陵。”孝仪曰：“邺中鹿尾，乃酒肴之最。”劼曰：“生鱼熊掌，孟子所称。鸡跖猩唇，吕氏所问。鹿尾乃有奇味，竟不载书籍，每用为恨。”孝仪曰：“实自如此，或古今好尚不同。梁贺季曰：‘青州蟹黄。乃为郑氏所记。’此物不书，未解所以。”骞曰：“郑亦称益州鹿䐁，但未是尾耳。”（出《酉阳杂俎》）

鉏 议

何胤侈于味，食必方丈。后稍欲去其甚者，犹食白鱼鉏腊糖蟹，使门人议之。学士钟岏议曰：“鉏之就腊，骤于屈申；蟹之将糖，躁扰弥甚。仁人用意，深怀恻怛。至于车螯蚶蛎，眉目内缺，惭浑沦之奇。唇吻外缄，非金人之慎。不荣不悴，曾草木之不若；无馨无臭，与瓦砾而何异。故宜长充庖厨，永为口实。”（出《酉阳杂俎》）

位侯爷送来的菜肴，因此将他们送来的鲭鱼放在一块儿吃。”（出《语林》）

又有记载说：“五位侯爷之间关系不和，宾客不能上这位侯爷家又上那位侯爷家。但是娄护非常善于言辞，来往于五位侯爷之间，都博得到了五位侯爷的欢心。因此，竞相给娄护送美食佳肴。”娄护将他们送来的用五种方法烧制的鲭鱼，合到一块儿吃，世上人称“五侯鲭”，大家都认为五侯鲭味道奇特。（出《西京杂记》）

刘孝仪

南北朝时期，梁朝中丞刘孝仪吃了腌制过的鲭鱼后说：“吴郡进献的腌鲭鱼真好吃，看来五侯九伯都应征伐夺取过来。”当时，魏国的使臣崔劼、李骞也在座。崔劼说：“中丞这样的官员，不应当早就到下边任一方的要员了。”李骞说：“如果这样，刘中丞的四只脚应当踏上穆陆陵的大地上啦！”刘孝仪说：“邺中的鹿尾，可是最好的下酒菜哟！”崔劼说：“生鱼和熊掌是孟子最称道的佳肴，鸡爪猩唇是吕不韦最后才要的名菜。鹿尾这么有奇味，竟然书籍上没有记载。每次吃它的时候都为这件事感到非常遗憾。”刘孝仪说：“确实是这样啊。这大概是古人和今人喜好的不一样吧。梁贺季说过：‘青州的蟹黄，是郑氏将它记载在书中的。’但是却没有把鹿尾记在里面，不知道这是为什么？”李骞说：“郑氏也称赞过益州的鹿𩞄是美味，但不是鹿尾。”（出《酉阳杂俎》）

䱟 议

何胤在饮食上非常奢侈，每次吃饭都必须摆上极为丰盛的菜肴。后来，何胤稍稍节俭了一点，但是何胤还是经常吃白鱼䱟腊糖蟹，致使何胤手下的属僚们都议论他。学士钟岏品评说：“将䱟鱼制成肉干，它一定是拼命地屈伸挣扎过；将螃蟹浸渍上糖，它一定是在里面左突右撞，不堪忍受。品德高尚的人，应该在内心深处多怀恻隐，而富有同情心的。至于车螯蚶蛎，它们原本就没有眉毛眼睛，对

鲴表

后梁韦林，京兆人。南迁于襄阳，天保中为舍人。涉猎有才藻，善剧谈。尝为《鲴表》以讥刺时人。其词曰：“臣鲴言：‘伏见除书，以臣为糁熬将军，油蒸校尉，臛州刺史。脯腊如故。肃承将命，含灰屏息，凭笼临鼎，载战载兢。臣美愧夏鳣，味惭冬鲤。常恐鲐腹之讥，惧贻鳖岩五甘反。之诮。是以嗽流湖底，枕石泥中。不意高赏殊临。曲蒙钧拔，遂得超升绮席，忝预玉盘，远厕玳筵。猥颁象箸，泽覃紫腴，恩加黄腹。方当鸣姜动桂，纡苏佩梲。轻瓢才动，则枢盘如烟。浓汁暂停，则兰肴成列。宛转绿齑之中，逍遥朱唇之内。衔恩噬泽，九殒弗辞。无任屏营之诚，谨诣铜铛门，奉表致谢以闻。’”诏答曰：“省表具悉。卿池沼缙绅，陂渠俊乂。穿蒲入荇，肥滑有闻。允堪兹选，无劳致谢。”（出《酉阳杂俎》）

外面的浑浊世界羞于见到；它们的唇吻是自己从外面封闭上的，不是像铜铸的人那样永不开口。它们不知道荣华也不懂得忧伤，竟连草木都不如；它们没有芳香也没有臭味，与瓦砾没有什么不同。因此，这些东西适宜长期充当厨房里的材料，永远是人口中的食物。”（出《酉阳杂俎》）

鉏表

后梁时的韦林，是京都地区的人。韦林南迁到襄阳后，在天保年间，韦林担任中书舍人一职。韦林涉猎广泛，有才华文采，喜爱畅谈。韦林曾经假托鉏鱼的名义撰写过一篇《鉏表》，用来讥讽当时崇尚美味佳肴的达官贵人。《鉏表》的大意如下：“鉏鱼上书启奏：‘我刚刚接到陛下签发的任命，授予我为米羹将军、油蒸校尉，肉羹刺史。与从前一样，将我制成干肉。我恭敬地接受陛下的任命，忍含着沮丧，屏息住呼吸，任凭你们将我放在笼屉上蒸，或者放进鼎镬里煮，每时每刻我都战战兢兢。比肥美，我愧对夏天里的鲟鱼；论味鲜，我羞见冬日里的鲤鱼。我常常恐慌鲐腹的讽刺，时时畏惧鳖岩的讥诮。因此，我吮吸潮底的流沙为食，枕着石泥睡觉。不料，崇高的奖赏还是降临到我的头上。承蒙提拔，于是高升到丰盛的华宴上，列到玉盘中，远远地置放在豪华、珍贵的筵席旁边。有劳象牙筷子大人，将我亲昵地夹起来，送入一张张硕大的嘴里，进入一个个丰腴的肚子中。刚刚放上姜末桂皮，再置入紫苏茱萸。轻便的葫瓢刚刚勺动，精美的山榆木盘就像烟一样地聚来。浓浓的汤汁才停止沸腾，一排排的兰膏油灯就点燃了。周旋在绿色的腌菜中间，逍遥于红色的口唇之内。含着你们的恩德，吃着你们的泽惠，就算是九死我也在所不辞。没有任何惶恐可以诚告，只是谨慎地走进锅盘，奉上此表表示谢意。’”圣上颁下诏书回复说：“奏上的表章全读过了。爱卿乃是池沼中的缙绅，岸渠里的俊杰。你穿行于莒蒲、荇菜之间，以肥嫩滑腻而闻名于人世。正应当接受挑选，不用致谢。”（出《酉阳杂俎》）

热洛河

玄宗命射生官射鲜鹿，取血煎鹿肠。食之，谓之“热洛河”，赐安禄山及哥舒翰。（出《卢氏杂说》）

名 食

今衣冠家名食，有：萧家馄饨，漉去，其汤不肥，可以瀹茗；庾家粽子，白莹如玉；韩约能作樱桃饆饠，其色不变；又能造冷胡突，鲙鳢鱼臆，连蒸獐獐皮索饼。将军曲良翰能为驴鬃驼峰炙。（出《酉阳杂俎》）

败障泥

贞元中，有一将军家出饭食。每说无物不堪吃，唯在火候，善均五味。尝取败障泥胡盝，修理食之，其味佳。（出《酉阳杂俎》）

尚食令

冯给事入中书祗候宰相，见一老官人衣绯，在中书门立，候通报。时夏谯公为相，留坐论事多时。及出，日势已晚，其官人犹尚在。乃遣人问是何官。官人近前相见曰：“某新除尚食局令，有事相见相公。”因令省官通之。官人入，给事偶未去。官人见宰相了，出谢云：“若非给事恩遇，某无因得见相公。某是尚食局造𫗦子手，不知给事宅在何处？”曰：“在亲仁坊。”曰：“欲说薄艺，但不知给事何日在宅？”曰：“来日当奉候。然欲相访，要何物。”曰：“要大台盘一只，木楔子三五十枚，及油铛炭火，好麻油一二斗，南枣烂面少许。”给事素精于饮馔，归宅便令排比。乃垂帘，家口

热洛河

唐玄宗命令射牲官射杀活鹿，用新鲜的鹿血煎鹿肠吃。唐玄宗将这种烹饪方法称为“热洛河”，并且将热洛河赏赐给安禄山和哥舒翰等人。（出《卢氏杂说》）

名　食

当今的达官贵人们吃的著名菜肴食品有：萧家的馄饨，沥去汤汁后，但是汤汁一点也不肥腻，甚至还可以用来煮茶。庾家的粽子，像美玉一样白而有光泽。韩约做的樱桃饆饠，它的颜色可以不变。韩约还能做“冷胡突”，还有鲙鳢鱼臆，连蒸獐獐皮索饼。将军曲良翰能将驴鬃驼峰炙烤着吃。（出《酉阳杂俎》）

败障泥

贞元年间的时候，有一位将军，这位将军家里什么都能吃。这位将军说：“天下没有不能吃的东西，诀窍在于火候掌握的怎么样，善不善于调味。”这位将军曾经将败障泥拿回家中，用盛箭矢的胡盝烹调后吃下，说败障泥的味道特别好。（出《酉阳杂俎》）

尚食令

冯给事到中书省去恭候宰相接见，见到一位着红衣的老官人站在中书省门前等候通报。当时是夏谯轮值宰相，留下冯给事谈论公务，谈了很长时间。等到冯给事从中书省出来，天已经不早了，那位老官人还在门前等着通报。于是，冯给事让人上前询问他是干什么的？老官人走到冯给事身前说：“我刚刚被任命为尚食局令，有事情想见宰相。”冯给事因此让中书省的官员给通报一下。老官人进到中书省里。冯给事正好有事耽搁了一下，等到老官人出来的时候还没有离去。老官人上前致谢说：“若不是给事您帮忙通报，我就没有机会见到宰相啦。我是尚食局做蒸饼的，不知道给事府第在哪里？”冯给事回答说：“我家在亲仁坊。”老官人说：“我想向你展示一下我的这点同观之。至日初出，果秉简而入。坐饮茶一瓯，便起出厅。脱衫靴带，小帽子，青半肩，三幅裤，花襜袜肚，锦臂韝。遂四面看台盘，有不平处，以一楔填之，后其平正。然后取油铛烂面等调停。袜肚中取出银盒一枚，银篦子银笊篱各一。候油煎熟，于盒中取馅子𫗦。以手于烂面中团之，五指间各有面透出。以篦子刮郤，便置馅子于铛中。候熟，以笊篱漉出。以新汲水中良久，郤投油铛中，三五沸取出。抛台盘上，旋转不定，以太圆故也。其味脆美，不可名状。(出《卢氏杂说》)

大饼

王蜀时，有赵雄武者，众号“赵大饼”。累典名郡，为一时之富豪。严洁奉身，精于饮馔。居常不使膳夫，六局之中，中有二婢执役，当厨者十五余辈，皆着窄袖鲜洁衣装。事一餐，邀一客，必水陆俱备。虽王侯之家，不得相仿焉。有能造大饼，每三斗面擀一枚，大于数间屋。或大内宴聚，或豪家有广筵，多于众宾内献一枚。裁剖用之，皆有余矣。虽亲密懿分，莫知擀造之法，以此得大饼之号。(出《北梦琐言》)

手艺，不知给事什么时候在府上？”冯给事说：“明天我在家等你。但你到我家献艺，不知道需要为你准备哪些东西？”老官人说：“需要准备一只大台盘，三五十枚木契。还有油釜、炭火、上好的麻油一二斗，还有一些面粉、南枣，就可以了。”冯给事平素对饮食馔肴很考究，回到家里后，便让家人按老官人说的置办材料，并且事先准备出来。冯给事在厨房外面挂上一幅帘子，和家人准备在帘子里观看那位老官人如何献艺。第二天早晨，太阳刚出来，老官人果然手持宫中的简牍来了。老官人坐下稍微休息了一会儿，喝了一杯茶，便起身走出客厅到厨房里去。只见老官人脱去外面的长衫、脚下的靴子，戴上一顶小帽，穿上青色半袖衫，三幅裤，系上花围裙，套上皮套袖之后，围着事先备好的平台盘仔细看看，见有不平的地方就用木契填上，将它整平。然后，拿过来油釜，将面粉等材料放在里面和好后，从腰巾中取出一个银盒，还有银篦子银笊篱各一只。等油煎热后，老官人从银盒中取出做蒸饼用的豆馅儿，将面团在手里，从手指缝中挤出来，用银篦子刮下去，放在釜中热油里煎。煎好后用银笊篱捞出来，放在新打来的水中。过了一段时间，将它们捞出来再放入釜中热油里炸三五个开后捞出，抛放在台盘上，转个不停，因为包子太圆的缘故。这种包子，口感酥脆，味道鲜美，你都说不出来它有多么好吃。（出《卢氏杂说》）

大饼

五代前蜀王氏王朝时期，蜀中有一位叫赵雄武的人，大家都称他为“赵大饼”。赵雄武的名字多次载入地方史志中，是当时蜀中的一位大富翁。赵雄武从来都穿戴整齐洁净才下厨房，他精通饮食菜肴，平常家中不使用厨师，都是赵雄武亲自下厨。赵雄武在家里后勤的这一摊各有两个婢女掌管。到他这辈，他家有十五辈人从事厨师工作，都是穿窄袖干净整洁的服装下厨。而且，每餐饭只邀请一位客人，山珍海味都有，就算是王侯之家也不能同赵雄武家的比。赵雄武还会做大饼，擀一张大饼需用三斗面，饼有几间屋子那么大。有时候宫廷里举行宴会，或者有时候豪门贵族人家广筵宾朋，常常请

能食

范汪

晋范汪能啖生梅。有人致一斛，汪食之，须臾而尽。（出《晋书》）

宋明帝

宋明帝讳彧，能食蜜渍鱁鮧，一食数升。啖猪肉炙，常至二百脔。（出《宋书》）

苻坚三将

苻坚以乞活夏默为左镇郎，胡人护磨那为右镇郎，奄人申香为拂盖郎。并身长一丈三尺，多力善射。三人每食，饭一石，肉三十斤。（出《前秦录》）

菲食

茅容

后汉茅容字季伟，郭林宗曾寓宿焉。及明旦，容杀鸡为馔，林宗初以为己设。既而容独以供母，自以草蔬与客同饭。林宗因起拜之曰：“卿贤乎哉。”劝之就学，竟以成德。（出《陈留耆旧传》）

赵雄武给擀做一张大饼，用刀割着吃。不论来了多少宾客，这张饼也绰绰有余。就是再亲密的朋友，赵雄武也不告诉擀做这种大饼的方法。因此，赵雄武得了个”赵大饼”的绰号。（出《北梦琐言》）

能食

范　汪

晋朝人范汪能吃生梅。有人给范汪送来一斛生梅，范汪不一会儿就都吃没了。（出《晋书》）

宋明帝

宋明帝韦彧非常能吃用蜂蜜腌渍的鳀鮧，宋明帝一次可以吃几升。宋明帝吃烤猪肉，经常能吃到二百块。（出《宋书》）

苻坚三将

南北朝时期前秦的君主苻坚任命乞活夏默为左镇郎，任命胡人护磨那为右镇郎，任命奄人申香为拂盖郎。这三位武将身高都有一丈三尺多，力大无穷，而且擅长骑马射箭。他们一顿饭要吃一石米，三十斤肉。（出《前秦录》）

菲食

茅　容

后汉人茅容，字季伟，郭林宗曾经在茅容的家里住过一宿。第二天早晨，茅容杀一只鸡做菜。起初，郭林宗以为是为了招待自己。等鸡做好了后，茅容单独将鸡给母亲吃。茅容和郭林宗一起只吃一般的蔬菜下饭。郭林宗起身参拜茅容，说：“你很高尚啊！”并劝茅容拜师学习，后来茅容的德行果然出众。（出《陈留耆旧传》）

陆 机

陆机诣王武子，有数斛羊酪。指示陆曰：“卿江东无敌此。”曰：“有千里莼羹，但未下盐豉耳。”（出《世说》）

羊 曼

晋羊曼为丹阳尹。时朝士过江，初拜官，必饰供馔。曼拜丹阳尹，客来早者得佳设，日晏即渐罄，不复精珍。随客早晚，不问贵贱。有羊固者拜临海太守。备馔，竟日皆精，虽晚至者，犹有盛馔。论者以固之丰腆，不如曼之真率也。（出《晋书》）

陆机

陆机拜见王武子的时候，王武子家里有几斛羊奶酪，王武子问陆机："你们江东没有比羊奶酪还好的食品了吧。"陆机回答说："有千里那地方用莼菜做的羹汤，还有未下那地方的盐渍出来豆豉，二者都很好吃啊！"（出《世说》）

羊曼

晋朝人羊曼担任丹阳郡尹。晋朝的首都南迁建邺后，朝廷的文武百官也随着过江。当时凡是刚上任的官员都要设宴请客。羊曼刚出任丹阳郡尹的时候，也设宴请客。来得早的客人占好位置。宴席吃得差不多了，就不再上什么好菜了。羊曼设宴请客，无论客人的身份高低，来得早的客人就坐好位置，来得晚的客人就将就着坐。有一位叫羊固的人被授任临海太守，也设宴请客，一整天都有佳肴美食，就是晚到的客人，也能吃到丰盛的菜肴。人们议论说："羊固的宴席虽然特别丰盛，却没有羊曼真诚啊！"（出《晋书》）

卷第二百三十五　交友

宗世林

汉末，南阳宗世林与魏武同时，而薄其为人，不与交。及武帝拜司空，总朝政。从容问宗曰："可以交未？"答曰："松柏之志犹存。"即忤旨见疏，位不配德。而文帝兄弟每造其门，必拜床下。其礼重如此。（出《世说》）

祢　衡

祢衡字正平，少与孔文举作尔汝之交。时衡未二十，而文举已五十余矣。（出《本传》）

荀巨伯

荀巨伯远看友人疾，值胡贼攻郡。友人语伯曰："吾且死矣，子可去。"伯曰："远来视子，令有难而舍之去，岂伯行耶？"贼既至，谓伯曰："大军至此，一郡俱空。汝何人，独止耶？"伯曰："有友人疾，不忍委之，宁以己身代友人之命。"贼闻其言，异之。乃相谓曰："我辈无义之人，而入有义之国。"乃偃而退，一郡获全。（出《殷芸小说》）

宗世林

汉朝末年的时候，南阳郡人宗世林与曹操同时在朝做官。宗世林看不上曹操的人品，所以不与曹操交往。等到曹操出任司空，全权总揽朝政后，从容地问宗世林说："现在我们可以结交了吧。"宗世林回答说："我的志向像松柏一样，永远也不会改变的。"宗世林触犯了曹操，与曹操关系疏远，也没得到重用。但是，曹操的儿子曹丕他们每次去宗世林家里，都在床前向宗世林行跪拜大礼。宗世林就是如此受到尊重。（出《世说》）

祢　衡

祢衡，字正平，年轻时与孔融交往很密切，二人已经不分彼此了。当时祢衡还不到二十岁，但是孔融已经五十多岁了。（出《本传》）

荀巨伯

荀巨伯到很远的地方去看望生病的朋友，正赶上胡人进犯郡城。友人对荀巨伯说："我就要死去了，你赶快离开这危险的地方吧。"荀巨伯说："我远道而来，就是来看望你的。现在遇到危险我就扔下你走了，这是我能做出来的事情吗？"胡兵攻破城池，来到荀巨伯的朋友家里，看见荀巨伯说："我们进到城里后，整座城的人都逃光了。你是什么人，为什么一个人留在这里？"荀巨伯说："我的这位朋友身患重病，我怎么能将他一个人扔下不管呢？请你们不要伤害他，我愿意替我的这位朋友去死。"胡兵听了这话很受震动，相互

管 宁

魏管宁与华歆友善。尝共园中锄菜，见地有黄金一片。管挥锄不顾，与瓦石无异；华捉而掷之。又尝同席读书。有乘轩冕者过门，管读书如故，华废书出看。管割席分坐曰："子非吾友也。"（出《世说》）

竹林七贤

陈留阮籍、谯国嵇康、河内山涛，三人年相比。预此契者，沛国刘伶、陈留阮咸、河内向秀、琅琊王戎。七人常集于竹林之下，肆意酣畅。世谓之"竹林七贤"。（出《世说》）

嵇 康

嵇康素与吕安友，每一相思，千里命驾。安来，值康不在。兄喜出迎，安不前。题门上作"凤（鳳）"字而去，喜不悟。康至云："凤（鳳），凡鸟（鳥）也。"（出《语林》）

山 涛

山涛与嵇、阮一面，契若金兰。山妻韩氏觉涛与二人异于常交，问之。涛曰："当年可以友者，唯此二人。"妻曰："负羁之妻，议论说："我们是无义之师，而侵占了有道德修养的国家啊。"于是悄悄地从这座城市撤兵了。荀巨伯朋友所在的这个郡就这样得以保全。（出《殷芸小说》）

管宁

魏国人管宁跟华歆是好朋友。一次，他们一起在园中菜地锄草，看见地里有一片黄金。管宁继续挥锄锄草，连看都不看一眼，将这片黄金看作石头瓦块一样；但是华歆却拣起黄金扔到一边去。管宁和华歆曾经在一铺席上读书。一天，一位高官乘车从管宁、华歆门前经过。管宁照样在那里读书，华歆却放下书跑出去看。于是，管宁割开席子，跟华歆分开坐，管宁说："你不再是我的朋友了。"（出《世说》）

竹林七贤

陈留人阮籍、谯国人嵇康、河内人山涛，三个人年龄相仿，彼此的性格非常投合。还有沛国人刘伶、陈留人阮咸、河内向秀、琅琊人王戎，他们七个人常常聚会在竹林里面，七个人尽情地饮酒狂欢。当时的人们称他们为"竹林七贤"。（出《世说》）

嵇康

嵇康与吕安是老朋友。每当嵇康想念吕安的时候，虽然二人相距千里也都会不惜远行前去造访。一次，吕安来看望嵇康，不巧嵇康外出不在家。嵇康的哥哥嵇喜出来迎接吕安，吕安却不进屋门，只是在门上挥笔写下一"凤"字就走了。嵇喜不理解这是什么意思。嵇康见到字后说："'凤'拆开来看就是凡鸟啊！"（出《语林》）

山涛

山涛与嵇康、阮籍只见过一面，但是他们的友谊已经达到了非常投合的地步。山涛的妻子韩氏觉得山涛跟他们的交往跟一般人不亦亲观赵狐。意欲窥之，可乎？”涛曰：“可。”他日二人来，劝涛止之宿，具酒食。妻穿墙视之，达旦忘返。涛入曰：“二人何如？”曰：“君才致不如，正当以识度耳。”涛曰：“伊辈亦以我识度为胜。”（出《世说》）

王安期

晋太傅东海王越，镇许昌。以王安期为记室参军，雅相知重。敕世子毗曰：“夫学之所益者浅，体之所安者深。闲习礼度，不如式瞻仪形。讽味遗言，不如亲承旨音。王参军人伦之表，汝其师之。”（出《世说》）

王 敦

庾亮见王敦问曰：“闻君有四友，何者为是？”答曰：“君家中郎，我家太尉、阿平，胡毋彦国。我平故当最劣。”庾曰：“似未劣。”又问何者居其右，王曰：“自有人。”庾曰：“何者是。”王曰：“噫，左右蹑庾公知足。”乃止。（出《世说》）

一样，就询问山涛。山涛对妻子说："我所结识的人在当年之内就可以成为朋友的人，只有嵇康与阮籍这两个人啊。"韩氏说："负羁的妻子，也曾亲眼观看过赵狐。我想暗中看一下你的那两位朋友，可以吗？"山涛说："可以。"一天，嵇康、阮籍来看望山涛。韩氏劝说山涛留他们在家中住下，并准备了酒菜供他们二人晚上享用。这天晚上，韩氏从墙洞里观看山涛、嵇康、阮籍三人饮酒畅谈，一直看到第二天早晨，韩氏都忘了离去。山涛进屋里对妻子韩氏说："我的这两位朋友怎么样？"韩氏说："你的才能不及他们二人。见识和气度与他们相当。"山涛说："我的这两位朋友也认为我的为人、才干更胜一筹。"（出《世说》）

王安期

晋朝太傅王越，是东海人。王越在镇守许昌的时候，任用王安期为记室参军，王越很是器重王安期。王越训诫他的儿子王昆说："从书本中学习获得的益处是浅薄的，从王安期身上，你会学到许多在书本中学不到的东西。你平常学习礼仪风度，不如亲眼观看王安期的举止形仪；你诵读玩味前人写在书上的道理，不及亲耳聆听王安期讲的那些宏论。王安期，堪称人的表率啊。你要好好向他学习。"（出《世说》）

王　敦

庾亮见到王敦后问："听说你有四位挚友，他们都是谁呀？"王敦回答说："有你家的中郎，我家的太尉、阿平、胡人毋彦国。我家的阿平是其中最差的一个。"庾亮说："你家的阿平不一定差。你这四位朋友，谁的人品、才华最好？"王敦回答说："自然另有别人。"庾亮问："那人是谁呀？"王敦说："唉！我们都追随着你，以你作为立身处世的榜样啊！"庾亮听完就不问了。（出《世说》）

孙伯翳

齐太原孙伯翳家贫，尝映雪读书。放情物外，栖志丘壑。与王令君亮、范将军云，为莫逆之交。王范既相二朝，欲以吏职相处。伯翳曰：“人生百年，有如风烛。宜怡神养性，琴酒寄情。安能栖栖役曳若此？嵇康所不堪，予亦未能也。”（出《谈薮》）

湘东王绎

梁湘东王绎，博览群书，才辨冠世。不好声色，爱重名贤。与河东裴子野、兰陵萧子云，为布衣之交。（出《谈薮》）

唐霍王元轨

唐霍王元轨，高祖第十四子也。谦慎自守，不妄接士。在徐州，与处士刘玄平为布衣交。或问玄平，王之所长。玄平曰：“无。”问者怪而诘之，玄平曰：“夫人有短，所以见其长。至于霍王，无所不备，吾何以称之哉。”（出《谭宾录》）

王方翼

凉州长史赵持满，与长孙无忌亲。许敬宗既陷无忌，惧持满为己患，乃诬其同反。追至京拷讯。叹曰：“身可杀，辞不可辱。”吏为代占而结奏，遂死狱中。尸于城西，亲戚莫敢收视者。王方

孙伯翳

齐朝太原人孙伯翳家里很贫困，曾经因为买不起灯油、蜡烛而只能借着窗外的雪光读书。孙伯翳不追求功名利禄，愿意做一位寄情于山野之间的隐士，过着隐居的生活，孙伯翳与王君亮、范云是莫逆之交的朋友。后来，王、范二人分别都当了宰相，都曾经劝说过孙伯翳出来担任官职。孙伯翳说："人生活在世间不过百来年，就像是风一刮而过，又像蜡烛一会儿就燃尽了。应该怡情养性，寄情与琴、酒。怎么能终日承受做官为宦的辛苦呢？嵇康不愿意做的事情，我也不愿意去做啊。"（出《谈薮》）

湘东王绎

南朝梁湘东人王绎，博览群书，他的才华与思辨能力在当时可谓是首屈一指的。并且王绎不好娱乐、美色，而尊重惜爱名声与贤士。王绎与河东的裴子野、兰陵的萧子云，是贫贱的交情。（出《谈薮》）

唐霍王元轨

唐朝霍王李元轨，是唐高祖李渊的第十四个儿子。李元轨谦虚谨慎，不轻易与士人交往。李元轨在徐州任职期间，与隐居在江湖间的处士刘玄平私交的关系很好。有人问刘玄平："霍王有什么特别优秀的地方吗？"刘玄平回答说："没有。"提问的这个人感到奇怪，进而责备刘玄平。刘玄平说："一个人有了短处与弱点，才能显露出他的优秀的那部分。至于霍王，他不论哪方面都特别优秀。所以，我说不出来他究竟哪方面最优秀来。"（出《谭宾录》）

王方翼

唐朝凉州长史赵持满，是长孙无忌的亲属。礼部尚书许敬宗陷害长孙无忌，他害怕赵持满对自己不利，就诬陷赵持满与长孙无忌一同阴谋反叛朝廷，将赵持满召到长安后逮捕下狱严刑拷问。赵持翼叹曰："栾布之哭彭越，大义也；周文之掩朽骸，至仁也。绝友之义，蔽主之仁，何以事君？"遂具礼葬焉。高宗义之而不问。（出《大唐新语》）

吴少微

吴少微，东海人也。少负文华，与富嘉谟友善。少微进士及第，累授晋阳太原尉，拜御史。时嘉谟疾卒，为文哭之。其词曰："维三月癸丑，河南富嘉谟卒，于时寝疾于洛阳北里。闻之投枕而起，泪沾乎衽席。匍匐于寝门之外，病不能起。仰天而呼曰：'天乎天乎，予曷所朋。曷有律，曷可得而见。'抑斯文也，以存乎哀。"太常少卿徐公、鄜州刺使尹公、中书徐元二舍人、兵部张郎中说，未尝值我不叹于朝。夫情悼之，赋诗以宠亡也。其词曰："吾友适不死，於戏社稷臣。直禄非造利，常怀大庇人。乃无承明藉，遘此敦牂春。药砺其可畏，皇穷故匪仁。畴昔与夫子，孰云异天伦。同病一相失，茫茫不重陈。子之文章在，其殆尼父新。鼓兴干河岳，真词毒鬼神。可悲不可朽，东輤没荒榛。圣主贤为宝，吁兹大国贫。"词人莫不叹美。既而病亟，长叹曰："生死人之大分，吾何恨焉？然官职十分未作其一，乃至是耶。"慷慨而终。（出《御史台记》）

满感慨地说："你们可以杀死我，但是让我承认供词，承认我与长孙无忌一同阴谋反叛是不可能的。"请上奏皇帝，我愿意代替长孙无忌领受这份罪过。于是，赵持满死在了狱中，尸体被扔弃在城西，赵持满的亲属没有一个人敢去收尸。王方翼感叹地说："从前，栾布为被杀害的彭越大哭，这是大义；周文王下令掩埋已经朽烂的骨骸，这是最高的仁德。与朋友断绝义气，蒙蔽主上的仁德，这样的人怎么能侍奉国君呢？"说完后，王方翼让人去城西收殓赵持满的尸体，按照礼仪将赵持满埋葬。唐高宗认为王方翼的做法是侠义之举，就再也没有过问。（出《大唐新语》）

吴少微

吴少微，是东海人。吴少微在少年时就很有才华文采，吴少微与富嘉谟是好朋友。吴少微是进士出身，步入仕途后，连续升到晋阳太原尉，最后官为御史。遇上少年时的好朋友富嘉谟染病去世了，吴少微写了一篇祭文哭祭亡友。祭文的大意是这样的："这年三月癸丑，友人富嘉谟因病去世了。当时我也病卧在洛阳北里家中，听到这一噩耗后，扔掉枕头坐了起来，眼泪沾湿了衣襟。后来，爬到卧室的门外，想去奔丧，但身体病得实在起不来了。我仰天大呼：'天啊天啊！你怎么这样对待我的朋友？你有什么样的规则？怎样让我再见到我的好朋友？'因此我写下这篇祭文，用以寄托我的哀思。"太常少卿徐公、鄜州刺史尹公、中书省徐元二位舍人，兵部郎中张说，都曾见过我在朝中叹息你的才华不得施展。现作诗一首，来悼念我的亡友。诗文如下："吾友适不死，於戏社稷臣。直禄非造利，常怀大庇人。乃无承明藉，遘此敦牂春。药砺其可畏，皇穷故匪仁。畴昔与夫子，孰云异天伦。同病一相失，茫茫不重陈。子之文章在，其殆尼父新。鼓兴干河岳，真词毒鬼神。可悲不可朽，东輤没荒榛。圣主贤为宝，吁兹大国贫。"这首悼词，在当时的人没有不赞美写得真诚而富有情感的。吴少微写完这首悼词后，病越来越沉重了。吴少微长叹一声，说："生死是人生的大限，我死了没有什么遗憾的。但是我所从事的事业十分还没有完成一分，这是最大的遗憾啊！"吴少微慷慨陈

张说

张说之谪岳州也，常郁郁不乐。时宰以说机辨才略，互相排摈。苏颋方当大用，而张说与瓌善。张因为《五君咏》，致书，封其诗以遗颋。戒其使曰："候忌日，近暮送之。"使者既至，因忌日，赍书至颋门下。会积阴累旬，近暮，吊客至，多说先公寮旧。颋因览诗，呜咽流涕，悲不自胜。翌日，乃上封。大陈说忠贞謇谔，有勤乎王室，亦人望所属，不宜沦滞于遐方。上乃降玺书劳问，俄而迁荆州长史。由是陆象先、韦嗣立、张廷珪、贾曾，皆以谴逐岁久，因加甄收。颋常以说，父之执友，事之甚谨。而说重其才器，深加敬慕焉。（出《明皇杂录》）

柳芳

柳芳与韦述友善，俱为史学。述卒后，所著书未毕者，芳多续成之。（出《国史补》）

杜佑

刘禹锡言："司徒杜公佑视穆赞也，如故人子弟。"佑见赞为

词，说完就死去了。（出《御史台记》）

张说

张说被贬职到岳州，经常郁郁不乐。当时的宰相姚崇因为张说擅长机辨、有才干而排挤张说。苏颋当时正受到重用，张说与苏颋的父亲苏瓌的关系非常亲密。因此，张说写一首《五君咏》的诗，借魏晋时的阮籍、嵇康、刘伶、阮咸、向秀五位名士以自比，并写了一封信，连同这首诗，派使者一并送给苏颋。张说告诉使者说："等候到苏瓌的忌日，快到傍晚时再送进苏府。"使者带张说的《五君咏》并书信来到京城后，等着到苏瓌的忌日那天将书信投送苏府。过了几旬，到了苏瓌的忌日这天，傍晚时使者将诗与书一块儿投递到苏府。这时，正赶上来凭吊苏瓌的宾客纷纷到来，多数都是苏颋亡父的同事或下属。苏颋读了张说的《五君咏》，痛哭流涕，悲伤得不能自持。第二天，立即上奏玄宗皇帝，大力陈述张说忠贞正直及对朝廷所做的贡献。并说满朝文武都希望皇上重新起用张说，不宜再让他继续滞留在边远荒僻的地方。玄宗皇帝就下诏书给张说表示慰问。过了不久，将张说调任荆州刺史。从此以后，陆象先、韦嗣立、张廷珪、贾曾等先后上奏皇上，都说张说被贬降的时间太长了，应该重新加以考察后将他调回京城中来。苏颋常说是张说是父亲苏瓌的挚友，自己要更加恭谨地对待张说。张说也非常看重苏颋的才干，对苏颋更加敬慕。（出《明皇杂录》）

柳芳

柳芳和韦述是亲密无间的挚友，他们二人又都是搞史学的。韦述去世后，还没有写完的史书，多数都是由柳芳续写完成。（出《国史补》）

杜佑

刘禹锡说："司徒杜佑将穆赞看成像自己朋友的孩子一样。"杜

台丞数弹劾，因事戒之曰：“仆有一言，为大郎久计，他日少树敌为佳。”穆深纳之，由是少霁威也。（出《嘉话录》）

李舟

陇西李舟与齐映友善。映为将相，舟为布衣。舟致书于映，以交不以贵也。时映左迁于夔，书曰：“三十三官足下，近年以来，宰臣当国，多与故人礼绝。仆以礼处足下，则足下长者，仆心未忍，欲以故人处足下。则虑悠悠之人，以仆为谄，凡欲修书，逡巡至今。忽承足下出守夔国，为苍生之望，不为不幸；为足下之谋，则名遂身退，斯又为难。仆知时者，谨以为贺。但鄱阳云安，道阻且长。音尘寂蔑，永望增叹。仆所病沉痼，方率子弟力农，与世疏矣，足下亦焉能不疏仆耶。足下素仆所知，其于得丧，固恬如也。然朝臣如足下者寡矣，明主岂当不察之耶？唯强饭自爱，珍重珍重。”（出《摭言》）

白居易

白少傅居易，与元相国稹友善。以诗道著名，号元白。其集内有《哭元相诗》云：“相看掩泪俱无语，别有伤心事岂知。想得咸阳原上树，已抽三丈白杨枝。”（出《北梦琐言》）

佑看到穆赞屡屡受到宰相的上告，便告诫穆赞说：“我有一句话要告诉你，从长远考虑，以后你还是要少树敌为好。”穆赞谨记杜佑的这句话，从此以后果然收敛了威严啊。（出《嘉话录》）

李舟

陇西人李舟和齐瑛的交往非常密切。后来齐瑛官至宰相，李舟还是一介平民百姓。李舟还是常常给齐瑛写信，李舟认为交朋友不应该因为对方地位高了就不交往了。齐瑛由宰相被贬职到夔州后，李舟给他去信说：“三十三官阁下，近年来，你身任一国的宰相，跟很多朋友故旧断绝了往来。我要按正常的礼仪将您看成当朝宰相，就好像亵渎了我们多年的友情，于心不忍，我想以故人朋友与您相交往，又恐世俗之人认为我巴结你。几次想给你写信又停下来，一直犹豫到现在。忽然听说阁下改任夔国，从老百姓的愿望来说，你出任夔国不一定不是一件好事情；我为阁下着想，但是您功成名就之后退下来，又让你感到难办。我很了解当今的社会，仅写此信表示祝贺。但是您在鄱阳云安，我们相距既遥远又有山水阻隔，两方面信讯隔绝，只好这样永远相望着叹息。我久患重病，领着孩子们种田务农，与时世疏隔，阁下又怎能不跟我生疏呢？阁下平素的为人我是知道的，大概得到我去世的消息也会平静对待。然而朝中向阁下这样的官员很少啊，圣明的皇帝怎么不知道呢？最后，只希望你努力，自己珍爱自己，望多多保重。”（出《摭言》）

白居易

少傅白居易，与宰相元稹非常交好，二人都以能诗而闻名于世，时人称为”元白”。白居易的诗集中有一首《哭元相诗》说：“相看掩泪俱无语，别有伤心事岂知。想得咸阳原上树，已抽三丈白杨枝。”（出《北梦琐言》）

许 棠

许棠久困名场。咸通末，马戴佐大同军幕，棠往谒之，一见如旧识。留连数月，但诗酒而已，未尝问所欲。忽一旦大会宾友，命使者以棠家书授之。棠惊愕，莫如其来。启缄，乃是戴潜遣一价，恤其家矣。（出《摭言》）

陆龟蒙

吴郡陆龟蒙字鲁望。父宾虞进士甲科，浙东从事，家于苏台。龟蒙幼精六籍，长而攻文。与颜荛、皮日休、罗隐、吴融为益友。性高洁，家贫，思养亲之禄。与张搏为卢江、吴兴二郡倅，丞相李蔚、卢携景重之。罗隐《寄龟蒙诗》云："龙楼李丞相，昔岁仰高文。黄阁今无主，青山竟不焚。"盖尝有征聘之意。唐末，以左拾遗授之。诏下之日，疾终于家。与皮日休为诗友。（出《北梦琐言》）

颜 荛

颜给事荛谪官，殁于湖外。未间，自草墓志。性躁急，不能容物。其志词云："寓于东吴，与吴郡陆龟蒙，为诗文之交，一纪无渝。龟蒙卒，为其就木至穴，情礼不缺。其后即故谏议大夫高公丞之、故丞相陆公扆二君，于荛至死不变。其余面交，皆如携手过市。见利即解携而去，莫我知也。后有吏部尚书薛公贻矩、兵部侍郎于公兢、中书舍人郑公撰三君子者，予今日以前不变。不知后日见予骨肉孤幼，复如何哉。"（出《北梦琐言》）

许 棠

许棠考了很长时间科举，但是始终未有考取上功名。咸通末年的时候，马戴在大同军中任幕僚，许棠去投奔马戴，二人一见如故，留许棠住了好几个月，但是每天只是谈诗饮宴，从未问过许棠有什么想法。忽然有一天，马戴大宴宾客。席间，让人将许棠的家书给许棠。许棠异常吃惊，不知道家书是怎么捎来的。打开家书一看，才知道是马戴暗中派去一个人到许棠的家中去，资助抚恤许棠的家人。（出《摭言》）

陆龟蒙

吴郡人陆龟蒙，字鲁望。陆龟蒙的父亲陆宾虞是进士甲科出身，在浙东担任从事的时候，家住在苏台。陆龟蒙自幼精通六经，年长后专攻写文章。陆龟蒙与颜荛、皮日休、罗隐和吴融是亲密的朋友。陆龟蒙性情高洁，家中生活贫寒。为了获得赡养家人的俸禄，陆龟蒙与张抟一块儿担任卢江、吴兴二郡长官的副手。当时的丞相李蔚、卢携景很是器重他。罗隐在寄给陆龟蒙的诗中说："龙楼李丞相，昔岁仰高文。黄阁今无主，青山竟不焚。"诗中大概暗含着征聘的意思。唐朝末年的时候，朝廷授陆龟蒙为左拾遗，任命的诏书下发之日，陆龟蒙病逝在家中。陆龟蒙与皮日休是诗友。（出《北梦琐言》）

颜 荛

给事颜荛被贬官放逐出京城后，在湖外任上去世。去世前，颜荛为自己撰写墓志铭。颜荛性情急躁，不能容人。颜荛的墓志是这样写的："我的家住东吴，跟吴郡的陆龟蒙是谈诗论文的朋友，相交一世也没有改变。陆龟蒙去世后，我为他购置棺木，堪寻墓地。不论从情谊上，还是在礼仪上，都没有什么过失。在陆龟蒙之后，有当年的谏议大夫高丞之和当年的丞相陆扆是我至死不变的朋友。其余相识的人，都如同过场面一样，见到有利可图的事情就分手了，那些人不是我的知己。后来还有吏部尚书薛贻矩、兵部侍郎于竞、中书

舍人郑撰，他们三位是我至死不变的朋友。但是我预料不到我去世之后，他们对我的家属子女又会是怎样的。”（出《北梦琐言》）

卷第二百三十六 奢侈一

吴王夫差

吴王夫差筑姑苏台，三年乃成。周环诘屈，横亘五里。崇饰土木，殚耗人力。宫妓千人，又别立春霄宫。为长夜饮，造千石酒钟。又作大池，池中造青龙舟，陈妓乐，日与西施为水戏。又于宫中作灵馆馆娃阁，铜铺玉槛，宫之栏楯，皆珠玉饰之。（出《述异记》）

汉武帝

汉武帝时，身毒国献连环羁，皆以白玉作之，玛瑙石为勒，白光琉璃为鞍。在暗室中，常照十余丈，如昼焉。自是长安始盛饰鞍马，竞加雕镂。或一马之饰直百金，皆以南海白蜃为珂，紫金为花，以饰其上，犹以不鸣为患。或加铃镊，饰以流苏，走如钟磬，动若飞幡。后得二师天马，常以玫瑰石为鞍，镂以金银鍮石，以绿地五色锦为蔽泥。后稍以熊罴皮为之，熊毛有绿光，皆长三尺者，直百金。卓王孙□□□□□百余双，诏使献二十枚。（出《西京杂记》）

吴王夫差

吴王夫差修造姑苏台，历时三年才造成。姑苏台曲折环绕，方圆五里，整个建筑都有豪华的装饰，建造姑苏台耗费了许多人力，里面蓄有宫妓一千余人。夫差又另外建造一座春宵宫，供夫差在里面通宵饮宴，逍遥作乐。夫差又制作了一个能装一千石酒的巨大酒杯。修建了一个巨大的水池，池中停放一只青龙舟，上面置放着歌舞伎与乐队，整日与西施一块儿在水上玩耍嬉戏。夫差又在宫中修造了一座灵馆馆娃阁，馆中置放着铜床，门槛是玉石做成的，周围的栏杆都用珠宝、玉石做装饰。（出《述异记》）

汉武帝

汉武帝的时候，身毒国派使臣进献给他一副连环马笼头，马笼头都是用白玉石做成的。而且是用玛瑙做的马爵子，白光琉璃做的马鞍。将它们置放在暗室中，常常能照出去十多丈远，像白天一样。从此以后，京城长安开始盛行装饰鞍马。达官贵人、皇亲国戚相互攀比着用珠宝玉石来雕镂装饰马上的用具。有的一匹马上的用具价值黄金百两。都用南海产的白蜃做马爵子，用紫金镂花，装饰在马具上。特别忌讳的是马奔跑起来，马具不发出鸣响。因此，有的在马具上系上铜铃簪饰，有的还装饰上流苏。这样，马一走动铃声叮咚，像石磬一样，流苏及饰簪随风飘动像飞卷着的幡旗。后来，汉武帝又得到了二师将军进献的天马，经常给它们配上玫瑰石的马鞍，上面饰以金、银、鍮石的镂刻装饰，用绿地五色彩锦做障泥用以蔽尘。后来又渐渐改用熊皮做障泥。熊皮上的毛长三尺，能发绿光的熊

丁媛

长安巧工丁媛者，为恒满灯，七龙五凤，杂以芙蓉莲耦之属。又作卧褥香炉，又一名被中香炉。本出房风，其法后绝，至媛始更为之。设机环，转运四周，而炉体常平，可置之被褥，故取被褥以为名。又作九层博山香炉，镂刻为奇禽怪兽，穷诸灵异，皆能自然运动。又作七轮扇，其轮大皆径尺，递相连续，一人运之，满堂皆寒凛焉。（出《西京杂记》）

淋池

汉昭帝元始之年，穿淋池，广千步。中植分枝荷，一茎四叶。状如骈盖，日照则叶低荫根，若葵之卫足也，名曰“低光荷”。实如玄珠，可以饰珮。花叶杂萎，芬芳之气彻十余里。食之令人口气常香，益人肌理。宫人贵之，每游宴出入，皆含咀，或剪以为衣，或折以蔽日，相为戏。《楚辞》谓折芰荷以为衣，意在斯也。又有倒生菱。茎如乱丝，一花十叶，根浮水上，实沉泥里，没如紫色，谓之紫泥菱。食之令人不老。时命水戏，游宴永日。工人进一巨槽，帝曰：“栝楫松舟，嫌其重朴，况乎此槽，岂可得而乘也。”乃命文梓为舟，木兰为柂。刻飞鸾翔鹢，饰其船首。随风轻漾，毕景忘归，乃至通夜。使宫人为歌，歌曰：“商秋素景泛洪波，谁云好手折芰荷。凉凉凄凄揭棹歌，云光开曙月低河，万岁为乐岂为多。”

皮，价值黄金百两。卓王孙一个人就让工匠制作了一百多双，汉武帝下诏书让他献上二十枚。（出《西京杂记》）

丁媛

长安有一位手艺奇巧的工匠叫丁媛，丁媛制作的恒满灯，上面雕有七条龙五只凤凰，中间还雕有芙蓉莲藕等，特别精美。丁媛还制作了卧褥香炉，这种炉又叫被中香炉。这种香炉原本出自房风，它的制作方法后来失传了。到了丁媛这里，又重新制作出来了。香炉上安装上机关，不论它怎样翻转，炉身始终是平放着的。可以将它放在被褥中间。因此，名字叫“卧褥”香炉，或者叫“被中”的香炉。丁媛还制作过一只九层博山香炉，上面镂刻着奇禽怪兽，没有比这些奇禽怪兽更奇异的了。而且，这些奇禽怪兽在香炉上面都能活动。丁媛又制作过一只七轮宝扇，它的轮子的直径都有一尺那么大，按照次序相继着转动。一个人操作运转，满屋子里都充满了凉风。（出《西京杂记》）

淋池

汉昭帝元始元年的时候，修造了一座淋池，淋池有一千步那么宽阔。池中栽植分枝荷，一支茎上长着四茎叶，形状像两两相对的伞盖。太阳光一照，叶片就垂到茎根，像葵花低头向着根部一样，这种荷花叫“低光荷”。它结出的莲籽像水晶珠那么大，可以当装饰物佩戴在身上。这种低光荷花与叶子掺杂着，散发出来的芬芳香气能香彻十几里地以外。吃了它使你很长时间里都觉得芳香满口，还能滋润你的肌肤。宫中的人都视低光荷结出的莲粒为宝贝似的，外出宴游或出入宫中，嘴里都含有低光荷结出来的莲籽。同时，或者剪下来荷叶缝制衣裳；或者折下叶子遮挡太阳光；或者互相嬉戏。《楚辞》里说的折下芰荷的叶子当作衣裳，就是这个意思。池中还生长着一种叫“倒生菱”的植物，一朵花下面长着十支叶片，花茎像乱麻一样，根浮在水面上，结出的果实落入池底淤泥中。池底的泥是紫色，称为帝大悦，起游商台于池上。及乎末岁，谏者多。遂省游荡奢侈，堙毁台池，鸾舟荷芰，随时废灭。今台址无遗，池亦平焉。（出《拾遗录》）

霍光妻

汉霍光妻遗淳于衍蒲桃锦二十匹，散花绫二十五匹。绫出钜鹿陈宝光，妻传其法。霍显召入第，使作之。机用一百二十蹑，六十日成一匹，直万钱。又与越珠一斛琲，绿绫七百端，直钱百万，黄金百两。又为起第宅，奴婢不可胜数。衍犹怨薄曰："吾为若何成功，而报我若是哉。"（出《西京杂记》）

韩嫣

韩嫣好弹，常以金为丸，一日所失者十余。长安为之语曰："苦饥寒，逐金丸。"京师儿童每闻嫣出弹，辄随逐之。望丸之所落，而竞拾取焉。（出《西京杂记》）

"紫泥菱"。吃了它可以令人不衰老。于是，汉昭帝经常让人陪他一块乘船在池水中嬉戏，几乎每天都在这里从早晨一直宴游到晚上。工匠们进献一只独木舟给汉昭帝。昭帝说："用栝木作桨，松木作舟，我都嫌弃它笨重朴拙。何况这只独木舟，怎么能乘坐它呢？"就命令下属用文梓木作船，木兰为船舷。在船头雕刻上飞翔着的鸾鸟与鹢鸟。梓木小船，随风在池水上轻轻地漂荡，赏遍了一切美景而忘了归去，一直玩到第二天早晨。并且让宫中的嫔妃们唱歌道："商秋素景泛洪波，谁云好手折芰荷。凉凉凄凄揭棹歌，云光开曙月低河，万岁为乐岂为多。"汉昭帝非常高兴，并在池中又建造了一座游商台。到了这年岁尾，许多大臣都上表谏阻皇帝再不要大兴土木修造宫殿了。汉昭帝就接纳了朝臣们的规劝，再也不搞这种奢侈的娱乐与享受了。台池堵塞毁坏，鸾舟荷芰也随着时间的流逝而朽烂湮灭。现在，亭台都已荡然无存，连它的遗迹都找不到了。淋池也淤平了，重新变成大地。（出《拾遗录》）

霍光妻

汉朝霍光的妻子，一次就送给淳于衍葡萄锦二十匹，散花绫二十五匹。这种散花绫只有钜鹿陈宝光家能织，陈宝光的妻子得到这种家传织绫的方法。霍家将陈宝光的妻子召入府内，让陈宝光的妻子织散绫。散花绫需要用一百二十登织机，织六十天才能织成一匹散花绫，价值一万钱。又送给淳于衍越地产的珍珠一斛，绿绫三百五十匹，价值百万钱，黄金一百两。又给淳于衍修造住宅，赏赐给淳于衍的奴仆、使女无其数。淳于衍还嫌赏赐的不多，说："我做出这样大的功业，却给我这样的赏赐？"（出《西京杂记》）

韩嫣

有一位叫韩嫣的人喜爱玩弹丸。韩嫣经常用金子做成丸，一天能弹丢十多只金丸。长安为韩嫣编成两句童谣大街小巷地传唱："苦饥寒，逐金丸。"城中的儿童，每次听到韩嫣出玩弹丸，都争相跟随

袁广汉

茂陵富人袁广汉藏镪巨万，家童八九百人。于北芒山下筑园，东西四里，南北三里。引流注其内，构石为山，高十余丈，连延数里。养白鹦鹉紫鸳鸯，旄牛青兔，奇禽怪兽，积委其间。移沙为洲屿，激水为波潮。其中育江鸥海鹤，孕雏产鷇，延漫林池。奇树异草，靡不具植。屋徘徊重属，间以修廊。行之移晷，不能遍也。袁广汉后得罪诛，没入官。其园鸟兽草木，皆移植于上苑中矣。（出《西京杂记》）

霄游宫

汉成帝好微行。于太液池旁起霄游宫，以漆为柱，铺黑绨之幕，器服乘舆，皆尚黑色。悦于暗行，憎灯烛之照。宫中之美御，皆服皂衣。自班姬以下，咸带玄绶。衣珮虽加锦绣，更以木兰纱绡罩之。至霄游宫，方秉炬烛。宴幸既罢，静鼓息罩，而步不扬尘。好夕出游，造飞行殿方一丈，如今之辇。选期门羽林之士，负之以趋。帝于辇上坐，但觉耳中若闻风雷之声。以其疾也，一名云雷宫。所行之处，咸以毡绨藉地，恶车辙马迹之喧也。虽惑于微行暱宴，民无劳怨。每乘舆返驾，以爱幸之姬，宝衣珍食。舍于道旁。国之穷老，皆呼万岁。是以鸿嘉永始之间，国富家丰，兵戈长戟。故刘向、谷永窃言指谏，于是焚霄游、飞行之殿，罢宴逸之乐。所谓从绳则直，如转丸焉。（出《拾遗录》）

追逐韩嫣。看到金丸弹落的地方，争先恐后地去拾取。（出《西京杂记》）

袁广汉

茂陵的一位富豪袁广汉家中钱多得数不清，袁广汉养着八九百名丫环童仆。袁广汉在北芒山下修造了一座豪华的庄园。这座庄园东西各长四里，南北各宽三里，开渠将附近的河水都引入庄园里。垒石做成假山的高有十多丈，连绵延续好几里地。园中养着白鹦鹉、紫鸳鸯、牦牛、青兔等奇禽怪兽，分布在假山园林之间。并且用移来的沙石布成河滩洲屿，将引进来的河水筑坝升高形成激流浪潮。在洲屿河滩上养着许多江鸥海鹤，让它们产卵育雏。园中树林与池塘参差错落，种着各种奇树异草。房屋馆舍回环重叠，中间用回廊连成一体，走一天也不能全都走遍了。后来，袁广汉获罪被杀，整个庄园没收充官。园中的珍禽怪兽，奇树异草，都尽数移到皇家的上苑中去了。（出《西京杂记》）

霄游宫

汉成帝喜欢易服扮成一般的人外出。他下令在太液池旁边修造一座霄游宫，用黑漆把柱子漆成黑色，铺挂黑色的线绨帷幕。所用的器具，所穿的服装，以及车马，一律都用黑色。汉成帝喜欢在黑暗中行走，厌恶有灯烛等照亮。宫中的一切宫娥彩女，都一律身穿黑色衣服。从班婕妤以下，都身着玄色的绶带。衣服佩带虽然都是花团锦绣，但是外面都用木兰纱绡罩上。来到霄游宫中，才允许点燃灯烛。饮宴结束后，鼓乐都静下来，灯烛等都熄灭了，众人脚步轻轻落地悄悄地离去，不允许踏起一点灰尘。汉成帝还喜欢晚间出去游赏。为了供皇帝夜间出游的便利，特意制造了一驾一丈见方的飞行殿，飞行殿跟皇帝现在用的辇车相类似。从宫中羽林军护卫中挑选身强力壮的人，拉着飞行殿奔走如飞。汉成帝坐在飞行殿中，只觉得耳边呼呼风响如同听到风雷的声音，这是形容飞行殿行走得极为疾速。飞

沙棠舟

汉成帝常以三秋暇日，与飞燕游戏太液池。以沙棠为舟，贵其不沉也。以云母饰于鹢首，一名云舟。又刻大桐木为虬龙，雕饰如真象，以夹云舟而行，以紫文桂为柂枻。每观云棹水，玩撷菱渠，则忧轻荡以惊飞燕。命佽飞之士，乃以金锁缆云舟，使佽飞于水底引之。值轻风时至，飞燕殆以风飘摇，随风入水。帝以翠缨结飞燕之裾，游倦乃返。飞燕后渐见疏，常怨恚曰："以妾微，何时复预缨裾之游，漾云舟于波上耶？"帝为之怃然。今液池中尚有成帝避风台、飞燕结裾处。（出《拾遗录》）

行殿，又叫“雷云宫”。它所经过的道上都用毡绨铺地。汉成帝讨厌车轮、马蹄踏地发出的喧嚣。虽然人们对汉成帝乔装游乐持怀疑态度，但是并没有什么怨言。汉成帝每次乘坐飞行殿出游回宫的时候，都将宠爱的嫔妃们的宝贵的衣服、珍馐食品，沿途抛舍。京城里的穷苦老人，一边拣拾这些东西一边山呼“万岁”。汉成帝鸿嘉、永始年间，国家富强，百姓生活也丰足，军械武器长年藏放在库房中，天下太平无事。因此，刘向、谷永私下议论后，向汉成帝指陈进谏废除微行的弊端。于是汉成帝焚毁了霄游宫，飞行殿，停止了饮宴玩乐。这就是遵从墨绳就直，改正的迅速就向弹丸转动一样快啊！（出《拾遗录》）

沙棠舟

汉成帝常常在秋天闲暇的时节，和爱妃赵飞燕在太液池中游戏玩耍。他们乘坐用沙棠木制作的龙舟，这种木头不轻不沉，船头用云母饰成鹢首。这种沙棠舟，又叫“云舟”。同时用硕大的桐木刻成虬龙舟，就像真的虬龙一样，虬龙舟在左右两边陪伴着皇上的云舟在水上行走，舟上用的是紫色的文桂木作舵与桨。每次汉成帝与飞燕在太液池中游赏的时候，看天上的白云，观桂棹击水，有时悄悄轻荡沙舟惊吓一下飞燕。有时让会潜水的勇士用金锁牵引沙棠舟，潜入水底曳着船行走。这时，恰有轻风徐徐吹来，赵飞燕站起任凭风将她吹落水中，汉成帝用翡翠色的彩带系在赵飞燕的裙裾上在舟上拉着她。直到赵飞燕在水中玩够了，才将赵飞燕拉上舟来。后来，赵飞燕渐渐被汉成帝疏远了。赵飞燕常常怨愤地说：“妾身什么时候再能让皇上用翡翠彩带系着裙裾在太液池水中一游，跟皇上一起在沙棠行舟呢？”汉成帝听说后，怅然若失，很是哀怜赵飞燕。直到今天，太液池边当年汉成帝避风的避风台，以及给赵飞燕用彩带系衣裾的结裾处，现在还依然存在。（出《拾遗录》）

赵飞燕

赵飞燕为皇后。其女弟昭仪在昭阳殿，遗飞燕书曰："今日佳晨，贵姊懋膺洪册。上贡三十五条，以陈踊跃之至：金花紫纶帽、金花紫罗面衣、织成下裾、同心七宝钗、七宝綦履、玉环、五色文绶、鸳鸯褥、云母屏风、琉璃屏风、云母七宝扇、琥珀枕、龟文枕、金错绣裆、琉璃玛瑙彄、珊瑚玦、黄金步摇、金博山炉、七支灯、回风席，茅叶席、金浦圆珰、孔雀扇、五明扇、九华扇、同心梅、合枝李、三清木香、螺卮、麝香、沉水香、九真黄、鸳鸯襦及被。"（出《西京杂记》）

郭况

汉郭况，光武皇后之弟也。累金数亿，家童四百人。以金为器皿，铸冶之声，彻于都鄙。时人谓郭氏之室，不雨而雷，言铸冶之声盛也。于庭中起高阁，厝衡石于其上，以称量。下有藏金窟，列武士卫之。错杂宝以饰台榭，悬明珠于梁栋间。光彩射目，昼视如星，夜望如月。里语曰："洛阳多钱郭氏室，夜月昼星富难匹。"其内宠者，皆以玉器盛食。故东京谓郭氏家为琼厨金窟。况小心畏慎，虽居富势，闭门优游，未曾干世，为一时所知也。（出《拾遗录》）

赵飞燕

赵飞燕被册封为皇后，赵飞燕的妹妹昭仪在昭阳宫派人给赵飞燕送来书信和丰厚的礼物，表示祝贺。信上说：“今天是姐姐最美好的一天。姐姐被册封为皇后，这是姐姐最大的殊荣。听到这一佳音后，妹妹仅献给姐姐三十五样礼物，来表示妹妹的喜悦之情。妹妹献上的礼物有：金花紫纶帽、金花紫罗面衣、织成下裾、同心七宝钗、七宝綦履、玉环、五色文绶、鸳鸯褥、云母屏风、琉璃屏风、云母七宝扇、琥珀枕、龟文枕、金错绣裆、琉璃玛瑙彄、珊瑚玦、黄金步摇、金博山炉、七支灯、回风席，茆叶席、金蒲圆珰、孔雀扇、五明扇、九华扇、同心梅、合枝李、三清木香、螺巵、麝香、沉水香、九真黄、鸳鸯襦和鸳鸯被。”（出《西京杂记》）

郭况

汉朝人郭况，是汉光武帝皇后的弟弟。郭况家中的积蓄有几亿钱，有四百位童仆人。郭况家里使用金制的器皿，冶炼铸制金器的声音响彻整个京都和市郊。当时的人说：“郭家府上，不下雨也打雷。”这是形容郭况家中冶炼打制金器的声音太大了，时间太长久了。郭况又在自己家的庭院中建造一座高阁，上面放着衡石，用以称量物品。高阁的下面有地窖，里面放着金子，整日有武士在旁边站岗守卫。郭况还用各种珍宝镶嵌装饰庭院中的楼台亭榭，将明珠悬挂在梁栋上。明珠发出的光彩耀人眼目。白天看这些悬挂着的明珠像一颗颗星星，晚上看它们就如月亮一样。街巷中的歌谣说：“洛阳钱最多的人家是郭家，郭家梁栋上悬挂的明珠白天像星星晚上像月亮，没有人能跟郭家比富。”在郭家受宠爱的人，都用玉制的器皿盛食物。因此京都人都称郭家为“琼厨金窟”。郭况一生小心谨慎，胆小怕事。虽然位居京城首富，却从来都是闭门而居，过着闲适的生活，从不干预外界的事情。当时京城上下都知道这事。（出《拾遗录》）

后汉灵帝

灵帝初平三年，于西园起裸游馆十间。采绿苔以被阶，引渠水以绕砌。周流澄澈，乘小舟以游漾。宫人乘之，选玉色轻体者以执篙楫，摇荡于渠中。其水清浅，以盛暑之时。使舟覆没，视宫人玉色。奏招商七言之歌，以来凉气也。其歌曰："凉风起兮日照渠，青荷昼偃叶夜舒。唯日不足乐有余，清弦流管歌玉凫，千年万岁喜难渝。"渠中植莲大如盖，枝长一丈，南国所献也。其叶夜舒昼卷，一茎有四莲丛生，名曰"夜舒荷"。亦言月出见叶舒，亦名"望舒荷"。帝乃盛夏避暑于裸游宫，长夜饮宴。帝叹曰："使万年如此，则为上仙矣。"宫人年二七以上，三六以下，皆靓妆而解上衣，或共裸浴。西域所献茵墀香，煮为浴汤，宫人以之沐浴。浴毕，余汁入渠，名曰"流香渠"。又欲内监为鸡鸣，于馆北起鸡鸣堂，多畜鸡。每醉乐，迷于天晓，内阉竞作鸡鸣，以乱真声也。仍以炬烛投于殿下，帝乃惊寤。及董卓破京师，收其美人，焚其堂馆。至魏咸熙中，于先帝投烛处，溟溟有光如星，后人以为神光。于此地建屋，名曰"余光祠"，以祈福。至魏明之末，乃扫除焉。（出《王子年拾遗记》）

后汉灵帝

初平三年的时候，汉灵帝在西园建造了一座十间的裸游馆。汉灵帝让人采来绿色的苔藓并且将苔藓覆盖在台阶上面，引来渠水绕着各个门槛，环流过整个裸游馆。渠水澄澈见底，乘坐小船沿渠游漾。船上坐着的妃嫔们，挑选肤色如玉，身体轻捷的宫娥，手执竹篙、船桨驾驶着游船，在渠水中荡漾游乐。渠水清浅，在盛夏酷暑时分，汉灵帝下令将船沉没水中，看落在水中的裸体宫娥们玉一般华艳的肌肤，再看宫娥们演奏七言招商的歌曲，用以招来凉气。这首七言招商的歌是这样唱的：“凉风起兮日照渠，青荷昼偃叶夜舒。唯日不足乐有余，清弦流管歌玉凫，千年万岁喜难渝。”渠水中栽植莲荷，荷叶有锅盖那么大，荷枝足足有一丈那么长。这种莲荷是南方进献来的。莲荷的叶子白天卷起来后到了夜间才舒展开。每一根茎上生长着四枝莲花，叫“夜舒荷”。又因为这种莲荷在月亮出来后叶子才舒展开，所以又称作“望舒荷”。汉灵帝每到盛夏都会在裸游馆避暑，和宫人通宵饮宴。汉灵帝感叹地说：“要是一万年都过着这样游乐的生活，就会成为天上的神仙啊！”裸游馆里挑选的宫娥彩女年龄都在十四岁以上，十八岁以下，一律化妆并脱去上衣，有的宫女会跟汉灵帝一块儿洗浴。汉灵帝让人熏煮西域进献的茵墀香作为浴汤。宫娥们洗浴完之后，将熏煮后的浴汤放入渠中，名叫“流香渠”。汉灵帝又让宫内的太监学鸡叫，在裸游馆的北侧修建了一座鸡鸣堂，里面放养了许多鸡。灵帝每当玩乐饮宴醉了后，到天亮了还在醉梦之中。于是太监们争相学鸡叫，以假乱真。然后将燃烧的火炬、蜡烛投掷在大殿下面，灵帝才惊惶地醒过来。等到董卓攻破京城后，将宫中的宫娥全都收到董府，将裸游馆焚毁化为灰烬。到了曹魏咸熙年间，在当年汉灵帝投掷蜡烛的地方，在幽暗中隐约还有如星星的光亮。人们认为这是神光，并在有光亮的地方修造了一座祠堂，人们起名叫“余光祠”，用它来向上天祈福。一直到曹魏末年的时候，才将这座祠堂折毁掉。（出《王子年拾遗记》）

石崇

晋石崇与王恺争豪。晋武帝，恺甥也，尝以一珊瑚树与恺，高二尺许，枝柯扶疏，世间罕比。恺以示崇。崇视讫，举铁如意击碎之，应手丸裂。恺甚惋惜，又以为嫉己之宝，声色方厉。崇曰："不足恨，今还卿。"乃命左右，悉取珊瑚树。有高三尺，条干绝俗，光彩溢目者六七枚。如恺比者甚众。恺怅然自失。（出《世说》）

王敦

王敦初尚主，如厕，见漆箱盛干枣。本以塞鼻，王谓上厕果，食至尽。既还，婢擎金盆贮水，琉璃碗盛澡豆。因倒置水中而饮之，群婢莫不掩口。（出《世说新书》）

魏高阳王雍

后魏高阳王雍居近清阳门外数里，御道西旁，洛中之甲第也。正光中，雍为丞相。给羽葆鼓吹，虎贲班剑百人。贵极人臣，富兼山海。居第匹于帝宫，白壁丹槛，窈窕连亘，飞檐华宇，胶葛周通。僮仆六千，妓女五百。隋珠照日，罗绮从风。自汉晋以来，诸王豪侈，未之有也。出则鸣驺御道，文物成行，铙吹响发，笳声哀啭；入则歌姬舞女击筑吹笙，而丝管迭奏，连宵尽日。竹林鱼池，

石崇

晋朝的石崇跟王恺斗富。王恺是晋武帝的亲娘舅，曾经得到晋武帝赏给王恺的一株珊瑚树，这株珊瑚树大约有二尺多高，枝干参差扶疏，人世间很难再找到能跟这株相比的珊瑚树。王恺将这株珊瑚树拿出来给石崇看。石崇看罢，举起铁如意将它打砸得粉碎，手到之处像击中鸟卵一样地迸裂。王恺特别惋惜，认为是石崇嫉妒自己的这株珊瑚宝树，很是生气。但是，王恺刚要动怒的时候，石崇劝说道："这一点也不值得惋惜，我还你一株珊瑚树。"说着，命令左右的仆人们将家中的珊瑚树都取出来。每一株珊瑚树都有三尺多高，枝干生长得绝对超尘脱俗，发出的光彩耀人眼目的，一共有六七株这样的珊瑚树。像王恺拿出来给石崇看的珊瑚树非常多。王恺看到石崇家有这么多精美无比的珊瑚树，自己的心情像丢了东西似的。（出《世说》）

王敦

王敦刚刚被招为驸马，上厕所的时候，看见漆箱里装着干枣。这种干枣是用来塞鼻子防止闻到臭味儿的，王敦以为是上厕所的时候吃的零食，就拿过来全都吃光了。从厕所回来后，侍女端着一金盆水，用琉璃碗装洗澡用的香皂。王敦不知道这是干什么的，因此接过来倒入水中就喝。侍女们看见后都掩口而笑。（出《世说新书》）

魏高阳王雍

后魏高阳王元雍，居住在京都洛阳清阳门外几里的地方，在御道的西侧。元雍的府第是洛阳城中数一流的。正光年间的时候，元雍官至丞相。皇帝赏赐给元雍以鸟羽为装饰的华盖仪仗、乐队、佩带斑纹宝剑的警卫人员共一百人。这时的元雍高贵到位极人臣的地步，富有到山、海都归王雍所有。元雍居住的府第，可以跟皇宫媲美。雪白的墙壁，朱红的门槛，外面砌有秀美的院墙。而且有飞翘的屋檐，华丽的房舍，布局参差错落、深远广大，房子与房子之间有迴廊相通。

倖于禁苑。芳草如积，珍木连阴。及雍薨后，诸妓女悉令入道，或有出家者。美人徐月华善箜篌，能为《明妃出塞》之歌。闻者莫不动容。永安中，与卫将军原士康为侧室。士康宅亦近清阳外，徐鼓箜篌而歌，哀声入云。行路听者，俄而成市。徐常语士康云：“王有二美姬，一名修容，一名艳姿。并蛾眉皓齿，洁貌倾城。修容能为《绿水歌》。艳姿善为《逐凤舞》。并爱倾后室，宠冠诸姬。”士康闻此，常令徐歌《绿水》《文凤》之曲焉。（出《伽蓝记》）

元琛

后魏王侯外戚公王，擅山海之富，居川林之饶。争修园宅，互相夸竞。崇门丰室，阿户连房，飞馆生风，重楼起雾。高台芳树，家家而筑。花林曲池，园园而有。莫不桃李夏绿，竹柏冬青。而河间王琛最为豪首，常与高阳争衡。造文柏堂如徽音殿。置玉井金罐，以五色丝为绳。妓女三百人尽皆国色，有婢朝云善吹篪，能为团扇歌陇上声。琛为秦州刺史，诸羌外叛，屡讨之不降。琛令朝云假为贫妪，吹篪而乞。诸羌闻亡，悉皆流涕，迭相谓曰：“何为弃坟井，在山谷为寇耶？”相率归降。秦民语曰：“快马健儿，不如府中有六千多人僮仆，有五百多位歌舞艺伎。最珍贵的隋珠可以映照太阳，华丽的罗绮随风舞动。自两汉魏晋以来，最奢侈的王公大臣，也没达到这种地步。元雍出行则有骑马的侍从在前鸣锣开道，后面紧跟着各种车服旌旗仪仗，并有军乐为他伴行、胡笳声宛转苍凉。元雍回到府中则有歌姬舞女为他唱歌起舞，击筑吹笙，丝竹管弦接连演奏，通宵达旦不歇息。至于府中花园里的茂林、修篁、鱼池亭榭，皇家的御花园也不过如此。翠绿的芳草连片，珍木奇树成荫。清雅幽静，真像地上的仙境一样。元雍去世后，五百名歌姬舞伎都让她们出家遁入空门。美人徐月华擅长演奏箜篌，最拿手的是演奏《昭君出塞》。听徐月华演奏此曲的人，没有不被感动得流下眼泪来的。永安年间的时候，徐月华下嫁给卫原将军做妾。卫将军的府第也在清阳门外。徐月华经常边鼓箜篌边歌唱，凄婉的歌声传入云霄。行路的人走到这里，听到歌声就会停下来。不多一会儿，停下听歌的人如同闹市一样的多。徐月华曾经对卫将军说："元雍生前有两位美姬，一位名叫修容，一位名叫艳姿。两位美姬都长得蛾眉皓齿，容貌洁雅端丽、倾城倾国。修容最擅长唱《绿水歌》，艳姿最擅长跳《逐凤舞》。在众多的后室姬妾中，元雍最宠爱的就是她们二人。"卫将军听到这事之后，经常让徐月华给他演唱《绿水》《文风》两支曲子。（出《伽蓝记》）

元琛

后魏时期，王侯、皇家外姓亲戚以及皇室出嫁的公主，都富得占有山海，居住的地方都是平川有树木的富饶的地方。这些王侯贵戚攀比着营建房宅园林，互相夸耀竞赛。他们居住的府第都是高高的门楼、富丽的居室。每座庭园都有都有连片的高屋，饰有飞檐的堂馆，一座挨一座的高楼，各种高台、亭榭。至于花木、林树、曲径、幽地，无一不是夏天有润绿的桃李，冬天有常青的竹柏。但是，其中最富有的还是河间的元琛。元琛曾经跟身为宰相的天下第一豪富元雍竞相比富。建造的文柏堂就像皇家的徽音殿。堂内设置玉石砌作的井，金铸的提水罐，罐上系着用五色丝结成的绳索。王琛家养有三百老妪吹篪。”琛在秦中，多无政绩。遣使向西域求名马，远至波斯国。得千里马，号曰“追风赤”。次有七百里者十余，皆有名字。以银为槽，金为环锁。诸王服其豪富。琛尝语人云：“晋室石崇，乃是庶姓，犹能雉头狐腋，画卵雕薪。况我大魏天王，不为华侈。”造迎风馆于后园。窗户之上，列钱青琐，玉凤衔铃，金龙吐旆。素柰朱李，枝条入檐。妓女楼上坐而摘食。琛尝会宗室，陈诸宝器。金瓶银瓮百余口，瓯檠盘合称是。其余酒器，有水晶钵、玛瑙琉璃碗、赤玉卮数十枚。作工奇妙，中土所无，皆从西来。又陈女乐及诸名马。复引诸王按行库藏，锦罽珠玑，冰罗雾縠，充积其内。琛谓章武王融曰：“不恨我不见石崇，恨石崇不见我。”融立性贪暴，志欲无厌。见之叹惋，不觉成疾。还家，卧三日不能起。江阳王继来省疾，谕之曰：“卿之财产，应得抗衡，何为羡叹，以至于此？”融曰：“常谓高阳一人，宝货多于融。谁知河间，瞻之在前。”继曰：“卿欲作袁术之在淮南，不知世间复有刘备也。”及尔朱氏乱后，王侯第宅，多题为寺宇。寿丘里闾，列刹相望。祗洹郁起，宝塔高壮。四月八日，京都士女，多至河间寺。观其堂庑绮丽，无不叹息。以为蓬莱仙室，亦不是过也。（出《伽蓝记》）

名歌姬舞伎，个个都是天生丽质，每一位歌妓都是国中最娇美的丽人。其中有一位婢女名叫朝云，朝云擅长吹芦竹，还能手挥团扇载歌载舞，朝云专唱陇上的民歌。元琛任秦州刺史的时候，当时羌族的各个部落多有叛乱外逃为寇的人，元琛多次带兵讨伐，都降服不了这些叛乱的羌人。后来，元琛让朝云扮成一位老年妇女，深入到羌人叛乱的地方，用吹芦竹的办法乞讨。这些叛乱的羌人听到他们熟悉的芦竹声后，都泪流满面，互相述说："我们为什么要背井离乡，躲在这深山恶谷中为贼寇呢？"于是相继归降。秦人说："快马健儿，不如老妇人吹芦笛。"元琛出任秦州刺史的时候，很长时间没有什么政绩。元琛曾派出使臣向西域各国索求名马，最远的时候到达波斯国，在那里求得了一匹千里马，这匹马的名字叫"追风赤"。还求得日行七百的马十多匹，每一匹马都有名字。喂养这些马的食槽是用银子做的，马具都是用金子做成的。诸位元姓富豪都佩服元琛的富有。元琛曾经跟人说："晋朝时的石崇，是一位平民百姓，还能戴饰有雉翎的豪华的帽子，穿着用狐腋拼成的昂贵的裘皮大衣，在鸡蛋、薪木上雕画图形。何况我这位堂堂的魏国的一方之王呢。我这样做一点也不算豪华奢侈。"元琛在后园建造了一座迎风馆。窗户上用青钱连环成装饰图案，玉石雕成的凤凰的嘴中衔着响铃，金铸的龙嘴里吐着垂旒。结着白奈果、红李子的枝条伸进屋檐来，歌舞艺伎们坐在楼上窗边伸手可以摘食。元琛有一次将同宗的人都请到自己的府上，元琛将收藏的各种珍宝器皿展示给他们看。展示的东西有一百多口金瓶、银瓮。盆、盘、盒、擎灯等器皿不是用金子做的就是用银子做的。还有各种酒具，有水晶钵、玛瑙琉璃碗、几十只赤玉酒杯。这些酒具的做工都奇妙无比，是国内所没有的，都是从西域进口来的。元琛又展示女艺妓和他饲养的那些名马。之后，元雍带领着这些人逐个观看元雍家的库房中收藏的珍贵物品，里面有华丽的毛织品，名贵的珠宝，精美的绉纱、白绸，这些东西装满了一座座库房。元琛对章武王元融说："我一点也不以见不到石崇而感到遗憾，遗憾的是石崇他看不到我是这样的富有。"元融为人贪婪残暴，贪得无厌。元融看到元琛有这么多的稀世至宝和财物后，为自己还没有达到元

隋炀帝

炀帝巡狩北边，作大行殿七宝帐。容数百人，饰以珍宝，光辉洞彻。引匈奴启民可汗，宴会其中。可汗恍然，疑非人世之有。识者云："大行殿者，不祥之兆也。是非王莽轻车之比。此实天心，非关人事也。"（出《朝野佥载》）

又唐贞观初，天下乂安，百姓富赡，公私少事。时属除夜，太宗盛饰宫掖，明设灯烛，殿内诸房莫不绮丽。后妃嫔御皆盛衣服，金翠焕烂。设庭燎于阶下，其明如昼。盛奏歌乐。乃延萧后，与同观之。乐阕，帝谓萧曰："朕施设孰与隋主。"萧后笑而不答。固问之，后曰："彼乃亡国之君，陛下开基之主，奢俭之事，固不同矣。"帝曰："隋主何如？"后曰："隋主享国十有余年，妾常侍从。见其淫侈。隋主每当除夜，至及岁夜。殿前诸院，设火山数十，尽沉香木根也，每一山焚沉香数车。火光暗，则以甲煎沃之，焰起数丈。沉香甲煎之香，旁闻数十里。一夜之中，则用沉香二百余乘，琛这样豪富而感到非常叹息，不知不觉就酿成疾病。元融回到家中后，三天卧床不起。江阳王元继来探病的时候，劝慰元融说：“你的财产，完全可以和他人相匹敌，为什么羡慕惋惜到这种地步？”元融说：“曾经有人说高阳王元雍珍宝比我元融多，谁知道前几天去元琛的家里，发现元琛的家产也比我多。”元继说：“你是想作淮南的袁术，不知道人世间还有个刘备呢。”待到朱氏作乱的时候，王侯的许多宅第都变成了寺庙。寿丘的街市里，寺庙林立，互相可以看得见。又新建了不少祇园佛寺和高大壮伟的佛塔。每到四月初八赶庙会的时候，京城里的男男女女，许多人都会到河间寺去游玩。他们看到华丽的殿堂廊屋，没有不赞叹的。人们将这些堂屋比作传说中的蓬莱仙人住的仙室，一点也不过分啊！（出《伽蓝记》）

隋炀帝

隋炀帝巡行视察北方边境的时候，特意制作了一座大行殿七宝帐，里面可以容纳几百人，殿中镶嵌装饰着各种珍珠、宝石。这些珍宝发出的光亮可以照遍整个帐内。隋炀帝邀请匈奴可汗启民在大行殿内饮宴，启民可汗神情恍然，怀疑人世间不可能有这样豪华阔大的帐房。有远见卓识的人说：“隋炀帝造大行殿是一种不吉祥的预兆。这种错误好比王莽当年一样。这实在是上天的旨意，而不是人力所能改变的啊！”（出《朝野佥载》）

又：唐太宗贞观初年的时候，天下太平安定，人民富裕充足。不论是国家还是百姓，都很少有棘手的事情。这年大年除夕的时候，唐太宗下令将皇宫及嫔妃们居住的旁舍装饰布置一新，各处置设点燃的灯烛，宫殿里的各个厅、堂、屋、室都布置得豪华绮丽，皇后、嫔妃们都身着华丽的盛服、佩戴各种珠宝首饰，真是耀金映翠，富丽堂皇。在宫中庭院的阶下设置火炬，照耀得宫中如同白天一样明亮。唐太宗又命令宫中的乐工一曲接一曲地演奏乐曲，场面十分热闹。唐太宗命人请来隋炀帝的皇后萧皇后，一同观赏这空前的盛景。一曲演奏完后，唐太宗问萧后：“我今天晚上的这些陈设布置跟隋炀帝当年相比，哪个更盛大豪华？”萧后只是微笑但是并不回答这个问题。唐太甲煎二百石。又殿内房中，不燃膏火，悬大珠一百二十以照之，光比白日。又有明月宝夜光珠，大者六七寸，小者犹三寸。一珠之价，直数千万。妾观陛下所施，都无此物。殿前所焚，尽是柴木。殿内所烛，皆是膏油。但乍觉烟气薰人，实未见其华丽。然亡国之事，亦愿陛下远之。”太宗良久不言。口刺其奢，而心服其盛。（出《纪闻》）

则天后

则天造明堂。于顶上铸铁为鸑鷟，高二丈，以金饰之，轩轩若飞。数年，大风吹动，犹存其址。更铸铜为大火珠，饰以黄金，煌煌耀日，今见存焉。又造天枢于定鼎门，并番客胡商聚钱百万亿所成。其高九十尺，下以铁山为脚，铸铜为二麒麟，以镇四方。上有铜盘，经三丈。蛟龙人立，两足捧大火珠，望之如日初出。镌文于柱曰：“大周万国述德天枢。”后开元中推倒，铜入上方。（出《大唐新语》）

宗再三问萧后，萧后回答说："隋炀帝是个使国家灭亡的国君，陛下您是开创基业的皇帝，因此哪位奢侈、哪位节俭，当然不一样了。"唐太宗问："隋炀帝当年是怎么样的？"萧后说："隋炀帝在位十多年，我向来在隋炀帝身边侍奉他。隋炀帝的那些奢华淫逸的事情我见得很多。隋炀帝每到大年除夕的夜晚，便在大殿前边的各个院庭中架设几十座火山，这些火山用的都是沉香木根，每一座火山都要焚烧好几车沉香木根。如果嫌火光暗，就再往上添加香料甲煎，火焰立时就可以高达好几丈。沉香、甲煎燃烧散发出来的香味儿，在京城附近几十里地以内都能闻得到。除夕这一天晚上，就要烧掉二百多车沉香木，二百石甲煎。同时，殿内各屋不点灯烛，而是悬挂一百二十枚巨大的珍珠照明。这些珍珠发出的光亮，照耀得殿堂像白天一样明亮。还悬挂一种叫明月宝的夜光珠，这些夜光珠大的能有六七寸，小的也有三寸。一枚夜光珠就可以值几千万钱。我看陛下今晚的陈设布置，都没有这些东西。殿前所烧的，不过是些柴木罢了。殿内点燃的，也全是膏油蜡烛。一开始就让人觉得烟气熏人，实在是看不出有什么华丽的地方。然而，穷奢极欲则会亡国的啊，希望陛下能离骄奢淫逸远一些好。"唐太宗听了萧后这一席话后，很长时间都没说一句话。后来，唐太宗口里指斥隋炀帝这样做太奢华了，心中却暗暗地佩服当年宫中除夕布置得豪华盛大。（出《纪闻》）

则天后

武则天建造明堂的时候。在明堂顶上铸造一只铁凤凰，铁凤凰高二丈，铁凤凰是用黄金装饰而成的，铁凤凰的外形像展翅欲飞的样子。建造几年后，经历过狂风吹刮，这只铁凤凰依然存在。武则天还用铜铸造了一只大火珠，上面饰以黄金，大火珠的光彩可以照耀太阳，现在依然存在那里。武则天又在定鼎门建造一座天枢，这座天枢是用向国外商贾集资的百万亿钱才建造成的。天枢高九十尺，下面铸有铁山做柱脚，铸造的这两只铜麒麟，用它来镇守四方。天枢上面置有一只巨形铜盘，直径有三丈多。上面铸有像人一样的蛟龙立在那里，蛟龙的两足上捧着一只大火珠，望去像太阳刚刚升起来

许敬宗

唐许敬宗奢豪。尝造飞楼七十间，令妓女走马于其上，以为戏乐。（出《独异记》）

张易之

张易之为母阿臧造七宝帐，金银珠玉宝贝之类，罔不毕萃。旷古以来，未曾闻见。铺象牙床，织犀角簟，鼲貂之褥，蛩蟁之毡，汾晋之龙顺、临河之凤翮以为席。阿臧与凤阁侍郎李迥秀私通，逼之也。以鸳鸯盏一双共饮，取其常相逐。迥秀畏其盛，嫌其老，乃荒饮无度，昏醉是务，常频唤不觉。出为恒州刺史。易之败，阿臧入官。迥秀被坐，降为卫州长史。（出《朝野佥载》）

宗楚客

宗楚客造一宅新成，皆是文柏为梁，沉香和红粉以泥壁，开门则香气蓬勃。磨文石为阶砌及地，着吉莫靴者，行则仰仆。楚客被建昌王推得赃万余贯，兄弟配流。太平公主就其宅看，叹曰：“观其行坐处，我等虚生浪死！”一年，追入为凤阁侍郎。景龙中，为中书令。韦民之败被诛。（出《朝野佥载》）

一样。武则天令人柱子上铭刻文字:“大周万国述德天枢。”开元年间的时候,这座天枢被玄宗下令推倒,所有的铜物、铜饰都没收送入皇宫库府。(出《大唐新语》)

许敬宗

唐朝时许敬宗用度非常豪华奢侈。许敬宗曾经建造七十间飞楼,让艺妓们骑马在楼上面奔走,以此作为一种游戏与娱乐。(出《独异记》)

张易之

张易之是唐朝武则天时期的宠臣。张易之为他的母亲阿臧建造一座七宝帐,里面有金、银、珠、玉等各种珍宝,诸如此类的东西没有不汇集在这座宝帐上的。从古至今,从未有听到过、从未有见到过这样奢华的帐幔。帐幔里面放置的是用象牙制作的床,床上铺的是犀角簟席和鼲貂皮做的褥子,蛩蠡毛和蚊毫所制作的毡褥,汾晋的龙须和临河的凤翮编织的床席。阿臧与凤阁侍郎李迥秀私下通奸。是阿臧靠儿子的权势逼迫李迥秀这样做的。并且,阿臧用一对鸳鸯酒杯与李迥秀饮酒,希望能与李迥秀长相依伴。李迥秀畏惧她家的权势,又嫌弃阿臧年老色衰,就肆无忌惮地借酒浇愁,直到醉得酩酊大醉为止,阿臧怎么招呼李迥秀也不醒过来。后来,李迥秀出任恒州刺史。张易之败落后,张易之的母亲阿臧没入官府充作奴仆。李迥秀也被牵连,降职为卫州长史。(出《朝野佥载》)

宗楚客

宗楚客新建造一座宅院,一律用文柏木做屋梁,墙壁是用沉香和红粉抹的,一打开门马上香气四溢。台阶和屋里的地面,都是用磨文石砌成的,穿着用同州产的吉莫皮制的靴子的人走在这样光滑的地面上,抬脚就要滑倒的。宗楚客被建昌王李推查出赃款一万多贯,宗楚客兄弟被发配流放。太平公主到宗楚客住的宅院去察看,看到

安乐公主

洛州昭成佛寺，有安乐公主造百宝香炉。高三尺，开四门。绛桥勾栏，花草飞禽走兽，诸天妓乐，麒麟鸾凤，白鹤飞仙。丝来线去，鬼出神入。隐起钑镂，窈窕便娟。真珠玛瑙，琉璃琥珀，颇梨珊瑚，车渠琬琰，一切宝贝，用钱三万，库藏之物，尽于是矣。（出《朝野佥载》）

又

安乐公主改为悖逆庶人，夺百姓庄田，造定昆池四十九里，直抵南山，拟昆明池。累石为山，以象华岳。引水为涧，以象天津。飞阁步檐，斜墙磴道，被以锦绣，画以丹青，饰以金银，莹以珠玉。又为九曲流杯池，作石莲花台，泉于台中流出。穷天下之壮丽，言之难尽。悖逆之败，配入司农。每日士女游观，车马填咽。奉敕，辄到者，官人解见任，凡人决一顿，乃止。（出《朝野佥载》）

宗楚客的起居、行坐都是那样的奢华，不由得感叹地说：“和宗楚客比，我们这些人都白活这一生！”一年后，宗楚客又被诏回京城任凤阁侍郎。到了唐中宗景龙年间，宗楚客又出任中书令。韦氏图谋叛乱政变失败后，宗楚客也被处死。（出《朝野佥载》）

安乐公主

洛州昭成佛寺里，有安乐公主制造的一只百宝香炉。这只香炉高三尺，炉身开有四个门。上面有紫红色的横梁，栏杆，上面饰有花、草、飞禽、走兽，诸位天女乐妓、麒麟鸾凤、白鹤飞仙。这些都是用金线、银线，隐起镂刻成的。每个人物都轻盈姣好，栩栩如生。而且香炉上面还镶嵌着珍珠、玛瑙、琉璃、琥珀、珊瑚、车渠、琬琰等各种宝贝。制造这座百宝香炉光的手工用了三万钱，安乐公主把家中库府中所珍藏的宝物全都拿了出来，用在这上面了。（出《朝野佥载》）

又

安乐公主因为犯了忤逆罪被贬为普通百姓之前，用夺取侵占百姓的庄田，修造了一座定昆池，这座池子占地四十九里，一直修到了南山，只是为了仿效昆明池。在池边用石头堆砌成一座假山，用来代替华山。又引来河水成为溪涧，为了仿效天津桥。同时又建造了许多亭台楼阁和游廊。这些建筑都披锦挂绣、在上面画上各种花鸟图案，并且镶嵌装饰着金、银、珠、玉各种宝物，看上去十分绮丽奢华。安乐公主又修造一座九曲流杯池，在池中修建了石莲花台，再引泉水从石台中流出来。这真是穷尽普天下的壮观华丽，用言语难以描述的奢华啊！等到安乐公主谋反的事情败露，被唐玄宗处死后，这些园林分配给大司农管理。每天都有人来到这里游玩观赏，常常车水马龙。后来奉皇上敕令，凡是擅自来到这里的人，是国家的官员就解除的现任职务，一般百姓就责打一顿，这样才没有人再去游赏了。（出《朝野佥载》）

又

安乐公主造百鸟毛裙，以后百官百姓家效之。山林奇禽异兽，搜山荡谷，扫地无遗。至于网罗，杀获无数。开元中，焚宝器于殿前，禁人服珠玉金银罗绮之属，于是采捕乃止。（出《朝野佥载》）

杨慎交

景龙中，妃主家竞为奢侈。驸马杨慎交、武崇训至以油洒地，筑毬场。（出《国史异纂》）

唐睿宗

唐睿宗先天二年正月十四、十五、十六夜，于京师安福门外，作灯轮高二十丈。被以锦绮，饰以金银。燃五万盏灯，俱竖之如花树。宫女千数，衣绮罗，曳锦绣，耀珠翠。施香粉。一花冠，一巾帔，皆至万钱。装束一妓女，皆至三百贯。妙简长安万年县年少妇女千余人，衣服花钗媚子亦称是。于灯下踏歌三日夜。观乐之极，未始有之。（出《朝野佥载》）

玄宗

玄宗幸华清宫。新广汤池，制作宏丽。安禄山于范阳，以白玉石为鱼龙凫雁，仍为石梁及石莲花以献。雕镌巧妙，殆非人功。上大悦，命陈于汤中，又以石梁横亘汤上，而莲花才出于水际。上因幸华清宫。至其所，解衣将入。而鱼龙凫雁，皆若奋鳞举翼，状

又

安乐公主用百鸟毛编织一条裙子。后来，官宦人家和普通百姓都争相效仿。于是，搜寻山林，扫荡山谷，见到奇禽异兽就捕获，几乎到了把野兽都捕尽的地步。至于布网的人，更是捕获到无数的鸟兽。直到唐玄宗开元年间，皇帝在大殿前将这些百鸟毛裙尽数焚毁掉，禁止再有人穿金、银、罗绮之类的衣服，这才制止住了捕猎奇禽异兽的风气。（出《朝野佥载》）

杨慎交

景龙年间的时候，妃主家争相竞赛谁家更奢侈豪华。驸马杨慎交、武崇训竟然用油洒地，以此来修筑球场。（出《国史异纂》）

唐睿宗

唐睿宗先天二年正月十四、十五、十六三个晚上，在京都的安福门外，修造了一座大型彩灯，彩灯有二十丈那么高。彩灯是用锦绮等丝织品制作的，上面装饰着金银等饰物。并且同时在那里点燃了五万盏彩灯，都高高地悬挂起来，远望像开花的树一样。花灯下面还有一千余名宫女，宫女们身穿绮罗，肩披锦绣，头戴珠翠，脸施脂粉，打扮得十分华丽。而且宫女身上的一条披巾，一只花冠，都价值万钱。打扮一位宫女，都得用上三百贯钱。又从长安万年县精心挑选出一千多位少女，让她们穿的衣服、披戴的花饰、首饰，跟宫女们一样。她们一同在彩灯下载歌载舞，持续了三天三夜。像这样盛大的元宵灯会，从古至今从未有过的。（出《朝野佥载》）

玄　宗

唐玄宗前往骊山的华清宫。华清宫那里有新修造的温泉浴池，并且华清宫修造得宏丽堂皇。安禄山在范阳听说玄宗皇上新修一座浴池后，就召集知名工匠用白玉雕刻成石鱼、石龙、凫雁，又制作了石梁、石莲花，一并进献给唐玄宗。唐玄宗特别高兴，立即命人将这欲飞动。上甚恐，遽命撤去，其莲花至今犹存。又尝于宫中置长汤屋数十间，环回甃以文石。为银镂漆船及白香木船，置于其中。至于楫橹，皆饰以珠玉。又于汤中，垒瑟瑟及沉香为山，以状瀛洲方丈。上将幸华清宫，贵妃姊妹竞饰车服。为一犊车，饰以金翠，间以珠玉。一车之费，不啻数十万贯。既而重甚，牛不能引。因复上闻，请各乘马。于是竞购名马，以黄金为衔蹶，组绣为障泥。共会于国忠宅，将同入禁中。炳炳照烛，观者如堵。自国忠宅至于城东南隅，仆御车马，纷纭其间。国忠方与客坐于门下，指而谓客曰："某家起于细微，因缘椒房之亲，以至于是。吾今未知税驾之所，念终不能致令名，要当取乐于富贵耳。"由是骄奢僭侈之态纷然，而昧处满持盈之道矣。太平公主玉叶冠、虢国夫人夜光枕，杨国忠锁子帐，皆稀代之宝，不能计其直。（出《明皇杂录》）

虢国夫人

杨贵妃姊虢国夫人，恩宠一时。大治第宅，栋宇之盛，举无些东西放进浴池中，又命人将石梁横阵在浴池上面，石莲花刚刚露出水面。放置好了后，唐玄宗高高兴兴地来到浴池洗浴。唐玄宗脱去衣服刚要下到池水中的时候。忽然觉得放置在池水中的石鱼、石龙、石凫雁都像抖动鳞片、振起翅膀要动要飞的样子。唐玄宗大为惶恐，立即命人将这些鱼、龙、凫雁统统搬走，只有石莲花直到今天还存留在浴池中。唐玄宗又在华清宫中建造了几十间长形浴屋。环绕的屋墙都砌上玛瑙或带纹理的石头。又制造了银镂漆船和白香木船，放在了温汤浴池中。至于船桨、船橹，都用珍珠、玉石作装饰。唐玄宗令人又在池水中用碧绿色的宝石和沉香木垒成两座假山，形状像传说中的瀛洲、方丈的二座仙山。唐玄宗要去华清宫的时候，杨贵妃的姐妹们，争相比赛着置办豪华的车服。其中一辆牛车，用黄金翡翠作装饰，还有珍珠、美玉镶嵌在其中。装饰一辆牛车的费用，何止几十万贯。没过多久，因为牛车太重，导致牛拉不动了。因此又向唐玄宗呈报，请求各自换乘马车。因此又竞相购买名马，用黄金打制马嚼子，用华丽的组锈作障泥垂在马腹两侧。她们从杨国忠的府上，一同前往宫内。一路上的车马人行，上面的各种饰物光彩耀眼，围观的人像墙一样将她们围起来。从杨国忠的府第到京城东南角，仆夫、车马排成了一长流。杨国忠和宾客坐在府门下，指着这长长的车队说：“我家出身寒微，但是贵妃跟当今皇上成亲，我也因此成为皇帝的亲家，才富贵显赫到这种程度。我现在也不知道将来的归宿在哪里。但是考虑到像我们这样的皇亲国戚，终归不能在史书上留下什么美好的声誉，还不如尽一时之富贵享乐呢！”从此之后，杨家兄妹更加骄奢淫逸，恣情享乐，而忘记了盈满则亏的道理，这才招致后来的安史之乱与马嵬之变啊！在当时，太平公主的玉叶冠、虢国夫人的夜光枕与丞相杨国忠的锁子帐，都是稀世之宝，它们的价值是无法计算出来的。（出《明皇杂录》）

虢国夫人

杨贵妃的姐姐虢国夫人，曾获得到盛极一时的恩宠。虢国夫人大修府第住宅，房屋修筑的宏伟高大，整个长安城中就没有能与之与比。所居韦嗣立旧宅。韦氏诸子方午偃息于堂庑间，忽见妇人衣黄罗帔衫，降自步辇。有侍婢数十人，笑语自若。谓韦氏诸子曰："闻此宅欲货，其价几何？"韦氏降阶曰："先人旧庐，所未忍舍。"语未毕，有工数百人，登东西厢，撤其瓦木。韦氏诸子乃率家童，挈其琴书，委于路中。而授韦氏隙地十数亩，其宅一无所酬。虢国中堂既成，召匠污镘。授二百万赏其值，而复以金盏瑟瑟三斗为赏。后曾有暴风拔树，委其堂上。已而视之，略无所伤。既撤瓦以观之，皆乘以木瓦。其制作精致，皆此类也。虢国每入禁中，常乘骢马，使小黄门御。紫骢之俊健，黄门之端秀，皆冠绝一时。（出《明皇杂录》）

相比的。虢国夫人新修造的府第原是韦家的旧宅院。一天中午，韦家一家人正在屋中睡午觉的时候。忽然看见一位贵妇人身着黄罗披衫，从步辇上走出来。那位贵妇人身旁左右围着几十个侍女丫环，说笑自若如入无人之境。不一会儿，那位贵妇人对韦家的几个儿子说："听说这所宅院要卖，售价是多少？"韦家人说："这宅院是先人留给我们的，我们不能将它卖了。"话还未说完，韦家人就看见院中涌进来好几百工人，登上东、西厢房掀瓦拆房。韦家全家人和童仆只好拿着琴、书等日常使用的东西器具，站在路中间眼睁睁地看着他们拆掉自己的房屋。最后，虢国夫人只留下十几亩的一小块地方给韦家，而且没支付一分钱的买房钱。虢国夫人新宅的中堂建好后，招来工匠粉刷墙壁。起初说好给工钱二百万钱。待到粉刷完毕之后，虢国夫人一高兴用金盏盛下三斗碧色的宝石，作为工钱赏给工匠们。后来，有一次刮暴风将一株大树连根拔起来，落在虢国夫人新宅的堂屋房上。风停后，有人上到堂房顶上查看，基本上没有什么损坏。原来房上覆盖的是精制的木瓦。整座宅院修造的精致程度，都跟这差不多。虢国夫人每次进入皇宫，经常骑着一匹紫骢宝马，旁边有一个小太监为她牵马。紫骢宝马的高大健美，小太监的端庄俊秀，都是当时首屈一指的。（出《明皇杂录》）

卷第二百三十七　奢侈二

韦陟

韦斌虽生于贵门，而性颇质厚。然其地望素高，冠冕特盛，虽门风稍奢。而斌立朝侃侃，容止尊严，有大臣之体。每会朝，未尝与同列笑语。旧制，群臣立于殿庭，既而遇雨雪。亦不移步于廊下。忽一日密雪骤降，自三事以下，莫不振其簪裾，或更其立位。独斌意色益恭，俄雪甚至膝。朝既罢，斌于雪中拔身而去。见之者咸叹重焉。

斌兄陟，早以文学识度，著名于时。善属文，攻草隶书。出入清显，践历崇贵。自以门地才华，坐取卿相。而接物简傲，未尝与人款曲。衣服车马，尤尚奢侈。侍儿阉竖，左右常数十人。或隐几搘颐度日，懒为一言。其于馔羞，尤为精洁，仍以鸟羽择米。每食毕，视厨中所委弃，不啻万钱之直。若宴于公卿，虽水陆具陈，曾不下箸。每令侍婢主尺题，往来复章。未尝自札，受意而已。词旨重轻，正合陟意。而书体遒利，皆有楷法，陟唯署名。常自谓所书陟字，如五朵云。当时人多仿效，谓之“郇公五云体”。常以五彩纸为缄题。其侈纵自奉，皆此类也。然家法整肃。其子允，课习经史。日加诲励，夜分犹使人视之。若允习读不辍，旦夕问安，颜色必悦。若稍怠惰，即遽使人止之，令立于堂下，或弥旬不与语。陟虽家僮数十人，应门宾客，必遣允为之。寒暑未尝辍也，颇为当时

韦陟

韦斌虽然生在显贵的人家，然而韦斌的禀性却很耿直厚道。韦斌的地位与名望一向很高，而且是世代为官的旺族，只是门风稍微奢华一些。韦斌在朝为官一向刚直，举止言行注重端庄持重，很有大臣的风范做派。每次上朝议事，从来不跟站在一起的僚属们谈笑。按旧制的要求，文武百官站在殿前庭院中，即使遇上下雨、下雪，也不允许走到殿廊下躲避，忽然有一天下了大雪，自三公以下，没有不摘帽掸雪或抖掉衣裙上的雪的，有人还移动自己所处的位置。唯独韦斌神色益加谦恭严肃，站在那里一动不动，一直到大雪都埋住了他的膝部。直到朝会结束后，才从雪中拔脚走回去。看到韦斌这副严肃认真的样子的人，都非常敬重韦斌。

韦斌的哥哥韦陟，很早就凭借在文学上的造诣与见识而闻名于当世。韦陟擅长写文章，专心致志地研习草书、隶书。跟韦陟交往的人都是清要显达的达官名士，韦陟经常走动的人家也都是高贵有名望的。本来韦陟就凭借自己的门第与才华，不用活动就应当上宰相这样的高官。但是由于韦陟接人待物的态度过于高慢，从不与任何人说好话周旋。穿用的衣服、乘坐的车马，都特别奢侈豪华。在韦陟身边，经常有几十个僮仆太监服侍他。有时候，韦陟在家里坐在书案旁边，用手托着脸但是一句话不说，一坐就是一天。韦陟的饮食十分讲究，必须弄得特别精细、洁净，需要用鸟的羽毛来挑选米。韦陟每吃完一顿饭，韦陟家的厨房里所扔掉的菜肴食物，就不止价值万钱。如果韦陟在公卿同僚家聚宴，就算是山珍海味一应俱全，韦陟也不动筷子。韦陟让侍女负责他的信函。往来的信函、奏章，韦陟从不亲自书写，而是授意给侍女代拟代书。侍女代拟的这些信函、奏章，措辞的分寸正好符合韦陟的心意。而且侍女书写的字体遒劲流利，都

称之。然陟竟以简倨特才，常为持权者所忌。（出《酉阳杂俎》）

芸辉堂

元载造芸辉堂于私第。芸辉香草名也，出于阗国，其香洁白如玉。入土不朽烂，舂之为屑，以涂其壁，故号“芸辉”。而更以沉香为梁栋，金银为户牖。内设悬黎屏风紫绡帐，其屏风本杨国忠之宝也。其上刻前代美女妓乐之形，外以玳瑁水晶为押，络饰以真珠瑟瑟。精巧之妙，殆非人工所及。紫绡帐得于南海溪洞之帅首，即绞绡类也。轻疏而薄，如无所碍。虽当时凝寒，风不能入；盛夏则清凉自至。其色隐隐，或不知其帐也，谓载卧内有紫气。其余服玩奢僭，率皆拟于帝王家。芸辉堂前有池，以文石砌其岸。中有蘋阳花，亦类于白蘋，其花红而且大，如有牡丹。更有碧芙蓉，香洁菡萏，伟于常者。载因暇日，凭栏以观。忽闻歌声清亮，若十四五女子唱焉，其曲则《玉树后庭花》也。载惊异，莫知所在。及审听之，乃芙蓉中也。俯而视之，闻喘息之音。载大恶，遂剖其花，一无所见。因秘不令人说。及载受戮，而逸奴为平庐军卒，人故得其实。载龙髯拂，紫色如烂椹。可长三尺，削水晶以为柄，刻非常符合楷书的规范。韦陟只签署个名氏而已。韦陟常常自己夸赞自己签署的“陟”字，宛若五朵云彩一样。当时，有许多人都效仿韦陟的这种签署方式，被人称为“郇公五云体”。韦陟常年使用五彩纸为信笺。日常生活用度的奢华程度，都像这样啊！但是，韦陟治家非常严肃。韦陟的儿子韦允学习经史的时候，每天韦陟都加以教诲训励。就算是在夜间，韦陟也常派人去察看。如果韦允学习很用功，那么在早、晚向父母问安时，韦陟都会和颜悦色；如果韦允稍有懈怠，韦陟就立即派人去制止。罚韦允站在厅堂下，或者十天之内不跟韦允说一句话。韦陟虽然有几十人家奴，但是凡是来到韦陟家的宾客，不论寒暑一定让自己的儿子韦允接待。这种礼仪，很受到当时人的称赞。然而，韦陟竟然因为自己恃才放旷，常常被那些有权有势的人所忌恨。（出《酉阳杂俎》）

芸辉堂

元载在自己的宅院里建造了一座芸辉堂。芸辉，是一种香草的名字，原产于阗国。芸辉的质地像玉一样洁白，就算掺入土里也不会不腐烂。元载将芸辉舂成碎屑，用来涂饰墙壁。因此，叫“芸辉堂”。这座殿堂还用沉香木做屋梁，用金银做窗户。殿堂内装有美玉制成的屏风和紫色的绡帐。这副屏风本是当年宰相杨国忠心爱的至宝，上面雕刻着前朝美女妓乐图，另外元载还用水晶作压帘的饰具，还用碧色宝石串成串做装饰。这些东西制作得精致巧妙，完全是一般工匠所不能达到的。紫绡帐是从南海溪洞的酋长那里得到的，这是用绞绡一类织物制作的。既轻疏又非常的薄，挂在那边就像什么也没挂一样。但是就算在天寒地冻的时节，风也吹不进帐子里面；就算是在盛夏酷暑，帐子里也很凉快。紫绡帐的颜色隐隐约约的，让人都看不出来挂有帐子，人们都说元载的卧室里有紫气。其余的服饰、古玩、用具，也都十分的奢华，都效仿帝王之家的排场。元载还在芸辉堂前修造了一座水池，用玛瑙和带纹理的石头垒砌池塘的堤岸。池中植有苹阳花，苹阳花开的又红又大，就像牡丹一样。池子中还植有碧芙蓉，香气扑鼻格外清新，这种芙蓉都比一般的芙蓉长的红玉以为环钮。或风雨晦暝，临流沾湿，则光彩动摇，奋然如怒。置之于堂中，夜则蚊蚋不能近；拂之为声，则鸡犬牛马无不惊逸；若垂之于池潭；则鳞甲之属，悉俯伏而至；引水于空中，即成瀑布长三五尺，而未尝辄断；烧燕肉薰之，则焞焞焉若生云雾。厥后上知其异，载不得已而进内。载自云，得之于洞庭道士张知和。（出《杜阳编》）

又

载之妻王氏字韫秀，缙之女也。初，王缙镇北京，以韫秀嫁元载，岁久而见轻怠。韫秀谓夫曰："何不增学，妾有奁幌资装，尽为纸笔之费。"王氏父母未知或知，亲属以载夫妻皆乞儿，厌薄之甚。元遂游秦，为诗别韫秀曰："年来谁不厌龙钟，虽在侯门似不容。看取海山寒翠树，苦遭霜霰到春风。"妻请偕行曰："路扫饥寒迹，天哀志气人。休淋离别泪，携手入西秦。"载既到京，屡陈时务，深符上旨。肃宗擢拜中书。王氏喜元郎入相，寄诸姊妹诗曰："相国已随麟阁贵，家风第一右丞诗。笄年解笑鸣机妇，耽见大。一天闲暇的时候，元载依着栏杆观赏池中的花草。忽然听到清亮的歌声，歌声像是十四五岁的少女所唱，那位少女唱的歌曲是《玉树后庭花》。元载非常惊异，不知道这歌声来自哪里。仔细审听辨识，发现是从池中芙蓉里发出来的声音。元载俯身察看，听到有喘气的声音。元载非常怀疑，于是立即将芙蓉花剖开看，但是什么也没有见到。元载不让家里人对外讲这件事。等到元载获罪被处死后，将元载的家中的童仆流放到平庐为伍，人们才知道这件事。元载有一把绛紫色的龙髯拂尘，颜色看上去像是熟透了的桑葚。这把拂尘长约三尺，是用水晶石制作尘柄，上面雕刻着红玉环钮。到刮风下雨天气晦暗的时候，或者到水边将拂尘沾湿，拂尘身上就会有光彩游动，拂尘上的龙髯就会立刻立起来，就像发怒了的样子。将这把拂尘放在厅堂中，到了夜晚，蚊子等虫子不敢近前。将这把拂尘拂出声音来，那么鸡犬牛马等牲畜听到后没有不惊恐逃离的。如果将这把拂尘垂放在池潭旁边，那么鱼鳖虾蟹，都会俯首来到近前，将水喷洒向空中，之后会形成长三五尺且不断流的瀑布。如果用烧燕子肉来薰这把拂尘，这把拂尘就会生出像云雾似的烟。后来，皇帝得知这把拂尘的奇异所在后，元载不得不将这把拂尘进献到宫中。元载自己说过这把拂尘是从洞庭湖一位叫张知和的道士那里得到的。（出《杜阳编》）

又

元载的妻子叫王韫秀，王韫秀是王缙的女儿。起初，王缙镇守太原的时候，将女儿韫秀嫁给了元载。过了很长时间，王韫秀见元载既不是什么名门望族，又没有什么地位，因此王家对待元载很一般，甚至对元载有些轻视怠慢。王韫秀看到这种情形后，对元载说："夫君，你为什么不刻苦学习读书？我带来些陪嫁嫁妆，都可以作为你读书的费用。"王韫秀的父母可能不知道这件事。但是在当时王家亲属们都将元载夫妇当作乞丐看待，家里人非常瞧不起他们。元载在妻子的鼓励下，离家去秦地游学。元载离家前写了一首诗向王韫秀道别。诗写道："年来谁不厌龙钟，虽在侯门似不容。看取海山寒翠苏秦富贵时。”载肃宗代宗两朝宰相，贵盛无比。广葺亭台，交游贵族，客候其门，或多间阻。王氏复为一篇以喻之曰：“楚竹燕歌动画梁，春兰重换舞衣裳。公孙开馆招嘉客，知道浮荣不久长。”载于是稍减。太原内外亲属悉来谒贺，韫秀安置于闲院。忽因天晴之景，以青紫丝绦四十条，各长三十丈，皆施罗绔绮绣之饰。每条绦下，排金银炉二十枚，皆焚异香。香至其服，乃命诸亲戚西院闲步。韫秀问是何物，侍婢对曰：“今日相公与夫人晒曝夜服。”王氏谓诸亲曰：“岂料乞索儿妇，还有两事盖形粗衣也。”于是诸亲羞赧，稍稍辞去。韫秀常分馈服饰于他人，而不及太原之骨肉。每曰：“非儿不礼于姑姊，其奈当时见辱何！”载后贪恣为心，竟招罪累。上恶诛之，而亡其家。韫秀少有识量，节概亦高。载被戮，上令入宫。备彤管箴规之任，叹曰：“王家十二娘子，二十年太原节度使女，十六年宰相妻，谁能书得长信昭阳之事，死亦幸矣，坚不从命！”或云，上宥其罪。或云，京兆笞而毙之。

树，苦遭霜霰到春风。”王韫秀也写了一首诗，请求陪伴元载去秦游学。这首诗写道：“路扫饥寒迹，天哀志气人。休淋离别泪，携手入西秦。”元载到了长安后，多次向朝廷上表陈述治理国家的方针、谋略，他的论述很是符合皇帝的旨意。于是唐肃宗提拔他为中书令，位比宰相。王韫秀非常高兴，并且写了一首诗寄给她的几个姐妹。诗写道：“相国已随麟阁贵，家风第一右丞诗。笄年解笑鸣机妇，耽见苏秦富贵时。”元载在肃宗、代宗两朝都担任了宰相，富贵权重没有人能相比。他在宅院中大肆兴修楼台亭榭。跟他来往的都是豪门贵族。许多客人在元载府门前等候接见，多数人都不受接待。这时，王韫秀又写了一首诗劝喻丈夫。诗写道：“楚竹燕歌动画梁，春兰重换舞衣裳。公孙开馆招嘉客，知道浮荣不久长。”元载读了妻子的这首劝喻诗后，稍稍改变了以往对来访客人的冷淡态度。元载位居宰相后，太原王氏的内外亲属都来拜见祝贺。王韫秀将他们安排在一个空闲的院中住下。有一天天气非常晴朗，元家的仆夫们在西院中抢系四十条青紫色的丝条，每条丝条都三十丈长，上面晾晒着软罗、素绸、绮绣等服饰。每条丝绿下面，并排置放二十枚金银香炉，里面焚燃的都是异香，用来薰衣物。王韫秀让亲属们去西院散步，并且当着他们面问仆人：“这上面晾的是什么？”王韫秀的侍女回答说：“晾晒的是宰相与夫人的晚服。”王韫秀对亲属们说：“谁想到当年的被称为乞丐的媳妇，还有两件遮体的粗布衣裳啊！”这些亲属听了后，都羞惭满面，悄悄地离开了。王韫秀经常将衣服、饰物馈送他人，却从来不送给太原的亲属。每次提起这件事时，王韫秀都说：“不是做女儿的不礼待姑姑、姐姐，怎奈当初她们那样轻慢我。”元载后来骄横贪婪，终于招来罪过。皇帝大怒，下诏处死元载，并且祸及全家。王韫秀非常有见识，也非常也有气节。元载被处死后，皇帝令王韫秀进宫，发给王韫秀一只杆身漆朱的笔，让王韫秀将亲身的经历写出来，用以劝诫规谏他人。王韫秀接到诏令后，感叹地说：“唉！王家第十二姑娘，二十年节度使的女儿，十六年当朝宰相的夫人。我怎么能去写那些像长信、昭阳宫中发生过的荣极而衰、宠极生悲的故事呢？我现在就是死了也算可以啦！”王韫秀坚决不进宫。有人说皇载宠姬薛瑶英能诗书，善歌舞，仙姿玉质。肌香体轻，虽旋波、移光，飞燕、绿珠，不能过也。瑶英之母赵娟，亦岐王之爱妾也。后出为薛氏之妻，生瑶英。而幼以香啖之，故肌香。及载纳为姬，处金丝之帐，却尘之褥。出自勾骊国。云却尘兽毛为之，其色红殷，光软无比。衣龙绡之衣，一袭无二三两，抟之不盈一握。载以瑶英体轻，不胜重衣，故于异国求之。唯贾至、杨炎与载友善，故往往得见歌舞时。至因赠诗曰："舞怯铢衣重，笑疑桃脸开。方知汉武帝，虚筑避风台。"炎亦作长歌褒美，其略曰："雪面淡娥天上女，凤箫鸾翅欲飞去。玉钗翘碧步无尘，纤腰如柳不胜春。"瑶英善为巧媚，载惑之，怠于相务。而瑶英之父曰宗本，兄曰从义，与赵娟递相出入。以构贿赂，号为关节。更与中书主吏卓倩等为心腹。而宗本辈以事告者，载未尝不从之。天下赍货求官职者，无不恃载雄势，指薛卓为梯媒。及载死，瑶英为里人妻。论者以元载丧令德，自一妇人致也。（出《杜阳编》）

裴冕

裴冕代裴鸿渐秉政，小吏以俸钱文簿白之。冕顾子弟，喜见帝听到她的这些话后，赦免了王韫秀的罪过。也有人说王韫秀被京兆尹笞刑而死。

元载有一位最宠爱的小妾叫薛瑶英，薛瑶英能歌善舞，玉质仙姿。而且薛瑶英肌肤香艳，体态轻盈。就算是春秋时期越国的美女旋波、移光，汉代的赵飞燕，晋代的绿珠，都不及薛瑶英的美丽娇娜。薛瑶英的母亲赵娟，原本是岐王的爱妾，后来再到嫁薛家，生了薛瑶英。薛瑶英的母亲从小就给薛瑶英吃香料，因此薛瑶英肌体芳香。等到薛瑶英被元载收为妾后，薛瑶英寝卧的是金丝帐，铺的是却尘褥。却尘褥产自勾骊国，据说是用却尘兽毛制成的，褥子呈殷红色，摸上去异常光亮柔软。穿的是龙绡织成的衣服。一件衣服还不到二三两重，将衣服挂起来握在掌中不满一把。元载认为薛瑶英身体特别轻盈娇丽，不能承受太重的衣服，因此才从勾骊国寻索到这种龙绡衣。元载在世的时候，只有贾至、杨炎二位好友。他们二人常常能够亲眼看到薛瑶英唱歌跳舞。贾至曾赠诗赞美薛瑶英。诗写道：“舞怯铢衣重，笑疑桃脸开。方知汉武帝，虚筑避风台。”杨炎也作过一首七言赞美薛瑶英。诗写道：“雪面淡娥天上女，凤箫鸾翅欲飞去。玉钗翘碧步无尘，纤腰如柳不胜春。”薛瑶英非常会巧笑献媚，元载沉湎在她的妖娆美色之中，以至于宰相的政务也懒得去处理。薛瑶英的父亲叫薛宗本，哥哥叫薛从义，与薛瑶英的母亲赵娟，交替着出入于相府，来收索贿赂，说是可以活动门路。更严重的是，他们与中书王吏、卓倩等人互相勾结、狼狈为奸。无论这些人跟元载提出什么要求，元载从未有过不应允的。当时，所有带着钱物贿赂以谋求官职的人，都依仗元载的威赫势力，将薛家的人与卓倩之流当作媒介和阶梯。直到元载被朝廷处死后，薛瑶英又嫁给城里的一般人家做妻室了。有人评论这件事说：元载丧失德行，是从宠溺一个女人而导致的。（出《杜阳编》）

裴冕

裴冕代替裴鸿渐处理政务，属下的小吏将自己的薪水以及办公用的纸张和簿册白送给裴冕。裴冕将这些东西拿给自家的年轻人

于色，其嗜财若此。冕性本侈靡，好尚车服。名马数百金铸者十匹。每会客，滋味品数，多有不知名者。（出《朝野佥载》）

于 頔

于頔为襄州，点山灯，一上油二千石。李昌夔为荆南，打猎，大修粉饰。其妻独孤氏，亦出女队二千人，皆著干红紫绣袄子锦鞍鞯。此郡因而空耗。（出《传载》）

王 涯

文宗朝，宰相王涯奢豪。庭穿一井，金玉为栏，严其锁钥。天下宝玉真珠，悉投入中。汲其水，供涯所饮。未几犯法，为大兵枭戮，赤其族。涯骨肉色并如金。（出《独异志》）

李德裕

武宗朝，宰相李德裕奢侈。每食一杯羹，其费约三万。为杂以珠玉宝贝，雄黄朱砂，煎汁为之。过三煎则弃其柤。（出《独异志》）

看，喜悦的心情溢于言表。裴冕爱财竟然到了这种地步。裴冕生性好奢华铺张，崇尚豪车华装。家中养着十四名贵的马，每一匹马都耗费几百金为它制备鞍辔。裴冕每次宴请宾客，都会摆上很多菜肴，大多数菜肴不知道叫什么名字。（出《朝野佥载》，明抄本作出《卢氏杂记》）

于頔

于頔在襄州为官的时候，喜欢点山灯，一次于頔往灯碗里加油就用了二千石油。李昌夔在荆南为官的时候，喜欢打猎，而且每次出猎都大铺排场。李昌夔的妻子独孤氏，也带着二千名妇女组成的打猎队一同去打猎。每个人都穿着深红色绣着紫花的袄，铺着彩锦鞍鞯。因为李昌夔夫妻这样铺排奢华，荆南郡很快被耗费一空。（出《传载》）

王涯

唐文宗在位期间，宰相王涯极尽奢华。王涯在宰相府中凿了一口井，围井的栏杆都是用黄金、玉石制作的。而且用后就用锁头锁上，严加看管。王涯将普天下的珠宝玉石收刮来后，都投进这口井里。让仆人汲取这口井里的水供王涯自己饮用。没过多久，王涯就触犯了刑律，被士兵杀害，王涯的族人也因此被诛。王涯的骨头和肉都呈现黄金的颜色。（出《独异志》）

李德裕

唐武宗在位期间，宰相李德裕非常奢侈。李德裕所食用的一杯羹就大约价值三万钱，这杯羹是掺杂珠玉等各种宝物，再加上雄黄、朱砂等用火煎成汁液做成的。煎过三次后，就将掺杂的珠玉等扔掉了。（出《独异志》）

杨收

咸通中，崔安潜以清德峻望。为镇时风，宰相杨收师重焉。欲设食相召，无由可入。先请崔公之门人，方便为言，至于再三，终未许，杨意转坚。稍稍亦有流言，或劝崔曰："时相不可坚拒。"不得已而许之。杨甚喜，遽令排比，然后请日祗候。先是崔公亲情间人，亦与杨通旧。欲求事，请公言之，终难启口。将止杨之召，谓亲情曰："修行今召我食。明日，尔但与侧近祗候，此际必言之。倘或要见，尔便须即来。"及崔到杨舍，见厅馆铺陈华焕，左右执事皆双鬟珠翠，崔公不乐。饮馔及水陆之珍。台盘前置香一炉，烟出成楼阁之状。崔别闻一香气，似非烟炉及珠翠所有者。心异之，时时四顾，终不谕香气。移时，杨曰："相公意似别有所瞩？"崔公曰："某觉一香气异常酷烈。"杨顾左右，令于厅东间阁子内缕金案上，取一白角楪子，盛一漆毬子。呈崔公曰："此是罽宾国香。"崔大奇之。宴罢返归，竟不说得亲情求事。据《太宗实录》云，罽宾国进拘物头花，香闻数里，疑此近是。又见杨门人说，相公每下朝，常弄一玉婆罗门子。高数寸，莹彻精巧可爱，云是于阗王内库中物。（出《卢氏杂说》）

杨收

咸通年间，崔安凭借高尚的品德在当时享有很高的声望。为了安定时风，抬高自己的威望，宰相杨收想从师礼遇崔安。杨收想要宴请崔安，却苦于没有理由。最初，杨收请崔安的弟子门客从中斡旋，再三邀请，崔安都没有答应，但杨收非要请崔安赴宴不可。有人劝说崔安说："杨收现在是一朝宰相，不可以一味地绝拒杨收的邀请啊！"崔安才勉强答应下来。杨收得知这一消息后非常高兴。马上命令家人安排准备，然后定好宴请的日期在府上恭候崔安。最初，崔安有一位熟人与杨收也是旧交，那个人有事求于杨收，想请崔安跟杨收说说情，但是崔安始终难于启齿。现在崔安已答应到杨家赴宴，对他的那位熟人说："现在杨收邀请我去他家赴宴。等到明天我去杨收家的时候，你与我一同前去，你就在我的旁边等候。这回我一定跟杨收提及你的这件事，倘若杨收提出要见你，你就马上过来。"崔安到了杨府后，看见厅堂楼馆布置得豪华璀璨。左右的招待人员，一律是头梳双鬟，戴珠叠翠的年轻侍女，心里很不高兴。开宴后，摆上的菜肴都是极为名贵的山珍海味。桌案前边放着一只香炉，里面有屡屡香烟燃出，烟形呈楼阁的样子。崔安还闻到另外一种香味，似乎不是这只香炉和珠翠等饰物发出的香气，崔安的心里暗暗诧异。不时地四处搜寻，始终没有找到这股异香是从哪里来的。过了一会儿，杨收问："崔先生是不是在找什么东西？"崔安说："我闻到一股特别浓烈的香气，但是我不知道这香气是从哪来的？"杨收招来侍女，让她们从厅堂东间屋里的缕金桌案上，拿过来一只白角碟子，碟子上装着一只漆球子，杨收让侍女端过来给崔安看，杨收说："这是罽宾国进献来的香料。"崔安感到非常惊奇，宴会结束后崔安就回到了家中，竟然忘了跟杨收谈他的那位熟人的事情。据《太宗实录》上记载："罽宾国进献拘物头花，它散发出来的香气在几里地之内都可以闻到。"因此怀疑宴席上杨收让侍女端给崔安看的漆球子，大概就是这种香料。又听杨收的门客、弟子们说："宰相每天下朝后，时常玩赏一只几寸高玉制的婆罗门子，那个婆罗门子晶莹剔透精巧可爱。说是于阗国王宫内库收藏的宝物。"（出《卢氏杂说》）

同昌公主

咸通九年，同昌公主出降。宅于广化里，锡钱五百万贯。更罄内库珍宝，以实其宅。而房栊户牖，无不以众宝饰之。更以金银为井栏药臼，食柜水槽。铛釜盆瓮之属，缕金为笊篱箕筐。制水晶火齐琉璃玳瑁等为床，搘以金龟银鹿。更琢五色玉为器皿什物，合百宝为圆案。赐金麦银粟共数斛，此皆太宗朝条支国所献也。堂中设连珠之帐，却寒之帘，犀簟牙席，龙凤绣。连珠帐，续真珠以成也。却寒帘，类玳瑁斑，有紫色，云却寒鸟骨之所为也。但未知出于何国。更有鹧鸪枕、翡翠匣、神丝绣被。其枕以七宝合为鹧鸪之斑，其匣饰以翠羽。神丝绣被，三千鸳鸯，仍间以奇花异叶，精巧华丽，可得而知矣。其上缀以灵粟之珠如粟粒，五色辉焕。更有蠲忿犀、如意玉。其犀圆如弹丸，入土不朽烂；带之，令人蠲忿怒。如意玉类枕头，上有七孔，云通明之象。更有瑟瑟幕，纹布巾、火蚕绵、九玉钗。其幕色如瑟瑟，阔三尺，长一百尺，轻明虚薄，无以为比。向空张之，则疏朗之纹，如碧丝之贯其珠。虽大雨暴降，不能沾湿，云以蛟人瑞香膏所傅故也。纹布巾即手巾也，洁白如雪，光软绝伦，拭水不濡，用之弥年，亦未尝垢。二物称得鬼谷国。火蚕绵出火洲，絮衣一袭，止用一两，稍过度，则熇蒸之气不可奈。九玉钗上刻九鸾，皆九色，其上有字曰“玉儿”，精巧奇妙，殆非人制。有得于金陵者，因以献。公主酬之甚厚。一日昼寝，梦绛衣奴传语云：“南齐潘淑妃取九鸾钗。”及觉，具以梦中之言告于左右。公主薨，其钗亦不知其处。韦氏异其事，遂以实语诸门人。或曰：“玉儿即潘妃小字。”逮诸珍异，不可具载。自汉唐公主出降之盛，未之有也。

同昌公主

唐懿宗咸通九年，同昌公主出嫁。公主的宅第在京城长安的广化里，皇帝赐给同昌公主五百万贯钱。而且将宫中内库珍藏的各种珍宝几乎都给了同昌公主，让同昌公主用这些珍宝来装修她的新宅。公主的新宅中，房屋的门窗没有不用这些珍宝装饰的。更为奢华的是，宅内的水井、捣药的药臼、贮放食物的柜橱、存放饮用水的水槽，以及铛、釜、盆、瓮等炊具，都是用黄金、白银铸制的。用金丝编制笊篱、簸箕、箩筐，用水晶、火齐珠、琉璃、玳瑁等宝物镶嵌床铺，床脚下支着黄金、白银制作的龟、鹿。还用五彩玉石雕琢成器皿等用具，将各种珍宝镶嵌在一块制成圆桌。皇帝还赏赐给同昌公主好几斗黄金制成的麦子，白银制成的粟米。这些金麦、银粟，都是唐太宗在位期间条支国进献的。堂屋中架设连珠帐子，悬挂却寒门帘，床上铺着犀牛皮褥子和用象牙做装饰的竹席，以及镶有龙凤图案的床上用品。连珠帐，是将珍珠串起来编制成的。却寒帘，类似玳瑁花斑，紫色的，据说是用却寒鸟骨做成的，但是不知道产自哪个国家。还有鹧鸪枕，翡翠匣，神丝绣被等华贵物品。鹧鸪枕，是用七种珍宝镶嵌成鹧鸪图案。翡翠匣上面装饰有翠羽。神丝绣被上面，绣有三千对鸳鸯，还绣有奇花异叶，这里面的精巧华丽可想而知啊！绣被上还缝缀上灵粟珠。这种珠子只有米粒那么大，但是放出的光芒却五色斑斓，耀人眼目。还有用犀骨制作的妆饰品，带上它后可以使人消除愤怒。它的样子，像是犀骨雕琢成如弹丸样的圆珠，埋入土中不会朽烂。还有用如意玉做的枕头之类的东西，上面有七个孔，是通明的形状。还有碧色宝石帐幕，绞布巾，火蚕绵，九玉钗等物。这件帐幕颜色像碧色的宝石，宽三尺，长一百尺，但是却非常轻薄、透明，是世间无与伦比的。将它在空中张挂起来后，纹络疏朗，像有碧丝穿着珍珠一样，即使遇到下大雨、暴雨，也一点不能淋湿它。听说是用睡香膏涂搽的缘故。绞布巾，就是手巾，像雪一样的洁白，光亮柔软没有东西能和它相比。而且用它擦拭手脸，沾水不湿，用一年也沾不上灰尘污垢。这两件东西，据说是在鬼谷国得到的。火蚕绵产自火洲，用它絮一件棉衣，止用一两就够了，稍稍用得多了些，穿在身上烘公主乘七宝步辇，四角缀五色锦香囊。囊中贮辟邪香、瑞麟香、金凤香，此皆异国献者。仍杂以龙脑金屑，镂水晶玛瑙辟尘犀为龙凤花木状。其上悉络真珠玳瑁，更以金丝为流苏，雕轻玉为浮动。每一出游，则芬香街巷，晶光耀日，观者眩其目。时有中贵人，买酒于广化旗亭，忽相谓曰："坐来香气？何太异也？"同席曰："岂非龙脑乎？"曰："非也。予幼给事于嫔妃宫，故常闻此。未知今日何由而致。"因顾问当垆者，云："公主步辇夫，以锦衣质酒于此。"中贵人共请视之，益叹异焉。

上日赐御馔汤药，而道路之使相属。其馔有消灵炙、红虬脯。其酒则有凝露浆、桂花醑。其茶则有绿花、紫英之号。灵消炙，一羊之肉，取四两，虽经暑毒，终不臭败。红虬脯，非虬也。但贮于盘中，则健虬如红丝，高一尺，以箸抑之，无三四分，撤即复烤让人受不了。九玉钗上雕刻有九只鸾凤，呈九种颜色，钗子上面镌刻着“玉儿”两个字。钗子制作得精致、巧妙、奇特，是人工完全制作不出来的。有人在金陵得到这只九玉钗，将它进献给了同昌公主，公主赏赐给他特别丰厚的酬谢。一天早晨的时候，同昌公主躺在床上小憩，梦见一位身穿紫绛色衣服的使女传话给她，说南齐的潘淑妃来取这只九玉钗。梦醒后，公主将梦中的情形告诉给她身边的人。同昌公主去世后，这只九鸾钗也不知道上哪里去了。同昌公主的母亲韦氏对这件事感到奇异，就将情况如实告诉了诸位门客。有的门客说：“玉儿就是潘妃的小名。得到奇珍异宝，不可以将它们都佩戴在身上。”自汉、唐以来，公主出嫁，从未有过像同昌公主这样盛大奢华的。

同昌公主乘坐七宝步辇。辇的四角缀有五色锦香囊，囊里装的是辟邪香、瑞麟香、金凤香，都是外域国家进献的贡品。其间掺杂着龙脑香料金屑粉等。辇上用水晶、玛瑙、避尘犀等宝物镂成龙凤花木的各种形状，上面都缀饰着珍珠、玳瑁等。辇上的流苏是用金丝制作的，并且用轻玉雕刻成各种饰物。同昌公主乘坐这具步辇，每次出游都满街溢香，莹光耀日。耀得围观的人眼睛都睁不开。当时有宫中的太监到广化里酒楼来买酒，忽然互相询问：“咱们坐在这里，哪来的香气？怎么这样特别？”同桌的一位太监说：“这不是龙脑香吗？”另一位太监回答说：“不是龙脑香。我小时候为嫔妃宫中办事，经常闻到这种异香。但不知道今天是什么缘由在这里闻到了。”于是，那位太监问卖酒的人。卖酒人说：“同昌公主的驾辇仆夫，在我这里用一件锦衣换酒喝。”太监们让卖酒人将这件锦衣拿出来给他们看看，果然这种异香是从这件锦衣上发出来的。太监们更加惊异，连连感叹不息。

同昌公主身体患病后，皇帝每天都派人赐送宫中的御膳和汤药。从皇宫到同昌公主住的广化里，沿途送食品菜肴和汤药的使臣接连不断。皇帝送的御菜有消灵炙、红虬脯。送的御酒有凝露浆、桂花醅。送的御茶有绿花、紫英等茶。消灵炙，是一只羊的肉，只取四两，经过暑天毒热，也不腐烂变臭。红虬脯，不是真虬。但是将它盛在盘故。其诸品味，他人莫能识。而公主家人餐饫，如里中糠秕。一日大会韦氏之族于广化里，玉馔具陈。暑气将甚，公主命取澄水帛以蘸之，挂于南轩，满座皆思挟纩。澄水帛长八九尺，似布而细，明薄可鉴。云其中有龙涎，故能消暑也。韦氏诸宗好为叶子戏，夜则公主以红琉璃盘，盛夜光珠，令僧祁捧于堂中，则光明如昼焉。公主始有疾，召术士米宾为禳法，乃以香蜡烛遗之。米氏之邻人，觉香气异常，或诣门诘其故，宾具以事对。出其烛，方二寸，长尺余，其上施五彩。爇之，竟夕不尽。郁烈之气，可闻于百步余。烟出于上，即成楼阁台殿之状。或云，烛中有蜃脂也。公主疾既甚，医者欲难其药，奏云："得红蜜白猿膏，食之可愈。"上令检内库，得红蜜数石，本兆离国所贡。白猿膏数瓮，本南海所献。虽日加药饵，终无其验，公主薨。

上哀痛，遂自制挽歌词，令朝臣继和。反庭祭日，百司内官，皆用金玉饰车舆服玩，以焚于韦氏庭，韦家争取灰以择金宝。及葬于东郊，上与淑妃御延兴门。出内库金骆驼凤凰麒麟各高数尺，以为仪从。其衣服玩具，与人无异，每一物皆至一百二十舆。刻木为数殿，龙凤花木人畜之象者不可胜计。以绛罗绮绣，络以金珠瑟瑟，为帐幕者千队。其幢节伞盖，弥街翳日。旌旗珂珮卤子里，健力像红丝一样，能有一尺高，用筷子按住，没有三四分厚；不按住就又会恢复原状。其他的食品馔肴，其他人都不认识，叫不上名字。而同昌公主的仆人每顿饭都吃的是这些宫中御膳，就像市井百姓人家吃糠咽菜一样平常。一天，所有韦氏家族的人都聚集在广化里的同昌公主府上。桌上摆满了各种名贵的菜肴，酷热的暑气让人难以忍受。同昌公主命人拿出来澄水帛蘸上水后，挂在南窗上面，满座的人顿觉凉气透骨，都想披上棉衣遮寒。澄水棉，有八九尺长，像布但是比布细，透明的程度甚至可以照见人。据说其中有龙涎，所以才能在夏天里消暑解热。韦氏家族里的人喜爱玩纸牌。到了晚上，同昌公主用红琉璃盘子，盛装上夜光珠，让僧祁用手端着站立在堂屋中间，夜光珠把屋子里面照耀的就像白天一样。同昌公主刚患病的时候，招来术士米宾为公主祭神怯病，公主送给米宾香蜡烛作酬谢。米宾拿回家中点燃蜡烛后，米宾的邻人闻到一股异常的香气。有的邻居来到米宾家问是怎么回事？未宾将实际情况告诉邻居，并拿出香蜡烛给邻居看。这种香蜡烛二寸见方，一尺多长，上面饰有五彩纹饰。点燃蜡烛，一个夜晚也燃不尽，蜡烛散发出来的浓郁强烈的香气，百步开外都能闻到。燃出的蜡烟，在蜡烛上空形成楼阁殿台的形状。有人说这是因为蜡烛里面含有蜃脂的缘故。同昌公主的病越来越重了，御医很难再给公主开药。上奏皇帝说：“需要用红蜜白猿膏，吃了即可病愈。”皇帝命令宫人盘检宫中内库，找到几石红蜜，红蜜是兜离国进献来的贡品。几瓮白猿膏，白猿膏是南海进献来的贡品。虽然每天都用红蜜、白猿膏为药饵，但是公主的病始终没有好转，最终去世。

同昌公主去世后，皇帝非常哀痛，亲自为公主写挽词，并且让满朝大臣一起写。等到公主的遗体运回韦氏家中后，祭日那天，朝廷中的文武百官，都用黄金、玉石等为饰物作为车马、舆服、器物等祭品，全都在韦氏庭院中焚烧。韦家人争抢着搂取焚烧后的灰烬，在里面寻拣黄金、珠宝。等到同昌公主下葬东郊那天，皇帝与同昌公主的母亲韦淑妃，都亲临延兴门。从宫中内库拿出几尺高的金骆驼、金凤凰、金麒麟作为仪从。至于公主陪葬的衣服、玩具，与活人使簿，率多加等。敕紫尼及女道士为侍从引翼。焚升霄百灵之香，而击归天紫金之磬。繁华辉焕，殆将二十余里。上又赐酒一百斛，饼啖三十骆驼，各径阔二尺，饲役夫也。京城士庶罢业观者流汗相属，唯恐居后。及灵輀过延兴门，上与淑妃恸哭，中外闻者，无不伤痛。

同日葬乳母，上更作《祭乳母文》。词质而意切，人多传诵。自后上日夕注心挂意。李可及进《叹百年曲》，声词哀怨，听之莫不泪下。更教数十人作《叹百年队》。取内库珍宝雕成首饰，取绢八百匹画作鱼龙波浪文，以为地衣。每舞竟，珠翠满地。可及官历大将军，赏赐盈万。甚无状，左军容使西门季玄素颇梗直，乃谓可及曰："尔恣巧媚以惑天子，族无日矣。"可及恃宠，无有少改。可及善啭喉舌，于天子前，弄眼作头脑，连声著词，唱曲。须臾间，变态百数不休。是时京城不调少年相效，谓之拍弹去声。一日可及乞假为子娶妇，上曰："即令送酒面及来，以助汝嘉礼。"可及归至舍，俄一中贵人监二银榼各高二尺余，宣赐可及。始以为酒，及启，皆实以金宝。上赐可及银麒麟高数尺。可及取官库车，载往私第。西门季玄曰："今日受赐用官车，他日破家，亦须辇还内府。不道受赏，徒劳牛足。"后可及果流于岭表，旧赐珍玩，悉皆进入。君子谓季玄有先见之明。（出《杜阳编》）

用的一样。每一种陪葬物品都有一百二十车。还用了几座木雕刻宫殿。陪葬所用的雕刻的龙、凤、花、木、人、畜不计其数。用绛罗绮绣作墓帐，上面穿络黄金、珍珠、碧色宝石，像这样的车舆有一千多队。丧葬队伍所持的旗帐仪仗，布满街市，遮蔽天日。皇帝、皇后的饰有白色玉石佩饰的旌旗仪仗，都比往日增加了许多。皇帝下令身着紫服的尼姑和女道姑，在送葬队伍前面为引导。焚烧的是升宵、百灵等香料，敲打的是归天、紫金宝磬。豪华盛大的送葬队伍长达二十多里。皇帝又赐予一百斛御酒，三十骆驼糕饼。每只糕饼直径有二尺那么大。用来赏赐给出殡送葬的杂役仆夫。整个长安京城，在同昌公主下葬这天市民商贩都停止营业，挤在路两边围观。每个人都挤得汗流满面，唯恐落在后面看不见。等到同昌公主的灵车经过延兴门，皇帝和韦淑妃失声恸哭。里外听到哭声的人，没有一个不为之悲伤哀痛的。

在这一天，皇帝下葬他的奶娘。亲自撰写了一篇《祭乳母文》，文章的言辞质朴而真切。人们争相传诵。从此之后，皇帝不论是白天还是在夜晚，总是在想这件事情。有一位叫李可及的人写了一首《叹百年曲》，进献给皇帝。曲子与歌词都哀怨感人，听过这首曲子的人没有不落泪的。皇帝下令让几十个人组成演唱《叹百年曲》的队伍。从宫中内库里取出珍宝雕成首饰，取出八百匹丝绢，上面画上鱼、龙、波浪纹，用来做地围子。每次演唱后，珠翠都落得满地。因为李可及进献《叹百年曲》有功，连续升任到大将军，皇帝赏赐给李可及的物品价值过万。但是李可及行为举止一点也不检点。左军容使西门季玄为人非常耿直，对李可及说：“你取巧谄媚迷惑皇上，用不多久就会遭致杀头之罪的啊！”李可及仗恃皇帝对自己的恩宠，一点也没有收敛改正。李可及擅长唱歌，在皇帝面前，又飞眼又摇头晃脑，不停地编词唱曲。转瞬间，就能变化一百多种神态，而且神态可以不断变化。当时京城中的浪荡少年争相效仿，称这种演唱方法叫“拍弹”。一天，李可及请假为儿子娶亲。皇帝说：“我马上命人给你送去酒、面和米，用来作为祝贺你儿子结婚的贺礼。”李可及回到家中，不一会儿，一个太监担着两只银盒来到府上，每只银盒约有二

李 璋

李绛子璋为宣州观察使。杨收造白檀香亭子初成，会亲宾观之。先是璋潜遣人度其广袤，织成地毯，其日献之。及收败，璋亦从坐。（出《杜阳编》）

李使君

乾符中，有李使君出牧罢归，居在东洛。深感一贵家旧恩，欲召诸子从容。有敬爱寺僧圣刚者，常所往来。李因以具宴为说，僧曰："某与为门徒久矣，每观其食，穷极水陆滋味。常馔必以炭炊，往往不惬其意。此乃骄逸成性，使君召之可乎？"李曰："若朱象髓白猩唇，恐未能致。止于精办小筵，亦未为难。"于是广求珍异，俾妻孥亲为调鼎。备陈绮席雕盘，选日邀致。弟兄列坐，矜持俨若冰玉。肴羞每至，曾不入口。主人揖之再三，唯沾果实而已。及至冰餐，俱置一匙于口，各相眄良久，咸若啮蘖吞针。李莫究其由，但以失饪为谢。明日复见圣刚，备述诸子情貌。僧曰："前者所说岂谬哉？"既而造其门问之曰："李使君特备一筵，肴馔可谓尺多高，向李可及声称说这是皇上赏赐的贺礼。起初，李可及真以为盒里盛的是酒、米之类的东西。等到打开银盒一看，发现里面装的全都是黄金、珠宝。皇帝还赏赐给李可及一只好几尺高的银麒麟。李可及用官库的车将银麒麟运回家里。西门季玄看到说："今天受到皇上的赏赐用官车运回家里，他日被抄家，也得用官车再将银麒麟运回宫中内库。这不是受赏，是白白地浪费脚力啊！"后来，李可及果然获罪被流放到岭外。过去皇帝赏赐给李可及的珍宝古玩，又都抄没运回宫中内库。有见识的人说："西门季玄有先见之明啊！"（出《杜阳编》）

李璋

李绛的儿子李璋出任宣州观察史的时候。宰相杨收建造了白檀香亭子，刚建成的时候，邀请亲朋宾客观赏。李璋在此之前，暗中派人进入杨收宅第测量这座亭子的样子，将它织成地毯，到杨收宴请宾客这天进献给他。待到杨收败落后，李璋也因这事受到株连。（出《杜阳编》）

李使君

乾符年间的时候，有一位姓李的官员从州府任上辞官回家，他居在东都洛阳。李官人非常感激一家权贵的旧恩，想设宴请权贵家的几位儿子玩一天。洛阳敬爱寺中有一位僧人叫圣刚，圣刚经常出入李官人家中。李官人将自己想宴请权贵家的几个儿子的想法对这位僧人说了。僧人圣刚说："我在这位权贵家做宗门信徒很长时间了。每次观察这权贵家的饭菜，发现宴席上没有吃不到的山珍海味。而且，平常饭菜都必须用炭火烤制，就算这样还常常不满意。这是骄奢淫逸成性了，你有能力邀请这样的人吗？"李官人回答说："如果要吃朱象髓、白猩唇，我恐怕弄不到。至于将筵席置办得精致一些，也不是什么太难的事情。"于是，李官人四处收求珍稀食物，让妻子儿女亲自下厨房调味。终于准备好一桌奢华的筵席，选定好日期，丰洁，何不略领其意？”诸子曰：“燔炙煎和未得法。”僧曰：“他物从不可食，炭炊之餐，又嫌何事？”乃曰：“上人未知，凡以炭炊馔，先烧令熟，谓之炼炭，方可入爨，不然犹有烟气。李使君宅炭不经炼，是以难食。”僧拊掌大笑曰：“此则非贫道所知也。”及巢寇陷洛，财产剽掠俱尽。昆仲数人，乃与圣刚同窜。潜伏山谷，不食者至于三日。贼锋稍远，徒步将往河桥。道中小店始开，以脱粟为餐而卖。僧囊中有钱数百，买于土杯同食。腹枵既甚，膏粱之美不如。僧笑而谓之曰：“此非炼炭所炊，不知堪与郎君吃否？”皆低头惭靦，无复词对。（出《剧谈录》）

将这家权贵的几个儿子都邀请来了。这家权贵的几兄弟来到后，依次入座，态度骄慢矜持，面若冰霜。每道菜上来后，都不动一筷。李某人请让再三，但是这家权贵的儿子们只是吃一点干鲜水果而已。待到吃冰餐的时候，都只用匙舀一下放入口中，兄弟们互相对视了许久，都像咬着木棍吃进口里如同针扎针一样难受。李官人并没有询问缘由，只是客气地说饭菜没做好，请求几位兄弟谅解。第二天，李官人见到僧人圣刚，将昨天宴席上的情形详细地告诉了圣刚。圣刚问："我之前说的话一点也没说错吧。"之后，圣刚来到这位权贵家中问几位兄弟："李使君特意为几位兄弟准备了一桌筵席，菜肴可谓丰盛洁净，你们为什么不稍微吃一点呢？"几位兄弟回答说："烹饪的方式不得法。"圣刚说："其他的菜都不好吃，用炭火烤制的菜，又是在嫌弃什么呢？"几位兄弟说："您不知道，凡是吃炭火烤制的菜，必须先将炭火烧熟了，这叫'炼炭'，炼炭之后才可以下菜肴进食。如果不这样的话，会产生炭烟的。李使君使用的炭没有经过炼烧，往外冒炭烟，因此难以下食。"圣刚拍掌大笑道："这些都是贫僧不知道的啊！"后来，黄巢率领军队攻占了洛阳。这家权贵的家财被抢掠一空。这几位兄弟和圣刚僧人一同逃出洛阳，潜藏在深山中，有三天没吃到一点东西。等到黄巢的部队渐渐退去，这几位兄弟和圣刚一同徒步前往河桥。途中遇到一家刚刚开板的小饭店，用只脱去皮壳的糙米做成饭卖给顾客。圣刚还有几百文钱，买了些糙米饭盛在一只土杯中，与这几位兄弟一起吃。几人的肚子饿得特别厉害，吃着这样的糙米饭，觉得过去吃过的玉食珍馐都没有它好吃。圣刚笑着问几位兄弟说："这糙米饭不是经过炼炭而烤制的菜肴，不知道可以给您几位吃吗？"这几位兄弟听说后，都羞愧地低下了头，一句话也答不上来。（出《剧谈录》）

卷第二百三十八　诡诈

刘龙子

唐高宗时，有刘龙子妖言惑众。作一金龙头藏袖中，以羊肠盛蜜水，绕击之。每聚众，出龙头，言圣龙吐水，饮之百病皆差。遂转羊肠水于龙口中出，与人饮之，皆罔云病愈。施舍无数。遂起逆谋，事发逃窜。捕访擒获，斩之于市，并其党十余人。（出《朝野佥载》）

郭　纯

东海孝子郭纯丧母，每哭则群乌大集。使检有实，旌表门闾。后讯，乃是孝子每哭，即撒饼于地，群乌争来食之。其后数如此，乌闻哭声以为度，莫不竞凑。非有灵也。（出《朝野佥载》）

王　燧

河东孝子王燧家，猫犬互乳其子。州县上言，遂蒙旌表。乃是猫犬同时产子，取猫儿置犬窠中，取犬子置猫窠内。饮惯其乳，

刘龙子

唐高宗的时候，有一位叫刘龙子的人妖言惑众。刘龙子制作了一个金龙头藏在衣服袖子里，龙头后面套上一段装入蜂蜜水的羊肠子。刘龙子每次到人多的地方，便从袖口里露出金龙头，对人们声称说刘龙子的这只神龙能从嘴中往外吞水，喝了这种水后什么病都能治好。说完，他转动羊肠，蜂蜜水就从金龙口中流出来。喝了蜂蜜水的人，都谎称自己身上的病痊愈了。刘龙子送人喝了一些水后，就起了坑骗人的心思，用这种方法骗取了许多钱物。后来，事情败露后刘龙子逃走了。最终还是被官府查访捉获，拉到市口斩首示众。连同刘龙子的同伙，一共斩首了十多个人。(出《朝野佥载》)

郭纯

东海郡有一位叫郭纯的孝子在母亲去世后，每次祭奠母亲都有许多鸟雀来到郭纯前面。官府派人来查看，发现的确是这样。于是，官府为这位孝子立牌坊，用来表彰郭纯族人。后来人们知道，原来是郭纯每次哭母前，都会在地上撒上饼子，因此群鸟都争着来吃。经过多次训练后，形成了条件反射。群鸟一听到郭纯的哭声后，又以为有饼子吃了，所以就有落下来寻找饼子吃的鸟，而不是孝子感动了上天令灵啊！(出《朝野佥载》)

王燧

河东孝子的王燧家里，猫与狗互挽着哺乳它们的幼崽。州县得知这一情况后向上呈报，于是王燧得到了官府的表彰。其实是王燧家的猫与狗同时生崽，王燧将猫崽放在狗窝里，又将狗崽放在猫窝遂以为常，殆不可以异论也。自知连理木、合欢瓜、麦分歧、禾同穗，触类而长，实繁其徒，并是人作，不足怪焉。（出《朝野佥载》）

唐同泰

唐同泰于洛水得白石紫文，云“圣母临水，永昌帝业”。进之，授五品果毅，置永昌县。乃是将石凿作字，以紫石末和药嵌之。后并州文水县于谷中得一石，还如此，有“武兴”字，改文水为武兴县。自是往往作之，后知其伪，不复采用，乃止。（出《国史补》）

胡延庆

襄州胡延庆得一龟，以丹漆书其腹曰：“天子万万年。”以进之，凤阁侍郎李昭德以刀刮之并尽。奏请付法，则天曰：“此非恶心也。”舍而不问。（出《国史补》）

朱前疑

则天好祯祥，拾遗朱前疑说梦云：“则天头白更黑，齿落更生。”即授都官郎中。司刑寺系三百余人，秋分后，无计可作。乃于内狱外罗墙角边，作圣人迹长五尺。至夜半，众人一时大叫。内使推问，对云：“昨夜有圣人见，身长三丈，面作金色。云：‘汝等并里，互相吃惯了奶，所以习以为常了。并不是异常的表现。由此可以知道，所谓的连理树、合欢瓜、麦分岐、禾同穗，都是这样长出来的。像这样的事情确实还有许多，都是人工制造出来的，一点也不值得奇怪。（出《朝野佥载》）

唐同泰

唐同泰在洛水中得到了一块白色石头，上面镌有紫色的文字“圣母临水，永昌帝业”八个字。唐同泰将这块白石进献给皇上，被授予五品果毅统管府兵，并且在发现石头的地方设立永昌县。其实，是唐同泰先在白石上凿刻上字，再用紫色的石末和药嵌在字的上面。后来，并州文水县有人在山谷中得到一块石头，也是按照的这个方法做成的，上面写着“武兴”两个字。皇帝将文水县改为武兴县。从此之后，常常有人这样作假。后来，才知道都是人工伪造的，官府便不再采用了，这才制止住了这股不正的风气。（出《国史补》，按见《朝野佥载》卷三）

胡延庆

襄州有一位叫胡延庆的人得到一只乌龟，胡延庆用丹漆在乌龟的肚腹上写上：“天子万万年。”并且将这只乌龟进献给了朝廷。凤阁侍郎李昭德用刀将乌龟肚腹上的字都刮去了，并上奏皇帝，想用法律来制裁胡延庆。武则天回答说：“这样做并不是什么坏心啊。”因此将这件事丢在一边，不再过问。（出《国史补》，按见《朝野佥载》卷三）

朱前疑

武则天喜欢吉祥的征兆。拾遗朱前疑上奏自己做了一个梦说：“我梦见武则天白头发变成了黑头发，牙齿掉落后又生长出新的牙齿来。”当即就被武则天授予了都官郎中。司刑寺里关押了三百多名囚犯。秋分过后，没有什么事情可做，这些犯人中有人在内狱外侧墙

冤枉，不须忧虑。天子万年，即有恩赦放汝。’”把火照视，见有巨迹。即大赦天下，改为大足元年。（出《唐国史》）

宁王

宁王尝猎于鄠县界，搜林，忽见草中一柜，扃钥甚固。命发视之，乃一少女也。询其所自，女言姓莫氏，父亦曾仕。昨夜遇一火贼，贼中二人是僧，因劫某至此。含嚬上诉，冶态横生。王惊悦之，遂载以后乘。时方生获一熊，置柜中，如旧锁之。值上方求极色，王以莫氏衣冠子女，即日表上之，且具所由。上令充才人。经三日，京兆府奏："鄠县食店，有僧二人，以万钱独赁房一日夜。言作法事，唯舁一柜入店中。夜深，腷膊有声。店主怪日出不启门，撤户视之，有熊冲人走去。二僧已死，体骨悉露。"上知之，大笑。书报宁王，大哥善能处置此僧也。莫氏能为新声，当时号莫才人啭。（出《酉阳杂俎》）

角边，做成五尺长的圣人脚印。到了半夜，这些囚犯一齐大喊大叫。内监问他们出了什么事？犯人们回答说：“昨天半夜有一位圣人出现在内狱院子里，身高三丈，脸上像涂了金子似得。那位圣人对我们说：‘你们都是冤枉的，不用忧虑。天子能活一万岁，会马上施恩大赦你们的。’”内监用火把照着看地上，发现果然见到有圣人的巨大脚印，就把这件事上奏给武则天。武则天立即大赦天下，并改年号为大足元年。（出《唐国史》，明抄本作出《朝野佥载》）

宁王

宁王一次在鄠县山中狩猎，正在搜索树林的时候，忽然看见草丛中有一只柜子，这只柜子锁得特别牢固。宁王让人将这只柜子打开一看，发现柜子里装的是一位妙龄少女。宁王询问少女从哪里来的？少女说自己姓莫，父亲也曾任过官职。昨天晚上遇到了一伙盗贼，将她抢劫到这里。盗贼中有两个人还是僧人。这位少女抽泣地向宁王诉说此事，妖艳的姿态横生。宁王见了非常惊喜，就将这位少女放在后车中，运回府里。当时正好猎到了一只活熊，就将这只活熊放在柜子里，原样锁好。这时正赶上唐玄宗下诏，搜寻天下最美丽的女子。宁王就将士族出身的莫氏女进献给了唐玄宗，并上表言明莫氏的来历，唐玄宗将莫氏女封为才人。三天后，京兆府上报唐玄宗说：“鄠县一家旅店，来了两位僧人，用一万钱租了一个房间住了一天，说是作法事。这两位僧人只抬着一只大柜来到旅店。当晚深夜的时候，只听到僧人包住的屋子里有‘腷膊’的声音，似乎有人在厮斗的样子，店主感到很奇怪。到了天亮的时候还看不见两位僧人开门出来，店主让伙计打开门看看，发现有一只熊从屋中冲着伙计走过来。发现两个僧热已死在屋里了，浑身让熊撕咬得露出了骨头。”唐玄宗知道这件事后，高兴得笑出了声。马上写了一封信告诉宁王说：“大哥真有好办法处置这两个和尚啊！”莫氏能唱新曲。当时宫中都称莫氏为“歌星莫才人”。（出《酉阳杂俎》）

安禄山

玄宗幸爱安禄山，呼禄山为子。尝于便殿与杨妃同宴坐，禄山每就见，不拜玄宗而拜杨妃。因顾问曰："此胡不拜我而拜妃子，意何在也？"禄山对云："臣胡家，只知有母，不知有父故也。"笑而舍之。禄山丰肥大腹，帝尝问曰："此胡腹中何物，其大乃尔。"禄山应声对曰："臣腹中更无他物，唯赤心耳。"以其言诚，而益亲善之。（出《开天传信记》）

白铁余

白铁余者，延州稽胡也，左道惑众。先于深山中埋一铜佛像柏树之下，经数年，草生其上。诒乡人曰："吾昨夜山下过，见有佛光。"于是卜日设斋，以出圣佛。及期，集数百人，命于非所藏处劚，不得。则诡曰："诸人不至诚布施，佛不可见。"是日，男女挣施舍百余万。即于埋处劚之，得其铜像。乡人以为圣人，远近相传，莫不欲见。宣言曰："见圣佛者，百病即愈。"余遂左计数百里老小士女皆就之。乃以绀紫红绯黄绫，为袋数十重，盛佛像。人来观者去其一重，一回布施，获千万，乃见其像。如此矫伪一二年，乡人归伏，遂作乱。自称光王，署置官属，设长吏，为患数年。命将军程务挺讨斩之。（出《朝野佥载》）

安禄山

唐玄宗非常宠爱安禄山，叫安禄山为“义子”。一次，唐玄宗赏赐安禄山在便殿与杨贵妃坐在一桌上吃饭。安禄山每次回京朝见，不拜唐玄宗只拜杨贵妃。唐玄宗问安禄山：“你这个胡儿不拜我而拜贵妃，这是什么意思？”安禄山回答说：“我是胡人，只知道有母亲，不知道有父亲啊！”唐玄宗听完后笑着让安禄山走了。安禄山身体肥胖。唐玄宗有一次问安禄山：“你这肚子里装的是什么东西，怎么会这样大啊？”安禄山回答说：“我肚子里没有别的东西，只有对父皇的一颗忠心啊！”安禄山因为会说阿谀奉承的话，而日益得到唐玄宗的宠幸。（出《开天传信记》）

白铁余

白铁余，是延州稽山的一位胡人，用旁门左道迷惑人们。起初，白铁余在深山里的一株柏树下面埋了一尊铜佛像。过了几年，埋铜像的地方荒草丛生，已经看不出来掩埋的痕迹了，白铁余欺骗乡人们说：“我昨天晚上从山下经过，看见山中有佛光出现。”于是，白铁余卜算了一个吉日，设斋祭，来请出这尊圣佛。到了这一天，白铁余召集了好几百人到山中。白铁余先让人在不是埋铜像的地方挖掘，没有得到佛像。白铁余欺骗人们说：“大家不诚心诚意地布施钱财，是看见不到圣佛的。”因此，当天就有不少人争抢着布施一百多万钱给圣佛。白铁余这回让人在埋佛像的柏树下面挖掘，挖到了白铁余埋进地里的铜佛像。乡人们认为白铁余是圣人，在远近相传，没有不想见到白铁余的人。白铁余发话说：“见到圣佛的人，包治百病。”于是，使方圆几百里之内的老少男女都来瞻仰圣佛。白铁余用绀、紫、红、绯、黄绫缝制成袋子，有几十重，将铜佛盛入袋中。有人来观看佛像，去掉一重袋子就需要施舍一次钱。从一位瞻仰圣佛的人的手中就能得到上千万的布施钱，这个人才能观看到佛像。白铁余用这种手段骗了一二年，乡人们都归服了白铁余，白铁余自称“光王”，独霸一方。设置官衙，封任长吏，在延州稽山一代作乱了好几年。后

李庆远

中郎李庆远狡诈轻险。初事皇太子，颇得出入。暂时出外，即恃威权。宰相以下，咸谓之要人。宰执方食即来，诸人命坐，即遣一人门外急唤云：“殿下见召。”匆忙吐饭而去。诸司皆如此计，请谒嘱事。卖官鬻狱，所求必遂焉。东宫后稍稍疏之。仍潜入仗内，食侍官之饭。晚出外，腹痛大作。犹诈云：“太子赐瓜，啖之太多，以致斯疾。”须臾霍乱。吐出卫士所食粗米饭，及黄臭韭齑狼藉。凡是小人得宠，多为此状也。（出《朝野佥载》）

刘玄佐

汴州相国寺，言佛有汗流。节度使刘玄佐遽命驾，自持金帛以施。日中，其妻亦至。明日复起斋场。由是将吏商贾，奔走道路，唯恐输货不及。因令官为簿书，以籍所入。十日乃闭寺，曰：“佛汗止矣。”得钱巨万，以瞻军资。（出《国史补》）

来，朝廷命令将军程务挺讨伐白铁余，将白铁余捕获斩首。（出《朝野佥载》）

李庆远

中郎李庆远，为人狡诈奸险。李庆远刚刚事奉皇太子的时候，在宫门禁中很是能左右逢源。李庆远有时到外面去，就显示自己的威势权力。因此，宰相以下的官员们，都称呼李庆远为要人。每到吃饭的时候，李庆远刚刚坐下没吃几口，就暗中派一个人在门外喊："太子殿下召见李中郎。"李庆远急忙将嘴里的饭吐出来去见太子。李庆远对各个部门，都用这种办法。不论是谁请求拜见李庆远，托付李庆远办事，以及买卖官职、花钱减刑，凡是求李庆远办的事情，一定都能办到。太子后来渐渐疏远了李庆远。一次，李庆远偷偷进入卫士的住所，偷吃了卫士们的饭菜。晚上外出的时候，肚子突然痛得难以忍受，还跟人们夸耀说是太子赏赐给自己一只瓜，因为吃得太多，所以将肚子吃疼了。过了不一会儿，李庆远上吐下泻。吐出来卫士们吃的粗米饭，以及黄臭韭菜等物，吐得满地都是。凡是小人得宠，多数都是这种样子啊！（出《朝野佥载》）

刘玄佐

汴州相国寺，传言说有一尊佛像身上有汗流出来。节度使刘玄佐立即亲自到相国寺，刘玄佐将金帛等物布施给这尊佛像。这天中午的时候，刘玄佐的妻子也亲自到相国寺来布施。第二天，刘玄佐又令人建造了斋祭的道场。于是，文武官员、商贾士人，都争先恐后地前来相国寺，唯恐来不及布施。刘玄佐命令节度府派出官员带着账簿去相国寺，收取布施。并将所有的布施都收归节度府所有。十天以后刘玄佐关闭了相国寺，发告示说："这尊佛像不再流汗。"十天之内刘玄佐共收得许多万布施，将这笔钱款作为军费使用了。（出《国史补》）

张 祜

进士崔涯、张祜下第后，多游江淮。常嗜酒，侮謔时辈。或乘其饮兴，即自称豪侠。二子好尚既同，相与甚洽。崔尝作侠士诗云："太行岭上三尺雪，崔涯袖中三尺铁。一朝若遇有心人，出门便与妻儿别。"由是往往传于人口曰："崔张真侠士也。"是此人多设酒馔待之，得以互相推许。后张以诗上盐铁使，授其子漕渠小职，得堰名冬瓜。或戏之曰："贤郎不宜作此职。"张曰："冬瓜合出祜子。"戏者相与大哂。岁余，薄有资力。一夕，有非常人妆束甚武，腰剑手囊。囊中贮一物，流血殷于外。入门谓曰："此非张侠士居也？"曰："然。"揖客甚谨。既坐，客曰："有一仇人之恨，十年矣，今夜获之。"喜不能已，因指囊曰："此其首也。"问张曰："有酒店否？命酒饮之。"饮讫曰："去此三四里有一义士，予欲报之。若济此夕，则平生恩仇毕矣。闻公气义，能假予十万缗否？立欲酬之。是予愿毕，此后赴蹈汤火，誓无所惮。"张深喜其说，且不吝啬。即倾囊烛下，筹其缣素中品之物，量而与焉。客曰："快哉，无所恨也！"遂留囊首而去，期以却回。既去，及期不至。五鼓绝声，杳无踪迹。又虑囊首彰露，以为己累。客且不来，计无所出，乃遣家人开囊视之，乃豕首也。由是豪侠之气顿衰矣。（出《桂苑丛谈》）

张祜

进士崔涯、张祜落第后，经常在江淮一带游走。二人经常聚在一起饮酒，侮辱戏谑当时有名望的人。或者乘着酒兴，自称为江湖上的豪侠。二人的喜好相同，因此相处得特别融洽。崔涯曾经写了首赞颂侠士的诗。诗写道：“太行岭上三尺雪，崔涯袖中三尺铁。一朝若遇有心人，出门便与妻儿别。”从此，常常可以从人们的口中听到：“崔涯、张祜是真正的豪侠啊！”凡是这样说的人，往往都是经常摆设酒宴款待崔涯、张祜的人。他们之间互相推崇赞许。后来，张祜为管理盐铁的官吏赠了一首诗。这位盐铁使在漕渠上授予张祜的儿子一个小官职，负责冬瓜这一段堤堰的管理工作。有人戏谑张祜说：“你的儿子不应该担任这么小的职务啊！”张祜自我解嘲地说：“冬瓜就应该产生张祜的儿子。”戏谑张祜的人听了这样的回答后，相望着大笑不止。过了一年多，张祜家积攒了一点财产。一天晚上，来了一位身穿夜行衣的人，全身侠客打扮，那人腰间悬挂一柄宝剑，手中拎着一只行囊。行囊里盛着一件东西，有血洇出行囊的外边。那个人进入屋门后问：“这里不是张侠士的住处吗？”张祜回答说：“是的。”张祜非常恭谨地让这个人进屋落座。那个人说：“我有一个仇家，此仇已结十年了。今夜我将他杀死了，报了这段怨仇。”那个人边说边高兴得不能自已，指着行囊接着说：“这里面装的就是这位仇人的首级。”那个人又问张祜：“这儿有酒店吗？请张大侠打一些酒，我们一起喝一杯可以吗？”喝完酒，那个人说：“离这儿三四里地有一位义士，我想报答他对我的大恩。如果今晚上能报答我的这位恩人，那么，我平生恩、仇两件大事就都算处理完了。我听说张大侠非常讲义气，能不能借我十万缗钱？我用完之后马上还给你。我的这两件夙愿都完成后，今后张大侠就是让我赴汤蹈火，我在所不辞。”张祜听那个人这样说，大为惊喜，一点也没有吝惜自己的资财。张祜马上将家中的一切值钱的物品都拿出来摆放在烛光下，将其中中等品级以上的书画真迹，计算好相当于十万缗的价值，给了这位来客。那个人高兴地赞扬说：“您真是位痛快人啊，我平生再没有什么遗憾的事情啦！”于是那个人将行囊连同里面的人头留下，便离

大安寺

唐懿宗用文理天下，海内晏清。多变服私游寺观。民间有奸猾者，闻大安国寺，有江淮进奏官寄吴绫千匹在院。于是暗集其群，就内选一人肖上之状者，衣上私行之服，多以龙脑诸香薰裛，引二三小仆，潜入寄绫之院。其时有丐者一二人至，假服者遗之而去。逡巡，诸色丐求之人，接迹而至，给之不暇。假服者谓院僧曰："院中有何物可借之？"僧未诺间，小仆掷眼向僧。僧惊骇曰："柜内有人寄绫千匹，唯命是听。"于是启柜，罄而给之。小仆谓僧曰："来日早，于朝门相觅，可奉引入内，所酬不轻。"假服者遂跨卫而去。僧自是经日访于内门，杳无所见，方知群丐并是奸人之党焉。（出《玉堂闲话》）

王使君

王凝侍郎案察长沙日，有新授柳州刺使王某者，不知何许开了张祜家，约定好报完恩后马上返回来。等到那个人离开张家后，到了约定回来的时间却没有回来。张祜一直在外面等到了五更天，但是还是一点踪影也没有。张祜考虑到一旦行囊中的人头让人发现了，会连累自己。况且那个人又不按约回来，实在没有什么好办法，只好让家中的仆人将行囊打开看看，发现里面装的是一只猪头。从此，张祜的豪侠精神再也没有了。（出《桂苑丛谈》）

大安寺

唐懿宗以文治国，海内升平，国泰民安。唐懿宗多次改穿便装扮作普通人，游览寺院、道观。有一伙狡猾奸诈的人，听说大安国寺院中，寄放着江淮进奏官进献给朝廷的吴绫一千匹。这伙人暗中串联谋划，挑选出一个长相很像懿宗皇帝的人，穿上皇上私游时穿的衣服扮成皇帝，并用龙脑等多种香料熏染衣服，带着二三个小仆人来到大安国寺寄放吴绫的院落中。当时有一两个乞丐来到院中，假扮皇帝的这个贼人分给他们一些钱后打发他们离开这里。过了一会儿，各种各样的乞丐接连不断地来到院中向假扮皇上的人行乞讨。这个假扮的贼人施舍不过来，就对寺院的僧人说："寺院里有什么东西，暂借我用用。"僧人没有立即答应，假扮的小仆人向僧人递眼色，暗示这是皇帝微服私访。僧人无比惊惶恐惧，连连说："寺院柜里有他人寄放的吴绫一千匹，听候吩咐。"于是，假扮皇帝的贼人命令打开柜子，将一千匹绫都施舍给了那些乞丐。假扮的小仆人对僧人说："明天早晨，在朝门相见。我奉皇上之命引导你进入宫内，不会少还给你的。"说完，这个假仆人服侍假皇帝骑上驴背，扬长而去。第二天，大安国寺的僧人都在宫门边等候，但是连一个人影都没等着。这才知道昨日在寺院借绫的皇上和那些乞讨的乞丐，都是贼人假扮的啊！（出《玉堂闲话》）

王使君

侍郎王凝在长沙查处期间，有位新近授任的柳州刺史王某人，人，将赴所任，抵于湘川，谒凝。凝召预宴于宾佐。王启凝云：“某是侍郎诸从子侄，合受拜。”凝遽问云：“既是吾族，小名何也？”答曰：“名通郎。”凝乃谓左右曰：“促召郎君来。”逡巡，其子至。凝诘曰：“家籍中有通郎者乎？”其子沉思少顷，乃曰：“有之，合是兄矣。”凝始命邀王君，则受以从侄之礼。因从容问云：“前任何官？”答曰：“昨罢职北海盐院，旋有此授。”凝闻之，不悦。既退，凝复召其子谓曰：“适来王君，资历颇杂，的非吾之枝叶也。”遽征属籍，寻其派，乃有通郎，已于某年某日物化矣。凝睹之怒。翌日，厅内备馔招之。王君望凝，欲屈膝。忽被二壮士挟而扶之，鞠躬不得。凝前语曰：“使君非吾宗也。昨日误受君之拜，今谨奉还。”遂拜之如其数讫。二壮士退，乃命坐与餐。复谓之曰：“当今清平之代，此后不可更乱入人家也。”在庭吏卒悉笑。王君惭赧，饮食为之不下。斯须，踧踖而出。（出《南楚新闻》）

刘崇龟

刘崇龟以清俭自居，甚招物论。尝召同列餐苦荬饆饠。朝士有知其矫，乃潜问小苍头曰：“仆射晨餐何物？”苍头实对：“食泼生。”朝中闻而哂之。及镇番方，京国亲之贫乏者，俟其濡救。但画《荔枝图》。自作赋以遗之。后卒于岭表，归葬，经渚宫，家人鬻海珍珠翠于市。为当时所鄙。（出《北梦琐言》）

不知道他是哪个地方的人，在赴任途中经过长沙时，请求拜见王凝。王凝得知后，先请他跟僚属们一块饮酒。席间，这位王刺史对王凝说："我本是侍郎你的几个堂侄中的一位，今天应该受小侄一拜。"王凝立刻问他："既然是我的族人，请问你小名叫什么？"王某人回答说："侄子小名通郎。"王凝对手下人说："快召唤我的儿子来。"不一会儿，王凝的儿子被召来了。王凝问儿子："我们王家户册上有通郎这个名字吗？"王凝儿子沉思一会儿，回答道："有这个人，应当是我的哥哥。"王凝这才正式邀请这位王某人，并且接受了他以堂侄的礼数的参拜。王凝随便问王某人："这之前你任的是什么官职？"王某人回答说："这之前刚刚辞去北海盐院的官职，紧接着就授小侄柳州刺史。"王凝听了很不高兴，立即起身告辞。又将儿子叫到跟前，说："刚才来的这个姓王的，他的资历很复杂，确实不是我们王家族人。"说完，立即取出王家户册，查找分枝族系，确实有位堂侄叫通郎，但是已在某年某日死去了。王凝看了后，很生气。第二天，在厅堂上准备好了酒宴招待这位王某人。王某人来了后，看到王凝就要下跪参拜。忽然被两位身强力壮的仆夫左右拉住，扶他站起来，不能鞠躬。王凝上前对王某人说："你不是我们王家宗族的人。昨天错误地接受你的参拜，现在我奉还给你。"说完，如数回拜王某。二位仆人退下，王凝让这位王某人入座就餐，又对他说："当今天下清平，国泰民安。以后不可以再随便认宗。"在场的官员和办事人员听了后，都嗤笑不已。这位王某人满脸羞愧，酒菜也吃不下去。只坐了一会儿，就局促不安地告辞走了。（出《南楚新闻》）

刘崇龟

刘崇龟平素以清廉节俭自居，很是招到众人的议论。刘崇龟曾经召请同僚到自己家吃苦荬菜和包馅的面食饽饽。朝中的官员中有人知道刘崇龟是故意这样做给人看的，就偷偷问刘崇龟家的小伙夫说："仆射今天早晨吃的是什么啊？"小伙夫如实告诉那个人说："我家相公早晨吃的是烹煮肉。"朝中官员们听到这件事后，都讥笑刘崇龟。待到刘崇龟出任岭南的时候，京城中有刘崇龟的穷亲戚想沾光等

李延召

王蜀将王宗俦帅南梁日，聚粮屯师。日兴工役，凿山刊木，略不暂停。运粟泛舟，军人告倦。岷峨之人，酷好释氏。军中皆右执凶器，左秉佛书。诵习之声，混于刁斗。时有健卒李延召，继年役于三泉黑水以来，采斫材木，力竭形枯，不任其事。遂设诈陈状云："近者得见诸佛如来，乘舆跨象，出入岩崖之中，飞升松柏之上。如是之报甚频，某虽在戎门，早归释教。以其课诵至诚，是有如此感应。今乞蠲兵籍，截足事佛。俾将来希证无上之果。"宗俦判曰："虽居兵籍，心在佛门。修心于行伍之间，达理于幻泡之外。归心而依佛氏，截足以事空王。壮哉貔貅，何太猛利！大愿难阻，真诚可嘉。准状付本军，除落名氏。仍差虞候，监截一足讫，送真元寺收管洒扫。"延召比欲矫妄免其役，及临断足时，则怖惧益切。于是迁延十余日，哀号宛转，避其锋芒。宗俦闻之，大笑而不罪焉。（出《玉堂闲话》）

待刘崇龟的接济。刘崇龟只画了一幅《荔枝图》，并且亲自在上面题写了一篇赋，回送这位京城里的穷亲戚。后来，刘崇龟病死在岭南任上。在归葬的途中路过江陵的时候，刘崇龟的家人在市上出卖南海的珍珠、翡翠。当时人得知这件事后，越加鄙视刘崇龟。（出《北梦琐言》）

李延召

五代的时候，前蜀将领王宗俦统帅南梁期间，搜聚粮草，发动士卒屯垦。每天都让兵卒做工服役。士兵们凿山开路，砍伐树木，一刻也不停歇。王宗俦还让士兵撑船运送粮食，全军上下都叫苦不迭。岷峨一带的百姓民众，酷爱佛教。军中所有的人，都右手拿着兵器，左手拿着佛经。读诵佛经的声音，跟巡更通报时辰的刁斗声混在一起。当时，有一位体魄健壮的兵卒叫李延召，在三泉黑水服役多年了，由于常年采伐木材，劳累得身体枯瘦如柴，已经砍伐不动木材了。于是李延召设计欺骗王宗俦说："我最近见到了如来佛，如来佛有时候乘坐车舆，有时候骑在大象上，有时候山崖绝壁上行走，有时候在松柏树上飞腾。"李延召频繁地上报这样的事情，而且还说："我虽然身在军门，心却早就皈依了释教佛门。因为我每天诵读佛经，这种真诚感动了诸位神佛，才使他们现身让我看见。我现在乞求长官取消我的军籍，砍下我一只脚，让我事奉佛主吧。使我将来能修成无上至高的境界。"王崇俦在李延召报送的申请书上批示道："你虽然身在军籍，却心在佛门。修心在行伍之间，达理于虚幻无常之外。决心皈依佛教，情愿断足以事奉从未见过的佛主。真是壮举啊，你何必这么凶暴残忍！你这样的宏大志向难以阻拦，你真诚事佛理应嘉奖。我特此批准这份申请，请交付该兵士所在部队，除掉他的军籍。并差派管理山泽的虞侯就地截去这位兵士的一只脚，然后送往真元寺收管，让他在寺中洒扫庭院，侍奉佛主。"李延召本来是想用这办法逃脱掉劳役之苦，等到真的要砍去李延召的一只脚的时候，就觉得非常恐惧。李延召拖延了十多天，又哭又闹，不让虞侯截砍他的脚。王宗俦听到这一消息后，哈哈大笑，没有追究李延召的欺

成都丐者

成都有丐者诈称落泊衣冠。弊服褴缕，常巡成都市鄽。见人即展手希一文云："失坠文书，求官不遂。"人皆哀之，为其言语悲嘶，形容憔悴。居于早迁桥侧。后有势家，于所居旁起园亭，欲广其池馆，遂强买之。及辟其圭窦，则见两间大屋，皆满贮散钱。计数千万。邻里莫有知者。成都人一概呼求事官人为乞措大。（出《朝野佥载》）

薛氏子

有恭氏二子野居伊阙。先世尝典大郡，资用甚丰。一日，木阴初盛，清和届候。偶有叩扉者，启关视之，则一道士也。草履雪髯，气质清古，曰："半途病渴，幸分一杯浆。"二子延入宾位。雅谈高论，深味道腴。又曰："某非渴浆者。杖藜过此，气色甚佳。自此东南百步，有五松虬偃在疆内否？"曰："某之良田也。"道士愈喜，因屏人曰："此下有黄金百斤，宝剑二口。其气隐隐，浮张翼间。张翼洛之分野，某寻之久矣。黄金可以分赠亲属甚困者。其龙泉自佩，当位极人臣。某亦请其一，效斩魔之术。"二子大惊异，道士曰："命家僮役客辈，悉具畚锸，候择日发土。则可以目验矣。然若无术以制，则逃匿黄壤，不复能追。今俟良宵，剪方为坛，用法水噀之，不能遁矣。且戒僮仆，无得泄者。"问其结坛所须，曰："微缥三百尺，赤黑索也。随方色彩缣素甚多，洎几案炉

骗的罪过。（出《玉堂闲话》）

成都丐者

成都有一位乞丐，自称自己是潦倒落魄的读书人，并用这个身份来骗人。他通身穿着褴褛的衣服，经常在成都集市间游走，见人就将手中的一篇文章展示让人看，说："我丢失了任职文书，才当不上官了。"人们听了他这悲切的话语，又看到乞丐憔悴的容颜，都非常同情可怜他。乞丐住在成都早迁桥旁边。后来，有一户很有权势的人家，在这位乞丐居住的旁边建造起一座园亭，想再扩大地面修建池塘馆舍，于是就强行买下了他居住的这块地皮。待到扒倒这位乞丐居住在外面破败的门洞后，人们看见里面是两间大屋中到处都装满了各种钱币，总计能有好几千万，附近的邻居没有一家知道他有这么多钱。于是全成都的人一律叫求事的官员叫"乞措大"。（出《朝野佥载》）

薛氏子

有薛家兄弟二人居住在伊阙的郊野。兄弟俩的先祖曾经做过州郡的高官，因此，家中很是富有。草木茂盛的初夏里的一天，天气晴朗。忽然有人敲薛家的院门，开门一看，原来门外站着一位道士。脚下穿着草鞋，脸上白髯如雪，气质清古不凡，道士说："我云游途中身患疾病口渴，施主请施舍一杯水喝。"薛家兄弟二人将这位道士请入厅堂入座，待为宾客。这位道士坐下后，谈吐高雅，议论深奥，深谙道家的哲理。道士又说："我并不是因为渴了来讨碗水喝的。我拄着拐杖经过这里，发现你这儿有祥瑞之气。从你家院落往东南走一百步，是不是有五株像虬龙一样偃卧盘踞的古松树长在那儿？"薛家兄弟回答说："那是我家的田地。"道士听了后更加欢喜，让兄弟二人屏退家中仆人，说："你家的那五株松树下埋藏着黄金百两、宝剑二口。这两样宝物发出的宝气分明，悬浮在张翼一带的空中。张翼乃是洛阳与伊阙的分界线，我寻找了好久才找到你们这里。你们香裀褥之具。”且曰：“某非利财者，假以为法。又用祭膳十座，酒茗随之。器皿须以中金者。”二子则竭力经营。尚有所缺，贷于亲友。又言：“某善点化之术，视金银如粪土，常以济人之急为务。今有囊箧寓太微宫，欲以暂寄。”二子许诺。即召人负荷而至，巨笈有四，重不可胜，缄鐍甚严，祈托以寄。旋至吉日，因大设法具于五松间，命二子拜祝讫。亟令返居，闭门以俟，且戒无得窥隙。“某当效景纯散发衔剑之术，脱为人窥，则祸立至。俟行法毕，当举火相召。可率僮仆，备畚锸来，及夜而发之。冀得静观至宝也。”二子依所教。自夜分危坐，专望烛光，杳不见举。不得已，辟户觇之，默绝影响。步至树下，则掷杯覆器，饮食狼藉。彩缣器皿，悉已携去。轮蹄之迹，错于其所。疑用微纆束固以遁。因发所寄之笈，瓦砾实中。自此家产甚困，失信于人。惊愕忧惭，默不得诉。

（出《唐国史》）

兄弟可以把百两黄金分送给贫困的亲友。那龙泉宝剑，你们兄弟佩带身边，可保你们位极人臣。另外一把宝剑赏给贫道，用它来降妖除魔。”薛家兄弟二人听后很是惊异。道士说：“让你家中的僮仆和雇用的工匠，都准备好畚箕、锹钎等挖泥运土的工具，等我选个吉日好挖土取出这两宗宝物，就可以亲眼验证虚实。但是，如果不施用法术制住它们，这两宗宝物没等挖掘出来就会土遁逃走，再也追找不到了。假如等选好良辰吉日，按四方五行设置神坛，用有道法的灵水一喷，它们就不能逃遁了。一定要告诫你家的僮仆，不可泄露机密。”薛家二兄弟问道士设法坛所需物品，道士说：“请准备微纆三百尺，就是赤黑的绳索。布置法坛需要很多的彩色细绢，还有小凳、桌案、香炉、褥垫等物。”说到这里，道士看看薛家二兄弟，接着说：“我不是贪财图利的人，不过是借助这些东西念咒作法。还需要祭祀神灵用的供膳十座，酒、茶都准备好。祭祀用的器皿必须是含有一半以上黄金的金器。”薛家二兄弟遵照道士的要求，竭尽全力去准备。还有缺少的物件，就向亲友求借。道士又说：“贫道擅长点石成金之术，视金银如同粪土一样，经常周济一些贫困人，帮助他们解决紧急的困难。现在，贫道有一些箱子包裹存放在太微宫，想暂时寄放在你们这儿，怎么样？”二兄弟听后高兴地答应了，立即让家中仆人将这些箱子、包裹运回来。一共有四只巨大的箱子，每只箱子都重得搬不动，而且上锁贴封条，极为严密。很快到了道士选定的吉日，道士在五株松树那儿搭设法坛，让薛家二兄弟跪拜法坛前面，祝祈神灵保佑降福。之后，道士立即让他们回到家中，关闭门户等待。并且告诫他们不得向法坛这边偷看。道士说：“贫道将效仿景纯法师披散头发、口中叼着宝剑的法术，如果有人偷看，就会立刻招致灾祸。等到贫道法事做完了，当以举火为号招唤召唤你们。你们见到火光后，就可以带领家僮仆夫，拿着畚箕、锹铲等工具，连夜挖掘，你们兄弟俩就在旁边静观财宝吧。”薛家两兄弟，依着道士的指教，从半夜在家中正襟危坐，等候火光的召唤，左等右等也不见五株松方向有火光的信号。实在等不下去了，打开门看看，五株松那边一点声响也没有。两兄弟急忙来到五株松下，只见杯盘狼藉，到处都是吃过的饭菜。

秦中子

秦川富室少年有能规利者藏镪巨万。一日逮夜，有投书于其户者，仆执以进。少年启封，则蒲纸加蜡，昧墨斜翰，为其先考所遗者。曰："汝之获利，吾之冥助也。今将有大祸，然吾已请于阴骘矣。汝及朔旦，宜斋躬洁服，出于春明门外逆旅。备缣帛，随其年，三十有五。俟夜分往灞水桥，步及石岸，见黄衣者即置于前，礼祝而退，灾当可免。或无所遇，即挈缣以归，急理家事，当为窜计。祸不旋踵矣。"少年捧书大恐。合室素服而泣，专志朔旦。则舍弃他事，弹冠振衣，止于春明门外，矜严不寐。恭俟夜分，乃从一仆乘一马，驰往灞桥，唯恐无所睹。至则果有一物，形质诡怪，蓬头黄衣，交臂束膝，负柱而坐，俯首以寐。少年惊喜，捧缣于前，祈祝设拜，不敢却顾，疾驱而回。返辕相庆，以为幸免矣。独有仆夫疑其不直。曾未逾旬，复有掷书者。仆夫立擒之，乃邻宇之导青襟者。启其缄札，蒲蜡昧墨如初。词曰："汝灾甚大，曩之寿帛，祸源未塞。宜更以缣三十五，重置河梁。"其家则状始末，诉于官司。诘问具伏，遂置于法。时李常侍丛为万年令，讼牒数年尚在。（出《缺史》）

而且，他们兄弟俩为道士准备的布设法坛的五色细绢以及盛装祭膳用的金器，都被道士席卷一空。只见车轮与牲畜的蹄印满地都是。怀疑是用三百尺赤黑绳索煞牢车子，便于逃跑。回到家中，两兄弟让家人赶快打开道士寄存的四只大箱子，里面盛的全是瓦砾。从这以后，薛家两兄弟家道败落，一贫如洗，而且在亲朋好友那里失去了信誉。两兄弟又惊愕又愁苦惭愧，一言不发地吃了这个大哑巴亏，无处告发。（出《唐国史》）

秦中子

在秦川，有一家富有的少年，擅长经营获利，家中藏钱巨万。一天晚上，有人将书信扔在这位少年家院内，仆人取回来给少年。少年打开信封，是蒲草纸，上面用蜡油缄封，信是用暗淡的墨和斜侧的字体写成的，从字迹和内容上看，是他死去的父亲写给他的信。信上说：“你能获得这么多的利，是我在阴间帮助你的结果。现在将有大祸临头，但是我已经在阴间请求保佑你了。你可以等到下月初一，斋戒沐浴，穿上整洁的衣服，到春明门外的一家客店。准备好细绢，随着年份计算，需用三十五匹。等到黑夜降临后，前往灞水桥，步行到达石岸边，看见一个身穿黄衣服的人，就将三十五匹细绢放在这个人面前，行礼祝祀而退，灾祸就可以免除了。如果什么人也没有遇到，你带着细绢赶快回到家中，处理好家中事宜，赶快离家出走。这样，灾祸不会转着脚跟随你去的。”少年看后，手捧书信惊恐万分。全家人身着素服，抱头哭泣，对着先人的灵位哭泣，专心等待下月初一这一天的到来。那天一早，少年打扫干净帽子上、衣服上的灰尘，带着三十五匹细绢，来到春明门外的旅店旁边，谨慎地恭候在那里，不敢合眼。恭候到夜间，带着一个仆人，骑着一匹马，驰往灞桥。唯恐看不到要见的人。来到灞桥，果然看见有一个人，形态诡怪，头发蓬乱，身着黄衣，两臂交叉着抱住两膝，靠着桥柱坐在那儿，低头打盹儿。少年见了非常惊喜，双手捧着细绢走上前，行礼祈求祝祷。然后转身离去，驱马急驰而归，连头都不敢回一下。在回家的路上，少年心中暗自以为这下免去了一场大灾祸。唯独跟少年同去的仆人不大

李全皋

护军李全皋，罢淮海监临日，寓止于开元寺。以朝廷艰梗，未获西归。一旦，有小校引一道人，云能通炉火之事，全皋乃延而礼之，自此与之善。一日语及黄白之事，道人曰："唯某颇能得之。可求一铁鼎，容五六升以上者，黄金二十余两为母，日给水银药物，火候足而换之。莫穷岁月，终而复始。"李甚喜其说，顾囊有金带一条，可及其数，以付道人。诸药既备。周火之日后，日躬自看验。居数日微倦，乃令家人亲爱者守之。日数既满，斋沐而后开视，黄金烂然，的不虚也。李拜而信之。三日之内，添换有征。一旦道人不来，药炉一切如旧。疑骇之际，俄经再宿。久待讶其不至，不得已，启炉视之，不见其金矣。事及导引小校，代填其金而止。道人绝无踪迹。（出《桂苑丛谈》）

相信这件事。没过十天，又有人向少年院里投掷书信。仆人立即出去将投信人捉获，原来是邻居家的一个读书人。打开信缄，蒲纸蜡封，暗墨斜草，都和上次的一样。信上写的是："你的灾祸非常大，上次送去寿帛，并没有免去祸源。还应再带三十五匹细绢，重新放在灞桥河岸边。"这位少年将这件事情上告到官府那里，陈述始末缘由。官府审问那位邻家的读书人，他一一招认，便被依法判刑。当时常侍李丛任万年县县令，办案的文书几年后都完好地收存在县衙里。（出《缺史》）

李全皋

护军李全皋，辞去淮海监那天，暂时居住在开元寺中。因为朝廷阻难，没能得到允许李全皋回到西部老家。一天早上，有一位小校引荐一位道人来见李全皋，说他通晓用炉炼金的秘法，李全皋听了后以礼相待，从此之后两人的关系日渐友善。一天谈到用炉炼金的事情，道人说："只有贫道我擅长这种秘法。你可以寻找一只能容五六升以上的铁鼎，再拿来黄金二十多两做母本，每天往鼎里添加水银等药物，待火候炼足了再更换。年年月月不停地炼，终而复始，一直炼下去，你就会得到无穷无尽的黄金。"李全皋听后大喜，看看自己行囊中有金带一条，大约有二十多两重，便拿来交给了道士。又将炼金所需要的水银等药物准备齐全，开炉升火后，每天李全皋都亲自到炉边验看。过了几天后，他感到有些厌倦了，就让他的家中亲人去炉前看守。待到炼满预定的天数后，斋戒沐浴换上洁净的衣服，打开鼎盖验看，只见满鼎金黄灿然一片，确实不假。李全皋拜谢道士，并且相信了他的炼金法术。三天之内，就可以添换取出一些炼出来的黄金。一天早上道士没有来到炉前，药炉的一切像原先一样，照旧添火炼烧，李全皋感到很震惊。又过了一宿，依然不见道士的踪影，李全皋非常奇怪着急，不得已，他自己打开鼎盖一看，鼎中置放的黄金母本，都不见了。事情牵连到领道士来的小校。于是，小校将自己的黄金拿出来补给了李全皋，才算了结这件事。那位自称会炼金的道士，再也没有见到他的踪影。（出《桂苑丛谈》）

文处子

有处子姓文，不记其名，居汉中。常游两蜀侯伯之门，以烧炼为业。但留意于炉火者，咸为所欺。有富商李十五郎者，积货甚多。为文所惑，三年之内，家财罄空。复为识者所诮，追而耻之，以至自经。又有蜀中大将，屯兵汉中者，亦为所惑。华阳坊有成太尉新造一第未居，亦其空静。遂求主者，赁以烧药。因火发焚其第，延及一坊，扫地而静。文遂夜遁，欲向西取桑林路，东趋斜谷，以脱其身。出门便为猛虎所逐，不得西去，遂北入王子山溪谷之中。其虎随之，不离跬步。既窘迫，遂攀枝上一树，以带自缚于乔柯之上。其虎绕树咆哮。及晓，官司捕逐者及树下，虎乃徐去。遂就树擒之，斩于烧药之所。（出《王氏见闻》）

文处子

有一个姓文的处士，不记得他叫什么名字了，文处士居住在汉中。经常往来于两蜀地方的侯伯等权贵之家，文处士以炼金为职业。但凡想要通过炼金发财的人，都受过这位文处士的欺骗。有一位富商叫李十五郎，李十五郎积聚的财产很多。因为受文处士的蛊惑，三年之内，李十五郎将家财全都败光了。而且李十五郎还遭到熟人的讥讽，后悔莫及，以致悬梁自尽了。还有一位蜀中的大将军，军队驻扎在汉中，也被文处士所蛊惑。华阳坊有位成太尉，新建造一座府第还没有住过，文处士说这座宅院空静，适合炼金。于是，这位大将军就向主人将它租来用以炼金。不慎失火，将整座宅第烧为平地，而且火势蔓延整条华阳坊，烧毁整整一条街。文处士连夜逃走，出城后想向西取道桑林路，再向东到斜谷，以逃脱官府的追捕。但是，他一出城门就被一只猛虎追逐，西去不得，向北逃入王子山溪谷中。这只老虎一直追逐他到这里，寸步不离。文处士无计可施，攀爬到一株树上，用带子将自己绑缚在树干上。老虎绕着树转圈，边转边咆哮。直到天明，官府听到虎叫声赶到这株树下，老虎才离去。于是，文处士在树上被擒获，在烧药炼金的地方被斩首示众。（出《王氏见闻》）

卷第二百三十九　谄佞一

安禄山

玄宗命皇太子与安禄山相见，安禄不拜。因奏曰：“臣胡人，不闲国法，不知太子是何官？”玄宗曰：“是储君。朕万岁后，代朕君汝者。”安禄曰：“臣愚，比者只知有陛下，不知有太子。”左右令拜，安禄乃拜。玄宗嘉其志诚，尤怜之。（出《谭宾录》）

成敬奇

成敬奇有俊才，文章立而可就。为大理正，与姚崇有姻亲。崇尝寝疾，敬奇造宅省焉。对崇涕泣，怀中置生雀数枚，一一持出，请崇手执而后放之。祝云：“愿令公速愈。”崇勉强从之。敬奇既去，崇恶其谀媚。谓其子弟曰：“此泪从何而来。”自兹不复接遇。（出《大唐新语》）

陈少游

唐陈少游检校职方员外郎，充回纥使。检校官自少游始也。而少游为理，长于权变，时推干济。然厚敛财物，交结权右。寻除管桂观察使。时中官董秀用事，少游乃宿于里。候下直际，独谒之。从容曰：“七郎家中人数几何，每日所费几何？”秀曰：“久忝近职，累重。又属时物腾贵，一月须千余贯。”少游曰：“据此所

安禄山

唐玄宗让皇太子与安禄山相见，安禄山不跪拜。并启奏唐玄宗说：“我是胡人，不熟悉国法，不知太子是什么官职？”唐玄宗告诉他：“是储君。待我去世之后，太子代替朕做你的国君。”安禄山回答说：“我很愚昧，亲近的人只知道有皇帝您，不知道有太子。”主管礼仪的官员都让他向太子下拜，安禄山这才下拜参见太子。唐玄宗嘉许安禄山忠诚，更加怜爱他。（出《谭宾录》）

成敬奇

成敬奇才智卓越过人，写文章立等可取，成敬奇担任大理寺正卿的时候，跟宰相姚崇有姻亲。一次，姚崇有病卧床，成敬奇特意到相府拜访探问病情。成敬奇来到姚崇卧室，面对姚崇泪流满面，从怀中取出几只活雀，放在姚崇手中，让姚崇拿着再放生。并祝福说：“希望您的病体早早痊愈。”姚崇强忍着听从了他的建议。等到成敬奇告辞离去后，方露出来讨厌成敬奇这种故作阿谀谄媚的神情，对子弟们说：“我真不知道他的眼泪是从哪里流出来的？”从此以后，姚崇再也不待见成敬奇了。（出《大唐新语》）

陈少游

唐朝的陈少游官任检校职方员外郎，担任出使回纥的使节。唐朝设置检校官，就是从陈少游这儿开始的。陈少游的本性擅长权变，当时的人都推崇他办事干练有才干。然而他却贪得无厌，无休止地搜刮民财，同时还攀高结交权贵，不久又被授任管州、桂州观察使。当时，宫内宦官董秀得宠。陈少游就住在董秀家所在街坊附费，俸钱不能足其数。此外常须求于人，方可取济。倘有输诚供应者，但留心庇护之，固易为力耳。少游虽不才，请以一身独备七郎之费用。每岁愿送钱五万贯，今见有大半，请即收受。余到官续送，免费心劳虑，不亦可乎！”秀既逾于所望，忻悦颇甚，因与之相厚。少游言讫，泣曰：“南方毒瘴深僻，但恐不得生还，再睹颜色。”秀遽曰：“中丞美才，不当远官。从容旬日，冀竭蹇分。”时少游已纳贿于元载子仲武矣。秀、载内外引荐。数日，拜宣歙观察使，改浙东观察使，迁淮南节度使。十余年间，三总大藩。征求货易，且无虚日，敛积财宝，累巨万亿。视文雅清流之士，蔑如也。初结元载，每岁馈十万贯。后以载渐见忌，少游亦稍疏之。及载子伯和，贬官扬州，少游外与之深交，而阴使人伺其过，密以上闻。代宗以为忠，待之益厚。关播尝为少游宾客，卢杞早年，与之同在仆固怀恩幕府，故骤加其官。德宗幸奉天后，遂夺包佶财物八百万贯。复使参谋温述，送款于李希烈曰：“濠、舒、庐等州，已令罢垒，韬戈卷甲，伫候指挥。”后銮舆归京，包佶入朝，具奏财赋事状。少游上表，以所取财，皆是供军费用，今请据数却纳。乃重征管内百姓以进。后刘洽牧汴州，得希烈起居注：某月日，陈少游上表归顺。少游闻之，惭愧而卒。（出《谭宾录》）

近，等候董秀在宫中值完班回来的途中，单独拜见他。陈少游神情从容不迫地问董秀：“七郎家有多少口人，每天需要多少钱开销日常用度啊？”董秀说：“我担任这个职务有好久了。又赶上现在物价飞涨，一个月大概得需要一千多贯钱吧。”陈少游说：“根据你家的消费，你的俸禄肯定是不够用的。除了俸禄之外，七郎大概需要经常向别人求助，才能过得去啊。倘若有人愿意向你献纳忠心，按时供给你一笔钱来补贴你家的生活用度。你稍微留心庇护他，原本也是很容易办到的。我陈少游虽然没什么才干，但是恳请让我一个人全部承担下七郎家中所需要的费用。每年我可以送给你五万贯钱，现在我这就有一大半，请你立即收下。余下的，等到了住所之后再补送给你。这样，就会免得七郎为生活用度费心劳力，这样不是很好吗？”董秀看到所得到的钱，远远地超出自己想要的数目，非常欢欣喜悦，便与陈少游结成至交。陈少游说完这席话，又流着眼泪说：“当今朝廷任我为管桂观察使，南方是荒蛮多瘴疠之地，此次一去恐怕难以活着回来，再与七郎相见。”董秀立即说：“像中丞你这样聪明有才干的人，不应当充任边远荒僻地方的官员。你先等待十多天，我将会尽余力为你周旋。”当时，陈少游已经为这件事情向宰相元载的儿子元仲武送纳了贿赂。董秀、元载，一内一外，不断地引荐陈少游。几天后，朝廷便改派陈少游为宣州、歙州观察使，旋而又改任浙东观察使，又改任淮南节度使。十多年间，陈少游任过三处重郡的节度使。在此期间，他没有一天不在四处征收钱赋，大肆搞买卖交易，聚敛积集钱财珠宝，多达万亿。他对高尚文雅负有名望的人士，非常蔑视。陈少游刚攀结宰相元载时，每年馈送元家十万贯钱。后来，元载渐渐有所顾忌，陈少游才稍稍与他疏远。等到元载的儿子元伯和被贬谪到扬州。陈少游表面上与他交往密切，暗中却指使人搜集他的过失，密报皇上。唐代宗以为陈少游对他忠诚，因此更加重用厚待他。关播曾经做过陈少游的宾客，卢杞早年也跟陈少游一同在仆固怀思幕府为同事。因为这层关系，他们屡次破格提拔他的官职。唐德宗移驾奉天后，陈少游趁机夺取包佶的家产共计八百万贯。同时，他又派参谋温述携巨款去汴州联络叛军李希烈，说：“濠、舒、庐等

裴延龄

唐裴延龄累转司农少卿，寻以本官权判度支。自揣不通食货之物，乃设钩距，召度支老吏与谋，以求恩顾。乃奏言：“天下出入钱物，新陈相因，而常不减六七千万贯，唯在一库。差殊散失，莫可知之。请于左藏库中分置，别建欠、负、耗、剩等库。及季库月给，纳诸色钱物。”德宗从之。但贵欲张名目，以惑上听。其实钱物更无增加，唯虚费簿书人吏。又奏请，令京兆府两税青苗钱，市草百万团，送苑中。宰臣议，以为若市草百万团，则一方百姓，自冬历夏，搬运不了，又妨夺农务。其事得止。京西有污池卑湿处，芦苇丛生焉，不过数亩。延龄忽奏云：“厩马冬月合在槽枥秣饲，夏中即须有牧放处。臣近寻访得长安咸阳两县界，有陂地百顷，请以为内厩牧马之地。且去京城十数里。”德宗信之，言于宰臣。宰臣坚执云：“恐必无此。”及差官阅视，悉皆虚妄。延龄既惭且怒，又因对敭。德宗曰：“朕所居浴堂殿院一栿。以年多故致损坏，而未能换。”延龄曰：“宗庙事重，殿栿事轻。陛下自有本分钱物。”德宗惊曰：“本分钱何名也？”曰：“此是纥义。愚儒常才，不足与言。陛下正合问臣，臣能知之。《准礼经》云：‘天下赋税，分为三分。一分充干豆，一分充宾客，一分充君之庖厨，干豆供宗庙也。’今陛下奉宗庙，虽至严至丰至厚，亦不能用一分财赋也。只如鸿胪礼宾，诸国番客，至于回纥马价，用一分钱物，尚有州，已经命令他们停止抵抗，放下武器，原地等待着你去指挥。”后来，德宗銮驾回到京城后，包佶入朝，向皇上奏告陈少游夺取他家财产一事。陈少游上表，谎称他取走的包家财产都充作军队费用了，现在请包佶按照被抄没时的数目再取回去。于是，他加重征收所辖区内百姓的赋税，用这笔钱来补缴给朝廷。后来，刘洽从李希烈手中收回汴州时，得到一份李希烈的起居注，上面记载着：某月日，陈少游上表归顺。陈少游听说这件事后，羞愧成疾而死。（出《谭宾录》）

裴延龄

唐德宗李适在位期间，连续任司农少卿的裴延龄，随即又以司农少卿兼户部尚书，全面负责国家的财政开支。裴延龄自知不懂得财政工作，于是广泛调查咨询，召请来掌管过财政的退职老官吏，帮助他出谋划策，来求得皇上的信任。这之后，裴延龄上奏唐德宗说：“整个国家钱物的收支，新旧相连接，通常情况下，库存都不少于六七千万贯，历来只存放在一座库房，如果出现差错散失，没办法知道。请求允许在左藏库中分开存放，另外设立欠、负、耗与剩等二级库房，按季、按月供应和收纳各种成色的钱财货物。”唐德宗批准了裴延龄的这些建议。其实，这些设置都是裴延龄故意搞的名堂，想用这些来迷惑皇帝，以达到裴延龄邀恩纳宠的目的。实际上，这样设置钱物一点也不能增加，只是白白耗费账簿人力而已。裴延龄又上奏唐德宗，让京城地区用两税青苗钱，来购买饲草一百万团，送到皇家御苑中。宰相们议论，如果买饲草一百万团，那么京城地区的百姓，从冬到夏都搬运不完，又妨碍占用农业生产的时间。这件事才算被否决。京城长安西郊有一片低洼潮湿的水塘，上面丛生着芦苇，不过几亩地。裴延龄忽然上奏德宗说：“御苑马厩里的马，冬天应当在槽中饲养，到了夏天就应该在野外放牧。我近日寻访到长安、咸阳两县交界处，有一片临水的低洼湿地，约有一百顷，请皇上批准将这块地方作为御马放牧的地方，而且离京城只有十几里路。”德宗相信了裴延龄的奏请，对宰相们说此事。宰相们坚持说：“恐怕没有这么大的水面。”等到派出官员去考察，证明报告里的全是谎言。裴延赢羡甚多。况陛下御善宫厨，皆极简俭，所用外，以赐百官充俸料餐钱等，犹未能尽。据此而言，庖厨之用，其数尚少，皆陛下本分也。用修十殿，亦不合疑，何况一栿。”上曰：“经义如此，人未曾言，颔之而已。”后因计料造神龙寺，须用长七十尺松木。延龄奏曰：“臣近于同州，检得一谷，有数千株，皆长七八十尺。”德宗曰：“人云，开元天宝中，近处求觅五六丈木，尚未易得，皆须于岚胜州采造。如今何为近处便有此木？”延龄对曰：“贤者珍宝异物，皆处处有之，但遇圣君即出。今此木生自关辅，盖为圣君，岂开元天宝合得有也？”延龄既锐情于苛刻，剥下附上为功。奏对之际，皆恣骋诡怪虚妄，他人莫敢言者，延龄言之不疑，亦人之所未尝闻。上颇欲知外事，故特优遇之。（出《谭宾录》）

薛盈珍

姚南仲为郑滑节度使。时监军薛盈珍估势，干夺军政。南仲龄既羞愧又恼怒，因为是面君对奏，又不好发作。一天，德宗召见裴延龄说：“我的住处浴室殿院有一根屋梁，因年久失修损坏了，到现在还没有更换。”裴延龄回答说：“社稷宗庙事重，殿梁事轻。皇上自有本分钱物。”德宗惊异地问：“本分钱是什么钱啊？”裴延龄回答说：“这是经书上讲的义理。迂腐的儒臣、平庸的官员，没法跟他们讲。皇上问我正合适，我知道是怎么一回事。《准礼经》上说，普天下的赋税，分为三份，一份用来置办干肉、祭器，一份用来宴请国宾，一份用来置办皇上御厨里的用品。干肉、祭器是供宗庙祭祀的用品。现今皇上祭奉宗庙，虽然特别庄严、特别丰盛、特别优厚，也用不了一份财赋啊。至于朝贺庆典以及接待各国使臣宾客，及付给回纥的买马钱，也只需一份财赋而已，还有很多盈余呢。况且，皇上的御膳、宫中的饮食，都极节俭。这以外，赏赐给文武百官为俸禄吃饭钱等，都没有用尽。根据我的推算，宫中饮食用度所用的钱物还比这少。剩下来的，都是皇上的本分钱。用来修建十座殿堂，也不应当怀疑，何况一梁呢？”德宗皇帝说：“经书上的这种义理，别人没有说过，我只好点头称是而已。”后来，计算建造神龙寺的用料，必须用长七十尺的松木。裴延龄上奏说：“我近日在同州，找到一座山谷，有松树好几千棵，都长七八十尺。”德宗说：“听人说，开元天宝年间，在京城附近寻找长五六丈的木材，尚且不容易找到，都必须在岚胜州采伐。如今为什么近处就有这么长的松木？”裴延龄回答说：“对于圣贤的人来说，珍宝异物，处处都有，现在圣君已经出现了。今天这种长木生长在京城附近，都是因为有您这样圣明的皇上啊。为什么只有开元、天宝就必须有呢？”裴延龄言辞锋利苛刻，以盘剥下属依附皇上为能事。跟皇上奏对时，他完全随意进行诡辩，说些虚妄怪异不着边际的话，别人都不敢这样说。他却一点儿也不怀疑自己说得不对，也都是他人不曾听到过的。皇帝很想知道外界的一些事情，因此特别优待裴延龄。（出《谭宾录》）

薛盈珍

姚南仲任郑滑节度使。当时，在郑滑任监军的薛盈珍依仗权不从，数为盈珍构谗于上，上颇疑之。后盈珍遣小使程务盈，驰表奏南仲不法，谗构颇甚。南仲裨将曹文洽，时奏事赴京师。窃知盈珍表中语，文洽私怀怒。遂晨夜兼道追务盈，至长乐驿，及之，与同舍宿。中夜杀务盈。沉盈珍表于厕中。乃自杀。日旴，驿吏开门，见流血满地。旁得文洽二缄，一缄告盈珍罪；一缄表理南仲冤，且陈谢杀务盈。德宗闻其事，颇骇动。南仲虑衅深，遂入朝。初至，上曰："盈珍扰卿甚也。"南仲曰："盈珍不扰臣，自隳陛下法耳。如盈珍辈所在，虽羊杜复生，抚百姓，御三军，必不成恺悌父母之政，师律善阵之制矣。"德宗默然久之。（出《谭宾录》）

画雕

裴延龄恃恩轻躁，同列惧之，唯顾少连不避。延龄尝画一雕，群鸟噪之。以献，德宗知众怒，益信之。（出《谭宾录》）

冯道明

雍陶，蜀人也，以进士登第。后稍薄于亲党，其舅云安刘敬势，屡屡干预，夺取军政大权。姚南仲不听从他的摆布，多次被薛盈珍向德宗诬告谗毁，德宗并没有完全相信。后来，薛盈珍得寸进尺，暗中派遣心腹小使程务盈，带着他写好的上奏姚南仲不法的表章，到京城上告姚南仲。表章上写的尽是无中生有的诬陷之词。当时，正赶上姚南仲的副将曹文洽进京奏报军务要事，暗中得知薛盈珍上奏的表章中诬陷姚南仲的话。曹文洽心中异常恼怒，于是昼夜兼程追赶程务盈，到长乐驿站终于赶上了他，与他一同住在驿站里。到了半夜，曹文洽杀死了程务盈，将上告诬陷姚南仲的表章扔到厕所中，之后自杀身死。第二天早晨，驿站的官吏打开房门，只见血流满地，两个人都死在屋中。曹文洽身旁放着两封信，一封信上写着薛盈珍擅权、诬陷姚南仲的种种罪状，一封信上写的是为姚南仲辩护申冤，并且陈述自己杀死程务盈的经过和请求谢罪道歉。唐德宗听到这件事情后，很受震动，惊骇异常。姚南仲唯恐因这件事跟薛盈珍的怨恨越结越深，便亲自入京上朝。姚南仲刚到，德宗皇帝便召见他说："薛盈珍干扰你的军政要务很严重吧。"姚南仲回答说："薛盈珍一点也没有干扰我的军政要务，是我自己不遵守朝廷的法纪啊。如果薛盈珍这样的人到处都有的话，纵然是晋朝的羊祜、杜预这些名臣死而复生，让他们安抚百姓、统率三军，也不能成就百姓安康的政绩，以及纪律严明、善于作战的军容啊。"唐德宗听完这番话后，沉默良久。（出《谭宾录》）

画雕

裴延龄仗恃皇上对他的恩宠与重用，为人轻狂暴躁，同僚都惧怕他，只有顾少连一点也不回避他。裴延龄曾经画一只雕，群鸟围着它吵吵嚷嚷。将这幅画进献给德宗，德宗原先就知道朝中诸官都怨恨惧怕裴延龄，见到这幅画后，更加相信了。（出《谭宾录》）

冯道明

雍陶是蜀郡人，考中进士后。雍陶对亲友有一些冷淡、疏远，雍之罢举，归三坡，素事篇章。让陶不寄书曰：“山近衡阳虽少雁，水连巴蜀岂无鱼。”陶得诗愧赧，方有孤首之思。后为简州牧，自比之谢宣城、柳吴兴也。宾至则折挫之，阍者亦怠，投贽者稀得见。忽有冯道明下第请谒云：“与员外故旧。”阍者以道明言启之，及引进，陶呵曰：“与君昧平生，何方相识？”道明曰：“诵员外诗，仰员外德，诗集中日得见。何乃隔平生也！”遂吟曰：“立当青草人先见，行近白莲鱼未知。”又曰：“江声秋入寺，雨气夜侵楼。”又曰：“闭门客到常疑病，满院花开不似贫。”陶闻吟欣然，待道明如曩昔之交。君子以雍君矜持而好媚，冯子匪艺而求知，其两违之。（出《云溪友议》）

杜宣猷

杜宣猷大夫自闽中除宣城，中官之力也。诸道每岁进阉人，所谓“私白”者，闽为首焉。且多任用。以故大阉以下桑梓，多系于闽。时以为中官薮泽。宣猷既至，每寒食节，辄散遣将吏，荷挈食物，祭于诸阉冢墓。所谓洒扫者也，故时号为“敕使看墓”。（出《玉泉子》）

陶的舅舅是云安的刘敬之，被推举做官，刘敬之罢官后回到三坡，经常作诗写文章。有一次刘敬之寄诗责备雍陶不给他写信，信中写道："山近衡阳虽少雁，水连巴蜀岂无鱼。"雍陶得到舅父的这首诗后，想到自己以前对亲友的冷淡，很羞愧，这才有了想家思亲之感。后来，雍陶任简州牧，将自己比作南北朝时的诗人谢朓谢宣城、柳恽柳吴兴。有宾客来拜访则怠慢人家，连雍陶家的守门人也怠慢宾客，带着自己的诗文或礼物请求拜见雍陶的人，很少受到接见或款待。忽然有一天，有一位叫冯道明的落第文人请求拜见雍陶说："我与雍员外是旧相识，请给通报一下。"守门人将这话通报给雍陶。待到引领冯道明拜见雍陶后，雍陶大声呵斥说："我与你素昧平生，你在哪里认识我的？"冯道明回答说："我每天都诵读你的诗，敬仰你的德行，我在诗集中天天和你相见，怎么能说我们是素昧平生呢？"说完随口吟出雍陶的两句诗："立当青草人先见，行近白莲鱼未知。"接着又说："江声秋入寺，雨气夜侵楼。"又说："闭门客到常疑病，满院花开不似贫。"雍陶听了冯道明的吟诵后，非常高兴，便对待冯道明像相交多年的老朋友一样。有德的君子认为雍陶为人恃才傲物而又喜欢别人讨好他，冯道明无才却靠谄媚恭维求取知遇的人，大概双方都是不正派的。（出《云溪友议》）

杜宣猷

杜宣猷大夫从福建调任到宣城做官，是借助朝中宦官的力量才得以调任。各个府道每年向宫中进献的阉人，也叫"私白"，闽中进献的最多，而且大多数都被皇宫留用。因此，在宫中颇有权势的大宦官的原籍，多数都在福建。当时人都说闽中是出宦官的地方。杜宣猷到宣城上任后，每到寒食节，都派出许多将士、官吏，带着祭祀用的食品，给埋在闽中的各个宦官的坟墓设祭，即扫墓。因为这个缘故，当时人称杜宣猷为"皇帝任命的守墓人"。（出《玉泉子》）

李德裕

李德裕镇扬州，监军使杨钦义追入，必为枢近。而德裕致礼，皆不越寻常，钦义心衔之。一日，中堂设宴，更无他宾。而陈设宝器图画数床，皆殊绝。一席祇奉，亦竭情礼。宴罢，皆以赠之。钦义大喜过望。旬日，西行至汴州，有诏却令监淮南。钦义即至，具以前时所赠归之。德裕笑曰："此无所直，奈何拒焉？"悉却与之。钦义心感数倍。后竟作枢密使，唐武宗一朝之柄，皆钦义所致也。（出《幽闲鼓吹》）

韩全诲

唐昭宗以宦官怙权，骄恣难制，常有诛剪之意。宰相崔胤嫉忌尤甚。上敕胤，凡有密奏，当进囊封，勿于便殿面奏。以是宦官不能知。韩全诲等乃访京城美女数十以进，密求宫中阴事。天子不之悟，胤谋渐泄。中官以重赂甘言，请藩臣为城社，视崔胤眥裂。时因伏腊宴聚，则相向流涕，辞旨谄谀。会汴人寇同华知崔胤之谋，于是韩全诲引禁军，陈兵伏，逼帝幸凤翔。他日崔胤与梁祖协谋，以诛阉官。未久，祸亦及之，致族绝灭。识者归罪于崔胤。先是，其季父安潜常谓所亲曰："灭吾族者，必缁儿也。"缁儿即胤小字。河东晋王李克用闻胤所为，谓宾佐曰："助贼为虐者，其崔胤乎。破国亡家，必在此人也。"（出《北梦琐言》）

李德裕

李德裕镇守扬州，监军使杨钦义也紧跟着来到扬州，一定要参与军政要务。李德裕以礼相待，一点也不超出常理，杨钦义暗暗怀恨在心。一天，李德裕在内厅设宴宴请杨钦义，此外没有再请其他客人。并在好几张床上摆满了各种宝器、名画，都是极罕见的珍品。席间李德裕始终恭恭敬敬地对待杨钦义。宴席结束时，又把这些宝物全都赠送给杨钦义。杨钦义喜出望外。过了十多天，杨钦义往西到了汴州，朝廷下诏书让他改任淮南监军使。杨钦义回到扬州后，将前些日子李德裕送给他的宝器书画全都归还给李德裕。李德裕笑着说："这些东西不值几个钱，为什么拒绝收取它们呢？"又都归还给杨钦义。杨钦义心中加倍感谢李德裕。杨钦义后来竟然官任枢密使，唐武宗一朝的大权，都掌握在他的手中。（出《幽闲鼓吹》）

韩全诲

唐昭宗因宦官专权，骄横难控，早有剪除他们的想法。宰相崔胤更是忌恨他们。唐昭宗让崔胤，凡是机密的奏章，一定装入囊袋中并且密封好，呈送给他，不要在便殿面奏。因此宦官们就无法了解朝廷的机密。宦官韩全诲在京城访求到几十个美女进献给昭宗皇帝，实际是想通过这些美女暗中掌握皇上密谋的事情。昭宗皇帝没有察觉韩全诲等人的阴谋，使得他与宰相私下商议剪除宦官的事情渐渐泄露出来。韩全诲等宦官用重金与甜言蜜语贿赂朝外的藩镇节度使们来作为自己的靠山，视宰相崔胤为眼中钉。当时正值伏腊祭祀聚宴，宦官们痛哭流涕，言辞谄谀，讨好朝廷重臣和各地将军。恰巧汴人寇同华得知崔胤的谋划，并密告给了韩全诲。于是韩全诲调动宫中禁军，摆开阵势，逼迫昭宗皇帝移驾凤翔。这之后，宰相崔胤与梁祖协密谋想诛灭宦官。不久，就招来祸患，致使全族人被杀。有见识的人认为：这是崔胤自己招致的罪祸。起初，崔胤的叔父崔安潜曾对亲属说过："使我们崔家灭族的，一定是缁儿啊。"缁儿，即崔胤的小名。河东晋王李克用听到崔胤的所作所为，对宾客、幕僚们说：

苏循

唐末，尚书苏循谄媚苟且，梁太祖鄙之。他日至并州，谒晋王。时张承业方以匡复为意。而循忽献晋王画敕笔一对，承业愈鄙薄之。（出《唐书》）

苏楷

昭宗先谥“圣穆景文孝皇帝”，庙号昭宗。起居郎苏楷等驳议，请改为“恭灵庄闵皇帝”，庙号襄宗。苏楷者，礼部尚书苏循之子，乾宁二年应进士。楷人才寝陋，兼无德行。昭宗恶其滥进，率先黜落。由是怨望，专幸邦国之灾。其父循，奸邪附会，无誉于时。故希旨苟进。梁祖识其险诐，滋不悦，大为敬翔、李振所鄙。梁祖建号，诏曰：“苏楷、高贻休、萧闻礼，皆人才寝陋，不可尘污班行。并停见任，放归田里。苏循可令致仕。”河朔士人，目苏楷为衣冠枭獍。（出《北梦琐言》）

乐朋龟

旧例，士子不与内官交游。十军军容田令孜擅回天之力。唐僖皇播迁，行至洋源，百官未集，缺人掌诰。乐朋龟侍郎亦及行在。因谒中尉，仍请中外。由是荐之，充翰林学士。张濬相自处士除起居郎，亦出令孜之门，皆申中外之敬。洎车驾到蜀，朝士毕集。一日，中尉为宰相开筵，学士洎张起居同预焉。张公耻于对众

“帮助宦官逆贼施行虐政的人，就是他崔胤啊！导致国破家亡的，也一定是这个人。”（出《北梦琐言》）

苏循

唐朝末年，尚书苏循为人阿谀谄媚、行事苟且，后梁太祖朱温非常鄙视苏循。后来，苏循到并州，拜见晋王李克用。当时，张承业正以恢复大唐盛业为自己的志向。然而，苏循忽然进献给晋王李克用一对绘画御笔，张承业越发瞧不起苏循。（出《唐书》）

苏楷

唐昭宗最初谥号为“圣穆景文孝皇帝”，庙号“昭宗”。起居郎苏楷等人提出异议，请改称为“恭灵庄闵皇帝”，庙号“襄宗”。苏楷，是礼部尚书苏循的儿子，乾宁二年考中进士。苏楷相貌丑陋，又没有良好的品德。唐昭宗厌恶他的滥调谗言，贬了他的官职。由于这个原因，苏楷对朝廷满怀怨恨，幸灾乐祸于国家的灾难。苏楷的父亲苏循，奸恶邪险，依附权贵，在当时一点声望威信也没有。因此，专靠迎合皇上的意旨来求得高位。梁太祖朱温认识到他为人奸险邪僻，更加不喜欢他。苏家父子也被敬翔、李振等大将所鄙视。朱温建国号为梁，下诏书说：“苏楷、高贻休、萧闻礼，都人才丑陋，不可以让他们玷污朝臣的行列，一律免去他们现任的官职，放归原籍。苏循可以让他辞官。”河北地方官员，都将苏楷看成衣冠禽兽。（出《北梦琐言》）

乐朋龟

依照唐代旧例，士大夫等朝官不允许跟宫中的宦官交往。十军观军容史宦官田令孜独揽大权，并能左右皇上旨意。唐僖宗离京逃难，行到洋源时，文武百官还未赶到，皇上缺少一个起草诏书的人。侍郎乐朋龟当时也伴驾随行。听说这件事后，拜见田令孜，请他在里外疏通。于是，经田令孜推荐，将他提升为翰林学士，掌管诏书。宰设拜，乃先谒中尉。使施谢酒之敬，中尉讶之。俄而宾至，即席坐定。中慰白诸官曰："某与起居，清浊异流，曾蒙中外。既虑玷辱，何惮改更？今日暗地谢酒，即不可。"张公惭惧交集。自此甚为群彦所薄。乐公举进士，初陈启事，谒李昭待郎，自媒云："别于九经书史及老庄八都赋外，著八百卷书。请垂比试。"诚有学问也，然于制诰不甚简当。时人或未之可也。（出《北梦琐言》）

孔谦

后唐明宗即位之初，诛租庸使孔谦、归德（德原作得，据明抄本改。）军节度使元行钦、邓州节度温韬、太子少保段凝、汴州曲务辛廷蔚、李继宣等。孔谦，魏州孔目吏，庄宗图霸，以供馈军食。谦有力焉，既为租庸使。曲事嬖幸，夺宰相权。专以聚敛为意，剥削万端，以犯众怒伏诛。元行钦为庄宗爱将，出入宫禁，曾无间隔。害明宗之子从景，以是伏诛。段凝事梁，以奸佞进身。至节将，末年绾军权，束手归朝。温韬凶恶，发掘西京陵寝。庄宗中兴，不证其罪，厚赂伶官阉人，与段凝皆赐国姓，或拥旄钺。明宗采众议而诛之。辛廷蔚，开封尹王瓒之牙将也，朱友贞时，廷蔚依瓒势曲法乱政，汴人恶之。李继宣，汴将孟审澄之子，亡命归庄宗，刘皇后畜为子。时宫掖之间，秽声流闻。此四凶，帝在藩邸相张濬，起自河间的一个普通的读书人，也是出自田令孜门下。因此，他对宫内宦官、朝中大臣，都得时时敬重。等车驾到蜀，文武百官也都赶来了。一天，中尉为宰相张濬摆设宴席，宴请百官，翰林学士乐朋龟也被邀请赴宴。宰相张濬感觉当着百官面拜谢田令孜有失脸面，便提前到席上拜见中尉，施礼感谢他邀请自己，田令孜非常惊讶。过了一会儿，赴宴的百官全到齐了，依次入座。田令孜对百官们说："我与张宰相原本是清、浊两种不同的人。张宰相曾经蒙受朝廷内外的赏识，才有今天。既然考虑跟我田某人玷污声名，为什么又惧怕更改呢？像今天这样私下向我表示感谢为你置办宴席，是不可以的。"宰相张濬听了这席话后，既羞愧又恐惧。从这之后，朝中的众官员们更加轻视他。乐朋龟考中进士后，初次上表述事，拜见侍郎李昭，自我介绍说："在九经书史老庄八都赋之外，我撰写过八百卷书。请您随便出题考核我。"乐朋龟确实是很有学问的，然而在撰写诏书上，却做不到简练得体。当时有人就认为他未必胜任这个职务。（出《北梦琐言》）

孔谦

后唐明宗李亶刚刚继承皇位时，下诏处死了租庸使孔谦、归德军节度使元行钦、邓州节度使温韬、太子少保段凝、汴州曲务辛廷蔚、李继宣等人。孔谦，曾任魏州孔目吏。庄宗李存勖图谋霸业时，孔谦在供给军粮方面出过力，随即授予他租庸使，孔谦用曲意逢迎的方法获得庄宗的宠幸，夺取了宰相的权力。专心于巧取豪夺积攒钱财，想方设法盘剥百姓。因此触犯众怒而被处死。元行钦原来是庄宗李存勖的得力将领，曾经随意出入宫中禁苑，没有谁能阻拦。他是因为杀害了明宗皇帝的儿子，才被处死的。段凝，在后梁任职期间，靠奸诈谄佞受到重用，做到节度使。在后梁末年，他掌管兵权，拱手归降后唐。温韬为人凶恶，他曾率人掘盗过西京长安的皇家陵墓。庄宗中兴李唐，没有追究他毁坏皇陵的罪行。温韬用重金贿赂乐官和太监，并且跟段凝同被赐予皇族国姓，还让他执掌兵权。明宗皇帝采纳大家的意见才处死了他。辛廷蔚原是开封府尹王瓒的副将，后梁末帝时，恶其为人，故皆诛之。庄宗皇帝为唐雪耻，号为中兴。而温韬毁发诸帝陵寝，宜加大辟。而赐国姓，付节旄，由是知中兴之说谬矣。（出《北梦琐言》）

朱友贞在位时，依仗王瓒的势力违法乱政，胡作非为，汴州人都非常厌恶他。李继宣是汴州将领孟审澄的儿子，叛逃出后梁，归降庄宗，刘皇后收养他为义子。当时后宫传出了很多他与刘皇后之间淫乱的秽闻。这四个凶恶的人，明宗还是藩王时就非常厌恶他们的为人。因此，刚一登基就处死了他们。庄宗皇帝声言要为李唐王朝雪除耻辱，中兴李唐王朝。但是温韬毁坏盗掘先皇陵墓，是罪当斩首的，却赐予他宗室李姓，让他执掌兵权。由此可知，庄宗志在中兴李唐王朝的说法只是一个幌子。（出《北梦琐言》）

卷第二百四十 谄佞二

赵元楷

赵元楷为交河道行军大总管，时候君集为元帅。君集马病颡疮，元楷以指沾其脓而嗅之，以谀君集。为御史所劾，左迁刺史。（出《谭宾录》）

阎知微

唐春官尚书阎知微和默啜，司宾丞田归道为之副焉。至牙帐下，知微舞蹈，宛转抱默啜靴鼻而嗅之。田归道独长揖不拜。默啜大怒，倒悬之，经一宿。明日将杀之，元珍谏："大国和亲使，杀之不祥。"乃得释。后与知微争于殿庭，言默啜必不和，知微坚执以为和。默啜果反，陷赵定。天后乃诛知微九族，拜归道夏官侍郎。（出《朝野佥载》）

郑 愔

唐吏部侍郎郑愔初托附来俊臣。俊臣诛，即附张易之。易之被戮，即附韦庶人，后附谯王，竟被诛。（出《朝野佥载》）

赵元楷

赵元楷任交河道行军大总管时，侯君集在交河道任元帅。一次，侯君集的坐骑头上生疮，赵元楷用手指沾着马额头上的脓血，放在鼻子上闻，来讨好侯君集。被御史弹劾，贬为刺史。（出《谭宾录》）

阎知微

唐朝武则天执政期间，礼部尚书阎知微奉旨出使突厥默啜部请求和亲，司宾丞田归道为其副使。阎知微进入默啜单于居住的帐幕里，立即舞蹈着，左右抱着默啜单于脚上穿的皮靴用鼻子嗅着，借以讨好。田归道却只长揖一躬而不屈膝下拜。默啜单于大怒，将田归道倒悬，整整吊了一宿。第二天早晨就要把他杀掉，元珍劝谏说："大国派遣来的和亲使节，杀了他会招致不祥的。"才得以获释。出使归来后，阎知微和田归道在殿庭争执起来，田归道说默啜不会和亲，阎知微坚持说会和亲。后来，默啜果然反叛，出兵攻陷了赵州。武则天于是诛杀了阎知微并诛其九族，同时升任田归道为夏官侍郎。（出《朝野佥载》）

郑　愔

唐朝的吏部侍郎郑愔，最初依附御史中丞来俊臣。来俊臣被处死后，他立即依附张易之。张易之被诛杀后，郑愔又投靠了韦庶人。后又依附谯王李重福。最后，郑愔终于也被诛杀。（出《朝野佥载》）

薛稷

唐太子少保薛稷、雍州长史李晋、中书令崔湜、萧至忠、岑羲等，皆外饰忠鲠，内藏谄媚。胁肩屏气，而舐痔折肢，阿附太平公主。并腾迁云路，咸自以为得志，泰山之安也。七月三日，家破身戮。何异鸋鴂栖于苇苕，大风忽起，巢折卵坏。后之君子，可不鉴哉！（出《朝野佥载》）

李峤

唐李峤少负才华，代传儒学。累官成均祭酒吏部尚书，三知政事，封郑国公。长寿三年，则天征天下铜五十余万斤，铁一百三十余万斤，钱二万七千贯。于定鼎门内，铸八棱铜柱，高九十尺，径一丈二尺。题曰“大周万国述德天枢”。张革命之功，贬皇家之德。天枢下置铁山，铜龙负戴，狮子麒麟围绕。上有云盖，盖上施盘龙，以托火珠。珠高一丈，围三丈，金彩荧煌，光侔日月。武三思为其文，朝士献诗者，不可胜纪。唯峤诗冠绝当时。诗曰：“辙迹光西崦，勋庸纪北燕。何如万国会，讽德九门前。灼灼临黄道，迢迢入紫烟。仙盘正下露，高柱欲承天。山类丛云起，珠疑大火悬。声流尘作劫，业固海成田。圣泽倾尧酒，薰风入舜弦。忻逢下生日，还偶上皇年。”后宪司发峤附会韦庶人，左授滁州别驾。后至开元中，诏毁天枢，发卒镕烁，弥月不尽。洛阳尉李休烈乃赋诗以咏曰：“天门街东倒天枢，火急先须卸火珠。既合一条丝线挽，何劳两县索人推。”先有谣云：“一条丝线挽天枢。”言其不久也，故休诗及之。庶士莫不讽诵。天枢之北，韦庶人继造一台，先此毁拆。（出《大唐新语》）

薛稷

唐代太子少保薛稷、雍州长史李晋、中书令崔湜、萧至忠、岑羲等人，表面上都装作忠诚耿直，内心却隐藏着奸诈谄媚。他们耸着肩膀装成恭敬畏屈的样子，不敢大声出气以示驯顺，实际上却哈腰舐腚地依附于太平公主。并通过这种途径飞黄腾达、官居高位，他们志得意满，自以为地位安如泰山。延和元年七月三日这天，随着太平公主被玄宗皇帝处死，这些谄媚的弄臣也身遭杀戮，家破人亡。这种下场与在芦苇之上筑巢，忽然刮起大风，招致巢折卵破有什么不同？后世的正人君子们，怎么可以不从中吸取教训呢！（出《朝野佥载》）

李峤

唐朝李峤少年时就负有才华，承继家传儒学。累官至成均祭酒、吏部尚书，三次兼任相当宰相的职务，封为郑国公。武则天长寿三年，武则天从全国各地征集铜材五十多万斤，铁一百三十多万斤以及二万七千贯钱币。在定鼎门内，铸造一个八棱的铜柱，柱高九十尺，直径一丈二尺。在铜柱上面题“大周万国述德天枢”八个大字，用以宣扬武氏周朝改革的政绩，贬斥李唐王朝的功德。天枢下面铸造一座铁山，铸有一条铜龙负载，四周布有狮子、麒麟等围绕着铁山。铁山上面铸有一只云盖，盖上置放盘龙，盘龙托举着一只巨大的火珠。火珠高一丈，周围三丈，流金溢彩，金碧辉煌，它发出的光亮可和日月相比。武三思写文章颂扬天枢，朝中的官员争相献诗纪颂的人，不可胜数。其中，唯有李峤献的诗冠压群臣，位居榜首。李峤的诗写道：“辙迹光西崦，勋庸纪北燕。何如万国会，讽德九崦，勋庸纪北燕。何如万国会，讽德九门前。灼灼临黄道，迢迢入紫烟。仙盘正下露，高柱欲承天。山类丛云起，珠疑大火悬。声流尘作劫，业固海成田。圣泽倾尧酒，薰风入舜弦。忻逢下生日，还偶上皇年。”后来，御史发现李峤依附韦庶人，将他贬降为滁州别驾。到开元年间，唐玄宗下诏命人折毁天枢铜柱，派去工匠役夫将它推倒熔化，经过一个

李义府

唐李义府状貌温恭，与人语，必嬉怡微笑，而褊忌阴贼。既处权要，欲人附己，微忤意者辄加倾陷。故时人言义府笑中有刀。杨行颖表言义府罪状，制令刘祥道对推其事。李勣监焉，按有实，长流嶲州。或作刘祥道破铜山之大贼李义府露布，称“混奴婢而乱放，各识家而竞入”。（出《谭宾录》）

侯思止

唐侯思止贫穷，不能理生业，乃依事恒州参军高元礼。而无赖诡谲，无以逾也。时恒州刺史裴贞杖一判司。则天将不利王室，罗织之徒已兴矣。判司谓思止曰：“今诸王多被诛戮，何不告之？”思止因请状，遂告舒王及裴贞谋反。诏按问，并族诛，授思止游击将军。元礼惧而思媚之，引与同坐，呼为“侯大”，曰：“国家用人不次，若言侯大不识字，可奏云：‘獬豸亦不识字，而能触邪。’”则天果曰：“欲与汝御史，人云汝不能识字。”思止以獬豸对，则天大悦，即授焉。元礼复教曰：“圣上知侯大无宅，倘以没官宅见借，可拜谢而不受。圣上必问所由，可奏云：‘诸反逆人宅，月也没有熔化完。洛阳尉李休烈赋诗一首道："天门街东倒天枢，火急先须卸火珠。既合一条丝线挽，何劳两县索人推。"武则天当年铸造天枢时，世上就有歌谣说："一条丝线挽天枢。"是说天枢铜柱只用一条丝线牵引着是不会长久的。因此，李诗中用了这一典故。天枢铜柱被拆毁后，大快人心，朝野上下的人莫不写文赋诗讽诵。天枢的北侧，有韦庶人建造的一座高台，在天枢被销毁之前，就先被拆毁了。（出《大唐新语》）

李义府

唐代的李义府表面看似温顺谦恭，跟人说话，一定是和颜悦色、面带微笑，然而内心狭隘疑忌、阴险残忍。待到他位居要职后，就想方设法让别人依附投靠他，稍有冒犯便打击陷害。因此，当时人都说他笑里藏刀。杨行颖上表朝廷陈述李义府的种种罪状，制令刘祥道对他进行审问对质，经过调查，事实俱在。李勣重新核查，证据确凿，于是将李义府流放发配到嶲州。还有人说刘祥道攻破铜山的起义军首领时，李义府先写出布告，诬称"贼人冒充奴婢，仆夫被随便放走，各自逃回自己家中躲藏起来"。（出《谭宾录》）

侯思止

唐朝侯思止家境贫困，不能维持生活，于是侯思止去投奔恒州参军高元礼。但是，这个人狡诈无赖，没有人能赶得上他。当时，恒州刺史裴贞杖罚一名判司。这时武则天已经显露出了除灭王室篡夺政权的野心，广为搜罗党羽。这位判司对侯思止说："现在诸王多数都被武则天杀害，你何不趁此机会告发舒王与裴贞谋反呢？"侯思止听信了这位判司的话，果然奏上状纸，诬告舒王与裴贞图谋造反。朝廷下令追查，舒王与裴贞全家都被处死，并授任侯思止游击将军。高元礼惧怕侯思止，进而向侯思止献媚，将其看作同辈，跟自己同起同坐，并且称呼侯思止为"侯大人"，为他出谋划策说："眼下朝廷用人不按资历、能力，如果说侯大人不识字，你可以上奏朝廷说：'獬

恶其名，不愿坐其内。’”果如言，则天复大喜，恩赏甚优。（出《谭宾录》）

卢藏用

卢藏用征拜左拾遗，千吏部侍郎中书舍人。历黄门侍郎，兼昭文馆学士，转尚书右丞。与陈伯玉、赵贞固友善。隐居之日，颇以贞白自炫，往来于少室、终南二山，时人称为“假隐”。自登朝，奢靡淫纵，车服鲜丽。趑趄诡佞，专事权贵。时议乃表其丑行。以阿附太平公主，流陇州。（出《谭宾录》）

赵履温

唐赵履温为司农卿，谄事安乐公主。气势回山海，呼吸变霜雪。客谓张文成曰：“赵司农何如人？”曰：“猖獗小人。心佞而险，行僻而骄。折支势族，舐痔权门。谄于事上，傲于接下。猛若虦虎，贪如饿狼。性爱食人，终为人所食。”为公主夺百姓田园，造“定昆池”，言“定天子昆明池”也，用库钱百万亿。斜褰紫衫，为公主背挽金犊车。险诐皆此类。诛逆韦之际，上御承天门。履温诈喜，舞蹈称万岁。上令斩之，刀剑乱下，与男同戮。人割一脔，骨肉俱尽。（出《朝野佥载》）

豸还不识字呢，但是却能用它的独角辨别忠奸、善恶。’”武则天果然召见了侯思止，问侯思止：“想任你为御史，人们说你不认识字。”侯思止用獬豸可辨别善恶回答武则天，武则天果然非常高兴，立即授任他为御史。高元礼又教侯思止说：“则天皇后知道你没有居住的宅第，假若将没收的官宅暂时借给你住用，你可以拜谢而不接受。则天皇后一定要问你缘由，你就说：‘这些反叛您的逆贼的宅第，名声丑恶，我不愿意住在那里。’”后来，果然像高元礼预料的那样，侯思止按照他教的去回答，武则天听了后又特别高兴，对侯思止的恩宠与赏赐特别优厚。（出《谭宾录》）。

卢藏用

卢藏用被征召授任左拾遗，升任吏部侍郎、中书舍人。又任黄门侍郎，兼昭文馆学士，后转任尚书右丞相。卢藏用与陈伯玉、赵贞固是亲密的朋友。他在被征召前过着隐居的生活时，很是以自己正直清廉自诩，经常行走于少室、终南二山，当时人称他为“假隐士”。自从被征召入朝为官后，生活非常奢华铺张、淫逸骄纵，使用特别豪华鲜丽的车马服饰。而且专横暴虐、诡诈奸佞，专门阿谀事奉权贵。当时朝臣议论他，都上表揭露卢藏用的种种丑恶行为。后来因为他投靠依附太平公主，而被流放发配到了陇州。（出《谭宾录》）

赵履温

唐朝赵履温任司农卿，谄媚安乐公主。气势回山填海，一呼一吸可令滴水成冰。有位门客问张文成：“司农卿赵履温为人怎么样？”张文成说：“那是个得势便猖狂的无耻小人。他的心地奸佞阴险，行为乖僻而骄横。而且弯腰俯首依附有势力的皇族，舐腚溜须投靠权贵豪门。攻谄事上，极尽献媚取宠之心；傲慢对下，穷竭侮辱作践之法。狂暴如食人猛虎，贪婪似饥饿凶狼。但是他天生喜欢吃人，终将被人所吃。”赵履温为安乐公主抢夺百姓田园修造“定昆池”，据说是为了“安定天子昆明池”，耗费掉国家府库中上百万亿钱。赵履

张岌

唐天后时，张岌谄事薛师。掌擎黄幞随薛师后，于马旁伏地承薛师马镫。侍御史郭霸尝来俊臣粪秽，宋之问捧张易之溺器。并偷媚取容，实名教之罪人也。（出《朝野佥载》）

吉顼

天后时，太常博士吉顼，父哲，易州刺史，以赃坐死。顼于天津桥南，要内史魏王承嗣，拜伏称死罪。承嗣问之，曰："有二妹堪事大王。"承嗣若之，即以犊车载入。三日不语，承嗣问其故，对曰："父犯国法，忧之，无复聊赖。"承嗣既幸免其父极刑。进顼笼马监，俄迁中丞吏部侍郎。不以才升，二妹请求耳。（原缺出处，明抄本作出《朝野佥载》）

温为了讨好安乐公主，斜着撩起紫衫衣襟用手提着，亲自为公主俯身躬背拉着金牛车。赵履温为人谄邪不正，都像上面所讲的那样。在玄宗皇帝起事诛除叛逆的韦氏家族时，事成之后，玄宗登上承天门，赵履温假作欢喜之状，手舞足蹈地高呼“万岁”。玄宗下命斩杀赵履温，顿时刀剑乱下，将赵履温与赵履温的儿子一起杀掉。在场的人，一人割下他的一块肉，硬是把赵履温剐得干干净净。（出《朝野佥载》）

张岌

唐朝武则天执政期间，张岌谄媚事奉薛稷。张岌手里举着黄头巾紧随在薛师的后面，在马旁边俯伏在地把自己当作上马凳，让薛师踏着他的脊背上马。当时，还有侍御史郭霸尝酷吏来俊臣的粪秽，宋之问亲手捧着武则天的宠臣张易之的尿罐。这几个人都属于苟且谄媚、取悦权势之辈，实在是儒家的罪人啊！（出《朝野佥载》）

吉顼

武则天时代，太常博士吉顼，父亲名叫吉哲，任易州刺史，由于贪赃枉法，被判死罪。吉顼曾在京城天津桥的南边，阻拦内史魏王承嗣，跪拜在地上口称：“下臣罪该万死。”承嗣问他有什么事相求，吉顼回答说：“我有两个妹妹，愿意服侍大王。”承嗣同意了他的请求，当即就用牛车载着他的两个妹妹回到府上。吉顼的两个妹妹进入承嗣府中三天了，却一句话不也说。承嗣问她们原因，二人回答说：“我们的父亲触犯了国法，心里很是为他老人家担心，以后我们就没有什么人可以依赖了。”承嗣问明情况，果然为吉顼的父亲请求免去了死罪。并且推荐吉顼任笼马监，不久又升任中丞、吏部侍郎。吉顼不是凭借才干任职升迁的，而是靠他的两个妹妹为他请求的官职啊。（原缺出处，明抄本作出《朝野佥载》）

宗楚客

唐天后内史宗楚客性谄佞。时薛师有嫪毒之宠，遂为作传二卷。论薛师之圣，从天而降，不知何代人也。释迦重出，观音再生。期年之间，位至内史。（出《朝野佥载》）

崔 融

唐天后梁王武三思为张易之作传。云是王子晋后身，于缑氏山立祠。词人才子佞者为诗以咏之，舍人崔融为最。后易之赤族，佞者并流岭南。（出《朝野佥载》）

崔 湜

唐崔挹子湜，桓敬惧武三思谗间，引湜为耳目。湜乃反以桓敬等计潜告三思，寻为中书令。湜又说三思，尽杀五王，绝其归望。先是湜为兵部侍郎，挹为礼部侍郎。父子同为南省副贰，有唐以来，未之有也。上官昭容屡出外，湜谄附之。玄宗诛萧至忠后，所司奏“宫人元氏款称，与湜曾密谋进鸩”。乃赐湜死，年四十。初，湜与张说有隙，说为中书令，议者以为说构陷之。湜美容仪，早有才名。弟液、涤及从兄涖，并有文翰，列居清要。每私宴之际，自比王谢之家。谓人曰：“吾之门地及出身历官，未尝不为第一。丈夫当先据要路以制人，岂能默默受制于人！”故进取不已，而不以令终。又湜谄事张易之与韦庶人。及韦诛，复附太平。有冯子都、董偃之宠。妻美，并二女并进储闱，得为中书侍郎平章事。有榜之曰：“托庸才于主第，进艳妇于春宫。”（出《朝野佥载》）

宗楚客

唐朝武则天时内史宗楚客为人谄媚奸佞。当时，薛稷有类似嫪毐之宠，宗楚客为薛师撰作传二卷。论说薛师是超凡的圣人，从天而降，不知道是什么时代的人，简直是如来佛重生，观世音再世。因此一年之间，升官为内史。（出《朝野佥载》）

崔融

唐朝武则天执政期间，梁王武三思为武则天的弄臣太子少卿张易之作传。说张易之是周灵王的太子晋转世，并在缑氏山为张易之建造祠堂。一时间，词人才子与谄谀奸姣的人，争相撰诗赞咏，其中以舍人崔融最为积极。后来，张易之被灭九族，那些附炎张易之的人，也被流放到岭南。（出《朝野佥载》）

崔湜

唐朝武则天执政期间，崔挹的儿子崔湜得宠于一时。起初，桓彦范、敬晖因惧怕武三思进谗言陷害他，收纳崔湜为自己的耳目。崔湜将桓、敬等人商量的计策密告给武三思。不久，他就被武则天提升为中书令。崔湜又建议武三思，将李氏五王全都诛杀掉，以免除他人恢复李氏王朝的希望。在这之前，崔湜任兵部侍郎，他的父亲崔挹任礼部侍郎。父子同时官任尚书省的副职，是自唐朝以来，不曾有过的事情。当时，宫内女官上官昭容很有权势，崔湜因此谄媚依附于她。唐玄宗处死萧至忠后，负责审理此案的官员上奏玄宗说："宫中女使元氏供认，曾经与崔湜一同谋划在进献给您的赤箭粉食中下鸩想毒死您。"于是，玄宗皇帝下令处死崔湜，年仅四十岁。当年，崔湜与张说有矛盾。张说官任中书宰相，议论的大臣认为张说仗着职权陷害崔湜。崔湜长得英俊，很早就以有才华而闻名。崔湜的弟弟崔液、崔涤及堂兄崔涖，都能赋诗撰文，而列居显要的官位。每次家宴谈起来，都以王、谢那样的名门望族自比。对人说："我们家的门第以及出身历任的官职，没有不是天下第一的。大丈夫生活在世上，应当

用番将

唐玄宗初即位，用郭元振、薛讷；又八年而用张嘉贞、张说；五年而杜暹进；又三年萧嵩进；又十二年而李適之进。咸以大将直登三事。李林甫既惩適之之患，遂易旧制。请以番人为将，欲固其权。尝奏于上曰："以陛下雄才，兼国家富强。而诸番未灭者，由文吏为将，怯懦不胜武事。陛下必欲灭四夷，威海内，莫若武臣，武臣莫若番将。番将生而气雄，少养马上，长求阵敌，此天性然也。若陛下感而将之，使其必死，则夷狄不足图也。"上大悦。首用安禄山，安禄山有功；用哥舒翰有勇；用安思顺能军；用高仙芝善战。禄山卒为戎首，林甫之罪也。（出《谈宾录》）

张 说

唐燕国公张说，幸佞人也。前为并州刺史，谄事特进王毛仲。

抢先占据重要位置用以制人，怎么能默默地被人控制呢！”因此，他们崔氏兄弟从未有停止谋取高官显位的时候，而不顾及保持美善的名誉。崔湜还曾谄媚依附张易之与韦庶人。等到韦庶人被处死后，崔湜又依附太平公主，受到像冯子都、董偃等那样的宠幸。崔湜的妻子非常漂亮，他将自己的妻子和两个女儿，一同进献给太子宫中，由此而得以官任中书侍郎平章事那样的高职。有人张贴出榜文说崔湜：“本是个庸才却身居宰相要职，将自己美貌的妻女进献给东宫。”（出《朝野佥载》）

用番将

唐玄宗刚刚即位时，重用郭元振、薛讷；过了八年而起用张嘉贞、张说等老臣；又过了五年，起用杜暹；又过了三年，起用萧嵩；又过了十二年起用李適之。都是起用大将、重臣，直接执掌三公大权。到了李林甫为宰相时，他吸取李適之的教训，于是改易旧制。请求起用胡人为大将，从而巩固他的宰相权力。曾经上奏玄宗说：“以皇上的雄才大略，加上国家的昌盛富强。现在那些胡人还不时地骚扰边境，如果任用文职官员为统兵的大将，他们怯懦不胜任征战杀伐之事。皇上想要灭除四方胡人夷族，施天朝国威于海内，不如起用武臣为将掌握兵权，武臣中汉将不如番将勇猛。番将生来就气势雄壮，自幼生长在马上，长年打仗对阵。这是他们的天性啊！如果皇上用恩宠的办法，感化他们，让他们以死来效忠皇上。那么四面边境上时常骚扰进犯的夷族胡人，不足为虑，会很快就被灭除的。”唐玄宗非常高兴。他首先起用胡人安禄山，安禄山屡建战功；又起用骁勇善战的哥舒翰，在打击吐蕃时非常勇猛；又起用安思顺，也能领兵作战；起用能征善战的高句丽族人高仙芝。安禄山最终成为众夷酋之首，这都是李林甫“起用番将”酿下的罪恶。（出《谈宾录》）

张说

唐玄宗在位期间，曾位居宰相的燕国公张说，是个奸佞媚上的饷致金宝，不可胜数。后毛仲巡边，会说于天雄军大宴。酒酣，恩敕忽降：授兵部尚书同中书门下三品。说拜谢讫，便把毛仲手起舞，嗅其靴鼻。（出《朝野佥载》）

程伯献

唐将军高力士特承玄宗恩宠。遭父丧，左金吾大将军程伯献、少府监冯绍正二人，直就其丧前，被发而哭，甚于己亲。朝野闻之，不胜其笑。（出《谈宾录》）

杨国忠

玄宗谓侍臣曰："我欲行一事，自古帝王未有也。盖欲传位于肃宗。"及制出，国忠大惧，言语失次。归语杨氏姐妹曰："娘子，我辈何用更作活计？皇太子若监国，我与姊妹等即死矣。"相聚而哭。虢国入谋于贵妃。妃衔土以请，其事遂止。哥舒翰在潼关，或劝请诛国忠，以悦众心，舒翰不听。禄山发范阳，每日于帐前叹曰："杨国忠头，来何太迟也！"国忠妻裴柔，蜀之大娼也。国忠又为剑南节度。劝玄宗入蜀，授其所亲官，布蜀汉。（出《谈宾录》）

人。以前担任并州刺史时，谄媚事奉有特殊地位的散官王毛仲。送给王毛仲金银财宝，不计其数。后来，王毛仲巡视边境，跟张说一块儿聚宴于天雄军。酒喝到兴起时，朝廷特使忽然送来玄宗皇帝的敕书：授予张说为兵部尚书同中书门下三品。张说叩头谢恩完毕，便拉着王毛仲的手跳起舞来，还用鼻子嗅王毛仲的靴子尖。（出《朝野佥载》）

程伯献

唐玄宗时被封为大将军的高力士，权倾朝野，极获玄宗的宠幸。高力士父亲去世时，左金吾大将军程伯献和少府监冯绍正二人，直接到灵堂前吊孝，披散着头发，大声痛哭，比自己的父亲去世都要悲伤。朝野听说这件事情后，都觉得特别可笑。（出《谈宾录》）

杨国忠

唐玄宗对侍臣说："我要做一件事情，是自古以来的帝王从未有人做过的。我想现在把皇位传给肃宗。"待册封李亨为太子的命令下达后，宰相杨国忠异常恐惧，说话都语无伦次。下朝后，立即找到杨氏姐妹说："娘子们，我们怎么才能想出一条活路来？若皇太子继位，我与诸位姊妹立即就会被处死啊。"说完抱头大哭。虢国夫人进宫找杨贵妃谋划。杨贵妃口中衔土，用这种办法请求玄宗，玄宗才停止此事。哥舒翰率兵镇守潼关，有人劝他请求玄宗皇帝处死杨国忠，以使天下人心大快，哥舒翰没有听取这种意见。待安禄山兵变范阳进逼两京，哥舒翰每天坐在军帐中叹息地说："杨国忠的人头，为什么迟迟不送了呢！"杨国忠的妻子裴柔，是蜀中有名的娼妓。杨国忠后来又兼任剑南节度使。在安禄山叛军逼近京城长安时，杨国忠劝玄宗皇帝避难入蜀，他已经将他的亲信，都安插在蜀中（出《谈宾录》）

太真妃

太真妃尝因妒忌，有语侵上。上怒甚，令高力士以辎车载送还其家。妃悔恨号泣，抽刀剪发，授力士曰："珠玉珍异，皆上所赐，不足充献。唯发父母所生，可达妾意。望为申妾万一慕恋之诚。"上得发，挥涕惋然。遽命力士召之归。（出《贵妃传》）

李林甫

玄宗在东都，宫中有怪。明日，召宰相，欲西幸。裴稷山、张曲江谏曰："百姓场圃未毕，请候冬间。"是时，李林甫初拜相。窃知上意，及罢退，佯为蹇步。上问："何故脚疾？"对曰："臣非病足，愿独奏事。"乃言："二京陛下东西宫也。将欲驾幸，何用择时？设有妨于刈获，独免过路赋税。臣请宣示有司，即日西幸。"上大悦。自此驾幸长安，不复东矣。旬日，耀卿、九龄俱罢，而牛仙客进。（出《国史补》）

又

李林甫居相位一十九年，诛锄海内人望。自储君以下，无不累息。初开元后，姚宋等一二老臣，多献可替否，以争天下大体。天下既理，上心亦泰。张九龄上所拔，颇以后进少之。九龄尤謇谔，数犯上，上怒而逐之。上雄才豁达，任人不疑。晚得林甫，养成君欲，未尝有逆耳之言，上爱之。遂深居高枕，以富贵自乐。大

太真妃

杨贵妃曾因为妒忌，言语冲撞玄宗。玄宗大怒，命令高力士用一般的饰有帷盖的车，将她送回娘家杨府。杨贵妃异常悔恨，抽出剪刀剪下一绺头发，交给高力士说：“珠宝玉翠，都是皇上赐赏给我的，不足以用它们进献给皇上。唯有这绺头发是父母给予我的，可以用它来表达我对皇上的一片真情。望高公公向皇上转达我的万分之一的仰慕依恋的诚心。”玄宗看到杨贵妃的这绺头发后，立刻流下眼泪。马上命令高力士将贵妃召回宫中。（出《贵妃传》）

李林甫

唐玄宗在东都洛阳，宫中常闹鬼怪。第二天，玄宗召集宰相们上朝议事，说自己想回驾西京长安。宰相裴稷山、张曲江劝阻说：“老百姓现在正忙于收割打场，请皇上等候到冬闲时再回驾西京吧。”当时，李林甫刚刚升任宰相，他心中暗暗体察到玄宗欲回驾长安的原因。待到退朝时，他假装脚瘸留在后面。玄宗问：“脚怎么瘸了？”李林甫回答说：“我的脚没有病，是想单独向皇上谈谈我对回驾西京的看法。”于是对玄宗说：“洛阳、长安二京，乃是皇上的东宫与西宫。皇帝要去哪个宫，难道还用选择日子吗？如果会妨碍百姓们收割打场，单独免去他们的过路赋税就可以了。我请求皇上允许我指示有关部门，说皇上马上就要回驾西京。”玄宗非常高兴。就在这一天回驾长安，再也没有来过东都洛阳。过了十多天，裴耀卿、张九龄都被免除宰相职务，而由牛仙客来担任。（出《国史补》）

又

李林甫位居相位十九年，专门打击铲除朝廷内外有名望、有影响力的人。因此，自太子以下，没有不感到恐惧的，连大气都不敢出。唐玄宗刚刚即位时的开元初年，所用的姚崇、宗璟等一些老臣，多数人都向皇上推荐日后能替代自己为相的人，用以谋得国家太平，百姓康乐。他们知道，国家治理好了，皇上的心也就安了。宰相张九龄是臣以下，罕得对见，事无大小，责成林甫。林甫虽不文，而明练吏事，慎守纲纪，衣冠非常调，无进用之门。而阴贼忍杀，未尝以爱憎见于容色。上左右者虽饔人厮养，无不略之，故动静辄知。李適之初入相，疏而不密，林甫卖之。乃曰："华山之下有金矿焉，采之可以富国。上未知之耳。"適之善其言，他日，从容以奏，上悦。顾问林甫，林甫曰："臣知之久矣。华山，陛下本命也，王气所在，不可发之。故臣不敢言。"上遂薄適之。因曰："自今奏事，先与林甫议之，无轻脱。"自是適之束手矣。非其所引进，皆以罪诛。威震海内，谏官但持禄养资，无敢论事。独补阙杜中犹再上疏。翌日，被黜为下邽令。林甫召诸谏官谓曰："今明主在上，群臣将顺之不暇，何用多言。君不见立仗马乎？终日无声，而食三品料；及其一鸣，即黜去。虽欲再鸣，其可得乎？"由是谏诤之路绝失。晚年多冤仇，惧其报复。出广车仆，金吾静街，前驱百步之外。居则以砖甃屋，以板幕墙。家人警卫，如御大敌。其自防也如此。故事，宰臣骑从，三五人而已。士庶不避于路。至是骑从百余人，为左右翼，公卿以下趋避，自林甫始也。（出《谈宾录》）

玄宗皇帝亲自选拔重用的人。在历任宰相中，张九龄是资历较浅、也较年轻的一位。但是他为人正直，多次直言冲撞玄宗皇帝。玄宗一怒之下，罢免了他的宰相。玄宗皇帝雄才大略，为人豁达，用人不疑。在晚年得到李林甫这样的一位谄媚的宰相，从来不说玄宗皇帝不爱听的话，这才养成了皇上听不得逆耳忠言的习惯，玄宗皇帝因此宠爱倚重李林甫。于是就深居在宫帷中，贪恋声色，恣意享乐。大臣以下的人，很少有机会见到玄宗皇帝，更谈不上跟皇上商讨国家大事了。不论大事、小事，都一律责成宰相李林甫去办理。李林甫虽然没有文才，然而对官场上的事情却很精通，恪守原有的纲常法纪，就是再有奇才异学的官员士人，也没有破格提拔任用的门路，一切都按规矩办事。但李林甫为人阴毒残忍，随意迫害人，从未表露过喜爱谁与憎恨谁。玄宗皇帝左右的人，即使是厨师、马夫，也没有不向他贿赂讨好的。因此，皇上的一举一动，他能马上知晓。李适之刚任宰相时，行事疏忽而不缜密，被李林甫设下圈套出卖了。一次，李林甫对李适之说："华山下面有金矿，开采了可以给国家增加财富。但是皇上并不知道啊。"李适之相信了他的话，日后，将此事上奏玄宗皇帝。玄宗皇帝非常高兴，征询李林甫的意见，李林甫说："我很久以前就知道华山底下有金矿。但是华山是皇上的风水本命脉山啊。帝王之气所在，不可以开采金矿。因此，我不敢向皇上提起这件事情。"玄宗皇帝从此特别轻视李适之，对他说："从今以后，凡是向我奏请的事，都要事先跟林甫商议一下，不要太轻佻随便了。"从此，李适之的手脚被束缚住了，再也不能单独向玄宗皇帝奏事。李林甫在任宰相期间，凡是不是经他引荐的人，都想方设法罗织罪名将其除掉。由此，他的声威震动海内，所有的谏官都老老实实地拿着俸禄维持生计，谁也不敢纳谏议论朝政。唯独补阙杜中犹不信邪，再次上疏玄宗皇上。第二天，就被贬黜为下邽县令。李林甫召集诸位谏官说："现今上有圣明的皇帝，我们当臣子的，按照皇上的正确旨意办事还来不及呢，何用多嘴多舌。你们没有看到御苑内那些供仪仗使役的马吗？整天老老实实没有一点响动的，可以吃到三品的草料；只要哪匹马稍一鸣叫，立即被赶出去。即使想叫第二声，哪能再有机会呢？"从此，向

玄宗皇上纳谏提意见的道路被堵死了。李林甫到了晚年时，结下了许多的冤仇，非常惧怕有仇人报复。因此，每次出行都广置车舆仆夫，派许多宫中卫士将前边百步之内的人群驱散。他居住的府第都用砖砌屋，用木板蒙护围墙。派出许多家将仆夫日夜警卫，如临大敌。他就这样设防保护自己。按照唐朝的旧例，历任宰相出行过街，不过有三五个侍从随行而已，士人百姓也无须在道路两旁躲避。像这样设置上百骑从在左右护卫，让公卿以下的人躲藏退避，就是从李林甫开始的。（出《谈宾录》）

卷第二百四十一　谄佞三

王承休

王承休

蜀后主王衍宦官王承休，后主以优笑狎昵见宠。有美色，恒侍少王寝息，久而专房。承休多以邪僻奸秽之事媚其主，主愈宠之。与韩昭为刎颈之交，所谋皆互相表里。承休一日请从诸军拣选官健，得骁勇数千，号龙武军。承休自为统帅，并特加衣粮，日有优给。因乞秦州节度使，且云："原与陛下于秦州采掇美丽。且说秦州之风土，多出国色。仍请幸天水。"少主甚悦，即遣仗节赴镇。应所选龙武精锐，并充衙队从行。到方镇下车，当日毁拆衙庭，发丁夫采取材石，创立公署使宅，一如宫殿之制。兼以严刑峻法，妇女不免土木之役。又密令强取民间子弟，使教歌舞伎乐。被获者，令画工图真及录名氏，急递中送韩昭。昭又密呈少主。少主睹之，不觉心狂。遂决幸秦之计，因下制曰："朕闻前王巡狩，观土地之惨舒，历代省方，慰黎元之傒望。西秦封域，远在边隅。先皇帝画此山河，历年征讨，虽归王化，未浃惠风。今耕稼既属有年。军民颇闻望幸，用安疆场。聊议省巡，朕选取今年十月三日幸秦州。布告中外，咸使闻知。"由是中外切谏不从。母后泣而止之，以至绝食。

王承休

前蜀后主王衍在位期间，宦官王承休因为善于戏谑、狎玩，深得王衍的宠爱与欢心。王承休容貌俊秀，一直服侍王衍起居，时间长了王衍就专门由他一人服侍。王承休经常用一些怪诞淫秽的事情来讨取王衍的欢心，因此后主对他更加宠爱了。王承休跟成都府尹韩昭是生死之交，凡是有所谋划就在宫内宫外互相串联勾结。一天，王承休请奏王衍允许他从各地部队中选拔出士官和健儿，选出了几千骁勇善战的兵卒，单独编成一队，号称“龙武军”。王承休亲自统帅，并且特意增加了衣服、粮食等，每天都有特殊的优厚待遇。王承休奏请王衍授任他为秦州节度使，并且说：“我愿意为皇上在秦州搜寻采置佳人美女，供您享乐。秦州山明水秀，自古以来多出倾国丽人。我到任之后，便会立即请皇上巡狩天水。”后主王衍听了非常高兴，立即授予王承休秦州节度使的仗节绶印，派遣他去秦州上任。并将王承休新编的龙武军，赐给他为军府卫队随行。王承休到达秦州刚一上任，当天就拆毁秦州原有的官署的庭堂，征发丁夫差役到山上伐木采石，建造新的公署使宅，一切都按皇宫的样式建造。同时，他在秦州施行严刑厉法，连妇女也不能免除大兴土木的劳役。又暗中让手下亲信强行索求民间俊男美女，教他们唱歌、跳舞、奏乐、演戏。被抓来的人，让画工为他们绘画图像，并注明名氏，派人紧急送给宫中的韩昭。韩昭又秘密献给后主王衍过目。王衍看罢，不由得淫心萌动，狂喜异常。因此决定巡游秦州，发布文告说：“朕听说父王当年出巡视察，亲自察看土地耕种的好坏，百姓生活的忧乐，历代君主巡视四方，都为黎民百姓带去抚慰与希望。现今我朝西部疆土秦州，远在边陲。先皇经过多年的征讨才将这块地域并入我蜀国疆域，虽然施行了我朝法制，但是还没有普遍蒙受朝廷的恩惠。现在那里开前秦州节度判官蒲禹卿叩马泣血，上表谏曰："臣闻尧有敢谏之鼓，舜有诽谤之木，汤有司过之士，周有诫慎之鼗。盖古者明君，克全帝道，欲知己过，要纳谠言。将引咎而责躬，庶理人而修德。陛下自承祧秉录，正位当天，爱闻逆耳之忠言，每犯颜而直谏。且先皇帝许昌发迹，阆苑起身，历艰辛于草昧之中，受危险于虎争之际。胼胝戈甲，寝寤风霜，申武力而拘诸原，立战功而平多垒。亡躯致命，事主勤王，方得成家，至于开国。今日鸿基霸盛，大业雄崇。地及雍凉，界连南北。德通吴越，威定蛮陬。郡府颇多，关河渐广。人物秀丽，土地繁华。当四海辐裂之秋，成万代龙兴之业。陛下生居富贵，坐得乾坤。但好欢娱，不思机变。臣欲望陛下，以名教而自节，以礼乐而自防。循道德之规，受师傅之训。知社稷之不易，想稼穑之最难。惜高祖之基扃，似太宗之临御。贤贤易色，孜孜为心。无稽之言勿听，弗询之谋勿用。听五音而受谏，以三镜而照怀。少止息于诸处林亭，多观览于前王经史。别修上德，用卜远图。莫遣色荒，毋令酒惑。常亲政事，勿恣闲游。

垦农业已有多年，当地的军民都非常希望我去视察，以安定疆界。于是，暂且议定去巡察秦州，朕出巡的日期选定在今年十月三日。特此布告朝廷内外，使你们都知道这个决定。”从此以后，朝廷上下官员恳切地劝谏后主，后主都不听从。王衍的母亲痛哭流涕地劝阻他，最后用绝食的方法表示劝阻的决心。

前秦州节度判官蒲禹卿勒住王衍的马缰，哭得眼泪带血，呈上奏表劝谏说：“我听说唐尧有让人进谏劝诫的鼓，虞舜也树立着让人讽刺朝政的诽谤木柱，商汤专门设置指摘君主过失的官员，周朝有劝诫谨慎的小鼓。凡是古代的明君，他们都想方设法实现帝王的圣明之道，深知要想知道自己的过失，必须听取正直的言论。而且能够敢于承认自己的过失，反省自己，能够为治理黎民百姓的事情实行德政。皇上继承祖业，统领百官，登上王位以来，喜爱听取逆耳的忠言，使得臣属们都冒着触犯您的危险而直言劝诫。况且，先皇帝起自许昌寒微之士，但由占据阆州起家，草创基业时历尽艰辛险阻，时时面对着与虎争斗的危险。由于长期披甲执戈，手脚全身都磨出老茧，顶风冒雪，寝食难安，凭借武力征战而制服了诸多地方，用赫赫战功扫平了许多割据壁垒。冒着生命危险，侍奉唐主、守土裂疆，方能成就这份家业，开创蜀国。现在，先皇开创的基业正值强盛兴旺的时候，宏大的事业正欲发展壮大。我们蜀国疆域一直发展到雍、凉各州，疆界南北相连。我们的德政布及吴、越之地，威力慑服到南疆蛮夷的荒僻角落。所以统辖的郡府越来越多，占领的雄关山川越来越广。人才济济，多出聪慧有识之士；土地肥沃，盛产稻粟豆麦之粮。而且，眼下正值天下分崩离析之际，这正是成就万代封疆建国伟业的最好的时机。皇上生下来就生活在富贵中，没有费操戈之劳就承继了这么宏大的基业。只喜欢娱乐享受，不考虑权衡变故。我衷心希望皇上您以儒家名教作为自己的操守，凭借礼乐加强自己的修养。遵守道德规范，承继师传古训。懂得这大好的江山基业来之不易，体察到黎民百姓耕种田亩的艰辛。珍惜先皇开创下的这份基业，像唐太宗那样处理朝政。尊重贤才要胜过美色，勤务事业，专心治理国家。没有根据的话不要听，违拗的计谋不要采纳。聆听音乐用来臣窃闻陛下欲出成都，往巡边垒。且天水地远，峻恶难行。险栈欹云，危峰插汉。微雨则吹摧阁道，稍泥则沮滑山程。岂可鸣銮，那堪叱驭。又复敌京咫尺，塞邑荒凉。民杂蕃戎，地多岚瘴。别无华风异景，不可选胜寻幽。陇水声悲，胡笳韵咽。营中止带甲之士，城上宿枕戈之人。看探虏于孤峰，朝朝疑虑；睹望旗于峻岭，日日隄防。是多山足水之乡，即易动难安之地。麦积崖无可瞻恋，米谷峡何亚连知。路遇嵯山，程通怨水。秦穆圉马之地，隗嚣僭位之邦。是以一人出行，百司参从，千群雾拥，万众星驰。当路州县摧残，所在馆驿隘少，止宿尚犹不易。供须固是为难。纵若就中指挥，自破属省钱物，未免因依扰践，触处凌迟。以此商论，不合轻动。其类苍龙出海，云行雨施。岂教浪静风恬，必见伤苗损稼。所以銮舆须止，天步难移。况顷年大驾，只到山南，犹不关进发兵士。此时直至天水，未审如何制宜。自当初打破梁原城池，掳掠义宁户口。截腕者非一，斩首者甚多。匪惟生彼人心，抑亦损兹圣德。今去洛京不远，复闻大驾重来。若彼预有计谋，此则便须征讨。况凤翔久为进敌，必贮奸谋。切虑妄构妖词，致生衅隙。又陛下与唐主始申欢好，信币交驰。但虑闻道圣驾亲行，别怀疑忌，其必特差使命，请陛下境上会盟。未审圣躬去与不去？若去则相似秦赵争强，彼此难屈；若不去，即便同鲁卫不睦。战伐寻兴，酌彼未萌，料其先见。愿陛下思忖。

提高自己的修养，用镜、古、人‘三鉴’经常来对照自己。少去各地的园林亭榭处游玩娱乐，多阅读古代帝王留下来的经史，增长自己的才干、经验。应当特别加强高尚品德的修养，以便做长远的计划和远大的志向。且不要沉湎于恣情淫乐的享受中，也不要整日迷惑在酒宴上。要经常亲自处理国家政事，切勿恣意闲游，不务正业。

我听说皇上想要移驾出京，前去巡察边境。天水与京城远隔千山万水，地处荒远，道路险恶难行。险要的栈道高入云端，高峻的山峰直插霄汉。稍微降些雨就可以冲毁栈道，稍稍滑些泥就会阻塞山路。这样险恶的地方，怎么可以行驶銮舆，哪里可以行进天子的御驾？再加上，天水离敌国的京城很近，城邑特别荒凉，汉人与胡夷之人杂居，土地多有瘴疠岚气。没有什么特别的风光、美景，也没有什么幽境可觅。只有陇水悲鸣，胡笳呜咽。军营中看到的只有披甲执戈的兵士，城头上睡着枕戈待旦的戍卒。在孤独的烽火台上察看胡虏的动向，天天让人担惊受怕；远望敌军的旌旗插在险峻的山岭中，时时提防不懈。秦州是山多水足的地方，也是容易发生动乱，难于治理的穷乡僻壤。麦积山没有什么值得观瞻留恋的，米谷峡也不能让人流连忘返。一路上，尽是让人惊嗟的荒山。沿途中，全是叫人怨愤不已的恶水。这里本是秦穆公养马的荒凉之地，东汉人隗嚣越分窃据上位称王的蛮夷之邦。加上皇上您一个人圣驾出巡，就需要各种执事的大臣随行，千人簇拥，万人奔走。沿途经过的州县一定会受到严重的骚扰与损害，况且沿途驿站稀少且房屋狭窄，解决住宿都成问题，饮食供应更是无比困难。即使是皇上您派人指挥安排这一切，让他就地筹措所需要的物资用品，也免不了要扰攘这些地方，使得所过之处受到摧残与破坏，还会感到处处怠慢不恭。由此看来，皇上您且不可轻易巡行天水。您的出巡，犹如苍龙出海，必然行云布雨，怎么能够风平浪静呢？所过之地一定会践踏伤害庄稼的。因此，皇帝的车辇应当停止，天子的步履实难移动。况且，近年来皇上的圣驾只巡行过山南，并且没有派遣军队，加强山南的防务。此时直接巡行到天水，山南的防务还没有确定和安排好。自从当初先帝攻破梁原的城池，抢掠裹胁义宁人丁。被砍去胳膊的，不止一个人，被处臣伏闻自古帝王，省方巡狩，吊民伐罪，展义观风，然后便归九重，别安万姓。今陛下累曾游历，未闻一件教条。止于跋涉山川，驱驰人马。秦苑则舟船几溺，青城则嫔彩将沈。自取惊忧，为何切事？却还京辇，不悦军民，但郁众情，莫彰帝德。忆昔先皇在日，未尝无故巡游。陛下纂承已来，率意频离宫阙，劳心费力，有何所为？此际依前整跸，又拟远别宸居。昔秦皇之鸾驾不回，炀帝之龙舟不返。陛下圣逾秦帝，明甚隋皇。且无北筑之虞，焉有南游之弊？宽仁大度，笃孝深慈。知稼穑之艰难，识古今之成败。自防得失，不纵襟怀。忍教致却宗言将道断，使烝民以何托，令慈母以何辜。若何虑以危亡，但恐乖于仁孝。况玉京金阙，宝殿珠楼，内苑上林，琼池环圃，香风满槛，瑞露盈盘。钧天之乐奏九韶，回雪之舞呈八佾。簇神仙于清虚之境，列歌舞于阆苑之中。人间胜致，天下所无，时或赏游，足观奇趣。何必须于远塞，看彼荒山。不惜圣躯，有何裨益。

死斩首的也有很多。陛下此行不但让这些地方的人心生异志，还会损害您的圣德名声。秦州离唐邦的京城洛阳很近，又听说您的圣驾要巡行天水。假若事先有预谋准备，这次就要发生征战。况且凤翔长久以来就想进犯我邦，此次必然会阴谋策划的。因此，一定要考虑不要轻信迷惑圣心的话，导致不利的事情发生。还有，皇上刚刚与后唐互通友好，书信与钱货可以往来。只怕听说您亲临天水，也会产生怀疑猜忌，他必然专派使臣邀请皇上在边界上会盟相见。果真如此，不知道皇上您是去会盟还是不去？如果前去会盟，势必会出现当年秦国与赵国争夺疆土的场面，彼此都很难屈尊退让；如果不去会盟，又会出现当年鲁国与卫国不和的事情，征伐战事马上就会发生，斟酌那些尚未萌芽的利害，就应预料到。希望皇上您能慎重考虑。

我听说自古以来的明君圣主，巡视四方，为的是慰问百姓，或讨伐叛逆，展示自己的德义，省察民风民情，然后便立即回到京都来，安抚万民。现在皇上您曾经多次巡行出游，从未听说您发布或宣谕一条劝谕百姓的法律、制度。仅仅是跋山涉水，劳顿驱役人马。巡游秦苑就多次发生舟船翻溺的情况，出行青城则嫔妃险些落水。自找这些惊忧，难道是为了什么急迫的事情吗？还得还驾回京，使得军人和百姓都不高兴，只会让人们心情忧郁，一点也不能宣张皇上的义德。回想先皇在世时，从来没有过无缘无故就出行巡游的事情。皇上即位以来，频频随意离开京城出游，既劳心伤神，又耗费人力财力，有什么作为呢？现在正在向先前一样整顿禁军卫队，又准备远离京城出巡秦州。从前秦始皇出巡銮驾未归而病死沙丘，隋炀帝巡行江南龙舟没有返京。皇上的圣德超越秦始皇，您的明智胜过隋炀帝。并且没有北筑长城、防备匈奴的忧患，怎么能效法南游吴越的弊端？作为一国之君主，应该宽怀仁厚、大度容人，至诚孝道、深怀善心。知晓百姓耕地种田的艰难辛苦，熟谙古今成败兴亡的道理。自身提防得失，从不纵情享乐。怎么忍心让国家衰落、圣道断绝？致使黎民百姓没有了依托，让慈爱的母后失去了希望。如果不考虑到国家的危亡，恐怕也会失之于仁慈孝道。何况京城成都，玉宇金阙、宝殿方今岐阳不顺，梁园已亡。中原有人，大事未了。且当国生灵受弊，盗贼横行。纵边延无峰火之危，而内地有腹心之患。陛下千年膺运，一国称尊。文德武功，经天纬地。考逾于舜，仁甚于汤。百行皆全，万机不扰。聪明博达，识量变通。深负智谋，独怀英杰。方居大宝，正是少年。既承社稷之基，复把山河之险。但不远听深察，居安虑危。辟四门以求贤，总万邦而行事。咸有一德，端坐九重。使恩威并行，赏罚必当。平分雨露，遍及疮痍。令表里以宽舒，使子孙以昌盛。布临人之惠化，立济众之玄功。选拣雄师，思量大计。振彼鸥张之势，壮兹虎视之威。秣马训兵，丰粮利器。彼若稍有微衅，此即直下平吞。正取时机，大行王道。自然百灵垂佑，四海归仁。众心成城，天下治理。即目蜀都强盛，诸国不如。贤士满朝，圣人当极。臣愿百姓乐于贞观，万乘明于太宗。采药石之言，听刍荛之说。爱惜社稷，医疗军民。似周武谔谔而昌，知辛纣唯唯而灭。无饰非拒谏之事，有面折廷争之人。因我睿朝，益我皇化。

珠楼，皇宫内的御苑上林，琼地四周环抱着花圃，阵阵花香布满整个宫院，祥瑞的甘露盛满玉盘。要听天上的仙乐，可让宫中乐师演奏九韶之乐；欲观回雪的舞蹈，方命梨园歌使献演八佾之舞。可以在清虚的皇家寺院里，跟神仙们顿着相聚；可以在华丽的宫中阆苑中，观赏高雅的歌舞表演。人间最美好的景致都在我们的京城，可以随时供皇上您游乐观赏，完全能满足您观奇猎异的意愿。何必非去那么遥远荒僻的地方，去看那些荒山恶水呢？这样不顾长途跋涉的劳顿对圣体造成损害，又有什么益处呢？

现在正赶上岐山以南动乱不安，后梁政权已经灭亡。中原腹地有人正在窥伺我国，政局仍处在动荡之中。整个国家的百姓正遭受苦难，到处都是盗贼横行。纵然是我蜀国边境没有战事的危险，中原内地尚存严重的祸患。皇上您正逢千年难遇的大好时机，您以一国之君而称尊天下，既有文德又有武功，身负经天纬地的才干。您的孝道超越虞舜，您的仁德胜过商汤。各种条件全都具备，处理各种重要事务都不混乱。您聪明睿智，博才明达；审时度势，随机变通。深谋远虑，足智多谋。志向宏大，独怀英才。而且刚刚登上帝位，正值青春年少。既承继下先皇开创的基业，又把握着山川的险要。但是不远听深察，居安思危，也成就不了大业。须打开各路大门，广泛延揽贤才，总领万邦而行使经国的大业。自始至终都具备这些德尚，稳稳端坐九重金殿。使您的恩德与威严同时行使，奖惩分明，赏罚得当。平均分配您的恩惠，普遍照顾到穷困的地方。让人民里外都感到宽松舒畅，使子孙万代永远昌盛。广布泽德于黎民百姓，长立伟大的功业于劳苦众生。同时，还要选拔精兵良将组成强大的军队，谋划天下统一的大计。振奋起雄鹰般飞扬的势力，壮大起猛虎般攻击的声威。喂养好战马，训练好兵士，准备充足的粮草，打制好坚利的武器。对方如果稍有举动，我们立即大兵陈境平推过去。眼下正是成就大业的好机会啊！我们大力实行的是以仁义治理天下的王道。各种神灵自然都会保佑我们的，四海之内都会归附我们的仁政，军民众志成城一定会治理好整个国家的。眼下我们蜀国特别强盛，所有国家都赶不上。我们蜀国贤达之士满朝皆是，而且有您这样圣明的皇帝陛下莫见居人稠叠，谓言京辇繁华。盖是外处凌残，住止不得。所以竞来臻凑，贵且偷安。今诸州虐理处多，百姓失业欲尽。荒田不少，盗贼成群。乞陛下广布腹心，特令闻见。且蜀国从来创业，多乏永谋。或德不及于两朝，或祚不延于七代。刘禅俄降于邓艾，李势遽归于桓温。皆为不取直言，不恤政事。不行王道，不念生灵。以至国人之心，无一可保。山河之险，不足可凭。陛下至圣至明，如尧如舜。岂后主之相匹？岂子仁之比伦？有宽慈至孝之名，有远见长谋之策。不信谄媚，不恣耽荒。出入而有所可征，动静而无非经久。必致万年之业，终为四海之君。臣愿陛下且住銮舆，莫离京国。候中原无事，八表来王。天下人心，咸归我主。若群流赴海，众蚁慕膻。有道自彰，无思不服。匪惟要看天水，直可便坐长安。是微臣之至恳，举国之深愿。

在执掌这个国家的朝政。我唯一的愿望就是：黎民百姓能过上贞观年间太平安乐的生活，皇上您比唐太宗还要圣明勤勉。能够采纳良药苦口之言，听高人隐士的建议。倍加爱惜国家社稷，悉心疗治军民的疾苦。像周武王那样听取直言使国家昌盛发达，别像商纣王那样宠信唯唯逢迎的奸佞，而致商朝灭亡。杜绝掩饰过失拒绝劝谏的事情，发扬当面批评殿上争论的风气。承袭我朝的圣明，发扬辉煌的教化。

皇上您不要只看到京城成都居民稠密，就说京城繁华。其实是京城以外的地方凌乱残破，无法居住，所以才都争相涌入城中来，暂且求得眼前的安逸。现在京外各州郡县，官吏暴虐，百姓几乎都不能正常地耕田种地，操持家业。随处可见许多荒芜的田亩，到处都有成群的盗贼。因此恳请皇上广派心腹之人，到各处去调查搜集材料报告您知晓。况且，蜀国有始以来创立基业的人，多数都缺乏深谋远虑、宏图大志。有的人德政施行不到两朝，有的国家的福祚延续不到七代。三国时蜀汉后主刘禅刚刚即位就归降了曹魏的大将邓艾，成汉的蜀主李势，很快便投降桓温。他们亡国的原因，都在于不能听取直言劝诫，不能顾及朝中政务，不能施行仁义的德政，不体念黎民百姓的苦难。以至国人的心没有一个忠诚于你，山河的险要也不足以凭借。皇上您最圣明，像唐尧、如虞舜，蜀汉的后主刘禅怎么能跟您相媲美呢？西晋时的蜀主李势怎么能跟您相比呢？您有宽厚仁慈至孝的名声，有远见深谋以图国家富强的策略。您从不听信谄言媚语，从不恣情沉溺酒色。时事的变化，都有可以预兆的迹象；动静相替、治乱更迭，无一不是经久的。只要皇上您能做好准备、因势利导，就一定能建立万年不朽的基业，最终成为四海之内的国君。我希望皇上暂且停住车马，一定不要远离京都。静候中原内地战事停止，八方之外的百姓前来朝拜您，普天之下的人心都归附皇上。就像诸条江河奔向大海，众多蚂蚁慕恋腥膻。有道德的人，自己就会扩大影响，威名远震；四海之内没有不想要归附的。不仅是要巡行天水，而且直接便可以坐在长安的金殿上。这是我这个做臣子最大的恳求，也是举国上下最深切的愿望。

臣闻天子有诤臣七人，虽无道，不失其天下。是以辄倾丹恳，仰谏圣明。不藉官荣，不沽多誉。情非讪上，理直忧君。虽无折槛之能，但有触鳞之罪。不避诛殛，辄扣天庭。臣死如万类之中，去一蝼蚁。陛下或全无忖度，须向边陲。遗圣母以忧心，令庶寮以怀虑。全迷得失，自取疲劳。事有不虞，悔将何在？臣愿陛下，稍开谏路，微纳臣言。勿违圣后之情，且允国人之望。俯存大计，勿出远边。”后主竟不从之。韩昭谓禹卿曰：“我取汝表章，候秦州回日，下狱逐节勘之。勿悔！”

至十月三日，发离成都，四日到汉州。凤州王承捷飞驿骑到秦云：“东朝差兴圣令公，统军十余万，取九月到凤州。”少主独谓臣下设计，要沮其东行。曰：“朕恰要亲看相杀，又何患乎？”不顾而进。上梓潼山，少主有诗云：“乔岩簇冷烟，幽径上寒天。下瞰峨嵋岭，上窥华岳巅。驱驰非取乐，按幸为忧边。此去将登陟，歌楼路几千。”宣令从官继和。中书舍人王仁裕和曰：“彩杖拂寒烟，鸣驺在半天。黄云生马足，白日下松巅。盛得安疲俗，仁风扇极边。前程问成纪，此去尚三千。”成都尹韩昭、翰林学士李浩弼、徐光浦并继和，亡其本。至剑州西二十里已来，夜过一磎山。忽闻前后数十里，军人行旅，振革鸣金，连山叫噪，声动溪谷。问人云：“将过税人场，惧有鸷兽搏人，是以噪之。”其乘马亦咆哮恐惧，棰之不肯前进。众中有人言曰：“适有大驾前，鸷兽自路左丛林间跃出，于万人中攫将一夫而去。其人衔到溪洞间，尚闻唱救命之我听说天子有七位敢于直谏劝诫的忠臣，虽然无道，也不会失去他的天下。因此，立即说出我真诚的恳求，来劝谏圣主您。我不想借此进官加宠，也不想用此来沽得好的名声。按情理不是有意诋毁皇上，而是讲明事理为皇上担心。虽然没有汉代朱云折断宫殿门楣的才能，只是冒着触犯皇上的罪过。我不躲避被处死或者被流放的罪过，擅自叩启宫门。我死就像大千世界中死去一只蝼蚁似的。皇上也许一点也不动心，必须出巡天水。但会让皇太后在心中忧虑挂念，让臣僚百姓为您忧愁担心。完全不分得失，自己去找麻烦。一旦发生出乎意料的事情，后悔也来不及了。我诚恳地希望皇上您，稍微打开纳谏的门路，略微接受我的忠言。既不违背皇太后的一片心愿，也能符合举国上下对您的期望。安下心来准备立国兴邦的大计，千万不要远行天水。”后主王衍没有采纳蒲禹卿的意见与规劝，执意远行天水。成都府尹韩昭对蒲禹卿说：“我拿来了你上奏皇上的表章，待到皇上巡狩秦州回来后，一定将你捕入牢狱中逐条审问你。到那时候，你可不要后悔！”

到了十月三日，从成都出发，开始远巡天水的路程，四日到达汉州。凤州长官王承捷派驿吏信使飞马来报，说：“东朝唐王派兴圣令公，统师大军十多万人，定在九月兵进凤州。”少主王衍还以为是臣僚们设下的计谋，想阻止他东行天水，回答使臣说：“我正要看看两军是怎样互相厮杀战斗的，又有什么可担心的呢？”不听劝阻，继续前进。登上梓潼山，少主即兴吟诗一首：“乔岩簇冷烟，幽径上寒天。下瞰峨嵋岭，上窥华岳巅。驱驰非取乐，按幸为忧边。此去将登陟，歌楼路几千。”少主宣诏命令随行的官员们写诗和。中书舍人王仁裕和诗一首：“彩杖拂寒烟，鸣驺在半天。黄云生马足，白日下松巅。盛得安疲俗，仁风扇极边。前程问成纪，此去尚三千。”成都尹韩昭、翰林学士李浩弼、徐光浦都有和诗，都遗失了。少主王衍一行走到剑州西二十多里，深夜经过一座山谷。忽然听到前后几十里路之间，都有随行的军族击鼓吹号，喊叫声山山相连，声音震动溪谷。询问随从，回答说：“就要经过‘税人场’，那里有凶猛的野兽，所以击鼓鸣金喊叫。”骑乘的马也惊恐地嘶叫不已，直往后退，用鞭子抽打它也声。况天色未晓，无人敢捕逐者。”路人罔不流汗。迟明，有军人寻之。草上委其余骸矣。

少主至行宫，顾问臣僚，皆陈恐惧之事。寻命从臣令各赋诗。王仁裕诗曰：“剑牙钉舌血毛腥，窥算劳心岂暂停。不与天朝除患难，惟于当路食生灵。从将户口资馋口，未委三丁税几丁。今日帝王亲出狩，白云岩下好藏形。”翰学士李浩弼进诗曰：“岩下年年自寝讹，生灵餐尽意如何。爪牙众后民随减，溪壑深来骨已多。天子纪纲犹被弄，客人穷独固难过。长途莫怪无人迹，尽被山王税杀他。”少主览此二篇，大笑曰：“此二臣之诗，各有旨也。朕亦于马上构思，三十余里，终不就。”于是命各官从臣。翰林学士徐光浦、水部员外王巽亦进诗。至剑门，少主乃题曰：“缓辔逾双剑，行行蹑石棱。作千寻壁垒，为万祀依凭。道德虽无取，江山粗可矜。回看成阙路，云叠树层层。”后侍臣继，成都尹翰昭和曰：“闭关防外寇，孰敢振威棱。险固疑天设，山河自古凭。三川奚所赖，双剑最堪矜。鸟道微通处，烟霞锁百层。”王仁裕和曰：“孟阳曾有语，刊在白云棱。李杜常挨托，孙刘亦恃凭。庸才安可守，上德始堪矜。暗指长天路，浓峦蔽几层。”又命制《秦中父老望幸赋》一首进之，今亡其本。过白卫岭，大尹韩昭进诗曰：“吾王巡狩为安边，此去秦亭尚数千。夜照路歧山店火，晓通消息戍瓶烟。为云巫峡虽神女，跨凤秦楼是谪仙。八骏似龙人似虎，何愁飞过大漫天。”少主和曰：“先朝神武力开边，画断封疆四五千。前望陇山屯剑戟，后凭巫峡锁烽烟。轩皇尚自亲平寇，嬴政徒劳爱学仙。想到隗宫寻胜处，正应莺语暮春天。”王仁裕和曰：“龙旆飘摇不肯往前走。人群中有人说："适才，在皇上大驾到来之前，有一头猛兽从路边右侧的丛林中跃出来，在人群中扑倒一人用嘴叼着奔突而去。这个人被叼到溪洞里面，还能听到他呼救的叫喊声。但是，天色未亮，没有人敢追赶捕捉。"路上的人听了这话后，个个吓得都直流冷汗。待到天亮后，有几个兵士按照凶兽的足迹一路寻找，在一片荒草丛中只找到了这个人的几块残余骸骨。

少主一行来到剑州行宫，环视左右，都在讲凶兽吃人的事情。少主听了后，随即命令臣属们各赋一诗，纪咏这件事情。中书舍人王仁裕立即赋诗道："剑牙钉舌血毛腥，窥算劳心岂暂停。不与天朝除患难，惟于当路食生灵。从将户口资馋口，未委三丁税几丁。今日帝王亲出狩，白云岩下好藏形。"翰林学士李浩弼也献诗一首："岩下年年自寝讹，生灵餐尽意如何。爪牙众后民随减，溪壑深来骨已多。天子纪纲犹被弄，客人穷独固难过。长途莫怪无人迹，尽被山王税杀他。"少主看了这两首诗后，大笑道："二位臣属赋的诗各有题旨啊。我在马上构思，行了三十多里，还没有赋出一首诗来。"于是，命令其他臣僚随从写诗。翰林学士徐光浦、水部员外王巽也各有诗进献。到了剑门，少主王衍终于赋出一首诗："缓辔逾双剑，行行蹑石棱。作千寻壁垒，为万祀依凭。道德虽无取，江山粗可矜。回看成阙路，云叠树层层。"之后，侍臣们继续和诗，成都府尹韩昭的和诗是："闭关防外寇，孰敢振威棱。险固疑天设，山河自古凭。三川奚所赖，双剑最堪矜。鸟道微通处，烟霞锁百层。"中书舍人王仁裕和道："孟阳曾有语，刊在白云棱。李杜常挨托，孙刘亦恃凭。庸才安可守，上德始堪矜。暗指长天路，浓峦蔽几层。"少主又命令群臣各自撰写《秦中父老望幸赋》一首，进献给他。现在这些诗赋都遗失了。过白卫岭，成都府尹韩昭献诗："吾王巡狩为安边，此去秦亭尚数千。夜照路歧山店火，晓通消息戍瓶烟。为云巫峡虽神女，跨凤秦楼是谪仙。八骏似龙人似虎，何愁飞过大漫天。"少主和道："先朝神武力开边，画断封疆四五千。前望陇山屯剑戟，后凭巫峡锁烽烟。轩皇尚自亲平寇，嬴政徒劳爱学仙。想到隗宫寻胜处，正应莺语暮春天。"王仁裕和道："龙旆飘摇指极边，到时犹更二三千。登高晓蹋巉岩石，冒冷

指极边，到时犹更二三千。登高晓蹋巉岩石，冒冷朝充断续烟。自学汉皇开土字，不同周穆好神仙。秦民莫遣无恩及，大散关东别有天。”

洎至利州，已闻东师下固镇矣。旬日内，又闻金牛败卒，塞硖而至。其时蜀师十余万，自绵汉至于深渡千余里，首尾相继，皆无心斗敌。遣使臣逼促，则回枪刺之曰：“请唤取龙武军相战。不惟勇敢，况且偏请衣粮。我等拣退不堪，何能相杀。”实无余何，十月二十九日狼狈而归。于栈阁悬险溪岩壑之中，连夜继昼，却入成都。康延孝与魏王继踵而入，少主于是树降。东军未入前，王宗弼杀韩昭、枢密使宋光嗣、景润澄、宣徽州使李周辂、欧阳晃等。王承休握锐兵于天水，兵刃不举。既知东军入蜀，遂拥麾下之师及妇女孩幼万余口，金银缯帛，于西蕃买路归蜀。沿路为左衽掳夺，并经溪山，冻饿相践而死。迨至蜀，存者百余人，唯与田宗汭等脱身而至。魏王使人诘之曰：“亲握锐兵，何得不战？”曰：“惮大王神武，不敢当其锋。”曰：“何不早降？”曰：“盖缘王师不入封部，无门输款。”曰：“其初入蕃部，几许人同行？”曰：“万余口。”“今存者几何？”曰：“才及百数。”魏王曰：“汝可偿此万人之命。”遂尽斩之。蜀师不战，坐取亡灭者，盖承休、韩昭之所致也。人多不知之。（出《王氏闻见录》）

朝充断续烟。自学汉皇开土宇，不同周穆好神仙。秦民莫遣无恩及，大散关东别有天。”

少主一行到达利州时，已经得到了后唐军攻占了固镇的消息。十天之内，又听说从金牛战败的士卒，充斥峡谷，铺地而来。这时，蜀军尚有十多万人，自绵州至汉州，陈兵在一千多里的防线上，首尾相连，但都无心与唐军战斗。派去使臣督战，就调转枪头刺向使臣说：“请你调来龙武军与敌战斗吧。龙武军不但骁勇，而且还多得到武器装备、粮饷。我们都是被挑选剩下来的不合格者，怎么能够跟敌军相拼杀呢？”前去督战的使臣一点办法也没有。王衍一行，于十月二十九日狼狈撤退。在悬伏在险溪山谷的栈道上，夜以继日地赶路，逃回京城成都。后唐的康延孝与魏王率兵紧跟着进入城都，少主王衍立即竖起白旗归降。在后唐军没进入成都前，王宗弼杀掉了成都府尹韩昭、枢密使宋光嗣、景润澄、宣徽州使李周辂、欧阳晃等。王承休手握精锐的龙武军在天水，按兵不动。待知道后唐军攻入蜀中后，才率领龙武军及妇女孩童一万多人，用金银布帛等买通羌人头领绕道回蜀。一路上经常遭遇到当地夷、狄、胡人的骚扰、掳掠，翻越大山、涉过溪水时，冻饿而死与互相践踏而死的人不计其数。回到蜀地时，侥幸生还的有一百多人，只有王承休与田宗汭等人逃回来了。魏王李继岌派人责问王承休：“你身为蜀国重臣，手握精锐之师，为什么不抵抗我唐军的进攻？”王承休说：“我惧怕大王的神勇威武，不敢抵挡天兵的锋芒。”来人问：“为什么不早点投降？”王承休说：“都是因为大王的军队还没有进入蜀中，没有门路投降的缘故啊。”来人问：“当初进入西羌蕃人居住的地域时，有多少人和你同行？”王承休说：“一万多人。”来人问：“现在还剩下多少人？”王承休说：“仅有百余人。”魏王听到这里，说：“你可以抵偿这死去的一万多人的性命。”于是将王承休处斩。蜀国的军队不抵抗进攻的唐军，蜀国君臣自取灭亡，都是王承休、韩昭之流所造成的啊！很多人都不知道这段史实。（出《王氏闻见录》）

卷第二百四十二　谬误遗忘附

谬误

益州长吏

唐益州每岁进甘子，皆以纸裹之。他时长吏嫌其不敬，代之以细布。既而恒恐有甘子为布所损，每岁多怀忧惧。俄有御史甘子布至，长吏以为推布裹甘子事，因大惧曰："果为所推。"及子布到驿，长吏但叙以布裹甘子为敬。子布初不知之，久而方悟。闻者莫不大笑。子布好学，有文才，知名当代。（出《大唐新语》）

萧颖士

唐天宝初，萧颖士因游灵昌。远至胙县南二十里。有胡店，店上有人多姓胡。颖士发县日晚，县寮饮饯移时，薄暮方行。至县南三五里，便即昏黑。有一妇人年二十四五，着红衫绿裙，骑驴，驴上有衣服。向颖士言："儿家直南二十里。今归遇夜，独行怕惧，愿随郎君鞍马同行。"颖士问女何姓，曰："姓胡。"颖士常见世间说有野狐，或作男子，或作女人，于黄昏之际媚人。颖士疑此女郎是野狐，遂唾叱之曰："死野狐，敢媚萧颖士。"遂鞭马南驰，奔

谬误

益州长吏

唐朝益州每年都向京都宫中进献甘子，每只甘子都用纸包裹好。后来，长吏怕用纸包裹显得不恭敬，改用细布包裹。之后，又怕甘子被布包裹坏了，每年进献甘子都怀着诚惶诚恐的心情。不久有个叫甘子布的御史来到益州，长吏误以为这位御史来益州是推究用布裹甘子的事，因此异常惊恐地说："果然被朝廷追究这件事情。"待到御史甘子布来到驿馆中，这位长吏拜见后，只是说用布裹甘子是为了表示对皇上的恭敬。甘子布刚开始不明白是什么原因。过了一会儿，才领悟到是怎么一回事。在场的人没有不开怀大笑的。御史甘子布好学，有文才，在当时很有名望。（出《大唐新语》）

萧颖士

唐玄宗天宝初年，萧颖士游历灵昌。来到胙县以南二十里的地方，这里有一家胡人开的店，店里的人多数姓胡。萧颖士从县城出发时天已经很晚了，县里的官员们为他设宴饯行耽搁了一段时间，到了傍晚才起程。出了县城向南走三五里路，天色就昏黑了。遇到一位妇女约二十四五岁，身着红衫绿裙，骑着一头毛驴，驴身上驮有衣服。这位妇女对萧颖士说："我家住在顺道往南走二十里的地方，现在天色已晚，我一个人走路很害怕，希望能与您搭伴同行。"萧颖士问女子："你姓什么？"女子回答说："我姓胡。"萧颖士常听人们说有野至主人店，歇息解衣。良久，听见妇人，从门牵驴入来。其店叟曰："何为冲夜？"曰："冲夜犹可，适被一害风措大，呼儿作野狐，合被唾杀。"其妇人乃店叟之女也。颖士渐恧而已。（出《辨疑志》）

郗 昂

唐郗昂与韦陟交善。因话国朝宰相，谁最无德。昂误对曰："韦安石也。"已而惊走而去，逢吉温于街中。温问何故苍惶如此，答曰："适与韦尚书话国朝宰相最无德者，本欲言吉顼，误言韦安石。"既言，又鞭马而走，抵房相之第。琯执手慰问之，复以房融为对。昂有时称，忽一日犯三人。举朝嗟叹，唯韦陟遂与之绝。（出《国史补》）

张长史

唐监济令李回，妻张氏。其父为庐州长史，告老归。以回之薄其女也，故往临济辱之，误至全节县。而问门人曰："明府在乎？"门者曰："在。"张遂入至厅前，大骂辱。全节令赵子余不知其故，私自门窥之，见一老父诟骂不已。而县下常有狐为魅，以张为狐焉。乃密召吏人执而鞭之，张亦未寤，骂仍恣肆。击之困极，方问何人，辄此诟骂。乃自言吾李回妻父也，回贱吾女，来怒回狐狸精，或者变成男人，或者变成女人，在黄昏时刻迷惑人。萧颖士疑心眼前的这位妙龄少妇就是野狐狸变的，于是唾骂呵斥说：“死野狐，你竟敢媚惑我萧颖士？”立即策马向南疾驰而去。萧颖士骑马来到胡家店，投宿店中，脱衣歇息。过了许久，他从窗户看到路上遇见的那位少妇牵驴从大门进到院子里。店里的老主人出屋问道：“为什么一个人赶夜路？”少妇回答说：“赶夜路倒没什么，恰巧在路上被一个害了疯犬病的人，唤孩儿野狐，好悬没被他唾杀。”直到这时，萧颖士才知道自己误将店主的女儿当成了野狐狸。不由得羞愧满面，很不好意思。（出《辨疑志》）

郗昂

唐玄宗时，郗昂与韦安石的儿子韦陟关系很好。一次，二人在一起谈论起朝中的诸位宰相中谁最无德。郗昂口误说：“韦安石啊！”说完，吓得起身就跑。郗昂来到街上，遇上另一位宰相吉顼的侄子吉温。吉温问他因为什么这么惊惶，郗昂回答说：“刚才跟韦尚书谈论朝中宰相谁最无德，本来是想说吉顼，却口误说成韦安石了。”说完又觉不对，立即打马而去。郗昂经过房宰相府第门前，宰相房融的儿子拉着他的手，安慰他不要这么慌恐失措，并问他是因为什么事，郗昂又张口说出房融最无德的话来。事后，郗昂经常对人说，自己一天之间忽然得罪了三位宰相。满朝都为他感慨不已，三位宰相里面，只有韦陟从此跟郗昂断绝了往来。（出《国史补》）

张长史

唐朝临济县县令李回，娶了张氏为妻。张氏的父亲曾经担任庐州长史，现告老还乡。张长史因为李回薄待他的女儿，前往临济县去辱骂李回，不料误入全节县。进门就问看门人：“县令在吗？”看门人回答说：“在。”张长史于是直奔厅前，大声辱骂。全节县令赵子余不知道是怎么回事，暗中从门缝里向外看，只见一位老汉大骂不已。当时县内常传有狐狸成精作怪，以为张长史是狐精变的，来县衙作怪，耳。全节令方知其误，置之馆，给医药焉。张之僮夜亡至临济，告回。回大怒，遣人吏数百，将袭全节而击令。令惧，闭门守之。回遂至郡诉之，太守召令责之，恕其误也。使出钱二十万遗张长史以和之。回乃迎至县，张喜回之报复。卒不言其薄女，遂归。（出《纪闻》）

萧 俛

唐贞元中，萧俛新及第。时国医王彦伯住太平里，与给事郑云逵比舍住。忽患寒热，早诣彦伯求诊候，误入云逵第。会门人他适，云逵立于中门。俛前趋曰："某前及第，有期集之役，忽患。"具说其状。逵命仆人延坐，为诊其臂曰："据脉候，是心家热风。云逵姓郑，若觅国医王彦伯，东邻是也。"俛赧然而去。（出《乾𦠆子》）

崔 清

唐崔清除濠州刺史，替李逊。清辞户部侍郎李巽，留坐与语。清指谓所替李逊曰："清都不知李逊浑不解官。"再三言之。巽曰：

迷惑众人，就暗中招呼差役用鞭子抽打张长史。张长史依然不醒悟，仍辱骂不已。差役们鞭打累了，才想起来问他是什么人，到此随便辱骂县令。张长史才说：“是县令李回妻子的父亲。李回虐待我女儿，所以我来骂他。”全节县令赵子余这才知道是一场误会，将张长史安置在驿馆中住下，请来医生为他诊伤上药。跟随张长史一块儿来的仆人连夜赶到临济县，将张长史在全节县挨打的事情报告给李回。李回听了后大怒，立即派遣差役几百人，声言要袭击全节县衙，殴打县令。赵子余听说后非常恐惧，关好大门守候在县衙里。李回便来到郡府上告赵子余，太守听了李回的上告后，将全节县令召到府衙中斥责一顿，考虑到是误会便原谅了他。只命令他出钱二十万赔偿张长史来和解。李回将岳父张长史接到临济县自己家中。张长史很高兴李回能为自己报仇，就没有提他虐待女儿的事情，然后就回家了。（出《纪闻》）

萧　俛

唐德宗贞元年间，萧俛刚考中进士。当时，太医王彦伯住在京城长安太平里，与给事中郑云逵的宅院相邻。萧俛忽然患寒热症，早晨起来后到太医王彦伯家中去看病，没想到误入郑云逵家。正赶上看门人到别处去了，没有被阻拦就径直进入院中，郑云逵站在中门那儿，萧俛上前施礼后，说：“我是前天新考中的进士，与友人一起聚集游宴，忽然间生了病。”接着详细介绍了自己的症状。郑云逵让家中仆人拿来一只椅子请萧俛坐在那儿，为他在手腕部诊脉，说：“根据你的脉象，是心火上升引起的伤风。我叫郑云逵，你要找的是太医王彦伯，他是我东邻，请到隔壁院子去找。”萧俛听了之后，羞臊得离开了郑家。（出《乾膜子》）

崔　清

唐朝人崔清官担任了濠州刺史，接替他的前任李逊。崔清上任前，去向户部侍郎李巽辞行，李巽留他坐下交谈。崔清坐下后，指责

“李巽即可在，只是独不称公意。”清稍悟之，惭顾而去。（出《嘉话录》）

何儒亮

唐进士何儒亮自外州至京，访其从叔。误造郎中赵需宅，自云同房侄。会冬至，需欲家宴，挥霍云：“既是同房，便令入宴。”姑姊妹妻子尽在焉。儒亮馔毕，徐出。及细察之，乃何氏之子也，需大笑。儒亮岁余不敢出。京城时人，因以为何需郎中。（出《国史补》）

于 頔

唐司空于頔以乐曲有《想夫怜》，其名不雅，将改之。客有笑曰：“南朝相府，曾有瑞莲，故歌为《相府莲》，自是后人语讹。”乃不改。（出《国史补》）

又

旧说，董仲舒墓，门人至，皆下马。谓之“下马陵”，语讹为“虾蟆陵”。今荆襄之人，呼“堤”为“提”；留绛之人，呼“釜”为“付”。皆讹谬所习也。（出《国史补》）

苑 讪

唐尚书裴胄镇江陵，常与苑论有旧。论及第后，更不相见，但书札通问而已。论弟讪方应举，过江陵，行谒地主之礼。客因见被接替的李逊："我都不知道李逊这个人愚昧到不想辞官离任。"再三重复说这一句话。李巽说："李巽即便可以在职，只是单单不让您满意。"崔清这才听出话中的意思，羞愧地走了。（出《嘉话录》）

何儒亮

唐朝进士何儒亮从外州来到京城长安，要去拜访他的堂叔。误入郎中赵需家，自我介绍说是族内同一分支的侄子。当时正值冬至，赵需正欲设家宴过节，招手请何儒亮入席，说："既然是本家，就请入席吧。"赵需家中的姑姑、姐姐、妹妹及他的妻子都在一张桌上，跟何儒亮一起吃饭。何儒亮吃完饭，起身告辞，慢慢走出赵家。赵需仔细询问身边的人，才发现他是何家人，不是赵家堂侄，不由得大笑起来。何儒亮也知道自己误入赵家，有一年多不好意思出门。当时，满京城的人，都称何儒亮为"何需郎中"。（出《国史补》）

于 頔

唐朝司空于頔认为乐曲《想夫怜》的曲名不够文雅，想换一个曲名。有一位客人笑着说："南朝的相府中，曾有瑞莲，所以有首歌名《相府莲》，'想夫怜'应该是后人的讹传。"于是就不改了。（出《国史补》）

又

旧时还有人说，汉朝董仲舒的陵墓，他的门生去拜谒，都必须下马才得进入，因此称为"下马陵"。后人讹传为"虾蟆陵"。现在荆襄一带的人，把"堤"读作"提"；留绛一带的人，把"釜"读作"付"。这些都是讹误字音习惯传承的结果。（出《国史补》）

苑 油

唐朝尚书裴胄镇守江陵，曾经与苑论有旧交。苑论考中进士后，就再也没见过面，只是通信问候一下而已。苑论的弟弟苑油，刚诎名曰："秀才之名，虽字不同，且难于尚书前为礼，如何？"会诎怀中有论旧名纸，便谓客将曰："某自别有名。"客将见日晚，仓遑遽将名入。胄喜曰："苑大来矣，屈入！"诎至中庭，胄见貌异。及坐，揖曰："足下第几？"抽对曰："第四。"胄曰："与苑大远近？"诎曰："家兄。"又问曰："足下正名何？"对曰："名论。"又曰："贤兄改名乎？"诎曰："家兄也名论。"公庭将吏，于是皆笑。及引坐，乃陈本名名诎。既逡巡于便院，俄而远近悉知。（出《乾𦠆子》）

李文彬

唐举人李文彬受知于舍人纥干泉。时有京兆府司箓贺兰洎卒。文彬因谒紫微。紫微问曰："今日有何新事？"文彬曰："适过府门，闻纥干洎卒。"泉曰："莫错否？"文彬曰："不错。"泉曰："君大似共鬼语也。"拂衣而去。文彬乃悟，盖俱重姓，又同名，而误对也。（出《奇闻录》）

苏 拯

唐光化中，苏拯与乡人陈涤同处。拯与考功郎中苏璞，初叙宗党。璞，故奉常涤之子也。拯既执贽，寻以启事温卷。因令陈涤刚参加选拔举人的考试，途经江陵，到府衙通报，欲行参拜地方长官的礼仪。负责接待工作的书吏，看到苑讷通报的名氏说："你这位秀才的名字，虽然只是字不同，但是很难向我家老爷禀报，怎么办？"正巧，苑讷的怀中还带有哥哥苑论的旧名片，便取出来对接待人说："我还有另外一个名字。"负责接待客人的书吏见天色已经晚了，仓促地接着苑讷递给他的名片，进入里面通报。裴胄看到苑论的名片，非常高兴，说："是苑老大来了啊！快请进来！"苑讷来到厅堂，裴胄见面貌不是苑论。待到请苑讷入座后，举手揖拜问："请问你是苑家的老几啊？"苑讷回答说："我是苑家的老四。"裴胃问："与苑老大关系远近？"苑讷回答说："他是我的亲哥哥。"裴胄又问："你真正的名字叫什么呀？"苑讷回答说："苑论。"裴胄又问："你哥哥苑论改名了吗？"苑讷回答说："我哥哥也叫苑论。"在场的府衙中的文武官员吏役听了后，都大笑不止。等到引苑讷到正室入座后，他才向裴胄说自己的本名叫"苑讷"。从此以后就在节度使的府衙进进出出。不久，远近都传开了这个笑话。（出《乾𦠆子》）

李文彬

唐朝举人李文彬受得了中书舍人纥干泉的知遇之恩。当时，京兆府的司箓贺兰洎因病去世，李文彬正在这时前去拜见中书舍人纥干泉。纥干泉问他："今天京城中有什么新鲜事吗？"李文彬便回答说："刚才经过府门，听说纥干洎死了。"纥干泉问："没有听错吗？"李文彬回答说："没有听错。"纥干泉满脸怒气地说："你大概是在跟鬼说话吧。"心中愤怒，甩动衣袖而离去。李文彬这才醒悟过来，原来是这两个人虽然不是一个姓但同音，又同名，刚才自己回答错了。（出《奇闻录》）

苏拯

唐昭宗光化年间，苏拯与同乡陈涤住在一起。苏拯与考功郎中苏璞刚刚攀上亲族关系。苏璞，是故奉常苏涤的儿子。苏拯既然已经

缄封，涤遂误书己名。璞得之，大怒。拯闻之仓皇，复至书谢过。吴子华闻之曰：“此书应误也。”（出《北梦琐言》）

窦少卿

有窦少卿者家于故都。素于渭北诸州，至村店中。有从者抱疾，寄于主人而前去。历鄜、延、灵夏，经年未归。其从者寻卒于店中。此人临卒，店主问曰：“何姓名？”此仆只言得“窦少卿”三字，便奄然无语。店主遂坎路侧以埋之，卓一牌向道曰“窦少卿墓”。与窦相识者过之。大惊讶，问店主，店主曰：“牌上有名，固不谬矣。”于是更有识窦者经过，甚痛惜。有至亲者报其家，及令骨肉省其牌，果不谬。其家于是举哀成服，造斋相次，迎其旅榇殡葬。远近亲戚，咸来吊慰。葬后月余，有人附到窦家书，归程已近郡，报上下平善。其家大惊，不信，谓人诈修此书。又有人报云：“道路间睹其形貌，甚是安健。”其家愈惑之。遂使人潜逆之，窃窥于路左，疑其鬼物。至其家，妻男皆谓其魂魄归来。窦细语其由，方知埋者是从人，乃店主卓牌之错误也。（出《王氏见闻》）

带着礼品到苏璞那儿认了同宗，不久，便写了一封请苏璞关照的信，并随信寄去自己过去写过的文章。信写好后，请陈涤代为封好，陈涤随手写上自己的名字。考功郎中苏璞收到信后一看，立即大怒。苏拯得知这一消息后诚惶诚恐，马上又写了一封信表示歉意。吴子华听说这件事后说："这完全是一场误会啊！"（出《北梦琐言》）

窦少卿

有一位叫窦少卿的人，家住在故都。窦少卿离家到渭北各个州去考察巡游，来到一个乡村小店。随他同来的一个仆人因为得病不能同行，窦少卿便将这个仆人寄托在店主这儿，自己继续去巡游。先后到过鄜州、延州、灵夏等地，有一年多没有回家。他的那个仆从不久后便死在店中。这个人临死前，店主问他："你叫什么名字？"这个仆人只说出"窦少卿"三个字，就再也不出声了。于是，店主就在路边挖了一个墓穴，将这个仆人埋在里面，并在墓前竖立一块墓碑，上面刻着"窦少卿墓"几个字。有个跟窦少卿认识的人路过这里，看到墓碑上的名字非常吃惊，问店主是怎么回事，店主回答说："碑上有名有姓，一点也不假。"后来，又有一个跟窦少卿非常熟悉的人路过这里，看到墓碑上的名字，很是痛惜。有个跟窦家非常亲近的亲戚将这事告诉了窦家，窦家立即派出窦少卿的儿子前往这家村店去查看墓碑，果然没有错。因此窦家全家穿上哀服为窦少卿发丧，相继设斋祭奠他，并将墓里的灵柩迎运回家中安葬。不论是远道的，还是近处的亲朋好友都来吊唁慰问。下葬后一个多月，有一个人捎来一封窦少卿的书信给窦家，信上说他正在归途中，快到本州县境了，并向全家老少报平安。窦家人见信后非常惊讶，不相信这是真的，说一定是有人故意写封书信欺诈。过了几天，又有人来报告说："我在路上见到了窦少卿，非常健壮。"窦家人更加疑惑，就派人偷偷去迎视窦少卿，这个人见窦少卿远远走过来，便躲藏在路边偷偷窥视，看的人怀疑走来的是窦少卿的鬼魂。待到窦少卿进入家门，妻儿老小都大喊大叫说是魂魄回来了。窦少卿仔细讲述了这件事情的经过后，家

遗忘

张利涉

唐张利涉性多忘。解褐怀州参军，每聚会被召，必于笏上记之。时河内令耿仁惠邀之，怪其不至。亲就门致请，涉看笏曰："公何见顾？笏上无名。"又一时昼寝惊，索马入州。扣刺使邓恽门，拜谢曰："闻公欲赐责，死罪？"邓恽曰："无此事。"涉曰："司功某甲言之。"恽大怒，乃呼州官棰，以甲间构。将杖之，甲苦诉初无此语。涉前请曰："望公舍之，涉恐是梦中见说耳。"时人由是咸知其性理惛惑矣。（出《朝野佥载》）

阎玄一

唐三原县令阎玄一为人多忘。曾至州，于主人舍坐。州佐史前过，以为县典也，呼欲杖之。典曰："某是州佐也。"一惭谢而止。须臾县典至，一疑其州佐也，执手引坐。典曰："某是县佐也。"又愧而止。曾有人传其兄书者，止于阶下。俄而里胥自录人到，一索杖。遂鞭送书人数下。其人不知所以，讯之。一曰："吾大错。"顾直典，向宅取杯酒�疮。良久，典持酒至，一既忘其取酒，复忘其被杖者。因便赐直典饮之。（出《朝野佥载》）

里才知道下葬的是仆人，如此大错是那家村店主人立碑刻字造成的啊！（出《王氏见闻》）

遗忘

张利涉

唐朝人张利涉记性不好，总是忘事。张利涉任怀州参军期间，每次聚会被召见，都在手中的板笏上记下这件事。有一次，当时的河内县令耿仁惠邀请他，奇怪他为什么没有按期去。就亲自登门来请他，张利涉看看手中的笏板说："大人为什么来见我？笏板上并没有记这件事啊。"还有一次，张利涉白天睡觉忽然惊醒，急忙让手下为他备马，说是有急事要到州里去。张利涉骑马来到州里，直奔刺史邓恽府门，敲门而入，见到邓恽拜谢说："听说刺史要给予我死刑的处罚？"刺史邓恽惊异地说："没有这样的事。"张利涉说："司功官某某说的啊！"邓恽大怒，于是喊来掌管笞刑的州官，让他将司功官某某以离间中伤的罪名，处以杖刑。那人听到这件事情后，苦苦哀求说他确实没有说过刺史要处张利涉死罪的话。这时，张利涉上前请求刺史邓恽说："望刺史大人放了他，我大概是在睡梦中听说的。"从此以后，人们都知道张利涉头脑糊涂。（出《朝野佥载》）

阎玄一

唐朝三原县令阎玄一非常健忘。一次，阎玄一来到州里，坐在主人家中。正好有位州里的佐史从这里走过，阎玄一错误地将州佐史认成县里的佐史，招呼过来想要鞭打他。走过来的这位"县佐"说："我是州佐啊。"阎玄一羞愧地道歉，才算了结。过了一会儿，县佐来了，阎玄一又疑心他是州佐，拉着来人的手让他坐下。来人说："我是县佐啊！"阎玄一又羞愧万分。还有一次，一个人捎给阎玄一他的哥哥寄给他的信，那个人站在台阶下面等候回话。过了一会儿，乡吏白录人来了，阎玄一向乡吏要来棍杖，就鞭打给他送信的这个

郭务静

唐沧州南皮县丞郭务静，初上，典王庆通判案。静曰："尔何姓？"庆曰："姓王。"须臾，庆又来，又问何姓。庆又曰："姓王。"静怪愕良久，仰看庆曰："南皮佐史总姓王？"（出《朝野佥载》）

张守信

唐张守信为余杭太守，善富阳尉张瑶，假借之，瑶不知其故。则使录事参军张遇，达意于瑶，将妻之以女。瑶喜，吉期有日矣。然私相闻也，郡县未知之。守信为女具衣装，女之保母问曰："欲以女适何人？"守信以告。保母曰："女婿姓张，不知主君之女何姓？吾窃惑焉。"守信乃悟，亟止之。（出《纪闻》）

李 睍

唐殿中侍御史李逢年自左迁后，稍进汉州雒县令。逢年有吏才，蜀之采访使常委以推按焉。逢年妻，中丞郑昉之女也，情志不合，去之。及在蜀城，谓益府户曹李睍曰："逢年家无内主，濩落难堪。儿女长成，理须婚娶。弟既相狎，幸为逢年求一妻焉。此都官僚女之与妹，纵再醮者，亦可论之，幸留意焉。"睍曰："诺。"

人。这位送信人完全不知道是什么原因挨了打，责问阎玄一。阎玄一说："我打错了。"这时遇到值班的县佐从这里路过，让县佐到他家里取来一杯酒为被打的人涂抹伤口。过了许久，县佐拿来了酒，阎玄一完全忘记了让县佐取酒这件事情，也忘了被他鞭打的送信人。于是就把酒赏赐给县佐喝。（出《朝野佥载》）

郭务静

唐朝沧州南皮县丞郭务静，刚上任时，县佐王庆懂得审判的事，便请他来。郭务静问王庆："你姓什么？"王庆回答说："我姓王。"过了一会儿，王庆又来到县丞郭务静这儿，郭务静又问他姓什么，王庆又回答说："我姓王。"郭务静惊异愣住了好一会儿，仰头看着王庆，问："原来南皮县佐史都姓王吗？"（出《朝野佥载》）

张守信

唐朝张守信为余杭太守，与富阳县尉张瑶非常友善。借调他到州府办公，张瑶不知原因，张守信就让录事参军张遇转告张瑶，说他想将女儿嫁给他。张瑶听了后非常高兴，认为自己娶妻的日期有指望了。然而这些都是悄悄进行的，从郡府到两县的县衙，都不知道这件事情。张守信积极为女儿准备嫁妆，女儿的保姆问："准备将女儿嫁给谁呀？"张守信告诉保姆女婿是谁，保姆说："女婿姓张，不知太守的女儿姓什么啊？我私下感到疑惑。"张守信这才明白过来，立即停止这门婚事。（出《纪闻》）

李 睍

唐朝殿中侍郎李逢年被贬职后，过了一段时间又授以汉州雒县县令。李逢年很有治理政务的才干，蜀道掌管刑狱与监察州县官吏的官员，经常委派他代为审理狱案。李逢年的妻子，是御史中丞郑昉的女儿，因为感情性格不合，而被他休了。一次，李逢年来到蜀城后，对益州府户曹李睍说："我现在家里没有一个主事的妻室，空落复又访之于晛。晛率略人也，乃造逢年曰：“兵曹李札，甚名家也。札妹甚美，闻于蜀城。曾适元氏，其夫寻卒。资装亦厚，从婢且二十人。兄能娶之乎？”逢年许之，令晛报李札。札自造逢年谢。明日，请至宅。其夜，逢年喜，寝未曙而兴。严饰毕，顾步阶除而独言曰：“李札之妹，门地若斯。虽曾适人，年幼且美。家又富贵，何幸如之。”言再三，忽惊难曰：“李晛过矣，又误于人。今所论亲，为复何姓，怪哉！”因策马到府庭。李晛进曰：“兄今日过札妹乎？”逢年不应，晛曰：“事变矣。”逢年曰：“君思札妹乎，为复何姓？”晛惊而退。遇李札，札曰：“侍御今日见过乎？已为地矣。”晛曰：“吾大误耳，但知求好婿，都不思其姓氏。”札大惊，惋恨之。（出《纪闻》）

张藏用

唐青州临朐丞张藏用，性既鲁钝，又弱于神。尝召一木匠，十召不至。藏用大怒，使擒之。匠既到，适会邻县令，使人送书，遗藏用。藏用方怒解，木匠又走。读书毕，便令剥送书者。笞之至十，送书人谢杖。请曰：“某为明府送书，纵书人之意忤明府，使者孤单，日子很难过。况且，儿女们都长大自立了，理应再娶一个妻子。老弟既然跟我不错，非常希望你能为我介绍一个妻子啊！署中同僚的女儿或者妹妹，纵然是离婚再嫁的，也可以考虑，希望老弟为我留心。”李睍回答说：“好的。”后来，李逢年又一次拜访李睍谈起这件事。李睍是个性情粗疏马虎的人，过了一段时间到李逢年这儿说：“兵曹李札，是蜀中的名门望族。李札的妹妹长得很美，听说在成都曾嫁给元氏为妻，丈夫刚刚死去。她的嫁妆也非常丰厚，单是陪嫁的随从侍女就有二十人。老哥愿意娶此女为妻吗？”李逢年高兴地答应了，并让李睍将自己的意愿转告给李札。李札得到这一消息后，亲自前来拜谢李逢年。第二天，李札请李逢年到他家去做客。当天晚上，李逢年非常高兴，天还没亮就醒来了。他穿好衣服，一个人走出屋门，在庭院中边踱步边自言自语地说：“李札的妹妹，门第这么高。虽然曾嫁过人，但年轻又美貌动人，家里又富贵丰裕，这是多么幸运的事啊。”李逢年反复念叨着，忽然惊醒过来，难受地说：“李睍犯了个大错误啊，真是误人不浅。他给我提的这门亲事，我们男女双方为什么都姓李啊！真是奇怪！”于是，李逢年立即骑马回到公堂上。过了一会儿，李睍进入公堂，问：“哥哥今天就娶李札的妹妹吗？”李逢年低头不语。李睍问：“怎么，事情有变化吗？”李逢年抬起头来说：“我在想，李札的妹妹为什么跟我一个姓呢？”李睍听了后方惊悟，离开公堂。遇见李札，李札问：“李侍御你今天见过他了吗？你已经替我说通了吧。”李睍说：“我犯了一个大错误。只是想为令妹找个好女婿，都没有考虑人家姓什么。”李札听了后也大为吃惊，连连表示惋惜遗憾。（出《纪闻》）

张藏用

唐朝青州临朐县丞张藏用，性情愚鲁迟钝，神志不清醒。一次，张藏用让人请一位木匠，多次召唤也没有来。张藏用异常恼怒，派人将这个木匠捉来。这个木匠刚到县衙，正赶上邻县县令派人送书信给张藏用。张藏用怒气稍得缓解，被捉来的木匠悄悄离开县衙溜走了。张藏用读完书信后，便命令差役剥去送信人的衣服，打十板何罪？”藏用乃知其误，谢曰：“适怒匠人，不意误答君耳。”命里正取饮一器，以饮送书人，而别更视事。忽见里正，指酒问曰：“此中何物？”里正曰：“酒。”藏用曰：“何妨饮之。”里正拜而饮之。藏用遂入户，送书者竟不得酒，扶杖而归。（出《纪闻》）

子。送信人谢过杖刑后，问："我是给县丞您送信的邻县衙役，纵然是写信人触犯了县丞您，我这个送信的使者有什么罪呢？"张藏用才知道自己错打了人，向送信人表示歉意，说："刚才我是跟那个木匠生气，无意间误打了使君啊！"让里正赶快拿来一坛酒，送给被打的送信人饮用，便又去处理别的公务了。过了一会儿，张藏用看见里正手捧一坛酒走过来，指着坛子问："这里面盛的是什么？"里正回答说："酒。"张藏用说："你就把它喝了吧。"里正拜谢后就打开坛子把酒喝了。张藏用随后进屋去了。被打的送信人左等右等也不见有人送酒给他喝，只好拄着拐杖一瘸一拐地走了。（出《纪闻》）

卷第二百四十三　治生贪附

治生

裴明礼

唐裴明礼，河东人。善于理生，收人间所弃物，积而鬻之，以此家产巨万。又于金光门外，市不毛地。多瓦砾，非善价者。乃于地际竖标，悬以筐，中者辄酬以钱，十百仅一二中。未洽浃，地中瓦砾尽矣。乃舍诸牧羊者，粪既积。预聚杂果核，具黎牛以耕之。岁余滋茂，连车而鬻，所收复致巨万。乃缮甲第，周院置蜂房，以营蜜。广栽蜀葵杂花果，蜂采花逸而蜜丰矣。营生之妙，触类多奇，不可胜数。贞观中，自古台主簿，拜殿中侍御史，转兵吏员外中书舍人。累迁太常卿。（出《御史台记》）

治生

裴明礼

唐朝的裴明礼，是河东人。善于经营生财，他收购人们遗弃的物品，积攒到一定数量后再卖出去，以此积攒万贯家财。同时，裴明礼又在金光门外，买下一块荒芜不长草的土地。这块土地上尽是瓦砾，因此没有人购买，卖不上好价钱。裴明礼想了个办法，在这块地里竖立一根木杆，上面悬挂着竹筐，让人拣地里的石头瓦砾往筐里投掷，投中的人奖励他钱，吸引许多人都来投掷。结果投十次百次，也不中一次。还未等这些人轮上一遍，地里的瓦砾已经拣拾尽了。于是，裴明礼又让人在这块土地上放羊，这样，地里又积满了羊粪。之后，裴明礼事先拣各种果核撒在这块地里，再用牛犁将它翻起来。一年以后，地里长出茂盛的杂果树苗。他再一车一车地运到集市上去卖，所得的收入又有好几万钱。他又在这块土地上建造房屋，在院子的周围安置蜂箱养蜂来酿蜜。地里全栽上蜀葵，蜜蜂采花酿蜜又传授花粉，蜀葵与蜂蜜都获得丰收。裴明礼善于经营管理，都是这种新奇的事，多得数不过来。唐太宗贞观年间，裴明礼从古台主簿升任殿中侍御史，又转任兵部吏部员外郎、中书舍人，直到升任为太常卿。（出《御史台记》）

何明远

唐定州何明远大富，主官中三驿。每于驿边起店停商，专以袭胡为业，资财巨万。家有绫机五百张。远年老，或不从戎，即家贫破。及如故，即复盛。（出《朝野佥载》）

罗会

长安富民罗会以剔粪自业，里中谓之鸡肆，言若归之积粪而有所得也。会世副其业，家财巨万。尝有士人陆景阳，会邀过所止。馆舍甚丽。入内梳洗，衫衣极鲜。屏风毡褥烹宰，无所不有。景阳问曰："主人即如此快活，何为不罢恶事？"会曰："吾中间停废一二年，奴婢死亡，牛马散失。复业已来，家途稍遂。非情愿也，分合如此。"（出《朝野佥载》）

窦乂

扶风窦乂年十三，诸姑累朝国戚。其伯检校工部尚书交，闲厩使宫苑使。于嘉会坊有庙院，乂亲识张敬立任安州长史，得替归城。安州土出丝履，敬立赍十数辆，散甥侄。竞取之，唯乂独不取。俄而所余之一辆，又稍大，诸甥侄之剩者，乂再拜而受之。敬立问其故，乂不对。殊不知殖货有端木之远志。遂于市鬻之，得钱半千，密贮之。

何明远

唐朝定州人何明远特别富有，何明远主管州中的三个驿站。并常在驿站旁边建造旅店，供来往客商住宿，专门以赚取胡商的钱为主业，家中财产巨万。何明远的家中还有五百张织绫机。何明远年老了，便不去干为军事服务的营生，何明远的家开始贫困破败了。等到他重操旧业，立即又兴盛起来。（出《朝野佥载》）

罗会

长安有个富翁叫罗会，以清除粪便为职业，街坊邻里都称他为“鸡肆”，是说他因为积攒粪便而发家致富。罗会家世代都以此为副业，家中有财产巨万。一次，有个叫陆景阳的读书人，应邀到罗会家住宿。看到罗会家的房屋建造装修得特别豪华富丽。他的妻子也梳洗打扮，穿的衣服极其艳丽。屏风、毡褥等一应陈设，应有尽有。而且自己家宰杀、烹煮牲畜。陆景阳问罗会：“罗先生日子过得这样富裕安乐，为什么还继续从事清除粪便这样肮脏污秽的工作？”罗会说：“我中间曾停工过一两年，怎奈一不干清除粪便这行当，家中奴婢、仆夫就会死去，牛马逃散丢失，家业不兴。后来恢复这一行当后，家道才逐渐恢复过来。不是我情愿干这除粪的行当啊，是命该如此。”（出《朝野佥载》）

窦义

扶风县有个叫窦义的小男孩，年仅十三岁。他的几位姑母家，都是历朝的皇亲国戚。他的伯父是担任检校工部尚书的窦交，兼任闲厩使、宫苑使，在嘉会坊出资建造了一座寺庙。窦义的亲戚张敬立任安州长史，得以被接替返回京城。安州盛产丝鞋，敬立回来时便带十几双丝鞋，分送给外甥、侄儿们。大家争抢着去拿，唯独窦义不去抢拿。过了一会儿，还剩下一双丝鞋，鞋号偏大，是诸位外甥、侄儿们挑剩下的，窦义再次拜谢并收下了这双鞋。张敬立问他为什么要人家挑拣剩下的，窦义没有回答。其实是他竟不知道窦义在经商方面潜于锻炉作二枝小锸，利其刃。五月初，长安盛飞榆荚，乂扫聚得斛余。遂往诣伯所，借庙院习业，伯父从之。乂夜则潜寄褒义寺法安上人院止，昼则往庙中。以二锸开隙地，广五寸，深五寸，密布四千余条，皆长二十余步。汲水渍之，布榆荚于其中。寻遇夏雨，习皆滋长。比及秋，森然已及尺余，千万余株矣。及明年，榆栽已长三尺余。乂遂持斧伐其并者，相去各三寸。又选其条枝稠直者悉留之，所间下者，二尺作围束之，得百余束。遇秋阴霖，每束鬻值十余钱。又明年，汲水于旧榆沟中。至秋，榆已有大者如鸡卵。更选其稠直者，以斧去之，又得二百余束。此时鬻利数倍矣。后五年，遂取大者作屋椽。仅千余茎，鬻之，得三四万余钱。其端大之材，在庙院者，不啻千余，皆堪作车乘之用。此时生涯已有百余。自此币帛布裘百结，日歉食而已。遂买蜀青麻布，百钱个匹，四尺而裁之，顾人作小袋子。又买内乡新麻鞋数百辆。不离庙中，长安诸坊小儿及金吾家小儿等，日给饼三枚，钱十五交，付与袋子一口。至冬，拾槐子实其内，纳焉。月余，槐子已积两车矣。

又令小儿拾破麻鞋，每三辆，以新麻鞋一辆换之。远近知之，送破麻鞋者云集。数日，获千余量。然后鬻榆材中车轮者，此时又得百余千。雇日佣人，于宗贤西门水涧，从水洗其破麻鞋。曝有春秋时期子贡的远大目光。窦义将这双丝鞋拿到集市上去卖，换回来五百钱，偷偷藏起来。

窦义暗中去铁匠铺打制了两把小铲，将铲刃磨得很锋利。五月初，京城长安榆荚漫天飞舞，窦义扫聚到榆荚十余斗。然后到伯父家借住在嘉会坊的寺庙学习功课，伯父答应了他。窦义每天晚上都偷偷寄宿在附近的褒义寺法安和尚院中，白天则回到寺庙中，用两把小铲开垦院里的空地，挖成宽五寸、深五寸的浅沟共有四千多条，每条长二十多步。打水浇灌，将榆荚播种在沟内。过了几天，下了一场大雨，每条沟里都长出了榆树苗。等到秋天，小树苗已长到一尺多高，很是茁壮，大约共有榆树苗一千多万株。到了第二年，榆树苗已经长到三尺多高。窦义手持利斧间伐树苗，株距三寸。又挑选枝条茁壮直挺的留下来。间伐下来的小榆树，将它们捆成二尺粗的柴捆，共有一百多捆。这年秋天天气阴冷，连降大雨。窦义将这一百多捆榆柴运到集上去卖，每捆卖钱十多文。第三年，窦义依旧提水为榆苗浇灌。到秋后，榆树苗有的已长成鸡蛋那么粗。窦义又挑选枝干茂盛的留下来，斧砍间伐，又得榆柴二百多捆。这年每捆售价就是去年的好几倍了。又过了五年，当年种植的小榆树苗已经长大成材。窦义挑选粗大的，砍伐下来制成盖房屋用的椽材一千多根，卖得三四万钱。然而寺庙中还长着的榆树，不只一千多根，都可以作为打制车轴的材料。到这时，窦义的生活用度已经富富有余，钱帛、布匹、裘皮衣服，什么都有，可他仍然坚持节俭吃喝。后来购买蜀郡产的青麻布，一百钱买一匹，裁成四尺宽，雇人缝成小布袋。又购买内乡产的新麻鞋几百双。窦义每天都不离开寺庙，招来长安各条街坊里巷市民家的小孩，有些朝廷金吾卫士家的孩子也来到这里。每天发给这些小孩三张饼，十五文钱，再发给他们每人一只小布袋。到了冬天，让他们拣拾槐树籽，收上来。结果一个多月，就收集了两车槐树籽。

又让小孩们拣拾破旧的麻鞋，每三双破旧麻鞋换一双新麻鞋。远近都知道这件事情，来用旧麻鞋换新麻鞋的人不计其数。几天后，就换得旧麻鞋一千多双。然后，又卖掉做车轮的榆材，得钱十多万。按天雇用短工，在宗贤西门的溪涧中，用水洗涤破麻鞋，晒干，干，贮庙院中。又坊门外买诸堆弃碎瓦子，令功人于流水涧洗其泥滓，车载积于庙中。然后置石嘴碓五具，锉碓三具。西市买油靛数石，雇庖人执爨。广召日佣人，令剉其破麻鞋，粉其碎瓦，以疏布筛之，合槐子油靛。令役人日夜加工烂捣，候相乳尺，悉看堪为挺，人臼中熟出。命工人并手团握，例长三尺已下，圆径三寸。垛之得万余条，号为法烛。建中初，六月。京城大雨，尺烬重桂，巷无车轮。乂取此法烛鬻之，每条百文。将燃炊爨，与薪功倍，又获无穷之利。

先是西市秤行之南，有十余亩坳下潜污之地，目曰小海池。为旗亭之内，众秽所聚。又遂求买之，其主不测，乂酬钱三万。既获之，于其中立标，悬幡子。绕池设六七铺，制造煎饼乃团子，召小儿掷瓦砾，击其幡标，中者以煎饼米团子啖。不逾月，两街小儿竞往，计万万，所掷瓦已满池矣。遂经度，造店二十间。当其要害，日收利数千，甚获其要。店今存焉，号为“窦家店”。

又尝有胡人米亮因饥寒，乂见，辄与钱帛。凡七年，不之问。异日，又见亮，哀其饥寒，又与钱五千文。亮因感激而谓人曰：“亮终有所报大郎。”乂方闲居，无何，亮且至。谓乂曰：“崇贤里有小宅出卖，直二百千文，大郎速买之。又西布柜坊，镪钱盈余，即依直出钱市之。”书契日，亮语乂曰：“亮攻于览玉，尝见宅内有异石，人罕知之。是捣衣砧，真于阗玉，大郎且立致富矣。”乂未之信。亮曰：“延寿坊召玉工观之。”玉工大惊曰：“此奇货也，攻贮存在寺院中。又在坊门外买下几堆遗弃的碎瓦片，让工人在流水涧将泥滓洗去，用车运到寺庙内。然后置买了石嘴碓五具，锉碓三具。西市买油漆几石，雇用厨役煮熬。再多雇用按日计酬的仆役，让他们用锉碓锄切破麻鞋，用石嘴碓捣碎瓦片，再用疏布筛子筛过，和上槐籽和油，让仆役们日夜不停地捣烂，待到捣成乳状，细看凝结挺硬了，将它们从臼中趁热取出来。让工人们双手用力转握，做成长三尺以下，圆径三寸的长棒，一共有一万多条，堆放在一起，称为“法烛”。唐德宗建中初年，盛夏的六月，京城长安连降大雨，一尺长的一根柴薪贵如平常两棵的桂木，街道上不再有车辆通行。窦义于是将贮存的法烛拿出来卖，每条卖钱百文。买的人拿回家用它烧饭，火力是一般柴薪的一倍。窦义卖掉全部法烛，又获利无数。

在这之前，长安西市秤行的南边有一处很脏的水洼，约有十多亩大小，人们管它叫小海池。成为市楼以内，倒放垃圾的地方。窦义又委托别人将这块地方买下来，这块地皮的主人也没有测量一下有多少亩，只收取了窦义三万文钱。买下这个小海池后，窦义在它的中间立了一个木杆，杆顶悬挂一面小旗。再围绕着小池沿边建起六七座临时小房，雇人制作煎饼、团子等食品。招呼小孩投掷石块、瓦片击木杆上面的小旗。击中的，就奖励煎饼或团子吃。不到一个月，两条街的小孩都争着前来投掷小旗，大概来投掷的就有上亿人次，所掷的石头、瓦块已将池子填满了。经过测量，在填平的这块地皮上建造了门市房二十间。由于正是繁华市区，所以每天收入几千钱，获利甚多。这些店房今天还保存着，叫“窦家店”。

曾经有个叫米亮的胡人处于饥寒交迫的境地，窦义看见，便给了他一些钱和布。整整有七年，也不向他讨账。一天，窦义在街市上又遇见了米亮。米亮向他述说饥寒之苦，窦义又给了他五千文钱。米亮特别感激，对人说：“我米亮一定会报答窦义的大恩大德。”窦义刚刚闲下来，暂时没有什么事情可做，米亮就来见他。对窦义说：“崇贤里有一套小宅院要出卖，要价二十万钱，你赶紧将它买下来。还有西市一家代人保管金银财物的柜坊，很赚钱，你也可以按价出钱将它买下来。”写房契这天，米亮又对窦义悄悄说：“我擅长鉴别之当得腰带銙二十副。每副百钱，三千贯文。”遂令琢之，果得数百千价。又得合子执带头尾诸色杂类，鬻之，又计获钱数十万贯。其宅并元契，乂遂与米亮，使居之以酬焉。

又李晟大尉宅前，有一小宅。相传凶甚，直二百十千，乂买之。筑园打墙，拆其瓦木，各垛一处，就耕之术。太尉宅中傍其地有小楼，常下瞰焉，晟欲并之为击毬之所。他日乃使人向乂，欲买之，乂确然不纳。云：“某自有所要。”候晟沐浴日，遂具宅契书，请见晟。语晟曰：“某本置此宅，欲与亲戚居之。恐俯逼太尉甲第，贫贱之人，固难安矣。某所见此地宽闲，其中可以为戏马。今献元契，伏惟府赐照纳。”晟大悦。私谓乂：“不要某微力乎？”乂曰：“无敢望，犹恐后有缓急，再来投告令公。”晟益知重。乂遂搬移瓦木平治其地如砥，献晟为戏马。荷乂之所惠。乂乃于两市。选大商产巨万者，得五六人。遂问之：“君岂不有子弟婴诸道及在京职事否？”贾客大喜，语乂曰：“大郎忽与某等，致得子弟庇身之地，某等共率草粟之直二万贯文。”乂因怀诸贾客子弟名谒晟，皆认为亲故。晟忻然览之，各置诸道膏腴之地重职，乂又获钱数万。

玉石，曾看见这家屋内有一块特殊的石头，很少有人留意它，是一块捣衣石，它是一块真的于阗玉，你会立即富起来的啊！”窦义没有相信米亮的话。米亮说：“可以到延庆坊请来一位玉工，让他鉴定一下。”玉工看到这块捣衣石，大为惊讶地说：“这是一块奇异的宝玉啊！经过加工，可以雕琢出腰带二十副。每副卖百文钱，还能卖三千贯钱呢！”于是，窦义雇来玉工将这块捣衣玉石加工成腰带，卖了几十万。又加工成盒子、执带头尾等各种东西，卖掉之后，得钱几十万贯。后来，窦义将这座买下的宅院，连同房契一块儿赠送给米亮，让他住在这里，算作对米亮的酬谢。

太尉李晟住宅边有一座小宅。传说很不祥，要价二十万钱，窦义将它买了下来。四周筑上围墙，拆去房屋，将拆下来的木料、房瓦，各垛一处，准备辟成耕地。太尉有一座小楼挨着窦义买下的这块地，从楼上就可以俯瞰全园。李晟想将这块地跟小楼所占的地方合并到一块儿，建造一座击球场。一天，李晟请人代他向窦义提出买地的事，窦义坚决不同意，说：“我留下这块地方也有用处的。”待到李晟又承受新的皇恩时，窦义带着房契去拜见李晟。说：“我买下这座宅院原打算借给一位亲属居住。但是，恐怕离太尉府第太近，家贫位卑的人家，很难安稳地住下去。我看到这块地方很宽阔、闲静，可以修建个跑马场。今天，我特意来府上向您进献房契，只希望大人您能收下我的这份心意。”李晟非常高兴。私下对窦义说：“不需要我帮你办点什么事情吗？”窦义说：“我不敢有这种奢望。但是日后有什么急着要办的事情，我再来找太尉您。”李晟更加看重窦义。于是，窦义搬走堆放的木料、房瓦，雇工将这块空地修整得像磨刀石一样平坦坚实后，送给李晟为跑马场。李晟非常感谢窦义的惠赠。之后，窦义在京城长安的东西两个集市上，挑选家财万贯的大商人五六个，问他们：“你们难道不愿意自己的子弟在各州郡和京城挂职当官吗？”这些富商们听了后非常高兴，说：“窦义没有忘了我们啊！待到您为我们的孩子办得保身的好差使，我们一定送您二万贯表示酬谢。”窦义因此带着这些富商们子弟的名片去拜见太尉李晟，说都是自己亲朋好友的孩子。李晟高兴地答应下来，都给安排在各道裕的州郡担任崇贤里有中郎将曹遂兴当夜生一大树，遂兴每患其经年枝叶有碍庭宇，伐之又恐损堂室。乂因访遂兴，指其树曰：“中郎何不去之？”遂兴答曰：“诚有碍耳，因虑根深本固，恐损所居室宇。”乂遂请买之，仍与中郎除之。不令有损，当令树自失，中郎大喜。乃出钱五千文，以纳中郎。与斧釿匠人议伐其树，自梢及根，令各长二尺余，断之，厚与其直。因选就众材，及陆博局数百，鬻于本行。乂计利百余倍，其精干率是类也。

后乂年老无子，分其见在财等与诸熟识亲友。至其余千产业，街西诸大市各千余贯，与常住法安上人经营。不拣日时供拟，其钱亦不计利。乂卒时年八旬余，京城和会里有邸。弟侄宗亲居焉，诸孙尚在。（出《乾䐑子》）

贪

滕蒋二王

唐滕王婴、蒋王恽，皆不能廉慎。大帝赐诸王名五王，不及二王。敕曰：“滕叔蒋兄，自解经纪，不劳赐物。”与之，以为钱贯，二王大惭。朝官莫不自励，皆以取受为脏污。有终身为累，莫敢犯者。（出《朝野佥载》）

重要的职务。于是，窦义从这些富商们那儿获钱几万。

崇贤里内中郎将曹遂兴的庭院中离窗户很近的地方长着一株大树。曹遂兴常怕这株大树的枝叶遮挡住房的光线，又怕砍伐它砸坏了堂屋。窦义知道这件事后，来拜访遂兴，指着这株大树对曹遂兴说："中郎怎么不将它砍了呢？"曹遂兴回答说："是有些碍事，但是考虑到它根深本固，伐倒它唯恐砸坏堂屋。"窦义就要求将这株大树买下来，仍旧将它伐倒，却保证一点也不损坏他家的堂屋，而是让树自己消失，曹遂兴听后非常高兴。答应将树卖给窦义，只收五千文钱。窦义买下这株大树后，跟伐树的匠人商议采取从稍到根砍伐的方法，将它伐成每段二尺多长的若干木段，工钱从优。又从中挑选出好的木材雇匠人制成赌博用具，在自己的商行中出卖，获利一百多倍。窦义的善于经商，精于盘算，大都像以上所说的那样。

窦义老年时没有子嗣，将他一生积攒的钱财分别赠送给了他的亲朋好友。至于其余的产业，像街面各大商店，每个店都价值一千多贯，委托给他少年时曾经借宿过的法安和尚经营。不按特定的时间，只一味提供所需物品，所获之钱也不计较利率。窦义去世时已经八十多岁了。在京城和会里有他的住宅，由他的兄弟子侄居住，他兄弟子侄的后代现在还在。（出《乾𦠆子》）

贪

滕蒋二王

唐朝滕王李元婴、蒋王李恽，都不能清廉自慎，而是贪得无厌。皇上赏赐其他李姓皇室五王，就是没有滕、蒋二王的份。皇上下敕书说："滕王叔、蒋王兄，能够自己照料自己，不需要朝廷赏赐你们财物。"这封敕书送到滕、蒋二王那里，二王误以为是赐给他们钱财。看完敕书后，非常羞愧。从此，满朝的文武百官都自己严格要求自己，都以巧取豪夺与收取贿赂为贪赃枉法，认为这样做贻害终生，所以没有敢违反的。（出《朝野佥载》）

窦知范

唐瀛州饶阳县令窦知范贪。有一里正死，范令门内一人，为里正造像，各出钱一贯，范自纳之。谓曰："里正有罪过，先须急救。范先造得一像，且以与之。"结钱二百千，平像五寸半。其贪皆类此。范惟有一男，放鹰马惊，桑枝打伤头破。百姓快之，皆曰："千金之子。易一兔之命。"（出《朝野佥载》）

夏侯彪之

唐益州新昌县令夏侯彪之初下车，问里正曰："鸡卵一钱几颗？"曰："三颗。"彪之乃遣取十千钱，令买三万颗。谓里正曰："未便要，且寄鸡母抱之，遂成三万头鸡，经数月长成，令县吏与我卖。一鸡三十钱，半年之间成三十万。"又问："竹笋一钱几茎？"曰："五茎。"又取十千钱付之，买得五万茎。谓里正曰："吾未须笋，且林中养之。至秋竹成，一茎十钱，积成五十万。"其贪鄙不道，皆此类。（出《朝野佥载》）

王志愔

唐汴州刺史王志愔饮食精细，对宾下脱粟饭。商客有一骡，日行三百里，曾三十千不卖。市人报价云十四千，愔曰："四千金少，更增一千。"又令买单丝罗，匹至三千。愔问用几两丝，对曰："五两。"愔令竖子取五两丝来，每两别与十钱手功之直。（出《朝野佥载》）

窦知范

唐朝瀛州饶阳县县令窦知范贪婪成性。县内有一个里正死了，窦知范让族人每家出钱一贯，为这个里正建造塑像。钱收上来后，窦知范将这笔钱收归已有。说："这个里正生前有罪过，这笔造塑像的钱先派急用。本县令得先建造一座塑像，就用这笔钱吧。"于是用钱二十万文，建造一座五寸半的塑像。窦知范的贪婪无耻都像这样啊！窦知范只有一个儿子，一次放鹰行猎，他的儿子骑的马受惊狂奔，结果被桑树枝打伤他的头部而死。全县百姓听说后拍手称快，都说："县太爷的千金儿子，换了一只野兔的命。"（出《朝野佥载》）

夏侯彪之

唐朝益州新昌县令夏侯彪之刚来上任时，下车问一个里正说："这地方鸡蛋一文钱买几颗？"回答说："能买三颗。"夏侯彪之听了后，派人取来一万文钱交给里正，让他代买三万颗鸡蛋。对里正说："我不立刻要这三万只鸡蛋，先用母鸡将它们孵化成三万只鸡崽，过了几个月长成大鸡后，让县吏为我卖了它们。一只鸡卖三十文钱，半年时间，我就可以积攒成三十万钱。"又问："竹笋一文钱能买几根？"里正回答说："能买五根。"于是又取一万文交给里正，让里正代他购买五万根竹笋。并对里正说："我并不立刻需要这些竹笋，暂且将它们放在竹林中让它生长，到秋天长成竹子，一根卖钱十文，就可以积成五十万文钱。"他的贪婪成性、卑鄙无耻的行为，大都属于此类。（出《朝野佥载》）

王志愔

唐朝汴州刺史王志愔在饮食上非常讲究，食不厌精，脍不厌细。然而却给宾客却吃粗米饭。一次，一位商人要出售一头驴。这头驴一天能行三百里路，曾经有人给他三万文钱，他都没有卖。这次，管理市场的官吏报价说十四千钱，王志愔听了后说："四千文钱少，我再加一千。"还有一次，王志愔派手下人去给他买单丝罗，每匹三千文

段崇简

唐深州刺史段崇简性贪暴。到任追里正，令括客。云："不得称无。上户每家取两人，下户取一人，以刑胁之。"人惧，皆妄通。通讫，简云："不用唤客来，但须见主人。"主人到，处分每客索绢一匹。约一月之内，得绢三十车。罢任发，至鹿城县。有一车装绢未满载，欠六百匹。即唤里正，令满之。里正计无所出，遂于县令丞尉家，一倍举送。至都，拜邠州刺史。（出《朝野佥载》）

崔玄信

唐安南部护崔玄信命女婿裴惟岳摄受州刺史。贪暴，取金银财物向万贯。有首领取妇，裴即要障车绫。索一千疋，得八百匹，仍不肯放。捉新妇归，戏之三日，乃放还。首领更不复纳，裴即领物至扬州。安南及问至，擒之。物并纳官。裴亦锞项至安南，以谢百姓。及海口，会赦免。（出《朝野佥载》）

严昇期

唐洛州司仓严昇期摄侍御史，于江南巡察。性嗜牛肉，所至钱。王志愔问织一匹单丝罗要用几两丝，代买的人回答说：“五两。”于是，王志愔让童仆取来五两丝交给代买人，又按每两十文钱手工费，硬叫人家给他织一匹单丝陵罗。（出《朝野佥载》）

段崇简

唐朝深州刺史段崇简为人贪婪残暴成性。段崇简上任后，立即追逼乡里的里正，向各户征召佃户。说：“不得说没有佃户。上等户，每家召取二人，下等户，每家召取一人，不来的，可动用刑法。”乡人们害怕，都乱找门路请求通融。之后，段崇简说：“不用召唤佃户来，但必须见到佃户的主人。”佃主到来后，段崇简处罚每个佃户白绢一匹。大约一个月的时间，共收得白绢三十车。于是段崇简辞官返京，到了鹿城县。有一辆车没有装满白绢，还少六百匹，就叫里正们想办法装满。里正们一时没有办法，就到县令、县丞、县尉家筹取。多筹了一倍，一共筹到一千二百匹白绢，呈交段崇简。段崇简回到京城长安后，又被任命为邠州刺史。（出《朝野佥载》）

崔玄信

唐朝安南都护崔玄信任命自己的女婿裴惟岳代理受州刺史。裴惟岳贪婪残暴，非法收取金银等财物价值万贯。一次，有位首领要娶媳妇，裴惟岳向这位首领索要做车幔帐用的绫子一千匹。那人交给他八百匹，还是不肯放过人家。竟然将新娘抢回府衙，戏弄了三天，才放回去。这位首领还是不肯交纳余下的那两百匹绫子，裴惟岳就亲自将这些绫子运到扬州。安南方面及时派人追到扬州，逮捕了裴惟岳。他运到扬州的一切财物也被收为官有。裴惟岳被戴上枷锁押送回安南，让他向安南的百姓们谢罪。走到海口，遇到皇上的赦令，才得以赦免返回。（出自《朝野佥载》）

严昇期

唐朝洛州司仓严昇期代理侍御史，在江南巡察。严昇期非常喜

州县，烹宰极多。事无大小，入金则弭。凡到处，金银为之涌贵。故江南人呼为“金牛御史”。（出《朝野佥载》）

张昌仪

唐张昌仪为洛阳令，恃易之权势，属官无不允者。鼓声动，有一人姓薛，赍金五十两，遮而奉之。仪领金，受其状。至朝堂，付天官侍郎张锡。数日失状，以问仪。仪曰：“我亦不记得，但姓薛者即与。”锡检案内姓薛姓者六十余人，并令与官，其蠹政也若此。（出《朝野佥载》）

李邕

唐江夏季邕之为海州也。日本国使至海州，凡五百人，载国信。有十船，珍货数百万。邕见之，舍于馆。厚给所须，禁其出入。夜中，尽取所载而沉其船。既明，讽所馆人白云：“昨夜海潮大至，日本国船尽漂失，不知所在。”于是以其事奏之。敕下邕，令造船十艘，善水者五百人，送日本使至其国。邕既具舟及水工。使者未发，水工辞邕。邕曰：“日本路遥，海中风浪，安能却返？前路任汝便宜从事。”送人喜。行数日，知其无备，夜尽杀之，遂归。邕又好客，养亡命数百人，所在攻劫，事露则杀之。后竟不得死，且坐其酷滥也。（出《纪闻》）

爱吃牛肉，他巡察所到的州县，宰杀了许多牛做成菜肴给他吃。事情无论大小，只要送上金银等物就能满足要求。所到之处，金银的价格都会猛然上涨。因此，江南人称他为“金牛御史”。（出《朝野佥载》）

张昌仪

唐朝张昌仪任洛阳县令，仗恃张易之的权势，花钱想当官的，他没有不帮助办成的。一次，惊堂鼓响，有一个姓薛的人带着五十两黄金进入公堂，用衣袖遮挡着将黄金偷偷送给了张昌仪。张昌仪得到黄金后，接受了薛氏的状纸，回到京城将状纸交付天官侍郎张锡办理。几天后呈状丢了，张锡问张昌仪那个人的名字，张昌仪回答说：“我也不记得了，只要见姓薛的，你就看着给个官职。”张锡回到官衙中查检，见桌案内放有姓薛的六十多个人，便将这些状纸一并送了上去，张昌仪枉法害政竟到了这种程度。（出《朝野佥载》）

李邕

唐朝江夏人李邕在海州做官。一次，日本国派遣唐使来到海州，一共五百人，带着国书。乘十只船，船上装载的都是珍宝，价值好几百万。李邕见了这些珍宝后，将五百名遣唐使安排在驿馆住下，充足供应一切生活用品，但是禁止他们随便出入。当天夜里，李邕派人将日本遣唐使船上的珍宝尽数取走，将船沉入海中。天亮后，对所有驿馆的人谎称：“昨夜海潮特别凶猛，日本国使臣的船全都漂失得不知去向。”李邕将这件事上报给朝廷。皇上发下来文书，命令李邕造十艘船，派遣船工五百人，送日本使臣回本国。李邕接到文书后，准备了船与水手。临出发前，水手们向李邕辞行时，李邕暗示水手们说：“日本国离此地路途遥远，海中风浪又大，怎么能够返回来呢？此去任凭你们自己见机行事。”水手们听了这话不由得大喜。出发没几天，趁日本国使臣没有防备，在一天夜里将他们全部杀死，驾着空船回到海州。李邕喜欢收养门客，共收养了亡命之徒几百人，到处攻

裴佶

唐裴佶常话，少时姑夫为朝官，有雅望。佶至宅，会其退朝。深叹曰："崔照何人，众口称美，必行贿也。如此安得不乱？"言未讫，门者报曰："寿州崔使君候谒。"姑夫怒，呵门者，将鞭之。良久，束带强见。须臾，命茶甚急。又命酒馔，又命秣为饭。佶姑曰："前何踞而后恭？"及入门，有德色。揖佶曰："憩学中。"佶未下阶，出怀中一纸，乃赠官绝千匹。（出《国史补》）

元载

唐元载破家，藉财物，得胡椒九百石。（出《尚书故实》）

张延赏

唐张延赏将判度支，知一大狱颇有冤屈，每甚扼腕。及判使。召狱吏，严诫之，且曰："此狱已久，旬日须了。"明旦视事，案上有一小帖子曰："钱三万贯，乞不问此狱。"公大怒，更促之。明日，复见一帖子来曰："钱五万贯。"公益怒，令两日须毕。明旦，案上复见帖子曰："钱十万贯。"公遂止不问。子弟承间侦之，公曰："钱至十万贯，通神矣，无不可回之事。吾恐及祸，不得不受

杀抢掠，事情败露就杀掉。后来李邕没有得到善终，应该是对他滥杀无辜的报应。（出《纪闻》）

裴佶

唐朝裴佶曾经讲过这样一件事，小时候，裴佶的姑夫在朝中为官，有声望。一次，裴佶到姑夫家，正赶上姑夫退朝回来。听他深深叹气，自言自语说：“崔昭是什么人，众人一致说他好。一定是行贿买通了上下。这样下去，国家怎么能不混乱呢？”话还未说完，守门人进来通报说：“寿州崔刺史请求拜见老爷。”裴佶的姑夫听后很生气，呵斥门人一顿，让门人用鞭子将崔刺史赶出府门。过了很久，这位崔刺史整束衣带强行拜见裴佶的姑夫。不一会儿，裴佶的姑夫急忙命家人给崔刺史上茶。又命仆人准备酒宴，并命令做饭。送走崔刺史后，裴佶的姑姑问他姑夫：“你为什么之前那么傲慢而后来又那么恭敬呢？”裴佶的姑夫面带有恩于人的神色走进屋门，挥手让裴佶离开这里，说：“你到学堂休息吧。”裴佶出屋还没走下门前的台阶，回头一看，见他姑夫从怀中掏出一张纸，上面写着“赠送粗绸一千匹”。（出《国史补》）

元载

唐朝宰相元载获罪被抄家时，在元载家中抄出了九百石胡椒。（出《尚书故实》）

张延赏

唐朝张延赏即将担任度支使。他知道有一宗大案子是个冤案，每每提起这宗大案都扼腕叹息。等到他具体负责审理工作，召见掌管讼案、刑狱的官吏严加训诫，并且责令他们说：“这宗案子拖得太久了，你们必须在十天之内将它审理完。”第二天早晨来到府衙办公，见桌案上放着一张便笺上写：“出钱三万贯，请你不要过问这宗案子。”张延赏看后大怒，再次督促此案。第三天，又在书案上看见

也。”（出《幽闲鼓吹》）

卢昂

唐卢昂主福建盐铁，赃罪大发，有瑟瑟枕大如半斗，以金床乘之。御史中丞孟简按鞫累月，乃得以进。召市人估之，或云宝无价。或云美石，非真瑟瑟地。（出《国史补》）

崔咸

唐中书舍人崔咸尝受大僚之知。及悬车之年，与表表上。崔时为司封郎中，以感知之分，极言赞美。便令制议行，值无厚善者，一章而允请。三数月后，门馆日阒寂，家人辈窃骂。后甚悔，语子弟曰：“有大段事，慎勿与少年郎议之。”（出《幽闲鼓吹》）

崔远

唐崔远将退位，亲厚皆勉之。长女贤，知书，独劝。相国遂决退。一二岁中，居闲躁闷。顾谓儿侄曰：“不得诸道金铜茶笼子，近来总四掩也。”遂复起。（出《幽闲鼓吹》）

一张便笺，上面写着："出钱五万贯。"张延赏看后更加气愤，责令两日内必须结案。第四天，书案上依然放着一张便笺，上面写着："出钱十万贯。"张延赏看后再也不过问这宗案子了。子弟们得知这件事情后，找机会问张延赏原因，张延赏回答说："钱出到了十万贯，能通神啊！没有不可挽回的事情。我担心招来祸患，不得不接受。"（出《幽闲鼓吹》）

卢昂

唐朝卢昂主管福建盐铁。他贪赃的罪行被举发后，在抄没的家产中，有一个碧绿宝石缀成的枕头，有半斗那么大，置放在黄金制作的床上。处理卢昂贪赃的案子时，御史中丞孟简审讯、查办了好几个月，才有突破性的进展。他召集珠宝商人来评估这只碧宝石枕，有的珠宝商人说这只碧宝石枕是无价之宝；有人说是精美的石头，不是真的碧宝石。（出《国史补》）

崔咸

唐朝中书舍人崔咸曾经受过大官僚的赏识。大官僚在七十二岁的时候，递上了申请退休的表章。这时，崔咸任司封郎中，从感恩的角度，在表章中极力赞美这位大僚。皇上下令议论是否可行。正赶上宰相们与官僚关系不友好，一章上奏，就得到了批准。三几个月后，门庭一天比一天冷落，家里的晚辈人都在私下骂崔咸。官僚非常后悔，并埋怨崔咸没有为自己说好话，对家中子弟们说："有重要的事，一定不要跟崔咸说啊！"（出《幽闲鼓吹》）

崔远

唐朝宰相崔远将退职回家，亲朋中关系密切的人，都劝他不要退下来。只有他的大女儿知书达理，劝他退职。于是崔远听从大女儿的话，决定退职回家。崔远退职在家赋闲了一两年，心情郁闷烦躁。对儿子、侄子们说："自从退职回家后，再也没有得到各道属员们送

江淮贾人

江淮贾人有积米以待涌价。画图为人，持米一斗，货钱一千，又以悬于市。杨子留后余粲，杖杀之。（出《国史补》）

龙昌裔

戊子岁旱，庐陵人龙昌裔有米数千斛粜。既而米价稍贱，昌裔乃为文，祷神冈庙，祈更一月不雨。祠讫，还至路，憩亭中。俄有黑云一片，自庙后出。顷之，雷雨大至，昌裔震死于亭外。官司检视之，脱巾于髻中得一纸书，则祷庙之文也。昌裔有孙，将应童子举，乡人以其事诉之，不获送。（出《稽神录》）

安重霸

蜀简州刺史安重霸渎货无厌。州民有油客者姓邓，能棋，其家亦赡。重霸召对敌，只令立侍。每落一子，俾其退立于西北牖下。俟我算路，乃始进之，终日不下十数子而已。邓生倦立且饥，殆不可堪。次日又召，或有讽邓生曰："此侯好赂，本不为棋，何不献赂而自求退。"邓生然之，献中金三锭。获免。（出《北梦琐言》）

的金铜茶笼子，近些日子总感到闭塞压抑。”就又复出做官。（出《幽闲鼓吹》）

江淮贾人

江淮有一位商人，积存许多米不卖而等米价上涨。这位米商让画工画一个人手中端着一斗米，旁边写上：每斗米价一千文，之后将这幅画张贴在米市上。杨子留守余粲知道这件事情后，施用杖刑将他打死。（出《国史补》）

龙昌裔

唐朝戊子年间大旱，庐陵人龙昌裔囤米几千斛。稍后，米价跌下来一些，龙昌裔于是写祷文，祈求上天再有一个月不下雨，之后亲自到神冈庙去祷告。龙昌裔祷告完毕后，走到半路，在亭中休息。忽然有一片黑云自神冈庙后涌过来。不一会儿，雷雨大作，龙昌裔被震死在亭子外面。官司检视龙昌裔的尸体，解去他的头巾，在发髻中找到一张写着字的纸，是他写的那篇祷文。龙昌裔有个孙子，将去参加童子举试。乡邻们将他爷爷的这件事告诉了举试官。因此他的孙子没有被获准举选。（出《稽神录》）

安重霸

前蜀王朝时，简州刺史安重霸贪得无厌。州中百姓中，有一位姓邓的油商，能弈棋，家中也比较富裕。安重霸将他找来对弈，只让他站着弈棋，不许坐下。邓油商每布下一子后，安重霸立即让他退到西北窗下站在那里，待自己盘算好棋路，才布子。下了一天不过只布下十几个棋子罢了。邓油商又累又饿，几乎到了体力不支的程度。第二天，安重霸又派人召见邓油商，有人告诉邓油商说：“这个刺史喜爱受贿，你怎么不向他献上贿赂而求免了苦役呢？”邓油商听了这个人的话，献给安重霸三锭中等的金元宝，这才免去站着弈棋之苦。（出《北梦琐言》）

张虔钊

张虔钊多贪。镇沧州日，因亢旱民饥，乃发廪赈之。事上闻，其嘉赏。他日秋成，倍斗征敛。常言自觉言行相违，然每见财，不能自止。时人笑之。（出《北梦琐言》）

张虔钊

张虔钊生性好贪。他任沧州刺史时，因为大旱百姓挨饿，就开仓发放粮米赈济饥民。这件事传到皇上耳朵里，皇上很是赞赏他。可是等到秋后收成定了，张虔钊却加倍征收旱时赈济的粮米。张虔钊常常说他自己也觉得说的与做的相违背。然而，一见到钱财就想贪占，不能控制自己。当时的人都讥笑他。（出《北梦琐言》）

卷第二百四十四　褊急

时 苗

汉时苗为寿春令。谒治中蒋济，济醉，不见之。归而刻木人，书“酒徒蒋济”，以弓矢射之。牧长闻之，不能制。（出《独异志》）

王 思

王思性急。执笔作书，蝇集笔端，驱去复来。思恚怒，自起逐之，不能得。还取笔掷地，蹋坏之。（出《魏略》）

李凝道

唐衢州龙游县令李凝道性褊急。姊男年七岁，故恼之。即往逐之，不及。遂饼诱得之，咬其胸背流血。姊救之得免。又乘驴于街中，有骑马人，靴鼻拨其膝，遂怒大骂，将殴之。走马遂无所及，忍恶不得，遂嚼路傍棘子血流（出《朝野佥载》）

尧君卿

唐贞观中，冀州武强丞尧君卿失马。既得贼，枷禁未决，君卿

时苗

汉朝时苗任寿春县令。一次，去拜见郡府中管理文书档案的官员蒋济，正好遇上蒋济喝醉了酒，不见他。时苗回到家中后，雕刻一个木人，上面写上“酒徒蒋济”四个字，用弓箭射这个木人。郡守得知这件事情后，也劝止不住。（出《独异志》）

王思

王思性格急躁。一次，他执笔写字，一只苍蝇飞落到笔端，挥手赶走它，一会儿又飞回来。王思非常恼怒，起身追打它，没有打到。气得将笔扔在地上，用脚踩烂了。（出《魏略》）

李凝道

唐朝时，衢州龙游县令李凝道度量狭小，脾气急躁。他姐姐有个儿子，才七岁，因不听话激怒李凝道。他就追着打，没有追上。于是用饼诱惑他，将他骗回来，一把抓住，用牙咬小男孩的前胸后背，咬得到处流血。他姐姐发现了，将小男孩救走才得以逃脱。还有一次，李凝道骑着一头毛驴走在街上，有个骑马的人，脚上穿的靴鼻子碰了他的膝盖一下，李凝道就破口大骂，要去殴打人家。骑马人跑得快，李凝道没有追赶上，他咽不下这口气，就用嘴嚼啮路边的棘刺，扎得满嘴流血。（出《朝野佥载》）

尧君卿

唐太宗贞观年间，冀州武强县县丞尧君卿的马丢了。后来抓到

指贼面骂曰："老贼，吃虎胆来。敢偷我物！"贼举枷击之，应时脑碎而死。（出《朝野佥载》）

萧颖士

唐萧颖士，开元中，年十九擢进士第，至二十余该博三教。性急躁忿戾，举无其比。常使一佣仆杜亮，每一决责，以待调养平复，遵其指使如故。或劝亮曰："子佣夫也，何不择其善主，而受苦若是乎？"亮曰："愚岂不知。但爱其才学博奥，以此恋恋不能去。"卒至于死。（出《朝野佥载》）

裴 枢

河东裴枢字环中。季父耀卿，唐玄宗朝，位至丞相。开元二十一年奏开河漕，以赡国用，上深嘉纳之。亲姨夫中书舍人薛邕，时有知贡举之耗。元日，因来谒枢亲。乃曰："几姊有处分亲故中举人否？"其亲指枢。邕整容端手板对曰："三十六郎，自是公共积选之才，不待处分矣。伏恐别有子弟。"枢即应声曰："姨子失言。"因举酒沥地，誓曰："薛姨夫知举，枢当绝迹匿形，不履人世。"其亲决责，令拜谢邕，枢竟不屈。永泰二年，贾至侍郎知举，枢一举而登选。后大历二年，薛邕方知举。枢及第后，归丹阳里，不与杂流交通。又韦元甫除此州，计到郡之明日，合来拜其亲。元甫至丹阳之明日，专使送衣服书状信物，枢怒言不纳。后三日，元甫亲拥骑到枢别业，枢戒其仆，不令报。久停元甫车徒，不了盗马贼，戴上刑枷。可是刑枷还没有戴好，尧君卿指着盗马贼的鼻子大骂道：“好你个老贼，吃了老虎胆了，竟敢偷我的马！”这个盗马贼抢过来刑枷向尧君卿头上击去，尧君卿被击碎脑壳倒地死去。（出《朝野佥载》）

萧颖士

唐朝人萧颖士，唐玄宗开元年间，才十九岁就考中进士，到二十几岁时，精通儒、释、道三教。他为人性情急躁，容易发怒、蛮横无理，再也没有像他这样的人了。萧颖士身边有个老仆人叫杜亮，每次犯了错都要挨他一顿打骂。然而等到杜亮的伤养好后，照样服侍萧颖士，听从萧颖士的使唤，跟以前一样。有人劝杜亮说：“你不就是一个仆人吗？何不挑选一个和善的主人侍奉，而在这受这样的苦呢？”杜亮回答说：“我怎么不知道这些道理呢。但是我仰慕他才学渊博，所以才恋恋不舍不能离去。”杜亮最终被萧颖士虐待而死。（出《朝野佥载》）

裴枢

河东人裴枢，字环中。他的叔父裴耀卿，唐玄宗在位期间，官至宰相。开元二十一年，裴耀卿上奏玄宗皇帝建议开通漕运，用以充实国库，玄宗皇帝特别赞许并采纳了这个建议。裴枢的亲姨夫薛邕官任中书舍人，当时传出来他有可能主持科举选拔考试的消息。这年正月初一，薛邕特来拜见裴枢双亲。就说：“姐姐家的亲友有人参加应举科考吗？”裴枢的父母指了指裴枢。薛邕手捧上朝记事用的手板，面容严肃地说：“三十六郎，自然是国家积贮待选拔的人才，不用特意吩咐我了。我是深恐还有其他子弟，因此问一下。”裴枢当即应声说：“恕我口出狂言。”举起一杯酒洒在地上，当场立誓说：“如果是薛姨夫主持科举考试，裴枢我自当断绝跟外人的交往，藏身在家中，绝对不去参加考试。”他父母举杖责打裴枢，责令他向薛邕赔礼道歉，裴枢就是不肯屈膝。唐代宗永泰二年，侍郎贾至主持科举考试，得进。元甫不怒，但云：“裴君太褊。某乍到，须与军吏监军相识。遽此深责，未敢当也。”亲乃遣女奴传话，延元甫就厅事，置酒。元甫陈以公事，枢方出欢话。（出《乾䐶子》）

崔珙

唐崔珙为东都留守，判尚书省事。中书舍人崔荆为庶子，公务谒珙，珙不为见。荆乃求与珙素厚善者，使候问之，珙怒不已。他日，因酒酣，复诘之。居守益忿曰：“珙誓不与此人相面。且人为文词，言语何限，岂可以珙弟兄作假对耶？”荆尤不喻，亲族咸忧栗不安。甥族中有颖悟者，采取文集，许之。乃掌制日，贬崔球为抚州郡丞云：“因缘雁序，鼓扇浇风。”荆因尔成疾。（出《芝田录》）

韩皋

唐韩皋，自中书舍人除御史中丞。西省故事，阁老改官词头，裴枢一次就考中进士。这之后，在唐代宗大历二年，裴枢的姨夫才主持科举考试。裴枢应举中第后，回到丹阳里，不与一般闲杂人士交往。韦元甫来丹阳上任，计划在到任的时候，一块儿拜见他的亲朋。韦元甫到丹阳上任的第二天，专门派人带着衣服、书信和作为凭证的物件，来到裴枢家。裴枢气愤地将这个人赶走，没有收纳他带来的礼物。过了三天，韦元甫亲自乘车到裴枢的住处拜访他。裴枢嘱咐他家中的仆人，不许他们通报。让韦元甫的车马在外面等候很长时间，不能进门。韦元甫一点也没有生气，只是说："裴枢这个人太偏狭固执了。我初来乍到，需要跟军吏、监军们见见面，相互认识一下。受到这样严重的责备，不敢当啊！"裴枢的父母派丫鬟出来传话，说请刺史到厅堂暂坐，并让仆夫们准备酒宴。韦元甫到厅堂入座后，跟裴枢谈的都是公事，裴枢这才高高兴兴地跟他说话。（出《乾𦠆子》）

崔珙

唐朝时，崔珙任东都洛阳的留守，主理尚书省的事务。中书舍人崔荆担任庶子的职务，因为公事拜见崔珙，崔珙不接见。崔荆就去求一个跟崔珙平素关系非常好的人，替他转达问候，崔珙大怒不止。过了几天，这个人跟崔珙一块儿喝酒，待酒喝到兴起时，他又问崔珙为什么不接见崔荆，崔珙更加气愤地说："我发誓不与这个人见面。况且要是有公事，怎么能借用我崔珙弟兄间的关系来传话应对呢？"崔荆还不明白他的意思。他的家族、亲属都为他感到忧虑不安。崔荆的外甥中有极其聪明的人，给崔荆提议将自己的诗文集呈给崔珙。崔荆采纳了这个提议。就在崔珙掌管草拟皇上命令的日子里，将崔球降职为抚州郡丞，说："将崔球降职是因为他借着是同族兄弟的关系，宣扬扇动浮薄不正的社会风气。"崔荆因为这件事情而气闷出病来。（出《芝田录》）

韩皋

唐朝人韩皋，自中书舍人改任御史中丞。依照中书省的惯例，送以次舍人。是时吕渭草敕，皋恐，问曰："仆何故转？"习不告。皋劫之曰："与君一时左降？"渭急，乃告之。皋又欲诉于改相，渭执之。夺其靴笏。喻喻久之，乃止。（出《国史补》）

杜佑

唐杨茂卿客游杨州，与杜佑书。词多捭阖，以周公吐握之事为讽。佑讶之，时刘禹锡在坐，亦使召杨至，共饮。佑持茂卿书与禹锡曰："请文人一为读之。"既毕，佑曰："如何？"禹锡曰："大凡布衣之士，皆须摆阖，以动尊贵之心。"佑曰："休休，摆阖之事烂也。独不见王舍乎？摆阖陈少游，少游刎其头，今我与公饭吃。过犹不及也。"翌日，杨不辞而去。（出《嘉话录》）

皇甫湜

唐皇甫湜气貌刚质，为文古雅，恃才傲物，性复偏直。为郎时，乘酒使气忤同列者。及醒，不自适，求分务东洛。值伊瀍仍岁歉食，淹滞曹不迁，省俸其微，困悴且甚。尝因积雪，门无行迹，庖突不烟。裴度时保厘洛宅，以美词厚币，辟为留守府从事。湜简率少礼，度亦优容之。先是度讨淮西日，恩赐巨万，贮于集贤私第。度信浮图教，念其杀戮者众，恐贻其殃。因舍讨淮叛所得，再修福先佛寺。备极壮丽，就有日矣。将致书于白居易，请为碑。湜在宰相改任其他官职的任命书，由中书舍人中资格最老的阁老来起草谕旨，然后分送其次的中书舍人。当时，由吕渭起草韩皋改任御史中丞的任命书。韩皋心中恐慌，问吕渭："我因为什么缘故改任御史中丞？"按照惯例是不能说的。韩皋逼问说："难道是跟你同时降职？"吕渭被逼问急了，就告诉了韩皋这次降职的原因。韩皋还想上诉他被免去宰相的事，吕渭坚决不同意他这样做。抢夺下韩皋的朝靴和记事用的手板。他气得大声吵嚷了很长时间，才平息下来。（出《国史补》）

杜佑

唐朝时，有个叫杨茂卿的读书人游历扬州，送书信给杜佑。信中多是议论天下政事的内容，用周公"捉发吐哺"等典故暗讥杜佑，杜佑看了这封信后非常惊讶。当时刘禹锡也在座，杜佑派人请杨茂卿来一块饮酒。席间，杜佑将杨茂卿给他的信递给刘禹锡说："请文人拜读一下。"刘禹锡读完信后，杜佑问："怎么样？"刘禹锡说："一般来说，没有进入仕途的读书人不甘寂寞，都须用游说之术，来打动高官显贵的心。"杜佑说："快别说了，游说之术早已用烂了啊！难道没有看到过王舍吗？向陈少游献游说之术，陈少游却斩了他的头。可我现在却请你吃饭。看来两种做法都有点偏颇呀！"第二天，杨茂卿没有告辞就离开了。（出《嘉话录》）

皇甫湜

唐朝皇甫湜性格品貌倔强耿直，文章古拙高雅，而且性情高傲，秉性偏狭暴躁。皇甫湜在任工部郎中时，一次在酒桌上发脾气，跟同僚争吵起来。等酒醒后，自己觉得不好意思，请求到东都洛阳去任职。正赶上伊水、瀍水泛滥，连年歉收，皇甫湜又很长时间滞留在那里不得升迁。薪俸特别低，生活非常困顿愁苦。曾经天降大雪，皇甫湜家门前连个脚印都没有，全家挨饿，厨房的烟囱都不冒烟。当时，晋国公裴度正治理东都，皇甫湜用优美的辞令和优厚的礼物，得座，忽发怒曰："近舍某而远征白，信获戾于门下矣。某文若方白之作，所谓宝琴瑶瑟而比之桑间濮上也。然何门不可曳长裾，某自此请长揖而退。"宾客无不惊栗。度婉词谢之，且曰："初不敢以仰烦长者，虑为大手笔见拒。今既尔，是所愿也。"湜怒稍解，则请斗酒而归。至家，独饮其半，乘醉挥毫，其文立就。又明日，洁本以献。文思古謇，字复怪辟。度寻绎久之，不能分其句读。毕叹曰："木玄虚，郭景纯江海之流！"因以宝车名马，缯彩器玩，约千余缗，置书，遣小将就第酬之。湜省书大怒，掷书于地，谓小将曰："寄谢侍中，何相待之薄也？某之文，非常流之文也。曾与顾况为集序外，未尝造次许人。今者请为此碑，盖受恩深厚耳。其碑约三千字，一字三匹绢，更减五分钱不得。"小校既恐且怒，归具告之。僚属列校，咸振腕愤悱，思脔其肉。度闻笑曰："真奇才也。"立遣依数酬之。

自居守府正郎里第，辇负相望。洛人聚观，比之雍绛泛舟之到裴度的赏识，被提拔为留守府的从事。皇甫湜简朴率直不拘礼仪，裴度对他也很优待宽容。早年，裴度讨伐淮西叛乱有功，皇上赏赐给他价值巨万的礼品，存放在集贤里的宅院中。裴度信奉佛教，经常顾虑在征讨淮西叛军时杀人太多，会带来灾祸。因此，他将这些钱财施舍给福先佛寺，让僧侣用这笔钱重修佛寺。重修后的福先佛寺，极为宏丽壮观。佛寺修好后，裴度正要写信请白居易为重建的佛寺写篇碑文记载这件事。当时，皇甫湜也在场，他忽然气恼地指责裴度说："我皇甫湜就在你身旁，你却写信请在远处的白居易给你写碑文。一定是我得罪了你啊。我的文章如果跟白居易相比较，就好像通常所说的宝琴玉瑟弹出的高雅音乐与桑间濮上的村野小曲一般。但是，为什么在你门下就容不得高贵的人呢？我现在就向你请求辞职归家。"在座的宾客没有人不惊恐害怕的。裴度委婉地向皇甫湜表示歉意，说："起初，我不好意思有劳老先生。考虑您是大手笔，怕遭到您的拒绝。现在既然您愿意撰写这篇碑文，这也是我的初衷啊！"皇甫湜的怒火稍稍消解，向裴度要了一斗酒，便告辞回到家中。到家后，一个人喝了半斗酒，乘着醉意挥笔撰写碑文，一气呵成。第二天誊写清楚后，送给裴度。皇甫湜写的这篇碑文，文思奇僻、古奥，用字也怪诞邪僻。裴度忖度了好长时间，也不能准确地断句。读完之后叹息道："真是木玄虚、郭景纯一类的隐居高士啊！"于是，备好宝车名马，各种丝织品和古玩器皿，价值一百多万钱，并写了一封信，派遣一名小校送到皇甫湜家中。皇甫湜看完裴度给他的信后，大为恼怒，气愤地将信扔在地上，对小校说："请转告裴侍中，为什么这样亏待我啊？我的文章不是一般人的文章，除了曾经给顾况写过集序外，还没有再为什么人写过。现在裴侍中请我撰写这篇碑文，都是因为我受他的恩惠深厚啊。这篇碑文约有三千字，每个字需付润笔费三匹绢，减少五分钱也不行。"小校听了后既惊恐又愤怒，回到留守府中如实汇报给裴度。在场的下属与各位将校，都挥臂握拳，异常愤怒，纷纷叫嚷要将皇甫湜切成肉块。裴度笑着说："真是奇才啊！"立即派人按照皇甫湜提出的酬金数额，如数付给他。

运载绢的车辆，自留守府衙到皇甫湜居住的路上，一辆挨着一役。湜领受之无愧色。而卞急之性，独异于人。尝为蜂螫手指，因大躁急。命奴仆暨里中小儿辈，箕敛蜂巢，购以善价。俄顷山聚于庭，则命碎于砧几，烂于杵臼，绞取津液，以酬其痛。又常命其子松，录诗数首。一字小误，诟詈且跃。手杖不及，则啮腕血流。其性褊急，皆若此。（出《阙史》）

段文昌

唐段相文昌性介狭。宴席宾客，有眉睫之失，必致怪讶。在西川，有进士薛大白，饮酒称名太多，明日遂不复召。（出《因话录》）

李德裕

刘禹锡唐太和中为宾客，时李德裕同分司东都。禹锡因谒于德裕曰："近曾得白居易文集否？"德裕曰："累有相示，别令收贮，然未一披。今日为吾子览之。"及取看，而箱笥盈溢，尘土蒙覆。既启而复卷之，谓禹锡曰："吾于此人不足久矣，其文章何必览焉。但恐回吾精绝之心，所以不欲看览。"其抑才也如此。初，文宗命德裕朝中朋党，首以杨虞卿、牛僧孺为言。杨、牛即白之密友也。其不引翼，皆如此类。（出《北梦琐言》）

辆。全洛阳的人都走出家门观看这种奇观，就像观看历史上秦国向晋国送救灾粮的“雍绛之役”一样。皇甫湜欣然接受，毫不羞愧。皇甫湜性情急躁，的确与众不同。一次，皇甫湜被马蜂螫了手指，因此大为躁怒。让家中仆夫及邻里的小孩，将蜂巢取下来装在畚箕里，他用高价买下来。过了一会儿，所有的马蜂都飞聚在他家庭院中。他又让家仆将马蜂捉住，在杵臼中砸烂捣碎，再将它们的汁液用布绞取出来，以解螫手之恨。还有一次，皇甫湜让他儿子皇甫松抄录几首诗。发现有个字写得有小错，便蹦跳着大骂不止。他来不急用木棍打，就用牙将他儿子的手腕咬得直流血。皇甫湜的性情急躁，都像这样啊！（出《阙史》）

段文昌

唐朝宰相段文昌性情正直、心胸狭隘。在宴请宾客时，出现鼻子眉毛那样细小的漏洞，也会遭到他的责怪。在西川，有个叫薛大白的进士，喝酒时说的赞美之词过多，第二天设宴便不再请他来了。（出《因话录》）

李德裕

唐文宗太和年间，刘禹锡任太子宾客，跟当时的宰相李德裕同时兼任东都洛阳的分司。借着这个机会，刘禹锡去拜访了李德裕，问：“近来宰相可曾收到白居易的文集吗？”李德裕回答说：“接连收到他送给我的文章，另外收存起来了，但是我始终没有翻阅过。今天拿给你看看吧。”等到去取时，只见满满一书箱全是白居易的诗稿，上面覆盖着一层厚厚的尘土。李德裕拿出展开看，又卷起来放了进去，并对刘禹锡说：“我很长时间就认为这个人没什么值得称道的，他的文章你又何必读呢？对于白居易的文章，我怕辜负了我的精妙之心，所以我不想看。”李德裕身为宰相，就这样压抑人才啊！文宗重用李德裕的朝中朋党时，首先以杨虞卿、牛僧儒为重。杨虞卿、牛僧儒都是白居易的亲密朋友。他们不引荐扶持有才学的人，都像这样。（出《北梦琐言》）

李潘

唐礼部侍郎李潘尝缀李贺歌诗，为之集序，未成。知贺有表兄，与贺笔砚之交者。召之见，托以搜访所遗。其人敬谢，且请曰："某盖记其所为，亦常见其多点窜者。请得所缉者视之，当为改正。"潘喜，并付之。弥年绝迹。潘怒，复召诘之。其人曰："某与贺中外，自少多同处。恨其傲忽，尝思报之。所得歌诗，兼旧有者，一时投溷中矣。"潘大怒，叱出之，嗟恨良久。故贺歌什传流者少也。（出《幽闲鼓吹》）

卢罕

唐李讷除浙东，路由淮楚，时卢罕为郡守。讷既到，适值远日，罕命设将送素膳于讷。讷初见忻然，追览状。乃将名与讷父讳同。讷，建子也，雅性褊躁，大怒。翌日仅旦，已命鼓棹前去。罕闻之，亟命驾而往，舟且行矣。罕知其故，逊谢良久，且言所由以不谨，笞之。讷去意益坚。罕度不可留，怒曰："大小人多名建，公何怒之深也！"遂拂衣而去。（出《玉泉子》）

李潘

唐朝礼部侍郎李潘，曾经搜集、编纂李贺的诗歌，并想给这本诗集撰写序文，可惜没有办成。李潘得知李贺有一位表兄，李贺生前跟他有诗文唱和的交往。于是召见这位表兄，委托他代为访察搜集李贺的遗作。该人恭恭敬敬地答应了，并表示谢意。还请求说："李贺所有的诗作我都知道，还常常见他对自己的诗作进行反复修改。请您将搜集到的也交给我，我可以将其中有误的地方改正过来。"李潘听了之后非常高兴，将诗稿全都交给了这个人。然而，过了一年，如石沉大海，一点消息也没有。李潘很是生气，又将李贺的这位表兄召见来，责问他，这位表兄回答说："我与李贺是表兄弟，从小就常在一起。我非常忌恨他为人傲慢，看不起人，早就想报复他。搜集的那些诗歌，连同您原来整理的，我都一并扔进厕所里了。"李潘听了后非常气愤，大声呵斥让他出去，叹息惋惜了很久。这也是李贺诗歌流传下来很少的缘故啊！（出《幽闲鼓吹》）

卢罕

唐朝的李讷被任命为浙东节度使，在上任的途中，路过淮南、荆楚之地。当时是卢罕在该地任郡守。李讷到达时，正值远日，卢罕让设将给李讷送去素餐。李讷刚看到的时候非常高兴，等到看了卢罕附上的信后，才知道这个给他送饭食的设将名字与自己父亲的名字相同。李讷是李建的儿子，度量狭小，性情急躁，看了之后非常生气。第二天一早，就命人开船离开淮楚。卢罕听到李讷不告而辞的消息后，立即命人备好车马前往码头拜见李讷。卢罕赶到码头时，李讷的官船正要启航。卢罕问明李讷不辞而别的缘由后，一再恭顺地表示歉意，并且说都是由于自己不细心造成的，并处罚了那位设将。然而李讷坚决要走。卢罕意识到怎么也挽留不住李讷了，气愤地说："不论职位高低、尊卑，很多人的名字都叫'建'，何必发这么大的火呢？"说完甩衣袖离去。（出《玉泉子》）

王珙

唐给事中王柷，名家子，以刚鲠自任。黄寇前，典常州。京国乱离，盘桓江湖，甚有时望。及诏征回，路经于陕。时王珙为帅，颇凶暴。然柷将来必居廊庙，亦加礼待之。柷鄙其人，殊不降接。珙乃于内厅盛张宴席，列妓乐。敛容白柷曰："某虽鄙人，叨忝旌钺，今日多幸，遇轩盖经过。苟不弃末宗，愿厕子侄之列。"柷坚不许。珙勃然作色曰："给事王程有限，不敢淹留。"俄而罢宴，命将吏速请王给事离馆。暗授意旨，并令害之，一家悉投黄河，尽取其囊橐。以舟行没溺闻奏，朝庭多故，舍而不问。时柷有一子，行至襄州，亦无故投井而死。（出《北梦琐言》）

高季昌

□□□□□□□董掌奏记府主褊急。□□□□□□□□□□诣梁园劝梁太祖，□□□□□□□□□□□官入中原授大理□□□□□□□季昌怒曰："天下皆知四镇令公必作天子，□□□偃仰乎诟怒而起。久之，召孔目官王仁厚谓曰："我□□□□书记所见甚长，且广南、湖南与梁王齐肩，所以□□□□使我乃梁王将校，安可辄同两处。差都押衙可□□□□董且召宴饮，迎而谓曰："集性急请一切勿言。"仍遗衣□□十匹以安之。董虽禀受，莫知喜怒之由。他日闻说，自□□我本无此见，诚出司徒之意。都校充使，于礼合仪，所遗□段乃谬恩也。（出《北梦琐言》）

王珙

唐朝给事中王柷，出身于显赫之家，以刚直耿介自诩。黄巢起义前，任常州刺史。黄巢军攻陷京都长安期间，王柷回旋在南方，很有名望。等到朝廷征召他回京时，途经陕西。当时王珙为陕西的军政长官，特别凶狠残暴。然而，王珙考虑到王柷此次应召回京一定在朝中担任重要职务，更加以礼相待。王柷鄙视王珙的为人，极不愿意屈尊接受他的款待。王珙在内厅摆设丰盛的宴席，并专门为他准备了乐妓献演歌舞。席间，王珙恭敬地对王柷说："我王珙虽然是个粗鄙的人，叨忝统领陕军，今天得遇给事途经蔽地深感荣幸。若不嫌弃我是柴门小户，愿排在您儿子、侄子辈分上。"王柷坚决不答应。王珙勃然大怒，说："王给事奉命回京的时间有限，我王某人不敢挽留。"说罢立即命人撤去酒宴，并让人催促王柷迅速离开驿馆。等王柷离开驿馆后，王珙暗中授意手下将士尾随王柷，在王柷渡过黄河时将他全家杀死投入河中，并将其所携带的行李包裹尽数取回。之后，王珙假称王柷渡黄河时船翻落水淹死在水中，上报朝廷。当时，朝廷混乱多事，没有时间查询这件事。王柷有一个儿子，在返京途中走到襄州时，也无缘无故被人投入井中而死。（出《北梦琐言》）

高季昌

内容缺失。

卷第二百四十五　诙谐一

晏婴

齐晏婴短小，使楚。楚为小门于大门侧，乃延晏子。婴不入，曰："使狗国，狗门入。今臣使楚，不当从狗门入。"王曰："齐无人耶？"对曰："齐使贤者使贤王，不肖者使不肖王。婴不肖，故使王耳。"王谓左右曰："晏婴辞辩，吾欲伤之。"坐定，缚一人来。王问："何谓者？"左右曰："齐人坐盗。"王视婴曰："齐人善盗乎？"对曰："婴闻橘生于江南，至江北为枳。枝叶相似，其实味且不同。水土异也。今此人生于齐，不解为盗。入楚则为盗，其实不同，水土使之然也。"王笑曰："寡人反取病焉。"（出《启颜录》）

东方朔

汉武帝尝问东方朔曰："先生视朕何如主？"朔对曰："自唐虞之后，成康之际，未足以喻。臣伏观陛下功德，陈五帝之上，在三王之右。非徒若此而已。诚得天下贤士，公卿在位，咸得其人矣。譬若以周邵为丞相，孔丘为御史大夫，太公为将军，毕公高拾遗于后，卞严子为卫尉，皋陶为大理，后稷为司农，伊尹为少府，子贡使外国，彦闵为博士，子夏为太常，益为右扶风，季路为执金

晏婴

春秋时期，齐国晏婴身材矮小，出使楚国。楚国在大门旁边开一个小门迎请晏婴。晏婴不肯从小门进城，说："出使狗国，从狗门进城。可我现在出使的是楚国，不应当从狗门进去。"楚王问："齐国没有人了吗？"晏婴回答说："齐国派遣贤德高尚的人出使贤王统治的国家，派遣品德不好的人出使品行不好的国王统治的国家。晏婴品行不好，因此出使大王您这儿。"楚王对身旁的大臣们说："晏婴善于雄辩，我想治治他。"楚王坐好后，武士们从外面绑着一个人进来。楚王问："他是什么人？"左右回答说："是个犯偷窃罪的齐国人。"楚王看着晏婴，问："齐国人擅长偷窃吗？"晏婴回答说："我听说橘树生长在江南，移植到江北就变成了枳。它们的枝叶都相似，但结的果实味道却不同。是因为水土不一样啊。大王阶下绑着的这个人生于齐国，在齐国时不懂得偷盗，来到楚国后就成了盗贼，本质不同，这是楚国的水土使他变坏的啊！"楚王听了之后笑着说："我反倒被你戏弄了！"（出《启颜录》）

东方朔

汉武帝曾问东方朔："先生看我是什么样的君主？"东方朔回答说："自唐尧虞舜之后，到周朝的成王康王盛世，没有一位国君可以和您相比。以臣看，皇上的功勋与品德，在五帝之上，超过了三皇。并且还不仅仅如此。以诚待人，就能广泛地得到普天下仁人志士的支持和拥戴，朝中的文武百官，都能任用这些贤达的人。比如任周邵为丞相，任孔丘为御史大夫，任姜太公为将军，任毕公高为拾遗，任卞严子为卫尉，任皋陶为大理寺卿，任后稷为司农卿，任伊尹为少府，吾，契为鸿胪，龙逢为宗正，伯夷为京兆，管仲为冯翊，鲁般为将作，仲山甫为光禄，申伯为太仆，延陵季子为水衡，百里奚为典属国，柳下惠为大长秋，史鱼为司直，孔父为詹事，蘧伯玉为太傅，孙叔敖为诸侯相，王庆忌为期门，子产为郡守，夏育为鼎官，羿为旌头，羿善射。宋万为式道侯……”上乃大笑，复问：“今公孙丞相、儿大夫、董仲舒、夏侯始昌、司马相如、吾丘寿王、主父偃、朱买臣、严助、汲黯、胶仓、终军、严安、徐乐、司马迁之伦，皆辨知闳达，溢于文辞。先生自视。何与比哉？”对曰：“臣观其函齿牙，树颊胲，音改。吐唇吻，擢项颐，结股脚，连脽尻，遗蛇其迹，行步禹旅。臣朔虽不肖，尚兼此数子者。”朔之进退澹词，皆此类也。

上尝使诸数家射覆，置守宫于盆下。射之，皆不能中。朔自赞曰：“臣尝受易，请射之。”乃别蓍布卦而对曰：“臣以为龙又无角，谓之为蛇又有足。跂跂脉脉善缘壁，非是守宫即蜥蜴。”帝曰善，赐帛十匹，复使射他物。连中，辄赐帛。时有幸倡郭舍人滑稽不穷，常侍左右。曰：“朔狂幸中耳，非至数也。臣愿令朔复射。朔中之，臣榜百。不能中，臣赐帛。”乃覆树上寄生，令朔射之。朔曰：“是寠薮也。”舍人曰：“果知朔不能中也。”朔曰：“生肉为脍，干肉为脯。著树为寄生，盆下为寠薮。”上令倡监榜舍人，舍人不胜痛，呼謈。朔笑之曰：“咄，口无毛，声謷謷，尻益高。”舍人恚曰：“朔擅抵欺天子从官，当弃市。”上问朔：“何故诋之？”对曰：“臣非敢诋之，乃与为隐耳。”上曰：“隐云何？”朔曰：“夫口无毛者，狗窦也。声謷謷者，乌哺鷇也。尻益高者，鹤俯啄也。”舍人不服，因曰：“臣愿复问朔隐语，不知亦当榜。”即妄为谐语曰：“令任子贡为使节出使外国，任颜回、闵损为博士，任子夏为太常卿，任伯益为京兆尹，任季路为执金吾，任契为鸿胪卿，任龙逢为宗正，任伯夷为京兆尹，任管仲为冯翊郡守，任鲁般为将作大匠，任仲山甫为光禄大夫，任申伯为太仆，任季札为水衡都尉，任百里奚为典属国，任柳下惠为大长秋，任史鱼为司直，任孔父为詹事，任蘧伯玉为太傅。任孙叔敖为诸侯相，任王庆忌为期门，任子产郡守，任夏育为鼎官，任后羿为排头兵，任宋万为式道侯……”汉武帝大笑起来，又问：“现在在我朝为官的公孙丞相、儿大夫、董仲舒、夏侯始昌、司马相如、吾丘寿王、主父偃、朱买臣、严助、汲黯、胶仓、终军、严安、徐乐、司马迁一类的人，他们都能言善辩，渊博通达，擅长文章辞赋。先生看看你自己，在哪些方面可以和这些人相比？”东方朔回答说：“我看到他们的包牙齿，长而多毛的脸，往外翻的嘴唇，长脖子凸下巴，罗圈腿，大肥屁股，像蛇行的歪歪斜斜的脚印，起来拖拖拉拉。我虽然长相不怎么样，还能兼有上述这些人的这些特征。”东方朔讲的，都是这样能进能退、随机应变的俏皮话。

汉武帝曾经让几位大臣玩猜物游戏，在盆内扣放着一只壁虎。大臣们没有猜中。东方朔自我吹嘘说：“我曾学习《周易》，请让我猜。”于是，他就算了一卦，回答说：“我认为它像龙又没有长角，我说它是条蛇又长着脚。连续不断地爬行而且善于攀缘墙壁，不是壁虎就是蜥蜴。”汉武帝称好，赏赐给东方朔帛十匹。又让东方朔猜别的东西，都连连被他猜中，就会被赏赐帛。当时，有一位汉武帝特别宠爱的歌舞艺人叫郭舍人，能表演出各种各样的滑稽动作，经常随侍在汉武帝身边。郭舍人喊叫道：“东方朔只是侥幸猜中，并不是什么真本事。我请求皇上让我放物叫东方朔猜。他猜中了，打我一百板子；他没有猜中，请皇上赏赐给我帛。”于是，郭舍人将依附在树上生长的寄生虫放在盆底下，让东方朔来猜。东方朔说：“是头上顶盆用的垫圈。”郭舍人大叫：“我就知道你不能猜中。”东方朔说：“生肉叫脍，干肉叫脯。放在树上就叫寄生虫，放在顶盆底下就叫垫圈。”汉武帝听了让倡人的主管杖打郭舍人，郭舍人被打得疼痛难忍，大声呼叫。东方朔笑着说：“啊！嘴上没毛，喊声嗷嗷，屁股越抬越壶龃，老柏涂，伊优亚，狋吽牙。何谓也？”朔曰：“令者命也，壶者所以盛也。龃者齿不正也，老者人所敬也。柏者囗之廷也，涂者渐洳径也。伊优亚者，辞未穷也。狋吽牙者，两犬争也。”舍人所问，朔应声辄对，变诈锋出，莫能穷者。左右大惊。上以朔为常侍郎，遂得爱幸。

久之，伏日诏赐从官肉。大官丞日晏不来。朔独拔剑，谓其同官曰：“伏日当蚤归，请受赐。”即怀肉去。大官奏之。朔入，上曰：“昨赐肉，不待诏，以剑割肉而去之。何也？”朔免冠谢。上曰：“先生起自责。”朔再拜曰：“朔来朔来，受赐不待诏，何无礼也？拔剑割肉，一何壮也？割之不多，又何廉也？归遗细君。又何仁也？”上笑曰：“使先生自责，乃反自誉。”复赐酒一石，肉百斤，归遗细君。

边韶

后汉边韶字孝先，教授数百人。曾昼日假寐，弟子私嘲之曰：“边孝先，腹便便，懒读书，但欲眠。”孝先潜闻之，应曰：“边为姓，孝为字，腹便便，五经笥。但欲眠，思经事。寐与周公通梦，静与孔子同意。师而可嘲，出何典记。”嘲者大惭。（原缺出处，明抄高。”郭舍人非常生气，说：“东方朔随意诽谤皇上的侍从官，罪当斩首示众。”汉武帝问东方朔：“你为什么诽谤我的侍从官啊？”东方朔回答说：“我不敢诽谤皇上的侍从官，我说的是隐语呀！”汉武帝问：“什么隐语？”东方朔回答说：“嘴上没毛，指的是狗洞。叫声嗷嗷，指的是母鸟哺育小鸟崽。屁股抬得高，指的是鹤俯身啄食。”郭舍人不服气，说：“我请求再问东方朔隐语，如果说不出来也应该打板子。”随即胡乱说道：“令壶龃，老柏涂，伊优亚，狋吽牙。你说说都隐含的什么？”东方朔回答说：“‘令’是命，‘壶’是盛器，‘龃’齿不正，‘老’人要敬，‘柏’长在院庭中的树，‘涂’渐渐潮湿的路径，‘伊优亚’是词未穷，‘狋吽牙’是两狗相争斗。”郭舍人胡乱问的这些话，东方朔立即应声，对答如流，一点也问不住他。在场的所有文武大臣们都非常惊讶。汉武帝任命东方朔为常侍郎，长期得到宠爱。

三伏天汉武帝下诏赏肉给侍从官们，大官丞到天很晚了也没有来。东方朔拔出宝剑对同僚们说：“伏天热肉容易坏，应当早点将肉拿回家去，请你们赶快接受赏赐吧。”用剑砍块肉拿走了。大官丞将这件事上报给汉武帝。东方朔来了后，汉武帝问：“昨天我赏赐给你们肉，你不等着总管去分，自己割一块拿走，是怎么回事？”东方朔摘下帽子表示认罪。汉武帝说：“先生请起，自己责备自己吧。”东方朔连拜了两次，说：“东方朔啊东方朔，接受赏赐而不等皇上的命令，怎么是无礼呢？拔出宝剑割肉，是何等豪壮的义举啊！割肉并没有多割，又是何等廉洁啊！回到家中把肉交给妻子，又是何等仁爱啊！”汉武帝笑着说：“本来是让先生自己责备自己，你反而夸奖自己了啊！”又赏赐给东方朔一石酒，一百斤肉，让他带回家中交给妻子。

边韶

后汉的边韶字孝先，教授几百个弟子。有一次，白天在睡觉，他的弟子私下嘲笑他：“边孝先，大腹便便，懒得读书，就想着睡觉。”边韶偷偷听见了，应和道：“边是姓，孝是字，大腹便便，那是装书的箱子。想睡觉，是为了思考经书上的事。睡时与周公在通梦，静卧与孔老夫子同心。你们随便嘲弄师长，这是哪本经书上告诉你们的

本作出《启颜录》）

袁次阳

后汉袁次阳妻，扶风马季长女。初，婚装遣甚盛，次阳曰：“妇奉箕帚而已，何乃过珍丽乎？”对曰：“慈亲垂爱，不敢违命。君若欲慕鲍宣、梁鸿之高者，妾亦请从少君、孟光之事矣。”次阳又问曰：“弟先兄举，世以为笑。今处姊未适，先行可乎？”曰：“妾姊高行殊邈，未遭良匹。不如鄙薄，苟然而已。”次阳默然，不能屈。帐外听者为惭。（出《本传》）

伊 籍

蜀先主以伊籍为左将军从事中郎，使吴。孙权闻其才辨，欲逆折其辞。籍适入拜，权曰：“劳事无道之君。”籍应声对曰：“一拜一起，未足为劳。”吴主大惭，无语对。（出《三国志》）

张 裔

蜀张裔为益州太守，为郡人雍闿缚送孙权。武侯遣邓芝使吴，令言次从权请裔。裔自至吴，流徙伏匿。权未之知，故许芝遣。裔临发，乃引见。问裔曰：“蜀卓氏寡女，亡奔相如。贵土风俗，何以乃尔？”裔对曰：“愚以为卓氏寡女，犹贤于买臣之妻。”（出《启颜录》）

啊？”嘲笑他的弟子们听了后感到非常羞愧。（原缺出处，明抄本作出《启颜录》）

袁次阳

后汉袁次阳的妻子，是扶风马季长的女儿。出嫁时，娘家陪送的嫁妆特别丰厚，袁次阳问妻子：“女人家每天只是料理家务而已，为什么嫁妆这么铺张呢？”袁妻回答说：“这是父母的垂爱，我不能违背命令。如果郎君仰慕汉朝的鲍宣、梁鸿的高尚志节，为妻也一定效仿鲍宣的妻子少君、梁鸿的妻子孟光，将饭菜高高地奉举到眉间来侍奉你啊！”袁次阳又问：“弟弟先于哥哥结婚，会被世人耻笑。现在你的姐姐还未出嫁，你先出嫁合适吗？”袁妻回答说：“我姐姐品德高尚卓异，到现在还没有寻找到可以嫁给他的好丈夫。不像我只是随便找个人嫁了就算了。”袁次阳听了后沉默不语，但还不服气。在帐子外面偷听的人，都为他感到惭愧。（出《本传》）

伊　籍

蜀汉先主刘备任用伊籍为左将军从事郎中，派他出使东吴。吴王孙权听说他有辩才，就想先下手折服他。伊籍刚刚进来参拜，孙权说道：“你事奉无道之君辛苦了。”伊籍应声回答道：“一拜一起，算不上辛苦。”孙权听了很惭愧，无话可答。（出《三国志》）

张　裔

蜀汉益州太守张裔，被本郡人雍闿暗中绑着送到孙权那里。诸葛亮派遣邓芝出使东吴，让邓芝拜见孙权时请求放了张裔。张裔自从到东吴后，便从雍闿手里逃出来在各处流落躲藏。孙权并不知道他被绑来，因此允许邓芝带他回蜀国。临行前，张裔被引见去拜辞吴主孙权。孙权问他：“蜀中卓氏寡妇卓文君，跟司马相如私奔。贵地的风俗怎么这样呢？”张裔回答说：“我认为卓氏寡妇卓文君，尽管跟人私奔，也比吴地朱买臣的妻子嫌贫爱富弃夫而嫁强得多！”（出《启颜录》）

张 裕

□□□□□刘璋会涪，时张裕为从事，侍坐。其人饶须，先主嘲之曰："吾涿县特多毛姓，东西南北，皆诸毛也。涿令称曰：'诸毛绕涿居乎！'"裕即答曰："昔有作上党潞长，迁为涿令者，去官还家。时人与书，欲署潞则失涿，署涿则失潞，乃署曰潞涿君。"先主大笑。先主无须，故裕云及之。（《艺文类聚》卷二五引《蜀志》（《蜀志》十二周群传文）文略同，疑出《启颜录》）

薛 综

吴薛综见蜀使张奉，嘲尚书令阚泽姓名，泽不能答。薛综下行乃云："蜀者何也？有犬为独（獨），无犬为蜀。横目句身，虫入其腹。"奉曰："不当复嘲君吴耶？"综应声曰："无口为天，有口为吴。君临万邦，天子之都。"于是众坐喜笑，而奉无以对也。（出《启颜录》）

诸葛恪

诸葛恪对南阳韩文晃，误呼其父字。晃诘之曰："向人子而字父，子为是礼也？"恪大笑，答曰："向天穿针而不见者，非不明，意有所在耳。"孙权使太子嘲恪曰："诸葛元逊食马矢一石。"恪答曰："臣得戏君，子得戏父。"答曰："明太子未敢。"上曰："可。"恪曰："乞令太子食鸡卵三百枚。"上问恪曰："人令君食马矢，君令人食鸡卵，何也？"恪答曰："所出同耳。"吴主大笑。（出《启颜录》）

张 裕

□□□□□刘备与刘璋在涪州相见，当时张裕任刘璋的从事，在旁边作陪。张裕胡子很重，刘备嘲笑他说："我的家乡河北涿县姓毛的特别多，东西南北，都是毛啊。涿县的县令自称为：'众多的毛绕着涿居住。'"张裕随即回答："从前有个人任上党潞长，后迁任涿县县令，辞官回家。当时有人给他写信，想在信头写'潞'就遗漏下'涿'，写'涿'就遗下'潞'。于是，索性写上'潞涿君'。"刘备大笑。刘备脸上没长胡须，因此张裕这么说。（《艺文类聚》卷二五引《蜀志》（《蜀志》十二《周群传》文）文略同，疑出《启颜录》）

薛 综

东吴的薛综见到蜀汉的使臣张奉，张奉嘲笑尚书令阚泽的姓名，阚泽一时反驳不了。于是薛综走到张奉面前说："'蜀'是什么？旁边有犬念'独'（獨），没有犬念'蜀'；横'目''句'身，'虫'进入它的腹中。"张奉说："你不再嘲笑一下吴国吗？"薛综应声回答说："无'口'为天，有'口'为吴，我们吴国君临在万邦之上，是天子的国都啊！"在座的人听了之后都喜笑颜开。而张奉却无言以对。（出《启颜录》）

诸葛恪

诸葛恪有一次无意中失口叫了韩文晃父亲的名字。韩文晃责问他："当着儿子的面叫父亲的字，您认为这样做有礼貌吗？"诸葛恪大笑起来，回答说："农历七月七日夜，妇女们向天穿纫七孔针，不是不知道天是黑的，难纫针，而是另有寓意啊。"吴主孙权指使太子孙亮嘲弄诸葛恪说："诸葛之逊吃马粪一石。"诸葛恪问："做臣子的可以戏弄国君吗？做儿子的可以戏弄父亲吗？"太子明回答说："我不敢这样做啊。"吴主孙权接口说："可以这样做。"诸葛恪听了后，说："请皇上命令太子吃鸡蛋三百只。"孙权问："太子让你吃马粪，你让太子吃鸡蛋，这是为什么呀？"诸葛恪回答说："它们都出自同

费 禕

孙权尝飨蜀使费禕，逆敕群臣："使至，伏食勿起。"禕至，权为辍食，而群下不起。禕嘲云："凤凰来翔，麒麟吐哺；驴骡无知，伏食如故。"诸葛恪曰："爱植梧桐，以待凤凰。有何燕鸟，自称来翔。何不弹射，使还故乡。"咸称善。（出《启颜录》）

王戎妻

晋王戎妻。语戎为卿。戎谓曰："妇那得卿婿，于礼不顺。"答曰："我亲卿爱卿，是以卿卿；我不卿卿，谁当卿卿。"戎笑遂听。（出《启颜录》）

邓 艾

邓艾口吃，语称艾艾。晋文王戏之曰："艾艾为是几艾？"对曰："凤兮凤兮，故是一凤。"（《御览》四六四引作出《语林》，又四六六引作出《世说》，文同。）

安陵人

晋钟毓兄弟警悟过人，每嘲谑，未尝困踬。尝语会，闻有女善调谑，往观之。于是盛饰共载，行至西门。一女子笑曰："车中央殊高。"毓等初不觉，车后门生云："向已被嘲。"钟愕然。门生曰："中央高，两头低也，盖言羝也。"兄弟多髯故云。

一个地方啊！”孙权听了大笑不止。（出《启颜录》）

费祎

一次，吴主孙权宴请蜀汉使臣费祎，事先告诉参加宴会的群臣们说：“一会儿费祎来了，诸位爱卿装作没看见，继续低头吃喝，不用站起来迎接。”费祎来了之后，只有孙权停止进食，其他群臣均没有起身迎接他。费祎看到这种情形，立即嘲讽地说：“凤凰飞来了，只有麒麟吐出食物；驴和螺子无知，却照旧在那里闷头继续吃。”诸葛恪听后抬起头来，说：“我们喜爱种植梧桐树，是为了迎接凤凰的到来。从哪里飞来的燕雀，自称是凤凰。为什么不用弹弓射它，将它赶回自己的故乡。”众臣都起身叫好。（出《启颜录》）

王戎妻

晋人王戎的妻子，称王戎为卿。王戎对她说：“妻子怎么能称丈夫为卿呢？在礼节上讲不通。”妻子回答说：“我亲卿爱卿，所以才卿卿；我不卿卿，谁来卿卿？”王戎听后就笑了。（出《启颜录》）

邓艾

邓艾口吃，经常说“艾艾”。晋文王曾和他开玩笑说：“艾艾到底是几个艾呀？”邓艾回答说：“凤兮凤兮，只是一凤。”（《御览》四六四引作出自《语林》，又四六六引作出自《世说》，文同。）

安陵人

晋朝钟毓兄弟机敏聪明，超过常人，每次与人戏谑，从未被难倒过。一次，钟毓对钟会说，听说有个女人非常会调笑戏谑，就想去会一会她。于是两兄弟穿着华美的衣服，乘坐同一辆车前往，他们走到西门，遇见一个女人指着他们笑着说：“车中央太高了。”钟毓等人起初一点也没有察觉出什么来，坐在车后面的弟子说：“方才已经被戏谑啦！”钟氏兄弟吃了一惊。弟子说：“那个女人说中央高，两头

杨 修

晋杨修九岁，甚聪慧。孔君平诣其父，不在。杨修时为君平设。有果杨梅，君平以示修：“此实君家果。”应声答曰：“未闻孔雀是夫子家禽也。”（出《启颜录》）

孙子荆

晋孙子荆年少时欲隐，语王武子云：“当枕石漱流。”误曰：“漱石枕流。”王曰：“流可枕，石可漱乎？”子荆曰：“所以枕流，欲洗其耳；所以漱石，欲砺其齿。”（出《世说新语》）

蔡 洪

晋蔡洪赴洛，洛中问曰：“幕府初开，群公辟命。求英奇于仄陋，采贤俊于岩穴。君吴楚之士，亡国之余，有何异才，而应斯举？”蔡答曰：“夜光之珠，不必出于盟津之河；盈握之璧，不必采于昆仑之山。大禹生于东夷；文王生于西羌。圣贤所出，何必常处。昔武王伐纣，迁顽民于洛邑，诸君得无是其苗裔乎？”（出《启颜录》）

陆 机

陆机诣王武子，武子有百斛羊酪。指以示之曰：“卿东吴何以低，就是羝——公羊。”钟毓兄弟二人，都长着浓密的胡须，所以那个女人才这么说。

杨修

晋朝人杨修特别聪慧，在九岁的时候一次，孔君平来看望杨修的父亲，父亲不在家，杨修代为招待。餐桌上有一盘杨梅，孔君平指着桌上的杨梅问杨修：“这杨梅是你杨家的果吗？”杨修应声回答说：“我没听说过孔雀是夫子家的家禽。”（出《启颜录》）

孙子荆

晋朝孙子荆年轻时想隐居，对王武子说：“应当头枕石头，用溪水漱口。”误说成：“应当用石头漱口，头枕溪水。”王武子问：“溪水可以枕，石头怎么漱口呢？”孙子荆于是狡辩道：“我之所以头枕溪水，是为了洗耳朵；之所以饮石头，是想磨砺牙齿。”（出《世说新语》）

蔡洪

晋朝人蔡洪到洛阳，洛阳城里有人问他：“现今刚开始招幕僚，你们这些人就拼命挤入京城。在卑微的人中选拔英才奇士，在山野岩洞中招揽贤人俊杰。你们这些吴楚之地的人，原本是亡国之后侥幸生存下来的，有什么特殊的才能来应此召？”蔡洪回答说：“价值连城的夜光宝珠，不必是产在周武王会盟诸侯的孟津水中；一手握不过来的美玉，不必是从昆仑山上采的。大禹出生在东夷，周文王出生在西羌。圣明贤良的人出生的地方，为什么非是在一个固定的地方？当年周武王伐纣胜利后，迁移顽固不化的人到洛阳来，你们这些洛阳人能不是顽民的后裔吗？”（出《启颜录》）

陆机

陆机到王武子家做客，王武子家存有一百斛羊奶酪。王武子敌此？”陆曰：“有千里莼羹，未下盐豉耳。”机在坐，潘安至，陆便起。安仁曰：“清风至，乱物起。”陆应声答曰：“众鸟集。”（出《启颜录》）

指着这些羊奶酪问陆机："你们东吴有什么名菜可以跟羊奶酪相媲美？"陆机回答说："我们东吴有千里产的莼菜羹，只是还没有加盐酱。"陆机正坐着呢，潘安来了，陆机站起身来。潘安说："清风吹来了，各种废弃东西都被刮起来了。"陆机听后应声回答说："群鸟聚集到一起了。"（出《启颜录》）

卷第二百四十六　诙谐二

蔡谟

晋王导妻妒，导有众妾在别馆，妻知之，持食刀将往。公遽命驾，患牛迟，手捉尘尾，以柄助打牛。蔡谟闻之，后诣王谓曰："朝廷欲加公九锡。"王自叙谦志，蔡曰："不闻余物，唯闻短辕犊车，长柄尘尾。"导大惭。（出《晋史》）

诸葛恢

晋诸葛恢与丞相王导，共争姓族先后。王曰："何以不言葛王，而言王葛？"答曰："譬如言驴马，驴宁胜马也。"（出《启颜录》）

周顗

晋庾亮造周顗。顗曰："君何忻悦而忽肥？"庾曰："君何忧惨而瘦？"周曰："吾无所忧，直是清虚日来，秽滓日去。"（出《南史》）

韩博

晋张天锡从事中郎韩博，奉表并送盟文。博有口才，桓温甚

蔡谟

晋朝人王导的妻子特别爱嫉妒，王导将一些妾安置在别馆，他妻子得知这件事后，手里拿着一把刀就要去别馆。王导急忙让家中仆人驾车去追赶妻子，嫌牛车走得太慢，手里倒握着拂尘，用拂尘把击打牛屁股，让牛快走。蔡谟听说这件事情后，拜见王导时说："朝廷想赏赐你九锡，这可是最高的礼遇啊！"王导说了一番自己的谦逊之事。蔡谟说："不说别的，单单听说你乘坐短辕牛车，用长把拂尘鞭牛。"王导听了羞愧无比。（出《晋史》）

诸葛恢

晋朝的诸葛恢与丞相王导，二人因为族姓排列的先后顺序而发生争吵。王导说："人们为什么不称葛王，而非得称王葛呢？"诸葛恢回答说："譬如说驴马，这样称呼的意思难道是说驴比马强吗？"（出《启颜录》）

周𫖮

晋朝时庾亮去拜访周𫖮。周𫖮问："你近来有什么高兴的事吗？怎么忽然肥胖起来了？"庾亮反问道："您怎么忧伤愁惨得忽然瘦了呢？"周𫖮说："我没有什么忧伤的事情，只不过是清虚之气越来越多，污秽之气日益减少。"（出《南史》）

韩博

东晋时，张天锡的从事中郎韩博，前往建康上表同时送盟文。

称之。尝大会，温使司马刁彝谓博曰：“卿是韩卢后。”博曰：“卿是韩卢后。”温笑曰：“刁以君姓韩，固相问耳。他人自姓刁，那得是韩卢后。”博曰：“明公未之思尔，短尾者则为刁。”阖坐雅叹焉。（出《启颜录》）

习凿齿

秦苻坚克襄阳，获习凿齿、释道安。时凿齿足疾，坚见之，与语大悦。叹曰：“昔晋平吴，利在二陆；今破南土，获士一人有半。”盖刺其蹇也。初，凿齿尝造道安谭论，自赞曰：“四海习凿齿。”安应声曰：“弥天释道安。”咸以为清对。（出《晋春秋》）

孙 盛

晋孙盛与殷浩谈论，往反精苦。客主无间，左右进食，冷而复暖者数四。彼我奋掷尘尾，毛悉脱落，满餐饭中。宾主遂至暮忘食。殷乃语孙曰：“莫作强口马，我当捩卿鼻。”孙曰：“卿不见决鼻牛，人当劳卿颈。”（出《南史》）

祖 纳

东晋光禄祖纳少孤苦，性至孝，常自为母炊爨作食。王平闻其佳名，知其常亲供养，乃以二婢饷之，因以为吏。人有戏之者，奴价倍于婢。祖答曰：“百里奚亦何必轻于五羖之皮耶。”（出《世说》）

韩博能言善辩，很有口才，桓温很是赞赏他。一次盛大的聚会上，桓温暗中指使司马刁彝对韩博说："你是韩卢的后代？"韩博回答说："你是韩卢的后代。"桓温笑着说："刁司马因为你姓韩，因此这样问。刁司马自然是姓刁了，哪能是韩卢的后代呢？"韩博回答说："大人您没有很好地思考啊，短尾巴的就是刁。"在座的人听了都大为叹服。（出《启颜录》）

习凿齿

前秦苻坚攻占襄阳，虏获了习凿齿、释道安。当时，习凿齿正患脚病，苻坚接见他，跟他谈了一会儿话，非常高兴。慨叹地说："当年晋国平定东吴，得益于东吴的两名水军将领陆抗、陆景；我现在攻克襄阳，得到了一个半名士。"苻坚这样说，是讽刺戏谑当时习凿齿患脚疾，瘸着走路。当初，习凿齿曾拜访道安与他谈说议论，自我夸赞说："四海之内习凿齿。"释道安应声说："普天之下释道安。"当时的人都认为这两句话是绝妙的对子。（出《晋春秋》）

孙盛

晋朝人孙盛与殷浩互相辩论，你来我往，不辞辛苦。客主不间断，家仆上饭菜，凉了再热，热了又凉，再三再四。辩论到激烈时，彼此用尘尾击打，拂尘上的毛都脱落下来，弄得饭菜里都是。宾主一直到了傍晚都忘了吃饭。殷浩对孙盛说："你莫作犟嘴的马，我应当拧住你的鼻子。"孙盛对殷浩说："你没有见到被拽豁鼻子的牛吗，我也要让您的脖子受累。"（出《南史》）

祖纳

东晋光禄大夫祖纳少年时孤苦伶仃，但是非常孝顺，经常亲自为母亲烧火做饭。王平听说他的美名后，得知他亲自服侍并供养母亲，就送给他两名婢女，并推荐他担任官职。有人戏谑祖纳，说他这个奴隶的价格比婢女高出一倍来。祖纳回答说："身为秦穆公宰

郝隆

晋郝隆为南蛮参军。三月三日作诗曰："娵隅跃清池。"桓温问何物，答曰："蛮名鱼为娵隅。"桓曰："何为作蛮语。"隆曰："千里投公，始得一蛮府参军，那得不作蛮语。"（出《世说》）

罗友

晋罗友家贫，乞禄于桓温。虽以才学遇之，而谓其诞肆，非治民才，许而不用。后同府人有得郡者，温为坐饮叙别。友亦被命，至尤迟晚。温问之，答曰："臣昨奉教旨出门，于中路见鬼椰榆云：'我只见汝送人上郡，何不见人送汝上郡？'友始终惭，回以还解。不觉成淹缓之罪。"温笑其滑稽，而颇愧焉。后以为襄阳太守。（出《渚宫旧事》）

张融

宋张融尝乞假还，帝问所居。答曰："臣陆居非屋，舟居非水。"上未解，问张绪。绪曰："融近东山，未有居止。权牵小船上岸，住在其间。"上大笑。太祖尝面许融为司徒长史，敕竟不出。融乘一马甚瘦，太祖曰："卿马何瘦，给粟多少？"融曰："日给一石。"帝曰："何瘦如此？"融曰："臣许而不与。"明日，即除司徒长史。融与谢宝积俱谒太祖，融于御前放气。宝积起谢曰："臣兄触忤宸扆。"上笑而不问。须臾食至，融排宝积，不与同食。上曰：

相的百里奚哪里就一定轻于五张公羊皮呢!”(出《世说》)

郝隆

晋时人郝隆被授予南蛮参军。他在三月三日这天作诗一首,其中一句是:“娵隅跃清池。”桓温问是什么,郝隆回答说:“南蛮人把鱼叫作娵隅。”桓温问:“你为什么用蛮语?”郝隆回答说:“我千里迢迢地来投奔大司马您,才得到一个蛮府参军的官职,怎么能不用蛮语呢?”(出《世说》)

罗友

晋朝罗友家里很贫穷,投奔桓温找口饭吃。桓温虽然像对待有才学的人那样对待他,但是认为他平素生性放诞不受管束,答应了他却没有任用。后来,同僚中有人被任命为郡守,桓温为他设宴话别,罗友也被邀请参加。但是罗友到得特别晚。桓温问他怎么来得这么晚,罗友回答:“我昨天奉您的指示外出,在路上遇到一个鬼嘲笑我说:‘我只见你送别人出任郡守,为什么不见别人送你出任郡守呢?’我听了后始终感到羞愧,回来后还再三思悟这件事,不知不觉就耽误了赴宴的时间,真是罪过。”桓温被他的滑稽逗笑了,非常惭愧。这之后,桓温便任命罗友为襄阳太守。(出《渚宫旧事》)

张融

南朝宋张融有一次请假回家,皇上问他家住在哪里,张融回答说:“我住在陆地上但不是房屋,住在船上但不在水上。”皇上不明白是怎么回事,问张绪。张绪告诉皇上说:“张融家住在东山附近,没有固定的住处。暂且将一只小船牵上岸边,全家人住在里面。”皇上听了大笑。齐太祖萧道成曾当面答应授任张融为司徒长史,然而一直没有下命令。张融骑着一匹瘦得可怜的马上下朝,太祖看见了问张融:“你的这匹马怎么这么瘦啊?给它多少粮食?”张融回答说:“每天喂它一石。”太祖问:“那为什么还这么瘦?”张融说:“我只答应

“何不与贤弟同食？”融曰：“臣不能与谢气之口同盘。”上大笑。（出《谈薮》）

何承天

宋东海何承天，徐广之甥也。除著作佐郎，年已迈。诸佐郎并名家少年，颍川荀伯子嘲之，当呼为“奶母”。承天曰：“卿当知凤凰将九子，你母何言耶。”（出《谈薮》）

王 绚

晋王绚，彧之子。六岁，外祖何尚之，特加赏异。受《论语》，至“郁郁乎文哉”，尚之戏曰：“可改为‘耶耶乎文哉’。”吴蜀之人，呼父为耶。绚捧手对曰：“尊者之名，安得为戏，亦可道草翁之风必舅。”《论语》云，草上之风必偃，翁即王绚外祖何尚之，舅即尚之子偃也。（出《启颜录》）

何 勖

宋江夏王义恭性爱古物，常遍就朝士求之。侍中何勖已有所送，而王征索不已。何甚不平。尝出行，于道中见狗枷犊鼻。乃命左右取之还。以箱擎送之。笺曰：“承复须古物，今奉李斯狗枷，相如犊鼻。”（出《因话录》）

喂它但实际上并没有给他。”第二天，太祖立即下命令授任张融为司徒长史。张融与谢宝积一块儿拜见太祖，张融在皇上面前放了一个屁，谢宝积起身谢罪说：“我的这位兄弟冒犯皇上了。”太祖只是笑笑，没有说什么。过了一会儿，摆上酒宴，张融排斥谢宝积，不与他同桌。太祖问：“为什么不跟你的这位贤弟同桌吃饭？”张融说：“我不能跟谢气的嘴同餐。”太祖听后大笑。（出《谈薮》）

何承天

南朝宋东海人何承天，是徐广的外甥。官任著作佐郎，年岁已经老迈，其他的著作佐郎都是显赫人家的年轻子弟。颍川人荀伯子嘲笑他，称他为“乳母”。何承天说：“你应当知道凤凰带领着九只小凤凰崽，你称我为‘乳母’是什么意思呢？”（出《谈薮》）

王 绚

晋朝人王绚，是王彧的儿子。年仅六岁，外祖父何尚之，非常赏识王绚的聪慧异禀。一天，何尚之教王绚读《论语》，教到“郁郁乎文哉”这一句时，何尚之戏谑地说：“这句可以读成‘耶耶乎文哉’。”吴蜀的人，呼父为耶。王绚捧着两只小手回答说：“长辈的称呼，怎么可以戏谑呢，也可以读成‘草翁之风必舅’吗？”《论语》有草上之风必偃一则，翁即指代王绚的外祖父何尚之，舅即何尚之的儿子何偃。（出《启颜录》）

何 勖

南朝宋江夏人王义恭天生喜欢古物，经常向所有在朝为官的人搜求。侍中何勖已经送给他一些古物了，但是王义恭还是不断地向他索要。何勖感到很生气。一次，何勖外出，见道边有一只狗枷和一只牛鼻环，就让随从捡了回来，装在箱子里举着送给王义恭，并写一便笺说：“承你还需要古物，今奉上李斯狗枷、司马相如牛鼻具各一只。”（出《因话录》）

谢灵运

宋会稽太守孟𫖮事佛精恳，谢灵运轻之。谓𫖮曰：“得道应须慧业，丈人生天当在灵运前，成佛必在灵运后。”𫖮深恨之。（出《南史》）

刘 绘

齐刘绘为南康郡，郡人郅类所居，名秽里。绘戏之曰：“君有何秽，而居秽里。”答曰：“未审孔丘何阙，而居阙里。”绘叹其辩答。（出《谈薮》）

徐孝嗣

齐仆射东海徐孝嗣修辑高座寺，多在彼宴息。法云师亦萧寺日夕各游，二寺邻接，而不相往来。孝嗣尝问法云曰：“法师尝在高座，而不游高座寺。”答曰：“檀越既事萧门，何不至萧寺。”（出《谈薮》）

沈文季

齐太祖之为齐王也，置酒为乐。清河崔思祖侍宴，谓侍中沈文季曰：“羹脍为南北所推。”文季答曰：“羹脍中乃是吴食，非卿所知。”思祖曰：“炰鳖脍鲤，似非句吴之诗。”文季曰：“千里莼羹，岂关鲁卫之士。”帝称美曰：“莼羹颇须归沈。”（出《谈薮》）

沈昭略

齐黄门郎吴兴沈昭略，侍中文叔之子。性狂俊，使酒任气，朝

谢灵运

南朝宋会稽郡太守孟颉供奉佛祖非常精诚恳切。谢灵运很是轻蔑孟颉，对颉说："要修心得道，必须天生具备智慧的业缘，老太守在我前边出生，修成佛一定在我灵运后边。"这话让孟颉非常忌恨。（出《南史》）

刘　绘

南朝齐人刘绘官为南康郡太守。郡里有个人叫郅类，他家住的地方叫秽里。刘绘戏谑地说："你有什么污秽，而居住在秽里？"郅类反问道："我不知道孔老夫子缺少什么，而居阙里。"刘绘为他答话的机辩而叹服。（出《谈薮》）

徐孝嗣

南齐仆射东海人徐孝嗣，出资重新整修高座寺，经常在寺中歇息。法云禅师是萧寺的僧人，每天从早到晚，两人各自干自己的事情，两座寺院紧挨着，却互相不往来。一次徐孝嗣对法云禅师说："法师您既然身在高座，为什么不来高座寺呢？"法云禅师回答说："施主既然为萧家效力，为什么不到萧寺来呢？"（出《谈薮》）

沈文季

齐太祖被封为齐王时，宴请群臣。清河人崔思祖陪席，他对侍中沈文季说："鱼肉汤是北方和南方都推重的精美的菜肴吧？"沈文季回答说："鱼肉汤是吴地的菜肴，这不是你所知道的。"崔思祖说："炰鳖脍鲤，好像也不是吴人的诗句吧？"沈文季回答说："莼羹是我们吴中千里地方的名菜，跟鲁、卫地方的人有什么关系呢？"齐太祖赞美说："莼羹这道名菜必须归沈侍中来安排。"（出《谈薮》）

沈昭略

南齐黄门侍郎沈昭略，吴兴人，是侍中沈文叔的儿子。沈昭略士常惮而容之。尝醉，负杖至芜湖苑，遇瑯玡王约。张目视之曰："汝王约耶，何肥而痴？"约曰："汝是沈昭略耶，何瘦而狂？"昭略抚掌大笑曰："瘦已胜肥，狂又胜痴。"约，景文之子。（出《谈薮》）

胡谐之

齐豫章胡谐之初为江州治中，太祖委任之。以其家人语傒，语音不正，乃遣宫内数人，至谐之家，教其子女。二年，上问之："卿家语音正未？"答曰："宫人少，臣家人多。非惟不能正音，遂使宫人顿傒语。"上大笑，遍向朝臣说之。谐之历位度支尚书预州刺史。（出《谈薮》）

梁 武

梁高祖尝作五字叠韵曰："后牖有榴柳。"命朝士并作。刘孝绰曰："梁王长康强。"沈约曰："偏眠船舷边。"庾肩吾曰："载七每碍埭。"徐摛曰："臣昨祭禹庙，残六斛熟鹿肉。"何逊用曹瞒故事曰："暯苏姑枯卢。"吴均沈思良久，竟无所言。高祖愀然不悦，俄有诏曰："吴均不均，何逊不逊，宜付廷尉。"（出《谈薮》）

柳信言

梁安城王萧佽博学，善属文。天保之朝，为一代文宗，专掌词令沈博。历侍中仆射尚书令，有集三十卷，著《梁史》百卷。初，佽以文词擅名，所敌拟者，唯河东柳信言。然柳内虽不伏，而莫与抗。及闻佽卒，时为吏部尚书。宾客候之，见其屈一脚跳，连称曰：

性格狂放，好借酒劲任性，朝中的大臣常常都因畏惧而容忍他。一次，沈昭略又喝醉了酒，手执一棍来到芜湘园林，遇见瑯玡人王约，瞪着眼睛盯着王约，说："你是王约吗？为什么又胖又呆啊？"王约回答说："你是沈昭略吗？为什么又瘦又狂啊？"沈昭略听了拍着手掌大笑，说："瘦比胖好，狂比呆好。"王约，是王景文的儿子。（出《谈薮》）

胡谐之

南朝齐豫章人胡谐之刚任江州治中时，是齐太祖萧道成委任他这个官职的。因为他的家人说的是傒语，发音不正，于是派遣几个宫人到他家，教他的子女说标准话。两年后，齐太祖问胡谐之："你家子女的口音矫正过来没有啊？"胡谐之回答说："宫里去的人少，我家人多，不但没有矫正过来我家里人的口音，还使皇上派去的宫人都染上了傒语呢。"齐太祖听了之后大笑，见着上朝的大臣就讲这件事。胡谐之历任度支尚书和预州刺史。（出《谈薮》）

梁 武

梁武帝萧衍曾作五字叠韵："后牖有榴柳。"之后让群臣也各作一句。刘孝绰说："梁王长康强。"沈约说："偏眠船舷边。"庾肩吾说："载匕每碍埭。"徐摛说："臣昨祭禹庙，残六斛熟鹿肉。"何逊用曹瞒的典故，做的是："暯苏姑枯卢。"吴均沉思了好长时间，也没有作出来。梁武帝闷闷不乐，不一会儿，下达指示说："吴均不均，何逊不逊，应当把他们交付廷尉治罪。"（出《谈薮》）

柳信言

南朝梁安城王萧佽知识渊博，擅长写文章。天保年间，在朝中为一代文宗，专门从事诗词写作。他的文章、诗词渊深广博。他曾任侍中仆射尚书令，有文集三十卷，另外撰写《梁史》一百卷。萧佽刚刚闻名于文坛时，当时能够跟他匹敌的人，只有河东柳信言。但是柳信

“独步来，独步来。”众宾皆舞抃，以为笑乐。（出《渚宫旧事》）

徐摛

梁侍中东海徐摛，散骑常侍超之子也。博学多才，好为新变，不拘旧体。常体一人病痈曰：“朱血夜流，黄脓昼泻。斜看紫肺，正视红肝。”又曰：“户上悬帘，明知是箔。鱼游畏网，判是见罾。”又曰：“状非快马，蹋脚相连。席异儒生，带经长卧。”摛子陵，通直散骑常侍。聘魏，魏主客魏收曰：“今日之热，当犹徐常侍来。”陵答曰：“昔王肃至此，为魏始制礼仪。今我来聘，使卿复知寒暑。”收不能对。（出《谈薮》）

徐陵

北齐使来聘梁。访东河徐陵春，和者曰：“小如来五岁，大孔子三年，谓七十五也。”（出《谈薮》）

李谐

梁陆晏子聘魏，魏遣李谐效劳。过朝歌城，晏子曰：“殷之余人，正应在此。”谐曰：“永嘉南度，尽在江外。”（出《谈薮》）

周舍

梁汝南周舍少好学，有才辩。顾谐被使高丽，以海路艰，问言虽然内心不服气，却不敢公开跟萧饮相抗衡。等到听到萧饮的死讯时，他任吏部尚书。宾客们都在等他，只见他蜷屈着一条腿，蹦跳着闯进来，连连呼喊着："独步文坛了！独步文坛了！"众宾客们一起拍手跳跃，无比兴奋。（出《渚宫旧事》）

徐摛

南朝梁侍中东海人徐摛，是散骑常侍徐超的儿子。徐摛博学多才，作诗喜欢追求变化，不拘泥于原有的诗体。一次，徐摛看到一个人长痈，说："朱血夜流，黄脓昼泻。斜看紫肺，正视红肝。"又说："户上悬帘，明知是箔。鱼游畏网，判是见罾。"又说："状非快马，蹋脚相连。席异儒生，带经长卧。"徐摛的儿子徐陵，任通直散骑常侍。出使魏国，北魏的主客官魏收说："今天天气特别热，是徐常侍来了。"徐陵回答说："从前王肃到这儿来为你们魏国首次制定了礼仪。今天我来出使，让你们知道寒暑。"魏收对答不上来。（出《谈薮》）

徐陵

北齐派使臣来南梁出访。拜会东海人徐陵，问他多大了，他回答说："比如来佛小五岁，比孔子早生三年，大概七十五岁了吧。"（出《谈薮》）

李谐

南朝梁的陆晏子出使北魏，北魏派遣大臣李谐到郊外来迎接慰劳他。路过朝歌城时，陆晏子说："殷朝的遗民，正应当在这儿。"李谐反唇相讥道："永嘉年间宋君南逃，殷朝的遗民都随着迁到江南去了。"（出《谈薮》）

周舍

南朝梁时，汝南人周舍幼时就刻苦好学，有才智，善机辩。顾于舍。舍曰：“昼则揆日而行，夜则考星而泊。海大便是安流，从风不足为远。”河东裴子野在晏筵，谓宾僚曰：“后事未尝姜食。”舍曰：“孔称不彻，裴曰未尝。”一座皆笑。舍学通内外，兼有口才。谓沙门法云师曰：“孔子不饮盗泉之水，法师何以捉鍮石香炉？”答曰：“檀越既能戴纛，贫道何为不执鍮？”（出《谈薮》）

王琳

后梁王琳，明帝时为中书舍人。博学，有才藻，好臧否人物，众畏其口，常拟孔稚珪。又为《䱉表》，以托刺当时。其词曰：“臣䱉言，伏见除书，以臣为糁蒸将军、油蒸校尉、臛州刺史。脯腊如故者，肃承明命，灰身屏息，凭临鼎镬，俯仰兢惧。臣闻高沙走姬，非有意于绮罗；江陵城西二十里，有高秀湖，其中有鱼。白鮹女儿，岂期心于珠翠。江陵丙河萦结，呼曰“鈌河”。臣美愧夏鳣，味惭冬鲤。常恐鲐腹之讥，惧贻鳖岩五甘反。之谓。是以漱流湖底，枕石泥中。不意高赏殊宏，曲蒙钧拔，遂得起升绮席，忝预玉盘。爰厕玳筵，猥烦象箸。泽覃紫腴，恩加黄腹。方当鸣姜动桂，纡苏佩榄。轻瓢才动，则枢槊如云；浓汁暂停，则兰膏成列。婉转绿畜之中，逍遥朱唇之内。衔恩噬泽，九殒弗辞。不任屏营之至，谨到铜铛门奉表以闻。”诏答曰：“省表是公卿池沼缙绅，波渠后又。穿蒲入符，肥滑系彰。正膺兹选，无劳谢也。”时恶之，或以讥诮闻，孝明亦弗之罪也。其文传于江表。

谐被派往出使高丽国，他认为海路难走，于是向周舍请教。周舍说：“白天测量太阳，晚上观察北斗星的位置来行船。海大都是平稳的水流，只要随着风向航行，到达高丽国的路程并不算太遥远。”河东人裴子野也在宴席上，对同僚们说：“我从来没尝过加姜烹调的菜。”周舍说：“孔子说不彻，裴子野说未尝啊！”满座人都笑了。周舍有学识，通晓佛经和佛经以外的典籍，再加上口才很好。一次，周舍戏谑僧人法云禅师说：“孔夫子不喝盗泉里的水，法师为什么手持黄铜香炉？”法云禅师回答道：“施主既然能举着橐，贫僧为什么不能执鍮呢？”（出《谈薮》）

王琳

南朝梁时的王琳，在梁明帝时官任中书舍人。王琳知识渊博，很有才华，喜欢褒贬人物，众人都畏惧他那张嘴，常常把他比作孔稚珪。他曾经撰写过一篇《鉭表》，借以讽刺时弊。文中说：“臣鉭鱼说，今见到陛下签发的选任命令，授我为糁羹将军、油蒸校尉、臛州刺史，和从前一样，将我做成肉干。我恭敬地接受陛下的任命，忍含着沮丧，屏住呼吸，任凭你们将我放在笼屉上蒸，或者放在鼎镬里煮，每时每刻都胆战心惊啊！我听说高秀湖中的美人鱼们，并不想得到陛下赏赐给她们的绫罗绸锦；江陵城西二十里，有高秀湖，其中有鱼。河里的白鲔女儿们，哪里期望能得到珍珠翠玉呢？江陵丙河萦结，呼曰‘鈌河’。比肥美，我愧对夏天里的鳣鱼；论味鲜，我羞见冬鲤。我常常恐惧鲐的讥诮。畏惧鳖岩五甘反。因此，我吮吸湖底的流沙为食，枕着石泥睡眠。不料，崇高的奖赏光临我的头顶，承蒙提拔，高升到美席华宴上，羞愧地躺在玉盘中。于是，摆放在华贵的筵席上，有劳象筷大人，将我们送入每一张肥大的嘴中，进入布满黄油的肚子里。刚刚放上姜末桂皮，再置入紫苏。轻便的葫瓢刚动，则柩盘如云一样地聚来；浓浓的汤汁才停止沸腾，一排排的兰膏油灯就点燃起来。我们周旋在绿色的腌菜之间，逍遥于红色的口唇之内。含着你们的恩惠，噬啮你们的德泽，虽然九死而不辞。没有感到任何彷徨、惶恐，只是谨慎小心地走入铜釜之门，奉上此表以致谢意。”陛

下回书答道："爱卿乃是池沼中的晋绅，岸渠里的俊杰。你穿行于蒲荇之间，以肥嫩滑腻而闻名于人世。正应当接受我们人的挑选，就不用推辞了。"当时的达官贵人们，都非常厌恶王琳写这篇《䱉表》，有人向皇上告状说这是讥刺皇上。孝明皇帝也没有治王琳的罪。这篇文章在江南一带广为流传。

卷第二百四十七　诙谐三

穆子客

魏使穆子客聘梁，主客范胥谓之曰："卿名子客，思归之传，一何太速。"客曰："吾名子客，所以将命四方。礼成告返，那得言速。"（出《谈薮》）

僧重公

魏使主客郎李恕聘梁，沙门重公接恕曰："向来全无菹酢膎乎！"恕父名谐，以为犯讳，曰："短发粗疏。"重公曰："贫道短发是沙门种类。以君交聘二国，不辨膎谐！"重公尝谒高祖，问曰："天子闻在外有四声，何者为是？"重公应声答曰："天保寺刹中，出逢刘孝绰，说以为能。"绰曰："何如道天子万福。"（出《谈薮》）

孙　绍

后魏孙绍历职内外，垂老始拜太府少卿。谢日，灵太后曰："公年似太老。"绍重拜曰："臣年虽老，臣卿太少。"后大笑曰："是将正卿。"（出《启颜录》）

穆子客

北魏派穆子客出使南梁，南梁的主客官范胥对穆子客说：“您的名字叫子客，思归之意，也太快了吧。”穆子客回答说：“我的名字叫子客，所以奉命出使四方。完成礼节即告退，哪里说得上快。”（出《谈薮》）

僧重公

北魏派主客郎李恕出使南梁，僧人重公接待他时说：“我们寺院里从来都没有肉酱、酒和膎啊！”李恕的父亲名谐，以为犯讳，因此回骂了一句：“你个短发粗疏的和尚。”僧人重公说：“贫僧短发是僧门的戒规。你作为两国交往的使臣，竟然辨识不了‘膎’与‘谐’同音不同义！”僧人重公有一次拜见梁高祖，高祖问：“听说天子在外面有四种名声，哪种名声是应该有的？”僧人重公应声回答说：“在‘天保寺刹’四字中。出门碰到刘孝绰，对他说起此事以自夸其能。”刘孝绰说：“还不如说‘天子万福’！”（出《谈薮》）

孙　绍

后魏孙绍历任宫内外各种职务，年老了才官拜太府少卿。谢恩那天，灵太后说：“你的年岁似乎太大了。”孙绍再次拜谢回答说：“我的年龄虽然大了，但是我任少卿一职太小了。”太后听了大笑，说：“是啊，正要任命你为正卿的。”（出《启颜录》）

魏市人

后魏孝文帝时，诸王及贵臣多服石药，皆称石发。乃有热者，非富贵者，亦云服石发热，时人多嫌其诈作富贵体。有一人，于市门前卧，宛转称热，因众人竞看。同伴怪之，报曰："我石发。"同伴人曰："君何时服石，今得石发？"曰："我昨在市得米。米中有石，食之乃今发。"众人大笑。自后少有人称患石发者。（出《启颜录》）

魏彦渊

北齐崔昂尝宴筵招朝彦。酒酣后，人多散走。即令著作郎钜鹿魏彦渊追之。彦渊左手执中参军周子渊，渊以□□知名，右手执御史郑守信，来诣昂曰："彦渊后周入郑，执讯获丑。"济州长史李翥尝为主人，朝士咸集，幽州长史陆仁惠不来，翥甚衔之。彦渊曰："一目之罗，岂能获鸟。"翥眇一目，陆号角鸱。又崔儦谓彦渊曰："我拙于书，不能'儦'字使好。"彦渊曰："正可长牵人脚，斜飘鹿尾，即好。"彦渊，司农卿李昌之子。（出《谭薮》）

陆乂

北齐散骑常侍河南陆乂，黄门郎卬之子。卬字云驹，而乂患风，多所遗忘。尝与人言："马曰云驹。"有刘某者常带神符，渡漳水致失。乂笑曰："刘君渡水失神符。"其人答曰："陆乂名马作云驹。"（出《谭薮》）

魏市人

后魏孝文帝时，诸位王爷及贵臣们大都服用铅汞等矿石丹药，而且还有人身体发热。有的并非富贵之人也称服用石药发热，当时有许多人厌恶这些人谎称自己是富贵身子。有一个人躺在集市门前边的大道上，不停地转动，自称是服用石药后发热了，吸引许多人争相来看。跟他同来的伙伴怪他假作富贵人，告诉他说："我也身上发热了。"这个人问："你什么时候服用的石药，今天才发热？"同伴回答说："我昨天在市上买的米，米里头有石，吃了后现在就发热了。"围观的人都大笑起来。从此，很少再有人自称服石药发热了。（出《启颜录》）

魏彦渊

北齐崔昂曾经设宴款待朝中有名望才干的人士。酒喝足后，人们都起身离去。崔昂发现后，立即让著作郎钜鹿人魏彦渊将他们追回来。魏彦渊左手抓着中参军周子渊，周子渊以□□名闻朝野，右手抓着御史郑守信，回到宴席上征询崔昂说："我彦渊跑这一趟，抓回来了周参军、郑御史，执讯获丑。"济州长史李翥一次以主人的身份设宴请客，朝中的官员都聚在他家，只有幽州长史陆仁惠没有来赴宴，李翥记恨在心。魏彦渊说："一个眼的罗网，怎么能捕捉到鸟呢？"原来，济州长史李翥瞎了一只眼睛，幽州长史陆仁惠号猫头鹰。还有一次，崔儦对魏彦渊说："我不擅长书法，写不好这个'儦'字，你看怎么写好？"魏彦渊说："正应当拉长人脚，斜飘鹿尾，就可以写好这个'儦'字了。"魏彦渊，是司农卿李昌的儿子。（出《谭薮》）

陆乂

北齐散骑常侍河南人陆乂，是黄门郎陆卬的儿子。陆卬，字云驹。陆卯患有疯病，好健忘。一次跟人说："马叫云驹。"有个姓刘的人，一次带着神符过漳河时丢失了神符。陆乂笑着对这个人说："刘君过河丢了神符。"这个人回答说："陆乂名字叫马充当了云驹！"（出《谭薮》）

王元景

北齐王元景为尚书。性虽懦缓，而每事机捷。有奴名典琴。尝旦起，令索食，谓之解斋。奴曰：“公不作斋，何故尝云解斋？”元景徐谓奴曰：“我不作斋，不得为解斋。汝作字典琴，何处有琴可典？”（出《启颜录》）

李庶

世呼病瘦为崔家疾。北齐李庶无须，时人呼为天阉。崔谌调之曰：“教弟种须法。以锥锥遍刺作孔，插以马尾。”庶曰：“持此还施贵族。艺眉有验，然后树须。”崔氏世有恶疾，故庶以此嘲之。俗呼“滹沱河”为崔氏墓田。（出《酉阳杂俎》）

邢子才

北齐中书侍郎河东裴袭字敬宪，患耳。新构山池，与宾客宴集。谓河间邢子才曰：“山池始就，愿为一名。”子才曰：“海中有蓬莱山，仙人之所居。宜名蓬莱。”蓬莱，裴聋也，故以戏之。敬宪初不悟，于后始觉。忻然谓子才曰：“长忌及户，高则无害。公但大语，聋亦何嫌。”（出《谭薮》）

卢询祖

齐主客郎顿丘李恕身短而袍长，卢询祖腰粗而带急。恕曰：“卢郎腰粗带难匝。”答曰：“丈人身短袍易长。”恕又谓询祖曰：

王元景

北齐的王元景任尚书。他为人虽然怯懦软弱，但是处理事却特别机智敏捷。王元景家中有个奴仆叫典琴。一天早晨起来，王元景让典琴准备早餐，说这叫“解斋”。典琴说：“老爷没有戒斋，为什么常常说解除斋戒呢？”王元景语调缓慢地对典琴说：“老爷没有斋戒，不得说解除斋戒。你起名叫典琴，哪里有琴可以典卖呢？”（出《启颜录》）

李庶

世人称生病极瘦为崔家族。北齐的李庶不长胡须，当时人称他是天生的宦官。崔谌调笑李庶说：“教给老弟一个种胡须的方法。用锥子在你的脸上到处都刺上孔，再在孔中插入马尾。”李庶说：“这种方法还是先在您家试用吧。你们家用这种方法种眉毛成功了，然后我再种胡须。”崔谌家族世代相传，有一种疾病，都患有眉发自行脱落的麻风病。因此，李庶用这件事来嘲弄崔谌。民间称“滹沱河”的地方，就是崔家的墓地。（出《酉阳杂俎》）

邢子才

北齐中书侍郎裴袭，字敬宪，患有耳聋症。他新建一座山塘，宴请宾客。宴席上，裴袭对河间人邢子才说：“这座山刚刚建成，请您给起个名字好吗？”邢子才说：“东海中有座蓬莱山，传说有仙人在那里居住。我看这座山塘就叫蓬莱吧。”蓬莱，谐音“裴聋”，所以以此名戏弄裴袭。裴袭听了起初并没有明白，醒悟后，笑着对邢子才说：“高个子忌讳碰门，门修得高点就行了。你尽管大声说话，耳聋又有什么妨碍呢。”（出《谭薮》）

卢询祖

北齐主客郎顿丘人李恕身材短小却喜欢穿过长的袍服，卢询祖腰身粗大偏爱将腰带系得紧紧的。李恕说：“卢郎腰粗却系个紧身腰

“卢郎聪明必不寿。”答曰：“见丈人苍苍在鬓，差以自安。”（出《北史》）

北海王晞

齐北海王晞字叔朗，为大丞相府司马。尝共相祭酒卢思道禊饮晋湖，晞赋诗曰：“日暮应归去，鱼鸟见留连。”时有中使召晞，驰马而去。明旦，思道问晞：“昨被召以朱颜，得无以鱼鸟致责。”晞曰：“昨晚陶然，颇以酒浆被责。卿等亦是留连之一物，何独鱼鸟而已。”晞好文酒，乐山水。府寮呼为方外司马焉。及昭孝立，待遇弥隆。而晞每自疏退，谓人曰：“非不爱热官，但思其烂熟耳。”（出《谭薮》）

李驹駼

陈使聘齐，见朝廷有赤鬣者，顾谓散骑常侍赵郡李驹駼曰：“赤也何如？”驹駼曰：“束带立于朝，可使与宾客言。”驹駼时接客。（出《谭薮》）

卢思道

北齐卢思道聘陈，陈主令朝贵设酒食，与思道宴会，联句作诗。有一人先唱，方便讥刺北人云：“榆生欲饱汉，草长正肥驴。”为北人食榆，兼吴地无驴，故有此句。思道援笔即续之曰：“共甑分炊米，同铛各煮鱼。”为南人无情义，同炊异馔也，故思道有此句。吴人甚愧之。又卫尉卿京兆杜台卿，共中兵参军清河崔儦握塑，十子成都，止赌一雉。卢思道曰：“翳成都，不过一雉。”儦带，多难匝啊！”询祖反唇相讥道：“李老身子短小袍服长。”李恕对卢询祖说：“卢郎你人虽然聪明却不一定长寿哇！”卢询祖回敬道：“看你老两鬓苍白，我多少可以自我安慰一下了。”（出《北史》）

北海王晞

北齐北海人王晞字叔朗，官任大丞相府司马。一次，王晞与丞相府祭酒卢思道一块儿在晋湖禊祭饮酒，王晞赋诗道：“日暮应归去，鱼鸟见留连。”那天，宫中派来宦官召见王晞，他就奔马而去。第二天早朝，卢思道问王晞：“昨天被皇上召见，有没有因为留连鱼鸟而受到责备？”王晞回答说：“昨晚喝得特别高兴，确实因为喝酒被皇上责备了。祭酒等人也是我留连的东西啊，怎么单单是鱼和鸟呢？”王晞爱好作文饮酒，愿意在山水间寻找乐趣。丞相府中的同事们，都称他为世外司马。到昭孝帝即位后，给予他的待遇更加优厚。但是，王晞却自行疏懒恢退下来，对人说：“我不是不爱做官，只是因为想得已经烂熟于心了而已。”（出《谈薮》）

李驹駼

陈国派使臣出使齐国，看见大殿上有红胡须的人，问身边的齐国散骑常侍赵郡人李驹駼：“红胡须的是什么人啊？”李驹駼回答说：“扎着腰带站在大殿上，可让他跟宾客谈话。”李驹駼当时被安排接待客人。（出《谈薮》）

卢思道

北齐的卢思道出使南陈，陈主让满朝的达官显贵设宴，跟卢思道在一起聚宴饮酒。宴席上，大家联句作诗。有一位南陈的大臣先念出一句，乘机讥讽北方人：“榆生欲饱汉，草长正肥驴。”因为北方人食用榆树叶，而吴地不饲养驴，因此联出这句诗。卢思道听了后，提笔就联上一句诗：“共甑分炊米，同铛各煮鱼。”因为南方人无情无义，非常小气，在一个锅灶上做饭，却各吃各的，因此卢思道联上这又谓思道曰："昨夜大雷，吾睡不觉。"思道曰："如此震雷，不能动蛰。"太子詹事范阳卢叔虎有子十人。大者字畜生，最有才思。思道谓人曰："从叔有十子，皆不及畜生。"叔虎，主客郎中泽之孙也。散骑常侍陇西辛德源谓思道曰："昨作羌妪诗，惟得五字云：'皂陂垂肩井。'苦无其对。"思道寻声曰："何不道'黄物插脑门'。"思道尝谓通直郎渤海封孝骞曰："卿既姓封，是封豕之后。"骞曰："卿既姓卢，是卢令之裔。"（出《谭薮》）

石动筩

北齐高祖尝宴近臣为乐。高祖曰："我与汝等作谜，可共射之。'卒律葛答'。"诸人皆射不得。或云，是髐子箭。高祖曰："非也。"石动筩云："臣已射得。"高祖曰："是何物？"动筩对曰："是煎饼。"高祖笑曰："动筩射着是也。"高祖又曰："汝等诸人，为我作一谜，我为汝射之。"诸人未作，动筩为谜。复云"卒律葛答"。高祖射不得，问曰："此是何物？"答曰："是煎饼。"高祖曰："我始作之，何因更作？"动筩曰："承大家热铛子头，更作一个。"高祖大笑。

高祖尝令人读《文选》。而郭璞《游仙诗》，嗟叹称善。诸学士皆云："此诗极工，诚如圣旨。"动筩即起云："此诗有何能，若令臣作，即胜伊一倍。"高祖不悦。良久语云："汝是何人，自言作诗胜郭璞一倍，岂不合死。"动筩即云："大家即令臣作，若不胜句诗。在座的吴人听了这句联诗后，都很羞愧。又有一次，卫尉卿京兆人杜台卿，跟中兵参军清河人崔儦握着长矛，说好投掷十子只赌一只野鸡。卢思道在一旁说："遮住成都，只需一只野鸡。"崔儦有一次跟卢思道说："昨夜雷声特别大，可是我睡得沉，一点也不知道。"太子詹事范阳人卢叔虎有十个儿子。老大字畜生，最有才干。卢思道对人说："我堂叔有十个儿子，都赶不上畜生。"卢叔虎是北齐王客郎卢中泽的孙子。散骑常侍陇西人辛德源对卢思道说："我昨天写一首吟诵羌族老太太的诗，琢磨了一天只写出一句来：'皂陂垂肩井。'苦于对不出下句来。"卢思道接过来说："何不接着写'黄物插脑门'。"卢思道曾对通直郎渤海人封孝骞说："你既然姓封，大概是封豕的后代吧。"封孝骞回敬道："你既然姓卢，一定是卢令的后裔了。"（出《谈薮》）

石动筩

北齐高祖有一次设宴招待近臣，寻欢作乐。宴席上，高祖说："我给你们众人出个谜语，你们可以一块儿来猜。'卒律葛答'，请猜吧。"这些近臣们都没有猜中。有人猜说，是响箭吧。高祖说："不对。"石动筩说："我已经猜着了。"高祖问："是什么东西？"石动筩回答说："是煎饼。"高祖笑着说："石动筩猜得很对。"高祖又说："你们这些人，也可以给我出一个谜语，让我来猜一猜。"出席宴会的大臣们，谁也没有出谜语，只有石动筩出了一个谜语，说的也是"卒律葛答"。高祖猜不中，便问石动筩："这是什么东西？"石动筩说："是煎饼。"高祖说："我刚才出了一次了，你为什么还出呢？"石动筩回答说："趁皇上的锅还热的时候，又烙了一张。"高祖听后大笑。

高祖曾经让文武百官都来读《文选》。其中有一首郭璞的《游仙诗》，高祖边读边赞叹不已，连说好诗。陪侍的官员们也都附和着说："这首诗确实好哇！对仗工稳，文辞清丽，正如皇上说的那样啊！"石动筩立即站起来说："这首诗有什么好的，值得你们称赞？如果让我作一首，一定能强过郭璞一倍。"高祖听了后很不高兴，沉一倍，甘心合死。”即令作之，动筩曰：“郭璞《游仙诗》云：‘青溪千余刃，中有一道士。’臣作云：‘青溪二千仞，中有两道士。’岂不胜伊一倍。”高祖始大笑。

又齐文宣帝曰。□□□□□□□□□□曰：“恕臣万死即得。”帝曰：“好。”曰：“臣昨□□□□□□□□□□落蜜瓮里，臣为陛下却还复上天□□□□□□□□□□真乎。”对曰：“臣作夜梦随陛下行，落一厕中出来。□□□□舐之。”帝大怒，付所司杀却。曰：“臣请一言而死。”帝曰。□□□陛下得臣头极无用，臣失头□□□。笑而舍之。

高□□□斋会，大德法师开讲。道俗有疑滞者，即论难议。援引大义，说法门，言议幽深，皆在雅正。动筩最后论议，谓法师曰：“且问法师一个小议，佛常骑何物？”法师答曰：“或坐千叶莲花，或乘六牙白象。”动筩云：“法师今不读经，不知佛所乘骑物。”师即问云：“檀越读经，佛骑何物？”答曰：“骑牛。”法师曰：“何以知？”“经云，世尊甚奇特，非骑牛。”座皆大笑。又谓法师曰：“法师既不知佛常骑牛，今更问法师一种法义。比来每经之上皆云价值百千两金，未知百千两金总有几斤？”遂无以对。□尝作内道场，时有法师先立“无一无二无是无非义”。高□升高坐讲，还令立旧义，当呼儒生学士，大德名僧。义理百瑞，无能得者。动筩即讲难此僧必令结舌。高祖大□□□高坐褰衣阔立，问僧：“看弟子有几个脚？”僧曰：“两脚。”又翘一脚向后，一脚独立。问僧：“更看弟子有几个脚？”僧曰：“两脚。”动筩云：“向有默好长时间才说："你是什么人？自我吹嘘说作诗能胜过郭璞一倍，这不是犯了死罪吗？"石动筩立即回答说："皇上马上让我作一首，如果不能胜郭璞一倍，心甘情愿被处死。"高祖立即让石动筩作诗。石动筩说："郭璞《游仙诗》中有一句是：'青溪千余仞，中有一道士。'我作的是：'青溪二千仞，中有两道士。'难道不是胜过他一倍吗！"高祖这才大笑起来。

又：北齐文宣帝说。□□□□□□□□□□说："皇上宽恕我的死罪，我马上说给您听。"文宣帝说："好。"石动筩说："我昨天□□□□□□□□□□□落在一个蜜坛子里，我还以为皇上又上天□□□□□□□□□□□真乎。"文宣帝说："真的吗？"石动筩说："我昨天晚上做梦跟随皇上走，落在一个厕所中。□□□□用舌头舔它。"文宣帝大发雷霆，下命将石动筩交付主管的官吏处死。石动筩说："我请求皇上允许我再说一句话，死而无憾。"文宣帝说。□□□皇上斩下我的头一点用处也没有，我没有了脑袋□□□。文宣帝笑了，不斩石动筩的头了。

高□□□寺庙集会，由大德法师主讲。僧俗有人听不太懂的，就开始争论，质询疑难之处。一些人旁征博引一些大道理，讲述进入佛门的途径，言论深奥，讲得都很高雅正确。石动筩最后一个发言，便问大德法师："我暂且请教大德法师一个小问题，佛祖经常骑什么？"大德法师回答说："有的人说坐千叶莲花，有的人说骑六牙白象。"石动筩说："大德法师你现在不阅读经书，不知道佛祖骑的是什么。"大德法师问："施主读经书，你知道佛祖骑的是什么？"石动筩回答说："骑的是牛。"大德法师问："怎么知道是牛呢？"石动筩说："经书上说，世人敬仰的佛祖特别奇特，不是骑牛吗？"在座的都大笑起来。石动筩又对大德法师说："法师既然不知道佛祖经常骑牛，现在我再问您一个佛经上的问题。近来，我读经书，常常遇到上面说价值百千两黄金，不知道百千两黄金总共有多少斤？"大德法师回答不上来。□曾经在宫内设置道场，当时有一位法师讲解佛经，讲授的题目是"无一无二无是无非义"。高□登上高位坐在上面讲话，还让他提出原有的义理。当场让有学问的人士，以及大德法师，两脚，今有一脚，若为能无一无二。”僧答云：“若其二是直，不应有一脚。脚既得有一，明二即非直。”动筩□□以僧义不穷，无难得之理者。乃谓僧曰：“向者剧问法师，未是好义。法师师云：‘无一无二，无是无非。’今问法师，此义不得不答。弟子问天无二日，上无二王。今者天子一人，临御四海，法师岂更得云无一？易有乾坤，天有日月，星辰配于天子，即是二人。法师岂更得云无二？今者帝临广德，无幽不烛，昆虫草木，皆得其生。法师岂更得无是？今四海为家，万方归顺，唯有宇文黑獭，独阻皇风。法师岂更得云无非？”于是僧默然以无应，高祖抚掌大笑。

高祖又常集儒生会讲，酬难非一。动筩后来谓众士曰：“先生知天何姓？”博士天子姓高，动筩曰：“天子姓高，天□必姓高。此乃学他蜀臣秦密，本非新义。正经之上，自有天姓。先生可引正文，不须假托旧事。”博士云：“不知何经，得有天姓。”动筩云：“先生全不读书，《孝经》亦似天本姓也。先生可不见《孝经》云，‘父子之道，天姓也！’岂不是天姓。”高祖大笑。动筩又尝于国学中看博士论云：“孔子弟子，达者七十二人。”动筩因问曰：“达者七十二人，几人已著冠，几人未著冠？”博士曰：“经传无文。”动筩曰：“先生读书，岂合不解。孔子弟子，已著冠有三十人，未谈这个议题的说法各式各样，但是没有一个人能谈得特别透彻，让人信服。石动筩当即说他要讲，一定能让大德法师没话可讲。高祖大□□□高坐，石动筩手提衣襟远远地站在那儿，问大德法师：“你看我有几只脚？”大德法师说：“你有两只脚。”石动筩这次翘起一只脚放在另一只脚的后面，一只脚站立着问大德法师：“再看看我有几只脚？”大德法师回答说：“两只脚。”石动筩说：“我刚才有两只脚，现在只有一只脚，怎么能无一无二呢？”大德法师：“如果有两只脚是真实的，不应该有一只脚。脚既然只有一只，那么，眼睛看到的两只脚就不是真实的。”石动筩□□认为大德法师义理虽然很多，却没有什么难领会的，于是又对大德法师说：“刚才我仓促地向法师提出的，不是个好议题。法师说无一无二，无是无非。现在问法师一个问题，不能不回答。我请问大德法师，天上没有两个太阳，朝中没有两个皇上。现在，皇上一个人，统治四海之内。大德法师难道您还能说无一吗？《周易》有乾卦、坤卦，天上有日有月。将星辰伴着天子，就是二人。法师您难道还能说无二吗？现在，皇上广施恩德，没有黑暗的地方不能照亮的。各种生物、草木，都在皇上的恩泽下生存着。法师您难道还能说无是？现在普天下都是我大齐的疆土，各个小国都归顺称臣，只有宇文毓这只黑獭，单独跟我大齐抗衡。法师您难道还能说无非吗？”于是，大德法师沉默不语，无话可答，高祖拍手大笑。

高祖曾召集儒生讲习问题，大家纷纷辩难。石动筩问众人：“诸位先生，你们知道天姓什么吗？”一位博士回答天子姓高，石动筩说：“天子姓高，天□必姓高。你这是效仿蜀臣秦密的论辩，不是什么新内容。正统的经书上，记载着天姓什么。先生可以征引经书上的说法，没有必要假借那些旧东西。”这位博士说：“不知道什么经书上，记载着天姓什么。”石动筩说：“先生您一点也不读书，《孝经》上已经告诉你天姓。先生没见到《孝经》上说：‘父子之道，天姓也！’难道不是天姓吗？”高祖听了后，大笑不止。石动筩还曾在最高学府里阅读那些博士们写的论文。其中，有篇论文中说：“孔子的弟子，贤达的七十二人。”石动筩问这位博士：“孔子的弟子中贤达的有七十二著冠有四十二人。”博士曰：“据何文以辨之？”曰：“《论语》云，‘冠者五六人’，五六三十人也。‘童子六七人’，六七四十二人也。岂非七十二人也？”坐中皆大悦，博士无以复之。（出《启颜录》）

徐之才

齐西阳王高平徐之才博识，有口辨。父雄，祖成伯，并善术世传其业。纳言祖孝徵戏之，呼为“师公”。之才曰：“即为汝师，复又汝公。在三之义，顿居其两。”孝徵，仆射莹之子。之才尝以剧谈调仆射魏收。收熟视之曰：“面似小家方相。”之才答曰：“若尔，便是卿之葬具。”（出《谭薮》）

萧彪

□□明帝与文士庾信、王褒等游处。有萧彪者，宝寅之子。素好臧否，多所月旦。尝侍坐于帝，帝历问众宾何如，皆□□君子也。次问君何如人，答曰：“那得是非君子。”之问□□□□□□□答曰：“那得是君子。”时护在同州。他日帝□□右诈□□□□□□□□□□□□吾欲□□□□疾病可乎。使者曰。□□□□□□□□□□□追答曰。缘君子事。彪乃惶惧，顿首乞留。帝曰。□□□□□□得□□彪乃遗书寄家，号恸而云。帝度其行□□□□之去。吾□别报家宰彪还，信等咸在。彪甚悲喜□□□□□微笑□视彪巧觉。谓帝曰，北那得是君子。于□□□□□笑。（出《三国典略》）

人，其中有多少人已经戴冠，有多少人没有戴冠？”这位博士回答说“经传上面没有记载。”石动筩说：“先生读经传，为什么不理解呢？孔老夫子的七十二位贤达弟子中，已戴冠的有三十人，没戴冠的有四十二人。”这位博士问：“你根据哪篇文章得到这个答案的？”石动筩说：“《论语》上说，‘冠者五六人’，五六三十人啊。‘童子六七人’，六七四十二人啊。加在一块，难道不是七十二人吗？”在场的人都大笑起来，而博士也无话可说。（出《启颜录》）

徐之才

北齐西阳王属下高平人徐之才博学多识，能言善辩。他父亲徐雄、祖父徐成伯，都擅长医术，世代相传。纳言祖孝徵开玩笑，叫他“师公”。徐之才说：“既是你的老师，又是你的父亲。君、亲、师，一下子就占了两项啊！”祖孝徵，是仆射祖莹的儿子。一次，徐之才用长篇宏论来戏谑仆射魏收，魏收端详着他，说：“看你这长相，像个小户人家扎制的送丧模型。”徐之才回答说：“如果真是这样，那便是给您送丧的用具。”（出《谭薮》）

萧彪

内容缺失。

卷第二百四十八　诙谐四

侯　白

隋侯白，州举秀才，至京。机辩捷，时莫之比。尝与仆射越国公杨素并马言话。路傍有槐树，憔悴死。素乃曰："侯秀才理道过人，能令此树活否？"曰："能。"素云："何计得活？"曰："取槐树子于树枝上悬著，即当自活。"素云："因何得活？"答曰："可不闻《论语》云：'子在，回何敢死。'"素大笑。

开皇中，有人姓出，名六斤。欲参素，赍名纸至省门。遇白，请为题其姓。乃书曰："六斤半。"名既入，素召其人问曰："卿姓六斤半？"答曰："是出六斤。"曰："何为六斤半？"曰："向请侯秀才题之，当是错矣。"即召白至。谓曰："卿何为错题人姓名？"对云："不错。"素曰："若不错，何因姓出名六斤，请卿题之，乃言六斤半？"对曰："向在省门，会卒无处见称。既闻道是出六斤，斟酌只应是六斤半。"素大笑之。

素关中人，白山东人，素尝卒难之，欲其无对。而关中下俚人言音，谓水为霸。山东亦言擎将去为搩音其朝反。刀去。素尝戏白曰："山东固多仁义，借一而得两。"曰："若为得两。"答曰："有人从其借弓者。乃曰：'搩刀去。'岂非借一而得两？"白应声曰：

侯白

隋代的侯白，在州试时考中了秀才，来到京城长安。侯白机敏善辩，当时没有人能跟他相比。一次，侯白跟仆射越国公杨素并排骑马边走边聊天。路边有一株槐树，已经枯死了。杨素问侯白："侯秀才理论过人，能让这株槐树活过来吗？"侯白回答说："能啊！"杨素说："有什么办法能让它活过来？"侯白说："拿来槐树子悬挂在这株树的枝上，立即自己就活了。"杨素问："凭什么它能自己活了呢？"侯白说："你没有听到《论语》上说：'子在，回何敢死？'"杨素听了大笑起来。

隋文帝开皇年间，有一个人姓出，名字叫六斤，想要参见杨素。这个人带着空白的名片来到省衙门口，遇见了侯白，请侯白在空白的名片上给他写上名字。侯白因此在名片上写上："六斤半。"名片送进去后，杨素召见这个人，问："你叫六斤半吗？"这个人回答说："我叫出六斤。"杨素问："为什么名片上写着六斤半？"这个人回答说："刚才我请侯秀才题写的，可能是他写错了吧。"杨素立即将侯白叫到跟前，问他："你为什么错写了这个人的姓名啊？"侯白回答说："没有写错。"杨素说："如果没有写错，为什么这个人姓出名六斤，请你题写，就写成了六斤半？"侯白回答说："刚才在省衙门口，跟这个人仓促相遇，没有地方找秤去。既然听他说是六斤出头，我自己琢磨大概是六斤半。"杨素大笑。

杨素是关中人，侯白是山东人。杨素经常突然发难，想让侯白无言以对。关中的普通百姓把水说成"霸"的音，山东人说"擎将去"为"揲音其朝反。刀去"。杨素曾经戏谑侯白说："山东还是多仁义之士，借一个而得到两个。"侯白问："怎么就得到两个呢？"杨素说：

“关中人亦甚聪明，问一知二。”素曰：“何以得知。”白曰：“有人问，比来多两，渭水涨否？”答曰：“霸长。岂非问一知二？”素于是伏其辩捷。

白在散官，隶属杨素，爱其能剧谈。每上番日，即令谈戏弄。或从旦至晚，始得归。才出省门，即逢素子玄感。乃云：“侯秀才，可以玄惑说一个好话。”白被留连，不获已。乃云：“有一大虫，欲向野中觅肉，见一刺猬仰卧，谓是肉脔。欲衔之，忽被猬卷着鼻，惊走，不知休息。直至山中，因乏，不觉昏睡。刺猬乃放鼻而去。大虫忽起欢喜，走至橡树下，低头见橡斗，乃侧身语云：‘旦来遭见贤尊，愿郎君且避道。’”素与白剧谈，因曰：“今有一深坑，可有数百尺。公入其中，若为得出。”白曰：“入中不须余物，唯用一针即出。”素曰：“用针何为？”答曰：“针头中令水饱坑，拍浮而出。”素曰：“头中何处有尔许水？”白曰：“若无尔许水，何因肯入尔许深坑？”素又谓白曰：“仆为君作一谜，君射之，不得迟，便须罚酒。”素曰：“头长一分，眉长一寸，未到日中，已打两顿。”白应声曰：“此是道人。”素曰：“君须作谜，亦不得迟。”白即云：“头长一分，眉长一寸，未到日中，已打两顿。”素曰：“君因何学吾作道人谈？”白曰：“此是阿历。”素大笑。

白仕唐，尝与人各为谜。白云：“必须是实物，不得虚作解释。浪惑众人，若解讫，无有此物，即须受罚。”白即云：“背共屋许大，肚共碗许大，口共盏许大。”众人射不得。皆云：“天下何处

“有人向他借一张弓，他说：‘搩刀去。’难道不是借一张弓外搭上一把刀吗？”侯白听了后立即说：“你们关中人也很聪明啊，问一个问题却知道两个。”杨素问：“怎么可以证明呢？”侯白说：“有人问，近来下雨很多，渭河里的水涨没涨啊？被问的人回答说：‘霸长。’难道这不是问一知二吗？”杨素因此很是佩服侯白的随机应辩。

侯白担任的是没有实职的散官，隶属于杨素。杨素很喜爱他的健谈，每次轮到他值日，都让侯白来一块儿戏谑聊天。有时候从早上一直聊到晚上下班，侯白才能回家。一次，侯白刚走出省衙门口，就遇见杨素的儿子杨玄感。杨玄感说：“侯秀才，可以为我讲个有趣的故事吗？”侯白被杨玄感缠住，不得已，就说道：“有一只老虎，想到山中寻找肉吃，看见一只刺猬仰身躺在那儿，以为是一块肉。正想伸嘴去叼，忽然被刺猬卷住了鼻子，惊慌地逃去，也顾不得停下休息。一直跑到山里，又困又乏，不知不觉中就睡过去了。刺猬这才放开老虎的鼻子离去。老虎睡醒后，忽然发现鼻子上的刺猬没有了，非常高兴，它走到一株橡树下面，低头看见橡栗。就转过身说：‘白天遇见了你的父亲，希望你暂且让让道。’”杨素跟侯白在一块闲聊，杨素讲：“现在有一个深坑，约有几百尺，你进到这深坑下面，能出来吗？”侯白说：“我到这个深坑里后，不需要别的东西，只要有一根针就能出来。”杨素问：“你要用针干什么？”侯白说：“用针刺出水，让水将坑灌满，我自然就从水中浮上来了。”杨素问：“你头里哪来的这么多水呀？”侯白说：“如果头里没有那么多的水，怎么能敢入那么深的坑呢？”杨素对侯白说：“我给你出个谜语，你猜猜，不得拖延时间，否则就罚酒。”接着，杨素说：“头发长一分，眉毛长一寸，没等到中午，已经打了两顿。”侯白随声说：“这是道人。”杨素说：“你也要出个谜语，也不能拖延时间。”侯白当即说道：“头发长一分，眉毛长一寸，没等到中午，已经打了两顿。”杨素问：“你为什么学我出的道人谜语？”侯白说：“我说的是阿历。”杨素大笑。

侯白后来在唐朝担任官职，他曾经和别人各出一个谜语。侯白说：“所出的谜语必须是实物，不能随便乱解释，迷惑大家。如果说出谜底，没有这种东西，就要受到处罚。”接着他说道：“背跟房屋有物，共盏许大口，而背共屋许大者，定无此物。必须共赌。”白与众赌讫，解云：“此是胡燕窠。”众皆大笑。又逢众宴，众皆笑白后至。俱令作谜，必不得幽隐难识，及诡谲希奇，亦不假合而成，人所不见者。白即应声云：“有物大如狗，面貌极似牛。此是何物？”或云是獐，或云是鹿，皆云不是。即令白解，云：“此是犊子。”白又与素路中遇胡，负青草而行。素曰：“长安路上，乃见青草湖。”须臾，又有两醉胡。衣孝重服，骑马而走。俄而一胡落马。白曰：“真所谓孝乎，惟孝有之矣。”

白初未知名，在本邑。令宰初至，白即谒。谓知识曰：“白能令明府作狗吠。”曰：“何有明府得遣作狗吠？诚如言，我辈输一会饮食。若妄，君当输。”于是入谒，知识俱门外伺之。令曰：“君何须，得重来相见。”白曰：“公初至，民间有不便事，望谘公。公未到前，甚多贼盗。请命各家养狗，令吠惊，自然贼盗止息。”令曰：“若然，我家亦须养能吠之狗，若为可得？”白曰：“家中新有一群犬，其吠声与余狗不同。”曰：“其声如何？”答曰：“其吠声㺜㺜者。”令曰：“君全不识好狗吠声。好狗吠声，当作号号。㺜㺜声者，全不是能吠之狗。”伺者闻之，莫不掩口而笑。白知得胜，乃云：“若觅如此能吠者，当出访之。”遂辞而出。（出《启颜录》）

那么大，肚子跟碗那么大，口跟杯子那么大。”大家猜不出来，都说：“普天下什么地方有这种东西？跟杯子那么大的嘴，背跟屋那么大，一定是没有这种东西的，必须一起打个赌。”侯白跟同僚们打好赌后，解开谜底，说：“这是胡燕窝。”大伙听了都大笑起来。一次，大家在一块儿聚餐，人们都起哄说侯白来晚了，就让他出个谜语。所出的谜语，不许是深奥难懂，以及稀奇怪诞的，也不许随便凑合一个，谁也没见过的。侯白立即出一个：“有一种东西像狗那么大，长相极像牛。请问这是什么东西？”有的人猜是獐子，有人猜是鹿，侯白都说不是，人们马上让侯白说出谜底来。侯白说：“是牛犊子。”侯白还曾跟杨素一块儿在路上遇到一个胡人，背着一捆青草走路。杨素说：“在长安的道上，还能见到青草湖。”过了一会儿，又走过来两个喝醉酒的胡人，身上穿着孝服，骑着马。不一会儿，其中的一个胡人从马上跌落在地。侯白看见后说：“这是真孝啊！只有孝才能这样啊！”

当初侯白还没有出名，在家乡。新上任一位知县，侯白当即前去拜见。拜见前，侯白对一位熟人说：“我能让县太爷学狗叫。”这位熟人说：“你怎么能让知县学狗叫呢？真的像你说的那样，我们请你吃一顿。如果不像你说的那样，你应当请我们喝一顿。”于是，侯白进入县衙里参见知县，那些熟人都在门外窥伺。知县问：“你何必又来拜见本知县呢？”侯白说：“您刚到我县，乡里有不适宜的事情，特意来与您商议。知县大人没有来上任前，县里盗贼特别多。希望知县大人让各家各户都养狗，贼一来狗就叫。这样，盗贼就会自己停止偷盗的。”知县说：“果然如此，我家也必须养一条能叫的狗。怎么才能挑选到这样的狗呢？”侯白回答说：“我家里刚刚生下来一群小狗，他们的叫声跟别的狗不一样。”知县问：“它们是怎样叫的？”侯白回答说：“它们的叫声都是‘㘞㘞’的呀。”知县说：“你完全不会识别好狗的叫声，好狗的叫声应当是‘号号’，‘㘞㘞’声的，都不是善于叫的狗。”那些窥伺的熟人们听到这里，没有人不捂着嘴笑。侯白知道自己赢了，就说：“知县大人如果要寻找这样能叫的狗，我去给您寻找。”于是就告辞出来了。（出《启颜录》）

卢嘉言

隋卢嘉言就寺礼拜，因入僧房。一僧善于论议，嘉言即与谈话。因相戏弄，此僧理屈。同坐二僧，即助此僧酬对。往复数回，三僧并屈。嘉言乃笑谓曰：“三个阿师，并不解樗蒱。”僧未喻，嘉言即报言：“可不闻樗蒱人云，‘三个秃，不敌一个卢’。”观者大笑，僧无以应。（出《启颜录》）

陆 操

隋七兵尚书河间陆操无姿貌，有辩。尝新婚，太子少保赵郡李□谓之曰：“屡逢射雉，几度启颜。”操曰：“息妫二子，不言不笑。”（出《谭薮》）

薛道衡

隋前内史侍郎薛道衡以醴和麦粥食之，谓卢思道曰：“礼之用，和为贵。先王之道，斯为美。”思道答曰：“知和而和，不以礼节之，亦不可行也。”（出《谭薮》）

刘 焯

隋河间郡刘焯之、从侄炫并有儒学，俱犯法被禁。县吏不知其大儒也，咸与之枷著。焯曰：“终日枷中坐，而不见家。”炫曰：“亦终日负枷坐。而不见妇。”（出《启颜录》）

卢嘉言

隋朝卢嘉言去寺庙礼拜敬佛，借着这个机会来到僧房。有位僧人喜欢高谈阔论，卢嘉言就跟他神侃，相互戏谑，这位僧人理屈词穷了。在座的另外两位僧人立即帮助这位僧人应对。你来我往，又经过几番论战，三位僧人都败下阵来。卢嘉言于是笑着对他们说："三位大师，你们并不懂得樗蒱博戏吧。"三位僧人不知道这话是什么意思。卢嘉言立即告诉他们："你们听说过没有，玩樗蒱博戏的人说，'三个秃，抵不上一个卢彩'。"围观的人们都大笑起来，僧人们无言以对。（出《启颜录》）

陆操

隋朝七兵尚书河间人陆操长相丑陋，但是有辩才。一次新婚时，太子少保赵郡李□戏谑地问陆操："屡次在新娘面前显露才华，博得新娘子几次笑脸啊？"陆操回答说："息夫人的两个儿子，始终不说不笑。"（出《谈薮》）

薛道衡

隋朝的前内史侍郎薛道衡用醴和在麦粥里吃，对卢思道说："在众多的道德规范、行为法则中，还是'和'最宝贵啊！先王留下来的好传统，还是甜酒加麦粥最好吃啊！"卢思道回答说："单知道'和为贵'而和，不用规范、法则去约束，也是不可行的。"（出《谈薮》）

刘焯

隋朝河间人刘焯和他的堂侄子刘炫，都精通儒学，他们都触犯了刑律被关押在牢狱中。县吏不知道他们叔侄二人是大儒，给他们都戴上了刑枷。刘焯说："整天在枷中坐着，然而却看不到家。"刘炫说："我也是整天负枷坐着，然而看不到妇啊。"（出《启颜录》）

山东人

山东人娶蒲州女，多患瘿。其妻母项瘿甚大。成婚数月，妇家疑婿不慧。妇翁置酒，盛会亲戚，欲以试之。问曰：“某郎在山东读书，应识道理，鸿鹤能鸣何意？”曰：“天使其然。”又曰：“松柏冬青何意？”曰：“天使其然。”又曰：“道边树有骨骴何意？”曰：“天使其然。”妇翁曰：“某郎全不识道理，何因浪住山东。”因以戏之曰：“鸿鹤能鸣者颈项长，松柏冬青者心中强，道边树有骨骴者，车拨伤。岂是天使其然？”婿曰：“请以所闻见奉酬，不知许否？”曰：“可言之。”婿曰：“虾蟆能鸣，岂是颈项长？竹亦冬青，岂是心中强？夫人项下瘿如许大，岂是车拨伤？”妇翁羞愧，无以对之。（出《启颜录》）

吃 人

隋朝有人敏慧，然而口吃。杨素每闲闷，即召与剧谈。尝岁暮无事对坐，因戏之云：“有大坑深一丈，方圆亦一丈，遣公入其中，何法得出？”此人低头良久，乃问云：“有梯出否？”素云：“只论无梯，若论有梯，何须更问。”其人又低头良久，问曰：“白白白白日，夜夜夜夜地。”素云：“何须云白日夜地，若为得出？”乃云：“若不是夜地，眼眼不瞎，为甚物入入里许。”素大笑。又问云：“忽命公作将军。有小城，兵不过一千已下，粮食唯有数日。城外被数万人围，若遣公向城中，作何谋计？”低头良久，问云：“有有救救兵否？”素云：“只缘无救，所以问公。”沉吟良久，举头向素

山东人

有个山东人娶了一位蒲州姑娘，蒲州有很多人都患有大脖子病。这个女子的母亲脖颈上的肿块特别大。结婚几个月后，女方家怀疑姑爷不聪明，于是岳父特意置办了一桌酒席，将亲友都请来，准备在酒桌上，借机试探一下姑爷。开宴后，岳父问姑爷：“你在山东读书，按说应有知识，懂得道理，你能说说鸿雁与仙鹤为什么会鸣叫吗？”姑爷回答说：“这是自然生成的。”又问：“松树、柏树为什么冬天长青呢？”回答说：“这是自然生成的。”又问：“道边的树为什么长着一个大包呢？”回答说：“这是自然生成的。”岳父说：“你一点也不懂得道理，为什么白白住在山东读书？”因此戏弄地说：“鸿雁、仙鹤能鸣叫是因为长着长长的脖子，松树、柏树冬天长青是因为心刚强，道边的树长着个大包是因为车碰伤后造成的。难道是自然生成的吗？”姑爷听岳父说完后，说：“请允许我用我所看见和听到的来回答您，不知可不可以？”岳父说：“可以。”姑爷说：“蛤蟆能鸣叫，难道是因为它脖子长吗？竹子冬天也青，难道是因为它心刚强吗？岳母大人脖子下面长着那么大个包，难道也是车碰伤造成的吗？”岳父听了羞愧满面，无言以对。（出《启颜录》）

吃　人

隋朝有个人非常聪慧机敏，就是有口吃的毛病。杨素每到闲闷时，就将这个人叫来畅谈。有一年岁末二人无事对坐，杨素就说：“有一个大坑一丈深，方圆也一丈阔，派你进到这个大坑里面，你用什么方法才能上来呢？”这个人低头沉思了好久，才问杨素：“有梯子可以爬上来吗？”杨素说：“只当是没有梯子，如果说有梯子，还用再问你吗？”这个人又低头沉思了许久，问：“白白白白日，夜夜夜夜地？”杨素说：“你为什么要问是白日还是夜里呢？只问你怎么能从坑中上来？”这个口吃人说：“如果不是黑夜，眼睛又不瞎，为了什么东西入入坑里？”杨素大笑。接着，杨素又问这个口吃人：“忽然任命你为将军。有一座小城，城里有兵不过一千以内，粮草只够吃用几云："审审如如公言，不免须败。"素大笑。又问云："计公多能，无种不解。今日家中，有人蛇蛟足，若为医治？"此人即应声报云："取取五月五日南墙下雪雪涂涂，即即治。"素云："五月何处得有雪。"答云："若五月五日无雪，腊月何处有蛇咬？"素笑而遣之。（出《启颜录》）

赵小儿

隋有三藏法师，父本商胡，法师生于中国，仪容面目，犹作胡人。行业极高，又有辩捷。尝以四月八日设斋讲说，时朝官及道俗观者千余人。大德名僧，官人辩捷者，前后十余人论议。法师随难即对，义理不穷。最后有小儿姓赵，年十三，即出于众中。法师辩捷既已过人，又复向来皆是高明旧德，忽见此儿欲来论议，众咸怪笑。小儿精神自若，即就座。大声语此僧："昔野狐和尚自有经文，未审狐作阿阇黎，出何典语？"僧语云："此郎子声高而身小，何不以声而补身？"儿即应声报云："法师以弟子声高而身小，何不以声而补身？法师眼深而鼻长，何不截鼻而补眼？"众皆惊异，起立大笑。是时暑月，法师左手把如意，右手摇扇。众笑声未定，法师又思量答语，以所摇扇，掩面低头。儿又大声语云："团圆形如满月，不藏顾兔，翻掩雄狐。"众大笑。法师即去扇，以如意指麾，别送问，并语未得尽，忽如意头落。儿即起谓法师曰："如意既折，义锋亦摧。"即于座前，长揖而去。此僧既怒且惭，更无以应，无不惊叹称笑。（出《启颜录》）

天，城外却有几万敌军围困。假如派你进入这座小城里，你有什么办法吗？”这个口吃的人沉思许久，问杨素：“有有救救兵吗？”杨素说：“只因为没有救兵，所以才问你。”他沉吟良久，抬头对杨素说：“细细想想如如你说的那那样样，免不了失败。”杨素又大笑。杨素又问这个口吃人：“你的本事很大，没有你解决不了的事情。今天你家有一个人被蛇咬了脚，你怎么给他治疗？”这个口吃人应声说道：“取取五月五日南墙下雪雪涂涂，即即治好了。”杨素问：“五月上哪里寻找雪？”这个人回答说：“如果五月五日没地方找雪，那么腊月寒冬哪里有蛇咬人呢？”杨素笑着把他打发走了。（出《启颜录》）

赵小儿

隋朝有个三藏法师，他的父亲原本是西域的商人。这位法师虽然生长在中国，但相貌还是像胡人。他德行功业特别高，还具有敏捷的思维，能言善辩。一次，他曾在四月八日这天设置斋会，讲说佛法。那天，朝中的文武官员以及僧俗，前来的有一千多人。在这位僧人讲法时，大德高僧及朝中的官员，前后有十多人跟他争论，都是能言善辩的人。尽管提出的问题很难，但三藏法师都能立即回答，阐述义理滔滔不绝。最后有个小孩姓赵，年仅十三岁，从人群里站起来跟三藏僧人问答。三藏法师敏捷的辩才既然已经超过刚才那些参与议论的人，况且这些人都是修养极高、德高望重的人，忽然间冒出个小孩要跟他辩谈，在场的众人都惊讶好笑。然而这位赵小孩神情很是镇静，一点也不怯场。坐下后，便大声问这位高僧：“从前野狐和尚自己有经文，不知道狐狸作《阿阇黎》出自什么经典？”僧人说：“这个小孩声音高而身子矮小，怎么不用声高来补身短呢？”小孩马上应声说：“你这位和尚认为我声高身子矮小，为什么不用声音来补身矮。那么，法师你眼窝深而鼻子长，为什么不将鼻子截下一段补在眼窝上呢？”在场的人们听后都异常震惊，站起身来大笑。当时正值伏天盛暑，三藏法师左手挥着一只如意，右手摇着一柄团扇。大家的笑声没有平息，三藏法师边思考如何回答赵小孩刚才的戏谑，边摇着扇子，掩面低头地站在那儿。赵小孩又大声说道：“团扇的形

长孙无忌

唐太宗宴近臣，戏以嘲谑。赵公长孙无忌，嘲欧阳询曰："耸膊成山字，埋肩不出头。谁家麟阁上，画此一猕猴。"询应曰："缩头连背煖，裧当畏肚寒。只因心混混，所以面团团。"帝敛容曰："欧阳询，汝岂不畏皇后闻？"赵公，皇后之兄也。（出《国朝杂记》）

任 瓌

唐管国公任瓌酷怕妻。太宗以功赐二侍子，瓌拜谢，不敢以归。太宗召其妻，赐酒。谓之曰："妇人妒忌，合当七出。若能改行无妒，则无饮此酒。不尔，可饮之。"曰："妾不能改妒，请饮酒。"遂饮之。比醉归，与其家死诀。其实非鸩也，既不死。他日，杜正伦讥弄瓌。瓌曰："妇当怕者三，初娶之时，端居若菩萨，岂有人不怕菩萨耶？既长生男女，如养儿大虫，岂有人不怕大虫耶？年老面皱，如鸠盘荼鬼，岂有人不怕鬼耶？以此怕妇，亦何怪焉？"闻者欢喜。（出《御史台记》）

状宛如一轮满月，没有藏着左右顾盼的玉兔，却遮掩着一只公狸。”众人大笑。三藏法师听了后，忙收起团扇，左手举起如意指向别处，跟别人搭话。还没等他们把话说完，不料他手中如意的头却掉下来了。赵小孩随即站起身对胡僧说：“你手中的如意已经断了，你的义锋也挫败了。”说着，走到法师座位前面，长长作了一个揖转身离去。这位三藏法师既恼怒又羞愧，但没有什么话可以应对。在场的人无不为之惊叹称赞，同时又觉得好笑。（出《启颜录》）

长孙无忌

唐太宗设宴招待跟他关系亲近密切的朝臣们，大家互相戏谑调笑。赵公长孙无忌嘲谑欧阳询说：“举起胳膊是个‘山’字，埋下肩就看不到头了，哪家的麒麟阁上，画着这样一只猕猴？”欧阳询听后应声说：“缩着脑袋使脊背温暖，带着肚兜是怕肚子受寒。只因为你心中浑浑噩噩，所以你脸上才表现出忧苦不安。”唐太宗听了后，严肃地说：“欧阳询，你就不怕皇后知道吗？”赵公，是长孙皇后的哥哥。（出《国朝杂记》）

任瓌

唐朝的管国公任瓌特别惧怕老婆。唐太宗曾因他有功，赏赐给他两名侍妾，任瓌跪拜辞谢，不敢将她们带回家中。唐太宗召见任瓌的妻子，赏赐给她御酒，对她说：“作为一个女人，性情妒忌，是在被休回家中的七条缘由之中的。如果你能改正，今后不再妒忌，就可以不饮这杯酒。不然，就将它喝下去。”任瓌的妻子说：“我不能改正妒忌，情愿饮下这杯御酒。”于是，任瓌妻子端起酒杯一饮而尽。醉着回到家中，跟家里人痛哭流涕地告别。其实，任瓌妻子喝的不是毒酒，并没有死。有一天，杜正伦用这件事来讥笑嘲弄任瓌。任瓌说：“这妇人我有三处怕她，刚结婚时，端坐在洞房中像尊菩萨，难道有人不怕菩萨吗？时间长了，生了子女，又像护犊的老虎，难道有人不怕老虎吗？待到年老时，满脸皱纹，就像佛经上说的吸人精气

李勣

曹左司郎中封道弘，身形长大，而脔甚阔。道弘将入阁奏事，英公李勣在后，谓道弘曰："封道弘，你臀斟酌坐得即休，何须尔许大。"（出《启颜录》）

李荣

唐有僧法轨，形容短小。于寺开讲，李荣往共论议。往复数番。僧有旧作诗《咏荣》，于高座上诵之云："姓李应须李，言荣又不荣。"此僧未及得道下句，李荣应声接曰："身长三尺半，头毛犹未生。"四座欢喜，伏其辩捷。（出《启颜录》）

的冬瓜鬼，难道有人不怕鬼吗？因为这些惧怕老婆，又有什么奇怪的呢？”听的人都笑了。（出《御史台记》）

李 勣

唐朝左司郎中封道弘身材高大，臀部肥胖。封道弘要去内阁谈公事，英公李勣走后面，对道弘说：“封道弘，你的屁股估量着长到能坐下休息就行了，何必这么肥大啊！”（出《启颜录》）

李 荣

唐朝有僧法轨，身形矮小。他在寺内讲授佛经，李荣前去与他辩论，二人辩论了几个回合。僧法轨曾写过一首《咏荣》诗，在高座之上朗诵道：“姓李应须李，言荣又不荣。”还没等法轨诵出下两句，李荣在下面应声接道：“身长三尺半，头毛犹未生。”在座的人都笑起来，佩服李荣的敏捷与机辩。（出《启颜录》）

卷第二百四十九　诙谐五

令狐德棻

唐赵元楷与令狐德棻从驾至陕。元楷召德棻河边观砥柱，德棻不去，遂独行。及还，德棻曰："砥柱共公作何语？"答曰："砥柱附参承公。"德棻应声曰："石不能言，物或凭焉。"时群公以为佳对。（出《启颜录》）

崔行功

唐崔行功与敬播相逐。播带榈木霸刀子，行功问播云："此是何木？"播对曰："是栟榈木。"行功曰："唯问刀子，不问佩人。"（出《启颜录》）

边仁表

唐四门助教弘绰与弟子边仁表论议。弘绰义理将屈，乃高声大怒。表遂报曰："先生闻义即怒，岂曰弘。"弘又报云："我姓即曰弘，是事皆弘。"边又应声曰："先生虽曰弘，义终不绰。"座下大笑，弘竟被屈而归。（出《启颜录》）

令狐德棻

唐朝人赵元楷和令狐德棻陪同皇帝出巡到陕地的时候。赵元楷召呼令狐德棻一块儿去黄河边观看位于河中间急流处的砥柱石，令狐德棻没有去。待到赵元楷回来后，令狐德棻问他："砥柱石跟你都说了些什么啊？"赵元楷回答说："砥柱石让我给你捎个信，它愿意侍奉你。"令狐德棻应声说："石头不会说话，有捎来什么信物作凭证吗？"当时跟随皇帝同行的其他官员们，认为这是很幽默的对答。（出《启颜录》）

崔行功

唐朝人崔行功与敬播，互相竞争着戏谑对方。敬播佩带一把桐木把的佩刀，崔行功问："这刀把是什么木头的？"敬播回答说"是栟榈木。"崔行功说："我只问刀子，谁问你这个佩带刀子的人了呢？"（出《启颜录》）

边仁表

唐朝人四门学馆的助教弘绰，跟学生边仁表辩论。弘绰眼看就要理屈词穷了，就高声发火地喊。边仁表立即说："先生听到道理就发火，怎么能叫'弘'呢？"弘绰也回敬道："我的姓即是弘，不论在什么事情上都'弘'。"边仁表又说："先生虽然姓弘，但是道理终归不宽绰。"在座的学生听了后都大笑不止，弘绰被说得理屈词穷地走了。（出《启颜录》）

辛郁

唐辛郁，管城人也，旧名太公。弱冠，谒太宗于行所。问何人，曰：“辛太公。”太宗曰：“何如旧太公。”郁曰：“旧太公，八十始遇文王。臣今适年十八，已遇陛下。过之远矣。”太宗悦，命直中书。（出《御史台记》）

尹君

唐杨纂，华阴人也，累迁雍州长史，吏部尚书。纂之在雍州，司法参军尹君尝任坊州司户。省符科杜若，尹君判申曰：“坊州本无杜若，天下共知。省符忽有此科，应由读谢朓诗误。华省曹郎如此判事，不畏二十八宿向下笑人。”由是知名。及雍州司法时，有胡盗金城坊者。纂判：“京城诸胡尽禁问。”尹君不同之曰：“贼出万端，诈伪非一。亦有胡着汉帽，汉着胡靴。亦须汉里兼求，不可胡中直觅。请西市胡禁，余请不问。”纂怒不同判。遽命笔，复沉吟少选，乃判曰：“纂输一筹，余依。”太宗闻而笑曰：“朕用杨纂，闻义伏输一筹，朕伏得几筹。”（出《御史台记》）

辛郁

唐朝人辛郁，是管城人，辛郁从前名叫太公。刚刚成年的时候，在皇帝的行宫附近遇到了唐太宗。唐太宗问：“你叫什么名字？”辛郁回答说：“我叫辛太公。”唐太宗说：“跟旧太公比如何？”辛郁回答说：“旧太公，年八十得遇周文王。我今年才十八岁，就遇见了皇上，比旧太公强太多了。”唐太宗听了非常高兴，让人将辛郁安置在中书省。（出《御史台记》）

尹君

唐朝的杨纂，是华阴人，官职一直连升到雍州长史、吏部尚书。杨纂出任雍州长史的时候，属下有一位主管刑法的参军叫尹君，尹君曾一度担任坊州主管民户的官吏。当时，尚书省下达命令让坊册征收杜若税，尹君在这份命令上签署意见说：“坊州原本就不出产杜若，这是天下人都知道的事情。尚书省下达的命令里忽然征收这门税，是由谢朓的诗造成的误会。尚书省的官员们这样决断事情，不怕被天上的二十八宿耻笑吗？”尹君由于这件事而闻名。尹君任雍州司法参军的时候，有胡人偷盗金城坊中的店铺。杨纂批示说：“将京城所有的胡人都监禁起来加以审问。”尹君不同意杨纂的这个批示，另外批示说：“盗贼出自各种各样的人，而且他们善于伪装成不同的样貌。也有的胡人戴着汉人的帽子，也有汉人穿胡人的靴子。因此也须要到汉人里查找盗贼，不可以只在胡人中查找。我请求将西市商业区的胡人监禁起来，其余的胡人不要再监禁审问了。”杨纂看到尹君跟自己方法不一样，非常生气，想立即拿起笔来想驳回尹君的方法，又沉吟了一会儿，就下笔批示道：“杨纂输给你一筹，就依照你的方法，西市以外的胡人不予监禁审问。”唐太宗听说这件事后，笑着说：“我任用的杨纂，听说他深明大义自认服输一筹，那我服输几筹？”（出《御史台记》）

裴玄本

唐裴玄本好谐谑，为户部郎中。时左仆射房玄龄疾甚，省郎将问疾。玄本戏曰：“仆射病，可须问之。既甚矣，何须问也。”有泄其言者。既而随例看玄龄，玄龄笑曰：“裴郎中来，玄龄不死也。”（出《大唐新语》）

长孙玄同

唐长孙玄同幼有讥辩，坐中每剧谈，无不欢笑。永徽中，在京会宴。众因语论及民间事，一人云：“醴泉县去京不远，百姓遂行蛊毒。此邑须远配流，岂得令在侧近。”一人乃云：“若令配流处还有百姓，此人复行蛊毒，岂不还更损人？”其人云：“若如此，欲令何处安置？”玄同即云：“若令玄同安置，必令得所。”诸人大喜，同即问之。答云：“但行蛊毒人，并送与莫离支作食手。”众皆欢笑。贞观中，尝在诸公主席，众莫能当。高密公主乃云：“我段家儿郎，亦有人物。”走令唤取段恪来，令对玄同。段恪虽微有辞，其容仪短小。召至，始入门，玄同即云：“为日已暗。”公主等并大惊怪云：“日始是斋时，何为道暗？”玄同乃指段恪：“若不日暗，何得短人行？”坐中大笑。段恪面大赤，更无以答。玄同初上，府中设食。其仓曹是吴人，言音多带其声，唤粉粥为粪粥。时肴馔毕陈，蒸炙俱下。仓曹曰：“何不先将粪粥来？”举坐咸笑之。玄同曰：“仓曹乃是公侯之子孙，必复其始，诸君何为笑也？”坐中复大笑。玄同任荆王友，所司差摄祭官祠社。于坛所清斋，玄同在幕内坐。有犬来，遗粪秽于墙上。玄同乃取支床砖，自击之。傍人怪其率，问曰：“何为自彻支床砖打狗？”玄同曰：“可不闻，苟利社

裴玄本

唐朝人裴玄本喜爱开玩笑，裴玄本担任户部郎中的时候。当时左仆射房玄龄病重，省署内的官员们准备去探看房玄龄的病情，裴玄本戏谑地说："房玄龄患病有必要去慰问，既然病得很重了，为什么还要去探问房玄龄病得轻重呢？"有人将裴玄本的这句话传给了房玄龄。等到裴玄本按照旧例跟大家一起去探望房玄龄的时候，房玄龄笑着说："裴郎中来看我了，看来我不会死了。"（出《大唐新语》）

长孙玄同

唐朝人长孙玄同，小时候就有善辩的才能，只要有长孙玄同坐在那里畅谈说笑，就没有人不大笑的。永徽年间的时候，一次，长孙玄同参加京城里的宴会。席间，大家谈论到民间的一些事情。有人说："醴泉县离京城不远，那里的百姓一直以来培育一种害人的毒虫。这个县应当将他们全体发配到边远的地方去，怎么能让这些刁民住在京城的附近呢？"另一个人说："如果被流放的地方也有百姓，被流放去的人到那里后依然使用蛊术，难道不是更加害人了吗？"之前那个人说："如果是这样，要把他们安置在哪里呢？"长孙玄同应声说："如果让我安置，一定能将这些人安排个他们应该去的地方。"在座的人都非常高兴，异口同声地问他安置在什么地方？长孙玄同回答说："如果这些人使用蛊术害人，就将他们全部送到莫离支那里做杀手。"在场的人听了后，都大笑不止。贞观年间，一次，长孙玄同主持一个有许多朝官参加的会议。所有与会的人，谁也抵挡不了长孙玄同的谈锋。高密公主说："我们段家男孩中，也有人才。"说完，高密公主派人去招呼段恪来参加这个会议，让段恪来对付长孙玄同。段恪虽然也有些善辩的才能，但是长的身材矮小。段恪应召而来，刚一进门，长孙玄同就说："天已经黑了。"高密公主等人大吃一惊，说："现在正是正午，为什么说天黑了呢？"长孙玄同指着段恪说："如果不是天黑了，怎么能有短人行呢？"满屋人都哄堂大

稷，专之亦可。”（出《启颜录》）

王福畤

唐王福畤名行温恭，累授齐泽二州，世以才学称。子勔、据、勃，俱以文笔著天下。福畤与韩琬父有旧。福畤及婚崔氏，生子勃。尝致书韩父曰：“勔、剧、勃文章并清俊，近小者欲似不恶。”韩复书曰：“王武子有马癖，明公有誉儿癖，王氏之癖，无乃多乎？要当见文章，方可定耳。”福畤乃致诸子文章，韩与名人阅之曰：“生子若是，信亦可夸。”（出《御史台记》）

笑。段恪的脸红了，更无话对答了。长孙玄同刚担任官职的时候，官府里设宴聚餐。府中有一位仓曹是江南吴郡人，说话还带着江南的家乡口音，这位仓曹把粉粥叫为“粪粥”。当所有的菜都上齐了，这位仓曹说：“为什么不先将粪粥端上来？”在座的人都取笑这位仓曹。长孙玄同说：“这位仓曹也是公侯的子孙，一定是他的先人就这样讲话啊！大家为什么取笑人家呢？”在座的人又都哈哈大笑。长孙玄同担任荆王的近臣的时候，被临时指派代理掌管祭祀的主管祠堂。一次，长孙玄同在社坛里做祭祀前的洁身静心准备时，坐在帐幕里面，这时候来了一条狗，往坛墙上撒尿。长孙玄同俯身拾起一块垫床的砖头，向狗打去。旁边有人看见长孙玄同打狗，认为他轻率，不利于洁身静心，于是那人问道：“你为什么私自用支床的砖打狗？”长孙玄同说：“你可曾听说，只要有利于国家，专之也可以啊！”（出《启颜录》）

王福畤

唐朝人王福畤，以品行温和恭顺而闻名，王福畤连续被任命为齐、泽二州的长史，以才学得到世人的称道与赞许。王福畤的儿子王勔、王剧、王勃，都因为写一手好文章而名传天下。王福畤与韩琬的父亲是老朋友。王福畤与崔家的女儿结婚后，生了儿子王勃。一次，王福畤写信给韩琬的父亲说：“王勔、王剧、王勃，三个孩子写的文章，辞赋都清新俊逸。最小的王勃，好像也不错。”韩琬的父亲回信给王福畤说：“王武子有爱马的癖好，你有夸奖儿子的癖好。你们王家人的癖好，恐怕是太多了吧。我需要见到你的儿子们的文章后，才能够确认他们写的文章是好是坏。”王福畤收到信后，就将三个儿子的文章寄给韩琬的父亲。韩琬的父亲和一些名士读了王福畤三个儿子的文章后，说：“生的孩子都像王福畤的三个儿子这样，确实是应该夸奖的啊！”（出《御史台记》）

许敬宗

唐吏部侍郎杨思玄恃外戚之贵，待选流多不以礼，而排斥之。为选人夏侯彪之所讼，御史中丞郎馀庆弹奏免。中书令许敬宗曰：“固知杨吏部之败也。”或问之，宗曰：“一彪一狼，共着一羊，不败何待。”敬宗性轻傲，见人多忘之。或谓其不聪，曰：“卿自难记，若遇何刘沈谢，暗中摸索著，亦可识。”（出《国朝杂记》）

高崔嵬

唐散乐高崔嵬善弄痴，太宗命给使捺头向水下，良久出而笑之。帝问，曰：“见屈原云：‘我逢楚怀王无道，乃沉汨罗水。汝逢圣明主，何为来？’”帝大笑，赐物百段。（出《朝野佥载》）

元 晋

唐曹怀舜，金乡人。父维叔死王事，赠云麾将军。怀舜襁褓授游击将军，历内外文武官。则天云：“怀舜久历文资，而屈于武职。”自左鹰扬卫郎将拜右玉钤卫将军。有宋州司马曹元本，父名乞伯。时汲县丞元晋，好谈，多警策。或问元晋：“元本，怀舜从叔。”元晋应声答曰：“虽则同堂，俱非本族。”人怪而问之，晋曰：“元本乞伯子，怀舜继叔儿，以此知矣。”（出《御史台记》）

许敬宗

唐朝有一位吏部侍郎叫杨思玄，仗恃自己是皇帝的外姓亲戚，对等待分配官职的官员很不尊重，而且排挤轻慢这些人。后来被待分配的官员夏侯彪举告，御史中丞郎余庆上书要求免去杨思玄的吏部侍郎的职务。中书令许敬宗得知这件事后，说："我早就知道杨思玄要败露的。"有人问许敬宗是怎么知道的？许敬宗回答说："一彪一狼，共同对付一只羊不失败才怪呢。"许敬宗为人性情轻狂傲慢，参见过许敬宗的人，许敬宗大多数都不记得谁是谁。有人说许敬宗耳聋，可能是听不着。许敬宗说："你的名字本来就难记。如果遇到的是何、刘、沈、谢，我在黑暗中摸索着，也能辨识出来。"（出《国朝杂记》）

高崔嵬

唐朝时，宫中的散乐高崔嵬擅长装痴。一次，高崔嵬又装痴时，唐太宗让侍从将他的脑袋按入水中。过了好长时间才松手，高崔嵬从水中抬起头来冲着唐太宗笑。唐太宗问："你笑什么？"高崔嵬回答说："我在水中见到屈原大夫了。屈原问我说：'我遇到楚怀王这个无道昏君，才自沉汨罗江，你遇到的是圣明的君主，为什么也到水中来了呢？'"唐太宗听了大笑，赏赐给高崔嵬一百段布帛。（出《朝野佥载》）

元　晋

唐朝人曹怀舜，是金乡人。曹怀瞬的父亲曹继叔是死在公事上，死后被追认为云麾将军。曹怀舜还在母亲的怀中吃奶的时候，就被授予了游击将军的官职。曹怀瞬长大成人后，连续担任了京城和外地的许多文、武官职。武则天一次说："曹怀舜有很长时间的担任文职官员的资历，现在让他担任武职是有点屈用了曹怀瞬。将曹怀瞬从左鹰扬卫郎将升任右玉钤卫将军。"有一位宋州司马叫曹元本，曹元本的父亲叫曹乞伯。当时，汲县的县丞元晋，好谈笑，经常能说出来

赵谦光

唐诸郎中，不自即员外郎拜者，谓之土山头果毅。言便拜崇品，有似长征兵士，便授边远果毅。赵谦光自彭州司马入为大理正，迁户部郎中。户部员外贺遂涉咏曰：“员外由来美，郎中望不优。宁知粉署里，翻作土山头。”赵谦光答诗曰：“锦帐随情设，金炉任意薰。唯愁员外置，不应列星文。”人以为奇句。（出《谭宾录》）

沈佺期

唐沈佺期以罪谪，遇恩复官秩，而未还朱衣。因内宴，群臣皆歌回波乐词起舞，由是多求迁擢。佺期词曰：“回波尔时佺期，流向岭外生归。身名已蒙齿录，袍笏未复牙绯。”中宗即以绯鱼袋赐之。（出《本事诗》）

崔日用

崔日用为御史中丞，赐紫。是时佩鱼须有特恩。亦因宴会，命群臣撰词。日用曰：“台中鼠子直须谙，信足跳梁上壁龛。倚翻灯脂污张五，还来啮带报韩三。莫浪语，直王相。大家必苦赐金龟，卖却猫儿相赏。”中宗亦以金鱼赐之。（出《本事诗》）

警言妙语。有人问元晋："曹元本是曹怀舜的堂叔吗？"元晋应声回答说："虽然他们是同堂本家，却不是一个宗族的人。"提问的人感到奇怪，问道："为什么？"元晋说："曹元本是乞伯子。曹怀舜是继叔儿，由此得知他们不是同一宗族的人啊！"（出《御史台记》）

赵谦光

唐朝时，各位郎中有不是从员外郎升任上来的人，被戏谑地称为"山头果毅"，这是在说这样的人没有任过高品位的官职，就像经过长期征战的士兵，一下就被授予"果毅"的称号一样。赵谦光从鼓州掌管军队的司马直接升任大理正卿，后又改户部郎中。户部员外郎贺遂涉写诗讽刺赵谦光说："员外由来美，郎中望不优。宁知粉署里，翻作土山头。"赵元谦答了一首诗说："锦帐随情设，金炉任意薰。唯愁员外置，不应列星文。"人们都认为赵谦光的这一首答诗是少有的佳句。（出《谭宾录》）

沈佺期

唐朝人沈佺期，因为获罪被贬。后来遇到皇上开恩解除对沈佺期的责罚，又将沈佺期召回京城恢复了原来的官位，却没有归还给沈佺期代表官位的朱衣朝服。一次，皇帝在宫内宴请文武百官。席间，文武官员们都边舞边唱《佺波词》。多数人唱词的内容是请求皇帝提升自己，沈佺期唱的歌词与众不同。沈佺期歌词是："回波尔时佺期，流向岭外生归。身名已蒙齿录，袍笏未复牙绯。"皇帝听了沈佺期所唱的诗歌后，立即将绯鱼袋赏赐给沈佺期。（出《本事诗》）

崔日用

崔日用担任御史中丞的时候，按例赏赐给紫色朝服。当时，佩戴标志官位等级的鱼袋，必须有皇上的特殊恩准。于是，在一次宫内的宴会上，皇帝让大臣撰写辞赋以助酒兴。崔日用趁着这个机会，写了一首诗歌进献给皇帝。诗歌是这样的："台中鼠子直须谙，信足跳梁

裴谈

唐中宗朝，御史大夫裴谈崇释氏。妻悍妒，谈畏之如严君。时韦庶人颇袭武后之风，中宗渐畏之。内宴，玄唱《回波词》，有优人词曰："回波尔时栲栳，怕妇也是大好。外边秖有裴谈，内里无过李老。"韦后意色自得，以束帛赐之。（出《本事诗》）

李镇恶

唐李镇恶，即赵公峤之父。选授梓州郪县令，与友人书云："州带子号，县带郪名。由来不属老夫，并是妇儿官职。"（出《传载》）

卢廙

唐殿中内供奉卢廙持法细密，虽亲故贵势，无所回避。举止闲雅，必翔而后集。尝于景龙观，监官行香。右台诸御史亦预焉。台中先号右台为高丽僧，时有一胡僧徙倚于前庭。右台侍御史黄守礼指之曰："何胡僧而至此。"廙徐谓之曰："亦有高丽僧，何独怪胡僧为。"一时欢笑。廙与李畲俱非善射者。尝三元礼射，廙畲虽引满射，俱不及垛而坠。互言其工拙，畲戏曰："畲与卢箭俱三十步。"左右不晓。畲曰："畲箭去垛三十步，卢箭去身三十步。"欢笑久之。（出《御史台记》）

上壁龛。倚翻灯脂污张五，还来啮带报韩三。莫浪语，直王相。大家必苦赐金龟，卖却猫儿相赏。”于是唐中宗将金鱼袋赏赐给崔日用。（出《本事诗》）

裴 谈

唐中宗在位的时候，御史大夫裴谈信奉佛教。裴谈的妻子性情暴躁妒忌心强，裴谈像惧怕严厉的父亲一样惧怕妻子。当时，后宫的韦后，很是承袭了武则天专断跋扈的作风，唐中宗渐渐也惧怕韦后。一次，宫里设宴招待文武百官。有人献唱了一首很好听的《回波词》。有一位宫中的艺人唱道：“回波尔时栲栳，怕妇也是大好。外边秖有裴谈，内里无过李老。”韦皇后听了之后神色很是得意，赏赐给这位唱《回波词》的艺人一束帛。（出《本事诗》）

李镇恶

唐朝人李镇恶，是赵国公李峤的儿子。李镇恶被任命为梓州郪县县令的时候，李镇恶在寄给朋友的信中写道：“我所隶属的州带子（梓）的名字，我所管辖的县带郪（妻）名字。这两个地方从来都不属于我啊，都是妇孺的官职啊！”（出《传载》）

卢 廙

唐代有一位殿内供奉卢廙守持着严格的法度，就算亲朋好友、达官贵戚，也一点不留情面。卢廙为人举止闲雅大方，遇事必须很好地观察思索然后决定如何对待。一次，卢廙在景龙道观监察、管理行香礼佛的仪式。宪台的各位御史也协助这件事。宫中事先定下来，宪台的行香僧人是一位高丽僧人。当时，有一位胡僧徘徊在前院里。宪台侍御史黄守礼指着这位胡僧说：“为什么让胡僧到这来？”卢廙慢慢地说：“不是也有高丽僧吗？为什么唯独责怪胡僧呢？”在场的人听了后大笑。卢廙跟李畬一样，不太会射箭。一次，为祭庆三元，举办射礼的时候。卢廙与李畬虽然都将弓拉得满满的，但是箭射出去

松寿

唐韦庆本女选为妃，诣朝堂欲谢。而庆本两耳先卷，朝士多呼为“卷耳”。时长安公松寿，见庆本而贺之。因曰：“仆固知足下女得妃。”庆本曰：“何以知之？”松寿乃自摸其耳而卷之曰：“卷耳后妃之德。”（出《启颜录》）

封抱一

唐封包一任益州九陇尉，与同列戏白打赌钱。座下数百钱，输已略尽，便欲敛手。傍人谓之曰：“何不更戏，觅钱回取之。”抱一乃举手摸钱曰：“同赐也，何敢望问。”山东人谓尽为赐，故言赐也。（出《启颜录》）

尹神童

唐尹神童每说，伯乐令其子执《马经》画样以求马，经年无有似者。归以告父，更令求之。出见大虾蟆，谓父曰：“得一马，略与相同，而不能具。”伯乐曰：“何也？”对曰：“其隆颅跌目脊郁缩，但蹄不如累趋耳。”伯乐曰：“此马好跳踯，不堪也。”子笑乃止。（出《朝野佥载》）

后，都没有射到箭靶就落在地上。李畬戏谑地说：“我与卢廙射的一样，都是三十步。”左右的人们，都不明白李畬的话是什么意思。李畬解释说：“我射的箭离箭靶三十步，卢廙射的箭离自己也是三十步。”所有在场的人听了后，笑了很长时间。（出《御史台记》）

松寿

唐朝人韦庆本的女儿被选中成为皇帝的妃子，韦庆本到朝廷中想表示谢意。韦庆本的两只耳朵生来就是卷起来的，朝中的许多官员都称韦庆本叫“卷耳”。当时，长安公松寿看见韦庆本上前祝贺，就借机戏谑韦庆本说：“我早就知道您的女儿会成为皇妃的。”韦庆本问：“你怎么知道的？”松寿摸着自己的耳朵说：“卷耳朵是能生出做皇妃的女儿德象啊！”（《诗经》中有《卷耳》一篇）（出《启颜录》）

封抱一

唐朝人封抱一在益州担任九陇尉的时候，跟同事戏说闲话并在从中做赌。封抱一身边带着的几百文钱，已经输得差不多了，便想收手了。旁边有人说：“为什么不再戏说赌下去？把输来的钱赢回去呢？”封抱一就举起手摸着钱袋说：“同赐了啊！怎么敢希望赢回来。”山东人的口音把“尽”读成“赐”，因此，封抱一说：“赐”。（出《启颜录》）

尹神童

唐朝有一位尹神童，尹神童经常讲一个故事，这个故事是：伯乐让儿子拿着《马经》寻求良马。一年过去了，伯乐的儿子没有找到与《马经》画像上的良马相似的马，伯乐的儿子回到家中如实向伯乐说明了情况。伯乐再次让儿子外出去寻找良马。这次，伯乐的儿子从家里走出来的时候看见了一只大蛤蟆，返回家中对伯乐说：“我寻找到一匹良马，跟《马经》上画的良马大致一样，但是不能将这匹良马买回来。”伯乐问：“这是为什么呢？”伯乐的儿子回答说：“这匹马

的头颅隆起，双目突出，脊背直而有纹理。但是蹄子不能像良马那样连续奔驰。”伯乐听了后，说：“这匹马好蹦跳，但担不起良马的美称啊！”伯乐的儿子笑了，于是停止寻找良马了。（出《朝野佥载》）

卷第二百五十 诙谐六

狄仁杰

唐秋官侍郎狄仁杰，秋官侍郎卢献曰：“足下配马乃作驴。”献曰：“中劈明公姓，乃成二犬。”杰曰：“狄字犬旁火也。”献曰：“犬旁有火，乃是煮熟狗。”（出《朝野佥载》）

苏味道

唐宰相苏味道，与张昌龄俱有名。暇日相遇，互相夸诮。昌龄曰：“某诗所以不及相公者，为无银花合故也。”苏有《观灯》诗曰：“火树银花合，星桥铁锁开。暗尘随马去，明月逐人来。”味道云：“子诗虽无银花合，还有金铜钉。”昌龄赠张昌宗诗曰：“昔日浮丘伯，今同丁令威。”遂与抚掌而笑。（出《本事诗》）

侍御史

唐京台监察院西行中间，号横劈房。凡迁此房者，必先盛馔台中，而后居焉。先无窗，后人置之。神龙中，侍中杨再思兼大夫，诸相毕送视事。中书令魏元忠尝任监察，台中故事素谙。遽指房曰：“此是横劈房。”诸相问故，元忠具述其由。御史曰：“此房近日迁耶？”曰：“无别迁。”元忠曰：“当为开窗出气，故不迁耳。”

狄仁杰

唐朝秋官侍郎狄仁杰，戏谑另一位秋官侍郎卢献说：“配给您一匹马，您就成了驴。”卢献说：“将您的姓从中间分开，就成了两只犬。”狄仁杰说：“狄字一边是犬旁一边是火呀？”卢献说：“犬旁边有火，乃是一条煮熟了的狗。”（出《朝野佥载》）

苏味道

唐朝宰相苏味道与张昌龄，都很有名望。一个空闲的日子，两位宰相相聚在一起，互相夸耀自己而讥诮对方。张昌龄说：“我写的诗，之所以没有您的诗好，是因为我的诗中有‘银花合’这样的传世佳句啊！苏味道曾经写过一首《观灯》诗：“火树银花合，星桥铁锁开。暗尘随马去，明月逐人来。”苏味道反唇相讥道：“您虽然没有‘银花合’，但是还有‘金铜钉’嘛！”原来，张昌龄曾写一首赠张昌宗的诗。其中两句是：“昔日浮立伯，今同丁令威。”（谐音为‘金铜钉’。）于是二人互相拍掌大笑。（出《本事诗》）

侍御史

唐朝时，京台监察院西行中间叫横劈房。凡是搬迁到这座房子里住的人，必须先设盛宴宴请御史台里的人，然后才能住进去。这座房子，最初没有窗户，后来有人开置了窗户。神龙年间的时候，侍中杨再思兼任御史大夫，所有的宰相都来送他上任。中书令魏元忠曾经担任过监察，对宫禁中的掌故一向特别熟悉。魏元忠戏谑地指着这座房子说：“这是横劈房。”各位宰相询问其中的缘故，魏元忠左右欢笑殆不禁。且御史纠察郡司，纲纪庶务，实为众官所忌。詈御史为冷峭，而突厥号御史为吐屯。则天朝，蕃使来朝者，而吐屯独立不入班。谕德张元一以诙谐见称，问蕃使曰："此独立者为谁？"译者曰："吐屯，此御史。"元一曰："人言我朝御史独冷峭，此蕃御史亦甚冷峭。"举朝喧笑。（出《御史台记》）

李安期

唐吏部侍郎李安期，隋内史德林之孙，安平公百药之子。性机警。尝有选人被放，诉云："羞见来路。"安期问："从何关来？"曰："从蒲津关来。"安期曰："取潼关路去。"选者曰："耻见妻子。"安期曰："贤室本自相谙，亦应不笑。"又一选人引铨，安期看判曰："第书稍弱。"对曰："昨坠马损足。"安期曰："损足何废好书。"为读判曰："向看贤判，非但伤足，兼以内损。"其人惭而去。又选士姓杜名若，注芳洲官。其人惭而不伏。安期曰："君不闻芳洲有杜若？"其人曰："可以赠名公。"曰："此期非彼期。"若曰："此若非彼若。"安期笑，谓之改注。又一吴士，前任有酒状。安期曰："君状不善。"吴士曰："知暗枪已入。"安期曰："为君拔暗枪。"答曰："可怜美女。"安期曰："有精神选，还君好官。"对曰："怪来晚。"安期笑而与官。（出《朝野佥载》）

详细地讲述了这座房子的由来及其延革。御史问："这座房子最近拆迁吗？"有人回答说："没有别的地方可以迁移。"魏元忠说："要给它开个窗子出气，因此不迁啊！"在场的人听了都欢笑不止。况且御史这种官职，是专门纠察郡府和朝中各司在执行、遵守纲常、法度上，以及署理各种政务上，有没有违法乱纪的行为，实在是让各位官员有所顾忌。官员们背地里议论当御史的为人都严肃冷峻不讲人情。突厥人称御史为"吐屯"。武则天即位的时候，突厥人派使臣来朝见。谕德张元一以幽默诙谐闻名于朝中。张元一问突厥使臣："这位单独站着的人是谁？"翻译回答说："这位是吐屯，就是御史。"张元一戏谑地说："人们都说大唐的御史神态严肃冷峻，这位番邦的御史更严肃冷峻啊！"满朝文武听说之后，都喧闹哄笑不止。（出《御史台记》）

李安期

唐朝的吏部侍郎李安期，是隋朝内史李德林的孙子，安平公李百药的儿子。李安期为人机智精警。一次，有一位候选的官员没有入选而被打发回家。这位落选的官员说："我被放回去，羞于见到来京那条路啊。"李安期问："你从哪条路过来的？"这人回答说："从蒲津关来。"李安期说："那么你就取道潼关去吧。"那个人说："回到家中见到妻子感到羞耻。"李安期说："你的妻子原本跟你非常熟悉，肯定不会耻笑你的。"还有一个落选的人，将应试选官的档案拿来给李安期看。李安期看了档案中那个人的考卷说："你的书法功力稍微差些。"那个人回答说："应试那天我从马上掉下来把脚跌坏了。"李安期问："脚跌坏了怎么会影响你写不出来好字呢？"李安期在试卷上批示道："刚才看了你的试卷，不但是跌伤了脚，你的内心也受到了损坏。"那个人就羞愧地走了。还有一个候选官员叫杜若，杜若被安排在芳州为官，这个人既感到羞愧又不服气，找到李安期来述说。李安期说："你没有听说过芳州盛产杜若吗？"这个人说："我这株杜若可以赠送给您。"李安期说："此时不是彼时。"那个人说："此若不是彼若。"李安斯听后笑了，为这位候选官员改任到别

邓玄挺

唐邓玄挺入寺行香，与诸僧诣园，观植蔬。见水车以木桶相连，汲于井中。乃曰："法师等自踽此车，当大辛苦。"答曰："遣家人挽之。"邓应声曰："法师若不自踽，用如许木桶何为？"僧愕然思量，始知玄挺以木桶为幪秃。又尝与谢佑同射，先自矜敏手。及至对射，数十发皆不中垛。佑乃云："直由箭恶，从来不曾如此。"玄挺应声报云："自须责射，因何尤箭。"众人欢笑，以为辩捷。权玄福任萧机，遣郎中员外，极晚始许出。有郎中厅前逼阶枣树下生一小枣，穿砌砖而出。皆讶焉，既就看。玄挺时任员外郎云："此树不畏萧机，遂即砖辄枣出。"兵部侍郎韦慎形容极短，时人弄为侏儒。玄挺初得员外已后，郎中员外俱来看。韦慎云："慎以庸鄙，滥任郎官。公以高才，更作绿袍员外。"邓即报云："绿袍员外，何由可及侏儒郎中。"众皆大笑。（出《启颜录》）

处。还有一位吴郡的候选官员，在之前的档案上记载有酗酒的习惯。李安期看后说："你在之前的任上有不好的表现啊。"这位吴郡的候选官回答说："我就知道有人使暗枪伤我。"李安期说："为你拔除暗枪。"这人回答说："你是大贤人啊！"李安期说："你能有勇气参加候选，还给你一个好官的名声。"这人说："都怪你来晚了。"李安期听后笑了，为那个人选了一个新的官职。（出《朝野佥载》）

邓玄挺

唐朝人邓玄挺来到寺院烧香拜佛，邓玄挺与寺里的僧人们到菜园里观看僧人种菜。邓玄挺看到水车上一个挨一个地连放着木桶，是这些小木桶将井中的水打上来。邓玄挺问僧人："法师们亲自踏水车，一定是非常辛苦了。"僧人们回答说："会分派仆役们来干活。"邓玄挺应声问："如果法师们不是亲自来踏，用这么多木桶干什么？"僧人们听了后感到很愕然，经过思索，才知道是邓玄挺将木桶误认为"幪秃"。还有一次，邓玄挺与谢佑一块儿射箭。起先，邓玄挺认为自己是射箭的能手。待到互相比赛的时候，邓玄挺射了几十只箭，都没有射中箭靶子。谢佑说："一定是箭不好使，从来没射过这么差。"邓玄挺应声回答说："只需责怪射箭的人技艺不高，为什么怨箭不好呢？"在场的人都欢呼雀跃，认为邓玄挺反应敏捷，擅长机辩。权玄福任萧机，被派遣为郎中员外，很长时间了才让萧机上任。有一位郎中家厅前有一株临阶枣树，长出一株小枣树，这株树是从砌台阶的砖缝中拱出来的。谁见了都感到惊奇。邓玄挺当时正任员外郎说："这株枣树不惧怕萧机，于是专门从砖缝中拱出一株小枣树。"兵部侍郎韦慎身材极其矮小，当时的同事们都戏称韦慎为侏儒。邓玄挺刚刚被授予员外郎后，郎中员外都来看望韦慎。韦慎自谦地说："我为人庸俗鄙陋，滥竽充数也出任郎官。以你的杰出才干，应当更上一层出任绿袍员外。"邓玄挺立即回答说："绿袍员外有什么资格可以比得上你这个侏儒郎中呢！"在场的人们听了后，都大笑。（出《启颜录》）

元福庆

唐元庆福，河南人，拜右台监察。与韦虚名、任正名颇事轩昂。殿中监察朱评之咏曰：“韦子凝而密，任生直且狂；可怜元福庆，也学坐痴床。”正名闻之，乃自改为俊且强。（出《御史台记》）

尚书郎

尚书郎，自两汉已后，妙选其人。唐武德真观以来，尤重其职。吏兵部为前行，最为要剧。自后行改入，皆为美选。考功员外专掌试贡举人，员外郎之最望者司门都门。屯田虞水，膳部主客，皆在后行，闲简无事。时人语曰：“司门水部，入省不数。”角觝之戏，有假作吏部令史与水部令史相逢，忽然俱倒。良久起云：“冷热相激，遂成此疾。”先天中，王上客为侍御史，自以才望清雅，妙当入省，常望前行。忽除膳部员外郎，微有怅惋。吏部郎中张敬忠戏咏之曰：“有意嫌兵部，专心取考功。谁知脚踜蹬，几落省墙东。”膳部在省中最东北隅，故有此句。（出《两京新记》）

御史里行

唐开元中置里行，无员数。或有御史里行，侍御史里行，殿中里行、监察里行。以未为正官。台中咏之曰：“柱下虽为史，台中未

元福庆

唐朝人元福庆，是河南人，官至右台监察。元福庆跟同任右台监察的韦虚名、任正名，都气宇轩昂、风度不凡。殿中监察朱评之写诗赞美他们三人说："韦子凝而密，任生直且狂。可怜元福庆，也学坐痴床。"任正名听说这首诗后，自己将"也学坐痴床"改成"也学俊且强。"（出《御史台记》）

尚书郎

尚书郎，在两汉以后，皇帝会精心挑选担任这个职务的人选。到了唐朝，从高祖、太宗李世民的时候，尤其重视这个官职的人选安排。尚书省的吏部、兵部排在前面，这是最为重要的官职。从刑部、工部后来迁任到兵部、吏部，都是最好的升迁。考功员外，是专门掌管科试考试的官员，这是员外郎中最让人仰慕的衙门。主管屯田垦荒的官署、主管山川林泽的民署、以及主管祭器、酒膳、外交等官署，都排在考功员外的后面。这些官署在平常的日子里闲散、怠慢，一点事情也没有。当时人都说："掌管城门和掌管水道漕运的官员，在尚书省会被冷落。"百戏里，有表演吏部的办事员与水部的办事员相遇，忽然都跌倒在地上。过了好长时间才站起来，说："冷热相互冲击，于是就跌倒了。"先天年间的时候，王上客担任侍御史，王上客认为自己才干声望都很高，一定会被精选到尚书省，而且盼望能被选入考功官署。但是最终任命王上客为膳部员外郎，因此王上客略有些惋惜、惆怅。吏部郎中张敬忠知道这件事后，写了一首诗来戏谑王上客。这首诗是这样的："有意嫌兵部，专心取考功。谁知脚踜蹬，几落省墙东。"膳部的官署在尚书省府衙的东北角，所以才做出这种诗。（出《两京新记》）

御史里行

唐代开元年间设置了里行，其中没有设定固定的人员。分别设有御史里行、侍御史里行、殿中里行、监察里行等。朝中有人为这件

是官。何时闻必也，早晚见任端。”任端即侍御史任正名也。（出《御史台记》）

姚崇

唐姚崇为紫微令，例给舍置次，不让宰相。崇以年位俱高，不依旧请。令史持直簿诣之，崇批其簿曰：“告直令史，遣去又来。必欲取之，有同司命。老人年事，终不宜当。”诸司舍见之欢笑，不复逼也，遂停宰相宿。（出《大唐新语》）

黄幡绰

唐玄宗好击毬，内厩所饲者，竟犹未甚适。会与黄幡绰戏语相解，因曰：“吾欲良马久之，而谁能通于马经者？”幡绰奏曰：“臣能知之。”且曰：“今三丞相悉善马经。”上曰：“吾与三丞相语政事外，悉究其旁学，不闻有通马经者。尔焉得知之？”幡绰曰：“臣自日日沙堤上。见丞相所乘，皆良马也。是以必知通马经。”上因大笑而语他。玄宗尝登苑北楼，望谓水。见一醉人临卧水，问左右是何人。左右不知。将遣使问之，幡绰曰：“臣知之，此是年满令史。”上曰：“你何以知？”对曰：“更一转入流。”上大笑。又与诸王会食。宁王对御座，喷一口饭，直及龙颜。上曰：“宁哥何以错喉？”幡绰曰：“此非错喉，是喷嚏。”（出《松窗杂录》及《因话录》）

事作诗。诗是这样的："柱下虽为史，台中未是官。何时闻必也，早晚见任端。"所谓"任端"，就是侍御史里行被授任正式的官职。（出《御史台记》）

姚 崇

唐朝人姚崇官任紫微令，按照旧例，应给姚崇新建住房，档次不亚于宰相的府第。姚崇以年老位高为由，请求不要按照旧例给自己新建住房了。但是有一位工部官员还是拿着值事簿找到姚崇。姚崇在簿上批示道："我已经告诉值事的办事员了，可是打发他回去后又来了。一定要让我同意新建住房，说是上司让他这样做的。我已年老，住现在的房子就蛮好了，终归还是不该再为我建造新房了。"工部的那位官员将姚崇的这个批示拿回去后，部里的官员们看了都高兴地笑了，从此不再逼迫姚崇建新房了。就停止了给姚崇建新房的计划了。（出《大唐新语》）

黄幡绰

唐玄宗喜欢骑马击球，宫中马厩里饲养的御马，都不太符合唐玄宗的心意。一次，唐玄宗跟黄幡绰在一块儿相互戏谑解闷。唐玄宗对黄幡绰说："我早就想寻找一匹良马了，你知道谁通晓马经吗？"黄幡绰回答说："我知道谁通晓马经。当今的三位丞相都通晓马经。"唐玄宗说："我跟三位丞相谈论朝政外，还一起讨论旁门杂学，没有听说他们谁通晓马经啊，你是怎么知道的？"黄幡绰说："我每天等候早朝的时候都在洛水岸边的沙堤上散步，见到三位丞相所骑的马都是良马啊。由此知道他们一定通晓马经的。"唐玄宗闻听后哈哈大笑，趁机转换话题谈别的事情了。唐玄宗一次登上御苑北楼，远望渭水，看见一个人喝醉了酒躺在水边。唐玄宗问身边的人这是什么人？身边人都说不知道。正要派人前去探问，黄幡绰说："我知道是什么人。这个人是任期年满的小官。"唐玄宗问："你怎么知道的？"黄幡绰回答说："再一调转就入流了。"唐玄宗听完后

杨国忠

唐杨国忠尝会诸亲，时知吏部铨。且欲大噱以娱之，呼选人名，引入于中庭。不问资叙，短小者通道参军，胡者云湖州文学。帘下大笑。（出《嘉话录》）

刘朝霞

唐天宝初，玄宗游华清宫。刘朝霞献《驾幸温泉赋》，词调倜傥，杂以俳谐。文多不载，略其赋首云："若夫天宝二年，十月后兮腊月前。办有司之供具，命驾幸于温泉。天门轧开，神仙之福塞；銮舆划出，驱甲仗而骈阗。青一队兮黄一队，熊蹋胸兮豹拏背；珠一团兮绣一团，玉缕珂兮金钑鞍。"其后述圣德云："直获得盘古髓，掐得女娲氏娘。遮莫你古来千帝，岂如我今代三郎。"其自叙云："别有穷奇蹭蹬，失路猖狂，骨撞虽短，伎俩能长。梦里几回富贵，觉来依旧恓惶。只是千年一遇扣头，莫五角而六张。"上览而奇之，将加殊赏，命朝霞改去"五角六张"字。奏云："臣草此赋，若有神助。"自谓文不加点，笔不停缀，不愿改之。上闻，顾左右曰："真穷薄人也。"遂授以宫卫佐而止焉。（出《开天传信记》）

大笑。还有一次，唐玄宗跟诸位皇子一块儿聚餐，宁王坐在玄宗的对面，忽然喷出一口饭，都喷在了唐玄宗的脸上。唐玄宗说："宁王怎么戗着嗓子了？"在座的黄幡绰说："这不是戗饭，是喷食。"（出《松窗杂录》及《因话录》）

杨国忠

杨国忠有一次会见亲友的时候。当时，杨国忠正在吏部掌管考核官员。为了造个大噱头娱乐，因此呼唤候选的官员的名字，被呼唤的人都到厅堂正中。不问资历，业绩，个子矮小的人都授以参军，胡人一律称为湖州文学。帘内的主考、同考的官员们大笑不止。（出《嘉话录》）

刘朝霞

天宝年间，唐玄宗出游华清宫。有一位叫刘朝霞的人，进献了一篇《驾幸温泉赋》给唐玄宗。这篇赋风格卓异，不同一般，句子中常常掺进一些诙谐戏谑的成分。这篇《驾幸温泉赋》很长，就不全载录在这里了，现将它开头部分，简略地引用几段，大意是这样的："天宝二年，十月之后腊月之前，有关的官署置办必要的物品、器具，皇帝要移驾到华清宫的温泉。宫门'轧轧'地打开了，仿佛是神仙降临到这里；皇上的车驾忽然出现，车马、披着铠甲的武士及手执旌旗的仪仗队连续不断地逶迤而来。一会儿是身着黑衣的队伍，一会儿是身着黄衣的队伍，人人都像熊腆胸、豹挺背一样的威武雄壮；队伍中一会儿珠翠耀目，一会儿锦绣入眼，美玉镶嵌的马勒黄金铸造的马鞍……这篇《驾幸温泉赋》的后面，在叙述玄宗皇上的圣明与德政时，是这样写的，您得到了盘古帝的真髓，推算出女娲是母亲。任凭自古以来的千百个帝王，谁能赶得上我朝今天的圣明皇上李三郎？"这篇赋在谈到作赋者自己时，说："另外还特别穷困潦倒，因没有前途而狂乱。我的机遇虽然少，我的技能、本领很强。几次梦见自己荣华富贵，醒来后依然过着这样凄惶的日子。现在遇上了千载难

姚贞操

唐姚贞操云："自余以评事入台，侯承训继入。此后相继不绝，故知拔茅连茹也。"韩琬以为不然，自则天好法，刑曹望居九寺之首。以此评事多入台，讫今为雅例，岂评事之望，起于贞操耶？须议戏云："畿尉有六道，入御史为佛道，入评事为仙道，入京尉为人道，入畿丞为苦海道，入县令为畜生道。入判司为饿鬼道，故评事之望。起于时君好法也，非贞操所能升降之。"（出《御史台记》）

裴谞

唐裴宽子谞复为河南尹。谞素好诙谐，尝有投牒，误书纸背。谞判云："这畔似那畔，那畔似这畔。我也不辞与你判。笑杀门前着靴汉。"又妇人同投状争猫儿，状云："若是儿猫儿，即是儿猫儿。若不是儿猫儿，即不是儿猫儿。"谞大笑，判其状曰："猫儿不识主，傍家搦老鼠。两家不须争，将来与裴谞。"遂纳其猫儿。争逢的叩见皇上的好机会，且莫再不顺遂。”唐玄宗看了这篇《驾幸温泉赋》，觉得它奇异不凡，准备重重地奖赏刘朝霞。玄宗让刘朝霞修改“五角六张”这几个字。刘朝霞回答说：“我写作这篇《驾幸温泉赋》，就像有天神相助，文不加点，笔不停顿，一气呵成。我实在难以改动。”唐玄宗听完后对身边的近侍说：“真是浅薄啊！”就授予刘朝霞宫卫佐这样一个只管十二个卫兵的小官职而已。（出《开天传信记》）

姚贞操

唐朝人姚贞操说：“自从我凭评事的身份升入御史台后，之后也有人是凭评事的身份升入御史台。从此以后就连续不断了，这就是循序渐进的原因啊。”韩琬不这样认为。韩琬认为自从武则天即位推行了好的改革条律，才使得掌管刑事的刑曹也有希望位居九卿之首。从此，许多评事才能升入御史台。这是到现在为止，从未有过的好事情。怎么能说评事升入御史台，是从姚贞操那里开始呢？过了一会儿，韩琬戏谑地说：“在京都地区所属各县担任县尉职务的人，有六条出路。升任御史台是最好的出路，被称为‘佛道’。其次是升为评事，被称为‘仙道’。升任京尉一般的，被称为‘人道’。升任京都府丞就不太好了，被称为‘苦海道’。升任县令就比较差了，被称为‘畜生道’。升任判司是最差的了，被称为‘饿鬼道’。因此说，评事能升任到御史台是由武则天推行新法开始的，而不是姚贞操所能左右得了的。”（出《御史台记》）

裴谞

裴宽的儿子裴谞，在此担任了河南尹。裴谞平素就喜欢开玩笑。一次，投送来的书札公文，误将投送的地址写在纸背上面。裴谞在上面批示说：“这畔似那畔，那畔似这畔。我也不辞与你判。笑杀门前着靴汉。”还有一次，有两位妇女为争夺一只猫投了一封上告信。上告信上面写道：“若是儿猫儿，即是儿猫儿。若不是儿猫儿，即不

者亦止焉。(出《开天传信记》)

张文成

唐司门员外郎张文成好为俳谐诗赋，行于代。时太将军黑齿常之，将出征。或人勉之曰：“公官卑，何不从行？”文成曰：“宁可且将朱唇饮酒，谁能逐你黑齿常之。”(出《御史台记》)

窦晓

唐窦晓形容短小，眼大露睛；乐彦伟身长露齿。彦伟先弄之云：“足下甚有功德。”旁人怪问，彦伟曰：“既已短肉，又复精进。岂不大有功德！”窦即应声答曰：“公自有大功德，因何道晓？”人问其故，窦云：“乐工小来长斋。”又问长斋之意，窦云：“身长如许，口齿齐崖。岂不是长斋！”众皆大笑。(出《启颜录》)

杜延业

唐华原令崔思诲口吃，每共表弟杜延业递相戏弄。杜常语崔云：“延业能遣兄作鸡鸣，但有所问，兄即须报。”旁人云：“他口应须自由，何处遣人驱使。若不肯作，何能遣之？”杜即云：“能得。”既而旁人即共杜私睹。杜将一把谷来崔前云：“此是何物？”崔云：“谷谷。”旁人大笑，因输延业。(出《启颜录》)

是儿猫儿。”裴谞看了上告信后大笑，在上告信上批示道：“猫儿不识主，傍家搦老鼠。两家不须争，将来与裴谞。”于是，裴谞让人将这只猫抱回他家去，两位妇女也不争了。（出《开天传信记》）

张文成

唐朝时，掌管京城城门的员外郎张文成喜欢写诙谐调侃的诗赋，有些诗赋在当时流传了一段时间。当时，黑齿常之将军要率军出征。有人劝张文成说：“你现任掌管城门的这样的小官，为什么不跟黑齿将军一起出征，有机会立下战功也好可望升迁。”张成文戏谑地跟黑齿将军说：“我宁肯用朱唇饮酒，有谁敢追随你黑齿常啊！”（出《御史台记》）

窦晓

唐朝人窦晓身材矮小，但是大眼睛向外鼓凸着；乐彦伟身材高大，但是牙齿往外龇露着。乐彦伟首先戏弄窦晓说：“你非常有功德啊。”旁边的人感到奇怪地问：“你为什么说他有功德啊？”乐彦伟回答说：“你看他既然已经这么矮了，但是在眼睛上有很大长进，难道不是修得大有功德吗？”窦晓听了后应声回答道：“你才有大功德呢，为什么反而称赞我啊？”有人问窦晓为什么这样说？窦晓回答道：“乐工小来长斋。”有人问“长斋”是什么意思？窦晓说：“‘长’就是身长的意思，‘斋’就是口齿突出如悬崖的意思啊！难道不是‘长斋’吗？”听的人都被窦晓的回答逗得哈哈大笑。（出《启颜录》）

杜延业

唐朝有一位华原县令叫崔思诲，崔思诲有口吃病。崔思诲经常跟表弟杜延业互相调笑戏谑。杜延业一次对崔思诲说：“我能让哥哥你学鸡叫，只要我问你什么，你就得告诉我。”在场的另外一个人对杜延业说：“嘴长在他头上，你能让他说什么就说什么吗？如果他不肯学，你有什么办法让他学呢？”杜延业当场说：“没问题的。”过

路励行

唐路励行初任大理丞，亲识并相贺。坐定，一人云：“兄今既在要职，亲皆为乐。谚云：‘一人在朝，百人缓带。’岂非好事！”答云：“非直唯遣缓带，并须将却幞头！”众皆大笑。（出《启颜录》）

萧 诚

唐萧诚初拜员外，于朝列，安闲自若。侍御史王旭曰：“萧子从容省达。”韩琬应声答曰：“萧任司录，早已免杖，岂止今日方省挞耶？”闻者欢笑。（出《御史台记》）

德 宗

唐马燧之孙始生，德宗命之曰继祖。退而笑曰：“此有二义，意谓以索继也。”（出《国史补》）

刘玄佐

唐刘玄佐，滑城匡城人。尝出师经本县，欲申桑梓礼于令，坚辞不敢当。玄佐叹恨久之。先是陈金帛，将遣邑僚，以其愚懦而止。玄佐贵为相，其母月织绝一匹，以示不忘本。每观玄佐视事，了一会儿，杜延业与这个人暗自打赌。杜延业捧着一把谷子走到崔思诲面前，问道："这是什么东西啊？"崔思诲结结巴巴地说："谷——谷—。"在旁边看着的那个人不由得哈哈大笑，因此输给了杜延业。（出《启颜录》）

路励行

唐朝人路励行刚刚升任大理寺丞的时候，亲戚朋友都来祝贺。众人入座后，其中一个人说："兄长现在升任重要的职务，我们所有的亲属都感到高兴。常言说得好：'一人在朝为官，在他周围的人都可以宽束腰带、悠闲自在了。'难道这不是一件大好的事情吗？"路励行回答说："并非只有宽束腰带，还要把头上的帽子摘下来才好！"在座的人听了都捧腹大笑。（出《启颜录》）

萧诚

唐朝人萧诚刚刚被任命为员外郎的时候，萧诚在朝廷群臣中安闲自若，风度不凡。侍御史王旭赞赏萧诚说："萧诚这个人，别看他刚刚担任员外郎，却举止从容，清省通达。"韩琬应声说："萧诚任司录时掌管府事，早就免除了杖刑。难道只是到了今天才免去挞刑吗？"听的人都笑了。（出《御史台记》）

德宗

唐朝人马燧的孙子刚刚生下来的时候，唐德宗给起了个名字叫马继祖。唐德宗回到内殿笑着说："继祖这个名字有两层意义，其意思是说系念他的先祖和承继马氏家族。"（出《国史补》）

刘玄佐

唐朝人刘玄佐，是滑城匡城人。刘玄佐一次率领军队经过自己的家乡匡城县的时候，想向县令表达乡里长幼的礼节，县令坚决辞谢不敢领受，刘玄佐过了很长时间还感叹遗憾。刘玄佐一开始准备了见邑令走阶下。退必语玄佐："吾向见长官白事卑敬，不觉恐悚。思乃父为吏本县时，常畏长官汗栗。今尔当厅据案待之，其何安焉？"因喻以朝廷恩寄之重，须务捐躯。故玄佐始终不屈臣节。时乡里姻归，以地近，多投之。玄佐不欲以私擢居将校列，又难置于贱卒，尽置为将判官。此职例假绯衫银鱼袋，外示荣之，实处散冗。其类渐众，久之，有人启诉于刘者，一联云："覆盆子落地，变赤烘烘。羊羔儿作声，尽没益益。"览之而笑，各改着他职。（出《因语录》）

顾况

唐白居易初举未振，以歌诗谒顾况。况谑曰："居易。长安百物贵，居大不易。"及读至《赋得原上草送友》曰："野火烧不尽，春风吹又生。"叹曰："有句如此，居大不难。老夫前言戏之耳！"（出《摭言》）

黄金与丝织品，想要送给同乡的一位僚属，因为这个人愚昧懦弱，所以就没有送。刘玄佐后来升任宰相后，位高权重，堪称显贵。刘玄佐的母亲依然每月织一匹粗绸，用来表示没有忘记过去所过的清苦生活。刘母每次看到刘玄佐在署衙处理政务，那些郡、县的官吏们，悄悄地走在阶下，一点不敢声张。刘母劝谕儿子说："我一看到下属向长官陈述公务时那种谦卑恭敬的样子，就不由得感到惶恐不安。就想到你父亲在本县担任小吏时，经常由于敬畏长官面恐惧得直流冷汗。现在，你坐在厅堂的书案后边，像当年你父亲的长官那样对待下属，怎么能心安理得呢？"因此，刘母劝喻儿子不要辜负朝廷的恩遇以及所委以的重任，一定要全部身心都用在政务上面。所以刘玄佐始终不亏待属下，不辱没做臣子的节操。刘玄佐在任宰相期间，家乡的亲朋故旧，因为离京城很近，许多人都来投靠刘玄佐。刘玄佐不想因为私人关系而提升这些人为官，又不好将他们安置在地位低下的卒伍中。于是，将这些人都安排为将官的僚属。安排这些人的职务也都授予红色袍服、银鱼袋。从外表看起来荣耀，实际都是无职无权的散官冗员。这种安排越来越多，时间长了，亲朋故旧中有人向刘玄佐述说这件事，写了一副对联给刘玄佐来讽喻这件事。上联是："覆盆子落地，变赤烘烘。"下联是："羊羔儿作声，尽没益益。"刘玄佐看后笑了，将这些人都各自改任别的官职。（出《因语录》）

顾况

唐朝人白居易第一次参加科考举士落第后，拿着自己写的诗歌去拜见顾况。顾况戏谑地说："白居易，在京城长安，各种东西都很贵，居住生活很不容易啊。"等顾况到读到《赋得原上草送友》一诗中的"野火烧不尽，春风吹又生"句的时候，顾况赞叹地说："能写出这样千古绝唱的诗句，居住在长安一点也不难。老夫前面说的话是开玩笑罢了！"（出《摭言》）

裴佶

唐北省班：谏议在给事中上，中书舍人在给事中下。裴佶为谏议，形质短小，诸舍人戏之曰："如此短，何得向上？"裴佶曰："若怪，即曳向下着。"众人皆大笑。后除舍人。（出《因话录》）

赵宗儒

唐宪宗问赵宗儒曰："人言卿在荆州，毬场草生，何也？"对曰："死罪有之。虽然草生，不妨毬子，上为启齿。"（出《国史补》）

爊牛头

有士人，平生好吃爊牛头。一日，忽梦其物故，拘至地府酆都狱。有牛首阿旁，其人了无畏惮，仍以手抚阿旁云："只这头子，大堪爊。"阿旁笑而放回。（出《传载》）

韩皋

唐仆射韩皋镇夏口，常病小疮，令医付膏药，不濡。公问之，医云："天寒膏硬。"公笑曰："韩膏实是硬。"（原缺出处，今见《因话录》卷二。）

裴度

唐裴晋公度在相位日，有人寄槐瘿一枚，欲削为枕。时郎中庾威，世称博物，召请别之。庾捧玩良久，白曰："此槐瘿是雌树生者，恐不堪用。"裴曰："郎中甲子多少？"庾曰："某与令公同是

裴佶

唐朝时，尚书省的等级是这样分列的：谏议大夫在给事中之上，中书舍人在给事中之下。裴佶任谏议大夫。因为裴佶身材的矮小，所以众位中书舍人开玩笑说："这样矮小，怎么攀到上面去了呢？"裴佶回答说："如果你们觉得奇怪，就将我拽到下边来吧。"在场的人听了都捧腹大笑。后来，裴佶最终改任为中书舍人。（出《因话录》）

赵宗儒

唐宪宗问赵宗儒说："听说你在荆州的时候，球场上为什么长满了草啊？"赵宗儒回答说："因为我有了死罪啊，所以得以草草生还。但是，并不妨碍击球，有劳皇帝过问这件事。"（出《国史补》）

糖牛头

有一个读书人，平素最喜欢吃卤制的牛头肉。一天，这位读书人忽然梦见自己去世了，自己被小鬼押送到地府里的酆都的牢狱。酆都的牢狱中有一位叫陈旁的牛头鬼，读书人见了牛头鬼后一点也不畏惧，还用手抚摸着牛头鬼陈旁说："这个牛头，大可值得一卤。"牛头鬼陈旁听了后笑了，将这位读书人放了回来。（出《传载》）

韩皋

唐朝时，仆射韩皋镇守夏口的时候，一次韩皋的身上长了一块小疮，让医生给自己的疮上贴上膏药，但是怎么贴也不粘不上。韩皋问医生："怎么会贴不上呢？"医生回答说："天寒膏硬。"韩皋笑着说："韩膏确实是硬气啊！"（原缺出处，今见《因话录》卷二。）

裴度

唐朝晋国公裴度担任宰相的时候，有一个人送给裴度一个槐木瘿瘤，裴度想用这个瘿瘤削制成一只木枕。当时任郎中的庾威，人们都说庾威通晓众物，裴度将庾威请来给鉴别一下。庾威将这只槐木

甲辰生。”公笑曰：“郎中便是雌甲辰。”（出《卢氏杂说》）

姚岘

唐姚岘有文学而好滑稽，遇机即发。仆射姚南仲，廉察陕郊。岘初释艰服后见，以宗从之旧延于中堂，吊罢，未语及他事。陕当两京之路，宾客无时。门外忽投刺云：“李过庭。”南仲曰：“过庭之名甚新，未知谁家子弟？”左右皆称不知。又问岘知之乎，岘初犹俯首嚬眉，顷之，自不可忍，敛手言曰：“恐是李趋儿。”南仲久方悟而大笑。（出《因话录》）

瘿瘤捧在手中把玩了很长时间，之后对裴度解释道："这是一只雌树生的瘿瘤，恐怕不能使用。"裴度问："庾郎中多大年纪了？"庾威回答说："我与大人您都是甲辰年生人。"裴度笑着说："庾郎中便是雌甲辰啊！"（出《卢氏杂说》）

姚岘

唐朝人姚岘擅长文学而且为人诙谐滑稽，遇着机会就想表现出来。仆射姚南仲视察陕郊的时候。姚岘刚刚服完丧后，就去拜见姚南仲，以同族本家的身份叙旧。姚岘被请到正中的会客厅，姚南仲刚刚说完慰藉姚岘居丧的话，还未来得及谈别的事情的时候，门外忽然投递上来名片，名片上面写着："李过庭。"陕郊正当东、西两京的中间，来往的宾客说不上什么时候就来造访。姚南仲问："过庭这个名字很是生疏，不知道他是谁家的子弟？"身边的人都说不知道。姚南仲又问姚岘认识这个人吗？姚岘起初就俯首皱眉装作在苦苦思索。不一会儿，自己忍耐不住了，拱手说："恐怕是李趋儿。（《论语·季氏》上说：'尝独立，鲤趋而过庭。'鲤，孔子的儿子。后人以看望父亲为'过庭'。）"姚南仲思考了好久才领悟到其中的含义，不由得大笑起来。（出《因话录》）

卷第二百五十一　诙谐七

周　愿　刘禹锡　袁德师　李　程　杨虞卿　沈亚之　张　祜
交广客　卢　肇　章孝标　南　卓　王智兴　卢　发　裴　休
冯　衮　邻　夫　关　图　杨玄翼　裴庆余　赵　崇　郑光业

周 愿

唐周愿，尝奉使魏州，节度使田季安引之连辔。路见一驴极肥，季安指示愿曰："此物大王世充。"应声答曰："总是小窦建德。"李巽性严毅，不好戏笑。时愿知河西盐铁留事，将至。李戒从事曰："周生好谐谑，忝僭无礼。幸诸贤稍庄以待之。"及愿至，数宴。李公寒温外，不与之言，周亦无由得发。一日，馔亲宾，愿亦预焉。李公有故人子弟来投，落拓不事。遍问旧别墅及家童有技者、图书有名者，悉云货却。李责曰："未官家贫，产业从货，何至书籍古画店彼除？"惆怅久之。复问一曰："有一本虞永兴手书《尚书》，此又在否？"某人惭惧，不敢言货，云："暂将典钱。"愿忽言曰："此《尚书》大迍厄。"都忘先拒其诙谐是，遂问曰："《尚书》何迍？"愿曰："已遭《尧典》《舜典》之苦，此而即典。"李之颜大开，自更不舍。（原缺出处，今见《因话录》四。）

又

陆长源以旧德为宣武军行军司马，韩愈为巡官，同在使幕。或讥年辈相悬，愿曰："大虫老鼠，俱为十二属，何怪之有？"旬日

周愿

唐朝人周愿，曾经奉命出使魏洲，魏洲的节度使田季安给他们引路，并骑马同行。路上看见一头很胖的驴，田季安指给周愿看并且说道："此物比王世充大。"周愿回应道："总是比窦建德小。"李巽的性格严励刚毅，不喜欢玩笑。当时周愿被任命为河西盐铁留事，快到的时候，李巽告诫从事说："周愿喜欢戏谑，越分玷辱，不讲礼节，希望各位贤能庄重严肃地对待他"。等到周愿到达的时候，数次宴会，李巽除了寒暄之外，都不和他说话，周愿也没有得到开玩笑的机会。有一天李巽宴请亲戚宾客，周愿也参加了，李巽有一个老朋友的子弟来到他家，这个人穷困失意，没有正事，李巽便询问他家旧时的别墅和有技艺的家童以及有名的书籍情况，都说卖掉了。李巽责备地说："还没有当官，家境又贫穷，财产应该依据情况买卖，哪里至于卖了书籍古画的地步。"惆怅了很久，又问了一个问题道："有一本虞永兴手书的《尚书》，这本书还在吗？"那个人又惭愧又害怕，不敢说卖了，说："暂时把它典当成钱了。"周愿突然说道："这是《尚书》的一个大劫难。"人们都忘记了之前要提防他戏谑的事情，就问他说："《尚书》有什么劫难呢？"周愿说道："已经遭受了《尧典》《舜典》的苦难，现在又被典当了。"李巽十分高兴，从此便和他难舍难分。（原缺出处，今见《因话录》四。）

又

又有陆长源凭借先人的功德担任宣武军的新军司马，韩愈担任巡官，他们在同一个府中任职，有人讥笑他们年龄辈分悬殊很大，周愿说："老虎和老鼠，都是十二属相，这有什么奇怪的？"这件事十天

布于长安。(出《国史补》)

刘禹锡

唐刘禹锡牧连州，替高寓。寓后入羽林将军，自京附书曰：“以承眷，辄举目代矣。”刘答书云：“昔有一话，曾有老妪山行，见大虫羸然跬步而不进，若伤其足。妪目之，而虎遂自举足以示妪，乃有芒刺在掌，因为拔之。俄奋迅阚吼而愧其恩。自后掷麋鹿狐兔于庭，日无阙焉。妪登垣视之，乃前伤虎也。因为亲族具言其事，而心异之。一旦，忽掷一死人，血肉狼藉，妪乃被村胥诃捕。妪具说其由，始得释缚。妪乃登垣，伺其虎至而语曰：‘感矣，叩头大王，已后更莫抛死人来也。’”(出《嘉话录》)

袁德师

唐汝南袁德师，故给事高之子。尝于东都买得娄师德故园地，起书楼。洛人语曰：“昔日娄师德园，今乃袁德师楼。”(原缺出处，明抄本作(出《嘉话录》)

李 程

唐刘禹锡云：“李二十六丞相程善谑，为夏口日，有客辞焉。李曰：‘且更三两日。’客曰：‘业已行矣，舟船已在汉口。’李曰：‘但相信住，那汉口不足信。’其客胡卢掩口而退。又因与堂弟丞相留守石投店酒饮，石收头子，纠者罚之。石曰：‘何罚之有？’程曰：‘汝忙闹时，把他堂印将去，又何辞焉？’酒家谓重四为堂印，盖讥石。太和九年冬，朝廷有事之际，而登庸用也。”(出《嘉

左右就传遍了长安城。（出《国史补》）

刘禹锡

唐朝人刘禹锡被任命为连州刺史，替代了高寓。高寓后来进入皇帝的羽林军做了将军，从京城捎信说：“已经承蒙您的关照，我在这里就举目遥望来代为致谢了。”刘禹锡回信说道：“曾经有一个故事说，有个老妇人在山里行走，看见一只瘦弱的老虎迈着小步不能前行，好像伤了脚，老妇人看它的时候，老虎就自己抬起脚给老妇人看，原来是有芒刺扎在脚掌上，老妇人把它拔掉。老虎就立刻振奋并且吼叫来感谢老妇人的恩情。从此以后，老虎把麋、鹿、狐、兔等抛进老妇的院子里，没有一天缺席的。老妇人登上墙头看它，原来是之前受伤的老虎，因此和亲戚族人详细地说明了此事，但是心里对此感到奇怪，一天早晨，突然扔进来一个死人，血肉模糊，老妇人便被村长呵斥拘捕。老妇人详细地说明了缘由，最终被释放。老妇人便登上墙头，等老虎到了对它说：‘谢谢你了，给大王叩头了，此后再不要扔死人进来了。’”（出《嘉话录》）

袁德师

唐朝有个汝南人名叫袁德师，是已故给事袁高的儿子，曾经在东都买下娄师德的旧园地，建起书楼。洛阳人说道：“以前是娄师德园，现在是袁德师楼。”（原缺出处，明钞本作出《嘉话录》）

李 程

唐朝人刘禹锡说：“丞相李程喜欢开玩笑，在夏口的时候，有客人来辞别。李程说道：‘再住两三天吧。’客人说：‘已经走了，船已经到了汉江口。’李程说：‘只相信能停留下来，那汉口是不足信的。’那个客人便捂着嘴笑着离去。又因为和堂弟李石在酒肆以掷骰子赌输赢的办法来饮酒，李石收起骰子，监酒人就马上要罚他喝酒，李石说：‘有什么可罚的呢？’李程说：‘你在忙闹时，把他的堂印偷

话录》)

杨虞卿

唐郎中张又新,与虔州杨虞卿,齐名友善。杨妻李氏即鄘相女,有德无容。杨未尝介意,敬待特甚。张尝语杨曰:“我年少成美名,不忧仕矣。唯得美室,平生之望斯足。”杨曰:“必求是,但与我同好,定谐君心。”张深信之。既婚,殊不惬心。杨秉笏触之曰:“君何太痴!”言之数四。张不胜其忿,回应之曰:“与君无间,以情告君。君误我如是,何为痴?”杨于是历数求名从宦之由,曰:“岂不与君皆同耶?”曰:“然。”“然则我得丑妇,君讵不同耶?”张色解,问:“君室何如我?”曰:“特甚。”张大笑,遂如初。张既成家,乃为诗曰:“牡丹一朵直千金,将谓从来色最深。今日满栏开似雪,一生辜负看花心。”(出《本事诗》)

沈亚之

唐沈亚之常客游,为小辈所试,曰:“某改令,书俗各两句:‘伐木丁丁,鸟鸣嘤嘤。东行西行,遇饭遇羹。’”亚之答曰:“如切如磋,如琢如磨。欺客打妇,不当娄罗。”(出《摭言》)

去了，又有什么好说的呢？’酒家把骰子掷为四个点称为堂印，他这么做是为了挖苦李石。太和九年的冬天，朝廷发生重大的事件之后，李程被选拔重用。”（出《嘉话录》）

杨虞卿

唐朝的郎中张又新，和虔州人杨虞卿，是名望相当的好朋友。杨虞卿的妻子李氏是鄘相的女儿，有好的品德但是没有好的样貌。杨虞卿从来没有在意，十分有礼地相待。张有新曾经对杨虞卿说：“我年轻的时候就有美名了，不担心做官的事了。唯愿能够娶个漂亮的妻子，这一辈子就满足了。”杨虞卿说：“一定要有这样的追求，只要和我有一样的追求，一定能够满足你的心意。”张又新对此十分相信。结婚后，却特别不合心意。有一次，杨虞卿拿笏轻戳了一下张又新说：“你为什么要这么痴傻呢！”说了三四次。张又新特别忿恨，回答杨虞卿说：“我和你没有隔阂，把真实的情况告诉你。你竟然这样误会我，什么是傻呢？”于是杨虞卿便把他求名做官的经历都一一说出，然后说道：“难道不是和你都一样吗？”张又新说：“是的。”杨虞卿说：“然而我娶的是样貌丑的媳妇，你难道和我不同吗？”张又新的脸色有所缓解，杨虞卿问道：“你的媳妇和我的媳妇比起来如何呢？”张又新回答说：“比你的还难看。”张又新大笑起来，就又恢复到原来的样子。张又新有了家庭以后，于是写诗说道：“牡丹一朵直千金，将谓从来色最深。今日满栏开似雪，一生辜负看花心。”（出《本事诗》）

沈亚之

唐朝人沈亚之经常到外地游玩，有一次被一个晚辈所考问：“我们来改诗，雅俗各有两句：‘伐木丁丁，鸟鸣嘤嘤。东行西行，遇饭遇羹。’”沈亚之回答道：“如切如磋，如琢如磨。欺客打妇，不当娄罗。”（出《摭言》）

张 祜

唐张祜客淮南幕中。赴宴，时舍人杜牧为御使，座有妓人索骰子赌酒。牧微吟曰："骰子逡巡裹手拈，无因得见玉纤纤。"祜应声答曰："但知报道金钗落，仿佛还应路指尖。"祜未识白居易。白刺史苏州，始来谒。才相见，白谓曰："久钦藉甚，尝记得右款头诗。"祜愕然曰："舍人何所谓？"白曰："'鸳鸯钿带抛何处，孔雀罗衫付阿谁？'非款头何邪？"张俯微笑，仰而答之曰："祜亦尝记得舍人目连变。"白曰："何也？"曰："'上穷碧落下黄泉，两处茫茫皆不见。'非目连变何邪？"遂欢宴竟日。赵公令狐绹镇维扬，祜常预狎宴。公因熟视祜，改令曰："上水船，风太急。帆下人，须好立。"祜答曰："上水船，船底破。好看客，莫倚柁。"（出《摭言》）

交广客

交广间游客，各求馆帖。所至迎接甚厚，赆路每处十千。广帅卢钧深知其弊。凡求馆帖者，皆云："累路馆驿，供菜饭而已。"有客赍帖到驿，驿司依帖供讫，客不发。驿吏曰："恐后更有使客，前驿又远，此非宿处。"客曰："食帖如何处分？"吏曰："供菜饭而已。"客曰："菜饭供了，还我'而已'来。"驿吏相顾，莫知所为。客又迫促，无计，吏问曰："不知'而已'。"曰："大于驴，小于骡。若无可供，但还我价直。"驿吏问："每一'而已'，其价几何？"客曰："三五千。"驿吏逐敛送耳。（出《卢氏杂说》）

张 祜

唐朝人张祜客居在淮南节度使的幕府中。有一次去宴会，当时的舍人杜牧是御使，座席中有个妓女在掷骰子赌酒，杜牧就轻轻地吟道："骰子逡巡裹手拈，无因得见玉纤纤。"张祜便应声回答道："但知报道金钗落，仿佛还应路指尖。"张祜不认识白居易，白居易任苏州刺史的时候，初次来拜访。刚相见，白居易便说道："久仰您的大名，还能记得您的右款头诗。"张祜惊讶地说道："舍人所说的是指什么？"白居易说道："'鸳鸯钿带抛何处，孔雀罗衫付阿谁？'这不是一款头诗是什么呢？"张祜微微笑着，抬起头回道："我也还记得舍人写的目连变诗。"白居易说道："是什么呢？"张祜说道："'上穷碧落下黄泉，两处茫茫皆不见。'这不是目连变又是什么呢？"于是两个人便开开心心地宴饮直到晚上。赵公令狐绹镇守维扬的时候，张祜常常去喝酒取乐，因此和张祜很熟悉。有一次让张祜改令，令狐绹出令道："上水船，风太急，帆下人，须好立。"张祜回答道："上水船，船底破，好看客，莫倚柁。"（出《摭言》）

交广客

到交广一带游历的客人，都要求有能够到馆舍下榻的贴子。因为那里招待服务做得特别好，离开前还要给路费十千。广帅卢钧深知其中的害处。只要是索要这里的馆帖的人，都说："路过这里，供饭菜就行了。"有个客人带着帖子来到驿站，驿站的人按照帖子的提供完餐食，客人还是不离开。驿站的小吏说道："可能后面还有客人会过来，前面的驿站还很远，这不是住宿的地方。"客人说："食贴应该怎么处理呢？"小吏说："提供饭菜而已。"客人说："饭菜提供了，还需给我'而已'。"驿馆的小吏说："不知道'而已'是什么。"客人说："比驴大，比骡子小。如果不能提供给我，那就按价值还我钱吧。"驿馆的小吏问道："每个'而已'值多少钱？"客人说："三五千。"驿馆的小吏收集钱财给了客人后便赶走他了。（出《卢氏杂说》）

卢 肇

唐卢肇初举，先达或问所来。肇曰：“某袁民也。”或曰：“袁州出举人邪？”肇曰：“袁州出举人，亦犹沅江出鳖甲，九肋者盖稀矣。”又肇就江西解试，为试官末送。肇有启事谢曰：“巨鳌屃赑，首冠蓬山。”试官谓之曰：“某昨限以人数挤排，虽获申展，深惭名第奉浼。焉得翻有首冠蓬山之谓？”肇曰：“必知明公垂问。大凡顽石处上，巨鳌载之。岂非首冠邪？”一座闻之大笑。（出《摭言》）

章孝标

唐章孝标及第后，寄淮南李绅诗曰：“及第全胜十政官，金汤渡了出长安。马头渐入扬州郭，为报时人洗眼看。”绅亟以一绝答之曰：“假金只用真金镀，若是真金不镀金。十载长安得一第，何须空腹用高心。”（出《摭言》）

南 卓

唐郎中南卓，与李修古亲表昆弟。李性迂僻，卓常轻之。李俄授许州从事，奏官敕下，时许帅方大宴，忽递到开角，有卓与李书。遂执书喜白帅曰：“某与卓二十三表兄弟，多蒙相轻。今日某忝为尚书宾幕，又奏署敕下，遽与某书，大奇。”及启缄云：“即日卓老不死，生见李修古上除因。”帅请书看，合座大笑。李修古惭甚。（出《卢氏杂说》）

卢肇

唐人卢肇刚刚中举的时候，有前辈问他是来自什么地方。卢肇说：“我是袁州人。”前辈说：“袁州也出举人吗？”卢肇说：“袁州出的举人，就像阮江鳖甲一样，九肋型的人间稀少。”又有一次卢肇到江西参加解试，考官没有录取他，把他的名字排在后面。卢肇写了感谢信给考官说道：“巨鳌屃赑，头上戴着蓬山。”考官对他说：“昨天因为人数的限制，虽然让你得到了展示才能的机会，但是为你名次落后而感到惭愧。为什么反而会有到首冠蓬山的说法呢？”卢肇说：“知道您一定会这样问的，大多石碑在上的时候，总是有很大的乌龟载着。这难道不是头上戴着吗？”在座的人听了后都大笑起来。（出《摭言》）

章孝标

唐人章孝标考中了进士后，寄给淮南李绅一首诗：“及第全胜十政官，金汤镀了出长安。马头渐入扬州郭，为报时人洗眼看。”李绅立马寄回一首绝句回应他：“假金只用真金镀，若是真金不镀金。十载长安得一第，何须空腹用高心。”（出《摭言》）

南卓

唐朝的时候有一个郎中的名字叫南卓，和李修古是亲表兄弟。李修古性情迂腐孤僻，南卓常常看轻他。李修古很快被任命为许州的从事，奏官传下皇帝的诏令，当时许州的长官正在宴请李修古，忽然有书信递至，有南卓给李修古的书信。马上拿着书信高兴地对长官说：“我和南卓二十三年的表兄弟，多亏了他对我的轻视，今天才愧为尚书的宾幕，现在又有皇上的诏令传下，他又马上给我写信，这太奇怪了。”等到打开信，上面写道：“今天南卓没有死，有生之年可以看到李修古做官。”长官拿过书来看，满座的人都大笑。李修古十分的惭愧。（出《卢氏杂说》）

王智兴

唐王智兴带使侍中，罢镇归京。亲戚间有以选事求智兴论荐，固不允。遂请致一函与吏部侍郎。吏部印尾状云："选人名衔谨领讫。"智兴曰："不如侍中也有用处。"（出《卢氏杂说》）

卢发

唐中书令白敏中镇荆南，杜蕴廉问长沙，请从事卢发致聘焉。发酒酣傲睨。公少不怿，因改著词令曰："十姓胡中第六胡，也曾金阁掌洪炉。少年从事夸门地，莫向樽前气色粗。"发答曰："十姓胡中第六胡，文章官职胜崔卢。暂来关外分忧寄，不称宾筵语气粗。"公极欢而罢。（出《摭言》）

裴休

曲江池本秦时岂洲。唐开元中，疏凿为胜境。南即紫云楼芙蓉苑，西即杏园慈恩寺。花卉环周，烟水明媚，都人游赏，盛于中和上巳节。即锡宴臣僚，会于山亭，赐太常教坊乐。池备彩舟，唯宰相三使北省官翰林学士登焉。倾动皇州，以为盛观。裴休廉察宣城，未离京，值曲江池荷花盛发，同省阁名士游赏。自慈恩寺，各屏左右，随以小仆，步至紫云楼。见数人坐于水滨，裴与朝士憩其旁。中有黄衣半酣，轩昂自若，指诸人笑语轻脱。裴意稍不平，揖而问之："吾贤所任何官？"率尔对曰："喏，郎不敢，新授宣州广德令。"反问裴曰："押衙所任何职？"裴效之曰："喏，郎不敢，新授宣州观察使。"于是狼狈而走，同座亦皆奔散。朝士抚掌大笑。不数日，布于京华。后于铨司访之，云："有广德令请换罗江矣。"宣皇在藩邸闻是说，与诸王每为戏谈。其后龙飞，裴入相。因书麻制，回谓枢近曰："喏，郎不敢，新授中书门下平章事矣。"

王智兴

唐朝人王智兴是带节度使侍中，结束任期后回到京城。亲戚当中便有人让他帮忙推荐当官的，王智兴坚决不答应。于是又请他给吏部侍郎写信。不久之后吏部的公文结尾就写道："选人的名衔已经收到。"王智兴说："不知道侍中也有这样的用处！"（出《卢氏杂说》）

卢发

唐朝的中书令白敏中镇守荆南的时候，杜蕴廉想去长沙做官，白敏中让从事卢发聘书。卢发当时饮酒正酣，对杜蕴康显露出傲慢的情绪。白敏中对此有些不高兴。于是作诗让他改，白敏中说："十姓胡中第六胡。也曾金阁掌洪炉。少年从事夸门地，莫向樽前气色粗。"卢发答道："十姓胡中第六胡，文章官职胜崔卢。暂来关外分忧寄，不称宾筵语气粗。"白敏中很高兴，这事才作罢。（出《摭言》）

裴休

曲江池所在地原来是秦朝时的岂州。唐朝的开元年间，疏通开掘为风景名胜。南面是紫云楼、芙蓉苑，西面是杏园、慈恩寺。四周环绕的是花卉，水面雾霭迷蒙，鲜明可爱，都城的人都来游玩。最热闹的时候是中和上巳节这天。皇上要大宴臣僚，在山亭聚会，赏赐太常欣赏教坊乐。曲江池中准备了彩船，只有宰相、三使、中书门下两省及翰林学士等官员才可登船，整个皇宫的人都出动游玩，这是十分盛大的场面，裴休将廉察宣城，还没有离开京城，又恰逢曲江池荷花盛开了，便和省阁的名流们一起来游玩赏景，从慈恩寺开始，各自都丢下了随从，只带了小仆，步行到紫云楼。看见几个人坐在池水边上。裴休和省阁名流们在他们旁边休息。他们当中有穿黄色衣服的人酒至半醉，抬着头有一种自命不凡的样子，指着众人谈笑轻佻。裴休的心中有一些不平，作揖行礼之后问道："请问你担任的是什么官职？"对方回答说："喏，我可不敢，我担任的是宣州广德县的县令。"又反问道："押衙所担任的是什么职务呢？"裴休模仿那个人

（出《松窗杂录》）

冯衮

唐冯衮牧苏州，江外优佚，暇日多纵饮博。因会宾僚掷卢，冯突胜，以所得均遗一座，乃吟曰：“八尺台盘照面新，千金一掷斗精神。合是赌时须赌取，不妨回首乞闲人。”更因饮酣，戏酒妓。而军倅留情，索然无绪。冯眄之曰：“老夫过戏，无能为也。”倅敛衽而谢。因吟曰：“醉眼从伊百度斜，是他家属是他家。低声向道人知也，隔坐刚抛豆蔻花。”（出《抒情诗》）

邻夫

有睹邻人夫妇相谐和者，夫自外归，见妇吹火，乃赠诗曰：“吹火朱唇动，添薪玉腕斜。遥看烟里面，大似雾中花。”其妻亦候夫归，告之曰：“每见邻人夫妇，极甚多情。适来夫见妇吹火，作诗咏之。君岂不能学也？”夫曰：“彼诗道何语？”乃诵之。夫曰：“君当吹火，为别制之。”妻亦效吹，乃为诗曰：“吹火青唇动，添薪黑腕斜。遥看烟里面，恰似鸠盘荼。”（出《笑言》）

的语气说道："喏，我可不敢，我刚刚担任宣州的观察使。"那个人便很狼狈地走开了，和他同行的人也都散开离去。与裴休同行的名流们都拍手大笑。没过几天，这件事便传遍了京城。后来在掌管铨选的部门查到这个人，说："这个广德县令已经申请调往罗江了。"宣宗在做藩王的时候听说此事，常常和亲王们这样开玩笑。后来宣宗做皇帝，裴休做了宰相。因为要写委任宰执大臣的诏命，回复枢密说："喏，我不敢，我只是新上任的中书门下平章事。"（出《松窗杂录》）

冯衮

唐人冯衮在担任苏州牧的职务时，江外十分的富足安逸，闲暇的时候经常纵酒赌博。因为和宾客、同僚赌博，冯衮突然赢了，便把赢来的钱都送给同坐的人。于是吟诗道："八尺台盘照面新，千金一掷斗精神。合是赌时须赌取，不妨回道乞闲人。"还因为醉酒，戏耍陪酒的歌伎。然而他的副手因为照顾情面，表现出索然无味的样子。冯衮斜眼看他说道："老夫只是过于戏耍，已经没有什么可以做的了。"副手连忙整理好衣服并道歉。于是冯衮又吟诗道："醉眼从伊百度斜，是他家属是他家。低声向道人知也，隔坐刚抛豆寇花。"（出《抒情诗》）

邻夫

有位妇人看见相处十分和睦的邻居夫妇，丈夫从外面回来，看见妻子正在吹火做饭，于是赠了一首诗道："吹火朱唇动，添薪玉腕斜。遥看烟里面，大似雾中花。"这位妇人也等自己的丈夫回来后，告诉他说："我经常看见咱们邻居那对夫妇，相互间十分多情。刚才丈夫回来，看见媳妇吹火，写了首诗赞美她。你难道不能学人家吗？"丈夫问道："他的诗说了什么话？"妻子就背诵了给他听。丈夫说道："你也吹火，我再为你写一首。"妻子也效仿邻居媳妇去吹火，于是丈夫作诗道："吹火青唇动，添薪黑腕斜。遥看烟里面，恰似鸠盘荼。"（出《笑言》）

关 图

唐荆州，衣冠薮泽，每岁解送举人，多不成名，号曰“天荒解”。刘蜕以荆州解及第，号为“破天荒”。尔来关图、常脩，皆荆人也，率有高文，连登上科。图即戎校之子，及第归乡，都押衙辈为其张筵。乃指盘上酱瓯，戏老校曰：“要校卒为者。”其人以醋樽进之曰：“此亦‘校卒为者’也。”席人大噱。关图妻即常脩妹，才思妇也，有《祭夫文》行于世。（出《北梦琐言》）

杨玄翼

唐咸通中，杨玄翼怒举子车服太盛，欲令骑驴。时有诗曰：“今年诏下尽骑驴，紫轴绯毡满九衢。清瘦儿郎犹自可，就中愁杀郑昌图。”（出《卢氏杂说》）

裴庆余

唐裴庆余，咸通末，佐北门李蔚淮南幕。常游江，舟子刺船，误以篙竹溅水，湿妓人衣。蔚为之色变。庆余遽请彩笺，纪一绝曰：“满额蛾黄金缕衣，翠翘浮动玉钗垂。从教水溅罗裙湿，知道巫山行雨归。”蔚览之极欢谑，命宴者传之。（出《摭言》）

赵 崇

虽卢氏衣冠之盛，而累代未尝知举。乾符中，卢携在中书，以宗人无掌文柄者，乃擢群从陕虢观察使卢渥，司礼闱。是年秋，黄巢犯阙，僖皇播迁，举人星进。迨复京都，裴贽连知三举，渥有

关 图

唐朝时的荆州，是名门世家汇聚的地方，每次选送去应试的举人，大多不能取得功名，被称作“天荒解。”刘蜕因为是荆州选送而考中进士的，被称作“破天荒。”他之后的关图、常脩，都是为荆州人，都有好文章，接连考取功名。关图是一个将帅的儿子。关图考取进士回乡，都府的押衙小吏们为他大摆筵席。关图指着盘上的酱盆戏耍一位下级军官道：“我要‘校卒为者’。”那个人递过去一杯醋说：“这就是‘校卒为者’。”坐席上的人都大笑起来。关图的妻子是常脩的妹妹，是个很有才华的女子。后来有《祭夫文》流传于世。（出《北梦琐言》）

杨玄翼

唐朝的咸通年间，杨玄翼对举子们车马和服饰过于华丽而感到很生气，想要下令让他们骑驴。在当时有诗写道：“今年诏下尽骑驴，紫轴绯毡满九衢。清瘦儿郎犹自可，就中愁杀郑昌图。”（出《卢氏杂说》）

裴庆余

唐朝的裴庆余，于咸通末年的时候，在淮南使府做辅佐羽林将军李蔚的幕僚。常去江中游玩。有一次船夫撑船时，使用竹篙不小心溅起了水滴，打湿了歌妓的衣裳。李蔚的脸色因此大变。裴庆余急忙请人拿来彩笺，记下一首绝句：“满额蛾黄金缕衣，翠翘浮动玉钗垂。从教水溅罗裙湿，知道巫山行雨归。”李蔚看后觉得很欢乐戏谑，于是让参加宴席的人传看。（出《摭言》）

赵 崇

卢氏虽然人才辈出，但历代从没有做过主试者。乾符年间，卢携任职中书省，因宗人之中没有执掌考选文士权柄的人，就选拔了陕虢观察使卢渥，并让他掌管礼部的会考。这年秋天，黄巢进犯京城，

羡色。赵崇戏之曰："阁下所谓'出腹不生养主司'也。"（出《北梦琐言》）

郑光业

郑光业，中表间有同人试者。时举子率以白纸糊案子，光业潜纪之曰："新糊案子，其白如银。入试出试，千春万春。"光业弟兄，共有一巨皮箱。凡同人投献，词有可嗤者，即投其中，号苦海。昆季或从容，用资谐戏。即命二仆，舁苦海于前，人阅一编，皆极欢而罢。光业常言及第之岁，策试夜。一同人突入试铺，为吴语，谓光业曰："必先必先，可以相容否？"光业为辍半铺之地。又曰："必先必先，咨仗取一杓水？"亦为取之。又曰："便干托煎一碗茶，得否？"欣然与烹煎。居二日，光业状元及第，其人首贡一启，颇叙一宵之素。略曰：既蒙取水，又使煎茶。当时不识贵人，凡夫肉眼。今日俄为后进，穷相骨头。（出《摭言》）

唐僖宗流离迁徙，应试的举人也四散而去。等到再回到京城，裴赞接连三次担任主试者，卢渥很羡慕。赵崇对他戏言道："阁下，这就是所说的'出腹不生养主司'啊。"（出《北梦琐言》）

郑光业

郑光业的表兄弟中，有一起参加科举考试的。当时应试的举人都要用白纸糊上卷子的姓名，光业在暗中记道："新糊案子，其白如银，入试出试，千春万春。"光业兄弟共用一个大皮箱。一起参加考试的举子进呈的诗文之中，凡是讽刺可笑之类的，就投进箱中，称之为"苦海"。兄弟们闲暇的时候，用这些诗文开玩笑。于是叫两个仆人把苦海抬到大家面前，每人阅读一部分，都感到十分欢悦后停止。郑光业常常说起中举那年的事，进行策试的晚上，突然有一个举子走进他的试铺。那人讲的是吴语，对光业说："必先必先，可以让我住在这里吗？"光业给他让出半铺。那人又说："必先必先，请问能不能给我取一杓子水来？"光业也给他取来。又道："顺便托你煎一碗茶，可以吗？"光业又欣然给他煎了茶。住了两天之后，光业考中了状元，那个人首先给他送上一封贺札，倾述了一夜的情谊。大概是说，那天晚上承蒙你给我打水，又让你给我煎茶。当时不识贵人，我真是凡夫肉眼。现在短时间内我就成了个落后的人，骨相贫穷的人。（出《摭言》）

卷第二百五十二　诙谐八

李　曜

唐尚书李曜罢歙州，与吴圆交代。有佐酒录事名媚川，聪明敏慧。李颇留意，而已纳营籍妓韶光，托于替人，令存恤之。临发洪饮，不胜离情，有诗曰："经年理郡少欢娱，为习干戈间饮徒。今日临行尽交割，分明收取媚川珠。"吴答曰："曳履优容日日欢，须言达德倍汍澜。韶光今已输先手，领得玭珠掌内看。"（出《抒情诗》）

王　铎

唐中书令王铎位望崇显，率由文雅，然非定乱才。出镇渚宫，为都统，以御黄巢。携姬妾赴镇，而妻妒忌，忽报夫人离京在道。铎谓从事曰："黄巢渐似南来，夫人又自北至，旦夕情味，何以安处？"幕僚戏曰："不如降黄巢。"王亦大笑。洎荆州失守，复把潼关，黄巢传语云："令公儒生，非是我敌，请自退避，无污锋刃。"于是弃关，随僖皇播迁于蜀。再授都统，收复京都，大勋不成，竟罹非命。（出《北梦琐言》）

薛昭纬

唐薛昭纬未登第前，就肆买鞋。肆主曰："秀才脚第几？"对

李曜

唐朝时李曜罢任歙州。与吴圆移交公事。其中有个陪酒录事妓女名叫媚川，特别聪明。李曜对她十分留心，但是已经纳了营中的歌舞妓韶光为妾，只好托付给接替的人吴圆，让他多照顾她。离开前豪饮，李曜承受不住别情，作诗道：“经年理郡少欢娱，为习干戈间饮徒。今日临行尽交割，分明收取媚川珠。”吴圆答诗道：“曳履优容日日欢，须言达德倍汍澜。韶光今已输先手，领得玭珠掌内看。”（出《抒情诗》）

王铎

唐朝的中书令王铎，地位和名望都很显赫，遵循成规而又文静儒雅，但是他不是平定乱世之才。朝中任命他为都统，外出镇守渚宫，抵御黄巢的进攻。上任时带了姬妾，然而妻子有十分妒忌。一天，忽然有人来报告说夫人已离开京城，正在到这里来的路上。王铎对部下说：“黄巢好像从南边攻来，而夫人又从北至，这一天的情味，让我怎么安然处之。”幕僚戏言道：“不如投降黄巢。”王铎也大笑起来。待荆州失守后，王铎又被派遣去把守潼关。黄巢传话对他说：“你是个读书人，不是我的对手，请你自己退走回避吧，不要脏了我的刀刃。”王铎因此放弃潼关，跟随僖宗迁移到四川。再一次任命他为都统，命他收复京城，他不但没有成功，反而获难死于非命。（出《北梦琐言》）

薛昭纬

唐朝人薛昭纬没登科之前，到鞋店买鞋。店主开玩笑地问：“秀

曰："昭纬作脚来，未曾与立行第。"（出《北梦琐言》）

孔纬

唐宰相孔纬尝拜官，教坊伶人继至求利市。有石野猪独行先到，有所赐，乃谓曰："宅中甚阙，不得厚致，若见诸野猪，幸勿言也。"复有一伶至，乃召俯阶，索其笛，指笛窍问曰："何者是《浣溪沙》孔子？"伶大笑之。（出《北梦琐言》）

宇文翰

唐道士程子宵登华山上方，偶有颠仆。郎中宇文翰致书戏之曰："不知上得不得，且怪悬之又悬。"（出《北梦琐言》）

千字文语乞社

敬白社官三老等：切闻政本于农，当须务兹稼穑，若不云腾致雨，何以税熟贡新？圣上臣伏戎羌，爱育黎首，用能闰余成岁，律吕调阳。某人等，并景行维贤，德建名立，遂乃肆筵设席，祭祀蒸尝，鼓瑟吹笙，弦歌酒宴，上和下睦，悦豫且康，礼别尊卑，乐殊贵贱，酒则川流不息，肉则似兰斯馨，非直菜重芥姜，兼亦果珍李柰，莫不矫首顿足，俱共接杯举觞，岂徒戚谢欢招，信乃福缘善庆。但某乙某索居闲处，孤陋寡闻，虽复属耳垣墙，未曾摄职从政，不能坚持雅操，专欲逐物意移，忆内则执热愿凉，思酒如骸垢想浴，老人则饱饫烹宰，某乙则饥厌糟糠，钦风则空谷传声，仰惠则虚堂习听，脱蒙仁慈隐恻，庶有济弱扶倾，希垂顾答审详，望咸渠荷滴历。某乙即稽颡再拜，终冀勒碑刻铭，但知悚惧恐惶，实

才的脚多大？”薛昭纬答道：“昭纬的脚从做出来那天起，就没有给它立下次序。”（出《北梦琐言》）

孔纬

唐朝人有个名叫孔纬的人封官的时候，教坊的伶工们陆续登门来求吉利钱。有个名叫石野猪自先来到，孔纬赏赐他后，并和他说：“家中贫寒，不能给太多，要是见到其他野猪，希望不要说我赏过你。”又有一个伶工来，孔纬便把他叫到台阶下，索要他的笛子，指着笛子的孔问道：“哪个是吹《浣溪沙》的孔子？”那个伶工大笑。（出《北梦琐言》）

宇文翰

唐朝有一个叫程子宵的道士，登顶华山时，偶尔会摔倒。郎中宇文翰给他写信对他开玩笑说：“不知上得不得。且怪悬而又悬（皆双关语）。”（出《北梦琐言》）

千字文语乞社

敬告白社官及三老等：“深知治理国家的根本在于农业，所以必须致力于农业劳动。如果干旱没有雨，用什么纳税贡赋？皇上使戎羌屈服称臣，爱护养育百姓黎民，整年任用有才干的人，用律吕来调整阴阳时序。我们这些人，都是德行高尚而成为贤人，有好的道德和名望的人，于是才摆筵设席，准备贡品，弹奏琴瑟，吹起笙乐，歌舞弹唱伴随着酒宴；上下和睦，快乐安康；音乐根据人们身份的贵贱而有所不同，礼节根据人们地位的高低而有所区别。祭祀的酒像江河奔流一样不停息，上供的肉像兰花一样馨香。不仅蔬菜有芥菜、生姜，果品也有李子和柰子。所有的人无不翘首顿足，都一起端杯举觞。这哪里只是为了拒绝悲伤，引来快乐，而是相信幸福是多做好事带来的。然而离君独居，悠闲度日，孤陋寡闻，虽然不止一次倾听着社会的动向，但不曾做官从政；如不能坚守高尚的情操，一心想追

若临深履薄。(出《启颜录》)

山东佐史

唐山东一老佐史，前后县令，无不遭侮。家致巨富。令初至者，皆以文案试之，即知强弱。有令初至，因差丁造名簿，将身点过。有姓向名明府者、姓宋名郎君者、姓成名老鼠者、姓张名破袋者，此佐史故超越次第，使其名一处，以观明府强弱。先唤张破袋、成老鼠、宋郎君、向明府，其县令但点头而已，意无所问。佐史出而喜曰："帽底可知。"竟还即卖之。(出《启颜录》)

罗隐

唐罗隐与周繇分深，谓隐曰："阁下有女障子诗极好，乃为绝唱。"隐不喻何为也。曰："若教解语应倾国，任是无情也动人。"是隐题花诗。隐抚掌大笑。(出《抒情诗》)

卢延让

唐卢延让业诗，二十五举方登第。卷中有"狐冲官道过，狗触店门开"之句，租庸调张濬亲见此事，每称赏之。又有"饿猫临鼠逐外在的物质，意志就会发生转移；回忆在家端起热的，就希望有风把它吹凉，想喝酒就像满身污垢想要洗澡。希望老人能饱食烹宰的美味，而我就是饥饿也满足于糟糠。值得敬慕的风俗就像在空旷的山谷中呼喊声那样传得很远，回声不断；让人敬仰的惠泽就像在宽敞的厅堂里说话声非常清晰，反复回荡。如果承蒙您的仁慈恻隐之心，万物能济弱扶倾，希望能看得清楚回答的审慎周详，希望所有渠塘的荷花都开得很鲜艳。我一定叩首再拜，末了还将修碑刻铭。我们已诚惶诚恐了，就像是走在薄冰上。”（出《启颜录》）

山东佐史

唐朝时山东有位老地方官，这个地方的前后几任县令，没有不受他侮辱的。后来家中非常富有。刚上任的县令，他都先用文案测试他，就知道他的水平高低。有一个刚刚到任的县令，让人制作了一个点名簿，然后亲自对每个人查点。有姓向名叫明府的，有姓宋名叫郎君的，有姓成名叫老鼠的，有姓张名叫破袋的。这个老官吏故意打乱名字的次序，使这些人名排在一起，以观察那位县官水平的高低。首先点道：张破袋，成老鼠，宋郎君，向明府。那县令只是点头而已，没有追问的意思。这老官吏出来后高兴地说：“底细一眼可看透。”最终仍是显示出自己的水平。（出《启颜录》）

罗隐

唐代的罗隐和周繇的情谊非常深，周繇对罗隐说：“你有一首题在屏障上描写女人的诗好极了，可以称为绝唱。”罗隐不明白是为什么，周繇背诵道：“若教解语应倾国，任是无情也动人。”这是罗隐的题花诗。他拍手大笑。（出《抒情诗》）

卢延让

唐朝时有个叫卢延让的人，以写诗歌为业。考了二十五次才考中进士。试卷中有“狐冲官道过，狗触店门开”之类的句子，掌管租庸穴，馋犬舐鱼砧”句，为中书令成汭所赏。又有“栗爆烧毡破，猫跳触鼎翻”，为蜀王建所赏。卢谓人曰：“平生投谒公卿，不意得力于猫鼠狗子也。”人闻而笑之。（出《北梦琐言》）

俳优人

唐咸通中，俳优人李可及滑稽谐戏，独出辈流，虽不能托谊谕，然巧智敏捷，亦不可多得。尝因延庆节，缁黄讲论毕，次及倡优为戏。可及褒衣博带，摄齐以升座，自称三教论衡。偶坐者问曰：“既言博通三教，释迦如来是何人？”对曰：“妇人。”问者惊曰：“何也？”曰：“《金刚经》云：‘敷座而座’，或非妇人，何烦夫坐然后儿坐也？”上为之启齿。又问曰：“太上老君何人？”曰：“亦妇人也。”问者益所不谕。乃曰：“《道德经》云：‘吾有大患，为吾有身，及吾无身，吾有何患？’傥非为妇人，何患于有娠乎？”上大悦。又问曰：“文宣王何人也？”曰：“妇人也？”问者曰：“何以知之？”曰：“《论语》云：‘沽之哉，沽之哉，我待价者也。’向非妇人，待嫁奚为？”上意极欢，宠锡颇厚。（出《唐阙史》）

又

天复元年，凤翔李茂贞请入朝奏事。昭宗御安福楼，茂贞涕泣陈匡救之言。时崔相胤密奏曰：“此奸人也，未足为信，陛下宜宽怀待之。”翌日，宴于寿春殿，茂贞肩舆披褐，入金銮门，易服赴宴。咸以为前代跋扈，未之有也。时中官韩全诲深结茂贞，崔调的官张浚亲眼见过这些诗句，经常称赞他。还有“饿猫临鼠穴，馋犬舔鱼砧”的诗句，也被中书令成汭所赞赏。还有“栗爆烧毡破，猫跳触鼎翻”也被蜀王建所欣赏。卢延让对他人说：“平生投拜公卿门第，想不到是得力于猫、鼠、狗。”人们听了都会发笑。（出《北梦琐言》）

俳优人

唐咸通年间，演滑稽戏杂耍的艺人李可及滑稽而善于开玩笑，而且超出一般人。虽然有点荒唐不在理，但他的灵活机敏也是不可多得的。曾经有一回延庆节时，道士僧人讲论结束后，接下来是倡优演杂戏，李可及穿戴上大袍宽带，整理衣装后升座。自称知晓儒、佛、道三教。突然一位坐着的人问道：“你既然说通晓三教，那请问释迦如来是什么人？”李可及说：“是妇人。”提问的惊奇道：“什么？”李可及道：“《金刚经》说：‘敷座而座。’如果不是妇人，为什么会不厌其烦地讲夫坐然后儿坐呢？”皇上听后乐得合不拢嘴。那人又问：“太上老君是什么人？”李可及道：“也是妇人。”提问的人更加不明白了。李可及于是说道：“《道德经》上说‘吾有大患，为吾有身。及吾无身，吾有何患？’倘若太上老君不是妇人，为什么会患有身孕呢？”皇上十分高兴。那人又问：“宣王（孔子）是什么人？”李可及说：“妇人。”那人道：“你怎么会知道的呢？”李可及道：“《论语》说：‘沽之哉，沽之哉，我待价者也。’如果不是妇人，为什么要等待出嫁呢？”皇上心里极欢悦。于是赐赏极为丰厚。（出《唐阙史》）

又

唐朝天复元年，凤翔李茂贞请求入朝面奏圣上，昭宗在安福楼召见他，李茂贞涕泪俱下地陈述了自己救国的主张。这时宰相崔胤秘密上奏皇上说：“李茂贞是个奸人，不可轻信，陛下应宽心些对待他。”第二天，皇上在寿春殿赐宴，李茂贞素装乘轿，从金銮门进宫相惧之，自此亦结朱全忠，竟致汴州迎驾，劫迁入洛之始。以王子带召戎，崔胤比之。先是茂贞入关，放火烧京阙，居人殆尽。是宴也，教坊优人安辔新，号茂贞为‘火龙子’，茂贞惭惕俯首。仍窃怒曰：“他日会杀此竖子。”安闻之，因请告，往岐下谒茂贞。茂贞见之，大诟曰：“此贼胡颜敢来邪？当求乞耳。”安曰：“只思上谒，非敢有干也。”茂贞曰：“贫俭若斯，胡不求乞？”安曰：“京城近日但卖麸炭，便足一生，何在求乞？”茂贞大笑而厚赐之。（出《北梦琐言》）

又

光化中，朱朴自《毛诗》博士拜相。而朴恃其口辩，谓可安致太平。由藩王引导，闻于昭宗，遂有此命。对扬之日，而陈言数条，每言臣必为陛下致之。洎操大柄，殊无所成，自是恩泽日衰，中外腾沸。内宴日，俳优穆刀绫作念经行者，至前朗讽曰：“若见朱相，即是非相。”翌日出宫。时人语曰：“故为相自古有之，君子不耻其言之不出，耻恭之不逮。”况未丧乱，天下阻兵，虽负荷奇才，不能为计。而朱朴一儒生，恃区区之辩，欲其整乱，祇取辱焉。宜其涓缕未申，而黜放已至，故大为识者之所嗤也。（出《北梦琐言》）

后，换了衣服才去赴宴。人们都以为前代帝王以来，官员专横强势，这样的事从未有过。当时，中官韩全诲与李茂贞结交很深，崔胤害怕他。从此之后，也结交了朱全忠。后来到了汴州把皇上从开封强行迁至洛阳之初，便让王子带着护驾，崔胤守卫左右。此前李茂贞带兵进关，放火烧了京城，老百姓几乎逃尽。有次宴会，教坊乐工安辔新称李茂贞是“火龙子”，李茂贞羞愧惶恐地低下头，但是背地里怒道：“日后定要杀了这小子。”安辔新听说之后，便请求到岐下去拜见李茂贞。李茂贞见他后大骂：“你还有什么脸回来见我，应当来求乞！”安辔新道：“只是想来拜见，决不敢有任何冒犯。”李茂贞说道：“像你这样贫穷的人，为什么不求乞？”安辔新道：“京城这几天虽只卖麸子和烧炭，这就吃得很好了，为何还要求乞？”李茂贞大笑，给他丰厚的赏赐。（出《北梦琐言》）

又

唐朝的光化年间，朱朴因为通晓《毛诗》被任命为宰相。朱朴依仗自己能言善辩，说他可以安抚天下。于是由藩王引荐，才被昭宗知晓，才有此任命。昭宗召他对答那天，朱朴陈述了几项治国之策。每句话后都说臣一定要为皇上尽力做到。等到握有大权时，没有任何成就，自然是得到皇上的恩宠一天不如一天，内忧外患不断。有一天宫中设宴，滑稽戏杂耍的艺人穆刀绫扮做念经的人，走到朱朴面前大声嘲讽道：“好像见到朱相时，又觉得他不是相了。”第二天出宫，当时的人议论道：“做宰相的人自古有之，君子不以他们不轻易说出话为耻，而是以奉行跟不上而感到可耻。”何况国家尚未丧乱，天下驻有重兵，虽然身怀奇才，却拿不出大计。朱朴仅仅是一介书生，凭借三寸不烂之舌，就想要平息叛乱，只能自取其辱。难怪他能力没有得到展现，便被罢官。因而被熟知他的人大为讥笑。（出《北梦琐言》）

又

太祖入觐昭宣。昭宗开宴，坐定。伶伦百戏在焉。俳恒□□圣。先祝帝德，然后说元勋梁王之功业曰：“我元勋梁王，五百年间生之贤。”九优太史胡趱应曰：“酌然如此。□□□□□□固教朝廷如□向侍宴臣僚无不失色，梁太祖但笑而已。昭宗不怿，如无奈何。趱又自好博奕。尝独跨一驴，日到故人家棋，多早去晚归。年岁之间，不曾暂辍。每到其家，主人必戒家童曰：“与都知于后院喂饲驴子。”趱甚感之。夜则跨归。一日非时宣召，趱仓忙索驴。及牵前至，则觉喘气，通体汗流，乃正与主人拽硙耳。趱方知自来与其家拽磨。明早，复展步而至，主人亦曰：“与都知抬举驴子。”曰：“驴子今日偶来不得。”主人曰：“何也？”趱曰：“只从昨回宅，便患头旋恶心，起止未得，且乞假将息。”主人亦大笑。□以趱之黠也如是，而不知其所乘，经年与人旋硙亨利，亦数为同人对衔揶揄之。（出《玉堂闲话》）

王舍城

伪蜀王先主，未开国前，西域僧至蜀。蜀人瞻敬，如见释迦。舍于大慈三学院，蜀主复谒坐于厅，倾都士女，就院不令止之。妇女列次礼拜，俳优王舍城飘言曰：“女弟子勤苦礼拜，愿后身面孔，一切似和尚。”蜀主大笑。（出《北梦琐言》）

顾 夐

伪蜀王先主起自利、阆，号亲骑军，皆拳勇之士。四百人

又

朱全忠（即后来杀昭宗称帝的梁太祖）进见昭宗，昭宗设宴。坐下之后，演出了歌舞杂技。……先颂扬皇上的功德，然后述说元勋梁王朱全忠的功绩说："我的元老重臣梁王，是五百年间才会出这样一个贤人。"九优太史胡趱应声说道："很明显是这样……"陪宴的臣僚无不大惊失色。朱全忠只是笑了笑，昭宗很不高兴，但是无可奈何。胡趱又喜欢下棋。经常独自骑一头驴，到朋友家去玩，多是早晨去晚上才回来。一年之间，从不间断。每次到朋友家，主人一定会告诉家童说："去后院去帮都知的喂驴。"胡趱很感激他。到晚上骑驴回去。一天，在不是平日召见的时候突然传来皇上要召见他，胡趱慌忙去要驴。等驴被牵到他跟前，只见那驴一直喘气不停，全身都流着汗，原来是正在给主人拉磨。胡趱才知道每次来，驴都要给他家拉磨。第二天早晨，胡趱又步行而来，主人又说："给都知照顾驴子。"胡趱说："驴子今天偶尔不能来了。"主人说："为什么？"胡趱说："从昨天回去后，驴子便患上头晕恶心症，不能动弹，要请假休息。"主人也大笑起来。想不到像胡趱这样聪明的人，也不知道自己骑的驴竟常年在给人家拉磨渔利，因而多次被同事取笑。（出《玉堂闲话》）

王舍城

伪蜀王的先主时期，没有建国之前，有个西域的和尚来到蜀国。蜀人都崇敬他，就像见了佛主释迦牟尼一样。他住在大慈三学院，蜀主前往回拜时坐在大厅上，此时全城的男女，凡是来拜见的都不加制止。妇女们排着队依次向他行礼。演滑稽戏杂耍的艺人王舍城道："女弟子们辛勤劳苦地行礼，希望他们来世的面孔，都和和尚一样。"蜀先主大笑。（出《北梦琐言》）

顾夐

伪蜀王先主从利州和阆州起事，称号亲骑军，军中全是勇猛的士分□□□□执紫旗，凡战阵，若前军将败，麾紫旗以副之，莫不□□□靡，霆骇星散，未尝挫衄。此团将卒多达，或至节将□□□□至散员亦享官禄。以之定霸，皆资福人。于时□□□□□□南黑云都，皆紫旗之类也。此从各有名号，时顾□□□□□亦尝典郡，多杂谈谑。曾造武举，助曰大顺□□□□侍郎李吒吒下进士及第三□□□□□□□□□□□□□□□□□憨子、姜癞子、张打胸、长小□□□□□□□□□□□□□□许□□□□□□□□□□李嗑蛆、李破肋、李吉了、樊忽雷、日游神、王号驼、郝牛屎、□□贡、陈波斯、罗蛮子。试《亡命山泽赋》《到处不生草诗》，斯亦麦铁杖、韩擒虎之流也。（出《北梦琐言》）

不调子

有不调子，恒以滑稽为事。辈流间有慧黠过人、性识机警者，皆被诱而玩之。尝与一秀士同舟，泛江湖中，将欲登路，同船客有驴瘦劣，尾仍偏，不调子坚劝秀士市之。秀士鄙其瘦劣，勉之曰："此驴有异相，不同常等。"不得已，高价市之。既舍楫登途，果尪弱，不堪乘跨，而苦尤之。不调曰："勿悔，此不同他等。"其夕，忽值雪，不调曰："得之矣，请贳酒三五杯，然后奉为话其故事。"秀士又僶俛贳而饮之。及举爵，言之曰："君不闻杜荀鹤诗云'就船买得鲈偏美，踏雪沽来酒倍香'乎？请君买驴沽酒者，盖为杜诗有之，非无证据。"秀士被买而玩之，殊不知觉，至是方悟焉。（出《玉堂闲话》）

司马都

前进士司马都居于青丘，尝以钱二万，托戎帅王师范下军将兵。有四百人……拿着紫旗，只要在战场上，如果前阵的军队将要战败时，他们便挥动紫旗来给他助威。没有不所向披靡，霆骇星散，没有失败过。紫旗团队中的官兵大多显达。……也享受官禄。以此来稳定霸业，都是凭借着钱财。这时期……黑云都，都与紫旗团是一类的，他们各有名号。当时顾夐……也曾主管过郡事，多是谈笑戏谑。曾进举办过武选，称之为大顺……侍郎李吒吒部下下进士及第，……憨子、姜癞子、张打胸、长小……李嗑蛆、李破肋、李吉了、樊忽雷、日游神、王号驼、郝牛屎……陈波斯、罗蛮子。考试科目为：《亡命山泽赋》《到处不生草诗》。这纯也是麦铁杖、韩擒虎之流。（出《北梦琐言》）

不调子

有个人名叫不调子，一直以滑稽的方式戏弄人。同辈中人有许多聪明狡黠、灵性而又机警的，也都被他诱惑而戏弄。有一次，曾和一个秀才同坐在一条船上游江，快要靠岸时，见同船游客中有人牵了一头很瘦的驴，尾巴还是偏的。不调子便硬是劝秀才买下来。秀才嫌弃那驴子太瘦，不调子劝说道："这驴子长相特异，不同寻常。"没办法，秀才只好高价买下。他们下船上路后，那头驴果然身体羸弱不能骑。秀才很苦恼。不调子说："不要后悔，这驴绝对不和其他的驴一样。"天晚上，忽然下起雪。不调子又道："买到这头驴了，请你买上三五杯酒，然后我给你讲个这样的故事。"秀士又勉强买来酒与他喝。等到举杯时，不调子道："你难道没听过杜荀鹤诗中说'就船买得鲈偏美，踏雪沽来酒倍香'吗？请你买驴买酒，这是杜诗中讲过的，并非没有根据。"秀才被劝说买下驴和酒，被戏弄了，竟然还不知道，直到现在才明白过来。（出《玉堂闲话》）

司马都

前进士司马都居住在青丘，曾经拿二万钱托戎帅王师范部下的市丝。经年，丝与金并为所没。都因月旦趋府，谒王公，偶见此人，问之。其人貌状，魁伟胡腮，凶顽发怒，欲自投于井。都徐曰："何至如此，足下咤一抱之髭须，色斯举矣；望千寻之玉甃，井有人焉。"王公知之，髡军将于枯木。（出《玉堂闲话》）

吴尧卿

唐吴尧卿家于广陵，初佣之保于逆旅，善书计，因之出入府庭，遂闻于搢绅间。始为盐铁小吏，性敏辩，于事之利病，皆心记能调，悦人耳目。故丞相李蔚以其能，自首任之。高骈因署尧卿知泗州院，兼利国监，寻奏为刺史。制命未行，会军变，复归广陵。顷之，知浙西院，数月而罢。又知扬州院，兼榷粜使。伪朝授尧卿御史大夫。尧卿托附权势，不问贵贱，苟有歧路，纵厮养辈，必敛衽枉以金玉饵之。微以失势，虽素约为之死交，则相对终日，不复与言。趋利背义如此。权贵无不以贿赂交结之。故不离淮泗，僭窃朱紫，尘污官省。三数年间，盗用盐铁钱六十万缗。时王棨知两使句务，下尧卿狱，将穷其事，为诸葛殷所保持获全。及城陷，军人识是尧卿者，咸请啖之。毕师铎不许，夜令尧卿以他服而遁。至楚州遇变，为仇人所杀，弃尸衢中。其妻以纸絮苇棺殓之，未及就圹，好事者题其上云："信物一角，附至阿鼻地狱；请去斜封，送上阎罗王。"时人以为笑端。（出《妖乱志》）

军将给他买丝。过了一年，丝和钱都被他侵吞了。司马都因月初到府上去拜见王师范，恰巧遇上那个人，便问他这件事。那人相貌魁梧高大，满脸胡子，凶恶顽固还发怒，想要去投井自尽。司马都缓缓说道："何必这样呢，你生气吼叫，一抱胡须的脸上，脸色到这种程度。看看这口千寻的深井，里面有人啊。"王师范听说这件事后，在枯木边把那个人杀了。（出《玉堂闲话》）

吴尧卿

唐朝时的吴尧卿，家住在广陵。最初曾受雇在旅店做工。这个人在文字和筹算方面很擅长。因他经常出入于官府，于是官场上的人一般都知道他。开始担任管理盐铁事物的小官，他敏锐而且口才很好，对于许多事情的利弊都能记住并能做很好调度，让大家都很高兴。所以丞相李蔚因为他有能力开始启用他。高骈因此任命他主管泗州院兼担任利国监，不久又奏请皇上任他担任刺史。皇上的任命令还未下来，遇到军事政变，他只好又回广陵。不久，又主管浙西院，几个月后被罢职，又主管扬州院并兼任榷粜使。伪朝廷还授予他御史大夫的职务。吴尧卿依附权势，不论地位高低，如果遇到难事需要帮忙，即使是供使役的人，也一定是恭敬地以钱财为诱饵去拉拢。对稍微失去权势的人，虽然平时与人家结为生死之交，即使是一整天面对面，也不再和人家说一句话。见利忘义竟到了这种程度。对于权贵没有不用钱物贿赂去结交的。他因此不离开淮泗，越分窃取官职，使官风腐败。三年多时间，竟盗用盐铁钱六十万缗。当时王启主管两使句务，将吴尧卿捉拿下狱，准备彻查他的案件，被诸葛殷所保而未获死罪。到了城被攻陷时，军人中认识吴尧卿的，都请求把他吃了。毕师铎没有允许，晚上命令他换上其他衣服逃走。他逃到楚州又遇到事变，被仇人杀了，尸体被扔在道路上。他的妻子用纸絮苇棺把他入殓，没有等到埋入坟墓。有好事者在棺上写道："信物一封，送到阿鼻地狱；请求去掉非正常途径的官，封为阎罗王。"当时人都把他作为笑谈。（出《妖乱志》）

李任为赋

天成年，卢文进镇邓。因出城，宾从偕至，舍人韦吉亦被召。年老，无力控驭，既醉，马逸，东西驰桑林之中，被横枝骨挂巾冠，露秃而奔突。仆夫执从，则已坠矣。旧患肺风，鼻上瘾疹而黑，卧于道周。幕客无不笑者。从事令左司郎中李任，祠部员外任瑶，各占一韵而赋之。赋项云："当其厅子潜窥，衙官共看，喧呼于麦垄之里，偃仆于桑林之畔。蓝搀鼻孔，真同生铁之椎；腼甸骷髅，宛是熟铜之罐。"余不记之。闻之者无不解颐。（出《玉堂闲话》）

李任为赋

唐朝天成年间，卢文前往镇守邓州。从邓州城出发，宾客从属都到了，舍人韦吉也被召集。韦吉年纪已大，没有力气控制驾驭马匹，而且已经酒醉，马狂奔乱跑，在桑树林中东西驰骋，他的帽子被树枝挂掉了，露着脑袋四处奔窜。待仆人将马控制住，他却已经摔到了地上。韦吉以前患过肺病，鼻子上有黑色的荨麻疹，这时躺在路边，幕客没有不发笑的。从事令左司郎中李任、祠部员外任瑶每人选一韵写了一首赋。李任在赋中写道："当仆人偷看，衙官们一起来看时，他正在麦田里呼叫，仆卧在桑林旁边。蓝青的鼻头，很像一个生铁槌；那满脸愧色的瘦弱的身体，就像一个熟铜罐。"其余的就不记了。听说的人无不开颜欢笑。（出《玉堂闲话》）

卷第二百五十三　嘲诮一

程季明

晋程季明嘲热客诗曰："平生三伏时，道路无行车。闭门避暑卧，出入不相过。今代愚痴子，触热到人家。主人闻客来，嚬蹙奈此何。谓当起行去，安坐正咨嗟。所说无一急，沓沓吟何多？摇扇腕中疼，流汗正滂沱。莫谓为小事，亦是人一瑕。传诫诸朋友，热行宜见呵。"（出《启颜录》）

诸葛恪

吴主引蜀使费祎饮，使诸葛恪监酒。恪以马鞭拍祎背，甚痛。祎启吴主曰："蜀丞相比之周公，都护君侯，比之孔子；今有一儿，执鞭之士。"恪启曰："君至大国，傲慢天常；以鞭拍之，于义何伤？"众皆大笑。又诸葛瑾为豫州，语别驾向台，曰："小儿知谈，卿可与语。"北往诣恪，不相见。后张昭坐中相遇，别驾呼恪："咄，郎君！"恪因嘲曰："豫州乱矣，何咄之有！"答曰："君圣臣贤，未闻有乱。"恪复云："昔唐尧在上，四凶在下。"答曰："岂唯四凶，亦有丹朱。"（出《启颜录》）

张　湛

晋张湛好于斋前种松柏。袁山松出游，每好令左右挽歌。时

程季明

晋代人程季明曾有一首嘲讽冒暑而来的宾客的诗。诗中写道："平生三伏时，道路无行车。闭门避暑卧，出入不相过。今代愚痴子，触热到人家。主人闻客来，嚬蹙奈此何。谓当起行去，安坐正咨嗟。所说无一急，沓沓吟何多？摇扇腕中疼，流汗正滂沱。莫谓为小事，亦是人一瑕。传诫诸朋友，热行宜见呵。"（出《启颜录》）

诸葛恪

吴主邀请蜀国使者费禕饮酒，派诸葛恪担任临时监礼。诸葛恪用马鞭拍打费禕的后背。费禕感觉特别痛。报告吴主道："蜀国的丞相，可以与周公相比，都护君侯也可以与孔圣人相比，可今有一小儿，竟是拿鞭子的人。"诸葛恪说道："你来到大国，傲慢无礼，用鞭子打你，怎么有伤大义呢？"众人都大笑。又有一次，诸葛瑾在镇守豫州时，告诉别驾去往一高台说："我儿子诸葛恪善谈，你可以和他谈话。"向北去到了诸葛恪那里，但没和他见面。后来在张昭的寓中遇到，别驾大声叫诸葛恪："咄，郎君！"诸葛恪嘲讽道："豫州已经大乱了，还有什么可'咄'的！"别驾说道："皇上圣明，大臣贤能，没有听说有什么变乱。"诸葛恪又说道："以前唐尧在上，四凶在下。"别驾说道："哪里只有四凶，还有一个丹朱啊。"（出《启颜录》）

张　湛

晋朝张湛喜欢在书斋前栽种松柏树，而袁山松出游的时候，每

人谓："张屋下陈尸，袁道上行殡。"（出《世说》）

贺循

晋太傅贺循作吴郡，初不出门。吴中强族轻之，乃题府门："会稽鸡，不能啼。"贺闻，故出行，至门反顾，索笔答之云："不可啼，杀吴儿。"于是至诸屯及邸阁，检校诸顾、陆使官兵及藏逋亡，悉以事言上。遭罪者众。陆抗时为江陵郡都督，故下自请孙皓，然后得释。（原缺出处，明抄本作出《世说》）。

陆士龙

晋陆士龙、荀鸣鹤，二人未相识，俱会张茂先，令接语，以并有大才，可勿常谈。陆抗手曰："云间陆士龙。"荀曰："日下荀鸣鹤。"陆曰："既开青天，睹白雉，何不张尔弓，布尔矢？"荀曰："本谓云龙骙骙，乃是山鹿野麋，兽微而弩强，是以发迟。"张抚掌大笑而已。（出《世说》）

繁钦

魏繁钦嘲杜巨明曰："杜伯玄孙字子巨，皇祖虐暴死射之。神明不听，天地不与。降生之初，状似时鼠。厥性蠡贼，不文不武。粗记粗略，不能悉举。"（出《启颜录》）

刘道真

晋刘道真遭乱，于河侧与人牵船，见一老妪操橹，道真嘲之

次都喜欢叫随从唱挽歌，当时人们说道：“张屋下陈尸，袁道上行殡。”（出《世说》）

贺循

晋朝太傅贺循在吴郡任职。刚到任时从不出门。吴郡有势力的豪门望族的人很轻视他，便在他的府门上题道：“会稽鸡，不能啼。”贺循听说后，便走出府院。到门口回头看，找了支笔在门上回答道：“不可啼，杀吴儿。”于是到各军屯和官邸搜察，查出顾、陆各家役使官兵和收藏逃亡之徒的事，并把此事详细秉告皇上。获罪者很多。陆抗当时是江陵郡督都，由于亲自去请托孙皓，才让他们得以释放。（原缺出处，明抄本作出《世说》）。

陆士龙

晋朝时的陆士龙、荀鸣鹤，两人互不相识。有一次，一起在张茂先家相会。张茂先叫他们互相答话，看谁更有才华，但不要一般平常的言论。陆士龙施礼后说：“云间陆士龙。”荀鸣鹤说：“日下荀鸣鹤。”陆士龙说：“既然是晴天，看见了一只白山鸡，为什么不张开你的弓，放出你的箭？”荀鸣鹤道：“本来说是条强壮的巨龙，其实是山鹿野麋，兽太小而弓太强，所以箭发迟了。”张茂先听后只是拍掌大笑。（出《世说》）

繁钦

三国时魏国有一人叫繁钦的嘲讽杜巨明道：“杜伯的玄孙字子巨，祖宗的性情暴虐，想要射死他。神明不允许，天地不赞成。子巨刚出生时，样子像个老鼠，他的性情像蟊贼，不善文也不善武，对任何事情都是马马虎虎。不能一一列举。”（出《启颜录》）

刘道真

晋朝的刘道真遭遇变乱，在河边给人家拉船，看见一老妇人在曰："女子何不调机弄杼？因甚傍河操橹？"女答曰："丈夫何不跨马挥鞭？因甚傍河牵船？"又尝与人共饭素盘草舍中，见一妪将两小儿过，并著青衣，嘲之曰："青羊引双羔。"妇人曰："两猪共一槽。"道真无语以对。（出《启颜录》）

祖士言

晋祖士言与锺雅相嘲，锺云："我汝颍之士利如锥，卿燕代之士钝如槌。"祖曰："以我钝槌，打尔利锥。"锺曰："自有神锥，不可得打。"祖曰："既有神锥，亦有神槌。"锺遂屈。（出《启颜录》）

高爽

高爽辩博多才。时刘蒨为晋陵令，爽经途诣之，了不相接，爽甚衔之。俄而爽代蒨为县，蒨追迎，赠遗甚厚，悉受之。答书云："高晋陵自答。"或问其故，曰："刘蒨饷晋陵令耳，何关爽事。"稍迁国子助教。孙挹为兰陵县，爽又诣之，挹了无故人之怀。爽出从阁下过，取笔题鼓面云："身有八尺围，腹无一寸肠，面皮如许厚，被打未遽央。"挹体肥壮，腰带十围，故以此激之。（出《谈薮》）

徐之才

北齐徐之才封西阳王，时王䜣与之才嘲戏，之才即嘲王䜣姓曰："王之为字：有言则诳（誑），近犬则狂，加头足而为马（馬），施尾角而成羊。"䜣无以对。又尝宴宾客，时卢元明在座，摇橹，刘道真嘲讽她说："女人怎么不在家织布，因为什么到河上来摇橹？"老妇人回答说："你是大丈夫，怎么不去骑马挥鞭？因为什么来到河上拉船？"又有一次，刘道真曾经和别人共用一个盘子在草房中吃饭，见一个妇人领着两个孩子从房前走过，那个妇人穿黑色衣裳，他嘲讽女人道："黑羊领双羔。"那妇人说道："两猪共一槽。"刘道真无言以对。（出《启颜录》）

祖士言

晋朝的祖士言和锺雅两人相互嘲讽，锺雅说："我是汝颖人，锋利如锥；你是燕代人，愚钝如槌。"祖士言说："用我的钝槌，砸你的利锥。"锺雅说："因为是神锥，你不能打到。"祖士言说："既然有神锥，也有神槌。"锺雅便认输了。（出《启颜录》）

高 爽

高爽善辩、博学而且又很有才华。当时刘茜担任晋陵县令，高爽路过那里时便去造访刘茜，刘茜知道他到来却不出来迎接，高爽很怀恨他。不久，高爽接替刘茜做了晋陵县令，刘茜却远远地去迎接，并赠送很多东西。高爽全部都收下，回复他的信上写道："高晋陵一定会回赠。"有人问其原因，他说道："这是刘茜发给晋陵县令的饷钱，和我有什么关系呢？"不久调任国子监助教。孙挹担任兰陵县令，高爽又去他那儿造访，孙挹却没有一点朋友间的情谊。高爽离开时从阁楼下经过，便取笔在鼓面上写道："身子有八尺粗，腹内却无一寸肠子，脸皮有几尺厚，被打了也不知道恐惧央求。"孙挹身体肥壮，腰带有十尺长，高爽因而以此来刺激他。（出《谈薮》）

徐之才

北齐的徐之才被封为西阳王。有一次王䜣和徐之才互相开玩笑。徐之才便嘲弄王䜣的姓说："王这个字，有言则诓（誆），近犬则狂，加上头足就成为马（馬），加上尾和角就成为羊。"王䜣不能对戏弄之才姓云："卿姓徐字，乃未入人。"之才即嘲元明姓卢字："安亡为虐，在丘为虚（虗），生男成虏（虜），配马成驴（驢）。"嘲元明二字："去头则是兀明，出颈则是无明，减半则是无目，变声则是元盲。"元明亦无以对。（出《启颜录》）

司马消难

周司马消难以安陆附陈，宣帝遇之甚厚，以为司空。见朝士皆重学术，积经史，消难切慕之。乃多卷黄纸，加之朱轴，诈为典籍，以矜僚友。尚书令济阳江总戏之曰："黄纸五经，赤轴三史。消难，齐司空子如之子。"（出《谈薮》）

马 王

隋姓马王二人尝聚宴谈笑，马遂嘲王曰："王是你，元来本姓二，为你漫走来，将丁钉你鼻。"王曰："马是你，元来本姓匡，减你尾子来，背上负王郎。"（出《启颜录》）

酒 肆

隋时，数人入酒肆，味酸且淡，乃共嘲此酒。一人云："酒，何处漫行来，腾腾失却酉。"诸人问云："此何义？"答曰："有水在。"次一人云："酒，头似阿滥馅头。"诸人问云："何因酒得似阿滥馅头？"答曰："非鹑头。"又一人云："酒，向他篱得头，四脚距地也独宿。"诸人云："此有何义？"答云："更无余义。"诸人共笑云："此嘲最是无豆。"即答云："我若有豆，即归舍作酱，何因此间饮醋来。"众欢大笑。（出《启颜录》）

答。又有一次徐之才宴请宾客，当时卢元明在宴席上。他戏弄徐之才的姓说：“你的姓是个徐字，还没有加入人（指亻）呀。”徐之才便嘲弄卢元明的姓卢（繁体字写作盧）字道：“安亡为虐，在丘为虚（虛），生男成虏（虜），配马成驴（驢）。嘲弄元明二字道：“去头则是兀明，出颈则是无明，减半则是无目，变声则是元盲。”卢元明也不能对答。（出《启颜录》）

司马消难

北周的司马消难因为有功于安陆归附陈，宣帝很优待他，任命他为司空。司马消难发现朝中的官员都很重视学术，收藏经史典籍，司马消难就十分仰慕人家。因此他弄来许多卷黄纸，每卷纸上加上一个朱轴，伪装成书籍，以便在僚友面前自夸。尚书令济阳江总嘲讽他说：“黄纸成为五经，赤轴是三史。司马消难，你真是齐国的司空子如的儿子。”（出《谈薮》）

马　王

隋朝时，一个姓马的和一个姓王的两人聚宴谈笑。姓马的人嘲弄姓王的人说：“王像你，你原本姓二，因为你随便地走，就把‘丁’钉进了你的鼻子。”姓王的人说道：“马像你，你原来本姓匡，那是因为剪掉你的尾巴，背上驮着王。”（出《启颜录》）

酒　肆

隋朝时，几个人一起到酒坊去喝酒，酒的味道酸而且淡，就一起嘲讽这酒。一人道：“酒，是从什么地方溢出来，奔流滚滚中失去酉？”大家都问：“这是什么意思？”那人回答道：“只有水在了。”第二位道：“酒字，字头好像阿滥馇头。”大家问：“为什么像阿滥馇呢？”他回答说：“不是鹑（音谐醇）头呀。”又有一个人道：“酒，在篱笆边向他人得了酒头，篱笆边有狗四脚悬地，尾巴不停摇动。”大家都问：“这是什么意思？”那人回答道：“没有其他更多的意思

卢思道

隋卢思道尝共寿阳庾知礼作诗。已成而思道未就。礼曰："卢诗何太春日？"思道答曰："自许编苫疾，嫌他织锦迟。"思道初下武阳入京，内使李德林向思道揖。思道谓人曰："德林在齐，恒拜思道，今日官高，向虽拜，乃作跪状。"思道尝在宾门日中立，德林谓之曰："何不就树荫？"思道曰："热则热矣，不能林下立。"思道为《周齐兴亡论》，周则武皇宣帝，悉有恶声；齐高祖太上，咸无善誉。思道尝谒东宫，东宫谓之曰："《周齐兴亡论》，是卿作不？"思道曰："是。"东宫曰："为卿君者，不亦难乎？"思道不能对。隋文帝以徐陵辩捷，无人酬对，深以为耻。乃访朝官："谁可对使？"当时举思道，文帝甚喜。即诏对南使，朝官俱往。徐陵遥见思道最小，笑曰："此公甚小。"思道遥应曰："以公小臣，不劳长者。"须臾坐定，徐陵谓思道曰："昔殷迁顽人，本居兹邑，今存并是其人。"思道应声笑曰："昔永嘉南渡，尽居江左，今之存者，唯君一人。"众皆大笑。徐陵无以对。又隋令思道聘陈，陈主敕在路诸处，不得共语，致令失机。思道既渡江，过一寺，诸僧与思道设，亦不敢有言，只供索饮食而已。于是索蜜浸益智，劝思道尝之。思道笑曰："法师久服无故，何劳以此劝人？"僧即违敕，失机且惧。思道至陈，手执国信，陈主既见思道，因用《观世音经》语弄思道曰："是何商人，赍持重宝？"思道应声，还以《观世音经》，报曰："忽遇恶风，漂堕罗刹鬼国。"陈主大惭，遂无以对。（出《启颜录》）

了。”大家一起笑着说：“你这嘲讽最没有意思。”他接着道：“我如果有豆子，就回家去做酱油了，为什么要在这里喝醋呀。”大家开心地大笑。（出《启颜录》）

卢思道

隋朝人卢思道曾经和寿阳庾知礼一起写诗。庾知礼首先完成，但是卢思道还没有写完。庾知礼说道：“卢诗为什么这么慢？”卢思道回答说：“你以编苫（草垫子）快，嫌别人织锦慢。”卢思道初次离开武阳到了京城，宫中内史李德林向他作揖致礼。卢思道对他人说道：“李德林在齐国时，一直是拜我的，今天做了高官，如果要拜的话，仍应跪地而拜。”有一次，卢思道曾在门外炎日下站着，李德林对他说：“为什么不去树荫下？”卢思道说：“热是热的，但是也决不在林（暗喻德林）下站立。”卢思道曾写过《周齐兴亡论》，其中写道：周朝的武皇宣帝，全都是坏名声；齐朝的高祖太上皇，没有一点好声誉。卢思道曾经去拜谒东宫太子时，太子问他道：“《周齐兴亡论》是你写的吗？”卢思道答说：“是的。”太子说道：“做你的君主，不也很难吗？”卢思道不能回答。隋文帝因南朝使者徐陵善辩敏捷，没人能和他应酬答对，而觉得很是耻辱。于是向朝官们打听：“谁可以应对徐陵？”当时有人推荐卢思道，文帝很高兴，立即下诏命他和南朝使者徐陵对谈，朝官们一起前往。徐陵远远看见卢思道最小，笑着说：“这个人太小了。”卢思道也远远回答说：“因为你是小辈，就不用劳驾长辈了。”不一会儿大家坐下来，徐陵对卢思道说：“以前殷朝时迁移来许多愚妄的人，本来居住在这个城市，如今这里生活的全是那些人。”卢思道应声笑着回答道：“当年晋怀帝南渡，所有人都住在江东，可到现在活着的，只有你一人了。”大家都大笑起来，徐陵不能继续对谈。又有一次，隋朝下令让卢思道出访陈国。陈后主下令卢思途经的各处，不得和他说话，使他失去开别人玩笑的机会。卢思道过了长江后，途经一个寺庙，僧人们给他准备了餐食。也不敢和他说话，只给他提供所需要的饮食。（法师）于是索要蜜浸益智，劝卢思道尝尝，卢思道笑着说：“法师吃了这么久也没什么效果，为什么这

李愔

魏高祖山陵既就，诏令魏收、祖孝徵、刘逖、卢思道等，各作挽歌词十首。尚书令杨遵彦诠之，魏收四首，祖刘各二首被用，而思道独取八首，故时人号八咏卢郎。思道尝在魏收席，举酒劝刘逖。收曰："卢八劝刘二邪？"中书郎赵郡李愔，亦戏之曰："卢八问讯刘二。"逖衔之。及愔后坐事被鞭扑，逖戏之曰："高槌两下，熟鞭一百，何如言'问讯刘二'时。"（出《启颜录》）

薛道衡

隋薛道衡为聘南使，南朝无问道俗，但机辩者，即方便引道衡见之。一僧甚辩捷，令于寺上佛堂中读《法华经》，将道衡向寺礼拜。至佛堂门，僧大引声读《法华经》云："鸠槃荼鬼，今在门外。"道衡即应声还以《法华经》。答曰："毗舍阇鬼，乃在其中。"僧徒愧服，更无以报。（出《启颜录》）

解嘲

隋末，刘黑闼据有数州，纵其威虐，合意者厚加赏赐，违意者即被屠割。尝闲暇，访得解嘲人。召入庭前立，须臾，水恶鸟飞过，命嘲之。即云："水恶鸟，头如镰杓尾如凿，河里搦鱼无样来劝我呢？”法师已经违反了敕令，即错过了机会也害怕。卢思道到了陈国，手拿国书去见陈后主，陈后主见了卢思道后，便以《观世音经》语捉弄他：“你是哪里的商人，带来重宝？”卢思道也以《观世音经》语秉告道：“忽然遇上恶风，漂流坠落到罗刹鬼国。”陈后主十分的惭愧，因而无言以对。（出《启颜录》）

李愔

魏高祖的陵墓建成后，皇上下诏令让魏收、祖孝徵、刘逖、卢思道等各作挽歌词十首。由尚书令杨遵颜选拔。结果选取魏收四首，祖孝徵、刘逖各二首，唯独卢思道被选中八首，所以当时人们称他为八咏卢郎。卢思道曾经在魏收家宴饮时，曾举杯劝刘逖。魏收说：“卢八劝刘二了吗？”中书郎赵郡人李愔也戏之道：“卢八在问讯刘二。”刘逖怀恨在心。后来李愔因罪被鞭击，刘逖戏弄他道：“高槌两下，熟鞭一百！这比起你说‘问讯刘二’时的感觉怎么样？”（出《启颜录》）

薛道衡

隋朝的薛道衡被派遣出使南朝。南朝不论是道还是俗，只要是机敏善辩者，就随时引薛道衡去见面。一和尚十分善辩而灵活，就派他在寺院佛堂中读《法华经》，然后带领薛道衡去到寺中礼拜。薛道衡刚走到佛堂门口，那和尚便大肆曼延其声，读《法华经》道：“鸠盘荼鬼，今在门外。”薛道衡立即回应，也以《法华经》回答说：“毗舍阇鬼，乃在其中。”那和尚只能羞愧地服输，更没有话可对答。（出《启颜录》）

解嘲

隋朝末年，刘黑闼占据了数州。他放纵自己凶恶残酷的性情，对附合他心意的人给予丰厚的赏赐，违背他意愿的人被他随意屠杀。曾经有一次他闲暇的时候，打听到有一个专门能解嘲的人，便把他僻错。”大悦。又令嘲骆驼，嘲曰：“骆驼，项曲绿，蹄被他，负物多。”因大笑，赐绢五十匹。拜毕，左膊上负绢走出，未至戟门，倒卧不起。黑闼令问：“何意倒地？”答云：“为是偏檐。”更命五十屯绵，置右膊将去，令明日更来。及还村，路逢一知识，问云：“在何处得此绵绢？”具说其事。乃乞诵此嘲语，并问倒地之由。大喜而归，语其妇曰：“我明日定得绵绢。”及晓即诣门，言：“极善解嘲。”黑闼大喜，令引之。适尾一猕猴在庭，命嘲之。即曰：“猕猴，头如镰杓尾如凿，河里搦鱼无僻错。”黑闼已怪，犹未之责。又一鸱飞度，复令嘲之。又云：“老鸱，项曲绿，蹄被他，负物多。”于是大怒，令割一耳。走出至庭，又即倒地。令问之，又云：“偏檐。”复令割一耳。还家，妇迎问绵绢何，答曰：“绵绢，割两耳，只有面。”（出《启颜录》）

辛亶

隋辛亶为吏部侍郎，选人为之榜，略曰：“枉州抑县屈滞乡不申里衔恨先生，问隋吏部侍郎辛亶曰：‘当今天子圣明，群僚用命。外拓四方，内齐七政。而子位处权衡，职当水镜。居进退之首，握褒贬之柄，理应识是识非，知滞知微，使无才者泥伏，有用者云飞。奈何尸禄素餐，滥处上官，黜陟失所，选补伤残。小人在召进庭院来站着。一会儿，一只水恶鸟从上面飞过，刘黑闼命令他嘲讽它。那个人说："水恶鸟，头像镰刀杓子，尾巴像个凿子，河里捞鱼无差错。"刘黑闼十分开心，又命令他嘲笑骆驼，那个人说道："骆驼，脖子弯且绿，走路蹄子'被他、被他'响，能驮很多东西。"刘黑闼于是大笑起来，赏赐绢五十匹。那个人拜谢完之后，把赏绢挎在左臂上离开。还没有走到戟门，便倒下躺在地上不起来。刘黑闼叫人问他："为什么倒地不起？"他回答说道："因为偏坠。"于是刘黑闼命人再赏五十屯绵，放在他右臂上拿去，让他明天再来。等到回村里，路上遇到一个认识的人，那个人问："在哪里得到这些绵绢？"解嘲人向他详细述说了这件事。于是那人请求他再背诵一下嘲语，并问清楚了倒地的缘由。那个人很开心地回家后告诉他媳妇说："我明天一定能得到绵绢。"第二天早上，那个人来到刘黑闼的门前，说自己特别善于解嘲。刘黑闼特别高兴，下令带他进来。恰巧这时有一只猕猴在院子里，刘黑闼便让他取笑它。那人说道："猕猴，头如镰刀杓子，尾巴象个凿子，河里捞鱼没有差错。"刘黑闼心里已经怪罪他，但并没有斥责他，这时又有一只鸱鸟从上空飞过，刘黑闼叫他再嘲弄一番，那人又说道："老鸱，脖子弯且绿，走路蹄子'被他、被他'响，能驮很多东西。"刘黑闼非常生气，命令属下割去他一只耳朵。刚走出庭院，那人又马上倒在地上，躺卧不起，刘黑闼叫人问他怎么回事，那个人又说："偏坠。"于是下令再割一只耳朵。回到家，媳妇迎上来问绵绢在哪儿，那人道："绵绢？割去两只耳朵，只剩下一张脸了！"（出《启颜录》）

辛亶

隋朝时，辛亶担任吏部侍郎，候选的官员公开为他贴出告示，大概内容是说："枉州抑县屈滞乡不申里衔恨先生，责问隋吏部侍郎辛亶道：'当今皇上圣明，群臣尽心竭力为官。疆土对外向四方拓展，国内政行畅通。可你位处要位，应像水镜一般廉明。何况你位于决定官员升降的首脑之职，握有褒贬他们的大权，按理应该识别是非，明察细微，让没有才能的降职，让有用的人得到提拔。可你怎么能空位，君子骇弹，莫不代子战灼，而子独何以安？’辛亶曰：‘百姓之子，万国之人，不可皆识。谁厚谁亲？为桀赏者，不可不喜；被尧责者，宁有不嗔？得官者见喜，失官者见疾。细而论之，非亶之失。’先生曰：‘是何疾欤？是何疾欤？不识何不访其名，官少何不简其精，细寻状迹，足识法家；细寻判验，足识文华。宁不知石中出玉、黄金出沙？量子之才，度子之智，祇可投之四裔，以御魑魅。怨嗟不少，实伤和气。’辛亶再拜而谢曰：‘幸蒙先生见责，实觉多违。谨当刮肌贯骨，改过惩非。请先生纵亶自修，舍亶之罚，如更有违，甘从斧钺。’先生曰：‘如子之辈，车载斗量，朝庭多少，立须相代。那得久旷天官，待子自作？急去急去，不得久住！唤取师巫，却行无处。’亶掩泣而言曰：‘罪过自招，自灭自消，岂敢更将面目，来污圣朝。’先生曳杖而歌曰：‘辛亶去，吏部明。开贤路，遇太平。今年定知不可得，后岁依期更入京。’”（出《朝野佥载》）

牛弘

隋牛弘为吏部尚书。有选人马敞者，形貌最陋。弘轻之，侧卧食果子，嘲敞曰：“尝闻扶风马，谓言天上下。今见扶风马，得驴亦不假。”敞应声曰：“尝闻陇西牛，千石不用軥。今见陇西牛，卧地打草头。”弘惊起，遂与官。（出《朝野佥载》）

食俸禄而不尽其职。滥处高位？对降职升官都处理失当，而选任补缺的都是有缺陷的人。小人可安然在位，君子倒被贬黜。没有人不替你感到害怕，而你何以安心？’辛亶说道：‘百姓之子，万国之人，是不可能都认识的。怎能说对谁厚对谁亲呢？被桀（这样的残暴之君）赞赏的人，不会感到不高兴；被尧（这样的圣明之君）斥责的人，难道有不生气的？得到官位的人自然表现得高兴，失去官位的自然表现出痛恨。仔细说来，这不是我的过失。衔恨先生又说道：为什么要恨你？为什么要恨你？不认识为什么不去调查访问他的名声，官少为什么不删繁就简取其精？只要仔细寻找踪迹，一定能找到有名的大家；只要仔细区别验看试卷，足够找到有文采的人。难道不知道石中出玉、金是出于沙子吗？衡量你的才能，衡量你的智力，仅仅可以派遣到边远的地方，去防御那些魑魅魍魉。你的怨叹还不少，实在有伤和气。’辛亶又拜而谢言道：‘有幸承蒙先生责怪我，实在感到有很多过失。一定像刮肌贯骨那样从根本上解决问题，改正过错，惩罚非法的行为。请先生允许我自我改正，免去对我的惩罚，如再有违反，甘愿被刀劈斧砍。’衔恨先生说道：‘像你这样的人，多可车载斗量，朝廷有很多人，可以马上替换。怎么可以长期没有吏部长官，而还要等待你去自修？快走吧，快走吧，不要再久留！呼请巫师，却没有可以去的地方。’辛亶掩面哭泣道：‘罪过是自己招来的，只能自灭自消，哪里还敢再以我的面目来脏污圣朝。’衔恨先生拖着手杖咏道：‘辛亶离开后，吏部清明，广开贤路，天下遇太平。今年知道一定是得不到，后岁依期再入京。’”（出《朝野佥载》）

牛弘

隋朝时，牛弘担任吏部尚书。有个叫马敞的候选官员，他的面貌丑陋。牛弘很看不起他，有一次，牛弘正侧躺着吃水果，嘲讽马敞道：“曾经听说扶风马，说是可以上天下地。如今见这扶风马，说是驴也是一点不错的。”马敞回应说道：“曾经听说陇西牛，能驮千石的东西不用车，如今见这陇西牛，躺在地上打草吃。”牛弘吃惊地坐起。于是授予他官职。（出《朝野佥载》）

侯白

陈朝尝令人聘隋，不知其使机辩深浅，乃密令侯白变形貌，著故弊衣，为贱人供承。客谓是微贱，甚轻之，乃傍卧放气与之言。白心颇不平。问白曰：“汝国马价贵贱？”报云：“马有数等，贵贱不同，若从伎俩，筋脚好，形容不恶，堪得乘骑者，值二十千已上；若形容粗壮，虽无伎俩，堪驮物，值四五千已上；若彇音卜结反。尾燥蹄，绝无伎俩，傍卧放气，一钱不值。”使者大惊，问其姓名，知是侯白，方始愧谢。（出《启颜录》）

侯白

陈国曾经派遣人到隋国出使，隋国不知那个使者的论辩水平高低，于是秘密下令侯白改变形貌、穿上破旧衣裳去打探，装作下贱人来侍奉。那使者听说来者是卑微之辈，十分看不起他，于是侧卧于床上一边放屁一边和他对话。侯白心里很是不平。使者问道："你们国家的马的价钱是贵还是贱呢？"侯白答说："马有几个不同的等级，贵贱也不一样：如果是有本领，筋骨脚力好，样貌不丑，又能经得住乘骑的，可以值二十千以上；如果是形体很粗壮，虽然没有本领，可是能驮东西，可以值四五千以上；如果是没有一点本领，又侧卧放屁的，一钱也不值。"使者大吃一惊，询问他的姓名，知道他是侯白后，才惭愧地向他道歉。（出《启颜录》）

卷第二百五十四 嘲诮二

赵神德

唐初，梁宝好嘲戏，曾因公行至贝州，憩客馆中，闲问贝州佐史，云："此州有赵神德，甚能嘲。"即令召之。宝颜甚黑，厅上凭案以待。须臾神德入，两眼俱赤，至阶前，梁宝即云："赵神德，天上既无云，闪电何以无准则？"答曰："向者入门来，案后唯见一挺墨。"宝又云："官里料朱砂，半眼供一国。"又答云："磨公小拇指，涂得太社北。"宝更无以对，愧谢遗之。（出《启颜录》）

贾嘉隐

唐贾嘉隐年七岁，以神童召见。长孙无忌、徐世勣，于朝堂立语。徐戏之曰："吾所倚者何树？"曰："松树。"徐曰："此槐也，何得言松？"嘉隐曰："以公配木，何得非松邪？"长孙复问之："吾所倚何树？"曰："槐树。"长孙曰："汝不复矫邪？"嘉隐曰："何烦矫对，但取其鬼对木耳。"年十一二，贞观年被举，虽有俊辩，仪容丑陋。尝在朝堂取进止，朝堂官退朝并出，俱来就看。余人未语，英国公李勣，先即诸宰贵云："此小儿恰似獠面，何得聪明？"诸人未报，贾嘉隐即应声答之曰："胡头尚为宰相，獠面何废聪明。"举朝人皆大笑。（出《国史纂异》）

赵神德

唐朝初年，有一个叫梁宝的人喜欢开玩笑。有一次因公去到贝州，在客馆中休息，闲来无事，便问贝州的左史：“听说贝州有个叫赵神德的人，很善于嘲讽。”左史于是就让人将赵叫过来。梁宝的脸特别黑，在大厅上依靠着几案等待。过了一会儿，赵神德进来，两只眼睛都是红色的，刚走到台阶前，梁宝就说：“赵神德，天上已经没有云彩了，闪电怎么能不准呢？”赵神德回答说：“奔你来的人刚进门，几案后只见到竖着一锭墨。”梁宝又说道：“一国官员的官服里子用的朱砂染的红布，取你半只眼就够染得了。”赵神德又答道：“用你一个小拇指磨的墨，都够涂完太社的北墙了。”梁宝再没有话可以对答，面带愧色地道谢后把赵神德送走。（出《启颜录》）

贾嘉隐

唐朝的贾嘉隐七岁时，朝廷因他是神童而召见他。当时，长孙无忌和徐世勣站在朝堂与他对话。徐世绩开玩笑说道：“我依靠的是什么树？”贾嘉隐说道：“松树。”徐世绩说：“这是槐树，怎么可以说是松树呢？”贾嘉隐说道：“把公和木配在一起，怎么能说不是松呢？”长孙又问道：“我依靠的是什么树？贾嘉隐说道：“槐树。”长孙无忌说道：“你不再更正了？”贾嘉隐道：“哪里用得着再更正。只要取来一个鬼对上木就可以了。”贾嘉隐在十一二岁时，于贞观年间被铨选入举，他虽有才智和善变的口才，但是样貌丑陋。曾经让他在朝堂请皇上决定其去留。当时朝堂官员们退朝后一齐来看他。还没等别人说话，英国公李勣抢在各位高官前面说道：“这小孩的脸长得像猕面一样，怎么可能聪明呢？”其他人还没答话，贾嘉隐就应声

欧阳询

唐宋国公萧瑀不解射，九月九日赐射，瑀箭俱不著垛，一无所获。欧阳询咏之曰："急风吹缓箭，弱手驭强弓。欲高翻复下，应西还更东。十回俱著地，两手并擎空。借问谁为此，乃应是宋公。"（出《启颜录》）

高士廉

唐高士廉掌选，其人齿高。有选人，自云解嘲谑。士廉时著木履，令嘲之。应声云："刺鼻何曾嚏，踏面不知嗔。高生两个齿，自谓得胜人。"士廉笑而引之。（出《朝野佥载》）

裴 略

唐初，裴略宿卫考满，兵部试判，为错一字落第。此人即向仆射温彦博处披诉。彦博当时共杜如晦坐，不理其诉。此人即云："少小以来，自许明辩，至于通传言语，堪作通事舍人，并解作文章，兼能嘲戏。"彦博始回意共语，时厅前有竹，彦博即令嘲竹。此人应声嘲曰："竹，风吹青肃肃。凌冬叶不凋，经春子不熟。虚心未能待国士，皮上何须生节目。"彦博大喜，即云："既解通传言语，可传语与厅前屏墙。"此人走至屏墙，大声语曰："方今圣上聪明，辟四门以待士，君是何物，久在此妨贤路？"既推倒。彦博云："此意著博。"此人云："非但著膊，亦乃着肚。"当为杜如晦在坐，有此言。彦博、如晦俱大欢笑，即令送吏部与官。（出《启颜录》）

道："葫芦脑袋还能做宰相呢，猿面怎么就不能聪明了呢？"满朝官员都大笑起来。（出《国史纂异》，明抄本作出《嘉话录》）。

欧阳询

唐朝的宋国公萧瑀不擅长射箭，九月九日宫中举行大射，萧瑀的箭全部没有射中箭靶，一无所获。欧阳询咏诗道："急风吹缓箭，弱手驭强弓。欲高翻复下，应西还更东。十回俱著地，两手并擎空。借问谁为此，乃应是宋公。"（出《启颜录》）

高士廉

唐朝时，有一次高士廉掌管铨选，他的门牙突出。有个选人自己说很善解嘲，高士廉当时穿的是木履，就命令他嘲戏。选人应声说道："刺激了鼻子不用张嘴打喷嚏，踩在脸上也不生怒，因为你有两颗很突出的牙齿，还自己认为自己是得胜者。"高士廉笑着选用了他。（出《朝野佥载》）

裴略

唐朝初年，裴略宿卫任满，由兵部判其试卷。只因错了一个字而落榜。于是他向仆射温彦博陈诉。温彦博当时和杜如晦坐在一起说话，没有理睬他的陈诉。裴略于是说道："自小时候以来，就认为自己很聪明善辩，而且还能够通传言语，可以胜任通事舍人一职。并懂得写文章，还善于嘲戏。"温彦博这时才愿意和他说话，正巧厅前有竹，温彦博就叫他嘲讽竹子。裴略回应道："竹子，风吹青枝发出肃肃之声，严冬叶子不凋落，过了春季籽不熟。虚心不做栋梁材，皮上为什么要长节目呢？"彦博听后十分开心，说道："既然你懂得通传语言，你可以传话给厅前屏风。"裴略走到屏风那边，大声喊道："如今圣上聪明，敞开四门而等待贤人，你是什么东西，长时间竖在这里妨碍贤人的去路？"随即把屏风推倒。温彦博道："此话合我意。"裴略道："非但著膊（谐音博），亦乃着肚（谐音杜）。"当时因为杜如

刘行敏

唐有人姓崔，饮酒归犯夜，被武侯执缚，五更初，犹未解。长安令刘行敏，鼓声动向朝，至街首逢之，始与解缚。因咏之曰："崔生犯夜行，武侯正严更。幞头拳下落，高髻掌中擎。杖迹胸前出，绳文腕后生。愁人不惜夜，随意晓参横。"武陵公杨文瓘，任户部侍郎，以能饮，令宴蕃客浑王，遂错与延陀儿宴，行敏咏曰："武陵敬爱客，终宴不知疲。遣共浑王饮，错宴延陀儿。始被鸿胪识，终蒙御史知。精神既如此，长叹伤何为。"李叔慎、贺兰僧伽，面甚黑，杜善贤为长安令，亦黑，行敏咏之曰："叔慎骑乌马，僧伽把漆弓。唤取长安令，共猎北山熊。"（出《启颜录》）

窦昉

唐许子儒旧任奉礼郎，永徽中，造国子学，子儒经祀，当设有阶级，后不得阶。窦昉咏之曰："不能专习礼，虚心强觅阶。一年辞爵弁，半岁履麻鞋。瓦恶频蒙擲，音国。墙虚屡被杈。音初皆反。映树便侧睡，过匮即放乖。岁暮良功毕，言是越朋侪。今日纶言降，方知愚计喎。音口怀反。"（出《启颜录》）

狄仁杰

唐狄仁杰倜傥不羁，尝授司农员外郎，每判事，多为正充卿同异。仁杰不平之，乃判曰："员外郎有同侧室，正员卿位擅嫡妻。此难曲事女君，终是不蒙颜色。"正员颇亦惭悚。时王及善、

晦也在座。听了这些话之后，温彦博、杜如晦都大声欢笑。于是下令将他送去吏部授官。（出《启颜录》）

刘行敏

唐朝时，有个姓崔的人因为饮酒夜归犯纪，被武侯抓住绑了起来，直到五更天，还没有给他松绑。当时的长安令刘行敏听到鼓声赶去上朝，走到街头刚好碰上，才给他松了绑。于是他咏了首诗道："崔生犯夜行，武侯正严更（巡夜）。幞头（头巾）拳下落，高髻掌中擎。杖迹胸前出，绳文（绳子勒的纹痕）腕后生。愁人不惜夜，随意晓参横（三星已落）。"武陵公杨文瓘担任户部侍郎，以很能喝酒闻名，他要设宴请蕃属地来的客人浑王，竟然错请了延陀儿。刘行敏咏诗道："武陵敬爱客，终宴不知疲。遣（送给，安排）共浑王饮，错宴延陀儿。始被鸿胪（官府名，掌外事）识，终蒙御史（官名，负责监察）知。精神既如此，长叹伤何为。"李叔慎、贺兰僧伽两人脸很黑，杜善贤当时担任长安令，脸也黑。刘行敏咏诗道："叔慎骑乌马，僧伽把漆弓，唤取长安令，共猎北山熊。"（出《启颜录》）

窦 昉

唐朝人许子儒原来担任奉礼郎，永徽年间任职为国子监学士，负责子儒经祀这些方面的学问，应该设有品级，但后来却不能晋升掌事之位。窦昉写诗讽刺他道："不能专习礼，虚心强觅阶。一年辞爵弁，半岁履麻鞋。瓦恶频蒙攂（音国），墙虚屡被杈。（音初皆反）映树便侧睡，过匮即放乖。岁暮良功毕，言是越朋侪。今日纶言降，方知愚计。（音口怀反）"（出《启颜录》）

狄仁杰

唐朝人狄仁杰性格洒脱而且不受拘束，曾被任命司农员外郎。每次审理案件，狄仁杰多是只能随声附和正官的裁决，狄仁杰认为太不公平，于是分辩道："员外郎就像侧室，正官位居正房，这实在太豆卢钦望，拜左右相。仁杰以才望时议归之，颇冀此命。每戏王豆卢，略无屈色。王豆卢俱善长行，既拜，谓时宰曰："某无材行，滥有此授。"狄谓曰："公二人并能长行，何谓无材行。"或曰左相事，云适已白右相。狄谓曰："不审唤为右相，合呼为有相。"王豆卢问故，狄曰："公不闻，聪明儿不如有相子，公二人可谓有相子也。"二公强笑，意亦悒悒。（出《御史台记》）

杨茂直

唐杨茂直任拾遗。有补阙姓王，精九经，不练时事。每自言明三教。时有僧名道儒，妖讹，则天捕逐甚急。所在题云："访僧道儒。"茂直与薛兼金戏谓曰："敕捕僧道儒，足下何以安闲？"云："何关吾事？"茂直曰："足下明三教，僧则佛教，道则老教，何不关吾事？"乃惊惧，兴寝不安，遂不敢归，寓于曹局数宿。祈左右侦其事意，复共诳之，忧惧不已，遇人但云："实不明三教事。"茂直等方宽慰云："别访人，非三教也。"乃敢出。（出《御史台记》）

左右台御史

唐孝和朝，左右台御史，有迁南省仍内供奉者三，墨敕授者五，台讥之为"五墨三仍"。左台呼右台为高丽僧，言随汉僧赴斋，不咒愿叹呗，但饮食受嚫而已。讥其掌外台，在京辇无所弹劾，而难曲意奉事女主人了，怎么干也得不到一点儿好脸色。”听到他的话正官也很惭愧害怕。当时王及善和豆卢钦望二人担任左右相。狄仁杰因为才能和名气，以及时议都归向自己，很希望可以得到这项任命。每次戏弄王、豆卢二人，都理直气壮。王、豆卢二人都很擅长“长行”这种赌博游戏，他们担任左右相之后，对朝中的官员们说：“我们没有材行，担任此职太不适当。”狄仁杰对他们说：你们二人都很擅长长行，怎么能说没有材行？”有人说到左相的事，其实已经有人禀报给到右相了。狄仁杰说：“不应称为右相，应称为有相。”王、豆卢问这样说的原因，狄仁杰说：“你们没听说吗？聪明儿不如有相子，你们二人可以说是有相子。”二人勉强笑了笑，也表现出悒悒不安的样子。（出《御史台记》）

杨茂直

唐朝人杨茂直担任拾遗。有位担任补阙（拾遗、补缺均为官职）的姓王，他精通九经，但对时事不够练达。经常自言深明三教。当时有个名叫道儒的僧人，行怪诞虚妄之事，武则天下令要立即捉拿他，各处都写着查处僧道儒的告示。杨茂直与薛兼金开玩笑说道：“皇上下令逮捕僧道儒，你为何还这么安闲？”那个姓王的补阙说道：“这事为什么和我有关系呢？”杨茂直说道：“因为你深明三教啊，僧就是佛教，道就是老教，怎么能说与你无关呢？“那人一听就十分恐慌，起居不安，更不敢回家，便在官署里住了几天。他请侍从侦探事态动向，这些人回来都诳骗他，于是更加忧惧，遇人就说：“我是真的不懂三教啊！”此时杨茂直等人才宽慰他说：“查访的是个僧人，他叫道儒，不是三教。”他这才敢出来。（出《御史台记》）

左右台御史

唐朝孝和时期，御史台的左右台御史中，有三人转调尚书省可仍为台内供奉的三人，有五人是得到皇上的墨敕（由皇帝亲笔书写，不经外廷盖印而直接下达的命令）而升的官，因而台中人戏言是“五墨（音谐没）三仍（音谐扔）”。左台御史称右台御史为高丽僧，意思说

俸禄同也。自右台授左台，号为出蕃；自左台授右台，号为没蕃。每相遇，必相嘲谑不已也。（出《御史台记》）

杜文范

唐杜文范，襄阳人也。自长安尉应举，擢第，拜监察御史，选殿中，授刑部员外，以承务郎特授西台舍人。先时与高上智俱任殿中，为侍御史张由古、宋之顺所排蹙，与上智迁员外。既五旬，由古、之顺方入省。文范众中谓之曰：“张宋二侍御，俱是俊才。”由古问之，答曰：“若非俊才，那得五十日骑土牛，趁及殿中？”举众欢笑。（出《御史台记》）

御史里行

武后初称周，恐下心未安，乃令人自举供奉官，正员外多置里行。有御史台令史，将入台，值里行御史数人，聚立门内。令史不下驴冲过。诸御史大怒，将杖之。令史云：“今日之过，实在此驴。乞先数之，然后受罚。”许之。谓驴曰：“汝技艺可知，精神机钝，何物驴畜，敢于御史里行。”于是御史羞惭而止。（出《国朝杂记》）

他们是随同汉僧来赴斋，不祈祷念经，只是吃喝罢了，讽刺这些御史官掌控右台，但是在京城无事可做，可俸禄与他们一样照拿不误。如果由右台调任到左台，称作出蕃，自左台调任至右台，称作没蕃。每次相遇，定要互相嘲讽一番。（出《御史台记》）

杜文范

唐朝的杜文范，是襄阳人，做长安尉时参加科举考试考中，被任命为监察御史。后被选中任命殿中侍御史，再被任命为刑部员外，并由承务郎特别任命为中书舍人之要职。之前，他与高上智一起在殿院任职时，受到侍御史张由古、宋之顺的排挤。后来与高上智一起升迁为刑部员外，五十天过去了，张由古和宋之顺才调转入省。有一次，杜文范在众人之中对他们说："张、宋二位侍御，你们都是俊才啊！"张由古问这是什么意思，杜文范回答说："如果不是俊才，哪能骑了五十天土牛，才赶到殿中？"所有人都大笑起来。（出《御史台记》）

御史里行

武则天刚改唐国号为周的时候，害怕下属群僚人心还没有安服，就下令让各官署可凭借自己的好恶来推荐供奉官，正员之外还可设置里行。（供奉、里行都是不占编制非正式授职的下级官员。）有一个御史台的令史（未入流的小吏），骑一头驴要进入台署，恰巧遇上几个里行御史站在门内，令史没有下驴就冲了进去，御史们十分生气，要对他进行杖责。令史说道："今天的过错，确实是因为这头驴，请允许我先责备这驴，然后再接受惩罚。"御史们允许了。于是令史对驴子责备道："你有什么本领我当然知道，连机灵迟缓都不知道，你算个什么驴子，竟然敢在御史里行前冲撞！"于是御史们都深感羞惭而停止惩罚他。（出《国朝杂记》）

张元一

周则天朝，蕃人上封事，多加官赏。有为右台御史者。因则天尝问郎中张元一曰：“在外有何可笑事。”元一曰：“朱前疑着绿，狄仁杰著朱。阎知微骑马，马吉甫骑驴。将名作姓李千里，将姓作名吴栖梧。左台胡御史，右台御史胡。”胡御史胡元礼也，御史胡蕃人为御史者，寻改他官。周革命，举人贝州赵廓，眇小，起家监察御史。时人谓之台秽。李昭德詈之为中霜谷束。元一目为枭坐鹰架。时同州鲁孔丘为拾遗，有武夫气，时人谓之外军主帅。元一目为鹙入凤池。苏味道才学识度，物望攸归；王方庆体质鄙陋，言词鲁钝，智不逾俗，才不出凡，俱为凤阁侍郎。或问元一曰：“苏王孰贤？”答曰：“苏九月得霜鹰，王十月被冻蝇。”或问其故，答曰：“得霜鹰俊捷，被冻蝇顽怯。”时人伏能体物也。契丹贼孙万荣之寇幽，河内王武懿宗为元帅，引兵至赵州。闻贼骆务整从北数千骑来，王乃弃兵甲，南走荆州，军资器械，遗于道路。闻贼已退，方更向前。军回至都，置酒高会。元一于御前嘲懿宗曰：“长弓短度箭，蜀马临阶骗。去贼七百里，隈墙独自战。甲杖总抛却，骑猪正南掾。”上曰：“懿宗有马，何因骑猪？”对曰：“骑猪夹豕走也。”上大笑。懿宗曰：“元一宿构，不是卒辞。”上曰：“尔付韵与之。”懿宗曰：“请以菶韵。”元一应声曰：“里头极草草，掠鬓不菶菶。未见桃花面皮，漫作杏子眼孔。”则天大悦，王极有惭色。懿宗形貌短丑，故曰“长弓短度箭”。周静乐县主，河内王懿宗妹，懿妹短丑。武氏最长，时号大哥。县主与则天并马行，命元一咏曰：“马带桃花锦，裙衔绿草罗。定知帏帽底，仪容似大哥。”则天大笑，县主极惭。纳言娄师德长大而黑，一足蹇，元一目为“行辙方相”，亦号为“卫灵公”，言防灵柩方相也。天官侍郎吉顼长大，好昂头行，视高而望远，目为“望柳骆驼”。殿中侍御史元本竦髆伛身，黑而且瘦，目为“岭南考典”。驾部郎中朱前疑粗

张元一

在武则天执政的周朝，对于蕃人上书密奏的人，多都给予加赏，有人因此而为右台御史衔。因为武则天曾问郎中张元一道：“外边有什么可笑好玩的事情？张元一说道：“朱前疑穿绿，狄仁杰穿红。阎知微骑马，马吉甫骑驴。有个人要把他的名作为姓叫李千里，又有一个人要把他的姓作为名字叫吴栖梧。左台有个胡御史，右台有个御史胡。”胡御史即胡元礼，御史胡是蕃人做了御史官，不久便改任其它官职。武则天改唐为周后，有个贝州的举人叫赵廓，身材极小，开始被任命为监察御史，当时的人们称他为台秽（秽：丑陋），李昭德骂他是被霜打了的谷束。张元一将他视为枭坐鹰架一样的人。当时同州人鲁孔丘担任拾遗，很有武夫气概，人们都称他是外军主帅，张元一看作鹜入凤池。苏味道有才学有见识而又大度，众望所归。王方庆身材瘦弱难看，语言粗鲁迟钝，智商不超俗，才华不出众，但两人都出任凤阁侍郎。有人问张元一道：“苏味道、王方庆谁是有贤能的人？”张元一说道：“苏九月是得霜鹰，王十月是被冻蝇。”有人问他这么说的原因，张元一回答道：“得霜鹰即才高敏捷，被冻蝇则愚顽怯懦。”当时的人门都很佩服他能具体地表达事物。契丹人孙万荣侵犯幽州，河内王武懿宗担任元帅，带领军队抵御敌人进犯，行军至赵州的时候，听说敌方骆务整率数千骑兵从北杀来犯，河内王武懿宗就丢弃军队铠甲逃跑，向南逃往荆州。军资器械，都扔在道路上。后来听说敌人退却了，才又向前进发。（等到）军队回到京都的时候，却赐席设宴，给予很高的礼遇。当着武则天的面，张元一竟嘲讽武懿宗道：“长弓短度箭，蜀马临阶骗。去贼七百里，隈墙独自战。甲杖忽抛却，骑猪正南掾。”武则天道：“懿宗有马，为什么要骑猪呢？”张元一道：“骑猪就是夹着豕（音谐屎）而去了。”武则天大笑。武懿宗道：“这是张元一构思好的，不是即兴作的。”武则天道：“你可以随便给他一个韵。”武懿宗说道：“那就请用菶韵。”张元一随即咏道：“里头极草草，掠鬓不菶菶。未见桃花面皮，漫作杏子眼孔。”武则天十分高兴，而武懿宗却脸有惭愧之色。武懿宗个子矮而相貌丑，所以说“长弓短度箭”。静乐县主（封号）是武懿宗的黑肥短，身体垢腻，目为“光禄掌膳”。东方虬身长衫短，骨面粗眉，目为“外军校尉”。唐波若矮短，目为“郁屈蜀马”。目李昭德“卒子锐反。岁胡孙”。修文学士马吉甫眇一目，为“端箭师”。郎中长儒子视望阳，目为“呷醋汉”。汜水令苏徵举止轻薄，目为“失孔老鼠”。（出《朝野佥载》）

吉 项

周张元一腹粗而脚短，项缩而眼跌，吉项目为逆流虾蟆。（出《朝野佥载》）

朱随侯

周韶州曲江令朱随侯，女夫李逖，游客尔朱九，并姿相少媚，广州人号为“三樵”。七肖反。人歌之曰：“奉敕追三樵，随侯傍道走，回头语李郎，唤取尔朱九。”张鹜目随侯臛乱土枭。（出《朝野佥载》）

李 详

周李详，河内人，气侠刚劲，初为梓州监示尉。主书考日，刺妹妹，也生得矮而丑。武则天年龄最大，因而当时都称她大哥。有一天，静乐县主和武则天骑马并行，叫张元一咏诗，元一咏道："马带桃花锦，裙衔绿草罗。定知帏帽底，仪容似大哥。"则天听后大笑，静乐县主却感到十分羞愧。不善言辞的娄师德身大而肤黑，有一只脚是跛子，张元一称呼他是"行辙方相"，也称他为"卫灵公"，意思是防卫灵柩的方相（古迷信指出殡时的避邪神）。吏部侍郎吉顼身材高大，喜欢抬起头走路，像在望着高远的地方，张元一称他是"望柳骆驼"。殿中侍御史元本竦是个伛偻身子，而且又黑又瘦，被称为"岭南考典"。驾部司的郎中朱前疑身材短粗而肤黑，而且身上很脏，被戏称为"光禄寺掌勺的厨子"。东方虬身体高大而衣裳短小，脸很瘦眉毛却很粗，被称为"外军校尉"。唐波若身材短小，被称为"郁屈蜀马"。（张元一）称李昭德为"卒岁胡孙"。修文学士马吉甫一只眼睛，被称为"端箭师"。郎中长儒子眼睛有些望天儿，被称为"呷醋汉"。汜水县令苏徵举止轻薄，被称为"失孔（没了洞）老鼠"。（出《朝野佥载》）

吉　顼

周朝（武则天执政时期）有个叫张元一的人，他腰粗而脚短，脖子缩着，眼睛向外鼓，吉顼称他是逆水虾蟆。（出《朝野佥载》）

朱随侯

周朝（武则天改唐为周）时的韶州曲江县县令朱随侯，他的女婿李逖及游客尔朱九，三人的体貌不佳，广州人称他们"三樵"。（樵，砍柴的人。）人们编了首歌谣："奉敕（皇上的命令）追三樵，随侯傍道走，回头语李郎，唤取尔朱九。"张鷟却把朱随侯称作臛乱土枭。（出《朝野佥载》）

李　详

周朝（武则天朝）的李详，是河内人氏。义气豪侠而强劲有力，史问平已否，详独曰：“不平。”刺史曰：“不平，君把笔书考。”详曰：“请考使君。”即下笔曰：“祛断大事，好勾小稽；自隐不清，疑人总浊。考中下。”刺史默然而罢。（出《朝野佥载》）

最初担任梓州监示尉。在进行官员考课的那天，刺史问大家公平吗？只有李详说："不公平。"刺史说："不公平，那就请你执笔给大家写考评。"李详说："那我就要给刺史大人书写考核鉴定了。"随即下笔写道："不抓大事，好管些小事；自己隐讳不清正，反而总怀疑别人有污浊。考第为中下。"刺史也只好默然作罢。（出《朝野佥载》）

卷第二百五十五　嘲诮三

张　鷟

则天革命，举人不试皆与官，起家至御史、评事、拾遗、补阙者，不可胜数。张鷟为谣曰："补阙连车载，拾遗平斗量。杷推侍御史，碗脱校书郎。"时有沈全交者，傲诞自纵，露才扬己，高巾子，长布衫，南院吟之，续四句曰："评事不读律，博士不寻章。面糊存抚使，眯目圣神皇。"遂被杷椎御史纪先知捉向右台对仗弹劾，以为谤朝政，败国风，请于朝堂决杖，然后付法。则天笑曰："但使卿等不滥，何虑天下人语。不须与罪，即宜放却。"先知于是乎面无色。唐豫章令贺若瑾，眼皮急，项辕粗。鷟号为"饱乳犊子"。（出《朝野佥载》）

石抱忠

石抱忠检校天官郎中，与侍郎刘奇、张询古同知选。抱忠素非静慎，刘奇久著清平，询古通婚名族。将分铃，时人语曰："有钱石下好，无钱刘下好，士大夫张下好。"斯言果征。复与许子儒同知选，刘奇独以公清称。抱忠、师范、子儒颇任令史勾直，每注官，呼曰："勾直乎？"时人又为之语曰："硕学师刘子，儒生用典言。"抱忠后与奇同弃市。选人或为摈抑者，复为语曰："今年柿子并遭霜，为语石榴须早摘。"抱忠在始平，尝为谐诗曰："平明

张 鷟

武则天改革朝政，举人不再进行考试就都可以给官做，可授与御史、评事、拾遗、补阙等职务，一时间这些官非常多，多到数不完。张鷟写了首歌谣道："补阙连车载，拾遗平斗量，杷推侍御史，碗脱校书郎。"当时有个叫沈全交的人，狂傲怪诞而又放纵，喜欢显露才华，张扬自己。他高扎着头巾，穿着长衫，在尚书省咏诗，他把张鷟的歌谣又续上四句道："评事不读律，博士不寻章，面糊存抚使，眯目圣神皇。"于是被杷椎御史纪先知捉到右御史台对著仪仗弹劾，认为他是诽谤朝政，败坏国风，并要到朝堂对其处以杖刑，然后交付法司论罪。武则天笑着说道："只要你们这些朝官不滥用职权，为什么害怕天下人去说。不需要给他立什么罪状，应该马上释放。"纪先知于是脸上失去光彩。豫章县令贺若瑾眼皮子紧缩，脖子粗，张鷟称之为"饱乳犊子"。(出《朝野佥载》)

石抱忠

石抱忠担任检校吏部郎中，与侍郎刘奇、张询古共同管理选拔官员的事。石抱忠平时不冷静谨慎，刘奇向来清廉公平，张询古与名门贵族联姻。快要对选人进行分组审理的时候，人们议论道："有钱的分到石抱忠名下好，没钱的分到刘奇名下好，士大夫阶层的分到张询古名下好。"这个说法果然得到验证。(石抱忠)后来又与许子儒一起主持铨选，刘奇唯独以公正廉洁而著称。抱忠、师范、子儒都叫令史去勾直(圈画名单)，每次铨叙官职的时候，令史们都问道：勾直吗？当时人们又对他们议论道："刘奇是一位很有学问的人，而那发始平，薄暮至何城。库塔朝云上，晃池夜月明。略彴桥头逢长史，棂星门外揖司兵。一群县尉驴骡聚，数个参军鹅鸭行。”（出《御史台记》）

郑愔

唐郑愔曾骂选人为痴汉。选人曰：“仆是吴痴，汉即是公。”愔令咏痴。吴人曰：“榆儿复榆妇，造屋兼造车。十七八九夜，还书复借书。”愔本姓鄚，改姓郑，时人号为鄚郑。（出《朝野佥载》）

宋务先

唐有监察御史不工文，而好作不已。既居权要，多为人所谀，不之觉也。每篇辄为宋务先书以光台，月俸几尽，其妻谓曰：“公经生，素非文笔，所称篇咏，不为外人所传。此必台中玩公，折俸助厨耳。奈何受人嗤玩？”自后虽吟咏不辍，不复出光台钱矣。或问之，以妻言对。诸御史退相谓曰：“彼有人焉，未可玩也。”乃止。（出《御史台记》）

傅岩

唐傅岩，魏州人，本名佛庆。尝在左台，监察中溜，而中溜小些学问不深的儒生却偏用掌故来表达意思。”石抱忠后来与刘奇一起被处死并陈尸街头示众，有些落选的应试者又说道：“今年的柿子（暗指石抱忠、刘奇）一起遭霜打。所以说石榴（暗喻石抱忠一类的人）应该早些摘去。”石抱忠当年在始平的时候，曾写诙谐诗道：“平明发始平，薄暮至何城。库塔朝云上，晃池夜月明。略彴桥头逢长史，棂星门外揖司兵。一群县尉驴骡骤，数个参军鹅鸭行。”（出《御史台记》）

郑愔

唐朝时的郑愔曾经辱骂一个应试的人为痴汉，那个选人说道：“我是吴痴，汉是你。”郑愔叫他咏一首写痴呆的诗。那个从吴地来的选人咏诗道：“榆儿复榆妇，选屋兼造车。十七八九夜，还书复借书。”愔本来姓鄚，后改姓郑，当时人们都称他鄚郑。（出《朝野佥载》）

宋务先

唐朝的时候，有个监察御史不擅长写诗和文章，然而又喜欢不断地写作。这个人既然身居机要之地，被很多人奉承，他自己并不自知（他），每写出一篇就让宋务先书写张贴于台院，工资都快要花光了，他的妻子对他说：“你长这么大，平时并不写作，你所称道的诗文，没有被外面的人传诵，看来一定是台院中的人戏弄你，折支俸禄来增加吃喝了，你为什么要去受人耻笑玩弄呢？”从此之后他虽然仍是不断写作，不再花钱让人抄写出去了。有人问他怎么回事，他就把妻子说的话告诉给人家。御史们出去后相互说道：“他是有明白人的帮助，不可以再拿他玩耍。”于是不再戏弄他了。（出《御史台记》）

傅岩

唐朝的傅岩，是魏州人，本名叫傅佛庆。曾经在御史左台做官，伺，无牺牲之礼。比回，怅望曰："初一为大祠，乃全疏薄。"殿中梁载言咏之曰："闻道监中溜，初言是大祠。狼傍索传马，傯动出安徽。卫司无帟幕，供膳乏鲜肥。形容消瘦尽，空往复空归。"（出《御史台记》）

侯味虚

唐户部郎侯味虚著《百官本草》，题御史曰："大热，有毒。"又朱书云："大热有毒。主除邪佞，杜奸回，报冤滞，止淫滥，尤攻贪浊。无大小皆搏之，畿尉簿为之相。畏还使，恶爆直，忌按权豪。出于雍洛州诸县，其外州出者，尤可用。日炙干硬者为良。服之，长精神，减姿媚。久服，令人冷峭。"（出《朝野佥载》）

贾言忠

唐贾言忠撰《监察本草》云："服之心忧，多惊悸，生白发。"时义云："里行及试员外者，为合口椒，最有毒。监察为开口椒，毒微歇。殿中为萝卜，亦曰生姜，虽辛辣而不为患。侍御史为脆梨，渐入佳味。迁员外郎为甘子，可久服。或谓合口椒少毒而脆梨毒者，此由触之则发，亦无常性。唯拜员外郎，号为摘去毒。欢怅相半，喜迁之，惜其权也。"（出《御史台记》）

司马承祯

唐卢藏用，始隐于终南山，中宗朝，累居要职。道士司马承有一次监督察看中溜，而当时正赶上那里一次小型祭祀活动，没有牲畜作祭礼。等到回来，怅望地说道："初一是大祠，（祭礼）怎么如此的简陋？"殿中侍御史梁载言咏诗道："闻道监中溜，初言是大祠。狼傍索传马，偬动出安徽。卫司无帟幕，供膳乏鲜肥。形容消瘦尽，空往复空归。"（出《御史台记》）

侯味虚

唐朝的户部郎官侯味虚写了有一部作品《百官本草》，写到御史时说道："大热，有毒。"他又用红笔写道："大热且有毒。主要功能是除祛邪恶和奸佞，杜绝奸恶邪僻，判理滞留未申的冤狱，制止淫滥，尤其是攻击讦贪赃污浊等行为。官不论大小一概可以纠弹，从京畿各县的尉簿小官到朝中宰相。使得节度使敬畏，让暴躁直率的人不厌恶，使得权贵忌惮。产自雍州、洛州各县，其他州出产的御史，尤其好用。经日晒后又干又硬的为上品。服用后，可以长精神，灭媚态。长期服用，能使人刚直严峻。"（出《朝野佥载》）

贾言忠

唐朝人贾言忠在他撰写的《监察本草》中写道："服用它后心忧，多惊悸，生白发。"时义中写道："里行御史和试员御史（都是非正式授官的御史）是合口椒，毒性最大。监察御史是开口椒，毒性稍轻一些。殿中御史是萝卜，也叫生姜，虽然辛辣但没有害处。侍御史则是脆梨，越吃越好吃。由侍御史迁调为员外郎，那就是柑桔了，可以长期服用。有人说合口椒毒性低，但是脆梨比较毒，这是偶然触动而发出的感叹，这东西也是无常性的。只有官拜员外郎后，才对外宣称除去了毒。由御史迁调员外郎，他们也是喜忧参半，高兴的是升迁，忧愁的是失去了御史的权力。"（出《御史台记》）

司马承祯

唐朝的卢藏用，最初隐居在终南山，中宗执政时期，连续担任重祯。睿宗追至京，将还职。藏用指终南山谓之曰：“此中大有佳景处，何必在远。”承祯徐答曰：“以仆所观，乃仕宦捷径矣。”藏用有惭色。（出《大唐新语》）

李敬玄

唐中书令李敬玄为元帅，讨吐蕃，至树敦城。闻刘尚书没蕃，着靴不得，狼狈而走。王杲、副总管曹怀舜等惊退，遗却麦饭，首尾千里，地上尺余。时军中谣曰：“洮河李阿婆，鄯州王伯母，见贼不敢斗，总由曹新妇。”（出《朝野佥载》）

格辅元

唐格辅元拜监察，迁殿中。充使，次龙门遇盗，行装都尽，袒被而坐。监察御史杜易简，戏咏之曰：“有耻宿龙门，精彩先瞰浑。眼瘦呈近店，睡响彻遥林。捋囊将旧识，掣被异新婚。谁言骢马使，翻作蛰熊蹲。”（出《御史台记》）

祝钦明

唐礼部尚书祝钦明颇涉经史，不闲时务，专硕肥腯，顽滞多疑。台中小吏，号之为“媪”。媪者，肉块，无七窍，秦穆公时野人得之。（出《朝野佥载》）

姜师度

唐先天中，姜师度于长安城中穿渠，绕朝堂坊市，无所不至。上登西楼望之，师度堰水泷，柴筏而下，遂授司农卿。于后水要职。有个道士名叫司马承祯，被睿宗诏令入京，不久打算回去。卢藏用指着终南山对他说：“这山中就大有好风景，何必走那么远！”司马承祯慢慢回答道：“依我来看，隐居乃是通往做官的捷径。”卢藏用脸上露出惭愧之色。（出《大唐新语》）

李敬玄

唐朝的中书令李敬玄被任命为元帅，去征讨吐蕃，行军至树敦城的时候，听说刘尚书已丧命于吐蕃，鞋都没有穿好，就狼狈地逃走了。王杲和副总管曹怀舜等也惊慌而逃。逃跑时扔掉的粮饷，在一千多里的路上，盖了一尺多厚。当时军中流传着一首歌谣：“洮河李阿婆，鄯州王伯母，见贼不敢斗，总由曹新妇。”（出《朝野佥载》）

格辅元

唐代时有个叫格辅元的人，担任监察御史，后来迁转殿中御史。有一回他担任使者出使外地，旅途中住龙门被盗，行装全被偷走，只好光着身子裹被坐着。有个监察御史杜易简写诗开他玩笑说：“有耻宿龙门，精彩先瞰（明抄本作暾。）浑。眼瘦呈近店，睡响彻遥林。捋囊将旧识，制被异新婚。谁言骢马使，翻作蛰熊蹲。”（出《御史台记》）

祝钦明

唐朝的时候，有位礼部尚书叫祝钦明，一心钻研经史，不精通时务。脑袋大且肥，愚妄固执而且又多疑，官署中的小官吏们称他为“媪”。媪，就是大肉块子，没有七窍，秦穆公时有野人曾经得到过。（出《朝野佥载》）

姜师度

唐玄宗时期，姜师度在长安城里挖掘水渠。水渠穿绕过宫庭殿堂、大街小巷，无所不至。皇上登上西楼观望，看见师度堰水流湍涨则奔突，水缩则竭涸。又前开黄河，引水向棣州，费亿兆功。百姓苦其淹渍，又役夫塞河口。开元六年，水泛溢，河口堰破，棣州百姓，一概没尽。师度以为功，官品益进。又有傅孝忠为太史令，自言明玄象，专行矫谲。京中语曰："姜师度一心看地，傅孝忠两眼相天。"神武即位，知其矫，并斩之。（出《朝野佥载》）

姜晦

唐姜晦为吏部侍郎，眼不识字，手不解书，滥掌铨衡，曾无分别。选人歌曰："今年选数恰相当，都由座主无文章。案后一腔冻猪肉，所以名为姜侍郎。"（出《朝野佥载》）

魏光乘

唐兵部尚书姚元崇，长大行急，魏光乘目为趁蛇鹳鹊。黄门侍郎卢怀慎好视地，目为觑鼠猫儿。殿中监姜皎肥而黑，目为饱蕻母猪。紫微舍人倪若水，黑而无须鬓，目为醉部落精。舍人齐处冲好眇目视日，云暗烛底觅虱老母。舍人吕延嗣长大少发，目为日本国使人。又目舍人郑勉为醉高丽。目拾遗蔡孚、小州医博士，诈谙药性。又有殿中侍御史短而丑黑，目为烟熏地术。目御史张孝嵩为小村方相。目舍人杨伸嗣为热鏊上猢狲。目补阙袁辉为王门下弹琴博士。目员外郎魏恬为祈雨婆罗门。目李全交为品官给使。目黄门侍郎李广为饱水虾蟆。由是坐此品题朝士，自左拾遗贬新州急，柴筏顺水而下，就任命他为司农卿。可是到后来，遇到雨多涨水时，大水就横冲直撞地奔驰，遇上干旱少雨时，水渠就干涸了。于是他又在前方把水渠开掘到黄河，把黄河水引向棣州。这项工程花费巨大。两岸百姓却常常遭受水害。又派民工把黄河的放水口堵死。开元六年，黄河泛滥，大水冲破了堤坝，整个棣州的老百姓，全都被洪水淹死，姜师度仍因为修渠有功，官品一再晋升。还有一个名叫傅孝忠的人，担任太史令，这个人自己说精通天象，实际上是专门假冒欺骗。京城里的人都说道："姜师度一心看地，傅孝忠两眼相天。"神武皇帝即位后，了解到他们的欺诈行为，把两个人一起斩首。（出《朝野佥载》）

姜晦

唐朝时的姜晦担任吏部侍郎，眼睛不认字，手不会写字，他掌管铨选之责的时候滥用职权，甚至连好坏都不分。因而选人们编成歌谣咏道："今年选数恰相当，都因座主无文章，案（桌几）后一腔（宰杀后的猪羊一只叫一腔）冻猪肉，所以名为姜侍郎。"（出《朝野佥载》）

魏光乘

唐代有一个兵部尚书名叫姚元崇，长得高行走快，魏光乘称他是追蛇的鹳鹊。黄门侍郎卢怀慎喜欢低头看地面，被他称为偷看老鼠的猫。殿中监姜皎长得胖而且黑，魏光乘称他是吃饱桑葚的母猪。紫微舍人倪若水长得黑但是没有胡子，被他称为醉部落精。舍人齐处冲喜欢眯起一只眼睛看太阳，便称他是在暗烛光下寻找母虱子。舍人吕延嗣个子高大但是头发稀少，称他是日本使者。而把舍人郑勉称为醉高丽。称拾遗蔡孚为小州县的医博士，假装通晓药性。还有个殿中侍御史个子矮小、长得又丑又黑，魏光乘称他是烟熏了的地术（植物名）。称御史张孝嵩为小村子里的方相。称舍人杨伸嗣为热鏊子上的猢狲。称补阙袁辉为王爷门下的弹琴博士。称员外郎魏

新兴县尉。（出《朝野佥载》）

邵景

唐邵景，安阳人。擢第授汾阴尉，累转歙州司仓，迁至右台监察考功员外。时神武皇帝即位，景与殿中御史萧嵩、韦铿俱升殿行事，职掌殊别。而制出，景、嵩俱授朝散大夫，而铿无命。景、嵩状貌类胡，景鼻高而嵩须多。同时服朱绂，对立于庭。铿独帘中窃窥而咏曰："一双胡子著绯袍，一个须多一鼻高。相对厅前捺且去声。立，自惭身品世间毛。"举朝欢咏之。他日，睿宗御承天门，百僚备列，铿忽风眩而倒。铿肥而短，景咏之曰："飘风忽起团圞旋，倒地还如着脚馗。莫怪殿上空行事，却为元非五品才。"（出《御史台记》）

黄幡绰

唐安西牙将刘文树口辩，善奏对，明皇每嘉之。文树髭生颔下，貌类猴。上令黄幡绰嘲之。文树切恶猿猴之号，乃密赂幡绰，不言之。幡绰许而进嘲曰："可怜好个刘文树，髭须共颏颐别住。文树面孔不似猢狲，猢狲面孔强似文树。"上知其遗赂，大笑。（出《开天传信记》）

恬为求雨的婆罗门教徒。称李全交是品官给事。称黄门侍郎李广是喝饱水的大虾。因为他犯了这样随意评品戏弄朝官的错误，所以从左拾遗的官职被贬为新州新兴县县尉。（出《朝野佥载》）

邵景

唐代的邵景，是安阳人。经铨选而任命为汾阴县尉，积功又转任歙州司仓，后来升为右御史台任监察考功员外。神武皇帝即位时，邵景和殿中御史萧嵩、韦铿一起升迁为殿行事，而掌管的职务各不相同。后来皇上下令，任命邵景和萧嵩为朝散大夫，但是韦铿却没有此项任命。邵景、萧嵩的样貌都很像胡人，邵景鼻子高，而萧嵩胡须多。他们同时穿朱红官袍，面对面站立于朝堂，韦铿独自从窄缝里偷偷看到了他们，便咏了首诗："一双胡子著绯袍，一个须多一鼻高。相对厅前捺且立，自惭身品世间毛。（一对胡人穿着大红色的官袍，一个胡须多一个鼻子高，两人在朝堂前如一撇一捺地相对站立，自惭自己的地位官品像毛一样轻。）"满朝官员都笑而咏之。有一天睿宗要去承天门，文武百官列队候驾，一阵旋风突然吹来，韦铿忽然感到眼睛昏眩晕倒在地上。韦铿个子很胖，而且矮小，于是邵景咏道："飘风忽起团圞旋，倒地还如着脚鎚。莫怪殿上空行事，却为元非五品才。（一阵旋风忽然盘旋而来，韦铿随风倒在地上，那样子就像用脚踩过的发面大蒸饼，难怪他至今还在担任殿行事，只因他本来就不够五品官才能。）"（出《御史台记》）

黄幡绰

唐代时的安西牙将刘文树的口才很好，特别是善于向皇上进言或回答皇上的问话，明皇曾多次称赞过他。刘文树的胡须长在下巴颏的下边，面貌很像个猴子。有一次皇上让黄幡绰嘲弄一番他的相貌，刘文树是特别讨厌别人称他猿猴这一绰号的，于是秘密奉送财物行贿，请他不要说自己像猿猴。黄幡绰答应了，他嘲咏道："可怜好个刘文树，髭须共颏颐别住。文树面孔不似猢狲，猢狲面孔强似

贺知章

唐秘监贺知章有高名，告老归吴中，明皇嘉重之，每事加异。知章将行，泣涕辞，上问何所欲，曰："臣有男，未有定名，幸陛下赐之，归为乡里之荣。"上曰："为道之要，莫若于信，孚者，信也，履信思乎顺，卿之子必信顺之人也，宜名之曰'孚'。"再拜而授命焉。久而谓人曰："上何谑我邪，我实吴人，孚乃爪下为子，岂非呼我儿为爪子耶。"（出《开天传信记》）

王维

唐宰相王玙好与人作碑志。有送润毫者，误扣右丞王维门。维曰："大作家在那边。"（出《卢氏杂说》）

甘洽

唐甘洽与王仙客友善，因以姓相嘲。洽曰："王，计尔应姓田。为你面拨獭，抽却你两边。"仙客应声曰："甘，计你应姓丹。为你头不曲，回脚向上安。"（出《启颜录》）

乔琳

唐朱泚始乱，源休、姚令言等收图书，贮仓廪，作萧何事业。休退语伪黄门侍郎蒋练曰："若度其才，即吾为萧，姚为曹耳。"识者闻之，为休不奈官职。乔琳性好谐谑，因语旧僚曰："源公真

文树。”明皇知道了刘文树行了小贿求请的事，于是大笑。（出《开天传信记》）

贺知章

唐代的秘书监贺知章有很大的名声，他告老还乡回到吴中的时候，唐玄宗重重地嘉奖了他，每个奖赏都有所不同，贺知章将要离开朝廷，流着泪向唐玄宗告别，唐玄宗问他想要什么，他说：“我有一个儿子，还没有起名字，如果有幸得到皇上您的赐名，回到家里这会成为乡里的荣耀。”唐玄宗说：“德行中最重要的是信，孚，就是信，如果能够履行自己的承诺就会十分顺利，你的儿子一定会是诚信以致前路顺利的人，适宜给他取名字叫孚。”贺知章再三参拜后领命。时间长了对人说：“皇上怎么戏谑我呢？我本来是吴地人，孚是爪下子，岂不是说我的儿子叫无爪子吗？”（出《开天传信记》）

王维

唐代的宰相王玙喜欢给人写墓志铭，有人给他送润笔费。有人误敲了尚书右丞王维的门。王维说：“大作家在那边。”（出《卢氏杂说》）

甘洽

唐代的甘洽和王仙客相交很好。因而互相用姓氏来嘲讽对方，甘洽说：“王，推算你应该姓田，因为你的脸像水獭，只好把你两边去了。”王仙客接着说：“甘，推算你应该姓丹，因为你的头不能弯曲，只能两个脚向上了。”（出《启颜录》）

乔琳

唐朝朱泚开始犯上作乱，源休、姚令言等人开始把档案书籍收到仓库了，想要做当年萧何做过的事。源休对伪黄门侍郎蒋练说：“如果衡量才干，那我就是萧何，姚令言是曹参。”认识的人听到这

谓火迫酂侯尔。”（出《大唐新语》）

契綟秃

唐京城有僧，性甚机悟，病足，有人于路中见，嘲之曰：“法师是云中郡。”僧曰：“与君先不相知，何因辱贫道作契綟秃？”其人诈之曰：“云中郡言法师高远，何为是辱？”僧曰：“云中郡是天州，翻为偷毡，是毛贼，毛贼翻为墨槽，傍边有曲录铁，翻为契綟秃，何事过相骂邪？”前人于是愧伏。（出《启颜录》）

宋 济

唐许孟容与宋济为布素之交。及许知举，宋不第。放榜后，许颇惭，累请人申意，兼遣门生就看。宋不得已，乃谒焉。许但分诉首过，因命酒酣，乃曰：“虽然，某今年为国家取卿相。”时有姚嗣卿及第后，翌日而卒。因起慰许曰：“邦国不幸，姚令公薨谢。”许大惭。（出《卢氏杂说》）

安陵佐史

唐安陵人善嘲，邑令至者，无不为隐语嘲之。有令，口无一齿，常畏见嘲。初至，谓邑吏：“我闻安陵太喜嘲弄，汝等不得复踵前也。”初上，判三道，佐史抱案在后曰：“明府书处甚疾。”其人不觉为嘲，乃谓称己之善，遂甚信之。居数月，佐史仇人告曰：“言‘明府书处甚疾’者，其人嘲明府。”令曰：“何为是言？”曰：“书处甚疾者，是奔墨，奔墨者翻为北门，北门是缺后，缺后番话，都认为源休对自己的官职感到不满意。乔琳天生喜欢戏谑，于是对旧同事们说："源休真的可以说是用火来迫使鄚侯了。"（出《大唐新语》）

契綟秃

唐朝的京城有位僧人，天性非常聪明，但脚有病，有人在路上看见了，嘲讽他说："法师你是云中郡。"僧人说："我和你之前并不认识，你为什么要侮辱我，说我是契綟秃呢？"那个人骗他说："云中郡是说法师您高远，为什么说是我侮辱你呢？"僧人说："云中郡就是天州，翻过来就是偷毡，这是说毛贼的行为，毛贼再翻就是墨槽，旁边有曲录铁，翻为契綟秃，你因为什么事这般骂我呢？这个人于是对他深感羞愧和佩服。"（出《启颜录》）

宋 济

唐代的许孟容和宋济是从贫寒时期就已经互相往来的老朋友。等到许孟容主持选拔举人时候，宋济落选了。等到放榜以后，许孟容很是惭愧，多次请人去表明自己的意图，并且让自己的门生去看他。宋济没有办法，于是前去拜访。许孟容一番辩解后承认过失，接着命人拿酒畅饮，于是说："虽然我今年为国家选拔官员，当时也有姚寺卿被选中后，第二天就去世的事情。"于是宋济起身安慰许孟容说："国家的不幸，姚寺卿去世。"许孟容大为羞惭。（出《卢氏杂说》）

安陵佐史

唐代的安陵人擅长嘲笑别人，凡是有任命到这里来的县令，没有不被暗语讽刺的。有一个县令，没有一颗牙齿，经常怕被人嘲笑。刚刚到这里的时候，对县衙里的官吏说："我听说安陵人特别喜欢嘲笑别人，你们不能再重走过去的路了。"初次上任，判了三个案子，佐史在后面抱着案卷说："县令您文书写得太快了。"那个县令并不觉得自己被嘲弄了，还说那个人说对自己很好，于是特别相信他。过

者翻为口穴，此嘲弄无齿也。”令始悟，鞭佐史而解之。（出《启颜录》）

崔护

唐刘禹锡云：崔护不登科，怒其考官苗登，即崔之三从舅也。乃私试为判头，毁其舅曰：“甲背有猪皮之异。”人问曰：“何不去之？有所受。”其判曰：“曹人之坦重耳，骈胁再观。相里之剥苗登，猪皮斯见。”初登为东畿尉，相里造为尹。曾欲笞之，袒其背，有猪毛长数寸。故又曰：“当偃兵之时，则隧而无用，在穴食之日，则摇而有求。”皆言其尾也。（出《嘉话录》）

了几个月，佐史的仇人告发他道："说'明府书处甚疾'的那个人，是在嘲弄县令您。"县令说："为什么这么说呢？"那个人回答说："书处甚疾，是奔墨，奔墨翻为北门，北门是缺后，缺后翻为口穴，这是嘲弄没有牙的话。"县令这时候才明白，把佐史打了一顿后将他解职了。（出《启颜录》）

崔护

唐朝的刘禹锡说："崔护没有被录取，怨恨他的考官苗登，就是崔护的三堂舅。于是私下写了判状，毁谤他的舅舅说："他的背上有和常人不一样的猪皮盔甲。"别人问："为什么不去掉它呢？也够他受的了。"他的判状说："官府里的人都重视袒怀，可再看就会发现肋骨紧密相接。相里剥掉了苗登的衣服，就看见了猪皮。"刚开始的时候苗登是东畿尉，相里造是令尹。曾经要鞭打他，把他的脊背袒露出来，看见有几寸长的猪毛。所以又说："当不打仗的时候，就又累赘又没用，在猪圈中饲养的时候，就会摇动它祈求食物。"这都是说他的尾巴。"（出《嘉话录》）

卷第二百五十六 嘲诮四

卢 迈

唐宰相卢迈不食盐醋，同列问曰：“足下不食盐醋，何堪？”迈笑而答曰：“足下终日食盐醋，又何堪矣？”（出《国史补》）

柳宗元

唐柳宗元与刘禹锡同年及第，题名于慈恩塔，谈元茂秉笔。时不欲名字著彰，曰：“押缝版子上者，率多不达，或即不久物故。”柳起草，暗斟酌之，张复已下，马徵、邓文佐名尽著版子矣。题名皆以姓望，而辛南容，人莫知之。元茂搁笔曰：“请辛先辈言其族望。”辛君适在他处，柳曰：“东海人。”元茂曰：“争得知？”柳曰：“东海之大，无所不容。”俄而辛至，人问其望，曰：“渤海。”众大笑。慈恩题名，起自张莒，本于寺中闲游，而题其同年。人因为故事。（出《嘉话录》）

陆 畅

唐陆畅，云阳公出降都尉刘氏，朝士举为傧相。内人以陆吴音，才思敏捷，凡所调戏，应对如流，复以诗嘲之，陆亦酬和。六

卢 迈

唐朝有位宰相叫卢迈，不吃盐和醋，同僚们问他："你不吃盐醋，怎么忍受得了？"卢迈笑着回答道："你们终日吃盐醋，又怎能受得了呢？"（出《国史补》）

柳宗元

唐朝时的柳宗元和刘禹锡同一年考中进士，题名于慈恩塔上，是谈元茂执笔书写的。当时人们都不想把自己的名字写在显著的地方，说："写在押缝的板子上的，大多不显眼，或者用不多久板子也便损坏。"当时柳宗元草拟名单，他暗暗斟酌着，张复的名字下，应该是马征、邓文佐等，这全是在显著位置。题名是以姓氏家族的名望为排列顺序，到了辛南容，人们都不知道此人是谁，谈元茂便放下笔问道："请辛先生谈谈你家族的名望。"辛南容此时恰好在其他地方，柳宗元说道："他是东海人。"谈元茂问道："你怎么知道的？"柳宗元说道："东海之大，无所不容。"不一会儿辛南容到来，人们问他的族望，他说道："我是渤海人。"众人大笑起来。慈恩塔题名这样的事，是从张莒开始的，那天他们同科中试的人本来是一起到寺中闲游的，后来他便在塔上题写上同一年中选人的名字，从此，人们便以此为先例延续下来。（出《嘉话录》）

陆 畅

唐代的陆畅，是云阳公主出嫁给都尉刘氏的时候，朝官推举的赞礼人。宫女们因为陆畅说着有吴地口音的话，并且他才思敏捷，宫大喜。凡十余篇，嫔娥皆讽诵之。例外，别赐宫锦十段，楞伽瓶唾盂以赏之。内人诗云：“十二层楼倚碧空，凤鸾相对立梧桐。双成走报监门卫，莫使吴歈入汉宫。”或谓内学宋若兰、若昭姊妹所作。陆酬曰：“粉面仙郎选圣朝，偶逢秦女学吹箫。须教翡翠闻王母，不奈乌鸢噪鹊桥。”（出《云溪友议》）

平 曾

唐平曾恃才傲物，多犯讳忌。仆射薛平出镇浙西，投谒，礼遇稍薄。乃留诗以讽曰：“梯山航海几崎岖，来谒金陵薛大夫。髭发竖时趋剑戟，衣冠俨处拜冰壶。诚知两轴非珠玉，深愧三缣恤旅途。今日楚江风正好，不须回首望句吴。”薛闻之，遣吏追还，縻留数日。又献《絷白马》诗曰：“白马披鬃练一团，今朝被绊欲行难。雪中放出空寻迹，月下牵来只见鞍。向北长鸣天外远，临风斜鞚耳边寒。自知毛骨还应异，更请孙阳仔细看。”薛睹诗曰：“若不留绊行轩，那得观其毛骨。”遂殊礼待之。后游蜀，谒少师李固言。时幕客皆名士，曾每与诸客评论，言笑弥日，侍于李侧，轻忽无所畏，遂献《雪山赋》云：“雪山虽兹洁白之状，叠障攒风，夏日清寒，而无草木华茂，为人采掇。”以李罕作文章，发于专经也。李览赋，命推出。不逾旬，贡《鲦鲼鱼赋》，言：“此鱼触物而怒，翻身上波，为鸱鸢所获，奈鲂鲔何？”李览赋笑曰：“昔赵元淑之狂简，袁彦伯之机捷，无以过焉。”然爱其文彩。投贽者无出于曾，虽有忤，不至深罪。又作《潼关赋》，刺中朝：“此关倚太华，瞰黄河。虽来往攸同，而叹有异也。”（出《云溪友议》）

凡是对他开的玩笑，他都能回答得十分流畅。再用诗嘲讽他，他也会用诗进行唱和，宫内的人都十分欢喜，总共十几首诗，嫔妃们都能够背诵。除此之外，赐给他十段宫锦，楞伽瓶痰盂，用来嘉奖他。宫人们有诗写道："十二层楼倚碧空，凤鸾相对立梧桐。双成走报监门卫，莫使吴歈入汉宫。"有人说这是宫女宋若兰、宋若昭姊妹所写的。陆畅唱和道："粉面仙郎选圣朝，偶逢秦女学吹箫。须教翡翠闻王母，不奈乌鸢噪鹊桥。"（出《云溪友议》）

平曾

唐代的平曾仗着自己有才能而轻视别人，经常犯忌。仆射薛平被派遣镇守浙西，平曾前往投奔拜谒，对他稍微有些招待不周全，于是他留了一首诗讽刺说："梯山航海几崎岖，来谒金陵薛大夫。髭发竖时趋剑戟，衣冠俨处拜冰壶。诚知两轴非珠玉，深愧三缣恤旅途。今日楚江风正好，不须回首望句吴。"薛平听说后，派遣官吏将他追回来，又招待了他一些时日。平曾又献上一首《絷白马》的诗："白马披鬃练一团，今朝被绊欲行难。雪中放出空寻迹，月下牵来只见鞍。向北长鸣天外远，临风斜鞚耳边寒。自知毛骨还应异，更请孙阳仔细看。"薛平看到诗之后说："如果不把贵客你留下来，哪里能看见你的骨相容貌啊！"于是用特殊的礼节对待他。后来游历蜀地的时候，拜访少师李固言。当时他的幕僚都是有名的人，曾经每次和诸位幕僚议论，整天谈笑，在李固言旁边服侍，轻率疏忽，毫不在意。一次，平曾献上一篇《雪山赋》说："雪山虽兹洁白之状，叠障攒风，夏日清寒，而无草木华茂，为人采掇。（雪山虽然有这样洁白的样貌，重叠密集的山峰，夏天是清寒的，但没有生长茂盛的草木，被别人采集拾掇。）"因为李固言写文章特别少，刚开始是研究儒学的。李固言看到这篇赋，让人把平曾赶走，过了十天不到，平曾又献上了《鲦鳈鱼赋》，说："这条鱼碰到东西之后大怒，起身游到海面上，被鸱鸟捕获了，又能把鳊鱼和鲤鱼怎么样呢？"李固言看到赋之后笑着说："以前赵元淑志向高远，处事疏阔；袁彦伯的机智敏捷，没有能超过的。"但是他非常爱惜平曾的文采，前来投靠他的人没

僧灵彻

唐江西帅韦丹，与东林僧灵彻，忘形之契，篇什唱和，月四五焉。序曰："彻公近以匡庐七咏见寄，及吟咏之，皆丽绝于文圃也。即莲花峰、石镜、虎跑泉、聪明水、白鹿洞、铁虹桥、康王庙，为七咏。此七咏者，俾予益发归欤之兴。且芳时胜侣上游，于三二道人，必当攀跻千仞之峰，观九江之水。是时也，飘然而去，不希京口之顾；默然而游，不假东门而送。天地为一朝，万物任陶铸。夫二林翼翼，松径幽邃，则何必措足于丹霄，驰心于太古矣。偶为《思归绝句》诗一首，以寄上人，法友幸先达其深趣矣。"诗云："王事纷纷无暇日，浮生冉冉只如云。已为平子归休计，五老岩前必共闻。"彻酬曰："年老身闲无外事，麻衣草座亦容身。相逢尽道休官去，林下何曾见一人。"（出《云溪友议》）

苏芸

岭表多假吏，而里巷目为使君，而贫窭徒行者甚众。元和中，进士苏芸南地淹游，尝有诗云："郭里多榕树，街中足使君。"

李寰

唐李寰镇晋州，表兄武恭性诞妄。又称好道，及蓄古物。遇有能够比平曾还厉害的，虽然他的言行中有忤逆的成分，但也不至于犯了多大的罪过。平曾又写了一篇《潼关赋》，讽刺朝廷："潼关靠着太华，俯瞰黄河，虽然往来是一样的，但是吟诵起来又是不一样的。（出《云溪友议》）

僧灵彻

唐代江西的统帅韦丹，和东林寺的僧人灵彻是不拘身份、行迹的知心朋友，他们之间经常用诗歌进行唱和，一个月会有四五次。韦丹给他们的唱和作序说："灵彻近来把庐山七咏寄给我，等到我吟咏它们时，认为这些清丽的句子在文苑中是绝无仅有的。即莲花峰、石镜、虎跑泉、聪明水、白鹿洞、铁虹桥、康王庙，为七咏。这七篇咏唱，让我越发产生回归的兴致。况且树木繁茂的时候带上几个好友一起上山，和两三个道士，一定会登上高高的山峰，观看九江的江水。在那个时候潇洒超脱地离开，对回望京城一点儿想法也没有；自己默默地游览，不希望在东门有人相送。天地作为一个朝堂，其中的所有生物都任凭打造。两侧的树林伸出的枝条互相掩映，松树下的小路幽静深远，那又何苦再踏足天上，心驰太古呢！偶然写了一首《思归绝句》诗，寄给友人，希望好友你能先知道其中的深远意趣。"这首诗是："王事纷纷无暇日，浮生冉冉只如云。已为平子归休计，五老岩前必共闻。"灵彻回了一首诗说："年老身闲无外事，麻衣草座亦容身。相逢尽道休官去，林下何曾见一人。"（出《云溪友议》）

苏　芸

岭南有很多伪官，但是百姓们都把他们看成了朝廷来的官员，来往的百姓中贫困的人特别多。元和年间，进士苏芸在岭南长期游历，曾经有诗说："郭里多榕树，街中足使君。"

李　寰

唐代镇守晋州的李寰，他的表兄生性荒诞虚妄。又自称爱好道寰生日，无饷遗，乃箱擎一故皂袄与寰，云："此是李令公收复京师时所服，愿尚书功业，一似西平。"寰谢之。后闻知恭生日，箱擎一破弊幞头饷恭曰："知兄深慕高真，求得一洪崖先生初得仙时幞头，愿兄得道如洪崖。"宾僚无不大笑。（出《因话录》）

王　璠

唐王璠，自河南尹拜右丞。除书才到，少尹侯继有宴，以书邀之。王判书后云："新命虽闻，旧衔尚在。遽为招命，堪入笑林。"中京以为语柄。故事：少尹与大尹，游宴礼隔，虽除官，亦须候止敕也。（出《因话录》）

韦　蟾

韦蟾左丞至长乐驿，见李玚给事题名，走笔书其侧曰："渭水秦山照眼明，希仁何事寡诗情。只因学得虞姬婿，书字才能记姓名。"（出《摭言》）

封抱一

唐封抱一任栎阳尉，有客过之。既短，又患眼及鼻塞。抱一用《千字文》语作嘲之。诗曰："面作天地玄，鼻有雁门紫，既无左达承，何劳罔谈彼。"（出《启颜录》）

教，储存了特别多的古代珍品，遇到李寰生日，没有礼物送给他，于是用箱子装了一个破棉袄端给李寰，说："这是李令公收复京师的时候所穿的，愿你的功业，像西平郡王李晟一样。"李寰感谢了他。后来听闻了武恭的生日，用箱子装了一个破旧的幞头端着送给武恭说："知道你非常仰慕得道成仙的人，于是搜寻来一个洪崖先生刚刚得道成仙时的幞头，愿你像洪崖先生一样得道成仙。"当时在场的宾客和幕僚没有不大笑的。（出《因话录》）

王　播

唐代时候的王播，从河南尹官拜（升迁至）尚书右丞。拜官授职的文书刚刚到达，少尹侯继摆了宴席，写了一封信邀请他。王播后来说道："新的任命虽然已经听说了，但旧的官衔依然还在。这么快就加以征召，这件事可以记入笑林了。"当时京城的人都把它作为笑柄。按照以前的旧例：少尹和大尹，游玩和宴席都是要用礼制相隔开的，虽然已经有了新的任命，也需要等到敕令下来才能在同一席位的。（出《因话录》）

韦　蟾

尚书省左丞韦蟾到长乐驿，看见给事中李玚的题名，就挥笔在右侧题了一首诗说："渭水秦山照眼明，希仁何事寡诗情。只因学得虞姬婿，书字才能记姓名。"（出《摭言》）

封抱一

唐朝的封抱一官拜栎阳尉，有一个客人从他面前经过。个子既矮，又患了眼病和鼻塞病。封抱一用《千字文》里的语句作了一首诗嘲讽他，诗是："面作天地玄，鼻有雁门紫，既无左达承，何劳罔谈彼。"（出《启颜录》）

崔 涯

唐崔涯，吴楚狂士也，与张祜齐名。每题诗于倡肆，无不诵之于衢路。誉之则车马继来，毁之则杯盘失措。尝嘲一妓曰："虽得苏方木，犹贪玳瑁皮。怀胎十个月，生下昆仑儿。"又"布袍披袄火烧毡，纸补箜篌麻接弦。更着一双皮屐子，纥梯纥榻出门前"。又嘲李端端："黄昏不语不知行，鼻似烟窗耳似铛。独把象牙梳插鬓，昆仑山上月初生。"端端得诗，忧心如病。使院饮回。遥见二子，蹑屐而行，乃道傍再拜，兢惕曰："端端祗候三郎六郎，伏望哀之。"乃重赠一绝句以饰之云："觅得黄骝鞁绣鞍，善和坊里取端端。扬州近日浑成差，一朵能行白牡丹。"于是豪富之士，复臻其门。或戏之曰："李家娘子，才出墨池，便登雪岭，何为一日黑白不均？"红楼以为倡乐，无不畏其嘲谑也。祜、涯久在维扬，天下晏清，篇词纵逸，贵达钦惮，呼吸风生。（出《云溪友议》）

李宣古

唐澧州宴，酒纠崔云娘形貌瘦瘠，每戏调，举罚众宾，兼恃歌声，自以为郢人之妙。李宣古当筵一咏，遂至箝口。诗曰："何事最堪悲，云娘只首奇。瘦拳抛令急，长嘴出歌迟。只见肩侵鬓，唯忧骨透皮。不须当户立，头上有钟馗。"（出《云溪友议》）

崔 涯

唐代的崔涯，是吴楚之地的狂放之士。和张祜享有同样的声名。每次在妓院的墙壁上写诗，没有不在街道上被传诵的。(他)赞誉哪位佳丽，哪位就会门前有车马相继来去，如果毁谤哪位，哪位就会举止失常，不知道该怎么办。曾经作诗嘲笑一个妓女说："虽得苏方木，犹贪玳瑁皮。怀胎十个月，生下昆仑儿。"还有"布袍披袄火烧毡，纸补箜篌麻接弦。更着一双皮屐子，纥梯纥榻出门前"。有一首嘲笑李端端的："黄昏不语不知行，鼻似烟窗耳似铛。独把象牙梳插鬓，昆仑山上月初生。"李端端得到这样的诗评，心中烦恼得就像生病了一样。有一次，她到外面喝酒回来，远远的看见两个男子，蹑手蹑脚地向前走，在道路旁边一再地行拜礼，小心谨慎地说道："我在这里恭候二位，希望你们怜悯怜悯我。"于是崔涯重新写了一首夸她的诗赠给她："觅得黄骝鞁绣鞍，善和坊里取端端。扬州近日浑成差，一朵能行白牡丹。"于是那些富贵人家，再次踏进她的门。有人开玩笑说："李家娘子，才刚刚从墨池走出来，就登上了雪峰，为什么一天之内黑白不均匀呢？"因此经营妓院的，没有不怕崔涯嘲讽的题诗。张祜、崔涯在扬州住了很久，当时国家太平，他的诗篇言辞放纵飘逸，连权贵也很钦佩并害怕他，他呼吸之间都可能带来一场风暴。(出《云溪友议》)

李宣古

唐代的醴州经常有人设宴摆酒，崔云娘长得非常瘦，每次和她嬉戏调笑，(她)都会惩罚各位宾客，加上她又依仗唱歌唱得特别好，自己认为是最擅长唱歌的了。李宣古当场唱了一首歌，于是她闭口不唱了。李宣古写了一首诗，诗是："何事最堪悲，云娘只首奇。瘦拳抛令急，长嘴出歌迟。只见肩侵鬓，唯忧骨透皮。不须当户立，头上有钟馗。"(出《云溪友议》)

杜 牧

唐杜牧罢宣州幕，经陕，有酒纠，肥硕而词喾，牧赠诗云："盘古当时有远孙，尚令今日逞家门。一车白土将泥项，十幅红旗补破裩。尾官寺里逢行迹，华岳山前见掌痕。不须啼哭愁难嫁，待与将书问岳神。"（出《云溪友议》）

陆岩梦

唐陆岩梦，桂州筵上赠胡子女诗云："自道风流不可攀，那堪蹙额更颓颜。眼睛深却湘江水，鼻孔高于华岳山。舞态固难居掌上，歌声应不绕梁间。孟阳死后欲千载，犹有佳人觅往还。"（出《云溪友议》）

李 远

唐进士曹唐，《游仙诗》才情缥缈，岳阳守李远每吟其诗而思其人。一日曹往谒之，李倒屣而迎。曹仪质充伟，李戏之曰："昔者未见标仪，将谓可乘鸾鹤。此际拜见，安知壮水牛亦恐不胜其载！"时人闻而笑之。世谓浑诗远赋，不如不作。非言其无才藻，鄙其无教化也。（出《北梦琐言》）

李德裕

唐卫公李德裕，武宗朝为相，势倾朝野。及罪谴，为人作诗曰："蒿棘深春卫国门，九年于此盗乾坤。两行密疏倾天下，一夜阴谋达至尊。目视具僚亡匕箸，气吞同列削寒温。当时谁是承恩者，背有余波达鬼村。"又云："势欲凌云威触天，朝轻诸夏力排山。三年骥尾有人附，一日龙髯无路攀。画阁不开梁燕去，朱

杜 牧

唐代的杜牧从宣州幕僚的任上辞官，经过陕西，有一个酒娘，长得特别胖，还惧怕说话，杜牧赠给她一首诗，诗是：“盘古当时有远孙，尚令今日逞家门。一车白土将泥项，十幅红旗补破裩。尾官寺里逢行迹，华岳山前见掌痕。不须啼哭愁难嫁，待与将书问岳神。”（出《云溪友议》）

陆岩梦

唐朝的陆岩梦，在桂州的宴席上赠了一位胡人女儿一首诗，诗是：“自道风流不可攀，那堪蹙额更颓颜。眼睛深却湘江水，鼻孔高于华岳山。舞态固难居掌上，歌声应不绕梁间，孟阳死后欲千载，犹有佳人觅往还。”（出《云溪友议》）

李 远

唐代的进士曹唐写的《游仙诗》才华和情调高远缥缈（富有美感），岳阳的太守李远每次吟诵他的诗歌都会想慕这个人。有一天，曹唐前来拜谒他，李远倒穿着鞋去迎接他。曹唐长得高大奇伟，李远开玩笑说：“以前没看见你的仪态，认为是可以乘凤凰或仙鹤而来的人物。现在看见你来拜见我，不知道一头健壮的水牛能不能驮得动你！”当时的人听到之后都笑了。世人说：“如果写成是许浑的诗，李远的赋，那么就不如不写。并不是说他写的文章没有才情，而是鄙视他们的作品没有教养。”（出《北梦琐言》）

李德裕

唐朝的卫国公李德裕，在唐武宗执政的时候官拜宰相，权势倾轧朝堂。等他因为罪行被贬官的时候，被人写诗道：“蒿棘深春卫国门，九年于此盗乾坤。两行密疏倾天下，一夜阴谋达至尊。目视具僚亡匕箸，气吞同列削寒温。当时谁是承恩者，背有余波达鬼村。”又说：“势欲凌云威触天，朝轻诸夏力排山。三年骥尾有人附，一日龙

门罢扫乳鸦还。千岩万壑应惆帐，流水斜倾出武关。”（出《卢氏杂说》）

薛昭纬

唐薛保逊，大中朝，尤肆轻佻，因之侵侮诸叔，故自起居舍人贬澧州司马。子昭纬，颇有父风，尝任祠部员外。时李系任礼部员外，王荛任主客员外。正旦立仗班退，昭纬朗吟曰：“左金乌而右玉兔，天子旌旗。”荛遽请其下句，应声答曰：“上李系而下王荛，小人行缀。”闻者靡不大哂。天复中，自台丞累贬登州司马。中书舍人颜荛当制，略曰：“凌轹诸父，代嗣其凶。”（出《摭言》）

崔慎由

唐自大中洎咸通，白敏中入相，次毕诚、曹确、罗劭权使相，继升岩廊，宰相崔慎由曰：“可以归矣，近日中书，尽是蕃人。”盖以毕、白、曹、罗为蕃姓也。始蒋伸登庸，西川李景让览报状，叹曰：“不能事斯人也。”遽托疾离镇，有诗云：“成都十万户，抛若一鸿毛。”亦同慎由之诮也。大夫赵崇卒，侍郎吴雄叹曰：“本以毕白待之，何乃乖于所望！”惜其不大拜，而亦讥当时也。（出《北梦琐言》）

郑薰

唐颜摽，咸通中，郑薰下状元及第。先是徐寇作乱，薰志在激劝勋烈，谓摽鲁公之后，故擢之首科。既而问及庙院。摽曰：“摽寒素，京国无庙院。”薰始大悟，塞默久之。时有无名子嘲曰：

髯无路攀。画阁不开梁燕去，朱门罢扫乳鸦还。千岩万壑应惆怅，流水斜倾出武关。”（出《卢氏杂说》）

薛昭纬

唐代的薛保逊，在大中年间，特别放肆，举止不稳重，因为这个侵犯侮辱各位长辈，所以从起居舍人贬成了澧州司马。他的儿子薛昭纬，也很有他父亲的作风，曾经任职祠部员外，当时李系是礼部员外，王荛是主客员外。正月初一按仪仗之礼散班退朝的时候，薛昭纬大声吟诵说：“左金乌而右玉兔，天子旌旗。”王荛马上就请他说出下句，他立马接着说道：“上李系而下王荛，小人行缀。”听到的人没有不大笑的。天复年间，从台丞多次贬官为邓州司马。中书舍人颜荛为皇上起草诏令，概括来说，是：“欺侮虐待各位长辈，一代胜过一代。”（出《摭言》）

崔慎由

唐代从大中到咸通年间，白敏中作为丞相，后面依次是毕諴、曹确、罗劭也被授予使相，相继迁官机内岩廊。宰相崔慎由说：“我可以辞官归隐了，现在的中书省，都是蕃邦的人了。”原因是毕、白、曹、罗是蕃姓。开始蒋伸被选拔任用的时候，西川的李景让看完通报的任命状，叹息着说：“我不能在这个人手底下做事。”于是急忙借病离开西川镇，有诗这样描述：“成都十万户，抛若一鸿毛。”这诗句和慎由的讥诮是一样的。大夫赵崇去世后，侍郎吴雄叹息着说：“本来想用对待毕、白的方法对待他的，何故和他的名声不一致。”不要惋惜他没有拜相，这也是他在讥讽当时的状况。（出《北梦琐言》）

郑 薰

唐代的颜摽，是咸通年间人，是郑薰宣告他考中状元的。先前徐州的藩镇反叛，郑薰的意愿在于大力劝导人们建功立业，将颜摽作为鲁公的后人，所以才提拔他做状元的。后来问他宗祠在哪里。

“主司头脑大冬烘，错认颜摽作鲁公。”（出《摭言》）

唐五经

唐咸通中，荆州书生号“唐五经”，学识精博，实曰鸿儒，旨趣甚高，人所师仰。聚徒五百，以束修自给。优游卒岁，有西河、济南之风，幕僚多与之游。常谓人曰：“不肖子弟有三变，第一变为蝗虫，谓鬻庄而食也；第二变为蠹鱼，谓鬻书而食也；第三变为大虫，谓卖奴婢而食也。”三食之辈，何代无之？（出《北梦琐言》）

青龙寺客

唐乾符末，有客寓止广陵开元寺。因文会话云：顷在京寄青龙寺日，有客尝访知事僧，属其匆遽，不暇留连。翌日至，又遇要地朝客。后时复来，亦阻他事，颇有怒色，题其门而去曰：“龛龙去东海，时日隐西斜。敬文今不在，碎石入流沙。”僧皆不能详。有沙弥颇解，众问其由，曰：“龛龙去，有合字存焉；时（時）日隐，有寺字焉；敬文不在，有苟字焉；碎石入沙，有卒字焉。此不逊之言，辱我曹矣。”僧大悟追访，杳无迹矣。客究沙弥，乃懿皇朝云皓供奉也。（出《桂苑丛谭》）

颜摽说："我自幼贫寒，在京都没有宗祠。"郑薰这时候才明白过来，沉默了很久。当时有无名氏作诗嘲笑说："主司头脑大冬烘，错认颜摽作鲁公。"（出《摭言》）

唐五经

唐代咸通年间，荆州有一位书生，人称"唐五经"，他学识渊博，确实可以称作是鸿儒，他的文章要旨很是高雅，被人们师法敬仰。他的门下聚集了五百弟子，凭借学费自给自足。一年之中生活十分闲适，有子夏和闵子骞的风范，幕僚中大多数和他有交往。经常对人说："不肖的弟子有三个变化，第一个变化是蝗虫，说的是卖庄稼来供吃喝。第二个变成蠹鱼，说的是卖书来供吃喝。第三个是变老虎，说的是卖奴婢来供吃喝。"这三类吃喝的人，哪一代没有呢？（出《北梦琐言》）

青龙寺客

唐代乾符末年，有客人借住在广陵的开元寺。趁着举行切磋学问的聚会说了这样一段话："刚刚在京城寄住在青龙寺的时候，有客人曾经拜访寺院中掌管事务的僧人，说他忽然有急事，没有时间在这里逗留。第二天到了，又遇上了身处显要地位的朝中官员。后来又来，也因为其他事情被耽误了，脸上很有怒气，在门上题诗一首就离开了，这首诗是：'龛龙去东海，时日隐西斜。敬文今不在，碎石入流沙。'僧人们都不能理解。有一个小沙弥比较能理解，大家问他这其中的缘由，小沙弥说：'龛去掉龙，还剩下合字；时隐去日字，还有寺字；敬旁边的文字不在了，还有苟字；碎字石变成沙，还有卒字。这种没有礼貌的话，是在辱骂我们。'僧人明白后要去追寻那位客人，已经了无踪迹了。客人追问小沙弥，原来是朝廷中的供奉云皓。"（出《桂苑丛谭》）

罗 隐

唐裴筠婚箫遘女，问名未几，便擢进士第。罗隐以一绝刺之，略曰：“细看月轮还有意，信知青桂近姮娥。”（出《摭言》）

罗隐

唐代时的裴筠和萧遘的女儿订婚，在问过名字后不久，科举就中了进士。罗隐写了一首绝句讽刺，大概是："细看月轮（暗指婚姻）还有意，信知青桂近姮娥（暗指靠裙带关系）。"（出《摭言》）

卷第二百五十七　嘲诮五

崔　澹

唐崔澹，试以《至仁伐至不仁赋》。时黄巢方炽，因为无名子嘲曰："主司何事厌吾皇，解把黄巢比武王。"（出《摭言》）

皮日休

唐皮日休尝谒归仁绍，数往而不得见。皮既心有所慊，而动形于言，因作咏龟诗："硬骨残形知几秋，尸骸终不是风流。顽皮死后鑽须遍，都为平生不出头。"时仁绍亦有诸子佾、係，与日休同在场中，随即闻之。因伺其复至，乃于刺字皮姓之下，题诗授之曰："八片尖裁浪作球，火中爆了水中揉。一包闲气如长在，惹踢招拳卒未休。"时人以为日休虽轻俳，而仁绍亦浮薄矣。（出《皮日休文集》）

薛　能

唐赵璘仪质琐陋，成名后为婿，薛能为傧相。乃为诗嘲谑，其略曰："巡关每傍樗蒲局，望月还登乞巧楼。第一莫教娇太过，缘人衣带上人头。"又曰："不知元在鞍轿里，将为空驮席帽归。"又曰："火炉床上平身立，便与夫人作镜台。"（出《抒情诗》）

崔 澹

唐代崔澹被考试的题目是《至仁伐至不仁赋》。当时是黄巢起义的兴盛时期，因此被无名氏作诗嘲讽说："主司何事厌吾皇，解把黄巢比武王。（主考官为什么这样厌恶我朝皇上，在试题中把黄巢比作了周武王。）"（出《摭言》）

皮日休

唐代的皮日休曾经去拜访归仁绍，多次前往但都没有见到他。皮日休心中已经很不满了，就表现在言语上了，因此写了一首咏唱乌龟的诗："硬骨残形知几秋，尸骸终不是风流。顽皮死后鑚须遍，都为平生不出头。"当时归仁绍的儿子归佾、归系，和皮日休同在一个地方，立马就听闻了这件事。于是等皮日休再来的时候，就在他来拜访所递的名帖中他的姓"皮"的下面，题了一首诗给他说："八片尖裁浪作球，火中爆了水中揉。一包闲气如长在，惹踢招拳卒未休。"当时的人认为皮日休纵使轻佻诙谐，但归仁绍也过于轻薄了。（出《皮日休文集》）

薛 能

唐代的赵璘相貌猥琐丑陋，成名之后才做了别人的女婿，薛能是行婚礼的时候赞礼的人，于是写诗嘲笑他，诗大概是："巡关每傍樗蒲局，望月还登乞巧楼。第一莫教娇太过，缘人衣带上人头。"又说："不知元在鞍轿里，将为空驮席帽归。"又写道："火炉床上平身立，便与夫人作镜台。"（出《抒情诗》）

周颉

唐处士周颉洪儒奥学，偶不中第，旅浙西。与从事欢饮，而昧于令章，筵中皆戏之。有宾从赠诗曰："龙津掉尾十年劳，声价当时斗月高。唯有红妆回舞手，似持双刃向猿猱。"周答曰："十载文场敢惮劳，宋都回鹢为风高。今朝甘被花枝笑，任道樽前爱缚猱。"（出《抒情诗》）

任毂

唐任毂有经学，居怀谷，望征命而蒲轮不至，自入京中访问知己。有朝士戏赠诗曰："云林应讶鹤书迟，自入京来探事宜。从此见山须合眼，被山相赚已多时。"后至补衮。（出《幽闲鼓吹》）

王徽

唐广明岁，薛能失律于许昌，都将周岌代之。明年，宰相王徽过许，谓岌曰："昔闻贵藩有部将周撞子，得非司空耶？何致此号？"岌愧赧良久，答曰："岌出身走卒，实蕴壮心，每有征行，不避锋刃，左冲右捽，屡立微功，所以军中有此名号。"王笑，复谓岌曰："当时扑落涡河里，可是撞不著耶！"岌顷总许卒，征徐方，为贼所败，溺于涡水，或拯之仅免。故有是言。（出《三水小牍》）

山东人

山东人来京，主人每为煮菜，皆不为美。常忆榆叶，自煮之。

周颉

唐朝有个处士周颉，知识渊博，学问高深，多次去参加科举考试却没有考中，到浙西游览。和从事们喝酒喝得很欢畅，但却隐藏自己的学识，当时酒宴中的人都拿他开玩笑，有宾客赠给他一首诗说：“龙津掉尾十年劳，声价当时斗月高。唯有红妆回舞手，似持双刃向猿猱。”周颉回答说：“十载文场敢惮劳，宋都回鹢为风高。今朝甘被花枝笑，任道樽前爱缚猱。”（出《抒情诗》）

任毂

唐代的任毂精通儒家学问，住在怀谷，希望皇帝能够征召他但是却没有人乘坐车子赶来告诉他，于是他自己进入京城去拜访他的知己。有在朝的官员作诗戏弄他说：“云林应讶鹤书迟，自入京来探事宜。从此见山须合眼，被山相赚已多时。”后来官任补阙。（出《幽闲鼓吹》）

王徽

唐代光明年间，薛能在许昌作战失利，都将周岌取代了他。第二年，宰相王徽经过许昌，对周岌说：“以前听闻你们镇有个部将叫周撞子的，应该不是凭空得到的吧？因为什么而得到这样的称号呢？”周岌因为羞愧而脸红了好久，回答说：“我是从奴仆起家的，但心中确实蕴含着壮志，每次有征战，都不躲避锋利的刀刃，向左右冲撞，多次立下小小的功劳，所以在军队中有这样的称号。”王徽笑了，又对周岌说：“如果当时撞进涡河中，那不就成了撞不着了嘛！”周岌前不久统帅许昌的军队，去讨伐徐州的叛军，被叛军打败，落入涡河中，有人救了他才幸免于难。所以王徽有这么一说。（出《三水小牍》）

山东人

有一个山东人来到京城，主人每次给他做饭总是觉得味道不主人即戏云："闻山东人煮车毂汁下食，为有榆气。"答曰："闻京师人煮驴轴下食，虚实？"主人问云："此有何意？"云："为有苜蓿气。"主人大惭。（出《启颜录》）

张登

唐南阳张登制举登科。形貌枯瘦，气高傲物。裴枢与为师友。枢为司勋员外，举公群至投文，枢才诋诃瑕谪。登自知江陵盐铁院会计到城，直入司勋厅，冷笑曰："裴三十六，大有可笑事。"枢因问登可笑之由，登曰："笑公驴牙郎，搏马价。此成笑耳。"（出《乾𦠆子》）

朱泽

唐王轩少为诗，颇有才思。游西小江，泊舟苎萝川，题西施石曰："岭上千峰秀，江边细草春。今逢浣沙石，不见浣沙人。"俄见一女子，振璚珰，扶石笋，低回而谢曰："妾自吴宫还越国，素衣千载无人识。当时心比金石坚，今日与君坚不得。"既欢会，复有恨别之辞。后萧山郭凝素，闻王轩之遇，每过浣沙溪，日夕长吟，屡题歌诗于石，寂尔无人，乃郁怏而返。进士朱泽嘲之，闻之莫不嗤笑。凝素内耻，无复斯游。诗云："三春桃李本无言，苦被残阳鸟雀喧。借问东邻效西子，何如郭素拟王轩。"（出《云溪友议》）

徐彦若

唐乾宁中，荆南成汭曾为僧，盗据渚宫，寻即贡命。末年，每好。经常想念榆叶饭，自己就亲自下厨做。主人家就开他玩笑说："听说山东人用煮车轮的水下饭，为的是要有榆气。"回答说："听说京城里的人喜欢煮驴屁股后面的横木下饭，确实是这样吗？"主人家问："这有什么含义吗？"回答说："为的是有苜蓿气。"主人家大为羞愧。（出《启颜录》）

张登

唐代南阳的张登考中制科，他长得非常瘦，心高气傲，裴枢和他的关系亦师亦友。裴枢是司勋员外，集体推举送到他这里的公文，裴枢才刚责骂有缺点的人。张登从江陵盐铁院会计的任上到京城，径直进入司勋厅，冷笑着说："裴三十六，你犯了让人大笑的事了。"裴枢于是问笑的理由，张登说："笑你是买卖驴的牙人，却给驴搏了一个马的价钱。这件事成了一个笑料。"（出《乾䐹子》）

朱泽

唐朝的王轩少年时期就能写诗，非常有文思。游览西小江的时候，在苎萝川停船，在西施石上题了一首诗："岭上千峰秀，江边细草春。今逢浣沙石，不见浣沙人。"过了一会儿看见一个女子，晃动着佩玉，扶着石笋，低声地回谢了一首诗："妾自吴宫还越国，素衣千载无人识。当时心比金石坚，今日与君坚不得。"欢快地相聚之后，还说了一些惜别的话语。后来萧山的郭凝素，听说了王轩的际遇，每次过浣沙溪的时候，都日夜吟诵，多次在石头上题写诗歌，但是却从来都看不见人，于是他只能怏怏不乐地回到家里。进士朱泽嘲笑他，听说的人也没有不嘲笑他的。郭凝素心中感到羞愧，就不再去游玩了。有一首诗因此写道："三春桃李本无言，苦被残阳鸟雀喧。借问东邻效西子，何如郭素拟王轩。"（出《云溪友议》）

徐彦若

唐代乾宁年间，荆南节度使成汭曾经是僧人，攻占了江陵，不久事聘辩。初以澧、朗在巡属，为土豪雷满所据，奏请割隶。宰相徐彦若在中书，不为处置，由是衔之。及彦若出镇番禺，路由渚宫，汭虽加接延，而常怏怏。馔后，更席而坐，诡辩锋起。徐曰："令公位尊方面，自比桓、文。雷满，偏州一火草贼尔，令公不能加兵，而怨朝廷乎？"成赧焉而屈。徐文雅高赡，听之亹亹，成虽甚敬惮，犹以岭外黄茅瘴，患者发落，而戏曰："黄茅瘴，望相公保重。"徐曰："南海黄茅瘴，不死成和尚。"盖讥成公曾为僧也，终席惭耻之。（出《北梦琐言》）

冯涓

冯涓，旧唐名士，雄才奥学。登进士第，履历已高。唐帝幸梁、洋，涓扈跸焉。至汉中，诏除眉州刺史。赴任，至蜀阻兵，王氏强縻于幕中。性耿概不屈，恃才傲物，甚不洽于伪蜀主。知王氏有异图，辄不相许。或赠缯帛，必锁柜中，题云"贼物"，蜀主虽知，怜其文艺，每强容之。时或不可，数揖出院。欲挞杀之，略无惧色。后朱梁遣使致书于蜀，命诸从事韦庄辈，具草呈之，皆不惬意。左右曰："何妨命前察判为之？"蜀主又有惭色。梁使将复命，不获已，遂请复职。便亟修回复，涓一笔而成，大称旨。于是却复前欢。因召诸厅同宴，饮次，涓敛衽曰："偶记一话，欲对大王说，可乎？"主许之。曰："涓少年，多游谒诸侯，每行，即必广赍书策，驴亦驮之，马亦驮之。初戒途，驴咆哮跳踯，与马争路而先，莫之能制。行半日后，抵一坡，力疲足惫，遍体汗流，回顾马曰：'马兄马兄，吾去不得也，可为弟搭取书？马兄诺之，遂并在马上。马就听命于朝廷。乾宁末年，每次有事都会纵横辩论。最初凭借醴州、朗州是自己的蜀地，却被恶霸雷满占据作为理由，上奏请求划分归属。宰相徐彦若在中书省当政，没有给他处理这件事，因此产生了嫌隙。等到徐彦若外出镇守番禺的时候，经过江陵，成汭虽然也去迎接，但脸上却常常表现出怏怏不乐的样子。吃完饭后，更换席位坐下，又起了争辩。徐彦若说："你所处的位置的尊贵，自称可以比得上桓公和文公。雷满，是偏僻州郡的槽口罢了，你难道不能派兵剿灭，还怨恨朝廷吗？"成汭感到非常羞愧和委屈。徐彦若的文辞典雅富丽，听了很有吸引力，让人不知疲倦，成汭虽然十分推崇和忌惮（徐彦若），但还是用岭外黄茅瘴导致患者的头发掉落的病来戏耍他，说："岭南有黄茅瘴，希望您多多多保重。"徐彦若回了一句诗，是："南海黄茅瘴，不死成和尚。"大概是讥讽成汭曾经当过和尚，直到宴会结束成汭都感觉非常羞愧。（出《北梦琐言》）

冯涓

冯涓，是前唐有名的人士，才能出众，学问高深。考中进士，官职非常高。唐朝的皇帝临幸梁州、洋州，冯涓随侍皇帝出行。到汉中的时候，诏令他任职眉州刺史。他去赴任，到蜀地遇到军队阻挠，王氏强行把他留在幕僚中。冯涓天性耿直不屈从，仗着自己的才能骄傲自大，和伪蜀主相处得很不好。知道王氏另有图谋，到最后什么也没有答应。有时候赠给他丝绢布帛，一定把它们锁在柜子里，给柜子上题上字"贼物"。蜀主虽然知道，但是因为爱惜他的文采，每次都是强行容忍他。有时候不行，好几次以礼将他请出。想把他抓起来杀了，但他一点害怕的神色也没有。后来后梁派遣使者写书信给蜀主，命令各位从事韦庄一类，具体草拟书信呈送给他，都觉得不满意。旁边的人说："不妨让前察判试试。"蜀主的脸上又出现了愧疚的神色。后梁使者要回去复命，不得已，便请求恢复冯涓职能。当时亟待回复，冯涓挥笔就写成了，特别称蜀主的心。于是回到从前的欢愉。接着召请各厅一同参加宴席，喝完之后，冯涓整理衣襟说："我偶然想起一些话，想要对大王说，可以吗？"蜀主答应了。冯涓说："我年却回顾谓驴曰：‘驴弟，我为你有多少伎俩，毕竟还搭在老兄身上？’”蜀主大笑。同幕皆遭凌虐。及伪蜀开国，终不肯居宰辅。（出《王氏见闻录》）

张濬伶人

唐宰相张濬，常与朝士于万寿寺阅牡丹而饮。俄有雨降，抵暮不息，群公饮酣未阑。左右伶人皆御前供奉第一部者，恃宠肆狂，无所畏惮。其间一辈曰张隐，忽跃出，扬声引词曰：“位乖燮理致伤残，四面墙匡不忍看。正是花时堪下泪，相公何必更追欢。”告讫遂去。阖席愕然，相眄失色，一时俱散。张但惭恨而已。（出《南楚新闻》）

封舜卿

朱梁封舜卿文词特异，才地兼优，恃其聪俊，率多轻薄。梁祖使聘于蜀，时岐、梁眦睚，关路不通，遂溯汉江而上，路出全州，土人全宗朝为帅。封至州，宗朝致筵于公署。封素轻其山州，多有傲睨，全之人莫敢不奉之。及执斝索令，曰：“《麦秀两岐》。”伶人愕然相顾：“未尝闻之，且以他曲相同者代之。”封摆头曰：“不可。”又曰：“《麦秀两岐》。”复无以措手。主人耻而复恶，杖其乐将。停盏移时，逡巡，盏在手，又曰：“《麦秀两岐》。”既不获之，呼伶人前曰：“汝虽是山民，亦合闻大朝音律乎！”全少的时候，多次拜谒诸侯，每次出行，都一定会把书册送给很多人。用驴驮着，用马驮着。刚刚上路的时候，驴边叫边跳，和马抢着道路向前跑，没法制止它。走了半天以后，到达一个坡下，驴已经筋疲力竭，非常疲惫，流了一身的汗水，回头对马说：'马兄马兄，这我走不过去了，你能帮我驮这些书吗？'马儿答应了，于是全都合并放在马的身上了。马儿此时回头对驴说：'驴弟，我以为你有多少伎俩，到最后还是搭在我的身上。'"蜀主听了之后大笑。他的同僚都被戏谑了一番。等到伪蜀建国，他最终也没答应做宰相。（出《王氏见闻录》）

张濬伶人

唐朝有一个叫张濬的宰相，经常和朝中大臣们一起在万寿寺观赏牡丹的时候喝酒。不久下雨了，到天黑了也没停止，各位大臣们喝得非常畅快但还没有结束。身边的乐官都是皇帝面前第一队的供奉，依仗着皇帝的宠爱恣肆狂妄，没有什么害怕的。这中间有一位叫张隐的人，忽然跳出来，高声吟咏一首词说："位乖燮理致伤残，四面墙匡不忍看。正是花时堪下泪，相公何必更追欢。"唱完就告辞离去了。整个宴席上的人都惊讶，相互斜着眼看，脸上失去了原有的神色，一会儿就全部离开了。张濬就只能惭愧悔恨了。（出《南楚新闻》）

封舜卿

后梁的封舜卿文章用词非常独特，他的才情和位置都很高，依仗着他的聪明俊秀，生性比较轻佻浮薄。后梁的梁太祖派他出使蜀地，当时的岐国和后梁之间有怨仇，关中的路走不通，于是从汉江逆流而上，路过全州，当地人全宗朝作为将领，封舜卿来到全州，全宗朝在办公的处所摆设筵席招待他。封舜卿向来轻视地处偏僻的州郡，神情之中多有傲慢，全州的人没有敢不对他曲意奉承的。等到拿着酒器挑选曲目，说："《麦秀两岐》。"乐工们非常惊愕地相互看着："从没有听说过，请求用其他相类似的曲调代替。"封舜卿摇人大以为耻。次至汉中，伶人已知全州事，忧之。及饮会，又曰：“《麦秀两岐》。”亦如全之筵，三呼不能应。有乐将王新殿前曰：“略乞侍郎唱一遍。”封唱之未遍，已入乐工之指下矣。由是大喜，吹此曲，讫席不易之。其乐工白帅曰：“此是大梁新翻，西蜀亦未尝有之，请写谱一本。”急递入蜀，具言经过二州事。洎封至蜀，置设。弄参军后，长吹《麦秀两岐》于殿前，施芟麦之具，引数十辈贫儿，褴褛衣裳，携男抱女，挈筐笼而拾麦，仍合声唱，其词凄楚，及其贫苦之意，不喜人闻。封顾之，面如土色，卒无一词。惭恨而返，乃复命。历梁汉安康等道，不敢更言“两岐”字。蜀人嗤之。（出《王氏见闻》）

姚洎

唐裴廷裕字庸余，乾宁中，在内庭，文书敏捷，号为“下水船”。梁太祖受禅，姚洎为学士，尝从容。上问及廷裕行止，洎对曰：“顷岁左迁，今闻旅寄衡永。”上曰：“颇闻其人才思甚捷。”洎对曰：“向在翰林，号为‘下水船’。”太祖应声谓洎曰：“卿便是‘上水船’也。”洎微笑，深有惭色。议者以洎为“急滩头上水船”也。（出《摭言》）

摇头说："不行。"再一次说："《麦秀两岐》。"乐工们还是没办法应付。全宗朝因为羞耻而变得凶暴，杖打了乐工的领袖，停杯的一会儿，他们徘徊不前，杯子又到了他的手里，又说："《麦秀两岐》。"还是没有听到。召唤乐工上前说："你们虽然是山民，应该也听说过梁朝的音律吧！"全州人都把这个作为奇耻大辱。接着封舜卿到了汉中地区，乐工们已经知道全州发生的事了，对此十分担忧。等到宴饮集会的时候，又说："《麦秀两岐》。"也和全州的筵席上一样，说完三次后都不能应答。有一位乐工们的领袖王新殿上前说："请侍郎大概唱一遍。"封舜卿还没有唱完，乐工们就可以上手演奏了。封舜卿因此大为开心，吹奏这个曲子，等到宴席结束也没有更改。其中的乐工白帅说："这个是大梁新翻的曲子，西蜀以前没有过，请写一本曲谱出来。"写成之后，立马传送到蜀地，详细地叙述封舜卿经过全州和汉中的事情。等到封舜卿到蜀地的时候，摆设了宴席，演绎过参军以后，长时间在殿前吹奏《麦秀两岐》，布置割麦的工具，领着几十个贫苦的人，穿着十分破烂的衣服，拉着男孩，抱着女孩，提着筐子拾麦穗，还跟着曲调歌唱，它凄凉悲楚的唱词和其中蕴含的贫苦的含义，让人听了就觉得不开心。封舜卿看着这样的情形，脸上显出了像泥土一样的神色，最终一句话也没有，羞愧遗憾地回去复命了。历经梁州、汉中、安州、康州等地区，不敢再说"两岐"这两个字，蜀地的人都讥讽他。（出《王氏见闻》）

姚洎

唐代裴廷裕，字庸余，乾宁年间，在宫禁以内，他在文字上的反应十分迅速，被称为"下水船"。梁太祖在接受禅让成为皇帝时，姚洎作为学士，曾经怂恿过。梁太祖问到裴廷裕的行动踪迹时，姚洎回答说："最近被降职，现在听说寄居在衡永一带。"梁太祖说："听说这个人才思非常敏捷。"姚洎回答说："以前在翰林院，有个称号叫'下水船'。"梁太祖接着对他说："那么你就是'上水船'了。"姚洎微微一笑，脸上现出非常惭愧的神色。后来的人认为姚洎是"急滩头上水船"。（出《摭言》）

李台瑕

伪蜀韩昭仕王氏为礼部尚书，丽文殿大学士。粗有文章，至于琴棋书算射法，悉皆涉猎，以此承恩于后主。朝士李台瑕曰："韩八座之艺，如拆袜线，无一条长。"时人韪之。（出《北梦琐言》）

织锦人

唐卢氏子不中第，徒步及都城门东。其日风寒甚，且投逆旅。俄有一人续至，附火良久，忽吟诗曰："学织缭绫功未多，乱投机杼错抛梭。莫教宫锦行家见，把此文章笑杀他。"又云："如今不重文章事，莫把文章夸向人。"卢愕然，忆是白居易诗，因问姓名。曰："姓李，世织绫锦。离乱前，属东都官锦坊织宫锦巧儿，以薄艺投本行。皆云：'如今花样，与前不同。'不谓伎俩儿以文彩求售者，不重于世，且东归去。"（出《卢氏杂说》）

李主簿

唐方千姿态山野，且又兔缺，然性好凌侮人。有龙丘李主簿者，不知何许人也，偶于知闻处见千，而与之传杯。龙丘目有翳，千改令以讥之曰："千改令，诸人象令主。措大吃酒点盐，军将吃酒点酱，只见门外著篱，未见眼中安障。"龙丘答曰："措大吃酒点盐，下人吃酒点鲊，千嗜鲊。只见半臂著襕，未见口唇开跨。"一座大笑。（出《摭言》）

陈癞子

唐营丘有豪民姓陈，藏镪巨万，染大风疾，众目之为陈癞子。

李台瑕

伪蜀的韩昭在王氏的朝廷任礼部官员，又是丽文殿大学士。他能够写一些文章，至于琴、棋、书、算、射、法，都有一点探究，因为这个得到了伪蜀主的恩宠。朝中大臣李台瑕说："韩昭的技艺，就像是拆袜子的线，没有一条是长的。"当时的人都觉得他说得非常对。（出《北梦琐言》）

织锦人

唐朝有一个姓卢的人考试没考中，就走到了都城的东门。那天的风很寒冷，他只好去客栈投宿。一会儿有一个人接着就跟来了，烧了半天火，忽然吟了一首诗："学织缭绫功未多，乱投机杼错抛梭。莫教宫锦行家见，把此文章笑杀他。"又吟了一首："如今不重文章事，莫把文章夸向人。"姓卢的人很惊讶，回想起来是白居易的诗，因此问他的姓名。那个人说："我姓李，在战乱前是属于东都官锦坊织宫锦的工匠，凭借微薄的技艺来做这一行的。别人都说：'现在的花样和以前不一样了。'不讲究技能而是用花纹色彩向外兜售，技艺已经不被世人看重了，你还是回到东边去吧。"（出《卢氏杂说》）

李主簿

唐代的方干，相貌非常粗野，而且长了兔唇，但是天性喜欢欺凌侮辱别人。龙丘有一个李主簿，不知道是哪里人，偶然在一个相知的人家碰见了方干，因而和他玩传杯。龙丘有眼病，方干把酒令改了用来嘲讽他，说："我先改酒令，说人像什么的酒令。措大吃酒点盐，军将吃酒点酱，只见门外著篱，未见眼中安障。"龙丘回答说："措大吃酒点盐，下人吃酒点鲊，只见半臂著襴，未见口唇开跨。"在座的人听了以后都大笑。（出《摭言》）

陈癞子

唐朝的时候，营丘有一个有财有势的人姓陈，家财不计其数，自奉之道，则不薄矣，然切讳癞字。家人妻孥，或误言者，则必遭怒，或至笞棰。宾客或言所苦减退，则酒食延待，优丰甚至。言增添，则白眼相顾耳。有游客，心利所沾，而不能禁其口，遂谒之。初谓曰："足下之疾，近日尤减。"陈亦欣然，命酒馔延接，乃赍五缗。客将起，又问之曰："某疾果退否？"客曰："此亦添减病。"曰："何谓也？"客曰："添者面上添肉渤沤子，减者减却鼻孔。"长揖而去。数日不怿。又每年五月，值生辰，颇有破费。召僧道启斋筵，伶伦百戏毕备。斋罢，伶伦赠钱数万。时有颖者何岸，高不敏见，既去复入，谓曰："蒙君厚惠，感荷奚言，然某偶忆短李相公诗，落句一联，深叶主人盛德也。"陈曰："试诵之。"时陈君处于中堂，坐碧纱帏中，左右侍立，执轻箑白帚者数辈。伶伦曰："诗云：'三十年来陈癞子，如今始得碧纱幪。'"遭大诟而去。（出《玉堂闲话》）

患目鼻人

一人患眼侧睛及翳，一人患齆鼻，俱以《千字文》作诗相咏。齆鼻人先咏侧眼人云："眼能日月盈，为有陈根委。"患眼人续下句："不别似兰斯，都由雁门紫。"（出《启颜录》）

伛 人

有人患腰曲伛偻，常低头而行。傍人咏之曰："拄杖欲似乃，他感染了麻风，大家看到以后叫他陈癞子。自己的生活享用，是比较优渥的，但是非常忌讳“癞”字。家里的老少，如果有人一时口误说出来的，就一定会被大声呵斥，有的甚至还会被鞭打。宾客中如果有人说他所烦恼的地方在减退，他就会用好酒美食招待，优厚丰盛至极。如果说增加了，就会白眼相待。有一个门客，因为内心被利益浸淫，虽然不能够管住他自己的嘴巴，但还是前去拜访他。刚开始的时候对他说：“你的疾病，在近日有所减退。”陈氏很开心，命令用酒食接待他，并且送给他五缗钱。客人将要起身离开的时候，又问一下他：“我的病果然有所减退吗？”客人说：“这也叫添减病。”陈氏说：“这怎么说呢？”客人说：“添是指脸上添肉渤沤子，减是指减去鼻子。”说完拱手高举继而落下之后就离去了。陈氏听了之后好几天都不开心。又：每年的五月，逢遇生辰的时候，都比较破费。他会召请僧人摆设斋宴。歌舞百戏都要准备。等斋宴结束后，乐工、戏子们会收到数万钱的奖赏。当时有说笑话的何岸、高不敏求见，刚刚离去又回来，对陈氏说：“承蒙您优厚的恩惠，感激的情思很难用语言表达，但是我想起来李相公的诗，诗句的尾联，和主人你的盛德十分相合。”陈氏说：“你试着背诵一下。”当时陈氏的位置在中堂，坐在绿色的纱帐中，身边站着侍奉的，手里拿着轻篓白帚的人好几个。乐工说：“诗是‘三十年来陈癞子，如今始得碧纱幪。’”他遭受大骂后离开了。（出《玉堂闲话》）

患目鼻人

有个人得了一种眼病，他的眼睛向一侧看，一个人有鼻塞病，都用《千字文》互相嘲弄对方。鼻子堵塞的人先吟咏侧眼的人说：“眼能日月盈，为有陈根委。”患眼病的人接了下句：“不别似兰斯，都由雁门紫。”（出《启颜录》）

伛　人

有个人得了腰背弯曲的病，经常低头行走，旁边的人编成歌谣

播笏便似及。逆风荡雨行，面干顶额湿。著衣床上坐，肚缓脊皮急。城门尔许高，故自匍匐入。”（出《启颜录》）

田媪

唐京城中，有妇人姓田，年老，口无齿。与男娶同坊人张氏女。张因节日盛馔，召田母饮啖，及相送出，主人母云：“惭愧，无所啖嚼，遣亲家母空口来空口去。”如此者数矣，田终不悟。归语夫曰：“张家母唤我，大有饮食，临别即云：‘惭愧，亲家母空口来空口去。’不知何也？”夫曰：“此是弄君无齿。张家母面上有疮瘢，眼下皮急，极沾眂，若更有此语，可报云：‘只是眼下急。’”田私记之。居数日，张复召田，临起复云：“惭愧，空口来空口去。”田母乃熟视主人母眼，良久忘却“眼下急”。直云：“是眼皮沾眂。”合家大笑。（出《启颜录》）

唱道："拄杖欲似乃，播笏便似及。逆风荡雨行，面干顶额湿。著衣床上坐，肚缓脊皮急。城门尔许高，故自匍匐入。"（出《启颜录》）

田媪

唐朝的京城中，有个姓田的妇人，年纪老迈，没有牙齿。妇人给她的儿子娶了同街坊张氏的女儿。张氏因为节日做了一桌盛宴，请田老太来吃，等到送她出去的时候，主人的母亲说："真的很不好意思，没有准备什么好吃的，让亲家母您空口来，空口去。"像这样讲了很多遍，田老太始终没有明白过来。回来的时候和她丈夫说："张氏的母亲请我，准备的吃的喝的都很丰盛，送我走的时候却对我说：'很不好意思，亲家母空口来，空口去。'不知道他为什么这样讲？"她的丈夫说："这是戏弄你，说你没有牙。张氏的母亲脸上有疮，眼底下的皮很紧，非常容易沾上眼屎，如果她还是有这样的言语，你就可以说'只是眼下急'。"田老太暗暗地记住了。过了几天，张氏的母亲又一次请田老太，临走的时候又说："惭愧，让你空口来，空口去。"田老太于是仔细打量张氏母亲的眼睛，很久之后忘了"眼下急"，直接说："是眼睛沾屎了。"全家被逗得大笑。（出《启颜录》）

卷第二百五十八 嗤鄙一

魏人钻火

魏人夜暴疾，命门人钻火。是夕阴暝，督迫颇急。门人忿然曰：“君责人亦大无理。今暗如漆，何以不把火照我？当得觅钻火具，然后易得耳。”孔文举闻之曰：“责人当以其方也。”（出《笑林》）

齐俊士

《汉书·王莽赞》云：“紫色蛙声，余分闰位。”谓以伪乱真。颜之推常言：“吾近共人读书，与言及王莽形状，有一俊士自许知史学，名价甚高，乃云：‘王莽非直鸱目虎吻，亦紫色蛙声。’”（出《颜氏家训》）

元魏臣

元魏之世，在洛京时，有一才学重臣，新得《史记》音，而颇纰误。及见颛顼字为许绿，错作许缘。其人遂谓朝士言：“从来谬音专旭，当专翻耳。”此人先有高明，翕然行信。期年之后，更有硕儒，苦相究讨，方知误焉。（出《颜氏家训》）

魏人钻火

三国时魏国有个人晚上突然得了重病，因此让门人赶紧钻木取火来照明。这天晚上天色非常阴暗，他督办催促得也非常急，于是门人愤然说道："您这样责备人也太没有道理了。现在天黑得就像黑漆一样，为什么不拿火把来给我照明？这样便能够找到钻火的工具了，然后便可以容易取得火了。"孔文举听说这件事后说道："责备人应当讲究适当的方法。"（出《笑林》）

齐俊士

《汉书·王莽传》中写道："紫色蛙声，余分闰位。"说的是以伪乱真。颜之推常说："我近来与人一起读书，与他们谈论到了王莽的外貌。有一位才智杰出的人自称熟知史学，名声非常高，他说：'王莽不仅仅是长有鹰眼与虎嘴，也是紫脸且声音如蛙。'"（出《颜氏家训》）

元魏臣

北魏的时候，在京都洛阳有一个很有才学的重臣，称对《史记》中疑难字的发音有了新的发现，而实际上有很多是错误的。当他发现颛顼的顼字拼音为许绿时，错误地拼作了许缘。这人于是便对朝士们说："一直以来'颛顼'这两个字的读音被人们错误地读成了'专旭'，应当读作'专翾'才对。"这个人之前有些高明之处，所以其他人便都跟着他一起念成了'专翾'。一年之后，另有一位更有学问的儒生，与他一起苦苦探讨研究，他才知道原来自己错了。（出《颜氏家训》）

并州士族

北齐并州有士族，好为可笑诗赋，轻蔑邢魏诸公。众共嘲弄，虚相称赞，必击牛酾酒延之。其妻明鉴人也，泣而谏之。此人叹曰："才华不为妻子所容，何况行路。"至死不觉。（出《颜氏家训》）

高敖曹

高敖曹常为《杂诗》三首云："冢子地握槊，星宿天围棋。开坛瓮张口，卷席床剥皮。"又："相送重相送，相送至桥头。培堆两眼泪，难按满胸愁。"又："桃生毛弹子，瓠长棒槌儿。墙欹壁亚肚，河冻水生皮。"（出《启颜录》）

梁权贵

梁有一权贵，读误本《蜀都赋》，注解"蹲鸱，芋也"，而为"羊"字。后有人饷羊肉，答书云："损惠蹲鸱。"举朝惊骇，不解事义。久后寻绎，方知如此。（出《颜氏家训》）

柳謇之

隋内史舍人河东柳謇之，奏事好错。尝有周家公主，表请出家。謇之奏云："周家公主上表，求作道人。"上大笑。及出，虞仆射庆则问之曰："奏事若为错。"謇之复错答曰："周家公主，欲得还俗。"謇之历位光禄卿。

并州士族

南北朝时北齐的并州有个士族，喜欢写一些令人可笑的诗赋，而且蔑视邢邵、魏收等有学问人，因而受到了大家的嘲弄。如果有人虚假地称赞他几句，他一定会杀牛斟酒来招待人家。他的妻子是个有见识的明白人，因此哭泣着苦苦规劝他，这人对此却感叹说："我的才华连自己的妻子都无法容忍，何况是路人呢！"至死他都没能醒悟。（出《颜氏家训》）

高敖曹

高敖曹曾经写了三首杂诗，一首写道："冢子地握槊，星宿天围棋。开坛瓮张口，卷席床剥皮。"另一首写道："相送重相送，相送至桥头。培堆两眼泪，难按满胸愁。"还有一首为："桃生毛弹子，瓠长棒槌儿。墙欹壁亚肚，河冻水生皮。"（出《启颜录》）

梁权贵

南北朝时有一位权贵，读到了一篇有错误的《蜀都赋》，注解中将"蹲鸱，芋也"中的芋解释为了"羊"。后来有人想请他去吃羊肉，他在回复的书信中写道："损惠蹲鸱。"满朝上下官员听说后都感到非常惊讶，不解其中的意义。过了很久，经过反复探听，才明白了是怎么回事。（出《颜氏家训》）

柳謇之

隋朝时有个内史舍人叫柳謇之，河东人氏，他在朝堂上奏事时经常出现错误。曾经有个周氏所生的公主，上表奏请皇上请求出家。为此柳謇之上奏道："周氏公主上表，请求出家为道人。"皇上听后大笑。等到退朝后，仆射虞庆则问他道："你上奏的事情好像说错了。"柳謇之又错误答道："周氏公主，想要还俗。"柳謇之后来做到了光禄卿的官位。（出《朝野佥载》）

阮嵩

唐贞观中，桂阳令阮嵩，妻阎氏，极妒。嵩在厅会客饮，召女奴歌。阎被发跣足袒臂，拔刀至席。诸客惊散，嵩伏床下，女奴狼狈而奔。刺史崔邈为嵩作考词云：“妇强夫弱，内刚外柔。一妻不能禁止，百姓如何整肃？妻既礼教不修，夫又精神何在？考下。”省符，解见任。（出《朝野佥载》）

郝象贤

唐郝象贤，侍中处俊之孙，顿丘令南容之子也，弱冠。诸友生为之字曰宠之，每于父前称字。父绐之曰：“汝朋友极贤，吾为汝设馔，可命之也。”翌日，象贤因邀致十数人，南容引生与之饮，谓曰：“谚云：‘三公后，出死狗。’小儿诚愚，劳诸君制字，损南容之身尚可，岂可波及侍中也？”因泣涕，众惭而退。宠之者，反语为痴种也。（出《朝野佥载》）

朱前疑

周朱前疑浅钝无识，容貌极丑。上书云：“臣梦见陛下八百岁。”即授拾遗，俄迁郎中。出使回，又上书云：“闻嵩山唱万岁声。”即赐绯鱼袋，未入五品，于绿衫上带之。朝野莫不怪笑。后契丹反，有敕京官出马一匹供军者，即酬五品。前疑买马纳讫，表索绯。上怒，批其状：“即放归丘园。”愤恚而卒。（出《朝野佥载》）

阮 嵩

唐朝贞观年中，有一个叫阮嵩的桂阳县令，他的妻子阎氏，忌妒心特别强。一次阮嵩在客厅里招待客人饮酒，叫来一个女仆为大家唱歌助兴。这时阎氏披头散发，光脚袒臂，拔刀冲进了客厅。客人们吓得惊慌而散，阮嵩吓得躲藏到了床底下，而女仆则吓得狼狈而逃。刺史崔邈在考核时给阮嵩的评语中写道："妇强夫弱，内刚外柔。连一个妻子的行为都不能禁止，又如何整肃百姓的言行？妻子既然不修礼教，丈夫的精神又在何处？考定为下等。"后来经吏部审核，符合事实，阮嵩因此被解除了现职。（出《朝野佥载》）

郝象贤

唐代的郝象贤，是侍中郝处俊的孙子，顿丘县令郝南容的儿子，刚刚二十岁的年纪。他的朋友们为他取了个"宠之"的表字，每次在他父亲的面前都称呼他的这个表字。父亲于是哄骗他说："你的朋友非常贤明。我为你准备好宴席，你可以把他们请到家来。"第二天，郝象贤邀请到了十几个人，郝南容领他们到家里一起饮酒，并对他们说："有谚语说'三公后，出死狗'。我家小孩确实愚痴，有劳各位为他取了个表字。你们侮辱我郝南容倒没什么，怎么能够侮辱他爷爷郝侍中呢？"因此痛哭流涕起来。众人听了惭愧而去。原来他们给郝象贤取的"宠之"二字，反语是痴种（痴人的种、蠢货的后代）。（出《朝野佥载》）

朱前疑

后周时有个叫朱前疑的人，为人浅薄迟钝且无知，容貌极其丑陋。他曾向皇上上书道："臣梦见陛下活到了八百岁。"于是皇上便授予他拾遗之职，不久后又升迁为郎中。一次出使回来后，他又上书道："我听到嵩山有高唱万岁的声音。"于是皇上又赐予他绯鱼袋，但没有列入五品，只能佩带在绿色的官服上。朝野上下的人，没有不嗤笑他的。后来契丹人反叛，皇上敕令京官，凡是能够献出一匹

张由古

唐张由古有吏才而无学术，累历台省。尝于众中，叹班固有大才，而文章不入《文选》。或谓之曰：“《两都赋》《燕山铭》《典引》等，并入《文选》，何为言无？”由古曰：“此并班孟坚文章，何关班固事。”闻者掩口而笑。又谓同官曰：“昨买得《王僧襦集》，盖僧孺也。大有道理。”杜文范知其误，应声曰：“文范亦买得《佛袍集》，倍胜《僧襦集》。”由古竟不知觉。累迁司计员外，以罪放于庭州。时中书令许敬宗综理诏狱，帖召之。由古喜，至则为所责，惧而手战，笏坠于地，口不能言。初为殿中正班，以尚书郎有错立者，谓引驾曰：“员外郎小儿难共语，可鼻冲上打。”朝士鄙之。（出《大唐新语》）

侯思正

唐侯思正出自皂隶，言音不正，以告变授侍书御史。按制狱，苛酷日甚。尝按中丞魏元忠曰：“急承白司马，不然，即吃孟青。”白司马者，洛阳有坂，号曰白司马坂。孟青者，将军姓孟名青，曾杖杀琅琊王冲者也。思正闾巷庸人，常以此言逼诸囚。元忠辞气不屈，思正怒而倒曳之。元忠徐起曰：“我薄命，如乘恶驴而坠，脚马给军队的，便可以得到一个五品官阶。朱前疑就买了一匹马献给了军队，既而上表向皇上索要绯色的五品官服。皇上为此大怒，在其状文上批注道："立即放归丘园。"朱前疑为此怨恨而死。（出《朝野佥载》）

张由古

唐代的张由古有做官的才能却没有学问，一直在尚书台任职。他曾经在众人中感叹说，班固虽然是个很有大才能的人，但他的文章却没能收入《文选》。有人听后便对他说："班固的《两都赋》《燕山铭》《典引》等一起被收入了《文选》，你为什么说没有呢？"张由古说："这些都是班孟坚（班固的字）的文章，关班固什么事？"听到他话的人都掩口而笑。他又对同僚们说："我昨天买到一套《王僧孺集》，讲得很有道理。"杜文范知道他又搞错了，便应声回答道："我也买到一套《佛袍集》，远远胜过了《僧孺集》。"张由古竟然没有明白是怎么回事。张由古多次升迁一直升至司计员外，后来因为获罚被流放到了庭州。当时的中书令许敬宗负责狱案管理，他写了个帖子将张由古召回来，张由古听后很是高兴。当他回来去见许敬宗时，却被许敬宗一通责骂。他害怕得双手发抖，结果把笏掉到了地上，而嘴里却一句话也说不出来。最初他被授予殿中正班，一次因有位尚书郎在上殿时站错了位置，他便对那领驾的长官说："与这种员外郎小儿没什么好说的，可以把他倒提起来狠打！"朝官们为此都很鄙视他。（出《大唐新语》）

侯思正

唐代时有个叫侯思正的人，曾是衙门里的一名差役。他说话时语音不正，因为告发有人叛变而被授予了侍书御史一职。他负责管理皇帝特命监禁罪人的狱所，对人一天比一天刻毒残酷。他曾在审问原中丞魏元忠的案子时说："你赶紧承认反叛（侯思正以为'白司马'即'叛'的法律用语）得了，不然，你就要吃棍棒（侯思正以为'孟青'

为镫所挂，遂被贼曳耳。”思正大怒，又曳之曰：“汝拒捍制使，奏斩之。”元忠曰：“侯思正，汝今为国家御史，须识礼仪轻重。如此须魏元忠头，何不以锯截去！无为抑我反。奈何佩服朱绂，亲衔天命，不能行正道之事。乃言白司马孟青，是何言也？若非魏元忠，无人仰教。”思正惊起，悚怍曰：“思正死罪，实不解，幸蒙中丞见教。”乃引上阶，礼坐而问之。元忠徐就坐自若。又思正言音不正，时断屠杀，思正曰：“今断屠杀，鸡、古梨反。鱼、愚。猪、计。驴萋。俱居。不得吃，苦豉反。谓空吃米弭。面，灭之去声。如樗齐。何得饱？”侍御史霍献可笑之。思正诉于则天。则天怒谓献可曰：“我知思正不识字，我已用之，卿笑何也？”献可具言鸡猪之事，则天亦大笑。思正尝命作笼饼，谓膳者曰：“与我作笼饼，可缩葱作。”比市笼饼，葱多而肉少，故令缩葱加肉也。时人号为“缩葱侍御史”。时来俊臣弃故妻，奏逼娶太原王庆诜女，思正亦奏请娶赵郡李自挹女，敕政事商量。凤阁侍郎李昭德抚掌谓诸相曰：“大可笑，大可笑。”诸相问之，昭德曰：“往年来俊臣贼劫王庆诜女，已大辱国。今日此奴又请娶李自挹女，无乃复辱国耶？”事遂寝。竟为李昭德榜杀之。（出《御史台记》）

就是‘棒’刑的意思）喽！”白司马是洛阳的一个大山坡，人们称它为白司马坂。孟青，是名军中的将军，曾用棍棒打死了琅玡人王冲。侯思正本就是个里巷中的平庸之辈，因而常常用这样的话威逼囚徒。但是魏元忠在语气上却一点也没有屈服，侯思正因此大怒，于是将他头朝下倒拖在地。魏元忠缓缓站起身来说道：“我的命不好，就好比是骑了头恶驴而被摔了下来，但脚却还是被鞍镫所挂，于是就被贼人拖曳在地了。”侯思正听了大怒，又将魏元忠在地上拖了一阵，并说道：“你竟然敢抗拒皇帝派遣的使者，我要上奏杀了你！”魏元忠道：“侯思正，你现在是国家的御史，必须知道明白礼仪的轻重。你这么想要我魏元忠的人头，为什么不拿锯子锯下来！用不着这样逼我反抗。没想到你穿着官服，佩着朱绂，身负皇上的使命，却不能正确地履行自己的职责，还说什么‘白司马’（反叛）、‘孟青’（吃棍棒），这说的是什么话？如果不是我魏元中，还有谁会看得起你！”侯思正听了惊慌地站了起来，惶恐而惭愧地说道：“思正真是该死，我实在是不知道这些，多亏了中丞您的指教。”于是将魏元忠领上台阶，按照礼节请他坐下向他请教。魏元忠镇定自若地慢慢坐下。又因侯思正说话时语音不正，当时他正在下令断决屠宰之事，他说道：“现在我判定屠杀之事，鸡（读成了gēi）、鱼（读成了愚）、猪（读成了计）、驴（读成了蒌），俱（记成了居）不得吃（读成了kěi），所谓光吃米（读成了弭）面（读成了miè），如（读成了ruí）何能饱呢！”侍御史霍献可听后忍不住笑了出来，侯思正就将他告到了武则天那里。武则天听后生气地对霍献可说道：“我知道侯思正不认识字，既然我已经用他了，你为什么还要取笑他呢？”霍献可便将侯思正说鸡猪的事全都学了一遍，武则天听了也不禁大笑起来。侯思正曾让人做些笼饼，他对厨师说：“给我做一些笼饼，可以少放一些葱。与买的那些笼饼比较起来，买的笼饼葱多肉少。所以让你少放一些葱多加一些肉。”当时的人们称他为“缩葱侍御史”。当时有个叫来俊臣的人抛弃了自己的原配妻子，上奏要强迫迎娶太原王庆诜的女儿，而侯思正这时也奏请想迎娶赵郡李自挹的女儿，皇上下令由政事堂商议。中书省侍郎李昭德拍着手对各位宰相说道：“这太可笑了！太可笑

王及善

唐王及善才行庸猥，风神钝浊。为内史时，人号为“鸠集凤池”。俄迁文昌右相，无他政，但不许令史之驴入台，终日追逐，无时暂舍。时人号“驱驴宰相”。（出《朝野佥载》）

逯仁杰

周朝有逯仁杰，河阳人。自地官令史出尚书，改天下帐式，颇甚繁细，法令滋章。每村立社官，仍置平直老三员，掌簿案，设锁钥。十羊九牧，人皆散逃。而宰相浅识，以为万代皆可行，授仁杰地官郎中。数年，百姓苦之，其法遂寝。（出《朝野佥载》）

袁琰

周考功令史袁琰，国忌，众人聚会，充录事勾当。遂判曰：“曹司繁闹，无时暂闲。不因国忌之辰，无以展其欢笑。”合坐嗤之。（出《朝野佥载》）

了！”宰相们问他怎么回事，李昭德回答道：“去年来俊臣贼劫王庆诜的女儿，已经是大大有辱国家了。今日这个奴才又想迎娶李自挹的女儿，岂不是再次羞辱国家吗？”这件事于是被阻止了。侯思正最后被李昭德棒杀了。（出《御史台记》）

王及善

唐朝时的王及善，其人才学平庸而行为猥琐，神态给人迟钝而庸俗的感觉。在中书省任职时，人们说他是“雉鸠落在了凤凰池”。不久后迁任文昌台（尚书省）右相，身为右相他不去管理国家政务大事，却只是下令不许令史（未入流的小官）的驴子进入都省府衙，而且整天都在监督驱赶驴子，没有停歇的时候。所以当时的人们又称他为“驱驴宰相”。（出《朝野佥载》）

逯仁杰

武周时期有个叫逯仁杰的人，为河阳人氏。他还是一个户部的地官令史小官时，制订了一项改变过去对农村户籍和税赋账目管理的办法，规定十分繁细，并因此派生出了许多其他的法律条文。其政策规定每村必须设立一名社官，社官之下还设立了平、直、老三员，分别掌管各种账簿案卷，并要求上锁。政策实施后，乡间村吏泛滥成灾，形成了十只羊就有九个人放牧的局面，百姓纷纷散逃。而当时的宰相见识浅薄，认为这是一个万世都可行的好政策，因而授予了逯仁杰户部郎中一职。这个政策实行几年后，老百姓深受其害，于是这项法令才被逐渐放弃。（出《朝野佥载》）

袁　琰

武周时期，有个叫袁琰的吏部考功司的令史，在国忌的重要日子里，有人组织了一个聚会，他充当了录事的角色。于是他在状子上判道：“司曹官署里非常繁闹，整天没有一刻时间是清闲的。没有因为是国忌的日子，便不展现出其欢笑。”在座的人为此都鄙视他。（出《朝野佥载》）

台中语

周夏官侍郎侯知一，年老，敕放致仕。上表不伏，于朝堂踊跃驰走，以示轻便。张悰丁忧，自请起复。吏部主事高筠，母丧，亲戚为举哀。筠曰："我不能作孝。"员外郎张栖贞，被讼，诈遭母忧，不肯起对。时台中为之语曰："侯知一不伏致仕，张琮自请起复，高筠不肯作孝，张栖贞情愿遭忧。皆非名教中人，并是王化外物。"兽心人面，不其然乎？（出《朝野佥载》）

沈子荣

周天官选人沈子荣诵判二百道，试日不下笔。人问之，荣曰："无非命也，今日诵判，无一相当，有一道迹同，人名又别。"至来年选，判水硙，又不下笔。人问之，曰："我诵水硙，乃是蓝田，今问之富平，如何下笔。"闻者莫不抚掌焉。（出《朝野佥载》）

武懿宗

周则天内宴甚乐，河内王懿宗忽然起奏曰："臣急告君，子急告父。"则天大惊，引前问之，对曰："臣封物，承前府家自征。近敕州县征送，大有损折。"则天大怒，仰观屋椽，良久曰："朕诸亲饮正乐，汝是亲王，为三二百户封，几惊杀我，不堪作王。"令曳下。懿宗免冠拜伏，诸王救之曰："懿宗愚钝，无意矣。"上乃释之。（出《朝野佥载》）

台中语

武周时期的兵部侍郎侯知一，已经年老了，皇上下诏让他辞官告老还乡。侯知一上表启奏不愿服老，在朝堂上跳跃奔走，以显示自己的行动仍旧敏捷轻便。张悰在家守孝期间，便自己上书请求复职。吏部主事高筠，他的母亲去世后，亲戚为她举办了丧礼，高筠却说："我不能守孝。"员外郎张栖贞，被人起诉了，他却欺骗别人说自己正在为母亲守孝，不肯前去答辩。对这些行为，当时尚书省的官员说道："侯知一不愿服老辞官，张悰自愿请求起复，高筠不愿为母守孝，张栖贞为避诉讼情愿遭忧，这些都不是有教养之人的行为，都是与礼教不符的东西。那些兽心人面的行为，不正是这样的吗？"（出《朝野佥载》）

沈子荣

武周时期，吏部有个叫沈子荣的人参加铨选考试，试卷有二百道题，可是在考试的那天他却一直没动笔。有人问他为什么不动笔答题，他回答说："无非就是我运气不好，今天的题目没有一道与我知道的相当，其中有一道题讲述的事迹倒跟我知道的一样，可是其中的人名又不一样。"到了第二年沈子荣又参加考试，题目是关于水磨的论述。他又没有动笔。有人又问他为什么不答题，他说："我能答出来的水磨乃是蓝田县的，今天问的水磨是富平的，我要如何下笔呢？"听说的人没有不拍手大笑的。（出《朝野佥载》）

武懿宗

武周时武则天在宫内设宴招待内亲，喝得正高兴时，河内王武懿宗忽然起奏道："臣有急事时需要禀告国君，儿子有急事时应当禀告父亲！"武则天一听大惊，便急让人将他领到跟前询问有什么事，武懿宗回答道："臣的封地，沿袭从前的惯例由我的家府直接征收税赋，近来皇上下令由各州、县征收，结果导致我征收的税赋大大折损。"武则天听后大怒，她抬头仰望着屋椽，很久之后才说道：

张衡

周张衡，令史出身，位至四品，加一阶，合入三品，已团甲。因退朝，路旁见蒸饼新熟，遂市其一，马上食之。被御史弹奏。则天降敕：“流外出身，不许入三品。”遂落甲。（出《朝野佥载》）

李良弼

周右拾遗李良弼，自矜唇颊，好谈玄理，请使北蕃说骨笃禄。匈奴以木盘盛粪饲之，临以白刃。弼惧，食一盘并尽，乃放还。人讥之曰：“李拾遗能拾突厥之遗。”出为真源令，秩满，还瀛州。遇契丹贼孙万荣，使何阿小取沧、瀛、冀具入。良弼谓鹿城令李怀璧曰：“孙者胡孙，即是猕猴，难可当也。万字者有草，即是草中藏。”劝怀璧降。何阿小授怀璧三品将军。阿小败，怀璧及良弼父子四人，并为河内王武懿宗斩之。（出《朝野佥载》）

“我的众多亲人正喝得高兴，而你是亲王，竟然为了三二百户的封赏之事，差点吓死我了，你不配为王啊！”就让人将武懿宗拉了下去。武懿宗急忙脱下帽子跪地求饶，其他各位亲王也为他求情道：“武懿宗是个愚蠢迟钝之人，他是无意的。”武则天这才宽恕并释放了他。（出《朝野佥载》）

张衡

武周时期有个叫张衡的人，令史出身，官至四品，后来又给他加了一级，按理应当进入三品，连三品朝服都已经穿上了。可因为退朝时，在路旁发现有刚刚蒸熟的蒸饼卖，就买了一个，并且马上吃了起来。此事被御史知道并上奏弹劾了。武则天下令道：“他只是个九品以下的官员出身，不许列入三品。”于是将三品朝服除掉了。（出《朝野佥载》）

李良弼

武周时期右拾遗李良弼，自认为有一傲人的容貌，喜欢谈论一些玄奥的道理。他曾请求出使北蕃去游说骨笃禄，匈奴人用木盘盛上粪便让他吃，并用刀子逼迫他。李良弼害怕了，便将一盘子的粪便吃了个干干净净，于是匈奴人将他放了回来。为此人们讥笑他说：“李拾遗能拣拾突厥人的遗（粪便）。”后来李良弼外放担任了真源县令，任期届满后返回了瀛州。这时正好遇上契丹人孙万荣反叛，他派遣何阿小前来说降沧州、瀛州、冀州等地一起并入契丹。为此李良弼对鹿城县令李怀璧说：“孙者乃是胡孙，也就是猕猴，难以抵挡；万字（其繁体）上有草，便是指在草中可以藏身。”所以劝李怀璧一起投降契丹，何阿小授予了李怀璧三品将军之职。后来何阿小被打败了，李怀璧及李良弼父子四人，一起被河内王武懿宗斩首。（出《朝野佥载》）

来子珣

唐来子珣，则天委之按制狱，多希旨。赐姓武氏，字家臣。丁父忧起复，累加游击将军右羽林军中郎将。常衣锦半臂，言笑自若。朝士诮之，谕德张元一好讥谑，曰："岂有武家儿，为你来家老翁制服耶？"（出《御史台记》）

阎知微

周春官尚书阎知微庸琐驽怯，使入蕃，受默啜封为汉可汗。贼入恒定，遣知微先往赵州招慰。将将军陈令英等守城西面，知微谓令英曰："陈将军何不早降下，可汗兵到然后降者，剪土无遗。"令英不答。知微城下连手踏歌，称"万岁乐"。令英曰："尚书国家八座，受委非轻，翻为贼踏歌，无惭也。"知微仍唱曰："万岁乐，万岁年，不自由，万岁乐。"时人鄙之。（出《朝野佥载》）

崔 湜

唐崔湜为吏部侍郎，贪纵。兄凭弟力，父挟子威，咸受嘱求，赃污狼籍。父挹，为司乐，受选人钱，湜不之知也。长名放之，其人诉曰："公亲将赂去，何为不与官？"湜曰："所亲为谁？吾捉取鞭杀。"曰："鞭即遭忧。"湜大怒惭。主上以湜父年老，瓜初熟，赐一颗。湜以瓜遗妾，不及其父。朝野诮之。时崔、岑、郑愔，并为吏部，京中谣之曰："岑义獠子后，崔湜令公孙，三人相比接，莫贺咄最浑。"（出《朝野佥载》）

来子珣

唐代有个叫来子珣的人，被武则天特命为监禁罪人狱所的主管，所以他经常需要前去请旨。武则天赐予他武姓，字家臣。来子珣在为父守丧结束后被重新起用，官职从游击将军一直升迁到了右羽林军中郎将。他经常只是半臂套着衣服，却谈笑自若。朝官们总是讥笑他，其中谕德人张元一特别喜欢嘲讽讥笑人，他说："怎么会有武家的儿郎，来为你来家的老头子做衣服穿的！"（出《御史台记》）

阎知微

武周时期有个叫阎知微的礼部尚书，为人庸下不识大体且驽下怯弱。朝廷派他出使北蕃时，他接受了默啜授给他的封号"汉可汗"。后来北蕃人入侵了恒定，朝廷派阎知微先行前往赵州慰劳前方将士。当时将军陈令英等人负责守护城池西面，阎知微对陈令英说道："陈将军何不尽早投降呢？如果等可汗的兵到了之后再投降的人，将会死无葬身之地！"陈令英没有答应。阎知微便在城下与人手拉着手踩着节拍唱起了歌，唱的歌叫《万岁乐》。陈令英说道："尚书是国家的高级官员之一，承受皇上的恩遇和委托已不算轻了。没想到你反而为蕃贼唱歌，真是让人羞耻惭愧啊。"阎知微仍旧唱道："万岁乐，万岁年，不自由，万岁乐。"当时的人们都非常鄙视他。（出《朝野佥载》）

崔　湜

唐朝时有个叫崔湜的人，曾任吏部侍郎，为人贪婪而放纵。俗话说"兄凭弟力，父借子威"，他的父兄也因他而受到别人的嘱托，常有贪赃受贿的不法行为，声名狼籍。他的父亲崔挹，在担任司乐时，曾接受了一个选人的贿赂为他谋官，但是崔湜不知道这事。等到长名榜放出来时榜上没有那人的名字，因此那人便质问崔湜道："您的亲属拿了我的钱，你为什么不给我官职？"崔湜问道："我哪个亲属拿了你的钱？我要将他抓来用鞭子抽死！"那人回答道："请您千万不用

权龙襄

唐左卫将军权龙襄性褊急，常自矜能诗。通天年中，为沧州刺史，初到，乃为诗呈州官曰：“遥看沧海城，杨柳郁青青。中央一群汉，聚坐打杯觥。”诸公谢曰：“公有逸才。”襄曰：“不敢，趁韵而已。”又《秋日述怀》曰：“檐前飞七百，雪白后园强。饱食房里侧，家粪集野蜋。”参军不晓，请释，襄曰：“鹞子檐前飞，值七百文。洗衫挂后园，干白如雪。饱食房中侧卧，家里便转，集得野泽蜣螂。”谈者嗤之。皇太子宴，夏日赋诗：“严霜白浩浩，明月赤团团。”太子援笔为赞曰：“龙襄才子，秦州人士。明月昼耀，严霜夏起。如此诗章，趁韵而已。”襄以张易之事，出为容山府折冲。神龙中追入，乃上诗曰：“无事向容山，今日向东都。陛下敕进来，今作右金吾。”又为《喜雨》诗曰：“暗去也没雨，明来也没云。日头赫赤出，地上绿氲氤。”为瀛州刺史日，新过岁，京中数人附书曰：“改年多感，敬想同之。”正新唤官人集云：“有诏改年号为多感元年。”将书呈判司已下。众人大笑。龙襄复侧听，怪赦书来迟。高阳博野两县，竞地陈牒，龙襄乃判曰：“两县竞地，非州不裁。既是两县，于理无妨付司。权龙襄示。”典曰：“比来长官判事，皆不著姓。”龙襄曰：“余人不解，若不著姓，知我是谁家浪驴也。”龙襄不知忌日，谓府史曰：“何名私忌？”对曰：“父母亡日，请假，用鞭子将他抽死，否则您就得丁忧了。”崔湜听后才知道是父亲收了人家的钱，既很生气又很惭愧。还有一次，皇上因为觉得崔湜的父亲年岁已老，就在西瓜刚熟的时候，便赏赐了一个给他。但崔湜却将瓜送给了自己的妾，而没有送给父亲，朝廷上下没有不讥讽他的。当时崔湜、岑义、郑愔一起在吏部为官，京城中有歌谣传唱说：“岑义是獠子（古时骂人的话）的后人，崔湜是令公的孙子，三人一个接一个，不要庆贺他们谁是最浑蛋的人。”（出《朝野佥载》）

权龙襄

唐代时有个叫权龙襄的左卫将军，气量狭小且性情急躁，他常常自夸很会写诗。通天年间，他被任命为沧州刺史。刚到任上，一下车他便写了首诗拿给州官们看：“遥看沧海城，杨柳郁青青。中央一群汉，聚坐打杯觥。”众官员都自谦称赞道：“您有出众的才能啊。”权龙襄说：“不敢不敢，我只不过是押韵而已。”又在秋季的一天，他作了道《秋日述怀》诗说：“檐前飞七百，雪白后园强。饱食房里侧，家粪集野螂。”参军不明白诗的意思，请他解释一下，权龙襄说道：“鹞鹰在屋檐前飞翔，能值七百文钱。洗过的衣衫晾挂在后园里，晒干后洁白如雪。吃饱了饭后，就在房子里侧身躺一躺；在家里拉完屎，许多野地里的屎壳郎就会蜂拥而入。”谈到这件事的人没有不嘲笑他的。一次皇太子请吃饭，当时正好是夏天，权龙襄赋诗道：“严霜白浩浩，明月赤团团。”皇太子为此提笔写了篇赞（一种文体），道：“才子权龙襄，为秦州人士。他们那里的月亮会在白天照耀，霜雪在大夏天冻结。如此高明的文章，无非就是为了押韵而已。”权龙襄曾因张易之的事情受牵连被贬放到容山府当了折冲都尉，到神龙年间时又被调回了京师，于是他便给皇上武则天写了首诗：“无事向容山，今日向东都。陛下敕进来，今作右金吾。”还写了一首《喜雨》诗道：“暗去也没雨，明来也没云。日头赫赤出，地上绿氲氤。”在担任瀛州刺史的时候，一次刚过新年，便有几个京城中的朋友给他捎来书信说：“刚刚过年了，我们很想你，给你拜个晚年。”但是他却误解了，于是正月里便将州里所有官员都召集起来，说道：“皇上有诏，将独坐房中不出。”襄至日，于房中静坐，有青狗突入，龙襄大怒曰：“冲破我忌。”更陈牒，改作明朝，好作忌日。谈者笑之。（出《朝野佥载》）

把今年改为‘多感’元年。”还认真地发了文件，众人看了哄堂大笑。权龙襄再一打听，原来是自己没搞明白，但是他没怪自己，反而是怪上面改元的诏书迟迟没下来。瀛州的高阳、博野两县，为了争夺土地的管辖权，分别向州里呈上了状书陈述各自的理由，对此权龙襄便在状子上判决道：“两县争夺一块地盘，当然是由州府裁决。可是既然是两个县，按照常理也不用打官司。权龙襄示。”典吏说道：“以前长官们签署文件，从来不署姓。”权龙襄回应道：“那是他们不懂。如果不署姓的话，谁知道我是哪家跑出来的毛驴！”权龙襄不知道什么叫忌日，就问刺史府的负责人：“什么叫忌日？”该负责人说：“忌日就是父母逝世的时候，工作人员要请假在家，独自一人坐在房中不能出门。”当权龙襄到了这一天时，他便独自静坐在屋子里。忽然有只大青狗闯进了房里，权龙襄大怒道：“你这个畜生竟敢撞破我的忌日。”于是重新作了批示，将忌日改在了第二天。谈论的人莫不大笑。（出《朝野佥载》）

卷第二百五十九　嗤鄙二

苏味道

唐苏味道初拜相，有门人问曰："天下方事之殷，相公何以燮和？"味道无言，但以手摸床棱而已。时谓模棱宰相也。（出《卢氏杂记》）

李师旦

唐李师旦，新丰人也，任会稽尉。国忌日废务，饮酒唱歌杖人，为吏所讼。御史苏味道按之，俱不承引。味道厉而谓曰："公为官，奈何不守法，而违犯若是？"将罪之，师旦请更问，乃叹曰："饮酒法所不禁，况饮药酒耶。挽歌乃是哀思。挞人吏事缘急速。侍御何谴为？"味道曰："此反白为黑汉，不能绳之。"（出《御史台记》）

霍献可

唐霍献可，贵乡人也。父毓，岐州司法。献可有文学，好诙谐，累迁至侍御史左司员外。则天法峻，多不自保，竞希旨以为忠。献可头触玉阶，请杀狄仁杰、裴行本。裴即献可堂舅也。既损额，

苏味道

唐代人苏味道刚刚被任命为宰相时，有门客问他道：“天下的方药医术之事那么繁多、复杂，请问你调和的原理是什么呢？”苏味道没有回答，只是用手摸了摸床的框棱。因而当时的人便都称他为模棱宰相。（出《卢氏杂记》）

李师旦

唐代人李师旦，为新丰人氏，曾担任会稽县尉。按规定国忌日时必须停止所有的政务与一切活动，可是李师旦在这一天竟饮酒唱歌，还以木棍打人，所以被官员们告发了。御史苏味道在审理这起案件时，李师旦一概不予承认。苏味道神色严厉地对他说道：“你身为朝廷命官，为什么不遵守国家法令，而要做这样的违法之事呢？”在即将给他定罪的时候，李师旦请求重新审问，于是他感叹道：“法律规定并没有禁止人喝酒，何况我喝的还是药酒；我唱挽歌那正是表达了我的哀思之情；我打人那是因为希望官员们办事能够加快速度。请问侍御史为什么责问我？我犯了什么罪？”苏味道说道：“这真是个反白为黑的汉子啊！看来是没办法定他的罪了。”（出《御史台记》）

霍献可

唐代人霍献可，为贵乡人氏。他的父亲霍毓，担任岐州司法。霍献可有一定的文学才华，喜欢与人开玩笑，官至侍御史左司员外。武则天时期，国家法令严酷，很多人都无法保全自身，于是都争相前去向她求取旨意以表忠心。霍献可便曾跪在玉阶上磕头叩首，请求处以绿帛裹于巾下，常令露出，冀则天以为忠。时人比之李子慎。子慎，则天朝诬告其舅，加游击将军。母见其著绯衫，以面覆床，涕泪不胜曰：“此是汝舅血染者耶！”（出《御史台记》）

袁守一

唐袁守一性行浅促，时人号为“料斗凫翁鸡”，任万年尉。雍州长史窦怀贞每欲鞭之，乃于中书令宗楚客门，饷生菜，除监察。怀贞未之知也。贞高揖曰：“驾欲出，公作如此检校。”袁守一即弹之。月余，贞除左台御史大夫。守一请假，不敢出，乞解。贞呼而慰之，守一兢惕不已。楚客知之，为除右台御史，于朝堂抗衡于贞曰：“与公罗师。”罗师者，市郭儿语，无交涉也。无何，客以反诛，守一以其党，配流端州。（出《朝野佥载》）

崔泰之

唐黄门侍郎崔泰之哭特进李峤诗曰：“台阁神仙地，衣冠君子乡。昨朝犹对坐，今日忽云亡。魂随司命鬼，魄逐见阎王。此时罢欢笑，无复向朝堂。”（出《朝野佥载》）

死狄仁杰、裴行本等人。裴行本是霍献可的堂舅。霍献可磕破了额顶，就用绿帛缠盖在头巾下，并且常常有意无意地将伤口显露出来，希望以此引起武则天的注意而显示自己对她的忠诚。当时的人们都将霍献可比作李子慎。李子慎在武则天时曾诬告了自己的舅舅，并因此被加授为游击将军。他的母亲看见他穿上因诬告自己的舅舅而换来的红色官服，便将脸埋在床上，痛哭流涕地喊道："这红色的官服是用你舅舅的鲜血染成的啊！"（出《御史台记》）

袁守一

唐代有个叫袁守一的，是个见识浅薄、目光短浅的人，当时大家都称他为"料斗凫翁鸡"。他曾担任万年县县尉。雍州长史窦怀贞总是想要鞭挞他，于是他投奔到了中书令宗楚客的门下，宗楚客经常送一些生菜给他，并任命他为监察御史。窦怀贞不清楚他与宗楚客的关系，对袁守一高高拱手为礼道："宗楚客可能要背叛朝廷，你应该作这样一些查核。"袁守一马上便检举了这事。过了一个多月，窦怀贞被任命为右台御史大夫，袁守一便告假在家，不敢出门，乞求能够和解。窦怀贞将他叫来安慰他，袁守一却被吓得战战兢兢惊恐不已。宗楚客知道这些事后，有一次为任命右台御史之事而与窦怀贞在朝堂上对抗起来。他说："与公罗师！"罗师，是市井上孩子们常说的话，是互不干涉的意思。没过多久，宗楚客便因谋反罪而被诛杀，袁守一因与他是同党而被发配流放到了端州。（出《朝野佥载》）

崔泰之

唐代时有个叫崔泰之的黄门侍郎，在哭特进李峤的诗中写道："台阁神仙地，衣冠君子乡。昨朝犹对坐，今日忽云亡。魂随司命鬼，魄逐（追赶）见阎王。此时罢欢笑，无复向（不用再去）朝堂。"（出《朝野佥载》）

陆余庆

唐尚书右丞陆余庆转洛州长史，其子嘲之曰：“陆余庆，笔头无力嘴头硬，一朝受辞讼，十日判不竟。”送案褥下。余庆得而读之曰：“必是那狗！”遂鞭之。（出《朝野佥载》）

孙彦高

周定州刺史孙彦高，被突厥围城数十重，不敢诣厅，文符须征发者，于小窗接入，锁州宅门。及贼登垒，乃入匮中藏，令奴曰：“牢掌钥匙，贼来索，慎勿与。”昔有愚人，入京选，皮袋被贼盗去。其人曰：“贼偷我袋，将终不得我物用。”或问其故，答曰：“钥匙今在我衣带上，彼将何物开之。”此孙彦高之流也。（出《朝野佥载》）

出使御史

唐御史出使，久绝滋味。至驿，或窃脯腊置于食，伪叱侍者撤之，侍者去而后徐食。此往往而有，殊失举措也。尝有御史，所留不多，不觉侍者见之。对曰：“干肉驿家颇有，请吏留。”御史深自愧焉。亦有膳者烂煮肉，以汁作羹，御史伪不知而食之。或羹中遇肉，乃责庖人。或值新庖人，未闲应答，但谢曰罗漏，言以罗滤之漏也。神龙中，韩琬与路元觳、郑元父充判官，至莱州，亲睹此事，相顾而笑。仆射魏元忠时任中丞，谓琬之曰：“元忠任监察，至驿，干肉鸡子并食之，未亏于宪司之重，盖盗之深失国士体。”

陆余庆

唐朝时的尚书右丞陆余庆，转任为洛州长史，他的儿子写了首歌谣嘲讽他说："陆余庆，笔头无力嘴头硬。一朝受辞讼，十日判不竟。"并将这首讽刺歌谣放在他案几的坐褥下面。当陆余庆发现并看完后说道："一定是那狗干的！"就拿着鞭子追打他儿子。（出《朝野佥载》）

孙彦高

武周时期的定州刺史孙彦高，被突厥人围在城里围了几十层，吓得不敢前往厅堂处理公务，有需要办理征集人力物资等事宜的文符书函时，都是从小窗户里将资料接进来办理，州府衙门的大门都紧锁着。当突厥人登上城墙后，他便藏到了柜子里，并命令家奴说："千万要牢牢地掌管好钥匙，如果敌人前来索要，一定不要给他们。"过去有个愚笨的人，到京城来参选时，装东西的皮袋被盗贼偷了去，那个人说道："盗贼虽然偷掉了我的袋子，可是始终都不能得到我的东西。"有人问他缘故，他回答说："钥匙现在还挂在我的衣带上，他拿什么打开袋子的锁呢。"这与孙彦高就是一类人啊。（出《朝野佥载》）

出使御史

唐朝时规定御史外出办案是不能吃肉食的，所以他们会很长时间都不能尝到美味的菜肴。于是到驿站后，便有人偷来肉干放到饭菜里，然后假装发怒将侍候的人打发出去，等侍候的人离开后便慢慢食用起来。这样的事经常发生，这是特别不恰当的行为。曾有个御史，在碗里放了一点点的肉食，不小心被侍候的人发现了，侍候的人对他说道："驿站里有很多的肉干，请你多拿一些。"这让御史深感惭愧。也有为他们做饭的人将肉煮得稀烂，然后用肉汤做成羹给他们喝，御史们也假装不知道而食用了。有时候在羹中发现了有肉，他们便会责备厨师几句；如果有时候遇上了新厨，没有空闲应答，便只

魏公之言当矣，但不食不窃，岂不美欤。（出《御史台记》）

韩琬

唐韩琬与张昌宗、王本立，同游太学。博士姓张，即昌宗之从叔，精五经，懵于时事。畜一鸡，呼为勃公子，爱之不已。每讲经，辄集于学徒中。或攫破书，比逐之，必被嗔责曰："此有五德，汝何轻之？"昌宗尝为此鸡被杖。本立与琬，颇不平之，曰："腐儒不解事，为公杀此鸡。"张生素取学徒回残食料。本立以业长，乃见问合否。本立曰："明文案即得。"张生喜，每日受之，皆立文案。他日，张生请假，本立举牒，数鸡罪，杀而食之。及张生归学，不见鸡，惊曰："吾勃公子何在？"左右报本立杀之，大怒云："索案来，索案来。"见数鸡之罪，曰："纵如此，亦不合死。"本立曰："鸡不比人，不可加笞杖，正合杀。"张以手再三拍案曰："勃公子，有案时，更知何道。"当时长安，以有案，动曰为实。故知耽玩经史者，宜详时事。不然，何古人号为愚儒、朴儒、腐儒、竖儒耶？亦可贻诫子弟。（出《御史台记》）

是道歉说是罗（一种工具）漏了，说是在用罗过滤的时候漏下来的。神龙年间，韩琬与路元壳、郑元父当判官时，他们到了莱州，目睹了此事，也都是相顾而笑。仆射魏元忠当时担任御史中丞，他对韩琬等人说："我在担任监察御史时，到了驿站，干内、鸡子都吃过，也没有让宪司的重任受到丝毫损失，但是这样的偷盗行为却大大丧失了国士们的体面。"魏元忠说的话很恰当，但是如果能做到不吃也不偷，那不是更加完美吗？（出《御史台记》）

韩琬

唐代人韩琬与张昌宗、王本立，一起在太学（国子监下属学校）里学习。有个姓张的授课博士，也就是张昌宗的堂叔，他精通五经，但是对时事很不关心。他养了一只鸡，给它起名叫勃公子，对它十分宠爱。每次来讲课时，他总是将这只鸡放在学生之中。有时鸡将学生的书抓破了，等到想赶它走时，必定会被张博士责怪说："此有五德，你为什么要轻视？"张昌宗还曾经因为这只鸡而被杖责过。王本立与韩琬，对于这事认为很不公平，说道："迂腐的儒生不明事理，我们为你杀了这只鸡！"张博士平时经常将学生们将吃饭剩下的饭菜拿来作饲料。王本立因为是业长，张博士见到他便问他这样做是不是恰当。王本立说："明天就可以将这记录下来。"张博士很高兴，让他将每天收回剩余饭菜的情况都记录在文案上。有一天，张博士请假不在，王本立举起记录的册子，历数鸡的罪状，然后将鸡给杀掉吃了。当张博士回来后，发现鸡不见了，惊叫道："我的勃公子到哪里去了？"左右的人告诉他说被王本立给杀掉了。张博士听了大怒道："将文案拿来！将文案拿来！"发现文案上历数了鸡的罪状，便说道："即使是这样，也不应当杀死啊？"王本立答道："鸡不像人，不能够施加杖刑，而正好适合杀。"张博士用手不断地拍打着文案说："勃公子啊，当有了这文案时，便更加有了杀你的理由了！"当时的长安，很讲究有记录文案作为依据，只要有文案可查，就能说这是事实。由此可知，那些沉溺于经史的人，都应当要熟知时事。不然的话，为什么古人会称他们为愚儒、朴儒、腐儒、竖儒呢？这也可以遗

赵仁奖

唐赵仁奖，河南人也，得贩于殖业坊王戎墓北，善歌《黄獐》，与宦官有旧。因所托附，景龙中，乃负薪诣阙，遂得召见。云："负薪助国家调鼎。"即日台拜焉。睿宗朝，左授上蔡丞。使于京，访寻台中旧列，妄事欢洽。御史倪若水谓杨茂直曰："此庸汉，妄为儡茸。"乃奏之，中书令姚崇曰："此是《黄獐》汉耶。"授当州悉当尉，驰驿发遣。仁奖在台，既无余能，唯以《黄獐》自炫。宋务先题之曰："赵奖出王戎幕下，入朱博台中。舍彼负薪，登兹列柏。行人不避骢马，坐客唯听《黄獐》。"时崔宣一使于都，仁奖附书于家，题云："西京赵御史书。附到洛州殖业坊王戎墓北第一铺。付妻一娘。"宣一以书示朝士。初其左授上蔡，潘好礼自上蔡令拜御史，仁奖赠诗曰："令乘骢马去，丞脱绣衣来。"当时讶之，或以为假手。仁奖初拜监察，谢朝贵，但云："有幸把公马足。"时朝士相随，遇一胡负两束柴，曰："此胡合拜殿中。"或问其由，答曰："赵仁奖负一束而拜监察，此负两束，固合授殿中。"（出《御史台记》）

留下来以告诫后人。（出《御史台记》）

赵仁奖

唐朝时有个叫赵仁奖的人，河南人氏，在殖业坊“竹林七贤”之一王戎墓地的北面做生意，他唱《黄獐》这首歌曲唱得很好。他与一个宦官有老交情，因此便托附对方帮忙。中宗景龙年间，在那个宦官的帮助下，他背负柴火来到皇宫大殿前直接求见皇上，最终得到了皇上的召见。皇上说道：“这是一个愿意身背一捆柴火来帮助国家烹调食物的人。”当天便任命他在御史台任职。到睿宗朝时，赵仁奖被降职为上蔡县丞。一次到京城出差时，他去拜访尚书台的老同事，行事毫无约束，到处欢聚。御史倪若水对杨茂直说：“这是个庸俗的人，任意妄为且卑劣无能。”就上书弹劾他。中书令姚崇说道：“这就是那个会唱《黄獐》的人。”于是改授他为当州悉当县的县尉，并且让他立即前往赴任。赵仁奖在御史台任职时，没有表现出任何其他的能力，仅仅是以会唱《黄獐》而自我炫耀。宋务先曾批注评论他说：“赵仁奖出自王戎的‘幕府’下，进入朱门台省之中。仅仅因为自背柴火的劳役之举，而位列御史台。路上的行人遇到他不会避开他的马，坐下休息的人们只是听他的《黄獐》歌。”当时崔宣一正巧到京城去办事，赵仁奖便托他捎了一封信回家，他在信封上写道：“西京赵御史的书信，请送到洛州殖业坊王戎之墓北边的第一商铺，付妻一娘。”崔宣一将书信展示给了朝官们。当初他刚刚被降职到上蔡时，潘好礼刚好由上蔡县令调升任为御史，赵仁奖赠送了一首诗给他：“令乘骢马去，丞脱绣衣来。”当时大家看到这首诗后觉得非常惊讶，有人认为这是他请人帮他代写的。赵仁奖刚担任监察御史时，去向朝中的权贵道谢，只说：“有幸抱住了你的马腿。”当时有朝廷官员们一起同行，恰好遇到一个胡人背着两捆柴火经过，一个官员说道：“这个胡人应当授予他殿中之职。”有人便问他缘由，他回答说：“那时赵仁奖背了一捆柴火便被授予了监察御史之职。这个人背了两捆柴火，当然应当授予殿中一职了。”（出《御史台记》）

姜师度

唐姜师度好奇诡。为沧州刺史，兼按察，造枪车运粮，开河筑堰，州县鼎沸。于鲁城界内，种稻置屯，穗蟹食尽，又差夫打蟹。苦之，歌曰：“鲁地一种稻，一概被水沫。年年索蟹夫，百姓不可活。”又为陕州刺史，以永丰仓米运将，别征三钱，计以为费。一夕忽云得计，立注楼，从仓建槽，直至于河，长数千丈。而令放米，其不快处，具大把推之，米皆损耗，多为粉末。兼风激扬，凡一函失米百石，而动即千万数。遣典庾者偿之，家产皆竭。复遣输户自量，至有偿数十斛者。甚害人，方停之。（出《朝野佥载》）

成敬奇

唐成敬奇有俊才，天策中，诣阙自陈，请日试文章三十道。则天乃命王勃试之，授校书郎，累拜监察大理正，与紫微令姚崇连亲。崇尝有疾，敬奇造宅省焉，对崇涕泪。怀中置生雀数头，乃一一持出，请崇手执之而后释。祝云：“愿令公速愈也。”崇勉从之。既出，崇鄙其谀媚，谓子弟曰：“此泪从何而来？”自兹不复礼也。（出《御史台记》）

姜师度

唐代有个叫姜师度的人，喜欢做一些离奇古怪的事。他担任沧州刺史时还兼任着按察史之职，他下令让人制造了运粮车运送粮食，开凿河道，修筑堤坝，一时间州属各县忙乱不堪。他又下令让人在鲁城县内开垦荒地，种殖水稻，结果稻穗都被螃蟹吃掉了，于是他又差遣大批劳役去抓蟹。这些让当时的百姓感到非常劳累，曾有一首歌谣说："鲁地一种稻，一概被水没，年年索蟹夫，百姓不可活。"另外他在担任陕州刺史时，想要将永丰县粮仓的米运往各地，每户需要另外征收三贯钱，合在一起作为运费。有一天他忽然说想到了一条妙计，他让人在地形较高的地方建造粮仓，并从粮仓处挖建地槽，一直到达河边，长达几千丈。然后他让人从粮仓沿地槽往下放米直接注入船中，中途有流动不快的地方，便让人往前推，因而损耗的米很多，大多变成了碎末。再加之大风吹扬，传送一槽米大约要损失上百石，一动便是上千万石的损失。因此他便让负责管理的人赔偿，这些人的家产很快就被赔光了。后来他又让负责传送的人家自己计算自己该赔偿的数量，致使有的人家赔偿的数量达到了几十斛（一斛为十斗）。后来因为这样操作太过害人，才被迫停止了。（出《朝野佥载》）

成敬奇

唐朝有个叫成敬奇的，是个才智卓越的人。天策年间，他前往朝堂向武则天自陈本人的才学，请求一天之内考他文章三十道题。于是武则天便命王勃出题来考他，之后被任命为校书郎，后来又连续升迁至监察大理正，与中书令姚崇结成了亲家。曾有一次姚崇生病了，成敬奇到他家里来看望他，看到姚崇时他竟然涕泪横流。当时他怀里放着几只活着的雀，他一一掏出，请姚崇用手抓住它们一一放飞，并祝颂道："祝愿令公赶快好起来！"姚崇勉强听从了他的话。不久成敬奇便离开了，姚崇很厌恶他阿谀谄媚的样子，便问家中子弟们说："他的眼泪是怎么来的？"从此之后对成敬奇不再以礼相待。（出《御史台记》）

石惠泰

唐岐王府参军石惠泰，与监察御史李全交诗曰：“御史非长任，参军不久居。待君迁转后，此职还到余。”因竞放牒往来，全交为之判十余纸以报之，乃假手于拾遗张九龄。（出《朝野佥载》）

冯光震

唐率府兵曹参军冯光震入集贤院，校文选。尝注“蹲鸱”云：“蹲鸱者，今之芋子，即是著毛萝卜也。”萧令闻之，拊掌大笑。（出《谭宾录》）

李谨度

唐御史中丞李谨度，宋璟引致之。遭母丧，不肯举发哀。讣到，皆匿之。官寮苦其无用，令本贯瀛州，申谨度母死，尚书省牒御史台，然后哭。其庸猥皆此类也。（出《朝野佥载》）

三 耖

唐王怡为中丞，宪台之耖；姜晦为掌选侍郎，吏部之耖；崔泰之为黄门侍郎，门下之耖。号为京师三耖。（出《朝野佥载》）

阳 滔

唐阳滔为中书舍人。时促命制敕，令史持库钥他适，无旧本捡寻，乃斫窗取得之。时人号为“斫窗舍人”。（出《朝野佥载》）

石惠泰

唐朝时岐王府有个叫石惠泰的参军，给监察御史李全交写了一首诗，说道："御史非长任，参军不久居。待君迁转后，此职还到余。"因此小心地将这首诗夹放在经常往来的文书案卷中，李全交为此写了十几篇批评文章回报他，并假借说是出自于拾遗张九龄之手。（出《朝野佥载》）

冯光震

唐朝时，东宫率府兵曹有个叫冯光震的参军入选了集贤院，让他校注《文选》。有一次他在注解"蹲鸱"一词时写道："蹲鸱，现在我们称之为芋子，也就是长毛的萝卜。"萧令听说这件事后，拍手大笑。（出《谭宾录》）

李谨度

唐朝时有个叫李谨度的御史，是由宋璟引荐的。当他母亲去世时，他却不肯发丧举行仪式哀悼。每当有讣告寄到时，便都被他给藏了起来。他的同僚们苦于没有办法，就让他本籍所在地瀛州的官府申告李谨度母亲死亡的事。直到尚书省的文书发到御史台后，他才哀哭。他便像是这卑俗猥劣的一类人！（出《朝野佥载》）

三　㱙

唐朝时有个叫王怡的担任御史中丞，被称为御史台最丑恶的人。有个叫姜晦的担任主管铨选的侍郎，被称为吏部最丑恶的人。有个叫崔泰之的担任黄门侍郎，被称为门下省最丑恶的人。这三人当时被大家称为"京师三㱙"。（出《朝野佥载》）

阳　滔

唐朝时有个叫阳滔的人，曾担任过中书舍人。有一次皇上急令让他抄制诏书，可由于掌管库房钥匙的令史去了别的地方，无法取到

常定宗

唐国子祭酒辛弘智诗云："君为河边草，逢春心剩生。妾如台上镜，照得始分明。"同房学士常定宗，为改"始"字为"转"字，遂争此诗，皆云我作。乃下牒，见博士罗道宗，判云："昔五字定表，以理切称奇。今一言竞诗，取词多为主。诗归弘智，转还定宗。以状牒知，任为公验。"（出《朝野佥载》）

张玄靖

唐张玄靖，陕人也，自左卫仓曹拜监察，性非敦厚。因附会慕容宝节而迁。时有两张监察，号玄靖为小张。初入台，呼同列长年为兄，及选殿中，则不复兄矣。宝节既诛，颇不自安，复呼旧列为兄。监察杜文范，因使还，会郑仁恭方出使，问台中事意，恭答曰："宝节败后，小张复呼我曹为兄矣。"时人以为谈笑。（出《御史台记》）

旧稿本来参考，于是他将窗框砍断了进去才取到了旧稿本。所以当时的人们便称之为“斫窗舍人”。（出《朝野佥载》）

常定宗

唐朝时有个叫辛弘智的国子祭酒作了一首诗，写道：“君为河边草，逢春心剩生。妾如台上镜，照得始分明。”他的同室学士常定宗，帮助他将其中的“始”字改为了“转”字，因此想要争夺这首诗。两人都说这首诗是自己写的，争执不下，因此便写了讼状去见博士罗道宗，罗道宗裁断道：“过去写诗以五个字作为衡定标准，以说理深刻为奇。现在凭一个字就想要夺取诗，取字数多的为诗作的主人，所以这首诗归辛弘智所有，‘转’字还给常定宗。将这纸状文发放下去，任由大家来验证。”（出《朝野佥载》）

张玄靖

唐朝时有个叫张玄靖的，是陕州人氏。他从左卫仓曹升任为监察御史，性情并不是那么忠厚老实，因为追随巴结慕容宝节而得以升迁。当时御史台有两位张姓监察史，大家因此称张玄靖为小张。刚刚进入御史台时，他称呼年长的同事们为兄，但当他升为殿中御史后，便不再称年长的同事为兄了。后来当慕容宝节因罪被杀后，他心中很是不安，又改称御史台的老同事为兄。监察御史杜文范因出差刚刚回来，碰上郑仁恭正准备出差，便向郑仁恭询问最近御史台中有没有什么事情发生，郑仁恭回答道：“慕容宝节被杀后，小张又称呼我辈为兄长了。”当时人都将这当作了谈笑的内容。（出《御史台记》）

卷第二百六十 嗤鄙三

公羊传

有甲欲谒见邑宰，问左右曰："令何所好？"或语曰："好《公羊传》。"后入见，令问："君读何书？"答曰："唯业《公羊传》。"试问："谁杀陈他者？"甲良久对曰："平生实不杀陈他。"令察谬误，因复戏之曰："君不杀陈他，请是谁杀？"于是太怖，徒跣走出，人问其故，乃大语曰："见明府，便以死事见访，后直不敢复来，遇赦当出耳。"（出《笑林》）

李文礼

唐李文礼，顿丘人也，好学有文华，累迁至扬州司马，而质性迟缓，不甚精审。时在扬州，有吏自京还，得长史家书，云姊亡，请择日发之。文礼忽闻姊亡，乃大号恸。吏伺其便，复白曰："是长史姊。"文礼久而徐问曰："是长史姊耶？"吏曰："是。"文礼曰："我无姊，向亦怪矣。"（出《御史台记》）

公羊传

有一个人准备前去拜访县令，便问身边的人说：“请问县令有什么喜好？”有人回答道：“他喜欢《公羊传》这本书。”后来前往拜见时，县令问他：“请问你读过一些什么书啊？”他答道：“我只研读过《公羊传》。”县令又问他：“请问陈他是被谁杀的？”那个人很久之后才回答道：“我平生实在未曾杀害陈他。”县令觉察到了他的错误，因而又戏弄他道：“你没有杀陈他，那么请问是谁杀的？”因此那人十分恐惧，光着脚丫子便走了出去。有人问他为什么变成了这个样子，他便大声说道：“一见县令，他便拿杀人的事来追问我，以后真的不敢再来了。刚才县令赦免了我，当然要赶紧出来了。”（出《笑林》）

李文礼

唐朝人李文礼，是顿丘人氏，他好学且有文采，在官场上一直升迁到了扬州司马。他生性迟钝，对任何事情都不是太精细审慎。当他在扬州的时候，有一个官员从京城回来，他收到了长史给他捎来的一封家信，说姐姐亡故了，让他选个日子启程回去举行吊唁仪式。李文礼忽然听到了姐姐亡故的消息，就号啕恸哭起来。那个官员等到他安静下来时，才再次对他说：“是长史的姐姐。”李文礼过了好一会儿才缓缓问道：“是长史的姐姐吗？”那个官员回答道：“是的。”李文礼说道：“我没有姐姐，先前就觉得奇怪了。”（出《御史台记》）

殷安

唐逸士殷安，冀州信都人。谓薛黄门曰：“自古圣贤，数不过五人。伏羲八卦，穷天地之旨。一也。”乃屈一指。“神农植百谷，济万人之命。二也。”乃屈二指。“周公制礼作乐，百代常行。三也。”乃屈三指。“孔子前知无穷，却知无极。拔乎其萃，出乎其类。四也。”乃屈四指。“自此之后，无屈得指者。”良久乃曰：“并我五也。”遂屈五指。而疏籍卿相，男徵谏曰：“卿相尊重，大人稍敬之。”安曰：“汝亦堪为宰相。”徵曰：“小子何敢。”安曰：“汝肥头大面，不识今古，噇徒江切。食无意智，不作宰相而何？”其轻物也皆此类。

姓方人

唐有姓方人，好矜门地，但有姓方为官，必认云亲属。知识疾其如此，乃谓之曰：“丰邑公相，丰邑坊在上都，是凶肆，出方相也。是君何亲？”曰：“是某乙再从伯父。”人大笑曰：“君既是方相侄儿，只堪吓鬼。”（出《启颜录》）

元宗逵

唐元宗逵为果州司马，有婢死，处分直典云：“逵家老婢死，驱使来久，为觅一棺木殡之。逵初到家贫，不能买得新者，但得一经用者，充事即得。亦不须道逵买，云君家自有须。”直典出门说

殷安

唐代有个叫殷安的隐士，为冀州信都人氏。一次他对薛黄门说："自古以来称得上圣贤的人，加起来不会超过五个人。伏羲创演的八卦，穷尽了天地间的真谛。这是第一个圣贤之人。"于是屈下一指。"神农氏培育了各种粮食，养活了万人的生命。这是第二个圣贤之人。"屈下第二个手指。"周公旦制订了礼、乐制度，后世遵照执行。这是第三个圣贤之人。"屈下第三个手指。"孔子对于过去的事无所不知，也能预知无穷尽的未来，是个出类拔萃的人物。这是第四个圣贤之人。"屈下第四个手指。"从这以后，没有人能屈指算得上的了。"过了好一会儿才说："加上我，算是第五个圣贤之人。"就屈下了第五个手指。殷安有意疏远并轻视那些高官卿相，男征劝他说："卿相是值得尊重的，大人也该稍稍尊敬一下他们。"殷安道："你也可以做宰相。"男征道："小子我哪里敢当？"殷安道："你看你肥头大脸的，不懂今古，只知道狂吃狂喝却没有才智，不做宰相做什么？"那些轻世傲物的人也都是像他一样的人。

姓方人

唐朝时，有个姓方的人特别喜欢炫耀自己的门第，但凡是方姓当官的人，他必定会说是自己的亲属。有认识他的人对他的这种做法特别厌恶，于是便对他说："丰邑坊的方相，丰邑坊在上都，是个出售丧葬用物的店铺。方相，是古代出殡时用纸糊的面目狰狞的开路神。是你的什么亲戚？"那个姓房的人说："是我同曾祖的伯父。"问话的人听了大笑道："既然你是方相的侄儿，那你就只能去做一些吓唬鬼的事了。"（出《启颜录》）

元宗逵

唐代有个叫元宗逵的人，担任了果州司马之职。他家的一个奴婢死了，于是他安排直典道："我家的一个老佣人死了，她在我家听使唤很多年了，应该给她找一口棺材安葬了。可是我刚刚到这，家里

之，一州以为口实。（出《大唐新语》）

独孤守忠

唐杭州参军独孤守忠领租船赴都，夜半，急追集船人，更无他语，乃曰：“逆风必不得张帆。”众大哂焉。（出《朝野佥载》）

王熊

唐王熊为泽州都督。府法曹断略粮贼，惟各决杖一百，通判，熊曰：“总略几人？”法曹曰：“略七人。”熊曰：“略七人合决七百。”法曹曲断，府司科罪。时人哂之。前尹正义为都督，公平，后熊来替。百姓歌曰：“前得尹佛子，后得王癞獭。判事驴咬瓜，唤人牛嚼铁。见钱满面喜，无镪从头喝。常逢饿夜叉，百姓不可活。”（出《朝野佥载》）

麴崇裕

唐冀州参军麴崇裕《送司功入京》诗曰：“崇裕有幸会，得遇明流行。司士向京去，旷野哭声哀。”司功曰：“大才士，先生其谁？”曰：“吴儿博士，教此声韵。”司功曰：“师明弟子哲。”（出《朝野佥载》）

贫困，没办法买到新棺材，只要能够得到一个曾经用过的，可以将丧事办了就行。也不要说是我要买的，就说是你自己家要用。”直典出门后便将这事说了出去，全州的人听说后都将这事当作了谈话聊天的话题。（出《大唐新语》）

独孤守忠

唐朝时，有个叫独孤守忠的杭州参军押送着租船前往京城。半夜的时候，他将所有船上的人紧急召集起来，没有说别的话，只说道：“逆风一定不能将船帆张开。”众人听后大笑。（出《朝野佥载》）

王熊

唐朝时一个叫王熊的曾担任过泽州都督。一天都督府的法曹正在审判抢掠粮食的盗贼，只是判决每个人各杖打一百，然后向王熊通报了判罪结果。王熊问道：“参与抢劫的总共有几个人？”法曹回答道：“总共有七个人。”王熊说道：“参与抢劫的七个人加起来应当判决罚款七百。”法曹只好错误地按照他的意见改判了，府司也依此给他们七个人定了刑。当时的人们都讥笑这件事。以前尹正义担任泽州都督时，处事非常公平，后来王熊前来接替了他的职位，当地百姓编了歌谣唱道：“前得尹佛子，后得王癞獭。判事驴咬瓜，唤人牛嚼铁。见钱满面喜，无镪从头喝。常逢饿夜叉，百姓不可活。”（出《朝野佥载》）

麴崇裕

唐朝时，冀州参军曲崇裕写了一首《送司功入京》诗道：“崇裕有幸会，得遇名流行。司士向京去，旷野哭声哀。”司功问他说：“大才子，请问是哪位先生教你写的诗啊？”曲崇裕回答说：“是吴地的一位少年博士，教我这样押韵的。”司功听后说道：“真是老师高明，学生便会有智慧啊！”（出《朝野佥载》）

梁士会

唐滑州灵昌尉梁士会，官科乌翎，里正不送。举牒判曰："官唤乌翎，何物里正，不送乌翎。"佐使曰："公大好判，乌翎太多。"会索笔曰："官唤乌翎，何物里正，不送雁翅。"有识之士，闻而笑之。（出《朝野佥载》）

张怀庆

唐李义府尝赋诗曰："镂月成歌扇，裁云作舞衣。自怜回雪影，好取洛川归。"有枣强尉张怀庆好偷名士文章，乃为诗曰："生情镂月为歌扇，出意裁云作舞衣。照镜自怜回雪影，来时好取洛川归。"时人谓之语曰："活剥王昌龄，生吞郭正一。"（出《大唐新语》）

康 詟

唐玄宗既用牛仙客为相，颇忧时议不叶，因访于高力士："用仙客相，外议以为如何？"力士曰："仙客出于胥吏，非宰相器。"上大怒曰："即当用康詟。"盖上一时恚怒之词，举其极不可者。或有窃报詟，以为上之于君，恩渥颇深，行当为相矣。詟闻之，以为信然。翌日，盛服趋朝，既就列，延颈北望，冀有成命。观之者无不掩口。然时论亦以长者目焉。詟为将作大匠，多巧思，尤能知地。尝谓人曰："我居是宅中，不为宰相耶？"闻之者益为嗤笑。今新昌里西北牛相第，即詟宅也。（出《明皇杂录》）

梁士会

唐朝时，滑州灵昌县的县尉梁士会，是参加乌翎科考中举后授的官。当他中举后里正没有给他送乌鸦翎羽，于是他便在公文簿上写道："官科名叫作乌翎，是哪一个里正，没有送来乌翎？"佐使道："你这事太好解决了，乌鸦的羽毛太多了。"梁士会提笔写道："官科名叫乌翎，是哪一个里正没有送来雁翅？"那些有识之士，在听说这件事后都嘲笑他。（出《朝野佥载》）

张怀庆

唐朝时有个叫李义府的人，曾写了一首诗道："镂月成歌扇，裁云作舞衣。自怜回雪影，好取洛川归。"有个叫张怀庆的枣强县的县尉，喜欢偷窃名家的文章，于是他也写了一首诗道："生情镂月为歌扇，出意裁云作舞衣。照镜自怜回雪影，来时好取洛川归。"当时的人们评价他时说道："活剥王昌龄，生吞郭正一。"（出《大唐新语》）

康䛒

唐玄宗已经决定了要启用牛仙客为宰相，但他还是比较担心这会与当时的社会舆论不符，因而向高力士询问道："如果任命牛仙客为宰相，你认为外边的舆论会怎么样？"高力士回答道："牛仙客出身于小官吏，我觉得不是做宰相的料。"唐玄宗听后生气地说道："那就应该起用康䛒！"这本来是唐玄宗一时气愤说的话，举了一个最不应该起用的人。有人听到后偷偷将这事告诉了康䛒，以为这是因为唐玄宗对康䛒很恩宠，真的要提拔他为宰相了。康䛒听说这话后，也信以为真。第二天，康䛒便换上了一套好衣服前去上朝。站好班列后，他便一直伸长脖子向着北坐的皇上张望，希望能听到有任命自己为相的诏命。见此情形的人无不掩口讥笑。然而当时的舆论也都将他当作长者来看待。康䛒以为自己即将成为大臣，他心里就有了很多奇巧的心思，尤其能预测地形风水。他曾经对人说："我居住在这一

征君

唐肃宗之代，急于贤良，下诏搜山林草泽，有怀才抱德及匡时霸国者，皆可爵而任之。有征君自灵武，衣草衣，蹑芒扃，诣于国门。肃宗闻之喜曰："果有贤士应募矣。"遂召对，访时事得失，卒无一辞。但再三瞻望圣颜而奏曰："微臣有所见，陛下知之乎？"对曰："不知。"奏曰："臣见陛下圣颜，瘦于在灵武时。"帝曰："宵旰所劳，以至于是。"侍臣有匿笑不禁者。及退，更无他言。帝知其妄人也，恐闭将来贤路，僶俛除授一邑宰。洎将寒食，京兆司逐县索杏仁，以备贡奉。闻之，大为不可，独力抗之，遂诣阙请对。京兆司亦惧此征君必有异见，将奈之何。及召对，奏曰："陛下要寒节杏仁，今臣敲将来，乌复进浑杏仁。"上哈而遣之，竟不置其罪。（出《玉堂闲话》）

李佐

唐李佐，山东名族。少时因安史之乱，失其父。后佐进士擢第，有令名，官为京兆少尹。阴求其父。有识者告后，往迎之于鬻片宅第的中央，难道还不能成为宰相？”听到这话的人对他的讥笑更是厉害了。现在新昌里西北角的牛相府第，就是原来康䛒的宅子。（出《明皇杂录》）

征君

唐肃宗时期，急需贤良的人才，因此下诏让人前往山林草泽搜寻，凡有才有德以及能够挽救时局且让国家强盛的人，都可以授予爵位并且任命相应官职。有一位来自灵武的征士，身穿草衣，脚踏草鞋，来到京都朝堂觐见肃宗。肃宗听说后非常高兴，他说：“果然有贤士前来响应招募了！”于是立即召见他前来答对。肃宗询问他对时事得失的看法，可是直到最后他也没有回答一句话，只是一次又一次地望着肃宗的脸，并且奏道：“微臣发现了一点东西，陛下您知道吗？”肃宗道：“不知道。”那个征士说道：“臣看出陛下的脸，是在灵武的时候消瘦的。”肃宗说道：“我每天天还未亮就起床，天黑后才吃饭，天天这样操劳，以至于瘦了。”左右官员听了有的忍不住笑了起来。一直到从朝堂中退出来，那个征士也没说过别的话。肃宗由此知道这是一个无知妄为的人，但因为担心以后贤良应招之路会因他封闭，所以为了勉励勉励他而授予了他一个县令之职。快要到寒食节了，京兆司一个县一个县地前往搜集杏仁，为向皇上贡奉食用作准备。那个征士听说此事后，认为这种做法很是不好，一个人极力抗拒，于是便请求上朝与皇上对话。京兆司也担心这人定是有什么不同寻常的见解，拿他没有什么办法。当肃宗召征士前去答对时，那个征士奏道：“陛下要寒食节用的杏仁，今天臣便是来敲打敲打的，请陛下不要再吃那些个浑杏仁了。”肃宗只是咳嗽了一声便将他送走了，最终没有治他的罪。（出《玉堂闲话》）

李佐

唐朝有个叫李佐的人，是山东的名门望族。少年时因为安史之乱，他的父亲便与他和家人走散了。后来李佐考中了进士前三名，有凶器家，归而奉养。如是累月。一旦，父召佐谓曰："汝孝行绝世，然吾三十年在此党中，昨从汝来，未与流辈谢绝。汝可具大猪五头，白醪数斛，蒜齑数瓮，薄饼十拌，开设中堂，吾与群党一酬申款，则无恨矣。"佐恭承其教，数日乃具。父散召两市善薤歌者百人至，初即列坐堂中，久乃杂讴，及暮皆醉。众扶佐父登榻。而薤歌一声，凡百齐和。俄然相扶父出，不知所在。行路观者亿万。明日，佐弃家人入山，数日而卒。（出《独异志》）

元载 常衮

唐代宗以庶务毕委宰相，而元载专政，益乱国典。非良金重宝，趑趄左道，不得出入于朝廷。及常衮为相，虽贿赂不行，而介僻自专，失于分别，故升陟多失。或同列进拟稍繁，别谓之沓伯。是时京师语曰："常无分别元好钱，贤者愚，愚者贤。"崔祐甫素公直，因众中唱言："朝廷上下相蒙，善恶同致。清曹峻府，为鼠辈养资考，岂裨皇化耶？"（出《杜阳杂编》）

了美名，被授予京兆少尹的官职。他私下里寻找父亲，有知道的人告诉了他父亲的消息后，他便前往一家卖棺材和陪葬物的铺子迎接父亲，将父亲接回家奉养。就这样过了几个月。有一天，父亲将李佐叫到跟前对他说："你的孝行是世上最好的，但是我三十年来一直与那伙人生活在一起。前些天跟你回来时，我也没能与那些人道谢告别一下。你可以准备五头肥猪，数斛白酒，几瓮蒜苗韭菜，十盘薄饼，在中堂庭院里开设几桌宴席，我要好好与他们喝一杯以表达我的诚意，这样我也就没有什么遗憾了。"李佐恭敬地接受了父亲的指教，几天后便准备好了一切。他的父亲分别将东、西二京善于唱《薤露》的上百人召来，最开始时将他们安置在了庭院中堂两边，不久后他们便杂乱地唱了起来。到了晚上时大家都喝醉了，众人搀扶着李佐的父亲登上床榻。他唱了一句《薤露》，其他的一百多人便一起和唱起来。不久后大家扶着李佐的父亲出了庭院，不知去了哪里。一路上有无数围观的人。第二天，李佐丢下家人走进了大山里，几天后便去世了。（出《独异志》）

元载　常衮

唐代宗时他将国家的所有政务都全部委托给了宰相处理，但是宰相元载却独揽政权，使得国家的典章制度变得越来越混乱，如果不是良金重宝，不是专门行贿或搞邪门歪道的人，没有办法出入于朝廷。当常兖接任宰相后，虽然受贿的风气有所收敛，但是他却孤僻自傲且独断专行，无法分辨好坏，所以在人才的选拔任用上有很多失误。有的同事找他处理事情稍稍频繁了一点，他就称人家是个冗沓的人。当时京城里的舆论说道："常兖无法分别好与坏而元载贪财。他们专权时常常把贤人当作愚人，而愚人也会被看作贤人。"崔祐甫为人向来公道正直，因而他在众人中大声说道："朝廷里从上到下都昏昧无知，善恶不分。本来应当是清廉严峻的官府，如今却变成了鼠辈们养尊处优的地方。这又怎么能够有助于皇上的教化呢？"（出《杜阳杂编》）

崔阡

唐顺宗在东宫，韦渠荐崔阡。拜谕德，为侍书。阡触事面墙，对东宫曰："臣山野鄙人，不识朝典，见陛下合称臣否？"东宫曰："卿是官僚，自合知也。"（出《嘉话录》）

黎幹

唐代宗朝，京兆尹黎幹以久旱，祈雨于朱雀门街。造土龙，悉召城中巫觋，舞于龙所。幹与巫觋更舞，观者骇笑。弥月不雨，又请祷于文宣王庙。上闻之曰："丘之祷久矣。"命毁土龙，罢祈雨，减膳节用，以听天命。及是甘泽乃足。（出《卢氏杂说》）

崔叔清

唐杜佑镇淮南，进崔叔清诗百篇。德宗谓使者："此恶诗，焉用进？"时人呼为"准敕恶诗"。（出《国史补》）

常愿

唐刘禹锡云：贞元中，武臣常愿，好作本色语。曾谓余曰："昔在奉天，为行营都虞候。圣人门，都有几个贤郎。"他悉如此。且曰："奉天城斗许大，更被朱泚吃兵马楦，危如累鸡子。今抛向南衙，被公措大伟。龁邓。"邓把将他官职去。至永贞初，禹锡为御

崔阡

唐顺宗还在东宫当太子时，韦渠向他推荐了崔阡。于是太子便让他担任了谕德（官职名）之职，后又改任为侍书。但崔阡不学无术，遇事后就像面对墙壁而立一样，一无所知，他对太子说：“臣只是山野鄙人，不懂得朝廷的规章制度，见到陛下时我应当称臣吗？”太子说道：“你是宫中的官员，这些你自己应该要知道。”（出《嘉话录》）

黎幹

唐朝代宗时期，京兆尹黎幹因为当时天气久旱无雨，就在朱雀门街道举行了求雨活动。他在这建造了一条土龙，将城里所有的巫师都召集了过来，在建造土龙的地方跳舞祈雨。其中黎幹比巫师们跳舞跳得更厉害，围观的人见了又惊又笑。可是后来的整整一个月天也没有下雨，于是黎幹又到文宣王庙祈祷。唐代宗听说后说道：“孔子已经祈祷过很长时间了。”下令让人毁掉了土龙，停止了求雨活动，缩减膳食费用，以听从上天的安排。从这之后，雨水反而是下足了。（出《卢氏杂记》）

崔叔清

唐德宗时期杜佑担任淮南节度使的时候，他向皇上进献了一百篇崔叔清写的诗歌。德宗看后对前来送诗的人说道：“像写得这么差的诗，哪里还用得着进献！”于是当时的人便将崔叔清的诗都称为“准敕恶诗”。（出《国史补》）

常愿

唐代时，刘禹锡曾对人说：“贞元年间时，有一个叫常愿的武将，总是喜欢说一些本行话。他曾对我说：‘过去我在奉天，担任行营都虞候。圣人门（酒店里），一直有几个贤郎（饮酒人）。’他所说的话大多都是这样的。他还说：‘奉天城就像斗一样大小，更是被朱泚吃

史监察，见常愿摄事在焉，因谓之曰："更敢道纥邓否？"曰："死罪死罪。"（出《嘉话录》）

刘士荣

唐于頔之镇襄阳也，朝廷姑息，除其子方为太常丞。頔让之，表曰："刘元佐儿士荣以佐之功，先朝为太常丞。时臣与士荣同登朝列，见其凡劣，实鄙之。今臣功名不如元佐，男某凡劣，不若士荣。若授此爵，更为叨忝。"德宗令将其表宣示百寮。时士荣为南衙将军，目睹其表。有浑鐻者，锡之客也。时镐宴客饮酒，更为令曰："征近日凡劣，不得即雨。"鐻曰："刘士荣。"镐曰："于方。"镐谓席人曰："诸公并须精除。"（出《嘉话录》）

袁德师

唐窦群与袁德师同在浙西幕，窦群知尉。尝嗔堂子曰："须送伯禽。"问德师曰："会否？"曰："某乙亦不到如此，也还曾把书读，何乃相轻。"诘之："且伯禽何人？"德师曰："只是古之堂子也。"满座人哂。（出《嘉话录》）

蒋乂

唐蒋乂撰宰臣录，每拜一相，旬月必献传卷，故为物议所嗤。

兵马楦（意为被朱泚的兵马弄得满满的），就像累在一起的鸡蛋一样。现在抛向南衙，被公当成措大了。真想咬邓一口。’”邓把常愿的官职剥夺了。到永贞初年时，刘禹锡任御史台监察使。他见常愿在这里管事，因此对他说道：“还敢说咬邓吗？”常愿回答道：“我实在是死罪、死罪啊！”（出《嘉话录》）

刘士荣

唐朝人于頔之镇守在襄阳，朝廷对他很是宽容与优待，提拔他的儿子于方担任了太常丞。于頔之为他推辞，为此上表说：“刘元佐的儿子刘士荣因为刘元佐的功劳，而被先朝授予了太常丞的职位。当时我与刘士荣曾同朝为官，发现他品性凡劣，实在是令人鄙视。如今我的功名比不上刘元佐，我儿子也是个平庸低劣的人，还不如刘士荣。如果授予他太常丞的爵位，更是让人觉得受之有愧。”唐德宗下令将他的奏表公布给百官阅览。当时刘士荣为南衙将军，目睹了这份奏表。有个叫浑鐻的人，是锡的门客。有一天镐宴请客人，席间饮酒时镐又出酒令说：“近日的天气看起来比较平常，不可能会立即下雨。”浑鐻猜道：“刘士荣。”锡猜道：“于方。”镐对在座的客人说道：“各位一定能共同高升。”（出《嘉话录》）

袁德师

唐朝人窦群与袁德师曾一起在浙西幕府任职，窦群还兼任县尉一职。有一次他责怪一个堂子的人说：“须送伯禽！”他问袁德师道：“你会不会啊？”袁德师说道：“我还不至于到这个地步吧？我曾经也还是读过书的。为什么这样轻视人呢！”窦群又追问道：“那么你知道伯禽是个何人吗？”袁德师回答说：“伯禽不就是古代的一个堂子嘛。”在座的人听了没有不嘲讽他的。（出《嘉话录》）

蒋 乂

唐朝时有个叫蒋乂的人，他每拜访一位宰相，旬月之内就会为

（出《国史补》）

崔损

唐崔损，性极谨慎。每奏对，不敢有所发扬。两省清要，皆历践之，在位无称于人。身居宰相，母野殡，不言展墓，不议迁祔。姊为尼，没于近寺，终丧不临。士君子罪之，过为恭逊，不止于容身，而卒用此中上意。窃大位者八年，上知物议不叶，然怜而厚之。（出《谭宾录》）

他献上一份传文，所以总是被众人议论和嘲笑。（出《国史补》）

崔 损

唐代有个叫崔损的人，性情极为谨慎。每次在朝堂奏答时，不敢有所发挥。中书省、门下省这两处清贵显要的部门，他都担任过职务，可是在职期间都没有做出什么值得人们称道的贡献。他身居宰相之职，但其母亲死后葬荒野，他也从来没有说要到墓地去祭拜一番，也不讨论迁殡合葬的事。他的姐姐出家为尼，死在附近的寺院里，一直到办完丧事他都没有前往祭拜。一些正人君子都因此而怪罪他，认为他太过谦恭，不只是为了安身，而是想以此来迎合皇上，使其满意。他窃居高位八年，皇上知道社会舆论批评他行止不端，但仍旧怜爱而且厚待于他。（出《谭宾录》）

卷第二百六十一 嗤鄙四

张茂昭 王 播 李秀才 姓严人 王初昆弟 李 据 教坊人
南海祭文宣王 太常寺 柳氏婢 韩 袒 王智兴 韦氏子
令狐绹 郑 光 郑 畋 卢 携 郑 綮 郑 准 张氏子
刘义方 郑群玉 梅权衡 李云翰

张茂昭

唐张茂昭为节镇，频吃人肉。及除统军，到京，班中有人问曰：“闻尚书在镇好人肉，虚实？”昭笑曰：“人肉腥而且肥，争堪吃。”（出《卢氏杂说》）

王 播

唐淮南节度王播，以钱十万贯，赂遗恩倖，以图内授。谏议大夫独孤朗、张仲方，起居郎孔敏行、柳公权，起居舍人宋申锡，补阙韦仁实、刘敦儒，拾遗李景让、薛延□等数人，前一日，诣延英抗论其事。后之贿迁，其徒实繁，自外官至内学士三司使，皆有定价，因此致位者不少。近有县令录事参军，亦列肆鬻之。至有白身便为宰守者。然所至多为四方诸侯不放上，有以知其来也。俾不遵王命，抑有由焉。岂时之重利耶？而谏省任非其人耶？未尝以一字整顿颓纲。深所未谕。（出《卢氏杂说》）

张茂昭

唐朝时有个叫张茂昭的人，是个节度使，经常吃人肉。当他被任命为统军之后，便回到了京城任职。他的同僚中有人问他道："听说尚书在担任节度使之时喜欢吃人肉，是真的还是假的？"张茂昭笑着说道："人肉又腥腻且柔韧难嚼，怎么能吃呢！"（出《卢氏杂记》）

王播

唐朝时有个叫王播的淮南节度使，用十万贯钱贿赂皇上身边的宠臣，想以此谋求到朝廷内的官职。这些宠臣包括谏议大夫独孤朗、张仲方，起居郎孔敏行、柳公权，起居舍人宋申锡，补阙韦仁实、刘敦儒，拾遗李景让、薛延口等几个人。前一天，他们已经前往延英殿一起讨论过这件事，之后才根据所送钱财授官。像这样的人有很多。从外官迁转为内官，如学士、三司使等不同职位，都有明确的价格，所以得到这些官位的人不在少数。近段时间还有县令、录事参军等官职，也被列入了名单在店面出售，以至一些没有经过科举考试的、没有官资的平常百姓也一下子便当上了县宰或是郡守。然而来的人大多是来自那些不遵从皇上的命令的诸侯之地。有因为知道他们前来目的官员，他们也不遵从皇上的命令，或者是找出各种各样的理由。难道是当时的人们太重利了吗？或者是谏官所推荐的人选不当吗？对此没有人向皇上提出过哪怕是一个字的整顿意见。这实在是让人无法理解。（出《卢氏杂说》）

李秀才

唐郎中李播典蕲州日，有李生称举子来谒。会播有疾病，子弟见之，览所投诗卷，咸播之诗也。既退，呈于播。惊曰："此昔应举时所行卷也，唯易其名矣。"明日，遣其子邀李生，从容诘之曰："奉大人咨问，此卷莫非秀才有制乎？"李生闻语，色已变曰："是吾平生苦心所著，非谬也。"子又曰："此是大人文战时卷也，兼笺翰未更，却请秀才不妄言。"遽曰："某向来诚为诳耳，二十年前，实于京辇书肆中，以百钱赎得，殊不知是贤尊郎中佳制，下情不胜恐悚。"子复闻于播，笑曰："此盖无能之辈耳，亦何怪乎？饥穷若是，实可哀也。"遂沾以生饩，令子延食于书斋。数日后，辞他适，遗之缣缯。是日播方引见。李生拜谢前事毕，又云："某执郎中盛卷，游于江淮间，已二十载矣。今欲希见惠，可乎？所贵光扬旅寓。"播曰："此乃某昔岁未成事所怀之者，今日老为郡牧，无用处，便奉献可矣。"亦无愧色，旋置袖中。播又曰："秀才今拟何之？"生云："将往江陵，谒表丈卢尚书耳。"播曰："贤表丈任何官？"曰："见为荆南节度使。"播曰："名何也？"对曰："名弘宣。"播拍手大笑曰："秀才又错也，荆门卢尚书，是某亲表丈。"生惭悸失次，乃复进曰："诚君郎中之言，则并荆南表丈，一时曲取。"于是再拜而走出。播叹曰："世上有如此人耶！"蕲间悉话为笑端。（出《大唐新语》）

李秀才

唐朝有个叫李播的郎中，在他被任命为蕲州刺史的那天，有一个自称是举子的李姓读书人前来拜访。正好碰上李播生病了，子弟们会见了那个读书人。看了读书人递来的诗卷，发现全是李播的诗。这位李姓读书人走后，子弟们将其诗稿呈给了李播，李播看后惊讶地说道："这些都是我当年应举时所做的答卷啊！只是改了个人名而已。"第二天，李播便让儿子前去邀请李生过来。李播的儿子冷静地追问李生："大人让我问问你，这些诗稿难道都是李秀才你写的吗？"李秀才听到这话，脸色一下就变了，说道："这些诗稿都是我用尽毕生精力所写的，不会有错。"李播的儿子又说道："这是大人参加科举考试时所做的答卷，同时还有书札等都没有更改。还请李秀才不要再胡言乱语了。"李秀才急忙说道："我之前确实是说谎了。实际上，是我二十年前在京城的一家书店以一百钱买来的。确实不知道是令尊的佳作。为此我的心情不胜恐慌。"李播的儿子又将这些情况说给父亲听，李播笑道："这人大概是个无能之辈，也没什么可奇怪的。饥饿、穷困就会让人这样，实在是可悲啊！"就送了些粮食给李书生，并让儿子在书房设宴招待了他。几天以后，李秀才要辞别去往他地，又送了一些丝绸细绢给他。这一天李播才接见了他。李秀才拜谢了李播之后又道："我拿着郎中您这么高水平的诗卷，游历于江淮一带，已经有二十年了。现在希望您能将它赠送给我，可以吗？也使它的光彩能在旅途中一路发扬光大。"李播道："这些是我过去还没成功之时的胸怀与抱负。如今我已年老且做了郡守，对我来说已没有什么用处了，便是送与你也是可以的。"李秀才听后也是面无愧色，马上就将诗稿放进了袖筒里。李播又问道："你现在打算前往哪里？"李秀才道："我准备前往江陵拜见表丈卢尚书。"李播道："你表丈担任什么官职啊？"李秀才回答道："他现在担任荆南节度使。"李播又问："他叫什么名字？"李秀才答道："他名叫弘宣。"李播拍手大笑道："李秀才你又错了。荆门卢尚书是我的亲表丈。"李秀才又惭愧又害怕，行为失常，于是再次进言道："确实是像郎中说的一样，但那是你我共同的荆南表丈，刚才只是我说得过于婉转了。"

姓严人

唐京兆尹庞严，及第后，从事寿春。有江淮举人姓严，是登科记误本，倒书庞严姓名，遂赁舟丐食就谒，时郡中止有一判官，亦更不问其氏，便诣门投刺，称从侄。庞之族人甚少，览刺极喜，延纳勤勤，款曲同食。语及族人，都非庞氏之事，庞方讶之。因问："至竟郎君何姓？"曰："某姓严。"庞抚掌大笑曰："君误矣！严自名严，预君何事？"挥之令去，而犹自谓不误，从容而退。（出《因话录》）

王初昆弟

唐长庆太和中，王初、王哲，俱中科名。其父仲舒显于时。二子初官，不为秘书省官，以家讳故也。既而私相议曰："若遵典礼避私讳，而吾昆弟不得为中书舍人、中书侍郎、列部尚书。"乃相与改讳，只言仲字可矣。又为宣武军堂书记，识者曰："二子逆天忤神，不永。"未几相次殒谢。（出《独异志》）

就再拜离开了。李播感叹道："这世上竟然还有这样的人！"蕲州人都将这事当作了笑话。（出《大唐新语》）

姓严人

唐朝时有个叫庞严的京兆尹，当初刚刚考中进士后便被派往寿春郡任职。有个姓严的江淮举人，在记录科举考试结果的登记簿上将庞严的名字写错了，将庞严的姓名写颠倒了，于是这个姓严的江淮举人便租了一条船，一路乞讨前来拜见庞严。当时郡府中只有一个判官在值班，他也没问那个江淮人的姓氏，便直接来到庞严的门前递上江淮人的名帖，说这个人是他的远房侄子。庞严家族的人丁很少，看过名帖后很是高兴，就热情地将江淮人邀请到家里，殷勤地招待他一起吃饭。但是当讲起家中族人的时候，庞严发现那个人所说的都不是庞氏家族的事。庞严这才感到有些诧异，因而问道："请问你到底姓什么呀？"那江淮人回答道："我姓严。"庞严听后拍掌大笑道："你搞错了啊！我的名确实是叫严，但这关你什么事呢？"因此挥手让那个姓严的江淮人离开，而还没意识到是自己的错误。那个姓严的举人从容而去。（出《因话录》）

王初昆弟

唐朝的长庆、太和年间，王初、王哲兄弟俩先后都中了科举，他们的父亲王仲舒在当时也是声名显赫。王初、王哲两人最初为官之时，都没有在秘书省任职，这是因为家讳的缘故（按照旧礼制，君主、父母的名字必须避开）。不久，两兄弟便私下商议道："如果遵守典章礼制回避名讳的话，那么我们兄弟俩就不能当中书舍人、中书侍郎以及各部尚书。"于是相互改了名讳，只称呼父亲名讳一个仲字。后来他们兄弟两人中有个做了宣武军堂书记，认识他们的人说："王仲舒的两个儿子违背天命触犯了神灵，不会活得长久。"没过多久，两人便相继死掉了。（出《独异志》）

李 据

唐李据，宰相绛之侄。生绮纨间，曾不知书，门荫调补渑池丞。因岁节，索鱼不得，怒追渔师。云：“缘獭暴，不敢打鱼。”判云：“俯临新岁，猛兽惊人，渔网至宽，疏而不漏。放。”又祗承人请假，状后判云：“白日黄昏须到，夜即平明放归。”祗承人竟不敢去。又判决祗承人：“如此痴顽，岂合吃杖，决五下。”人有语曰：“岂合吃杖，不合决他。”李曰：“公何会，‘岂’是助语，共之乎者也何别。”（出《卢氏杂说》）

教坊人

唐有人衣绯，于中书门候宰相求官。人问前任，答曰：“属教坊，作西方师子左脚来三十年。”（出《卢氏杂说》）

南海祭文宣王

自广南祭海十数州，多不立文宣王庙。有刺史不知礼，将释奠。即署一胥吏为文宣王亚圣，鞠躬候于门外。或进止不如仪，即判云：“文宣、亚圣决若干下。”（出《岭南异物志》）

太常寺

唐有判太常寺，行事礼官祭圆丘，至时不到者，判云：“太常大寺，实自伽蓝。圆丘小僧，不合无礼。”（出《传载》）

李　据

唐代有个叫李据的人，是宰相李绛的侄子。他出生于贵族之家，以前不识字，因凭借家族祖先的功勋补缺当了绳池县丞。后来因为过年，向渔人索要鱼而没能得到，就生气地追问打鱼人，打鱼人道：“因为水獭暴动，不敢入水去打鱼。”李据因此裁断道：“新春马上就到了，猛兽让人害怕。鱼网织得很宽，但是疏而不漏。驱逐！”又有一次，一个侍者向李据请假，他便在假条的后面批复道：“白天黄昏时必须赶到，夜晚天快亮前必须返回。”那个侍者最后没敢走。于是李据又裁决道：“如此愚顽，岂合吃杖！判定杖打五下！”有人告诉他说：“岂合吃杖，就是不应当判定杖打他的意思。”李据道：“你懂什么，‘岂’是助词，与之乎者也一样，没有什么差别。”（出《卢氏杂说》）

教坊人

唐朝时，有个人身穿红色衣裳在中书省等候宰相，想向他求取官职。有人问他以前担任过什么职务，他回答说：“我以前是教坊的人，在西方狮子左脚干了三十年。”（出《卢氏杂说》）

南海祭文宣王

在广南沿海的十几个州有祭海的习俗，他们大多没有修建孔子庙。有一个州的刺史不懂这里的习俗礼仪，因此准备摆设馔肴来祭奠孔圣人。便安排了一个小官吏充当孙圣人、亚圣，他便恭敬地守候在门外。有的人前来祭祀时举止不合礼制，那个刺史就判定道：“由文宣王、亚圣来决定杖责多少下。”（出《岭南异物志》）

太常寺

唐朝时一个兼管太常寺的人，有一次负责主持在圆丘举行的祭礼活动。对于那些时辰到了却还没到的人，他裁断说：“太常是大寺，实际上自己就是个僧院。而圆丘不过是个小僧，不应当算是无

柳氏婢

唐仆射柳仲郢镇郪城，有婢失意，于成都鬻之。刺史盖巨源西川大校，累典支郡，居苦竹溪。女侩以婢导，以巨源尝其技巧。他日，巨源窗窥，柳婢侍左，通衢有鬻绫罗者，召之就宅。盖于束缣内，选择边幅，舒卷掠之，第其厚薄，酬酢可否。柳婢失声而仆，似中风，命扶之而去，都无言语，但令还女侩家。翌日而瘳，诘其所苦，青衣曰："某虽贱人，曾为仆射婢；死则死矣，安能事卖绫绢牙郎乎！"蜀都闻之，皆嗟叹世族之家，率由礼则。（出《北梦琐言》）

韩 昶

唐韩昶，名父之子也。虽教有义方，而性颇暗劣，尝为集贤校理。史传中有说金根车处，皆臆断之曰："岂其误欤，必金银车。"悉改根字为银字。至除拾遗，果为谏院不受。

王智兴

唐王智兴为汴师，有举人投谒。便□诗卷智兴□□□□□□□子谓鹤膝也遂善待之。兼□□□□□□□□□□□□□书举子明年落第，智兴极怒。□□□应□官□□□□□□□士有得者以其例大故□□□□□举□□□□□□□汴州一日致

礼。”（出《传载》）

柳氏婢

唐朝时有个叫柳仲郢的仆射，负责镇守鄋城。一次他的一个婢女让他不满意了，就在成都时将她卖掉了。刺史盖巨源原来是西川的一位大校，多次升迁官至州刺史，居住在苦竹溪。一个女人贩子将这个女婢介绍给了盖巨源，让盖巨源来评品这个女婢侍候人的技艺。有一天，盖巨源站在窗前看着外面，让女仆在屋内侍候人。这时大街上正好有一个卖绸缎的，盖巨源便将他叫进了屋内。他便与那个卖绸缎的人站在一道纱屏内的边缘，察看女仆如何侍候人，一边评头品足，一边讨价还价。柳家婢女发现后失声大哭，突然扑倒在地上，就像中风了一样。盖巨源赶紧让人将她搀扶出去了，大家都没有再说什么，只是让人将女婢送回给了女人贩子。第二天女婢的病就好了，女人贩子追问她昨天有什么苦处，女婢说道：“我虽然是个下人，可毕竟曾是仆射家的女仆。死也就死了吧，怎么能去侍候一个卖绸缎的小贩呢？”成都的人们听说这件事之后，都感叹说这些世族之家，竟然遵循礼制到了这个地步！（出《北梦琐言》）

韩　昶

唐朝人韩昶，是个名望之家的子弟。虽然其家教有方，但是他生性比较顽劣，不为人喜。他曾经做过集贤院校理，有史传中记载说他的车辖处有金饰，都是一些空想意断的说法。后来他官至左拾遗，真的被封为了谏院大夫，但谏院坚决不接受。

王智兴

内容缺失。

宴。忽□秀才□□□□□□□□□□□□饮□冬必更奉荐□□□□□□□□□□□□□明□见诸判官曰智兴咬□□□□□□□□□□□□□□□□□□□□□□□□□□□□□□□□□

韦氏子

□□□□□微□侄流□□□□□□□□□□□□□□□□□□□□衣裳满身□□□□□□□□□□□□□□□□□□□微召前□□□□□□□□□□□□□□□□□□□□□剳□□□□□□□□□□□□□□□□□□而□显曰□□□□□□□□□□□□□□□□□□诗□□□□□□□□□□□□□□

令狐绹

宣宗以政事委令狐绹，君臣道契，人无间然。舍人刘蜕者，每讦其短，密奏之。宣宗留中，但以其事规于令狐绹，而不言其失。其间以丞相子不拔解就试疏，略云："号曰无解进士。"又以子弟纳贿疏云："白日之下，见金而不见人。"令狐憾之，乃俾一人为其书吏，谨事之。刘托以腹心，都不疑虑，因为经业举人致名第，受赂十万，为此吏所告，由是贬焉。君子曰："彭城公将欲律人，先须洁己。安有自负脏污，而发人之短乎？宜其不跻大位也。"先是令狐自以单族，每欲繁其宗，与崔、卢抗衡，凡是当家，率皆引进，皇籍有不得官者，欲进状，请改姓令狐，时人以此少之。（出《北梦琐言》）

韦氏子

内容缺失。

令狐绹

唐宣宗时将朝廷政务大事都委托给了令狐绹，君臣之间很有默契，关系密切无间。有个刘蜕的舍人，经常揭发令狐绹的短处，并呈本向皇上密奏其行为。唐宣宗将其奏本扣留未发，只是以刘蜕所揭发的事来告诫令狐绹，而没有责备他的过失行为。密奏中有揭发丞相令狐绹的儿子没有经过地方选拔便直接参加科举考试的事，简略点说，他的儿子叫作“无解进士”；另外还有揭发他家子弟受贿的事，说是在大白天，发现他子弟家有金子却不知是谁送的。令狐绹对此心中很是怨恨，就派了一人前去担任刘蜕的书吏，让他小心行事。刘蜕将这个人当作了心腹，对他没有任何怀疑。后来刘蜕因为帮助了一个经业举人中选，而收受了十万钱的贿赂，被这个书吏告发了，刘蜕因此而被贬职。有君子说道：“彭城公想要让别人遵纪守法，那么首先必须自律！哪里有自身都不干净，却去揭发检举别人的短处呢？难怪他无法升任高位！”在这之前令狐家族因为在朝中只是单族，他总是想要让家族繁盛起来，以便与崔、卢家族抗衡。所以凡是本家族的人，他将他们都引荐到了朝廷。而皇族中假如有人没能获

郑光

唐郑光除河中节度。宣宗问曰："卿在凤翔，判官是何人？"光曰："冯三。"上不之会。枢密使奏曰："是冯衮，臣曾充使至彼，知之。"上曰："便与冯三为副使。"及罢河中归，又诏对，上曰："卿在河中事大好。"光对曰："臣须开始得。"又更对他事，曰："不得，臣须裂始得。"上大笑。后朝臣每遇延英，入阁侯对，多以"开始"为号。时裴思谦郎中为节判，顷客于河中，到使院，裴曰："某在身官爵，为尚书削尽。"皆谓不以本官呼之。光在河中时，遇国忌行香，便为判官及屈诸客就寺宴饮。征令。时薛起居保逊，为客在坐。光把酒曰："某改令，身上取果子名。"云："膍脐。"他人皆寻思不得。至薛还令，云："脚杏。"满座大笑。（出《卢氏杂说》）

郑畋 卢携

唐宰相郑畋、卢携亲表，同在中书，因公事不协，更相诟詈，乃至以砚相掷，时人谓宰相斗击。以此俱出官。（出《北梦琐言》）

郑綮

唐宰相郑綮虽有诗名，本无廊庙之望。时王纲已紊，四方多

得官职，想要报名应试的，他便让这人将自己的姓改为令狐，只是当时这样做的人很少。（出《北梦琐言》）

郑 光

唐朝时，郑光被委任为河中节度使。唐宣宗问他："你在凤翔，担任判官的是谁？"郑光回答说："是冯三。"唐宣宗没有会见过这个人。这时枢密使奏道："是冯兖。我曾出差去过那里，因此知道这个人。"唐宣宗道："那就任命冯三为节度副使吧。"当郑光罢任河中节度使一职回朝时，唐宣宗再次召他前来问话。唐宣宗问道："你在河中任职期间，事情处理得很好。"郑光答道："臣须开始得。"又问到了一些其他的事，郑光说："不得，臣须裂始得。"唐宣宗听后大笑。后来朝臣们每逢去延英殿，入殿等候与皇上对话时，大多便以"开始"为称号。当时裴思谦郎中为凤翔的节度判官，不久后客居在河中，到了节度使的府院，裴思谦说道："我在身的官职，都已经被郑尚书削除干净了。"所以大家都不以他的本来官职称呼他。郑光在河中时，有一次正值国忌日时前往寺中去上香，便在寺中为判官以及幕客设宴饮酒。要征酒令，当时的起居舍人薛保逊是幕客，也在座。郑光举起酒杯说道："我来出令。身上取果子，打一名。"郑光猜说："膍脐。"其他人怎么想也想不出。当轮到薛保逊还令时，他说："脚杏。"若得满座之人大笑。（出《卢氏杂说》）

郑畋 卢携

唐朝时，宰相郑畋和卢携二人是亲戚，一同在中书省任职。二人因为公事互不相让，更是相互大骂，以至于相互抛砚攻击。当时的人说他们是"宰相斗击（鸡）"。他们也因此都被贬出了京城。出《北梦琐言》）

郑 綮

唐朝时，有个叫郑綮的宰相，虽然他的诗词很有名气，但是他在故，才既无取，言必依违。太原兵至?渭北，天子震恐，渴求破贼术。綮奏："请于文宣王谥号中加一'哲'字。"率此类也。同列以其忝窃，每讥侮之。（出《北梦琐言》）

郑 准

唐荥阳郑准以文笔依荆州成油。常欲自比陈、阮，集其所作为十卷，号《刘表军书》。而辞体不雅，至如祝朝贵书云，中书舍人草麻，通事舍人曰可。又贺襄州赵洪嗣袭书云："不沐浴佩玉为石祁兆，不登山取符而无恤封。"是显言其庶贱也。应举日诗卷，题水牛曰："护犊横身立，逢人揭尾跳。"朝士以为大笑。（出《北梦琐言》）

张氏子

唐张裼有五子，文蔚、彝、宪、济美、仁龟，皆有名第，至宰辅丞郎。一子忘其名。少年闻说，壁鱼入道经函中，因蠹蚀神仙字，身有五色，人能取壁鱼吞之，以致神仙而上升。张子感之，乃书神仙字，碎剪置于瓶中，捉壁鱼以投之，冀其蠹蚀，亦欲吞之，遂成心疾。每一发，竟月不食，言词粗秽，都无所避。其家扃闭而守之，候其愈，既如常。而倍食一月食料，须品味而饫之。岁久方卒，是知心灵物也，一伤神气，善犹不可，况为恶乎?即刘闢吞人，张子吞神仙，善恶不同，其伤一也。（出《北梦琐言》）

官场政绩上却没有什么功绩。当时朝廷的王法纲纪已经崩坏，天下大乱，人才已经无从选取，而每次议政时结果必定是模棱两可，无法决断。当太原的叛军到达渭北时，皇上很是恐慌，渴求破敌的良策。这时郑綮启奏说道：“请在文宣王（孔子）的谥号中加上一个‘哲’字。”当时朝中都是一些这样的人物。同僚们都认为他极不称职，所以总是讥讽、侮辱他。（出《北梦琐言》）

郑准

唐朝有个叫郑准的荥阳人，因为文笔不错而做了荆州成汭的门客。他经常想着要背离陈阮的文风，他将自己的作品收集起来整理成了十卷，命名为《刘表军书》。然而书中的内容非常过分，就如在祝颂朝中贵要的书礼中写道：“中书舍人不过就是个草拟诏书的人，通事舍人不过就是个每天对前来拜见皇上的人说句‘可’而已。”另外在给襄州赵洪世袭官职的贺书中写道：“不沐浴佩玉为石祁兆，不登山取符而无恤封。”这显然是在说他就像普通百姓一样太过平常了。参加应试那天的答卷中，他在一份《水牛》的诗卷中写道：“护犊横身立，逢人揭尾跳。”朝官们都因此而哄堂大笑。（出《北梦琐言》）

张氏子

唐朝时有个叫张裼的人，生有五个儿子，取名为张文蔚、张彝、张宪、张济美、张仁龟，他们先后都应试及第有了功名，官至宰、辅、丞、郎等。另外一个儿子的名字不详，在年少时他便听说，如果有壁鱼（一种蠹虫）钻进了装道经的套子里，并吞食了“神仙”二字，身上便会出现五种颜色，人只要将这壁鱼捉来吃了，就能因此成为神仙而升入天堂。张裼的这个儿子对此很是动心，于是他便写了“神仙”二字，剪碎后放到瓶子里，并捉来了壁鱼放了进去，希望它能够咬食二字，也想要吞了壁鱼以便成仙。他也因此事而得了心病，每次发作时，整整一个月都不吃饭，而且口吐脏言秽语，一点都不知道避嫌。家人只能牢牢将他关在屋子里，等他慢慢痊愈。过段时间当他变得

刘义方

唐刘义方，东府解试《貂蝉冠赋》，韵脚以“审之厚薄”。义方赋成云：“某于厚字韵，有一联破的。”乃吟曰：“悬之于壁，有类乎兜鍪；戴之于头，又同乎席帽。莫后反。”无不以为欢笑。

郑群玉

唐东市铁行，有范生，卜举人连中成败，每卦一缣。秀才郑群玉短于呈试，家寄海滨，颇有生涯，献赋之来，下视同辈，意在必取，仆马鲜华。遂赍缗三千，并江南所出，诣范生。范喜于异礼，卦成乃曰：“秀才万全矣。”群玉之气益高。比入试，又多赍珍品，烹之坐享，以至继烛。见诸会赋，多有写净者。乃步于庭曰：“吾今下笔，一字不得生。铁行范生，须一打二十。”突明，竟掣白而去。（出《乾𦠆子》）

正常了，就要为他一次准备一个多月的食物，他慢慢品尝着能一顿全部吃完。这样过了很多年后，他才去世。这本是能知谕人心的神灵之物，一旦伤了神灵之气，哪怕是善行都无法饶恕，何况是行恶呢！这就是所谓“刘辟吞人，张子吞神仙”的事例，他们虽善恶不同，但带来的伤害都是一样的。（出《北梦琐言》）

刘义方

唐朝时有个叫刘义方的人，在参加东府举行的解试，答对试题《貂蝉冠赋》时，以“审之厚薄”为韵脚。刘义方在写完赋之后对人说道：“我用的是‘厚’字韵，其中有一联肯定押上韵了。”于是他吟咏道：“挂在墙壁上时，有点像兜鍪。戴在头上时，又有点像席帽。莫后反。”大家听后无不哄堂大笑。

郑群玉

唐朝时在长安东市的铁器行中，有个姓范的卜卦人，专门对举人参加应试的成败进行占卜，每卜一次卦收取细绢一尺。有个叫郑群玉的秀才不擅长写呈试（科举时代为防诈冒，应试者先投奏状，由试官检验核准，称呈试）。他家居住在海滨，家里比较富有。这次前来呈献呈试，有点瞧不起同辈，认为自己这次志在必得。他坐着鲜艳华丽的车马，带了三千缗钱，都是由江南制造的，前往拜访范姓卜卦人。范姓卜卦人因他送了这么多贵重礼物而非常高兴。卜卦完成之后说道：“你今年应举中秀才是万无一失了！”听了这话郑群玉傲气更是高涨。等到考试那天，他又带了很多珍馐，只是坐在那里享受其美味。一直到了掌灯时刻，他看到参加应试的人大多数已经答完了试卷，便走出考场来到庭院中，说道：“我今天拿着笔，却连一个字也没能写出来。铁器行的范姓卜卦人，必须得打你二十大板！”他似乎突然明悟了，最后交了白卷离开了。（出《乾𦠆子》）

梅权衡

唐梅权衡，吴人也。入试不持书策，人皆谓奇才。及府题出《青玉案赋》，以“油然易直子谅之心”为韵，场中竞讲论如何押“谅”字。权衡于庭树下，以短棰画地起草。日晡，权衡诗赋成。张季遐前趋，请权衡所纳赋押“谅”字，以为师模。权衡乃大言曰：“押字须商量，争应进士举。”季遐且谦以薄劣，乃率数十人请益。权衡曰：“此韵难押，诸公且厅上坐，听某押处解否。”遂朗吟曰：“恍兮惚兮，其中有物；惚兮恍兮，其中有谅；犬蹲其傍，鸱拂其上。”权衡又讲：“青玉案者，是食案，所以言犬蹲其傍，鸱拂其上也。”众大笑。（出《乾䉤子》）

李云翰

周咸通中，举人李云翰行《口脂赋》，又罗虬诗云：“窗前远岫悬生碧，帘外残霞挂熟红。”又李罕《披云雾见青天》诗：“颜回似青天。”皆遭主司庭责面遣。举子中有每年撰无名子，前有举人露布。后皇甫松作《齐夔凌纂要》，又李云翰作《吴王□□李谒天帝记》，无名子。萧相知举年，裴裕所制尤名，近千余首，裕遂罢举。是年，卢庸连旁文宣王庙前哭半日。

梅权衡

唐朝时有个叫梅权衡的人，为吴地人。他在参加科举考试时没有带草稿纸，人们都说他是个奇才。当考试要求以《青玉案赋》为题写一篇赋，并以要求“油然易直子谅之心”为韵后，考场内大家都纷纷议论该如何押“谅”字韵。而梅权衡便在院庭中的树下，用短鞭在地上比划起草。傍晚时，梅权衡就完成了诗赋写作。张季遐走到他跟前，请梅权衡讲讲他在赋中是如何押的“谅”字韵，愿意以他作为楷模。梅权衡便不客气地大声说道：“押什么字的韵必须商量，但是考取进士就要竞争了。”张季遐很谦虚，觉得自己的能力有点低，便带着几十个人一起向他请教。梅权衡说道：“这个‘谅’字韵很难押，请各位到厅上就坐，听听我押的韵是否答对了。”说完便大声吟咏道：“恍兮惚兮，其中有物；惚兮恍兮，其中有谅。犬蹲其傍，鸱拂其上。”梅权衡又进一步讲解道：“这个青玉案，是个吃饭用的几案，所以说狗蹲在它的旁边，而鹞鹰从它的上边掠过。”众人听后哈哈大笑。（出《乾臊子》）

李云翰

唐武周时期的咸通年间，有个叫李云翰的举人曾写了一篇《口脂赋》，又抄写了罗虬的诗：“窗前远岫悬生碧，帘外残霞卦熟红。”另外抄写了李罕诗《披云雾见青天》中的“颜回似青天。”这些行为遭到主考官的当面斥责并将他遣送了回去。在参加应试的被荐举的人中，每年都有匿名撰写诗文的。之前有举人上呈的檄文，后来有皇甫松写的《齐夔凌纂要》，还有李云翰写的《吴王□□李谒天帝记》，都隐匿了其真名。在萧相主持科举考试的那年，裴裕所写的诗最为有名气，将近有一千多首诗，裴裕因此被罢免了参选的资格。这一年，卢庸在文宣王庙（孔庙）前哭了半天。

卷第二百六十二　嗤鄙五

崔育

唐□□□前进士崔育以中原乱离，客于边上，亦□□□□□□□闻辄事轻薄。刺郡者亦是朝僚。多勉而□□□□□□□□牛带竹笠，大如雨席。仍牛前遣挝角。村□□□□□□□□城郭士女随观，谓之精怪。每谒州郡骑□□□□□□□□哈之者怒之者相半。至则投刺。其名衔□□□□□□□□□□耽酒嗜肉，怜葱爱蒜。不得已而□□□□□□□□□悬宰视之如土木。藩帅郡侯奈之不可。□□□□□□州民脔其肉，族其家，盖轻薄之所致也。

宇文翃

唐进士宇文翃，深慕上科。有女及笄，国色。朝中令及第者，求之不得。时窦年四十余，方谋继室，兄回为谏议，能为人致登第。遂娉女与瑶，为言于回矣，果有所获。相公韦公说即有中表甚鄙之。因滑台杜志名，时有丧遭火，几爇棺柩，家人云："老鼠尾曳火入库内，因而延燎。"杜谓宇文曰："鱼将化龙，雷为烧尾。近日老鼠亦有烧尾之事。"用以讥之。（出《北梦琐言》）

崔育

唐□□□前的进士崔育，因为中原动乱而逃离了家乡，客居于边疆。亦□□□□□□□听说行事专横轻薄。刺郡也是朝廷的同僚。大多勉励他且□□□□□□□□牛带着竹笠，大如雨席，仍牛前遣挝角。村□□□□□□□□城郭士女跟随一起观看，称之为精怪。每次前往拜见州郡骑□□□□□□□□□讥笑他的怨恨他的差不多各占一半。到了后便递上名贴，其名衔□□□□□□□□□□喜欢饮酒吃肉，爱吃葱蒜，不得已而□□□□□□□□□悬宰视之如土木。藩帅郡侯都拿他没有办法。□□□□□□□州民将他砍成了碎肉，灭了他的家族，都是因为他行事轻薄所造成的。

宇文翃

唐朝时的进士宇文翃，在未中举之前热切期盼自己能够考中进士。他有一个女儿已经到了结婚出嫁的年龄，容貌长得堪称国色，当朝那些优秀的进士们，都想追求她却没能获得青睐。当时有个叫窦璠的官员已经四十多岁了，正打算续妻室，他的哥哥窦回在朝中任谏议大夫，能够设法帮助人考取进士。于是宇文翃将自己的女儿嫁给了窦璠，窦璠将宇文翃的事告诉了窦回，果然帮助宇文翃考取了进士。相公韦公说，即便宇文翃是他的表兄弟，他也非常鄙视他。当时尚书杜志名府中正在办丧事，遭遇了火灾，差点将棺柩烧毁了。杜家人说：“有一只老鼠的尾巴上拖着火苗，一路跑着将火带进了库房，因而使得火苗蔓延了开来。”杜尚书对宇文翃说道：“鱼将化龙时，会降下雷电为它举行烧尾宴，近日老鼠竟然也来举行烧尾宴了。”他这是

韩简

唐魏博节度使韩简性粗质，每对文士，不晓其说，心常耻之，乃召一孝廉讲《论语》。至《为政》篇，翌日谓诸从事曰：“仆近方知古人淳朴，年至三十，方能行立。”外有闻者，无不绝倒。（出《北梦琐言》）

胡令

奉先县有令，姓胡，忘其名。渎货靳食，僻好博奕。邑寄张巡官，好尚既同，往来颇洽。每会棋，必自旦及暮。品格既停，略无厌倦。然宰君时入中门，少顷，又来对棋。如是日日，早入晚归，未尝设食于张，不胜饥冻。潜知之。时入盖自食而复出，及暮辞宰曰：“且去也，极是叨铁。”胡唯唯而已。张去，胡忽思之曰：“此人相别云‘极是叨铁’，出何文谭？”急令追之。既至，问：“明公适云‘极是叨铁’，其义安在？”张复款坐，谓曰：“长官岂不知有‘叨铁’耶？”曰：“不知。”曰：“还见冶炉家，置一铁穳长杖乎？只此是。炉中猛火炎炽，铁汁或未销融，使此杖时时于炉中橦猛火了，却出来，移时又橦猛火了，却出来，只此是‘叨铁’也。”言讫而去。胡入室，话于妻子。再三思之，方知讽其每日自入，噇猛火了，却出来棋也。凡靳食倦客之士，时人多以此讽之。（出《玉堂闲话》）

以此来讽刺宇文翃。（出《北梦琐言》）

韩简

唐朝时的魏博节度使韩简，是个生性粗疏质朴的人，每次与文人们对话的时候，总是听不明白对方在说些什么，因此心里总觉得很羞愧，就请来一个被举荐为孝廉的书生为他讲解《论语》。当讲了《为政》篇后，第二天他便对众下属说："我近来才知道古人是非常淳朴的，年龄到了三十之后才能行走站立。"外边有听到他话的人，无不俯仰大笑。（出《北梦琐言》）

胡令

奉先县曾有个县令，姓胡，至于名字已无人知晓了。这个人贪财而且又不舍得给别人东西吃，但特别喜好下棋。居住在县城里的张巡官，与他爱好相同，所以他们彼此往来很密切。他们每次一下棋，必定会从早上一直下到晚上，两人棋艺水平不相上下，下了一天也丝毫不觉得厌倦。然而中途胡县令经常进到中门内，过一会儿后，又再出来继续下棋。就这样一天又一天，张巡官早出晚归，但胡县令也没有请张巡官吃过一顿饭，张巡官感觉又冷又饿。后来张巡官终于暗中发现了胡县令常常进入中门的秘密，于是也时而进入中门去吃一通后再出来下棋。到了晚上辞别胡县令时，说道："我走了，极是叨铁（叨扰）。"胡县令只是顺嘴应付了几句。等张巡官离开后，胡县令忽然想起，说："这人辞别的时候所说'极是叨铁'，是出自于什么文章呢？"就急忙让人去追张巡官回来。当把张巡官追回来后，胡县令便问他："明公你刚才所说的'极是叨铁'，请问是什么意思？"张巡官就又慢慢坐下来对他说道："长官你难道不知有'叨铁'吗？"胡县令答道："不知道。"张巡官说："你见过用炉炼铁的炼铁铺里，会放置有一种铁质的长棍吧？就是这个。熔炉里的烈火非常炽热，铁水中有时会有没熔化的铁块，这时就可使用这种铁棍不时探进炉中去捅捅烧火的料，然后退出来，过一会儿再用它去捅捅火，再退出来，

杨铮

蜀秀才杨铮，铮，音竹觥反，自言杨铮不均，驷马奔郑，是以字奔郑。行恶思，或故作落韵，或丑秽语，取人笑玩。装修卷轴，投谒王侯门，到者无不逢迎。雄藩火幕，争驰车马迎之。铮每行，仆马甚盛，平头骑从骡，携书袋。偏郡小邑，尤更精意承事之，虑其谤渎。黔南节度使王茂权，聪明，有文武才。四方负艺之士，罔不集其门。召铮至，饬东阁，尽礼待之。时令贡恶诗，以为欢笑。诸客请召，有不得次者，以为怏怏。茂权一日忽屏从谓之曰："秀才客子，当州必欲咨留，相伴至罢镇同归，可乎？如可，则当奉为卜娶，所居奉留。"铮欣然从之。权令媒氏与问名某氏之属。至于成迎，筵宴为备焉。仍邀诸从事赴会，铮亲见女容质异常端丽。及成礼，遽遭殴辱，左右婢仆，皆是扶同共相毁詈，不胜其苦。乃是茂权诈饬无须少年数辈，皆浓装艳服以绐之。然后茂权自赴会大笑。此后复就茂权，屡自乞一邑。初有难色，宾从其谘，方许之。遂命给蔺署。及期治行李，择良日辞谢。本邑迎候人力，自衙门外至通衢。忽有二健步，手执一牒，当街趋拽下马，夺去中带，云："有府断，摄官送狱，荷校灭耳！"茂权遂诈作计，赠遗二夫，令脱逃而遁。潜藏旬日，方召出之。军州大以为笑。（出《王氏见闻》）

这就是叨铁了。”说完他便起身走了。胡县令进到屋里，将这些话告诉了他的妻子。再三思考，胡县令才明白张巡官这是在讽刺自己每天进厨房猛吃一顿，就好像是拿铁棍探入炉里捅火，然后再退出来下棋。当时，凡是有舍不得给客人东西吃而让客人饿肚子疲倦的人，大家都会用“极是叨铁”讽刺他。（出《玉堂闲话》）

杨铮

四川有个叫杨铮的秀才，铮，音竹觥反，自称杨铮不均，驷马奔郑，所以以奔郑为字。平时总是喜欢跟人搞一些恶作剧。有时故意抓人话柄，或者是连篇的污言秽语，拿人开玩笑，然后把这些不好听的话做成卷轴，投递到王侯显贵门下。这些达官显贵看他来了，无不热情招待，就连那些很强盛的藩镇幕府，也都争相以车马来接迎。杨铮每次出行都是前呼后拥，所带的仆人与乘马阵容都很华丽，仆人们骑着骡子并肩而行，帮他带着书袋。一些偏僻地区的郡府小县，更是对他表现得尤其精心诚意，生怕得罪了他而对他们进行诽谤和亵渎。黔南节度使王茂权，是个聪明且文武全才的人，天下那些身负技艺的名士，无不聚集于他的身边。他召见了杨铮，并让人为他收拾好东阁给他歇息，极尽礼节以相待。当时王茂权就让他吟诵一些逗玩的诗取乐。王茂权将那些身负技艺的名士请来，还有好多门客排不上号，为此还叹息不已。有一天，王茂权忽然将随从屏退，然后对杨铮说：“秀才客游到此，本州想与你商量一下，请你一定要留下来，希望你能伴我到任期满后同归故里，可以吗？如果你觉得可以，那我就给你占卜日期择女娶妻，所居东阁仍留给你居住。”杨铮听后欣然从命。王茂权便找来媒婆去打探清楚待嫁女子的姓名、宗属等信息。到了成亲那天，宴席早就已经准备好了。王茂权将各位佐官从事等邀请来参加婚礼。杨铮亲眼见过那个女子，对方容貌长得非常端庄秀丽。可是刚刚举行了婚礼后，他就遭到了新娘的殴打和辱骂，而跟新娘陪嫁来的婢女都是新娘的人，都帮着她一起对他进行诋毁与责骂，让他苦不堪言。其实这些婢女是王茂权找来的几个少年人假扮的，他让他们化了浓装穿着艳服来欺骗杨铮。王茂权自从到来之

谢柴书

唐有内大臣学作别纸言语。凤翔节度使寄柴数车，回书谢云：“蒙惠也愚若干。”（出《卢氏杂说》）

郡 牧

唐有膏粱子出刺，郡人迎候甚至，前任与之设交代之礼，仪无阙者，二礼生具头冠礼衣，相其宾主，升降揖让。而新牧巑岏踧踖，敛容低视，不敢正面对礼生。及礼毕，使人再三传语，慰劳感谢，皆莫涯其意。翌日，于内阁，从礼生从容，生极惶恐，罔知去就。既坐，嚬蹙低语曰：“贤尊安否？”礼生唯唯。又曰：“顷年营大事时，极烦贤尊心力。”生亦瞢然。及罢，有亲知细询之，乃曰：“此礼生缘方相子弟，昔曾使他家君，是以再三感谢。”且士流中亦有故为轻薄者，亦有昧于菽爽，不能分别者。信而有之。（出《玉堂闲话》）

后，就一直都是大笑不止。这之后，杨铮多次找到王茂权，每次都低声下气地乞求王茂权给他在一个小城安排一份工作。王茂权最初时表示这有难度不好办，后来杨铮又托其他门客前来为他说情，王茂权这才同意了，于是王茂权让杨铮前往蔺署任职。当杨铮打理好了行装，就选择了一个吉日告别了大家。当他到了县城时，迎接他的人从县衙门外一直排到了大街上。忽然有两个军士快步走了上来，手中拿着令帖，在大街上当众把杨铮拖下了马，夺去了他的官带，说道："我们奉官府的命令，前来抓你并关入监狱，在核对后将处你死刑！"其实这也是王茂权的计策，他给了那两个人钱物，让杨铮得以脱逃远遁，又让这两人躲了好几天，才将他们叫了回来。当地人就将这件事当作了笑谈。（出《王氏见闻》）

谢柴书

唐朝时有个内大臣（唐后期置枢密使，以宦官任之，掌承受表奏；又用宦官任护军中尉，统领神策军，防守京师。枢密使和护军中尉称为"内大臣"），想学习用别种样式的语言说话。一次凤翔节度使给他送来了几车柴，他回信感谢道："承蒙你的恩惠了，我有很多。"（出《卢氏杂说》）

郡　牧

唐朝时，有个富豪家的儿子出任刺史，郡城里的人对他极尽恭迎。当时前任刺史为他安排了交接仪式，仪式的程序无一漏缺。两个礼生都按照礼制头顶礼冠身着礼服，分别陪伴着各自宾主，宾主升降进退时都以礼作揖让请。而新上任的刺史就像登临险峰一样显得很是不安。他紧绷着脸，一直低头看着脚下，不敢正视对面的礼生。等到仪式完毕后，他多次派人传话，对大家表示慰劳和感谢，大家都没能揣度出他的意思。第二天，在官府内，跟随着那个礼生时新刺史显得非常从容，而礼生显得很慌恐，不知该干些什么。当坐下后，刺史才皱着眉低声对礼生说道："你父亲现在可还安好？"礼生

张咸光

梁龙德年，有贫衣冠张咸光，游丐无度。于梁宋之间，复有刘月明者，与咸光相类。常怀匕箸，每游贵门，即遭虐戏。方飧则夺其匕箸，则袖中出而用之。梁驸马温积谏议，权判开封府事。咸光忽遍诣豪门告别，问其所诣，则曰："往投温谏议也。"问有何绍介而往，答曰："顷年大承记录，此行必厚遇也。大谏尝制《碣山潜龙宫上梁文》云：'馒头似碗，胡饼如笠。畅杀刘月明主簿，喜杀张咸光秀才。'以此知必承顾盼。"闻者绝倒。（出《玉堂闲话》）

长须僧

三蜀有长须长老，自言是宰相孔谦子，莫知谁何。不剃发须，皓然垂腹。拥百余众，自江湖入蜀。所在氓俗，瞻骇仪表，争相腾践而礼其足。凡所经由，倾城而出，河目海口，人莫之测。至蜀，螺钹迎焉。先谒枢密使宋光嗣，因问曰："师何不剃须？"答曰："落发除烦恼，留髭表丈夫。"宋大恚曰："吾无髭，岂是老婆恭敬地应答了。刺史又问他道："近年来处理大事，麻烦你父亲为此用尽了心力。"这话让礼生听了一脸懵然。事后，有亲身经历了当时事件的人便向刺史详细询问，刺史才说："这个礼生因为是方相（古代出殡时用竹、纸扎糊的高大狰狞的开路神）的子弟，过去我家办丧事时曾请他父亲帮过忙，因此才对他再三感谢。"况且现在的读书人中也有一些故作轻薄的人，也有一些人愚笨得连菽豆都辨认不出来。对于神明你信就会有。（出《玉堂闲话》）

张咸光

后梁时期的龙德年间，有个叫张咸光的人缺少衣帽，到处流浪行乞讨食。在后梁开封与商丘一带，还有一个叫刘月明的人，与张咸光是同一类的人。张咸光怀中常常揣着许多吃饭用的筷子和汤匙，每当来到豪门贵族家讨要时，都会遭到虐待和戏弄。有时刚要吃饭时一些人会抢走他的筷子或汤匙，于是他便从袖筒里再拿出一双来用。当时驸马温积担任谏议大夫被派往开封府主事，张咸光听说后就忽然来到各豪门贵宅家去告别。大家问他要到哪里去，他说："我去投奔温积谏议。"问他是由什么人介绍他去的，他回答道："是近年来的'大承记录'。这次出行必定会有厚遇，因为温积谏议大夫在《碣山潜龙宫上梁文》写道：'那里的馒头像碗一样，胡饼大如草帽。高兴坏了刘月明主簿，喜欢死了张咸光秀才！'由此可以知晓一定会被温积谏议大夫照顾。"听了他的话，众人都俯仰大笑。（出《玉堂闲话》）

长须僧

三蜀地区有一个长胡子的老和尚，自称是宰相孔谦的儿子，没有人知道他到底是谁。因为从不剃胡子，所以他发白的胡须一直垂到了肚子上。有一百多人拥护着他，从江湖地区进入蜀地投奔蜀主。当地的百姓看到他的相貌时惊为天人，争相送上自己优厚的礼物，并以头顶碰触其足施以大礼。凡是他所经过的地方，百姓倾城而出。

耶？”遂揖出，俟剃却髭，即引朝见。徒众既多，旬日盘桓，不得已剃髭而入。徒众耻其失节，悉各散亡。伪蜀主问曰：“远闻师有长须之号，何得如是？”对曰：“臣在江湖，尝闻陛下已证须陀洹果，是以和须而来；今见陛下将证阿那舍果，是以剃须而见。”少主初未喻，首肯之。及近臣解释，大为欢笑。后住持静乱寺，数为大众论讼，有上足，以不谨获罪。伶人藏柯曲深慕空门，而不知其中猥细。谓是清静，舍俗落发。谨事瓶钵，渐见秽滥。诟詈而出，以袈裟挂于寺门曰：“吾比厌俗尘，投身清洁之地，以涤其业鄣。今大师之门，甚于花柳曲，吾不能为之。”遂复归于乐籍。蜀人谓师曰：“一事南无，折却长须。”（出《王氏见闻》）

道 流

□□□□□任兴元节判。离秦州乡地，未及岁年，忽有来寻师者。赍亲表施州刺史刘缄封，衣紫而来，兼言往洋州求索。询其行止，云：“某忝窃乡关之分，先于秦州西升观，入道多年。”遂沉吟思之，当离乡日，观中无此道流，深感其命服所求。其人亦匆匆而过。旬月间，自洋源回，薄有所获。告辞之意，亦甚挥遽。遂设他的眼睛长得像长河，嘴巴像大海，相貌非凡，大家都无法测定。到了蜀都后，蜀地人吹起螺号、击打着大钹，隆重地迎接了他。他先去拜见了枢密使宋光嗣，宋光嗣便问他："大师为什么不剃胡须啊？"他回答道："剃落头发除的是烦恼，保留胡须为的是表明自己是个男人。"宋光嗣听后大为恼怒道："我就没有胡子，难道我是个老太婆吗？"于是他作揖告辞了，宋光嗣答应等他剃去胡须后，便可以领他入朝拜见蜀主。因为跟随他的人很多，所以他犹豫了好几天，但最后实在不得已还是剃掉了胡子前去觐见蜀主。随众们因他失去气节而感到羞耻，就都各自散去了。伪蜀主问他道："远闻大师有'长须'的称号，怎么变成这样了？"老和尚回答道："臣在江湖上，曾听说陛下已经证得须陀舍果，因此是留着胡须来的。如今知道陛下即将证得阿那舍果，因此剃掉了胡须前来拜见。"蜀少主最开始没有听明白，只是点点头表示同意。当身边的大臣解释清楚后，不禁大笑了起来。后来老和尚做了静乱寺的住持。他曾多次为百姓鸣雪申冤，也收过高徒，但后来因为不小心而获罪。有个叫藏柯曲的艺人很是羡慕佛门，却不知道其中的下流事。因认为佛门是个清静之地，所以藏柯曲舍俗为僧。他一直严格遵守着佛门戒律，但是他却渐渐发现了佛门中的一些污秽婬滥之事，最终大骂着离去。他把袈裟挂在寺院大门上，说道："我很厌烦俗尘之事，才投身于佛门这片清洁之地，以洗涤身上的业障。可如今这佛门圣地，却比花柳之巷还不如！我已经无法再待下去了！"于是他又回到了原来的乐班。蜀人评论这个法师说："他当了和尚，只是剃去了长胡子而已。"（出《王氏见闻》）

道流

□□□□□担任兴元的节度判官。他离开秦州家乡还没到一年的时间，一天忽然来了一个道士，前来给亲戚施州刺史刘缄送皇上的封赏。他身着紫色袈裟，并说还要前往洋州去化缘。询问他的行程，他回答道："我有幸愧居于你的家乡，之前早些年便到了秦州的西升观，已经入道多年了。"于是低声沉吟回想着，自己当初离开家乡的时候，西升观并没有这个道士，让他感到奇怪的是他身上所穿的计延伫，拂榻止之。夜静，沃以醲醪数瓯，然后徐询之曰：“尊师身边紫绶，自何而得？宜以直诚相告。”对曰：“此是先和尚命服，传而衣之。乃是广修寺著紫僧弟子，师既殂，乃舍空门，投西升观入道，便以紫衣而服之。”自谓传得本师衣钵，岂有道士窃衣先和尚紫衣？未之前闻。（出《玉堂闲话》）

三妄人

孙光宪在蜀时，曾到资州，见应贞观李道士，话州有姓赵人，闭关却扫，以廊庙自期。都虞候阎普敬异之，躬自趋谒。阎魁梧丈夫，赵生迎门，愕眙良久，磬折叙寒温曰：“伏惟貔貅。”阎乃质于先容者，俾询之，赵生曰：“若云熊罴，即须宰相之才，方当此语。阎公止于都头已来，只销呼为貔貅。”人闻咸笑之。又一士自称张舍人，诉于光宪曰：“兄长以术惑我心神。”宪谓曰：“得非蛊毒厌胜之术耶？”张曰：“非也，乃用鬼谷子捭阖，捭破我心神，至今患心风不禁。”又江陵颜云，偶收诸葛亮兵书，自言可用十万军，吞并四海。每至论兵，必攘袂叱咤，若对大敌。时人谓之“检谱角觝”也。时有行军王副使，幽燕旧将，声闻宇内。颜生候谒，称是同人，自言大志不伸，丧良友也，每恸哭焉。（出《北梦琐言》）

这件皇帝所赐的紫色袈裟是从哪里得来的！那个道士在这只是短暂停留便匆匆而过，可是还没到一个月，那个道士又从洋源回来了，稍有收获。他告辞离开的意愿，也很急切。就想方设法一再挽留，并给他收拾出一张床来让他住下。夜深人静的时候，拿来几瓯烈酒与道士对饮，后来又慢慢问他道："请问师父您身上的紫色袈裟，是从哪里得来的？您应当真诚地告诉我。"那道士回答道："这是先和尚的命服，是他送给我穿的。我本是广修寺著紫和尚的弟子。师父死后，我便舍弃了空门，投奔西升观入了道家，所以便穿上了这身紫色袈裟。"他自称是传承了自己师父的衣钵，可是哪有道士穿和尚师父遗赠的紫色袈裟的呢？真是前所未闻！（出《玉堂闲话》）

三妄人

孙光宪在四川时，曾经前往资州拜访住在应贞观的李道士。他说本州有个姓赵的读书人，整天闭门谢客，不和外界往来，将成为朝廷高官作为自己的奋斗目标。都虞侯阎普敬觉得这个人很怪异，便亲自前往拜访这个赵姓读书人。阎普敬身材魁梧且很有男子汉气概，赵生到门口来迎接时，惊愕地看了他很久。他十分恭敬地寒暄道："见到您让我想到了貔貅。"阎普敬对于赵生这样的评价有疑问，就让人向赵生询问。赵生答道："如果我说是熊罴，那么他必须具有宰相之才，才能当得上这样的词语；阎公大概做到都头便到头了，所以只配称作貔貅。"人们听说这件事后都笑了。另外还有一个人，自称张舍人，他告诉孙光宪说："兄长用某种法术迷惑了我的心神。"孙光宪便问他："他是不是用的蛊毒或者诅咒之术？"张舍人回答说："不是。他是将鬼谷子的像画在了门扇上，以此来扰乱我的心神。到现在我还患有心风不禁症。"还有一个人，是江陵的颜云，偶然的机会得到了一本诸葛亮的兵书，便自夸说只要用十万军队，便可以吞并天下。每次谈论兵法时，他必定会挽起袖子大喊大叫，如临大敌，当时的人们都说他简直就是"检谱角觝（相扑表演）"。当时有一位很有指挥作战才能的王姓节度副使，是幽州燕州一带的老将领，名声遍传天下。颜云曾去拜访他，自称与老将军是同道中人，只可惜自己空有

周韦二子

周韦巽，太尉昭度之子也。尪懦昏钝，率由婢妪。仕伪蜀王氏，以事旧优容之，因至卿监。或为同列所讥，云：“三公门前出死鼠。”巽曰：“死鼠门前出三公。”周即蜀相周博雅之子，为王氏驸马都尉，性识庸鄙。国亡后，与贫丐者为伍，俾一人先导爵里于阛阓酒肆，有哀之者，日获三二百钱，即与其徒饮啖而已。咸嗟叹之。（出《北梦琐言》）

不识镜

有民妻不识镜，夫市之而归。妻取照之，惊告其母曰：“某郎又索一妇归也。”其母亦照曰：“又领亲家母来也。”（出《笑林》）

啮 鼻

甲与乙斗争，甲啮下乙鼻，官吏欲断之，甲称乙自啮落，吏曰：“夫人鼻高耳口低，岂能就啮之乎？”甲曰：“他踏床子就啮之。”（出《笑林》）

大志而没有施展的机会。王副使死后，他便觉得自己失去了最好的朋友，因此经常放声恸哭。（出《北梦琐言》）

周韦二子

周韦巽，是太尉周昭度的儿子。他性情懦弱且愚钝，做任何事情都由婢女做主。他在王氏伪蜀国担任官职，因为侍奉过以前的老伪蜀主而得到了伪蜀主的厚待，因此官至卿监。有时他的同僚们会讥讽他，对他说："三公（太尉、司徒、司空之公）门前出现了死老鼠。"他回击那些人道："死鼠门前出现了三公。"有个姓周的人，就是伪蜀国宰相周博雅的儿子，也是王氏伪蜀国的驸马都尉，其人根性平庸鄙俗。在伪蜀国灭亡后，他便与那些乞丐混在了一起。他指使一个人先把酒从别人装酒的容器里偷出来，然后再拿到街市的酒店去卖。有人怜悯他，他也因此每天能够获得二三百钱，然后他便拿着钱与他的那帮难兄难弟们去大吃大喝一顿。人们见了，都是叹息不已。（出《北梦琐言》）

不识镜

有个农民的妻子不认识镜子。丈夫从集市上买了一个回来，妻子拿过来一照，惊讶地对她的母亲说道："我丈夫又娶了一个媳妇回来！"她母亲听后便也去拿了镜子照了照，然后说道："他还把亲家母也领来了啊！"（出《笑林》）

啮　鼻

甲与乙两人打架，甲方咬下了乙方的鼻子。当地的官吏正准备给他们断案时，甲称说是乙自己把自己的鼻子咬掉的。那官吏说道："人的鼻子在上面，而嘴巴在下面，嘴巴怎么能够咬到鼻子呢？"甲说道："他是踩到床上去咬的。"（出《笑林》）

助丧礼

有人吊丧，并欲赍物助之，问人："可与何等物？"答曰："钱布帛。任君所有尔。"因赍大豆一斛，置孝子前，谓曰："无可有，以大豆一斛相助。"孝子哭孤穷奈何，曰："造豉。"孝子又哭孤穷，曰："适得便穷，更送一石。"（出《笑林》）

外学归

甲父母在，出学三年而归，舅氏问其学何得，并序别父久。乃答曰："渭阳之思，过于秦康。"既而父数之："尔学奚益？"答曰："少失过庭之训，故学无益。"（出《笑林》）

行吊

伧人欲相共吊丧，各不知仪，一人言粗习，谓同伴曰："汝随我举止。"既至丧所，旧习者在前，伏席上，余者一一相髡于背。而为首者，以足触詈曰："痴物！"诸人亦为仪当尔，各以足相踏曰："痴物！"最后者近孝子，亦踏孝子而曰："痴物！"（出《笑林》）

痴婿

有痴婿，妇翁死，妇教以行吊礼。于路值水，乃脱袜而渡，惟

助丧礼

有个人前去给人吊丧，并且准备送些礼物帮助他们，于是他向别人打听说："可以送些什么东西呢？"对方告诉他说："金钱啊，布帛啊都可以，只要是你有的东西都可以。"于是这个人给孝家送了一斛大豆，放在孝子面前，并对孝子说："我们家没有什么可以拿的，便送一斛大豆帮帮你吧。"孝子哭述着说自己这么孤单穷困，拿这大豆有什么用呢。那人说道："你可以用来做豆豉啊。"可孝子还是哭述自己孤身一人且又穷困，那人便道："是相当穷困。那我再送你一石大豆。"（出《笑林》）

外学归

甲的父母都还在世时，他便外出学习了三年才回来。他的舅舅问他这三年学习有什么收获，并让他说说久别父亲的感受。他回答道："我对舅舅的思念，超过了秦康公。"接着他父亲便数落起了他的不是，并问道："你学了这些有什么用呢？"他回答说："因为小时候缺失了父亲的教诲，所以学业没有什么长进。"（出《笑林》）

行吊

几个村野之人准备一起前去给人吊丧，可是没有一个人懂得吊丧的礼节。其中一个平时说话言语粗俗的人对同伴们说："你们都跟着我做就行了。"到了办丧事的人家里后，那个人便走在最前面，然后他趴在了席子上，其余的人也随着他依次趴在他后面。突然那个人用脚踢了后边的人一下，骂道："蠢货！"大家都以为礼节就应当是这样的，所以每个人都踢了后边的人一脚，并说道："蠢货！"最后边的一人紧挨着孝子，于是也踢了孝子一脚并说道："蠢货！"（出《笑林》）

痴婿

有一个傻女婿，岳父去世了，他媳妇就在家里教了他如何行吊遗一袜。又睹林中鸠鸣云："嗙鸪嗙鸪。"而私诵之，都忘吊礼。及至，乃以有袜一足立，而缩其跣者，但云："嗙鸪嗙鸪。"孝子皆笑。又曰："莫笑莫笑，如拾得袜，即还我。"（出《笑林》）

鲁人执竿

鲁有执长竿入城门者，初竖执之，不可入；横执之，亦不可入。计无所出。俄有老父至曰："吾非圣人，但见事多矣。何不以锯中截而入？"遂依而截之。（出《笑林》）

齐人学瑟

齐人就赵人学瑟，因之先调，胶柱而归，三年不成一曲。齐人怪之，有从赵来者，问其意，方知向人之愚。（出《笑林》）

市 马

洛中有大寮，世籍膏粱，不分牝牡。偶市一马，都莫知其妍媸。为驵侩所欺曰："此马不唯驯良，齿及二十余岁，合直两马之资。况行不动尘，可谓驯良之甚也。"遂多金以市之。侩既倍获利，临去又曰："此马兼有榲桲牙出也。"于是大喜。诘旦乘出，如鹅鸭之行。及至家，矜衒曰："此马不唯驯熟，兼饶得果子牙两孝礼的事项。在前往吊丧的路上，他们遇到了一条河，便脱掉袜子准备蹚过去，可是不小心掉了一只袜子。另外还看到林子里的鸠鸟在“喈緸咕”地叫，他便默默地学起了鸠鸟叫，而把吊孝的礼节全给忘掉了。到了灵堂时，傻女婿便用穿着袜子的那只脚站着，而把光着的那只脚抬起来，嘴里只说着：“喈緸咕！”孝子们见后都笑了。可傻女婿又说道：“别笑别笑，如果捡到了袜子，便请马上还给我。”（出《笑林》）

鲁人执竿

鲁国时有一个人手拿着一根长杆，准备进入城内。他一开始竖拿着长杆，却怎么也进不去，后来又横拿着，可是也是进不去。最后他也没有想出什么能进去的办法。不久后过来了一个老头对他说：“我不是什么圣人，但是我见过的事太多了。你为什么不用锯子将长杆从中间锯断再进去呢？”于是那人便按照老头说的方法将木杆从中间锯断拿进去了。（出《笑林》）

齐人学瑟

一个齐国人跟一个赵国人学习弹琴。为了记住所学的调子，他便按照之前所学的音调，将调节的音调钮柱粘死带了回家，可是回家弹了三年也没能弹成一个曲子。齐人对此觉得很奇怪。恰好有个人从赵国回来，他便前去向他请教这是怎么回事，那人看了后才明白眼前这人到底有多愚笨。（出《笑林》）

市　马

洛阳城中有个大官，家中世代都是富豪。他分辨不出牲畜的公母。一次他偶然买了一匹马，却连这匹马是美是丑都不会分辨，所以当时的那个马贩子欺骗他说：“这匹马不仅很驯服善良，而且牙口才二十多岁，加起来能值两匹马的价钱。何况它走起路来连一点灰尘都不会扬起，可以说是非常驯良了。”于是他便以大价钱买下了这匹

所。”复召侩，别赠二十。（出《玉堂闲话》）

昭应书生

唐有德音，搜访怀才抱器不求闻达者。有人于昭应，逢一书人，奔驰入京。问求何事，答曰：“将应不求闻达科。”（出《因话录》）

马。马贩子拿到了成倍的钱财，临走时马贩子又对他说：“这马还有榅桲牙（意为小马驹）快出世了。”于是他大喜。第二天早上，他便骑上这匹马外出，走起路来简直就像鹅鸭走路一样。回到家之后，他炫耀道：“这匹马不仅仅是驯良，同时还能得到个小马驹。”他又将马贩子找来，另外赠送给他二十钱。（出《玉堂闲话》）

昭应书生

唐朝时有位皇帝颁下恩诏，要求寻访那些怀有大才却又不求功名的人。有人在昭应城，碰到了一个书生，骑着马奔驰进入了京城。有人问他进京来是为了什么事，他说：“我是前来应试‘不求闻达科’的。”（出《因话录》）

卷第二百六十三　无赖一

刘诚之

唐天授年，彭城刘诚之，粗险不调，高言庳语，凌上忽下，恐吓财物，口无关钥，妄说祆灾。从万年县尉常彦玮，索钱一百千。云："我是刘果毅，当与富贵。"彦玮进状告之。上令二给使先入彦玮房中，下帘坐窗下听之。有顷，诚之及卢千仞至，于厅上坐，谈话。彦玮引之说国家长短，无所忌讳，给使一一纸笔抄之以进。上怒，令金吾捕捉。亲问之，具承。遂腰斩诚之，千仞处绞，授彦玮侍御史。(出《朝野佥载》)

宗玄成

唐老三卫宗玄成，邢州南和人，祖齐黄门侍郎。玄成性粗猛，禀气凶豪，凌轹乡村，横行州县。纪王为邢州刺史，玄成与之抗行。李备为南和令，闻之，每降阶引接。分庭抗礼，务在招延，养成其恶。属河朔失稔，开仓赈给，玄成依势，作威乡墅，强乞粟一石。备与客对，不命，玄成乃门外扬声，奋臂直入。备集门内典正一百余人，举牒推穷，强乞是实。初令项上著鏁，后却鏁上著枷，文案既周，且决六十，杖下气绝。无敢言者。(出《朝野佥载》)

刘诚之

唐朝天授年间，有个叫刘诚之彭城的人，为人粗野险恶，常与人不合。他一会儿口出豪言，一会儿又低声细语，常欺上瞒下，以恐吓手段诈取他人财物，且口无遮拦，胡言乱语而招来大灾。他曾经从万年县尉常彦玮那里勒索了十万钱，并说："我是刘果毅，你应当帮我富贵起来。"常彦玮向皇上呈上御状控告了他。皇上让两个给事先进入到常彦玮的屋子里，然后放下门帘坐在窗下监听。过了一会儿，刘诚之与卢千仞来了，他们坐在厅里谈话。常彦玮因此引导他们议论国家的长短，他们竟然毫无顾忌，二个给事便将他们的话一一记录下来并呈送给了皇上。皇上看后大怒，命令执掌治安的官员将他们抓了起来。皇上亲自审问了他们，他们也都承认了。于是下令腰斩了刘诚之，绞死了卢千仞，而任命常彦玮担任了侍御史。（出《朝野佥载》）

宗玄成

唐朝时，有个曾在老三卫任职名叫宗玄成的人，是邢州南和县人氏。他的祖父宗齐曾当过黄门侍郎。宗玄成性情粗野残暴，为人凶狠蛮横，经常欺凌乡里的百姓，在州府县衙横行霸道。当时纪王为邢州刺史，宗玄成竟然敢与他抗衡。李备是南和县的县令，每次听说宗玄成来了，都要走到台阶下去迎接。李备想要与他分庭抗礼，因此热情地接待他，以此来养成宗玄成的恶性。有一年河朔管辖的地区闹了灾荒，官府为此开仓放粮救济灾民，宗玄成依仗自己的势力，在乡野里作威作福，强行要走了发给百姓的一石救灾粮。李备让他前来说明此事，宗玄成没有听从命令。他在门外大喊大叫，并挥舞着拳头闯了进来。李备集合了院内的典正等一百多人，举着文状追问宗玄成

孟神爽

孟神爽，扬州人，禀性狼戾，执心鸩毒，巡市索物，应声即来；入邸须钱，随口而至。长史县令，高揖待之，丞尉判司，颔之而已。张潜为扬州刺史，闻其暴乱，遣江都县令店上捉来，拖入府门，高声唱速付法曹李广业推鞫。密事并虚，准敕决百，杖下卒。（出《朝野佥载》）

飞骑席人

则天之废庐陵也，飞骑十余人于客户坊同饮，有一人曰："早知今日无功赏，不及扶竖庐陵。"席上一人起出，北门进状告之。席未散，并擒送羽林，鞫问皆实。告者授五品，言者斩，自余知反不告，坐绞。（出《朝野佥载》）

韩令珪

周令史韩令珪耐羞耻，厚貌强梁。王公贵人，皆呼次第。平生未面，亦强干之。曾选，于陆元方下引铨。时舍人王勮夺情，与陆同厅而坐。珪佯惊曰："未见王五。"勮便降阶悯然，令珪噘的罪行，确定了宗玄成抢夺灾粮的事完全属实。他起初让人给宗玄成在脖子上上锁，后来又令人去掉锁而锁上枷链。审判罪行的文案已清楚明白，于是李备判决对宗玄成杖罚六十。一顿棍棒下来，宗玄成断了气，对此没有一个人敢议论。（出《朝野佥载》）

孟神爽

孟神爽，是扬州人氏。其禀性凶残暴戾，心肠歹毒。他在集市上向人索要东西时，被索取之人都是应声便给；到别人店铺里向店家索要钱财，只要他一张嘴店家就会送来。就连长史县令，对他都是以礼相待，而他见到丞尉判司等，只是微微点头而已。张潜当时担任扬州刺史，听说了孟神爽的凶残与妄行，便派遣江都县的县令将他从一家店铺中抓了来。在将他拖入府门后，刺史张潜就大声下令，让人立即将他交由司法官李广业审讯，将他所做之事都查了个清清楚楚。皇上看了案卷后，下令杖刑一百，孟神爽因此死在了棍棒下。（出《朝野佥载》）

飞骑席人

武则天将太子废黜后流放到了庐陵。有十几个侍卫军士在一家客店一起饮酒，其中有一人说道："早知道今日会得不到功赏，我们还不如去扶持庐陵王。"席桌上有一个人起身离开了，他从北门进入军营向羽林军的长官们状告了他们。酒席还没散的时候，他们就被一起抓到了羽林军营。经审讯，状告的消息都属实。告状的人因此被授予了五品官衔，那个说话的人被处斩，其余的人知道有人反叛却没有去告发，因而被处以了绞刑。（出《朝野佥载》）

韩令珪

武周时期，有个叫韩令珪的令史，是个不知羞耻、外貌忠厚却强横凶暴的人。他见了王公贵人不称对方尊称，而是直接称呼对方的排行，即便是对从未见过面的人，他也敢以同样的方式上前拉关眉蹙刺，相慰而去。陆与王有旧，对面留住，问勮："是谁？"莫之识也。后吓人事败，于朝堂决杖。遥呼河内王曰："大哥何不相救？"懿宗目之曰："我不识汝。"催杖苦鞭，杖下取死。（出《朝野佥载》）

李宏

唐李宏，汴州浚仪人也。凶悖无赖，狠戾不仁。每高鞍壮马，巡坊历店，吓庸调租船纲典，动盈数百贯。强贷商人巨万，竟无一还。商旅惊波，行纲侧胆。任正理为汴州刺史，上十余日，遣手力捉来，责情决六十，杖下而死。工商客生，酣饮相欢。远近闻之，莫不称快。（出《朝野佥载》）

长孙昕

唐长孙昕，皇后之妹夫。与妻表兄杨仙玉乘马二十余骑，并列瓜挝，于街中行。御史大夫李杰在坊内参姨母，僮仆在门外。昕与仙郎，使奴打杰左右。杰出来，并波按顿。须臾，金吾及万年县官并到，送县禁之。昕妻父王开府，将二百百骑，劫昕等去。杰与金吾、万年，以状闻上，奉敕断昕杀，积杖至数百而卒。（出《朝野系。一次他参与官员选授的事，这次选授由陆元方主持。舍人王勮当时因丧假未满也参与了这次选授，他与陆元方一起坐在厅堂内。韩令珪假装惊讶的样子，对陆元方说道："怎么没见到王五来呀？"王勮急忙离座走下台阶站立着，面带忧虑的样子，不知道韩令珪是个什么大官。韩令珪皱着眉头，安慰了王勮几句便要离开。陆元方因为与王勮有旧交，便当面问王勮道："刚才那人是谁？"王勮说不认识。后来韩令珪吓唬人的这件事败露了，被处以朝堂决杖之刑。受刑前他看到武则天的侄儿河内王武懿宗在场，便大声呼道："大哥，你为什么不救我？"河内王武懿宗看了看他，说道："我不认识你。"并吩咐执杖的人更加用力狠打，韩令珪因此死在了杖刑之下。（出《朝野佥载》）

李宏

唐朝时有个叫李宏的人，为汴州浚仪县人氏。他是个凶暴悖逆的无赖之人，为人心肠狠毒而且不讲仁义。他经常骑着高头大马，在街道作坊、商店间游荡，通过伪装恫吓的手段骗取大家的庸调租船纲典等税，动不动就收取数百贯钱。他还向商人强行借取上万的钱财，最终没有一次是偿还了的。商人们对此是又惊又怕，那些商行更是对他又恨又怕。后来任正理出任为汴州刺史，刚上任十几天，他便派差役将李宏抓了起来。在问明案情后，判决杖刑六十，李宏也因此死在了棍棒之下。各工厂作坊、商人、旅客、读书人等听说后，无不畅饮欢庆。远近之人听说后，没有不称快的。（出《朝野佥载》）

长孙昕

唐朝时有个叫长孙昕的人，是皇后的妹夫。他与妻子的表兄杨仙玉一起与二十多人骑着马，并列穿行在大街上。当时御史大夫李杰正好到作坊内院探望姨母，他将随从留在门外。长孙昕和杨仙玉让人上前打了李杰的随从。李杰出来后，制止并扣留了他们。没过多久，金吾（执掌京都治安的长官）以及万年县官一起来了，将他们送

佥载》）

张易之兄弟

张易之兄弟骄贵，强夺庄宅奴婢姬妾，不可胜数。昌期于万年县街内行，逢一女人，婿抱儿相逐。昌期马鞭拨其头巾，女妇骂之。昌期顾谓奴曰："横驮将来。"婿投匦三四状，并不出。昌期捉送万年县，诬以他罪，决死之。昌仪常谓人曰："丈夫当如此，今时千人推我不能倒，及其败也，万人擎我不能起。"俄而事败，兄弟俱斩。（出《朝野佥载》）

权怀恩

唐邢州刺史权怀恩，无赖，除洛州长史。州差参军刘犬子迎，至怀州路次拜。怀恩突过，不与语。步趁二百余步，亦不遣乘马。犬子觉不似，乃自上马驰之。至驿，令脱靴讫，谓曰："洛州几个参军？"对曰："正员六人，员外一人。"怀恩曰："何得有员外？"对曰："余一员，遣与长史脱靴。"怀恩惊曰："君谁家儿？"对曰："阿父为仆射。"怀恩怃然而去。仆射刘仁轨谓曰："公草里刺史，至神州，不可以造次。参军虽卑微，岂可令脱靴耶？"怀恩惭，请假不复出，旬日为益州刺史。（出《朝野佥载》）

到县衙囚禁了起来。长孙昕的岳父王开府（官职名，文官中最高阶），带了二百骑士又将长孙昕等人劫走了。李杰与金吾以及万年县官为此写了诉状呈给了皇上，皇上看后下旨判处长孙昕死刑，杖挞了数百下而死。（出《朝野佥载》）

张易之兄弟

张易之兄弟几人都是骄横贵显的人，被他们强行抢夺霸占的庄园、奴婢、姬妾数都数不过来。张昌期在万年县大街上行走时，遇到了一个女人，她的丈夫抱着孩子跟在她身后。张昌期用马鞭杆去拨弄那女人的头巾，那女人因此骂了他，于是他回头对奴仆说：“把她横在马上带走。”女人的丈夫向皇上投了三四份状文，但他的媳妇并未因此被放回来。后来张昌期被捉拿到了万年县衙，假以其他的罪名被处死了。张昌仪常常对人说：“作为大丈夫就应当是这样，如果今天一千人想推倒我却没推倒，那么当败落的时候，一万人抬我也抬不起来。”不久后他的恶行便败露了，兄弟俩都被斩首了。（出《朝野佥载》）

权怀恩

唐朝时，有个叫权怀恩的邢州刺史，特别无赖。在被任命为洛州长史后，洛州府派遣参军刘犬子前往迎接他。走到怀州路时碰面了，刘犬子停下来迎候并向他致礼，可是权怀恩直接从他跟前跑了过去，连句话也没跟他说。刘犬子只好在后面小跑了二百多步才跟上，权怀恩也没让他上马。刘犬子感觉这人不像是来上任的权怀恩，就自己上马走了。到了驿站，权怀恩让刘犬子给他脱靴子，并问他：“洛州有几个参军？”刘犬子说：“正式在编的六人，编外的一人。”权怀恩又问：“怎么还会有编外的参军？”刘犬子说：“多出的一个编外人员，正好给长史您脱靴子啊。”权怀恩一听这口气，有些惊诧，便问：“你是谁的儿子？”刘犬子说：“我父亲是仆射（宰相）。”权怀恩有些茫然地走了。后来仆射刘仁轨对他说：“你不过是个草野间的普

宋之逊

唐洛阳丞宋之逊，太常主簿之问弟，罗织杀驸马王同皎。初，之逊谄附张易之兄弟，出为兖州司仓，遂亡而归，王同皎匿之于小房。同皎慷慨之士也，忿逆韦与武三思乱国，与一二所亲论之，每至切齿。之逊于帘下窃听之，遣侄昙，上书告之，以希韦之旨。武三思等果大怒，奏诛同皎之党。兄弟并授五品官，之逊为光禄丞，之问为鸿胪丞，昙为尚衣奉御。天下怨之，皆相谓曰："之问等绯衫，王同皎血染也。"诛逆韦之后，之逊等长流岭南。客谓浮休子曰："来俊臣之徒如何？"对曰："昔有师子王于深山，获一豺，将食之。豺曰：'请为王送二鹿以自赎。'师子王喜。周年之后，无可送，王曰：'汝杀众生亦已多，今次到汝，汝其图之？'豺默然无应，遂齰杀之。俊臣之辈，何异豺也。"（出《朝野佥载》）

张幹等

上都市肆恶少，率髡而肤劄，备众物形状。恃诸军，张拳强通刺史，到了京城，不可以鲁莽行事。参军虽然是个小官职，但是怎么能命令人家给自己脱靴子呢？”权怀恩很觉惭愧，便请假不再去上任。十几天后，被改任为益州刺史。（出《朝野佥载》）

宋之逊

唐朝时，有个叫宋之逊的洛阳县丞，是太常寺主簿宋之问的弟弟。他曾罗织罪名陷害了附马王同皎。当初，宋之逊谄媚攀附上了张易之兄弟，因而被任命为兖州司仓。当张易之兄弟事败被处死之后，宋之逊偷逃了回来，王同皎将他藏在一间小屋子里。王同皎是一位充满正气且待人热诚的君子，他非常憎恨韦氏和武三思等人的乱国行为。他曾与几个亲近的人在一起谈论这事，每次说到韦氏、武氏等人的乱国行为都是一副咬牙切齿的样子。当时宋之逊正好在帘后偷听到了他们的谈话，他便指使他的侄子宋昙，上书告发了他们，以此希望能得到韦氏的恩赏。武三恩等人知道这事后果然大怒，就上奏请求诛灭王同皎等一伙人。宋家兄弟也因此一起被授予了五品官，宋之逊被任命为光禄丞，宋之问被任命为鸿胪丞，宋昙被提拔为尚衣奉御。天下人为此非常痛恨他们，大家都传说：“宋之问等人的红色官袍，是用王同皎的鲜血染成的。”韦氏等叛逆被诛灭后，宋之逊等人被长期流放到了岭南。有个客人问浮休子：“像来俊臣这样的人怎么样？”浮休子回答道：“从前，有一只狮子王在深山里捕到了一只豺狼，准备吃掉它。这时豺狼说道：‘我愿意送上两头鹿给大王，以此来赎回我自己。’狮王听后大喜。时间过了一年，可是豺狼什么也没送来，狮王因此说道：‘你杀死的生灵也已经够多了，现在轮到你了。你还有什么想要做的吗？’豺狼听后沉默了没有应答，狮王就将它吃掉了。像来俊臣这样的人，与豺狼有什么两样呢！”（出《朝野佥载》）

张幹等

唐朝后期，在长安城中有一群恣意妄为的恶少，他们全都剃了光劫，至有以蛇售酒，捉羊甲击人者。京兆尹薛元赏，上三日，令里长潜捕，约三十余人，悉杖杀，尸于市。市人有点青者，皆炙灭之。时大宁坊力者张幹，劄左膊曰“生不怕京兆尹”，右膊曰“死不畏阎罗王”。又有王力奴，以钱五千召劄工，可胸腹为山亭院，池榭、草木、鸟兽，无不悉具，细若设色。公悉杖杀之。又贼赵武建，劄一百六处番印盘鹊等，右膊刺言：“野鸡滩头宿，朝朝被鹘捎。忽惊飞入水，留命到今朝。”又高陵县捉得镂身者宋元素，劄七十一处，刺左臂曰：“昔日已前家未贫，千金不惜结交亲。及至恓惶觅知己，行尽关山无一人。”右膊上劄瓠芦，上割出人首，如傀儡戏有郭公者。县吏不解，问之，言胡芦精也。（出《酉阳杂俎》）

彭先觉

周御史彭先觉，无面目。如意年中，断屠极急，先觉知巡事，定鼎门草车翻，得两羖羊。门家告御史，先觉进状奏请：“合宫尉刘缅专当屠，不觉察，决一顿杖。肉付南衙官人食。”缅惶恐，缝新裈待罪。明日，则天批曰：“御史彭先觉，奏决刘缅，不须，其肉乞缅吃却。”举朝称快。先觉于是乎惭。（出《朝野佥载》）

头并文了身刺了花，各种物体的形状都有。他们还依仗军队的势力，强行抢夺他人财物，甚至还有用蛇去换酒、捉来羊甲攻击他人的。京兆尹薛元赏刚刚上任三天，便下令让里长秘密抓捕，被抓的大约有三十人，全部被乱棍打死，并且将他们的尸体扔在大街上当街示众。街市上的人见了，凡是有文身的，都吓得赶紧将文身用火烧烫掉了。当时有个在大宁坊干活的人叫张幹，他的左臂上刺有“生不怕京兆尹”几个字，而右臂上刺有“死不怕阎罗王”几个字。还有个叫王力奴的人，花了五千元钱找来扎工，在自己的胸腹上文了山石亭台、楼阁水榭、草木鸟兽等，无所不有，而且细致逼真得就像上了颜色。薛元赏将他们一并杖杀了。另外有个叫赵武建的强盗，在身上文了一百零六处野兽的爪印以及盘旋的喜鹤等，而右臂上刺了字：“野鸡滩头宿，朝朝被鹘捎。忽惊飞入水，留命到今朝。”另外在高陵县还抓到一个叫宋元素的文身人，身上文了七十一处刺花。他在左臂上文着：“昔日已前家未贫，千金不惜结交亲。及至栖惶觅知己，行尽关山无一人。”而右臂上则文了一个胡芦，胡芦上面文着一个人头，那人头就像是木偶戏中的郭公一样。高陵县的县官不理解他文的是什么，于是便问他，他回答说是胡芦精。（出《酉阳杂俎》）

彭先觉

武周时期，有个叫彭先觉的御史，是个没脸没皮的家伙。如意年间，国家严禁屠宰牲畜。当时由彭先觉负责巡察监督的相关事宜。定鼎门前有一辆草车翻倒了，砸死了两只羊，守门人便将此事报告给了彭先觉，彭先觉因此向武则天进呈奏书说：“本来宫尉刘缅是专门负责有关屠宰之事的，却没有觉察到这件事，应当判处他吃一顿杖刑，而羊肉则当送给尚书省的官员吃。”刘缅听了很害怕，因此做了一条新裤子等待挨杖刑。第二天，武则天批示道：“御史彭先觉，请奏判决刘缅之事，没有必要。羊肉应当给刘缅吃。”朝廷上下之人为此称快，彭先觉因此觉得很羞惭。（出《朝野佥载》）

张德

周长寿中，断屠极切。左拾遗张德，妻诞一男，秘宰一口羊宴客。其日，命诸遗补。杜肃私囊一餤肉，进状告之。至明日，在朝前，则天谓张德曰：“郎妻诞一男，大欢喜。”德拜谢。则天又谓曰：“然何处得肉？”德叩头称死罪。则天日：“朕断屠，吉凶不预。卿命客，亦须择交。无赖之人，不须共聚集。”出肃状以示之，肃流汗浃背。举朝唾其面。

士子吞舍利

唐洛中，顷年有僧，以数粒所谓舍利者，贮于琉璃器中，昼夜香火。檀越之礼，日无虚焉。有士子迫于寒馁，因请僧，愿得舍利，掌而观之。僧遂出瓶授与，遽即吞之。僧惶骇如狂，复虑闻之于外。士子曰：“与吾几钱，当服药出之。”僧喜闻，遂赠二百缗。乃服巴豆，僧下泻取濯而收之。（出《尚书故事》）

刘子振

刘子振，蒲人。颇富学业，而不知大体，尤好凌轹同道，诋讦公卿。不耻干索州县，稍不如意，立致寒暑。以至就试明庭，稠人广众，罕有与立谈者。刘允章知举岁，患举子纳卷繁多，榜云：“纳卷不得过三卷。”子振纳四十轴，因之大掇凶誉。（原缺出处，今见《摭言》）

张德

武周时期的长寿年间，武则天下令严禁屠宰牲畜。当时左拾遗张德的妻子生下了一个男孩，因此偷偷宰杀了一头羊来宴请宾客。那天，他邀请来了各位拾遗补阙庆贺。其中有个叫杜肃的人，饱吃一顿羊肉之后偷偷揣了一块羊肉，并写了状文告发了张德。到了第二天，在朝堂上，武则天对张德说："你的妻子生了一个男孩，真是大喜之事啊。"张德急忙拜谢。武则天又说道："可是你从哪里弄来的肉？"张德吓得叩头连称死罪。武则天说道："我禁止宰杀牲畜，是吉是凶难以预测。可是你邀请客人，也必须有选择地交往啊。那些无赖之人，不应该邀请他们一起聚会。"之后拿出杜肃的状文给他看。杜肃见了吓得汗流浃背，满朝官员都朝他脸上吐唾沫。

士子吞舍利

唐朝时的洛中州，近年来出现了一个和尚，他把几粒所谓的舍利存放在一个琉璃瓶中，日夜香火不断地供俸着，前来的香客所送的礼物，没有间断过一天。有个读书人因饥寒所迫，便前去请求这个和尚，希望能够将舍利拿到手上看一看。这个和尚就将舍利取了出来拿给他看，但他一接过舍利便一口将它吞了下去。和尚见了心中惊骇如狂，又担心外面的人知道这件事。这时书生说道："你给我一些钱，我便服药把它泻出来。"和尚听了大喜，最终送给了书生二百缗钱，书生便服下了巴豆。和尚等他泻下来后，便将舍利找出来清洗干净，而后收藏了起来。（出《尚书故事》）

刘子振

刘子振，是蒲州人氏。他很有学问，然而为人处世却不识大体，尤其喜好欺凌同事，诋毁攻击那些身居高位的官员，甚至不知羞耻地向州官县令们索要财物，只要对方稍不留意，便会立即招致他的冷嘲热讽。因此，在他前往考场应试的时候，即便是人山人海，也很少有人愿意与他交谈。当时由刘允章负责主持科举考试之事，因为担心

荆州鬻割者

荆州贞元中，市中有鬻割者，有印，上簇针力众物状，如蟾蝎鸟兽，随人所欲。一印之，刷以石墨，疮愈后，细于随永印。（出《酉阳杂俎》）